… u Sud), John … rre dès 1896. … ssique de la … r la rédaction … paraît qu'en 1954-1955. Ces … ulent dans le monde imaginé par Tolkien depuis les années 1916-1917, lorsqu'il entreprend la rédaction des *Contes perdus*. Il élabore toute une mythologie autour des langues qu'il invente, mais il n'achèvera jamais son *Silmarillion*. À sa mort, en 1973, il revient à son fils Christopher de publier l'essentiel de son œuvre : en quarante ans, Christopher Tolkien a publié des récits pour la jeunesse (*Roverandom*, *Lettres du Père Noël*…), des nouvelles (*Feuille de Niggle*, *Le Fermier Gilles de Ham*…), et surtout, *Le Silmarillion*, puis *Histoire de la Terre du Milieu* (12 volumes) et *Contes et Légendes inachevés* ; des *Lettres* ; des textes sur la littérature (*Les Monstres et les Critiques*), et, récemment, *Les Enfants de Húrin*, *La Légende de Sigurd et Gudrún*, avant *La Chute d'Arthur*. Devenue un classique de la littérature occidentale, l'œuvre de J.R.R. Tolkien a été adaptée avec succès au cinéma par Peter Jackson : *Le Seigneur des Anneaux* (2001 à 2003) et *Le Hobbit* (2012 à 2014). En 2012, les éditions Christian Bourgois, sous la direction de Vincent Ferré, font appel à Daniel Lauzon pour une nouvelle traduction de l'*Histoire de la Terre du Milieu* et du *Hobbit*. S'ensuit celle du *Seigneur des Anneaux*, publiée entre 2014 et 2016. Préfigurant la mythologie du *Seigneur des Anneaux*, le texte inédit *Beren et Lúthien* a paru aux éditions Christian Bourgois en octobre 2017.

J.R.R. Tolkien

Né en 1892 à Bloemfontein (Afrique du Sud), John Ronald Reuel Tolkien rentre en Angleterre dès 1896. En 1937, il publie *Le Hobbit*, un classique de la littérature de jeunesse, avant d'entamer la rédaction du *Seigneur des Anneaux*, qui ne paraît qu'en 1954-1955. Ces deux romans se déroulent dans le monde imaginé par Tolkien depuis les années 1916-1917, lorsqu'il entreprend la rédaction des *Contes perdus*. Il élabore toute une mythologie autour des langues qu'il invente, mais il n'achèvera jamais son *Silmarillion*. À sa mort, en 1973, il revient à son fils Christopher de publier l'essentiel de son œuvre en quarante ans. Christopher Tolkien a publié des récits pour la jeunesse (*Roverandom*, *Lettres du Père Noël*…), des nouvelles (*Faërie de Niggle*, *Le Fermier Gilles de Ham*…) et surtout *Le Silmarillion*, puis *l'Histoire de la Terre du Milieu* (12 volumes) et *Contes et Légendes inachevés*, des *Lettres*, des textes sur la littérature (*Les Monstres et les Critiques*), et récemment *Les Enfants de Húrin*, *La Légende de Sigurd et Gudrún*, avant *La Chute d'Arthur*. Devenue un classique de la littérature occidentale, l'œuvre de J.R.R. Tolkien a été adaptée avec succès au cinéma par Peter Jackson, *Le Seigneur des Anneaux* (2001 à 2003) et *Le Hobbit* (2012 à 2014). En 2012, les éditions Christian Bourgois, sous la direction de Vincent Ferré, font appel à Daniel Lauzon pour une nouvelle traduction de *l'Histoire de la Terre du Milieu* et du *Hobbit*. S'ensuit celle du *Seigneur des Anneaux*, publiée entre 2014 et 2016. Préfigurant la mythologie du *Seigneur des Anneaux*, le texte inédit *Beren et Lúthien* a paru aux éditions Christian Bourgois en octobre 2017.

LE LIVRE DES CONTES PERDUS

PREMIÈRE PARTIE

DU MÊME AUTEUR
CHEZ POCKET

LES AVENTURES DE TOM BOMBADIL
LE SILMARILLION
FAËRIE ET AUTRES TEXTES (nouvelle édition)
LES ENFANTS DE HÚRIN
LA LÉGENDE DE SIGURD ET GUDRÚN
LES MONSTRES ET LES CRITIQUES ET AUTRES ESSAIS
ROVERANDOM

LE SEIGNEUR DES ANNEAUX
(EXISTE AUSSI EN 1 VOLUME)

LA FRATERNITÉ DE L'ANNEAU
LES DEUX TOURS
LE RETOUR DU ROI

CONTES ET LÉGENDES INACHEVÉS
(EXISTE AUSSI EN 1 VOLUME)

LE PREMIER ÂGE
LE SECOND ÂGE
LE TROISIÈME ÂGE

HISTOIRE DE LA TERRE DU MILIEU

LE PREMIER LIVRE DES CONTES PERDUS
LE SECOND LIVRE DES CONTES PERDUS
LES LAIS DU BELERIAND
LA FORMATION DE LA TERRE DU MILIEU
LA ROUTE PERDUE

LETTRES
LETTRES DU PÈRE NOËL

IMAGINAIRE

Collection dirigée par Charlotte Volper

J.R.R. TOLKIEN

HISTOIRE DE LA TERRE DU MILIEU

LE LIVRE DES CONTES PERDUS

PREMIÈRE PARTIE

CHRISTIAN BOURGOIS ÉDITEUR

Titre original :

The Book of Lost Tales

Édition établie et

Avant-propos

de Christopher TOLKIEN

Traduit de l'anglais

par Adam TOLKIEN

MIXTE
Papier issu de sources responsables
FSC® C003309
FSC www.fsc.org

Pocket, une marque d'Univers Poche, est un éditeur qui s'engage pour la préservation de son environnement et qui utilise du papier fabriqué à partir de bois provenant de forêts gérées de manière responsable.

ISBN : 978-2-266-26435-8

Note du traducteur

Comme il est expliqué en détail dans l'avant-propos, *Le Livre des Contes Perdus* est composé d'une collection des premiers écrits structurés de J.R.R. Tolkien, accompagnée de commentaires dont l'objectif est de décrire l'évolution de la vision de l'auteur à travers ses écrits. Les *Contes Perdus* (en deux tomes) rassemblent une vingtaine de contes qui allaient être la genèse du *Silmarillion* et forment la première étape de *L'Histoire de la Terre du Milieu*, qui s'étale à l'heure actuelle sur onze tomes et doit être complétée par un douzième.

Pour traduire ce livre, il a donc fallu accorder une attention toute particulière à la précision de retranscription des termes et du style employés alors par l'auteur, puisque l'intention derrière la publication de ces écrits, dans le contexte de cette *Histoire*, est de montrer une évolution et donc d'établir des comparaisons avec l'œuvre qui fut finalement publiée : *Le Silmarillion*.

Il faut comprendre qu'il s'agit ici d'une traduction d'œuvres de jeunesse, jamais publiées, souvent déchiffrées à partir de brouillons extrêmement complexes et hâtifs. L'auteur, à cette époque, élaborait un style volontairement archaïque mais demeurant toutefois moderne et original, puisque étant le fait d'un auteur du XXe siècle ; il cherchait à évoquer un langage d'époques depuis longtemps révolues, sans pour autant reproduire celui-ci. Pour ces deux raisons très différentes, ces écrits présentent des étrangetés voire des maladresses dans la langue originale que Christopher Tolkien a choisi de présenter telles quelles dans le cadre de *L'Histoire*. Un des intérêts de l'ouvrage est de présenter *exactement ce qui fut écrit*, et ma tâche a donc été de retranscrire avec fidélité ces « bizarreries » de langage : utilisation constante de la voix passive, emploi particulier des temps, sans respect des concordances, absence totale de mots exprimant certains concepts (par exemple, exister, créer, éternité, art ; ceci est particulièrement intéressant dans le cadre des réflexions de l'auteur sur les « mondes secondaires » créés par l'imagination), etc.

J'ai choisi de privilégier ce style des contes originaux parfois au détriment du « bon usage » de la langue française, en supposant qu'il est préférable que le lecteur, quitte à y perdre quelque peu en aisance, se sente dépaysé par le langage employé dans une traduction lorsque le style était déjà dépaysant dans sa langue originale, plutôt que de lire ce livre sans jamais se rendre compte que sa forme est aussi étrange que son fond.

Certaines autres difficultés doivent être prises en compte pour la bonne compréhension des *Commentaires* : ce livre se réfère constamment au *Silmarillion*, mais évidemment à l'œuvre anglaise, et non à sa traduction française ; il m'a donc parfois fallu transformer les citations tirées de la traduction de cette œuvre pour bien exprimer le point précis auquel renvoyait le commentaire. Pour la traduction des poèmes, il a fallu privilégier la précision parfaite des termes (obligatoire, puisque ces poèmes bénéficient ensuite de comparaisons très précises entre leurs différentes versions) au détriment peut-être de la poésie de ceux-ci ; comme c'est invariablement le cas pour des traductions de textes poétiques, il faudrait se référer aux textes originaux pour saisir leur musicalité et leur rythme.

Enfin, j'ai conservé l'orthographe anglaise des noms (ou bien une forme proche de l'expression originale, ainsi la « Terre du Milieu », en contraste avec les « Grandes Terres », plutôt que la traduction du *Silmarillion* qui nomme « Middle-Earth » « les Terres du Milieu »), mais de manière générale, et sauf dans les cas exceptionnels absolument nécessaires et en général signalés par des notes de bas de page, toutes les références renvoient aux œuvres traduites parues aux éditions Christian Bourgois.

Ces *Contes Perdus* présenteront donc des particularités qui risqueront de rappeler constamment le fait qu'il s'agit d'une traduction, mais qui sont une garantie qu'il s'agit là d'un rendu précis de ce que J.R.R. Tolkien écrivait alors. Ce choix présente une artificialité discutable mais, je l'espère, a su transposer de manière adéquate les efforts de Christopher Tolkien pour présenter avec ce premier tome de *L'Histoire de la Terre du Milieu* un ouvrage qui soit à la fois une collection de contes lisibles pour eux-mêmes en même temps qu'une analyse textuelle de l'évolution d'une œuvre sur toute une vie.

Adam Tolkien — 1994

Avant-propos

Le Livre des Contes Perdus, écrit voici plus de soixante ans, fut la première œuvre substantielle de littérature imaginative de J.R.R. Tolkien, ainsi que la première apparition dans un récit structuré des Valar, des Enfants d'Ilúvatar, Elfes et Hommes, des Nains, et des Orcs, et des régions dans lesquelles leur histoire est placée, Valinor au-delà de l'océan de l'Ouest et la Terre du Milieu, les « Grandes Terres » entre les mers de l'Est et de l'Ouest. Quelque cinquante-sept ans après que mon père eut cessé de travailler sur les *Contes Perdus*, *Le Silmarillion* *, profondément transformé depuis son lointain précurseur, fut publié ; six années encore se sont écoulées depuis cela. Cet avant-propos semble donc présenter une occasion appropriée pour amener quelques remarques sur certains aspects des deux œuvres.

Il a souvent été dit que *Le Silmarillion* est un livre « difficile », nécessitant des explications et des directives quant à la manière de l'« approcher » et il est en ceci contrasté avec *Le Seigneur des Anneaux*. Dans le chapitre VII de son livre *The Road to Middle-Earth*, le professeur T.A. Shippey admet qu'il en est ainsi (« *Le Silmarillion* ne saurait jamais être autre que difficile à lire », p. 201) ; puis il expose son analyse des raisons pour justifier cet état de fait. Une discussion complexe n'est pas traitée avec justice lorsqu'on en cite des extraits, mais de son point de vue il y a deux raisons essentielles (p. 185). En premier lieu, dans *Le Silmarillion*, il n'y a aucune « médiation » du type fourni par les hobbits (ainsi, dans *Bilbo le Hobbit*, « Bilbo joue le rôle du lien entre les temps modernes et le monde archaïque de nains et de dragons »). Mon père était lui-même très conscient du fait que l'absence

---

* Quand le nom est imprimé en italiques, je fais référence à l'œuvre telle qu'elle fut publiée ; lorsque le titre est entre guillemets, je me réfère à l'œuvre de manière plus générale, dans une forme quelconque ou bien sous toutes ses formes.

de hobbits serait ressentie comme un manque, si « Le Silmarillion » venait à être publié — et pas seulement par les lecteurs qui les appréciaient tout particulièrement. Dans une lettre écrite en 1956 (*The Letters of J.R.R. Tolkien*, p. 238), peu de temps après la publication du *Seigneur des Anneaux*, il dit :

> Je ne pense pas qu'il aurait l'attrait du *S.A.* — pas de hobbits ! Empli de mythologie, et de choses elfiques, et tout ce « haut style » (comme pourrait le dire Chaucer), qui a été si peu au goût de tant de critiques.

Dans « Le Silmarillion », la boisson est pure et inaltérée, le lecteur se trouve ainsi placé à des mondes d'une telle « médiation », d'une collision délibérée (bien plus qu'une affaire de styles) telle que celle produite par la rencontre entre le Roi Théoden et Pippin et Merry dans les ruines d'Isengard :

> « Adieu mes hobbits ! J'espère que nous nous reverrons dans ma demeure ! vous vous y assiérez près de moi, et me direz tout ce que votre cœur désirera : les exploits de vos aïeux, aussi loin que pouvez les faire remonter… »
>
> Les hobbits s'inclinèrent profondément. « C'est donc là le Roi de Rohan ! » dit Pippin à mi-voix. « Un bien beau vieillard. Très poli. »

En second lieu,

> *Le Silmarillion* diffère des œuvres précédentes de Tolkien dans son refus d'accepter les conventions du roman. La plupart des romans (*Bilbo le Hobbit* et *Le Seigneur des Anneaux* compris) choisissent un personnage à placer sur l'avant-scène, comme Frodo et Bilbo, et ensuite racontent l'histoire comme elle lui arrive. Le romancier est bien sûr en train d'inventer l'histoire, et se réserve donc l'omniscience : il peut expliquer, ou montrer, ce qui se passe « vraiment » et le mettre en contraste avec la perception limitée du personnage.

Il y a, donc, et de toute évidence, une question de « goût » littéraire (ou d'« accoutumance » littéraire) qui entre en jeu ; et aussi une question de « déception » littéraire — la « déception (erronée) que connaissent ceux qui voulaient un second *Seigneur des Anneaux* » à laquelle fait référence le professeur Shippey. Ceci a même produit un sentiment d'outrage — on me l'a formulé dans un cas avec les mots « On dirait l'Ancien Testament ! » : une condamnation terrible contre laquelle il ne peut, clairement, y avoir aucun appel (bien que ce lecteur n'ait pu parvenir bien loin dans le texte avant de succomber à la comparaison). Bien sûr, l'intention du « Silmarillion » était d'émouvoir le cœur et l'imagination, directement, et ce sans requérir un effort particulier, ou des capacités inhabituelles ; mais son mode lui est intrinsèque, et l'on peut douter qu'une quelconque « approche » aide grandement ceux qui le trouveraient inabordable.

Il y a une troisième considération (que le professeur Shippey ne présente d'ailleurs pas dans le même contexte) :

> Une qualité que [*Le Seigneur des Anneaux*] possède en abondance est « l'impression de profondeur » de Beowulf, créée de la même

manière que dans cette épopée médiévale par le biais de chansons et de digressions tels le lai de Tinúviel dit par Aragorn, les allusions de Sam Gamgee au Silmaril et à la Couronne de Fer, le récit d'Elrond de Celebrimbor et des douzaines encore. Ceci, cependant, est une qualité du *Seigneur des Anneaux* et non des histoires insérées. De raconter celles-ci de leur propre droit et de s'attendre à ce qu'elles retiennent le charme qu'elles acquirent de leur contexte plus large serait une erreur terrible, une erreur à laquelle Tolkien serait plus sensible que tout autre homme vivant. Comme il l'écrivit dans une lettre révélatrice datée du 20 septembre 1963 :

« J'ai moi-même des doutes au sujet de l'entreprise [d'écrire *Le Silmarillion*]. Une partie de l'attraction du *S.A.* est, je pense, due aux aperçus d'une histoire plus large à l'arrière-plan ; une attraction comme celle d'observer au loin une île que l'on ne visite pas, ou de voir les tours d'une cité lointaine miroitant dans une brume ensoleillée. Y aller serait détruire la magie, à moins que de nouvelles perspectives inaccessibles ne soient ensuite révélées » (*Letters*, p. 333).

Y aller serait détruire la magie. Et en ce qui concerne la révélation « de nouvelles perspectives inaccessibles », le problème ici — comme Tolkien a dû le penser maintes fois — était que, dans *Le Seigneur des Anneaux*, la Terre du Milieu était déjà vieille, avec un vaste poids d'histoire derrière elle. *Le Silmarillion*, par contre, dans sa forme plus longue, devait forcément commencer au départ. Comment créer de la « profondeur » alors qu'on n'a nulle part où puiser plus loin en arrière ?

La lettre citée ici montre certainement que mon père ressentait cette question, ou plutôt, devrait-on dire, ressentait à certains moments cette question comme un problème en puissance. Il ne s'agissait pas non plus d'une pensée nouvelle : alors qu'il écrivait *Le Seigneur des Anneaux*, en 1945, il dit dans une lettre qu'il m'adressa (*Letters*, p. 110) :

Une histoire doit être racontée ou bien il n'y aura pas d'histoire, pourtant ce sont les histoires qui ne sont pas racontées qui sont les plus émouvantes. Je pense que tu es ému par Celebrimbor parce qu'il transmet un sentiment subit d'histoires sans fin *jamais racontées* : des montagnes vues au loin, que l'on n'escaladera jamais, des arbres lointains (comme celui de Niggle) dont on ne s'approchera pas — ou si on le fait, qui deviendront simplement des « arbres proches »...

Ce sujet est parfaitement illustré pour moi par la chanson de Gimli dans Moria, où ces grands noms sortis du monde antique semblent d'une distance absolue :

Le monde était beau, les montagnes altières
Aux Jours Anciens d'Avant la chute
De puissants rois en Nargothrond
Et en Gondolin qui maintenant
Au-delà des Mers Occidentales ont disparu...

« J'aime ça ! » dit Sam. « J'aimerais l'apprendre. *En la Moria, à Khazad-dûm*. Mais ça fait paraître les ténèbres plus lourdes de penser à toutes ces lampes. »

Par son enthousiaste « J'aime ça ! », Sam ne fait pas simplement office de « médiateur » (en le « gamgeefiant » sympathiquement) de l'« altier », des puissants rois de Nargothrond et de Gondolin, Durin sur son trône sculpté, mais de surcroît les place immédiatement à une distance encore plus lointaine, une distance magique qu'il pourrait bien sembler (*à ce moment précis*) destructif de traverser.

Le professeur Shippey dit que « de raconter [les histoires auxquelles il n'est que fait allusion dans *Le Seigneur des Anneaux*] de leur propre droit et de s'attendre à ce qu'elles retiennent le charme qu'elles acquirent de leur contexte plus large serait une erreur terrible ». Je présume que « l'erreur » repose dans l'expression d'une telle attente, si les histoires étaient racontées, et non pas dans l'idée de raconter ces histoires ; il apparaîtrait que le professeur Shippey imagine mon père en train de se demander, en 1963, s'il devrait ou non prendre plume et papier, car il extrapole les mots de la lettre, « J'ai moi-même des doutes au sujet de l'entreprise », pour signifier « l'entreprise d'écrire *Le Silmarillion* ». Mais lorsque mon père dit ceci, il n'était pas — absolument pas — en train de se referer à l'œuvre elle-même, qui était dans tous les cas déjà écrite, et en grande partie maintes fois réécrite (les allusions dans *Le Seigneur des Anneaux* ne sont pas illusoires) : ce qui était en question pour lui, comme il le dit plus tôt dans la même lettre, était sa *présentation*, dans une publication, après la sortie du *Seigneur des Anneaux*, lorsque, comme il le pensait, le bon moment pour le faire connaître était déjà passé.

> J'ai tout de même peur que la présentation ne demande beaucoup de travail, et je travaille si lentement. Les légendes doivent être retravaillées (elles furent écrites à des périodes différentes, certaines il y a très longtemps) et mises en accord ; elles devront être intégrées avec *Le S.A.* et il faut leur donner une forme progressive. Aucun mécanisme simple, comme un voyage ou une quête, n'est disponible.
>
> J'ai moi-même des doutes au sujet de l'entreprise…

Lorsque après sa mort la question se présenta de publier « Le Silmarillion » sous une forme ou une autre, je n'attachai aucune importance à ce doute. L'effet que produisent les « aperçus d'une histoire plus large à l'arrière-plan » dans *Le Seigneur des Anneaux* est incontestable et de la plus grande importance, mais je ne pensai pas que les « aperçus » qui y furent utilisés avec tant de talent dussent exclure toute connaissance supplémentaire de « l'histoire plus large ».

On ne peut faire de « l'impression de profondeur » littéraire un critère par lequel est mesurée une œuvre dans un mode tout à fait différent : ceci reviendrait à traiter l'histoire des Jours Anciens comme si sa valeur avait été justifiée primordialement, voire uniquement, par l'usage artistique qui en fut fait dans *Le Seigneur des Anneaux*. L'on ne devrait pas non plus comprendre de manière purement mécanique ce mécanisme d'un mouvement en arrière, en un temps imaginé, vers des événements vaguement appréhendés, dont l'attraction réside dans leur caractère vague même, comme si une description plus étoffée des puissants rois de Nargothrond et de Gondolin impliquait une approche dangereuse du « fond du puits » et un épuisement définitif de « profondeur » — « nulle part où puiser plus loin en arrière ».

Mais, en toute certitude, ce n'est pas ainsi que ce mécanisme fonctionne, ou tout au moins pas ainsi que ce mécanisme doit nécessairement fonctionner. La « profondeur » dans ce sens implique une relation entre différentes strates ou niveaux temporels à l'intérieur du même monde. Pourvu que le lecteur ait une place, une position avantageuse, *dans le temps imaginaire*, à partir duquel il peut regarder en arrière, l'âge extrême du très ancien peut être rendu apparent et être ressenti continuellement. Le simple fait que *Le Seigneur des Anneaux* établisse un sentiment si puissant d'une structure temporelle réelle (bien plus puissante qu'on ne pourrait le faire par de simples assertions chronologiques, des tables de dates) fournit cette position stratégique. Pour lire *Le Silmarillion*, on doit se placer imaginativement au moment de l'achèvement du Troisième Âge — dans la Terre du Milieu, regardant en arrière : au point temporel du « J'aime ça ! » de Sam Gamgee — et rajouter, « j'aimerais en savoir plus ». De surcroît, la forme et le ton concis ou abrégé du *Silmarillion*, avec sa suggestion d'âges de poésie et de « science » derrière lui, évoquent fortement un sentiment de « contes jamais racontés », même lorsqu'ils sont en train d'être racontés ; « la distance » n'est jamais perdue. Il n'y a aucune urgence narrative ; ni la pression ni la crainte de l'événement immédiat et inconnu. Nous ne « voyons » pas les Silmarils comme nous voyons l'Anneau. Le créateur du « Silmarillion », comme il le dit lui-même de l'auteur de *Beowulf*, « racontait des choses déjà anciennes et alourdies de regret, il employa son art à rendre vive cette pression que l'on sent au cœur lorsqu'il s'agit de chagrins qui sont à la fois poignants et lointains ».

Comme il a maintenant été pleinement exposé, mon père désirait fortement publier « Le Silmarillion » ensemble avec *Le Seigneur des Anneaux*. Je ne dirai rien de la possibilité d'un tel projet à l'époque, et je ne ferai pas de suppositions quant au destin qu'aurait connu une telle œuvre, beaucoup plus longue et combinée, quadrilogie ou tétralogie, ni quant aux différentes voies que mon père eût alors pu emprunter — car le développement ultérieur du « Silmarillion » lui-même, l'histoire des Jours Anciens, eût alors été arrêté. Mais de par sa publication posthume presque un quart de siècle plus tard, l'ordre naturel de présentation de l'histoire de la Terre du Milieu fut inversé ; avoir publié en 1977 une version du « legendarium » primordial indépendamment, qui s'affirme, pourrait-on dire, comme auto-explicative, reste certainement discutable. L'œuvre publiée n'a aucun « encadrement », n'offre aucune suggestion de ce qu'elle est ni de comment (à l'intérieur du monde imaginé) elle vint à exister. Je pense maintenant que ceci fut une erreur.

La lettre de 1963 citée plus haut montre mon père réfléchissant au mode par lequel l'on pût présenter les légendes des Jours Anciens. Le mode original, celui du *Livre des Contes Perdus*, dans lequel un Homme, Eriol, vient après un long voyage à travers l'océan jusqu'à l'île où demeurent les Elfes et entend leur histoire de leurs propres bouches avait (par degrés) été abandonné. Lorsque mon père mourut en 1973, « Le Silmarillion » était dans un état caractéristique de confusion : les premières parties maintes fois révisées ou en grande partie réécrites, les parties conclusives encore comme il les avait laissées quelque vingt ans auparavant ; mais dans les écrits les plus récents il n'y avait aucune trace ou suggestion d'un « mécanisme » ou d'un « cadre » dans lequel les légendes devaient être placées. Je pense qu'à la fin il arriva à la conclusion que rien ne pourrait faire l'affaire, et que rien ne devrait être affirmé au-delà d'une courte explication de la manière dont (dans le monde imaginé) l'histoire vint à être enregistrée.

Dans l'édition originale du *Seigneur des Anneaux*, Bilbo donna à Frodo comme cadeau de départ, à Rivendell, « quelques livres de traditions qu'il avait composés à différentes époques, consignés en son écriture en pattes de mouches, et qui portaient sur leur dos rouge l'inscription : *Traductions de l'Elfique, par B.B.* ». Dans la deuxième édition (1966) « quelques livres » fut changé en « trois livres » et mon père expliqua dans la *Note sur les Archives de la Comté* rajoutée au prologue lors de cette édition que le contenu des « trois gros volumes reliés de cuir rouge » fut préservé dans cette copie du Livre Rouge du Westmarch qui fut faite à Gondor par le Scribe du Roi Findegil en l'année 172 du Quatrième Âge ; et aussi que :

> On a constaté que ces trois volumes formaient une œuvre de grand talent et de grande érudition pour laquelle (...) [Bilbo] s'était servi de toutes les sources, tant orales qu'écrites, dont il pouvait disposer à Fondcombe. Mais comme Frodo y eut peu recours étant donné qu'elles concernent presque exclusivement les Jours Anciens, on n'en dira pas davantage ici.

Dans son livre encyclopédique *The Complete Guide to Middle-Earth* *, Robert Foster dit : « *Quenta Silmarillion* fut sans doute une des Traductions de l'Elfique de Bilbo préservées dans le Livre Rouge du Westmarch. » J'ai supposé de même ; les « livres de traditions » que Bilbo donna à Frodo fournissaient à la fin la solution : ils étaient « Le Silmarillion ». Mais hormis les preuves citées ici, il n'y a, pour autant que je le sache, aucune autre spécification sur ce sujet où que ce soit dans les écrits de mon père, et j'hésitai donc (à tort, comme je le pense maintenant) à prendre sur moi et à établir comme une certitude ce que je ne faisais que supposer.

Le choix qui se présentait à moi, concernant « Le Silmarillion », était triple. Je pouvais différer sa publication indéfiniment, dans la mesure où l'œuvre était incomplète et incohérente entre ses parties. Je pouvais accepter la nature de l'œuvre telle qu'elle se présentait, et,

---

* *The Complete Guide to Middle-Earth*, Robert Foster, 1974, 1978, Ballantine Books.

pour citer ma préface à ce livre, tenter de montrer « la diversité des matériaux — montrer "Le Silmarillion" comme une création continue et changeante s'étendant sur plus d'un demi-siècle, ce qui est le cas » ; ce qui, comme je l'ai dit dans *Contes et Légendes inachevés* (p. 9), aurait impliqué « un réseau de textes divergents reliés entre eux par un commentaire » — une entreprise bien plus ambitieuse que ces mots ne le suggèrent. Finalement, j'ai choisi la troisième possibilité, de « m'efforcer d'arriver à un texte unique en choisissant l'ordre des récits de manière à obtenir une suite cohérente et qui se suffise à elle-même ». Étant arrivé, en fin de compte, à cette décision, tout le travail éditorial qui nous échut à moi et à Guy Kay, mon assistant, fut dirigé vers le but exposé par mon père dans sa lettre de 1963 : « Les légendes devront être retravaillées (...) et rendues cohérentes ; et elles devront être intégrées au *S.A.* » Puisque l'objet était de présenter « Le Silmarillion » comme une « entité parachevée et en elle-même cohérente » (bien que ce ne pût, par la nature même de l'œuvre, être un succès complet), il s'ensuivit qu'il ne pouvait y avoir dans le livre publié d'exposition des complexités de sa genèse.

Quoi que l'on puisse penser à ce sujet, le résultat, que je n'ai prévu d'aucune façon, a été de rajouter une dimension supplémentaire d'obscurité au « Silmarillion », dans la mesure où l'incertitude quant à l'âge de l'œuvre, à savoir s'il faut le considérer comme une œuvre « ancienne » ou « tardive » et dans quelles proportions — et quel fut le degré d'intrusion et de manipulation (ou même d'invention) éditoriale —, est une pierre d'achoppement et une source de grand malentendu. Le professeur Randel Helms, dans *Tolkien and the Silmarils* *, a posé le problème ainsi (p. 93) :

> Quiconque, comme moi, s'intéresse au développement du *Silmarillion* voudra étudier les *Contes et Légendes inachevés*, non seulement pour leur valeur intrinsèque mais aussi parce que leur relation avec le précédent fournit ce qui deviendra un exemple classique d'un problème de longue date de la critique littéraire : qu'*est*, vraiment, une œuvre littéraire ? Est-ce ce que l'auteur a voulu (ou pu vouloir) qu'elle soit, ou bien est-ce ce qu'un éditeur ultérieur en a fait ? Le problème devient particulièrement intense pour le critique en exercice lorsque, comme il arriva avec *Le Silmarillion*, un auteur meurt avant d'avoir achevé son œuvre et laisse plus d'une version de certaines de ses parties, qui sont ensuite publiées ailleurs. Quelle version le critique devra-t-il approcher comme s'agissant de la « vraie » histoire ?

Mais il dit aussi : « Christopher Tolkien nous a aidés en cette instance en faisant remarquer avec honnêteté que *Le Silmarillion* dans la forme sous laquelle nous le possédons est l'invention du fils et non du père » ; il s'agit là d'un malentendu sérieux suscité par mes propos.

De même, le professeur Shippey, tout en acceptant (p. 169) mon

---

* *Tolkien and the Silmarils*, Randel Helms, 1981, Houghton Mifflin Company.

assurance qu'« une très grande proportion » du texte de 1937 du « Silmarillion » survécut dans la version publiée, demeure évidemment hésitant, par ailleurs, à l'accepter comme autre chose qu'une œuvre « tardive », voire même l'œuvre la plus tardive de son auteur. Et dans un article intitulé « Le texte du *Hobbit :* organiser les notes de J.R.R. Tolkien » (*English Studies in Canada*, VII, 2, été 1981), Constance B. Hieatt conclut que : « il est très clair que nous n'aurons jamais la possibilité de voir les pas progressifs de la pensée de l'auteur qui se trouvent derrière *Le Silmarillion* ».

Mais au-delà des difficultés et des obscurités, il est certain et très évident que, pour celui qui engendra la Terre du Milieu et Valinor, il y avait une cohérence profonde et une interrelation vitale entre toutes ses époques, tous les lieux et les êtres, quels que fussent les modes littéraires, et aussi inconstantes que puissent sembler certaines parties de la conception lorsqu'on les contemple étalées sur la durée d'une vie. Lui-même comprit très bien que beaucoup, parmi ceux qui avaient lu *Le Seigneur des Anneaux* avec plaisir, ne souhaiteraient jamais voir la Terre du Milieu comme davantage que le décor et la mise en scène de l'histoire et se délecteraient de la sensation de « profondeur », sans jamais vouloir explorer les lieux profonds. Mais la « profondeur » n'était bien sûr pas une illusion, comme une étagère de reliures sans livres derrière ; les langues *quenya* et *sindarin* sont des structures complètes et détaillées. Il y a des explorations qui peuvent à bon droit s'engager dans ce monde sans souci des considérations de critique littéraire, et il est justifiable de tenter de comprendre sa structure dans sa majeure partie, depuis le mythe de sa Création. Chaque personnage, chaque caractéristique du monde imaginé qui semblaient significatifs à son auteur méritent donc attention par eux-mêmes, Manwë ou Fëanor non moins que Gandalf ou Galadriel, les Silmarils non moins que les Anneaux ; la Grande Musique, les hiérarchies divines, les demeures des Valar, les destinées des Enfants d'Ilúvatar, sont tous des éléments essentiels de la perception du tout. De telles investigations ne sont en aucune manière illégitimes par principe ; elles prennent leur source dans une acceptation du monde imaginé comme objet de contemplation ou d'étude aussi valide que de nombreux autres objets de contemplation ou d'étude dans le monde qui nous entoure. Ce fut dans cette optique et en sachant que d'autres la partageaient que j'entrepris de mettre en forme le recueil appelé *Contes et Légendes inachevés*.

Mais la vision de l'auteur subit une lente et constante mutation, dépouillement et élargissement : ce fut uniquement avec *Le Hobbit* et *Le Seigneur des Anneaux* que, de son vivant, des parties de celle-ci firent leur apparition et furent fixées avec leur publication. L'étude de la Terre du Milieu et de Valinor est donc complexe ; car l'objet de l'étude ne demeura pas stable, mais existe, si l'on veut, « longitudinalement » dans le temps (la vie de l'auteur), et non seulement « transversalement » dans le temps, comme c'est le cas d'un livre publié qui ne subit plus de transformations essentielles supplémentaires. Avec la publication du « Silmarillion », le « longitudinal » fut coupé « transversalement », et une sorte de finalité fut imposée.

Cette discussion quelque peu décousue est une tentative d'expliquer mes motivations principales en offrant *Le Livre des Contes Perdus* à la publication. Il s'agit du premier pas d'une présentation du point de vue « longitudinal » de la Terre du Milieu et de Valinor : lorsque l'énorme expansion géographique, s'élargissant depuis le centre et (pourrait-on dire) repoussant Beleriand dans l'ouest, se trouvait encore loin dans l'avenir ; lorsqu'il n'y avait pas de « Jours Anciens » s'achevant dans la submersion de Beleriand, car il n'y avait pas encore d'Âges du Monde ; lorsque les Elfes étaient encore des « fées », et que même Rúmil le sage parmi les Noldo était très éloigné des « maîtres du savoir » magistraux que mon père conçut plus tard. Dans *Le Livre des Contes Perdus*, les princes des Noldor viennent à peine d'apparaître, ainsi que les Elfes Gris de Beleriand ; Beren est un Elfe, et non un Homme, et son geôlier, le précurseur ultime de Sauron dans ce rôle, est un chat monstrueux habité par un démon ; les Nains sont un peuple maléfique ; et les relations historiques entre Quenya et Sindarin sont conçues tout à fait différemment. Ce sont là quelques caractéristiques notables, mais une telle liste pourrait être bien plus longue et, par contre, il existait déjà une structure ferme sous-jacente qui allait persister. De surcroît, dans l'histoire de la Terre du Milieu, le développement se fit rarement par rejet — beaucoup plus souvent il se fit par une transformation subtile et par étapes, de sorte que le développement des légendes (le processus, par exemple, par lequel l'histoire de Nargothrond vint à toucher celle de Beren et Lúthien, un contact dont il n'y a même pas un soupçon dans les *Contes Perdus*, bien que les deux éléments soient présents) peut venir à ressembler au développement des légendes parmi les peuples, le produit de maints esprits et de maintes générations.

Le Livre des Contes Perdus fut entamé par mon père en 1916-1917, pendant la Première Guerre mondiale, alors qu'il avait vingt-cinq ans, et fut laissé incomplet plusieurs années plus tard. L'œuvre est le point de départ, au moins sous la forme d'un récit construit, de l'histoire de Valinor et de la Terre du Milieu ; mais avant que les *Contes* ne fussent achevés, il se tourna vers la composition de longs poèmes, le *Lai de Leithian* en couplets rimés (l'histoire de Beren et Lúthien), et *Les Enfants de Húrin* en poésie allitérative. La forme en prose de la mythologie recommença à partir d'un nouveau point de départ * en un synopsis assez bref, ou « Esquisse » comme il l'appelait, écrit en 1926 et dont l'intention expresse était de fournir une connaissance de base suffisante pour la compréhension du poème allitératif. Le développement ultérieur de la forme en prose se poursuivit depuis cette « Esquisse » en ligne directe jusqu'à la version du « Silmarillion » qui approchait de son aboutissement en 1937, lorsque mon père l'interrompit pour l'envoyer ainsi à Allen & Unwin en novembre de cette

* Dans le cas seul de *La Musique des Ainur*, il y eut un développement direct, de manuscrit en manuscrit, depuis *Le Livre des Contes Perdus* jusqu'aux formes ultérieures ; car *La Musique des Ainur* fut scindée des autres contes et continua sous la forme d'un ouvrage indépendant.

même année ; mais il y eut aussi d'importantes branches accessoires et textes subalternes composés dans les années trente, tels les *Annales de Valinor* et les *Annales de Beleriand* (des fragments de ces textes existent aussi dans les traductions en vieil anglais effectuées par Ælfwine [Eriol]), la description cosmologique nommée *Ambarkanta*, la Forme du Monde, donnée par Rúmil, et le *Lhammas* ou « Description des Langues », de Pengolod de Gondolin. Ensuite, l'histoire du Premier Âge fut laissée de côté durant de longues années, jusqu'à l'achèvement du *Seigneur des Anneaux*, mais durant les années qui précédèrent sa publication, mon père retourna au « Silmarillion » et aux travaux associés avec une grande vigueur.

Cette édition en deux parties des *Contes Perdus* sera, je l'espère, le début d'une série qui poursuivra l'histoire plus loin à travers ces écrits ultérieurs, en vers et en prose ; dans cette attente, j'ai appliqué à ce livre un titre « dominant » censé aussi couvrir tous ceux qui le suivront, bien que je craigne que *L'Histoire de la Terre du Milieu* ne se révèle trop ambitieux. Dans tous les cas, ce titre n'implique pas une « Histoire » au sens conventionnel : mon intention est de présenter des textes complets, ou bien complets en grande partie, de sorte que les livres ressembleront plutôt à une série d'éditions. Je ne me pose pas comme but premier de dénouer une quantité de fils distincts et séparés, mais de rendre disponibles des œuvres qui peuvent et doivent être lues à part entière.

Retracer cette longue évolution m'est d'un grand intérêt, et j'espère qu'elle pourra se révéler telle à d'autres qui se connaissent un goût pour ce type d'investigation : qu'il s'agisse de transformations majeures dans l'intrigue ou bien dans la théorie cosmologique, ou d'un détail telle l'apparition prémonitoire de Legolas Greenleaf à la vue perçante dans *La Chute de Gondolin*. Mais ces vieux manuscrits ne sont certainement pas intéressants seulement pour l'étude des origines. L'on y découvre quantité de choses que mon père ne rejeta jamais expressément (pour autant que l'on peut le discerner), et il faut se souvenir que « Le Silmarillion », à partir de l'« Esquisse » de 1926, fut écrit dans l'optique d'une réduction ou d'un abrégé, donnant la substance d'œuvres bien plus longues (qu'elles existent, de fait, ou pas) dans des limites plus étroites. Le ton hautement archaïque qu'il conçut pour ses intentions n'avait rien d'excessivement pompeux : il était étendu et d'une grande vigueur, particulièrement juste pour communiquer la nature magique et étrange des premiers Elfes, mais tout aussi aisément tourné vers le ton sarcastique et railleur de Melko ou les affaires d'Ulmo et Ossë. Ces dernières approchent parfois une conception comique, et sont rendues dans un langage rapide et vivant qui ne survécut pas dans la gravité de style qu'employa mon père pour la prose ultérieure du « Silmarillion » (ainsi Ossë « tourne autour en une écume affairée » lorsqu'il ancre les îles au fond de la mer ; les falaises de Tol Eressëa récemment remplies par les premiers oiseaux maritimes « sont emplies d'un bavardage et d'une odeur de poisson, et de grands conclaves se tiennent sur leurs escarpements » ; et, lorsque les Elfes des Côtes sont enfin tirés à travers mer jusqu'en Valinor, Ulmo merveilleusement « voyage à l'arrière dans sa voiture poissonneuse et trompette bruyamment à la déconfiture d'Ossë »).

Les *Contes Perdus* n'atteignirent et n'approchèrent même jamais une forme sous laquelle mon père eût pu considérer leur publication avant de les abandonner ; ils étaient expérimentaux et provisoires, et il empaqueta les carnets en lambeaux dans lesquels ils furent écrits et les abandonna sans leur accorder un regard tandis que les années passaient. De les présenter dans un livre destiné à la publication a soulevé nombre de questions épineuses. En premier lieu, les manuscrits sont intrinsèquement très difficiles : notamment parce qu'une grande partie du texte fut écrit à la hâte au crayon gris et est maintenant par endroits extrêmement difficile à lire, nécessitant une loupe et beaucoup de patience, pas toujours récompensée. Mais aussi, dans le cas de certains *Contes*, mon père effaça le texte original au crayon et écrivit une version révisée par-dessus à l'encre — et puisque à cette époque il utilisait des cahiers reliés plutôt que des feuilles volantes, il risquait toujours de se retrouver à court d'espace : ainsi des portions détachées de certains contes furent écrites au milieu d'autres contes, et par endroits un puzzle textuel effrayant a été créé.

Deuxièmement, les *Contes Perdus* ne furent pas tous écrits progressivement l'un à la suite de l'autre en suivant la séquence du récit ; et (inévitablement) mon père entama un nouvel arrangement et une révision des *Contes* alors que le travail était encore en cours. *La Chute de Gondolin* fut le premier des contes racontés à Eriol à être composé, et le *Conte de Tinúviel*, le second, mais les événements que racontent ces récits s'insèrent vers la fin de l'histoire ; par ailleurs, les textes existants sont des révisions ultérieures. Dans certains cas, il est maintenant impossible de lire quoi que ce soit de ce qui précède la version révisée ; ailleurs les deux formes existent pour toute, ou une partie de, leur longueur ; il n'existe dans d'autres cas qu'un texte préliminaire ; enfin, dans certains cas il n'y a pas de récit formé du tout, mais seulement des notes et des projections. Après quantité d'expérimentations, j'ai découvert qu'aucun mode de présentation n'était envisageable hormis de disposer les *Contes* selon la séquence du récit.

Enfin, comme l'écriture des *Contes* progressait, des relations furent changées, de nouvelles conceptions firent leur entrée, et le développement des langues de pair avec le récit amena à une révision constante des noms.

Une édition qui prend en compte de telles complexités, comme l'a fait celle-ci, plutôt que de tenter de les occulter en les lissant artificiellement, risque de devenir une chose compliquée et entortillée, dans laquelle le lecteur n'est jamais laissé tranquille, fût-ce même l'espace d'un instant. J'ai tenté de rendre les *Contes* eux-mêmes accessibles et peu encombrés tout en fournissant un compte rendu assez précis, pour ceux qui le désirent, des preuves textuelles concrètes. Pour atteindre cet objectif, j'ai radicalement réduit la quantité d'annotations aux textes de la manière suivante : les nombreux changements faits dans les noms sont tous enregistrés, mais ils sont groupés ensemble à la fin de chaque conte, et non notés individuellement à chaque fois qu'ils apparaissent ; pratiquement toute l'annotation en ce qui concerne le contenu est groupée, ou condensée, dans un commentaire ou bref essai à la suite de chaque conte. Presque tout le commentaire linguistique (primordialement l'étymologie des noms) est rassemblé dans un appendice sur les noms placé à la fin du livre ; l'on y trouvera une grande quantité de renseignements en rapport avec les tout premiers stades des langues « Elfiques ». De cette manière les notes numérotées qui apparaissent dans le texte des contes sont en très grande partie limitées à des variantes et à des divergences notées dans d'autres variantes ; ainsi le lecteur qui ne désire pas se préoccuper de celles-ci peut lire les *Contes* en sachant que c'est là pratiquement tout ce qu'il est en train d'occulter.

Les commentaires sont limités dans leur envergure et se préoccupent pour la plupart des conséquences de ce qui est dit dans le contexte des *Contes* eux-mêmes, ainsi que d'établir des comparaisons avec le livre du *Silmarillion* tel qu'il fut publié. J'ai laissé de côté tout commentaire sur divers parallèles, sources ou influences ; j'ai aussi en grande partie évité les complexités de développement qui existent dans les étapes entre les *Contes Perdus* et l'œuvre publiée (puisque d'indiquer celles-ci même brièvement serait, je pense, dérangeant), traitant le sujet de façon simplifiée, comme si ce fût entre deux points uniquement. Je ne suppose pas un instant que mes analyses se révéleront tout à fait justes ou tout à fait exactes, et il doit exister des indices permettant de découvrir la solution à certaines énigmes posées par des particularités dans les *Contes* que je n'ai pas su observer.

Les textes sont présentés dans une forme très proche de celle des manuscrits originaux. Seules les étourderies les plus mineures et les plus évidentes ont été corrigées d'autorité ; lorsque des phrases tombent de façon bancale ou qu'il y a un manque de cohésion grammaticale, comme c'est parfois le cas dans des parties des *Contes* qui ne dépassèrent jamais le stade d'un premier jet, je les ai laissées telles quelles. Je me suis permis une plus grande liberté pour établir la ponctuation, car mon père, lorsqu'il écrivait à grande vitesse, pouvait ponctuer irrégulièrement ou même pas du tout ; je suis aussi allé plus loin que lui dans l'uniformisation des majuscules. J'ai de surcroît adopté, bien qu'avec hésitation, un système uniforme d'accentuation des noms elfiques. Mon père écrivit par exemple : *Palûrien, Palúrien, Palurien ; Ónen, Onen ; Kôr, Kor.* J'ai employé l'accent aigu pour les accents macron, circonflexe et aigu (et occasionnellement grave) des textes originaux, mais le circonflexe sur les monosyllabes — ainsi *Palúrien, Ónen, Kôr :* le même système, pour l'œil tout au moins, que dans le sindarin à venir.

Pour finir, la division de cette édition en deux parties est entièrement due à la longueur des *Contes.* L'œuvre est conçue comme un livre unique et j'espère que la deuxième partie paraîtra dans l'année suivant l'édition de la première partie. Mais chaque partie possède son propre appendice sur les noms. La deuxième partie contient les *Contes* les plus intéressants par bien des aspects : *Tinúviel, Turambar* (Túrin), *La Chute de Gondolin*, et le *Conte du Nauglafring* (le Collier des Nains), des esquisses pour le *Conte d'Eärendel* et la conclusion de l'œuvre ; ainsi que *Ælfwine d'Angleterre.*

Christopher Tolkien — 1983

I

La Chaumière du Jeu Perdu

[Mon père écrivit sur la couverture de l'un des « Cahiers d'Exercices de Lycée » maintenant très endommagés dans lesquels furent composés certains des *Contes Perdus* : *La Chaumière du Jeu Perdu, qui introduit [le] Livre des Contes Perdus* ; l'on trouve aussi écrites sur la couverture, de l'écriture de ma mère, ses initiales, E.M.T., et une date, 12 fév. 1917. Dans ce cahier le conte fut rédigé par ma mère ; il s'agit d'une copie au propre d'un manuscrit de mon père, très brouillon et écrit au crayon sur des feuilles volantes, rangées à l'intérieur de la couverture. Ainsi la date véritable de la composition originale de ce conte aurait pu être, bien que ce ne soit probablement pas le cas, antérieure à l'hiver 1916-1917. La rédaction au propre suit très précisément le texte original ; certaines transformations ultérieures, pour la plupart mineures (mis à part les noms), furent ensuite effectuées sur la copie propre. Le texte ci-après respecte la forme finale.]

Maintenant il se trouva en un temps qu'un voyageur venu de pays lointains, un homme d'une grande curiosité, fut par le désir de pays étranges et d'us et de demeures de peuples inhabituels mené par bateau tant loin à l'ouest que l'Île Solitaire elle-même, Tol Eressëa dans le langage des fées, mais que les Gnomes [1] nomment Dor Faidwen, le Pays de la Libération, et un grand conte s'y rapporte.

Maintenant un jour au bout de longs voyages il vint à l'heure où l'on allumait les lumières du soir à de nombreuses fenêtres au pied d'une colline dans une large plaine boisée. Il se trouvait maintenant près du centre de cette vaste île et avait erré sur ses routes durant bien des jours, s'arrêtant chaque nuit dans telle demeure de gens où il arrivait par hasard, qu'il s'agisse d'un hameau ou d'une ville de bonne taille, vers l'heure du soir où l'on allumait les chandelles. Maintenant à cette heure le désir de nouvelles visions se fait moindre, même chez celui dont le cœur est celui d'un explorateur, et même un fils d'Eärendel tel ce voyageur-ci tourne plutôt ses pensées vers le souper et le repos et la narration de contes avant que n'advienne l'heure du lit et du sommeil.

Maintenant, comme il se tenait au pied de la petite colline, il vint une faible brise suivie d'un vol de corneilles au-dessus de sa tête dans la claire lumière du soir. Le soleil avait depuis quelque temps sombré derrière les branches des ormes qui se dressaient de par la plaine aussi loin que l'œil put percevoir, et depuis quelque temps ses dernières dorures s'étaient évanouies à travers les feuilles et avaient glissé le long des clairières pour dormir sous les racines et rêver jusqu'à l'aube.

Maintenant ces corneilles donnèrent de la voix pour le retour au-dessus de lui, et virant rapidement vinrent à leur demeure dans les cimes de grands ormes au sommet de la colline. Alors Eriol pensa (car ce fut ainsi que le nomma ensuite le peuple de l'île, et sa teneur est « Celui qui rêve seul », mais de ses noms antérieurs le conte ne parle nulle part) : « L'heure du repos est proche, et bien que je ne connaisse même pas le nom de cette ville à belle apparence sur une petite colline, ici vais-je chercher du repos et un logis et je n'irai pas plus loin jusqu'au lendemain, ni peut-être même alors, car l'endroit semble doux et ses brises de bon aloi. Il a pour moi un air à conserver maints secrets de choses anciennes et belles et merveilleuses dans ses trésors et endroits nobles et dans les cœurs de ceux qui demeurent entre ses murs. »

Maintenant Eriol venait du sud et devant lui s'étendait une route droite bordée sur un côté par un grand mur de pierre grise surmonté de nombreuses fleurs ou bien, par endroits, surplombé d'ifs sombres et immenses. Au travers de ceux-ci en montant la route il put voir les premières étoiles briller, tout comme il le chanta plus tard dans la chanson qu'il fit pour cette douce cité.

Maintenant il se trouvait au sommet de la colline parmi ses maisons, et marchant comme au hasard il se détourna du chemin et descendit une ruelle sinueuse jusqu'à ce que, un peu plus bas sur le versant ouest de la colline, son œil fût attiré par une demeure minuscule dont la multitude de petites fenêtres étaient fermées par des rideaux chaleureux, mais simplement de manière à ce qu'une lumière tiède et très délicieuse, comme d'un apaisement du cœur à l'intérieur, s'en déversât. Alors son cœur se languit pour une aimable compagnie, et le désir de voyager mourut en lui — et poussé par un puissant désir il se tourna vers cette porte de chaumière, et y frappant demanda à celui qui vint et ouvrit quel pouvait être le nom de cette maison et qui pouvait y demeurer. Et on lui dit qu'il s'agissait de Mar Vanwa Tyaliéva, ou la Chaumière du Jeu Perdu, et devant ce nom il s'émerveilla grandement. Y demeuraient, lui dit-on, Lindo et Vairë qui l'avaient bâtie bien des années auparavant, et avec eux y demeuraient un nombre appréciable de leurs gens et amis et enfants. Et à ceci il s'émerveilla encore plus qu'auparavant, au vu de la taille de la chaumière ; mais celui qui lui avait ouvert, percevant sa pensée, dit : « Petite est la demeure, mais plus petits encore sont ceux qui y demeurent — car tous ceux qui y entrent doivent en effet être très petits, ou de par leur propre souhait devenir comme s'ils étaient très petits lors même qu'ils se tiennent sur le seuil. »

Alors Eriol dit que ce serait son souhait très cher que d'y entrer et d'y demander à Vairë et Lindo une nuit de générosité d'hôte, s'ils l'acceptaient, et s'il pouvait de son propre vœu devenir suffisamment petit là sur le seuil. Alors, dit l'autre, « Entrez », et Eriol fit un pas et entra, et voici, il semblait s'agir d'une maison de grande taille et au grand délice, et son seigneur, Lindo, et son épouse, Vairë, vinrent l'accueillir ; et son cœur connut un plus grand ravissement en lui qu'il n'avait encore connu de tous ses vagabondages, bien que, depuis qu'il avait posé pied sur l'Île Solitaire, sa joie eût été suffisamment grande.

Et lorsque Vairë eut prononcé les mots de bienvenue, et que Lindo se fut enquis auprès de lui de son nom et du lieu d'où il venait, et de celui où il pouvait se diriger, et qu'il se fut nommé l'Étranger et eut dit qu'il venait des Grandes Terres [2], et qu'il se dirigeait là où son désir de voyage le menait, alors fut disposé le repas du soir dans la grande salle et l'on enjoignit à Eriol de s'y rendre. Maintenant dans cette salle malgré la saison d'été étaient trois grands feux — l'un à l'autre bout et l'un de chaque côté de la table, et mis à part leur lumière lorsque Eriol entra tout était enveloppé dans une chaleureuse pénombre. Mais à ce moment de nombreuses personnes entrèrent portant des chandelles de toutes tailles et aux formes variées dans des chandeliers aux motifs étranges : nombreux parmi ceux-ci étaient de bois sculpté et d'autres de métal forgé, et on les disposa au hasard autour de la table centrale et sur celles des côtés.

À ce même moment un immense gong résonna d'un doux bruit au loin dans la maison, et un son s'ensuivit comme d'un rire émis par de nombreuses voix, mêlé à un grand crépitement de pas. Alors Vairë dit à Eriol, voyant son visage empli d'un émerveillement heureux : « Il s'agit là de la voix de Tombo, le Gong des Enfants, qui se dresse à l'extérieur de la Salle du Jeu Reconquis, et il sonne une fois pour les appeler à cette salle aux heures où l'on mange et l'on boit, et trois fois pour les appeler à la Chambre du Feu de Bûches pour la narration de contes », et Lindo rajouta : « Si lorsqu'il sonne une fois il y a des rires dans les couloirs et un bruit de pas, alors les murs tremblent de joie et des battements de pieds lors des trois coups d'un soir. Et faire résonner les trois coups est le moment le plus joyeux dans la journée de Petitcœur, le Gardien du Gong, comme il le déclare lui-même qui a connu suffisamment de bonheur en des temps anciens ; et ancien, il l'est en effet au-delà de tout compte et malgré son âme joyeuse. Il navigua dans Wingilot avec Eärendel en ce dernier voyage durant lequel ils partirent à la recherche de Kôr. Ce fut le retentissement de ce Gong sur les Mers

Ombreuses qui éveilla le Dormeur dans la Tour de Perle qui s'élève loin à l'ouest dans les Îles Crépusculaires. »

L'esprit d'Eriol pencha tant vers ces mots, car il lui sembla qu'un monde nouveau et très beau s'ouvrait à lui, qu'il n'entendit rien d'autre jusqu'à ce que Vairë lui enjoignît de s'asseoir. Alors il leva les yeux, et voici, la salle et toutes ses banquettes et ses chaises étaient remplies par des enfants de tous aspects, de tous genres et de toutes tailles, tandis qu'éparpillés parmi eux étaient des gens de tout type et de tout âge. En une chose uniquement se ressemblaient-ils : en ce qu'un air de grand bonheur illuminé d'une attente heureuse de joie et de rires nouveaux se lisait sur chaque visage. La lumière douce des bougies s'étalait aussi sur tous ; elle brillait sur des tresses resplendissantes et luisait sur des cheveux bruns ou bien çà et là allumait un pâle feu dans des mèches devenues grises. Alors qu'il les contemplait, tous se levèrent et chantèrent d'une seule voix la chanson de la Menée des Viandes. Alors la nourriture fut amenée et posée devant eux, et après cela les porteurs et ceux qui servaient et ceux qui attendaient, hôte et hôtesse, enfants et invité, s'assirent : mais Lindo bénit tout d'abord et la nourriture et la compagnie. Tout en mangeant, Eriol se plongea en conversation avec Lindo et son épouse, leur narrant des contes de ses anciens jours et de ses aventures, et surtout ceux qu'il avait rencontrés lors du voyage qui l'avait mené à l'Île Solitaire et demandant en retour maintes choses concernant le beau pays, et par-dessus tout cette belle ville où il se trouvait maintenant.

Lindo lui dit : « Sache donc qu'aujourd'hui, ou plutôt s'agissait-il d'hier, tu traversas les bordures de cette région qui se nomme Alalminórë ou "le Pays des Ormes", que les Gnomes nomment Gar Lossion, ou "l'Endroit des Fleurs". Maintenant cette région est tenue comme étant le centre de l'île, et son plus beau royaume ; mais par-dessus tous les villages et villes d'Alalminórë est tenue Koromas, ou Kortirion comme certains la nomment, et cette cité est celle dans laquelle tu te trouves actuellement. À la fois parce qu'elle se dresse au cœur de l'île, et en raison de la hauteur de sa tour massive, ceux qui en parlent avec amour la nomment la Citadelle de l'Île, ou du Monde lui-même. Il y a plus de raison à ceci même qu'un grand amour, car toute l'île se tourne vers ceux qui demeurent ici pour la sagesse et l'éducation, pour la chanson et la science ; et ici, dans un grand *korin* d'ormes, demeure Meril-i-Turinqi. (Maintenant un *korin* est une grande haie circulaire, qu'elle soit faite de pierres ou d'épines ou même d'arbres, qui limite une pelouse verte.) Meril vient du sang d'Inwë, que les Gnomes nomment Inwithiel, lui qui fut roi de tous les Eldar lorsqu'ils demeurèrent à Kôr. Cela se passa durant les jours avant qu'Inwë, entendant la lamentation du monde, ne les mène en avant vers les terres des Hommes : mais ces grandes et tristes choses, et la façon dont les Eldar vinrent à cette île belle et solitaire, peut-être les raconterai-je une autre fois.

Mais après bien des jours Ingil fils d'Inwë, reconnaissant que cet endroit était très doux, se reposa ici, et autour de lui se rassemblèrent la plupart des plus beaux et des plus sages, la plupart des plus joyeux et des plus gentils de tous les Eldar [3]. Ici, parmi ce grand nombre, vint mon père Valwë qui alla avec Noldorin à la recherche des Gnomes, et le père de Vairë mon épouse, Tulkastor. Il était du peuple d'Aulë, mais avait longtemps demeuré parmi les Flûtistes des Côtes, les Solosimpi, et ainsi vint parmi les premiers à l'île.

Alors Ingil construisit la grande tour [4] et nomma la ville Koromas, ou "le Repos des Exilés de Kôr", mais en raison de cette tour on l'appelle maintenant le plus souvent Kortirion. »

Maintenant, autour de ce moment, ils approchèrent de la fin du repas ; alors Lindo remplit son gobelet et Vairë après lui et tous ceux dans la salle, mais il dit à Eriol : « Maintenant ceci avec quoi nous remplissons nos gobelets est du *limpë*, la boisson des Eldar qu'ils soient jeunes ou vieux et, le buvant, nos cœurs gardent la jeunesse et nos bouches s'emplissent de chanson, mais de cette boisson je ne peux administrer : Turinqi seule peut en donner à ceux qui ne sont pas de la race des Eldar, et ceux qui en boivent doivent demeurer toujours avec les Eldar de l'île jusqu'à ce moment où ils partiront retrouver les familles perdues du peuple. »

Alors, il remplit le gobelet d'Eriol, mais le remplit avec un vin doré des antiques fûts des Gnomes ; puis tous se levèrent et burent « à l'Allée de l'Avant et à la Renaissance du Soleil Magique ». Alors résonna le Gong des Enfants trois fois, et une clameur heureuse s'éleva dans la salle, et d'aucuns ouvrirent grand de vastes portes de chêne au bout de la salle — à cette extrémité qui ne possédait de foyer. Alors ils furent nombreux à se saisir de ces chandelles qui étaient placées dans de grands chandeliers en bois et à les maintenir en l'air tandis que d'autres riaient et bavardaient, mais tous firent un chemin au milieu de la compagnie qu'empruntèrent Lindo et Vairë et Eriol, et ils passèrent les portes avec la foule qui les suivait.

Eriol vit maintenant qu'ils se trouvaient dans un couloir court et large dont les murs étaient recouverts de riches tapisseries jusqu'à mi-hauteur ; et sur ces tapisseries étaient représentées de nombreuses histoires dont il ne connaissait alors le sens. Au-dessus des tapisseries il semblait y avoir des tableaux, mais il ne pouvait voir dans la pénombre, car les porteurs des chandelles étaient à l'arrière, et devant lui la seule lumière provenait d'une porte ouverte à travers laquelle se déversait une lueur rouge comme celle d'un grand feu. « Cela, dit Vairë, est le Feu aux contes qui flamboie dans la Chambre des Bûches ; là brûle-t-il durant toute l'année, car c'est un feu magique, et il aide grandement le conteur pour son conte — mais là nous dirigeons-nous maintenant », et Eriol dit que cela lui semblait meilleur que toute autre chose.

Alors toute cette compagnie vint riant et parlant dans la pièce d'où provenait la lueur rouge. Une salle belle était-elle, comme on pouvait le sentir par l'étincellement même du feu qui dansait sur les murs et le plafond bas, tandis que des ombres profondes s'étendaient dans les coins et les recoins. Autour du vaste foyer était semée une multitude de tapis moelleux et de coussins accommodants, et légèrement à l'écart se trouvait un siège profond aux bras et aux pieds sculptés. Et ainsi fut-il qu'Eriol ressentit à cette heure, ainsi qu'à toutes autres auxquelles il entra là à l'heure des contes, que quel que fût le nombre de gens et d'enfants la pièce semblait toujours juste assez spacieuse sans être grande, assez petite mais non surpeuplée.

Alors tous s'assirent où ils le voulaient, jeunes et vieux, mais Lindo dans le siège profond et Vairë sur un coussin à ses pieds, et Eriol se réjouissant devant le rouge flamboiement — et pourtant c'était l'été — s'étendit près du foyer.

Alors Lindo dit : « Que narreront les contes ce soir ? Narreront-ils les Grandes Terres, et les demeures des Hommes ; les Valar et Valinor ; l'Ouest et ses mystères, l'Est et sa gloire, le Sud et ses contrées sauvages qui n'ont jamais été foulées, le Nord et son pouvoir et sa force ; ou bien cette île et son peuple ; ou les jours anciens de Kôr où demeura auparavant notre peuple ? Puisque ce soir nous recevons un hôte, un homme aux voyages grands et excellents, un fils me semble-t-il d'Eärendel, narreront-ils voyages, vagabondages en bateau, vents et mer [5] ? »

Mais à ces questions, certains répondirent une chose et certains une autre, jusqu'à ce qu'Eriol dît : « Je vous en prie, si cela convient aux autres, pour cette fois parlez-moi de cette île, et de toute cette île le plus volontiers apprendrais-je sur cette maison de bon aloi et cette douce compagnie de demoiselles et de garçons, car parmi toutes les maisons celle-ci me semble être la plus ravissante et parmi tous les rassemblements celui-ci est le plus beau que j'aie pu contempler. »

Alors Vairë dit : « Sache donc qu'auparavant, durant les jours [6] d'Inwë (et plus loin en arrière est-il difficile d'aller dans l'histoire des Eldar), il y eut un endroit aux doux jardins en Valinor auprès d'une mer d'argent. Maintenant ce lieu était proche des confins du royaume mais non loin de Kôr, pourtant de par son éloignement de l'arbre du soleil Lindelos, il y régnait toujours une lumière comme celle d'un soir d'été, hormis le seul moment où les lampes d'argent étaient allumées sur la colline au crépuscule ; alors de petites lumières de blanc dansaient et tremblaient sur les chemins, pourchassant des taches d'ombre noires sous les arbres. Ceci était un temps de joie pour les enfants, car c'était à cette heure surtout qu'un nouveau camarade venait à descendre le chemin nommé Olórë Mallë ou Chemin des Rêves. L'on m'a dit, bien que je ne connaisse la vérité, que ce chemin poursuivait des routes tortueuses jusqu'aux demeures des Hommes, mais cette voie nous n'empruntâmes jamais lorsque nous nous y rendions nous-mêmes. C'était un chemin aux hauts coteaux et aux immenses haies surplombantes, au-delà desquelles se dressaient maints grands arbres dans lesquels semblait vivre un murmure perpétuel ; mais il ne fut pas rare que de grandes lucioles rampassent en ses bordures herbeuses.

Maintenant dans ce lieu de jardins un haut portail treillissé qui luisait doré dans le crépuscule ouvrait sur le sentier des rêves, et de là menaient des chemins sinueux de haut buis jusqu'au plus beau de tous les jardins, et tout à fait au centre de ce jardin se dressait une chaumière blanche. En quoi fut-elle bâtie, et quand le fut-elle, personne ne le savait, ni ne le sait maintenant, mais l'on m'a dit qu'elle brillait d'une pâle lumière, telle une perle, et sa toiture était de chaume, mais d'un chaume d'or.

Maintenant d'un côté de la chaumière s'élevait un buisson de lilas blanc et à l'autre bout un if puissant des pousses duquel les enfants façonnaient des arcs ; ou bien ils grimpaient par ses branches sur le toit. Mais dans les lilas se rassemblaient et chantaient tous les oiseaux qui jamais purent doucement chanter. Maintenant les murs de la chaumière étaient courbés par l'âge et sa multitude de fenêtres à treillis étaient tordues en d'étranges formes. Personne, est-il dit, ne demeurait dans la chaumière, qui était cependant gardée secrètement et jalousement par les Eldar de sorte qu'aucun mal ne s'en approchât, mais que les enfants qui y jouaient ne connussent pourtant aucune surveillance. Celle-ci était la Chaumière des Enfants, ou du Jeu du Sommeil, et non pas du Jeu Perdu, comme il a été dit à tort en chanson parmi les Hommes — car aucun jeu n'était alors perdu, et ici hélas seulement et maintenant trouve-t-on la Chaumière du Jeu Perdu.

Ceux-ci aussi furent les premiers enfants — les enfants des pères des pères des Hommes qui y vinrent ; et par compassion les Eldar cherchèrent à guider tous ceux qui descendirent ce chemin dans la chaumière et le jardin, de peur qu'ils ne vagabondassent jusqu'à Kôr et ne devinssent enamourés de la gloire de Valinor ; car alors ou bien ils y fussent restés pour toujours, et un grand malheur s'abattrait sur leurs parents, ou bien ils eussent erré de-ci de-là éternellement en vain, et ils fussent devenus étranges et sauvages parmi les enfants des Hommes. Non point : certains même qui s'aventurèrent jusqu'aux bords des rochers d'Eldamar et qui errèrent là, éblouis par les beaux coquillages et les poissons multicolores, les points d'eau bleutés et l'écume argentée, ils les attirèrent en arrière vers la chaumière, les séduisant avec douceur par la senteur de maintes fleurs. Pourtant y en eut-il tout de même pour entendre sur cette plage le doux jeu des flûtes des Solosimpi au loin, et qui ne jouèrent point avec les autres enfants mais qui grimpèrent jusqu'aux fenêtres les plus hautes et regardèrent dehors, se tendant pour saisir les lointains aperçus de la mer et des rives magiques au-delà des ombres et des arbres.

Maintenant les enfants, pour la plupart, n'entraient pas souvent dans la maison, mais dansaient et jouaient dans le jardin, cueillant des fleurs ou pourchassant les abeilles dorées et les papillons aux ailes brodées que les Eldar placèrent de par le jardin pour leur bonheur. Et de nombreux enfants y sont devenus camarades, qui ensuite se rencontrèrent et s'aimèrent au pays des Hommes, mais de ces choses peut-être les Hommes savent-ils plus que je ne puis vous raconter. Pourtant y en eut-il certains qui, comme je l'ai narré, entendirent les Solosimpi jouer de la flûte dans le lointain, ou d'autres qui errant encore au-delà du jardin perçurent un son du chant des Telelli sur la colline, et même certains qui atteignant Kôr revinrent ensuite chez eux, et leurs esprits et leurs cœurs étaient emplis d'émerveillement. Des après-souvenirs brumeux de ceux-ci, de leurs fragments d'histoires et de leurs bribes de chanson, provinrent maintes légendes étranges qui ravirent les Hommes durant longtemps, et qui le font encore, il se peut ; car ainsi furent les poètes des Grandes Terres [7].

Maintenant lorsque les fées quittèrent Kôr ce chemin fut barré pour toujours par d'immenses rochers infranchissables, et là se dresse certainement la chaumière vide avec le jardin dénudé jusqu'en ce jour, et ce feront-ils jusque longtemps après l'Allée de l'Avant, lorsque si tout se déroule bien les routes qui traversent Arvalin jusqu'en Valinor seront peuplées par la foule des fils et des filles des Hommes. Mais puisque aucun enfant n'y vint plus pour son rafraîchissement et son délice, la tristesse et la grisaille se répandirent parmi eux et les Hommes cessèrent presque de croire en, ou de penser à, la beauté des Eldar et la gloire des Valar, jusqu'à ce qu'il y en eût un qui vint des Grandes Terres et nous supplia d'atténuer l'obscurité.

Maintenant n'y a-t-il hélas aucun chemin sûr pour les enfants des Grandes Terres jusqu'ici, mais Meril-i-Turinqi prêta attention à sa demande et choisit Lindo mon époux pour concevoir quelque projet de bien. Maintenant Lindo et moi, Vairë, avions pris sous nos soins les enfants — le restant de ceux qui découvrirent Kôr et restèrent avec les Eldar pour toujours : et ainsi nous bâtimes ici avec de la bonne magie cette Chaumière du Jeu Perdu ; et ici les anciens contes, les anciennes chansons et la musique elfique sont préservés précieusement et répétés. Encore et toujours nos enfants partent à nouveau pour trouver les Grandes Terres, et vont parmi les enfants solitaires et leur murmurent des paroles au crépuscule lorsqu'ils sont tôt couchés à la lumière de la veilleuse ou de la flamme de la bougie, ou bien réconfortent ceux qui pleurent. Certains, me dit-on, écoutent les plaintes de ceux qui sont punis ou grondés, et entendent leurs histoires et feignent de prendre leur parti, et ceci me semble un service pittoresque et amusant.

Pourtant, ceux que nous envoyons ne reviennent pas tous, et cela nous est d'un grand chagrin, car ce n'est aucunement par manque d'amour que les Eldar éloignèrent des enfants de Kôr, mais plutôt en pensant aux demeures des Hommes ; pourtant dans les Grandes Terres, comme tu le sais bien, l'on trouve de beaux endroits et des régions ravissantes aux grandes séductions, c'est pourquoi ce n'est que par grande nécessité que nous envoyons s'aventurer d'aucuns parmi les enfants qui sont avec nous. Néanmoins la plupart reviennent ici et nous racontent maintes histoires et maintes choses tristes de leurs voyages — et maintenant ai-je raconté la plupart de ce qui est à raconter sur la Chaumière du Jeu Perdu. »

Alors Eriol dit : « Maintenant voici des nouvelles tristes et pourtant bonnes à entendre, et je me remémore certains mots que prononça mon père lors de ma première enfance. Cela avait longtemps été, dit-il, une tradition parmi notre clan que l'un des pères de nos pères parlât d'une douce maison et de jardins magiques, d'une ville merveilleuse, et d'une musique pleine de toute beauté et de tous désirs — et ces choses, disait-il, il les vit et entendit étant enfant, bien que, où et comment, cela ne fût pas dit. Maintenant toute sa vie durant il fut agité, comme si une nostalgie à demi exprimée pour des choses inconnues eût subsisté en lui ; et il est dit qu'il mourut parmi les rochers sur une côte déserte durant une nuit d'orage — et de plus que la plupart de ses enfants et de leurs enfants ont eu depuis l'esprit agité — et il me semble que je connais maintenant la vérité de l'histoire. »

Et Vairë dit qu'il était probable que l'un de sa famille avait trouvé les rochers d'Eldamar en ces jours anciens.

NOTES

1. *Gnomes* : la Seconde Tribu, les *Noldoli* (ultérieurement *Noldor*). Pour l'usage du mot *Gnomes*, voir p. 64 ; et pour la distinction linguistique faite ici, voir pp. 74-75.

2. Les « Grandes Terres » sont les terres à l'est de la Grande Mer. Le terme « Terre du Milieu » n'est jamais employé dans les *Contes Perdus*, et n'apparaît d'ailleurs pas avant les écrits datant des années trente.

3. Dans les deux manuscrits, les mots « de tous les Eldar » sont suivis de : « car des plus nobles il n'y en avait point, puisque être du sang des Eldar est similaire et suffisant » ; mais ceci fut barré dans le deuxième manuscrit.

4. La lecture originale donnait « la grande Tirion », remplacé par « la grande tour ».

5. Cette phrase, à partir d'« un fils me semble-t-il... », remplaça dans le manuscrit original une version antérieure : « seront-ils d'Eärendel le vagabond, qui seul de tous les fils des Hommes a eu de multiples échanges avec les Valar et les Elfes, qui seul de tout leur

peuple a vu au-delà de Taniquetil, celui-là même qui vogue pour toujours dans le firmament ? ».

6. La version originale était « avant les jours », changée en « dans les premiers jours », puis transformée pour donner la version ici offerte.

7. Cette dernière phrase est un rajout dans le second manuscrit.

Changements opérés dans les noms de *La Chaumière du Jeu Perdu*

Les noms à cette époque se trouvaient dans un état très « fluide », reflétant en partie le développement très rapide des langues qui était alors en cours. Des changements furent effectués dans le texte original, puis d'autres furent effectués, à des moments différents, dans le deuxième texte. Il ne semble pourtant pas nécessaire dans les notes qui suivent de rentrer dans le détail de la date ou de l'emplacement de ces changements. Les noms sont donnés dans leur ordre d'apparition dans le conte. Les signes > et < sont utilisés pour signifier respectivement, « changé en », et « provenant de ».

Dor Faidwen Le nom gnomique de Tol Eressëa fut changé maintes fois : *Gar Eglos > Dor Edloth > Dor Usgwen > Dor Uswen > Dor Faidwen*.

Mar Vanwa Tyaliéva Dans le texte original, un blanc fut laissé pour le nom elfique, ultérieurement rempli avec le nom *Mar Vanwa Tyaliéva*.

Grandes Terres À travers tout le conte, *Grandes Terres* est une correction de *Terres Extérieures*, lorsque ce dernier reçut un sens différent (terres à l'ouest de la Grande Mer).

Wingilot < *Wingelot*.

Gar Lossion < *Losgar*.

Koromas < *Kormas*.

Meril-i-Turinqi Le premier texte a seulement *Turinqi*, avec un blanc laissé pour un nom personnel en un endroit.

Inwë < *Ing*, à chaque apparition.

Inwithiel < *Gim Githil*, à son tour<*Githil*.

Ingil < *Ingilmo*.

Valwë < *Manwë*. Il semble possible que l'utilisation de *Manwë* pour le nom du père de Lindo soit une simple étourderie.

Noldorin Le texte original avait *Noldorin que les Gnomes nomment Goldriel ; Goldriel > Golthadriel*, puis la référence au nom gnomique fut barrée, ne laissant que *Noldorin*.

Tulkastor < *Tulkassë* < *Turenbor*.

Solosimpi < *Solosimpë*, à chaque fois.

Lindelos < *Lindeloksë* < *Grappe Chantante de Lindeloktë (Glingol)*.

Telelli < *Telellë*.

Arvalin < *Harmalin* < *Harwalin*.

Commentaire sur
La Chaumière du Jeu Perdu

L'histoire d'Eriol le marin fut au cœur de la conception originale qu'avait mon père de la mythologie. À cette époque, comme il le raconta longtemps après dans une lettre à son ami Milton Waldman *, l'intention primordiale de son travail était de satisfaire son désir d'une littérature de *faërie* spécifiquement et manifestement *anglaise* :

> J'étais depuis longtemps chagriné par la pauvreté de mon propre pays bien-aimé : il ne possédait pas d'histoires propres (liées à sa propre langue et à son propre sol), pas de la qualité que je recherchais, et trouvais (comme ingrédient), dans les légendes d'autres pays. Il y en avait de grecques, et de celtes, et de romanes, d'allemandes, scandinaves, et finlandaises (qui me touchèrent grandement) ; mais rien d'anglais, hormis des choses d'une qualité appauvrie de « légendes romancées » populaires.

Dans ses tout premiers écrits, la mythologie était ancrée dans l'histoire antique et légendaire de l'Angleterre ; et de surcroît, elle était associée tout particulièrement avec certains lieux en Angleterre.

Eriol, lui-même très proche de personnages célèbres dans les légendes de l'Europe du Nord-Ouest, durant un voyage vers l'ouest, vint enfin par l'océan en Tol Eressëa, l'Île Solitaire, où les Elfes vivaient ; et d'eux, il apprit « Les Contes Perdus d'Elfinesse ». Mais son rôle devait en premier lieu être plus important dans la structure de l'œuvre que (ce qu'il devint ensuite) simplement celui d'un homme des jours tardifs qui vint « au pays des Fées » et là fit l'acquisition d'un savoir perdu ou caché, qu'il rapporta ensuite dans sa propre langue : tout d'abord, Eriol devait être un élément important de l'histoire des fées elle-même — le témoin de la ruine de la Tol Eressëa des Elfes. L'élément d'histoire ancienne anglaise ou de « légende historique » fut d'abord plus qu'un cadre, isolé des grands contes qui constituèrent plus tard « Le Silmarillion », mais une partie intégrante de leur conclusion. L'élucidation de tout ceci (pour autant qu'une élucidation est possible) doit nécessairement être reportée à la fin des *Contes*, dans la deuxième partie ; mais quelque chose au moins doit être dit ici de l'histoire d'Eriol jusqu'à son arrivée à Tol Eressëa, et de la signification originelle de l'Île Solitaire.

Le « Conte d'Eriol » se trouve en fait parmi les sujets les plus enchevêtrés et obscurs de toute l'histoire de la Terre du Milieu et d'Aman. Mon père abandonna l'écriture des *Contes Perdus* avant d'atteindre leur conclusion, et lorsqu'il les abandonna, il abandonna aussi les idées originales qu'il avait pour leur conclusion. Ces idées peuvent, il

---

* *The Letters of J.R.R. Tolkien*, éd. Humphrey Carpenter, George Allen & Unwin, 1981, p. 144. La lettre fut presque certainement écrite en 1951.

est vrai, se discerner à partir de ses notes ; mais celles-ci furent pour la plupart écrites à grande vitesse au crayon gris, d'une écriture maintenant effacée, pâlie et par endroits à peine déchiffrable après une longue étude, sur des petits morceaux de papier, désordonnés et sans date, ou bien dans un petit carnet dans lequel, durant les années de la composition des *Contes Perdus*, il nota à la hâte des idées et des suggestions. La forme commune à ces notes sur l'élément « Eriol » ou « anglais » est celle de courtes esquisses, dans lesquelles des traits narratifs saillants, souvent sans clair rapport entre eux, sont posés à la manière d'une liste ; et elles varient constamment entre elles.

Dans ce qui doit être en tout cas l'une des toutes premières de ces esquisses, trouvée dans ce petit carnet, et intitulée « Histoire de la Vie d'Eriol », le marin qui vint à Tol Eressëa est mis en relation avec la tradition de l'invasion des îles Britanniques par Hengest et Horsa durant le Ve siècle après Jésus-Christ. Ceci fut un sujet auquel mon père accorda beaucoup de temps et de réflexion ; il donna des cours là-dessus à l'université d'Oxford et développa certaines théories originales, particulièrement en connexion avec l'apparition de Hengest dans *Beowulf* *.

À partir de ces notes rapides, nous apprenons que le nom original d'Eriol fut *Ottor*, mais qu'il prit ensuite le nom *Wæfre* (un mot signifiant en vieil anglais « agité, errant ») et vécut sa vie sur les eaux. Son père se nomma *Eoh* (un mot du vocabulaire poétique en vieil anglais signifiant « cheval ») ; et *Eoh* fut tué par son frère *Beorn* (en vieil anglais, « guerrier », mais signifiant à l'origine « ours », tout comme le mot du vieux scandinave apparenté *björn ; cf.* Beorn le changeur-de-forme dans *Le Hobbit*). Eoh et Beorn furent les fils de *Heden* « vêtu de cuir et de fourrure », et Heden (comme de nombreux héros des légendes scandinaves) établissait sa lignée jusqu'au dieu Wóden. L'on trouve par ailleurs d'autres connexions et combinaisons dans d'autres notes, et puisque aucune partie de cette histoire ne fut écrite sous la forme d'un récit cohérent, ces noms n'ont de signification que pour montrer la direction des pensées de mon père à cette époque.

Ottor Wæfre s'installa sur l'île d'Heligoland dans la mer du Nord, et il prit pour femme une dénommée *Cwén* (vieil anglais : « femme », « épouse ») ; ils eurent deux fils nommés « du même nom que son père » *Hengest* et *Horsa* « pour venger Eoh » (*hengest* est un autre mot en vieil anglais signifiant « cheval »).

Alors la nostalgie de la mer submergea Ottor Wæfre : il était un fils d'*Eärendel*, né sous son rayon. Si un rayon d'Eärendel tombe sur un enfant nouveau-né il devient « un enfant d'Eärendel » et errera toujours. (De la même façon, dans *La Chaumière du Jeu Perdu*, Eriol est nommé à la fois par Lindo et par l'auteur un « fils d'Eärendel ».) Après la mort de Cwén, Ottor quitta ses jeunes enfants. Hengest et Horsa vengèrent Eoh et devinrent de grands chefs ; mais Ottor Wæfre partit pour chercher, et trouver, Tọl Eressëa, nommée ici en vieil anglais *se uncútha holm*, « l'île inconnue ».

---

* *Finn and Hengest*, J.R.R. Tolkien, Alan Bliss, 1982.

Ces notes affirment diverses choses au sujet du séjour d'Eriol sur Tol Eressëa qui n'apparaissent pas dans *Le Livre des Contes Perdus*, mais pour notre propos il est nécessaire de préciser simplement que « Eriol adopta le nom d'*Angol* » et qu'il fut nommé *Angol* par les Gnomes (les Noldor à venir, voir plus loin, p. 64) « du même nom que les régions de sa demeure ». Ceci fait certainement référence à l'ancienne patrie des « Anglais », avant leur migration par la mer du Nord jusqu'aux îles Britanniques : en vieil anglais *Angel*, *Angul*, en allemand moderne *Angeln*, la région de la péninsule danoise entre le fjord de Flensburg et la rivière Schlei, au sud de la frontière moderne du Danemark. Il n'y a pas une très grande distance depuis la côte ouest de la péninsule jusqu'à l'île d'Heligoland.

Ailleurs, *Angol* est donné comme l'équivalent gnomique d'*Eriollo*, et ces noms sont dits être ceux de « la région de la partie nord des Grandes Terres, "entre les mers", d'où venait Eriol ». (Sur ces noms, voir plus loin, sous *Eriol*, dans l'appendice sur les noms.)

Il ne faut pas penser que ces notes représentent en tout point l'histoire d'Eriol comme mon père la conçut lorsqu'il écrivit *La Chaumière du Jeu Perdu* — dans tous les cas, il y est dit expressément qu'Eriol signifie « Celui qui rêve seul », et que « de ses noms antérieurs le conte ne parle nulle part » (p. 22). Mais ce qui est important est que ceci (selon le point de vue que je me suis formé au sujet des premières conceptions, et c'est apparemment la meilleure explication des données très difficiles à éclaircir) fut encore l'idée principale lorsque le conte fut écrit : *Eriol vint à Tol Eressëa depuis les terres à l'est de la mer du Nord*. Il appartient à cette période précédant les invasions anglo-saxonnes des îles Britanniques (comme mon père voulut le représenter, pour ses propres raisons).

Plus tard, son nom changea au profit d'*Ælfwine* (« Ami-des-Elfes »), le marin devint un Anglais de la « période anglo-saxonne » de l'histoire britannique, qui prit la mer en direction de l'ouest jusqu'à Tol Eressëa — il prit la mer en partant d'Angleterre et navigua sur l'océan Atlantique ; et de cette conception ultérieure vient l'histoire très remarquable d'*Ælfwine d'Angleterre*, qui sera présentée à la fin des *Contes Perdus*. Mais dans la première conception il n'était pas un Anglais d'Angleterre : l'Angleterre au sens du pays des Anglais n'existait pas encore ; car le caractère principal (présenté tout à fait explicitement dans des notes existantes) de cette conception est que *l'île elfique à laquelle vint Eriol était l'Angleterre* — c'est-à-dire que Tol Eressëa deviendrait l'Angleterre, le pays des Anglais, à la fin de l'histoire. Koromas ou Kortirion, la ville au centre de Tol Eresseä à laquelle Eriol arrive dans *La Chaumière du Jeu Perdu*, allait devenir la ville anglaise de Warwick en des temps lointains (et les éléments *Kor-* et *War-* étaient connectés étymologiquement) * ; Alalminórë, le Pays des Ormes, serait le comté du Warwickshire ; et Tavrobel, où Eriol séjourna un temps en

* La grande tour ou *Tirion* que construisit Ingil fils d'Inwë (p. 26) et la grande tour du Château de Warwick ne sont pas assimilées, mais il est tout au moins certain que Koromas possédait une grande tour parce que Warwick en possède une.

Tol Eressëa, deviendrait plus tard le village de Great Haywood dans le comté du Staffordshire.

Aucun de ces faits n'est explicite dans les *Contes* écrits et on les trouve uniquement dans des notes qui en sont indépendantes ; mais il semble certain qu'ils étaient toujours présents lorsque le conte de *La Chaumière du Jeu Perdu* fut écrit (et de fait, comme je tenterai de le montrer plus tard, ils sous-tendent l'intégralité des *Contes*). La version que ma mère rédigea au propre était datée de février 1917 ; de 1913 jusqu'à son mariage en mars 1916, elle habita à Warwick et mon père l'y rencontra alors qu'il habitait à Oxford ; après leur mariage, elle vécut un temps à Great Haywood (à l'est de Stafford), puisque le village se trouvait à proximité du campement où mon père était posté, et après son retour de France il vécut à Great Haywood durant l'hiver 1916-1917. Ainsi l'identification de Tavrobel en Tol Eressëa avec Great Haywood ne peut dater d'avant 1916, et la version propre de *La Chaumière du Jeu Perdu* (et il est tout à fait possible que ce fut aussi le cas pour la première composition de celle-ci) y fut rédigée.

En novembre 1915, mon père écrivit un poème intitulé *Kortirion parmi les Arbres* qui était dédié à Warwick *. L'on trouve jointe à la première rédaction au propre du poème une introduction en prose, qui suit :

Maintenant en un temps les fées demeurèrent sur l'Île Solitaire après les grandes guerres contre Melko et la ruine de Gondolin ; et elles bâtirent une douce cité au centre même de cette île, et elle fut ceinturée d'arbres. Maintenant elles nommèrent cette cité Kortirion, et en souvenir de leur antique demeure de Kôr en Valinor, et parce que cette cité se dressait aussi sur une colline et possédait une grande tour, haute et grise, qu'Ingil fils d'Inwë leur seigneur fit ériger.

Très belle fut Kôr et les fées l'aimèrent, et elle devint riche de chanson et de poésie et de la lumière des rires ; mais en un temps la grande Sortie de l'Avant se fit, et les fées eussent fait renaître le Soleil Magique de Valinor, n'eussent été la trahison et la faiblesse des cœurs des Hommes. Ainsi est-il que le Soleil Magique est mort et l'Île Solitaire retirée jusqu'aux confins des Grandes Terres, et les fées sont éparpillées de par toutes les larges voies hostiles du monde ; et maintenant les Hommes demeurent même sur cette île pâlie, et ne se soucient pas ou ne savent rien de ses jours anciens. Pourtant toujours se trouve-t-il quelques-uns des Eldar et des Noldoli ** des temps anciens qui s'attardent encore sur l'île, et l'on entend leurs chants autour des rives du pays qui fut auparavant l'une des plus belles demeures du peuple immortel.

Et il semble aux fées, et il me semble à moi qui connais cette ville

---

* Le poème est donné, en trois versions différentes, aux pp. 46-64. — Un poème écrit à Étaples dans le Pas-de-Calais en juin 1916 et intitulé *L'Île Solitaire* est explicitement adressé à l'Angleterre. Voir *The Letters of J.R.R. Tolkien*, p. 437, note 4 à la lettre 43.

** Pour la distinction entre *Eldar* et *Noldoli*, voir pp. 74-75.

et souvent ai foulé ses voies défigurées, que l'automne et la tombée de la feuille est la saison de l'année lorsque ici et là peut-être un cœur parmi les Hommes peut s'ouvrir, et un œil percevoir de quelle hauteur le domaine du monde a chuté depuis les rires et la beauté des anciens temps. Songe encore à Kortirion, et sois triste — pourtant n'y a-t-il pas de l'espoir ?

L'on trouve à la fois ici et dans *La Chaumière du Jeu Perdu* des allusions à des événements encore à venir au moment où Eriol vint à Tol Eressëa ; et bien que l'exposition complète et la discussion de ceux-ci aient à attendre la fin des *Contes*, il faut expliquer ici que « l'Allée de l'Avant » fut une vaste expédition effectuée depuis Tol Eressëa pour sauver les Elfes qui erraient encore dans les Grandes Terres — *cf.* les paroles de Lindo (p. 26) : « jusqu'à ce moment où ils partiront retrouver les familles perdues du peuple ». À cette époque, Tol Eressëa fut déracinée du fond de la mer, grâce à l'aide d'Ulmo, et tirée près des rives occidentales des Grandes Terres. Dans la bataille qui s'ensuivit les Elfes furent vaincus et prirent la fuite et se cachèrent sur Tol Eressëa ; des Hommes firent leur entrée sur l'île, et l'évanouissement, la disparition des Elfes commença. L'histoire ultérieure de Tol Eressëa sera celle de l'Angleterre ; Warwick est « Kortirion défigurée », elle-même un souvenir de Kôr l'antique (plus tard, Tirion sur Túna, cité des Elfes en Aman ; dans les *Contes Perdus*, le nom *Kôr* est employé à la fois pour la ville et pour la colline).

Inwë, à qui il est fait référence dans *La Chaumière du Jeu Perdu* en tant que « Roi de tous les Eldar lorsqu'ils demeuraient à Kôr », est le précurseur d'Ingwë, Roi des Elfes Vanyar dans *Le Silmarillion*. Lors d'un conte raconté plus tard à Eriol en Tol Eressëa, Inwë réapparaît en tant que l'un des trois Elfes qui allèrent en premier en Valinor après l'Éveil, de même qu'Ingwë le fit dans *Le Silmarillion ;* son clan et ses descendants furent les *Inwir*, desquels fait partie Meril-i-Turinqi, la Dame de Tol Eressëa (voir pp. 74-75). Les références que fait Lindo à Inwë entendant « la lamentation du monde » (c'est-à-dire les Grandes Terres) et à sa menée des Eldar vers les terres des Hommes (p. 26) forment le germe de l'histoire de la venue des Armées de l'Ouest à l'assaut de Thangorodrim : « L'armée des Valar se prépara à la bataille ; et sous leurs bannières blanches marchèrent les Vanyar, le peuple d'Ingwë... » (*Le Silmarillion*, p. 252). Plus loin dans les *Contes*, Meril-i-Turinqi dit à Eriol qu'« Inwë fut l'aîné parmi les Elfes, et eût encore vécu en majesté, n'eût-il péri durant cette marche dans le monde ; mais Ingil son fils retourna il y a longtemps en Valinor et se trouve avec Manwë ». Par ailleurs, dans *Le Silmarillion*, il est dit d'Ingwë que « le premier il entra dans Valinor et prit place aux pieds des Puissants, et tous les Elfes respectent son nom, mais il ne revint pas sur les Terres du Milieu, et n'y jeta jamais plus les yeux » (p. 47).

Les paroles de Lindo au sujet du séjour d'Ingil sur Tol Eressëa « après de nombreux jours », et l'interprétation du nom de sa ville Koromas comme signifiant « le Repos des Exilés de Kôr », se réfèrent au retour des Eldar des Grandes Terres après la guerre contre Melko (Melkor, Morgoth) pour libérer les Noldoli qui étaient sous son joug.

Ses propos au sujet de son père Valwë « qui alla avec Noldorin pour trouver les Gnomes » se réfèrent à un élément de cette histoire de l'expédition de Kôr *.

Il est important, donc, de constater que (si mon interprétation générale est correcte), dans *La Chaumière du Jeu Perdu*, Eriol vient à Tol Eressëa *à une époque qui suit* la Chute de Gondolin et la Marche des Elfes de Kôr vers les Grandes Terres pour vaincre Melko, lorsque les Elfes qui y prirent part étaient repartis par-delà la mer pour demeurer sur Tol Eressëa ; mais *avant l'époque* de « l'Allée de l'Avant » et du déplacement de Tol Eressëa vers la position géographique de l'Angleterre. Ce dernier élément fut bientôt intégralement perdu dans la mythologie qui se développait.

Il faut tout de suite préciser que l'on ne peut jeter que très peu de lumière sur la « Chaumière » elle-même à partir des autres écrits de mon père ; car toute cette conception des Enfants qui allèrent en Valinor allait être abandonnée sans laisser de traces ultérieures. Plus loin dans les *Contes Perdus*, cependant, l'on trouve à nouveau des références à Olórë Mallë. Après la description de la Dissimulation de Valinor, il est dit que les Valar Oromë et Lórien conçurent selon les ordres de Manwë des chemins étranges depuis les Grandes Terres jusqu'en Valinor, et que la voie que conçut Lórien fut Olórë Mallë, le Chemin des Rêves ; lorsque « les Hommes n'étaient que nouvellement éveillés sur la Terre », « les enfants des pères des pères des Hommes » vinrent par cette route en Valinor durant leur sommeil (pp. 285-288). Deux mentions supplémentaires apparaissent dans des contes qui seront présentés dans la deuxième partie : le conteur du *Conte de Tinúviel* (un enfant de Mar Vanwa Tyaliéva) dit qu'il vit Tinúviel et sa mère de ses propres yeux « lorsqu'il voyageait par la Voie des Rêves en des jours depuis longtemps écoulés », et le conteur du *Conte de Turambar* dit qu'il « foula Olórë Mallë dans les jours d'avant la Chute de Gondolin ».

Il existe aussi un poème sur le sujet de la Chaumière du Jeu Perdu, qui contient nombre de détails en commun avec la description dans le texte en prose. Ce poème, selon les notes de mon père, fut composé au 59, St John's Street, Oxford, l'adresse de sa chambre d'étudiant, les 27 et 28 avril 1915 (alors qu'il avait vingt-trois ans). Il existe (comme c'est constamment le cas avec les poèmes) en plusieurs versions, chacune modifiée dans le détail par rapport à la précédente, et la fin du poème fut entièrement réécrite par deux fois. Je le présente ici sous sa forme la plus ancienne, avec les changements effectués dans celle-ci dans des notes en fin de poème, puis dans sa version finale, dont l'on ne peut déterminer avec certitude la date. J'ai idée que ce fut bien plus

* Les références de Lindo à la sonnerie du Gong sur les Mers Ombreuses et au Dormeur dans la Tour de Perle recevront quelques éclaircissements lorsque nous atteindrons l'histoire d'Eärendel à la fin des *Contes*.

tard — et d'ailleurs il pourrait bien s'agir d'une des révisions effectuées sur de vieux poèmes lors de la préparation du recueil *Les Aventures de Tom Bombadil* (en 1962) *, bien qu'elle ne fût pas mentionnée dans la correspondance de mon père à ce sujet.

Le titre original était *Toi et Moi / et la Chaumière du Jeu Perdu* (avec un rendu en vieil anglais, *Thæt húsincel ærran gamenes*), qui fut transformé en *Mar Vanwa Tyaliéva, La Chaumière du Jeu Perdu ;* dans la version finale, le titre est *La Petite Maison du Jeu Perdu : Mar Vanwa Tyaliéva*. Les lignes des vers sont mises en retrait comme dans les textes originaux.

Toi & Moi
et la Chaumière du Jeu Perdu

Toi et moi — nous connaissons ce pays
    Et souvent y avons été
Durant les longs vieux jours, vieux jours d'enfance,
    Un enfant brun et un blond.
Fut-ce descendant les chemins de rêves à la
                                    [lumière du feu
    Durant l'hiver froid et blanc,
Ou durant les heures tissées-de-bleu crépuscu-
                                    [laires
De petits lits tôt bordés
    Durant la nuit assoupie d'été,
Que Toi et moi nous sommes perdus dans le
                                    [Sommeil
    Et nous y sommes rencontrés —
Tes cheveux bruns sur ta chemise de nuit blanche,
    Et les miens étaient emmêlés et blonds ?

Nous errâmes timidement main dans la main,
    Ou gambadâmes dans le sable de fée
Et recueillîmes perles et coquillages en des seaux,
    Tandis que tout autour les rossignols
        Chantaient dans les arbres.
Nous creusâmes, cherchant de l'argent, avec nos
                                    [pelles

* Pour l'édition anglaise ; l'édition française chez Christian Bourgois date de 1975. (*N.d.T.*)

Près de petites mers intérieures étince-
[lantes,
Puis courûmes à terre par des clairières ensom-
[meillées
Et le long d'un chemin chaleureux et
[serpentant
Que nous ne trouvâmes jamais, jamais
[plus
Entre des arbres hauts et murmu-
[rants.

L'air n'était ni de nuit ni de jour,
Mais légèrement sombre à la lumière la
[plus douce,
Lorsque pour la première fois luisit en vue
La Chaumière du Jeu Perdu.
Elle fut construite très, très vieille
Blanche, et avec un chaume de pailles d'or,
Et percée de fenêtres treillissées furtives
Qui regardaient vers la mer ;
Et nos propres jardinets d'enfants
Étaient là — nos propres myosotis,
Pâquerettes rouges, cresson et moutarde,
Et nemophilë bleues.
Oh ! toutes les bordures taillées de buis
Étaient pleines des fleurs favorites — de phlox,
De delphinettes, d'œillets et de roses trémières
Sous une aubépine rouge :
Et tous les chemins étaient pleins de formes,
De formes tombantes heureuses vêtues de blanc,
Et avec eux Toi et Moi.
Et certains avaient des arrosoirs d'argent
Et arrosaient leurs chemises,
Ou s'arrosaient entre eux ; certains faisaient des
[plans
Pour se construire des maisons, des villes
[de fées,
Ou des demeures dans les arbres ;
Et certains grimpaient sur le toit ;
Certains chantonnaient solitaires et
[distants ;
Et certains dansaient dans des anneaux-de-fée

Et tissaient des cordelettes de pâque-
[rettes perlées,
Ou bien chassaient des abeilles
[dorées ;
Mais ici et là une petite paire
Aux joues roses et aux cheveux emmêlés
Débattait de choses vieilles bizarres
[enfantines * —
Et nous étions de ceux-là.

Et pourquoi cela fut que Demain vint
Et de sa grise main nous ramena ;
Et pourquoi nous ne retrouvâmes jamais la
[même
Vieille chaumière, ou le chemin magique
Qui mène entre une mer d'argent
Et ces vieilles rives et doux jardins
Où sont toutes choses, qui jamais furent —
Nous ne le savons, Toi et Moi.

Variantes

3 Durant les longs vieux jours, les jours lumineux,
15 dans le sable magique
23 Que maintenant nous ne pouvons plus trouver
29 Construite de neuf était-elle, pourtant très vieille
37 Et toutes les bordures
43 Qui rirent avec Toi et Moi.
47 petites villes
56 Débattait de choses anciennes enfantines

Les vers 58 à 65 furent réécrits par la suite :

Mais pourquoi cela fut qu'il vint un temps
Lorsque nous ne pûmes plus prendre la route
Alors que nous cherchâmes longtemps et
[grimpâmes haut,

---

* Ceci semble faire écho aux vers du poème de Francis Thompson, *Daisy* [*Pâquerette*] :

Deux enfants, nous vagabondâmes et parlâmes
De choses sages, oisives, enfantines.

Mon père fit l'acquisition des *Œuvres* de Francis Thompson en 1913 et 1914.

Ou contemplâmes depuis maints rivages
[tournés vers la mer
Pour trouver le chemin entre mer et ciel
Vers ces vieux jardins de délice ;
Et ce qu'il se fait maintenant en ce pays,
Si là-bas se dressent toujours maison et
[jardins,
Encore emplis d'enfants vêtus de
[blanc —
Nous ne le savons, Toi et Moi.

Voici maintenant la version finale du poème :

La Petite Maison du Jeu Perdu
Mar Vanwa Tyaliéva

Nous connûmes un jour ce pays, toi et moi,
et un jour nous y errâmes
durant les longs jours maintenant depuis long-
[temps passés,
un enfant brun et un blond.
Fut-ce le long des chemins de la pensée à la
[lumière du feu
durant l'hiver froid et blanc,
ou durant les heures tissées-de-bleu crépuscu-
[laires
de petits lits tôt bordés
durant la nuit assoupie d'été,
que toi et moi durant le Sommeil sommes des-
[cendus
pour nous y rencontrer,
tes cheveux bruns sur ta chemise de nuit
[blanche,
Et les miens étaient emmêlés et blonds ?

Nous errâmes timidement main dans la main,
petites traces de pas dans le sable doré,
et recueillîmes perles et coquillages en des seaux,
tandis que tout autour les rossignols
chantaient dans les arbres.
Nous creusâmes, cherchant l'argent, avec nos
[pelles

et attrapâmes l'étincellement des mers,
puis courûmes à terre vers des clairières éclai-
[rées de vert,
et trouvâmes le chemin chaleureux et serpentant
que maintenant nous ne pouvons plus trouver,
entre des arbres grands et murmurants.

L'air n'était ni de nuit ni de jour,
un soir éternel de lumière crépusculaire,
lorsque pour la première fois luisit en vue
la Petite Maison du Jeu.
Construite de neuf était-elle, pourtant très vieille,
blanche, et avec un chaume de pailles d'or,
et percée de fenêtres treillissées furtives
qui regardaient vers la mer ;
et nos propres jardinets d'enfants
étaient là : nos propres myosotis,
pâquerettes rouges, cresson et moutarde,
et des radis pour le goûter.
Là toutes les bordures, taillées de buis,
étaient emplies de fleurs favorites, de phlox,
de lupins, d'œillets, et de roses trémières,
sous une aubépine rouge ;
et tous les jardins emplis de gens
qui parlaient leur propre petit langage,
mais pas à Toi et Moi.

Car certains avaient des arrosoirs d'argent
et arrosaient leurs chemises,
ou s'arrosaient entre eux ; certains faisaient des
[plans
pour se construire leurs maisons, des petites
[villes
et des demeures dans les arbres.
Et certains grimpaient sur le toit ;
certains chantonnaient solitaires et distants ;
certains dansaient autour des anneaux-de-fée
avec des cordelettes de pâquerettes tout enguir-
[landées,
tandis que certains à genoux
devant un petit roi vêtu de blanc
couronné de fleurs de soucis chantaient

leurs rimes d'il y a si longtemps.
Mais côte à côte une petite paire
aux têtes proches, cheveux emmêlés,
allait, marchant ici et là
toujours main dans la main ; et ce qu'ils dirent,
avant que l'Éveil les éloignât,
cela nous seuls le savons maintenant.

Il est remarquable que le poème fût appelé *La Chaumière* ou *La Petite Maison du Jeu Perdu*, alors que ce qui est décrit est la Chaumière des Enfants en Valinor, près de la ville de Kôr ; mais celle-ci, selon Vairë (p. 29), « la Chaumière du Jeu du Sommeil », n'était « pas du Jeu Perdu, comme il a été dit à tort en chanson parmi les Hommes ».

Je ne tenterai d'analyse ni ne proposerai d'élucidation des idées incarnées dans les « Chaumières des Enfants ». Le lecteur, de quelque manière qu'il les interprète, n'aura dans tous les cas aucun besoin d'être assisté dans sa perception des émotions personnelles et particulières dans lesquelles le tout était alors encore ancré.

Comme je l'ai dit, la conception de la venue d'enfants mortels durant leur sommeil dans les jardins de Valinor allait bientôt être intégralement abandonnée, et il n'y aurait aucune place pour cette idée dans la mythologie développée — et encore moins pour l'idée qu'en un jour possible à venir « les routes qui traversent Arvalin jusqu'en Valinor seront peuplées par la foule des fils et des filles des Hommes ».

De même, tout l'aspect « diminutif » et « féerique » disparut rapidement. L'idée de la Chaumière des Enfants existait déjà en 1915, comme le montre le poème *Toi et Moi ;* et ce fut la même année, de fait durant les mêmes jours d'avril, que fut écrit *Pieds de Gobelin* (ou *Cumath thá Nihtielfas*), au sujet duquel mon père dit en 1971 : « Je voudrais que la malheureuse petite chose, qui représente tout ce que je vins (si peu de temps après) à détester avec ferveur, puisse être enterrée pour toujours *. » Pourtant, l'on peut observer que parmi les premières notes les Elfes et les Hommes sont décrits comme étant « d'une même taille » dans les premiers jours, et la petite taille (et leur évanescence et leur transparence) des « fées » est un aspect de leur « évanouissement » et de leur disparition, et directement en rapport avec la dominance des Hommes dans les Grandes Terres. Je reviendrai sur ce sujet plus tard. En rapport avec ceci, la petite taille de la Chaumière est très étrange, puisqu'il semble s'agir d'une petite taille qui serait particulière à celle-ci : Eriol, qui voyage depuis de nombreux jours à travers Tol Eressëa, est stupéfait de ce que la demeure puisse contenir tant de gens, et on lui dit que tous ceux qui

* On lui avait demandé sa permission pour inclure le poème dans une anthologie, comme on l'avait déjà fait plusieurs fois auparavant. Voir la *Biographie* de Humphrey Carpenter, où une partie seulement du poème a été publiée, et aussi la bibliographie, *id*. (année 1915).

entrent doivent être, ou bien devenir, très petits. Mais Tol Eressëa est une île entièrement habitée par les Elfes.

Je donne maintenant trois textes du poème *Kortirion parmi les Arbres* (ultérieurement *Les Arbres de Kortirion*). Les tout premiers travaux (novembre 1915) sur ce poème existent encore *, et il y a une grande quantité de textes ultérieurs. L'introduction en prose à la première formulation a déjà été citée à la p. 37. Une révision majeure fut effectuée en 1937, et une autre beaucoup plus tard ; à cette époque, il s'agissait pratiquement d'un poème différent. Puisque mon père l'envoya à son éditeur Rayner Unwin en février 1962 comme possible candidat pour une inclusion dans *Les Aventures de Tom Bombadil*, il semble presque certain que la version finale date de cette période **.

Je donne tout d'abord le poème dans sa forme antérieure à 1937, lorsque seuls de rares changements avaient déjà été effectués. Dans l'un des plus anciens manuscrits il porte un titre en vieil anglais : *Cor Tirion thæra béama on middes*, et est « dédié à Warwick » ; mais dans un autre, le second titre est en elfique (le deuxième mot n'est pas parfaitement lisible) : *Narquelion la...tu y aldalin Kortirionwen* (c'est-à-dire « Automne [parmi] les arbres de Kortirion »).

Kortirion parmi les Arbres

Les Premières Strophes

Ô ville pâlissante sur une petite colline,
Le vieux souvenir décroît en tes portes [antiques,
La robe devenue grise, ton vieux cœur presque [immobile ;
Le château seulement, sourcils froncés, [attend toujours
Et songe à la manière dont parmi les ormes [énormes
L'Eau Glissante quitte ces royaumes intérieurs

---

* Selon les notes de mon père, la composition originale date des 21-28 novembre 1915, et le poème fut écrit à Warwick lors « d'une semaine de permission hors de la caserne ». Ceci n'est pas tout à fait exact, puisque des lettres à ma mère survivent, qui furent écrites de la caserne les 25 et 26 novembre, dans la deuxième desquelles il dit avoir « rédigé une copie au crayon de " Kortirion " ».

** Dans sa lettre, mon père dit : « *Les Arbres* est trop long et trop ambitieux, et même si on le considérait comme étant assez bon, il déséquilibrerait probablement le navire. »

Et se glisse entre de longs prés jusqu'à la
[mer de l'Ouest —
Portant encore par-dessus des chutes murmu-
[rantes
Une année et puis une autre jusqu'à la mer ;
Et lentement là-bas nombreux sont allés
Depuis que les fées bâtirent Kortirion en
[premier.

Ô ville aux flèches sur une colline venteuse
Aux allées soudain tortueuses, aux murailles
[ombreuses
(Où même maintenant les paons marchent en
[une parade imposante
Majestueuse, de saphir, et d'émeraude),
Vois ta ceinture de large campagne
Illuminée par le soleil et arrosée d'une pluie
[d'argent,
Et richement boisée d'un millier d'arbres
[chuchotants
Qui jetèrent de longues ombres en bien des
[midis écoulés,
Et murmurèrent bien des siècles dans la brise.
Tu es la cité de la Terre des Ormes,
Alalminórë dans les Royaumes des Fées.

Chante par tes arbres, vieille, vieille Kortirion !
Tes chênes, et érables avec leurs pompons,
Tes peupliers chantants ; et les ifs splendides
Qui couronnent tes murs si vieux et songent
À une sombre grandeur toute la journée —
Jusqu'à ce que l'étincellement des premières
[étoiles
S'emmêle, pâle dans leurs barres sable ;
Jusqu'à ce que les sept lampes de l'Ours d'Argent
Se balancent lentement en leurs cheveux
[enveloppés
Et fassent un diadème au jour tombé.
Ô tour et citadelle du monde !
Lorsque l'été en bannière déferle
Si pleine de musique sont tes ormes —
Un son rassemblé qui submerge

Les voix de tous autres arbres.
Chante donc, louant les ormes, Kortirion bien-
[aimée,
Comment l'été les masse de leurs pleines voiles,
Comme les mâts vêtus de navires verdoyants,
Une flotte de galions qui glisse fièrement
À travers de longues mers ensoleillées.

Les Secondes Strophes

Tu es la province la plus centrale de l'île pâlissante
Où s'attardent encore les Compagnies
[Solitaires.
Encore, sans désespérer, parfois vont-ils lente-
[ment à la file
Le long de tes chemins avec des harmonies
[plaintives :
Les fées bénies et les elfes immortels
Qui dansent parmi les arbres et se chantent
Une chanson nostalgique de choses qui
[furent, et pourraient encore être.
Ils passent et disparaissent en une brise soudaine,
Une vague d'herbe qui se courbe — et nous
[oublions
Leurs voix tendres comme des cloches, secouées
[par le vent,
De fleurs, leurs cheveux luisants comme des
[asphodèles dorés.

Le printemps encore a de la joie : ton printemps
[est toujours doux
Parmi les arbres ; mais l'été ensommeillé
[près de tes ruisseaux
Déjà se penche pour entendre le joueur secret
Souffler dans sa flûte là, au-delà de l'enche-
[vêtrement de ses rêves de forêt,
Le long air maigre que chantent encore
Les campanules elfiques dodelinant dans un
[anneau de jacinthe
Sur les murailles du château ;
Déjà se penche pour entendre le sort clair et froid

Monter le long de ses allées ensoleillées et de
[ses salles parfumées :
Une note magique triste et envoûtante,
Un lointain filament de verre d'argent.

Alors tous tes arbres, vieille ville sur une pente
[venteuse,
Lâchent un long et triste chuchotement et une
[lamentation ;
Car s'en vont les heures aux riches teintes, les
[nuits enchantées
Où des phalènes fantômes voletantes dansent
[comme des satellites
Autour de chandelles dans l'air sans mouve-
[ment ;
Et déjà condamnées sont les aubes radieuses,
La lumière du soleil comme des doigts gouttant
[sur de longs gazons ;
L'odeur et le bruit somnifère des champs,
Quand toute l'oseille, les fleurs, et les mauvaises
[herbes plumées
Descendent devant la lame du faucheur.
Étrange et triste Octobre habille ses ajoncs
[couverts de rosée
De l'éclat d'un filet de gazes serties d'or,
Et alors l'orme à large ombre commence à faiblir ;
Sa multitude de feuilles endeuillées commen-
[cent à pâlir
Voyant au loin les ciseaux glacés
D'Hiver, et ses lances aux pointes bleutées
Marchant invincibles sur le soleil
De la lumineuse Toussaint. Alors leur heure est
[achevée,
Et portées blêmes sur des ailes d'ambre pâle
Elles battent les larges airs du vallon faiblissant
Et volent comme des oiseaux par-dessus les
[étangs brumeux.

Les Troisièmes Strophes

Pourtant est cette saison la plus chère à mon
[cœur,

La plus juste pour cette petite ville pâlie
Avec un sens de pompes splendides qui mainte-
[nant s'en vont
En des sons moelleux de tristesse qui réson-
[nent en descendant
Les chemins de brumes enfilés. Ô douce
[période
Lorsque les fins du matin sont ornées de givre,
Et que les ombres bleues se rassemblent sur
[les bois lointains.
Les fées connaissent ton crépuscule de cristal
[tôt venu
Et en secret mettent leurs capuches crépus-
[culaires
De gris et de pourpre vaporeux, et de longues
[bandes
De lumière d'étoiles givrée cousue par des
[mains d'argent.

Elles connaissent la saison de la nuit lumineuse,
Lorsque les ormes nus enlacent en une den-
[telle nuageuse
Les Pléiades, et des peupliers aux longs bras
[barrent la lumière
De lunes aux rondeurs d'or et aux visages
[glorieux.
Ô fées qui disparaissez et elfes si solitaires
Alors vous chantez, vous chantez à vous-mêmes
Une chanson tissée d'étoiles et de feuilles lui-
[santes ;
Et vous tournez avec les vents aux ailes de saphir ;
Et vous jouez des flûtes et en appelez d'un
[cœur chagriné
Aux hommes sombres : « Souvenez-vous de ce
[qui est parti —
Le soleil magique qui éclaira Kortirion ! »

Maintenant voit-on tes arbres, vieille, vieille
[Kortirion
S'élever à travers des brumes blafardes et pâles,
Comme des vaisseaux flottants vagues et long-
[temps au loin

Le long de mers d'opale au-delà de la barre
[ombreuse
De ports nuageux solitaires :
Ils laissent derrière pour toujours les havres aux
[foules
Où leurs équipages un temps tinrent des festins
[de longue
Et de glorieuse aisance, qui maintenant comme
[des spectres venteux
Sont soufflés sur des airs lents vers des côtes
[vides ;
Là sont-ils luisant, tristement portés
De par l'océan sans fond de l'oubli.
Dénudés sont devenus tes arbres, Kortirion,
Et toute leur gloire d'été est rapidement partie.
Les sept lampes de l'Ours d'Argent
Ont crû en un flamboiement stupéfiant
Qui s'enflamme par-dessus l'année tombée.
Bien que froides soient tes places venteuses et
[tes rues vidées ;
Bien que les elfes dansent rarement dans tes
[pâles retraites
(Sauf lors d'une nuit rare et éclairée par la lune,
Un éclair, une lueur chuchotante de blanc),
Pourtant n'aurais-je jamais à partir d'ici.

La Dernière Strophe

Je n'ai nul besoin de connaître le désert ou les
[palais rouges
Où demeure le soleil, les grandes mers ou les
[îles magiques,
Les pinèdes empilées sur les terrasses de mon-
[tagne ;
Et appelant faiblement le long des lieues
[venteuses
Ne touche mon cœur aucune cloche lointaine
[qui sonne
Dans les villes populeuses des Rois Terrestres.
Ici, je trouve un contentement envoûtant
[toujours proche
Placé tout au centre du Pays des Ormes fanés

(Alalminórë des Royaumes des Fées) ;
Ici dessinant des cercles lents en une douce
[lamentation
S'attardent les fées bénies et les elfes immortels
Se chantant une chanson de nostalgie pâlie.

Je donne ensuite le texte du poème comme mon père le réécrivit en 1937, dans la dernière de plusieurs formes légèrement divergentes.

Kortirion parmi les Arbres

I

Ô ville pâlissante sur une colline intérieure,
De vieilles ombres s'attardent en ta porte
[antique,
Ta robe est grise, ton vieux cœur est maintenant
[immobile ;
Tes tours silencieuses dans la brume atten-
[dent
Leur fin désagrégée, tandis qu'à travers les
[ormes étagés
L'Eau Glissante quitte ces royaumes intérieurs,
Et se glisse entre de longs prés jusqu'à la Mer,
Portant encore par-dessus des chutes murmu-
[rantes
Une journée et puis une autre jusqu'à la Mer ;
Et lentement là-bas bien des années sont parties
Depuis que les Elfes en premier bâtirent
[Kortirion ici.

Ô ville grimpante sur ta colline venteuse
Aux rues tortueuses, et aux allées aux
[murailles ombreuses
Où maintenant sauvages les paons marchent en
[une parade imposante
Majestueuse, de saphir, et d'émeraude ;
Au milieu de la ceinture de ce pays endormi,
Où d'argent tombe la pluie et luisante se dresse

L'armée chuchotante de vieux arbres enraci-
[nés profond
Qui jetèrent de longues ombres en bien des
[midis écoulés,
Et murmurèrent bien des siècles dans la
[brise ;
Tu es la cité de la Terre des Ormes,
Alalminórë dans les Royaumes des Fées.

Chante par tes arbres, Kortirion, encore :
Le hêtre sur la colline, le saule dans le marais,
Les peupliers pluvieux, et les ifs aux sourcils
[froncés
Dans tes cours si vieux qui songent
En sombre splendeur toute la journée ;
Jusqu'à ce que l'étincellement des premières
[étoiles
Vienne luisant à travers leurs barres sable
Et que la lune blanche escaladant le ciel
Contemple les fantômes des arbres qui meurent
Lentement et en silence de jour en jour.
Ô Île Solitaire, ici fut ta citadelle,
Avant que l'été en bannière de sa forteresse ne
[tombât.
Alors pleins de musique furent tes ormes :
Verte fut leur armure, verts leurs heaumes,
Les Seigneurs et Rois de tous tes arbres.
Chante, donc, par les ormes, Kortirion célébrée,
Qui sous l'été massent leurs pleines voiles,
Et enveloppés se dressent comme les mâts de
[navires ververdoyants,
Une flotte de galions qui glisse fièrement
À travers de longues mers ensoleillées.

II

Tu es la province la plus centrale de l'île pâlis-
[sante,
Où s'attardent encore les Compagnies
[Solitaires ;
Encore, sans désespérer, ici ils vont lentement à
[la file

Le long de tes chemins avec des harmonies
[solennelles :
Le peuple béni d'un jour ancien,
Elfes immortels, qui chantant doux et étrange
Des choses disparues qui furent, et qui pour-
[raient encore être,
Passent comme un vent parmi les arbres bruis-
[sants,
Une vague d'herbe qui se courbe, et nous
[oublions
Leurs voix tendres comme des cloches, secouées
[par le vent,
De fleurs, leurs cheveux luisants comme des
[asphodèles dorés.

Auparavant le Printemps fut ici, avec joie, et
[tout fut doux
Parmi les arbres ; mais l'Été assoupi près du
[ruisseau
Entendit tremblant en son cœur le joueur secret
Souffler dans sa flûte, là au-delà de l'enche-
[vêtrement de son rêve de forêt,
L'air longuement étiré que firent les voix
[elfiques
Prévoyant l'Hiver à travers la clairière feuillue ;
Les fleurs tardives dodelinant sur les
[murailles ruinées
Se penchant alors entendirent au loin cette flûte
[envoûtante
Au-delà des allées ensoleillées et des salles
[par des arbres étayées ;
Car maigre et claire et froide la note,
Comme un lointain filament de verre d'argent.

Alors tous tes arbres, Kortirion, furent pliés,
Et secoués d'une soudaine lamentation chuchotée :
Car passèrent les jours et les nuits furent
[condamnées
Où des phalènes fantômes dansèrent comme
[des satellites
Autour de chandelles dans l'air sans mouve-
[ment ;

Et déjà condamnées furent les aubes radieuses,
La lumière du soleil comme des doigts tirés de
[par les gazons ;
L'odeur et le bruit somnifère des champs,
Où toute l'oseille, les fleurs, et les mauvaises
[herbes plumées
Descendent devant la lame du faucheur
Lorsque la fraîche Octobre habilla ses ajoncs
[couverts de rosée
De l'éclat d'un filet de gazes serties d'or,
Alors l'orme à large ombre commença à faiblir ;
Leur multitude de feuilles endeuillées commen-
[cèrent à pâlir,
Voyant au loin les lances glacées
D'hiver marchant bleues à l'arrière du soleil
De la lumineuse Toussaint. Alors leur heure fut
[achevée,
Et portées blêmes sur des ailes d'ambre pâle
Elles battirent les larges airs du vallon faiblissant,
Et volèrent comme des oiseaux par-dessus les
[étangs brumeux.

III

Celle-ci est la saison la plus chère au cœur,
Et la période la plus juste pour la ville
[ancienne,
Avec des musiques décroissantes qui s'en vont
[lentement
Serpentant avec une tristesse résonnante
[doucement descendant
Les chemins de brumes enfilés. Ô douce
[période,
Lorsque les fins du matin sont ornées de givre,
Et que les ombres tôt venues enveloppent les
[bois lointains !
Les Elfes passent silencieusement, leurs che-
[veux luisants,
Ils les revêtent de crépuscule sous des
[capuches secrètes
De gris, et de pourpre vaporeux, et de longues
[bandes

De lumière d'étoiles givrée cousue par des
[mains d'argent.

Et souvent ils dansent sous le ciel sans plafond,
Lorsque les ormes nus enlacent en une den-
[telle nuageuse
Les Sept Étoiles, et à travers les branches, l'œil
Contemple rayonnant d'or le visage de la
[lune ronde.
Ô Elfes bénis et doux Peuple Immortel,
Vous chantez alors des chants anciens qui
[s'éveillèrent auparavant
Sous des étoiles primordiales avant l'Aube ;
Vous tournez alors en dansant dans les remous
[du vent,
Comme auparavant vous dansâtes sur
[l'herbe miroitante
En Eldamar, avant que nous fussions, avant
Votre traversée de larges mers pour atteindre
[cette côte mortelle.

Maintenant voit-on tes arbres, vieille et grise
[Kortirion,
À travers des brumes blafardes, s'élevant hauts
[et pâles,
Comme des vaisseaux flottant, flous et dérivant
[au loin,
Descendant des mers d'opale au-delà de la barre
[ombreuse
De ports nuageux solitaires :
Ils laissent derrière pour toujours les havres
[bruyants
Où leurs équipages un temps tinrent des festins
[fiers
Et glorieuse aisance, maintenant comme des
[spectres venteux
Ils sont soufflés sur des airs lents vers des côtes
[venteuses,
Et luisant tristement sur la marée sont portés.
Dénudés sont tes arbres devenus, Kortirion ;
L'habit pourri de leurs os est parti.
Les sept bougies du Chariot d'Argent,

Comme des chandelles allumées dans un
[temple assombri,
Maintenant flamboient par-dessus l'année
[tombée.
Bien que cour et rue maintenant s'étendent
[vides et froides,
Et que les Elfes dansent rarement sous le ciel
[désertique,
Pourtant sous la lune blanche il y a un son
De musique ensevelie encore sous la terre.
Quand l'hiver vient, je voudrais rencontrer
[l'hiver ici.

Je ne chercherais pas le désert, ou les palais
[rouges
Où règne le soleil, ni à voguer vers des îles
[magiques,
Ni à grimper aux terrasses rocheuses des mon-
[tagnes antiques ;
Et résonnant faiblement par-dessus des
[lieues venteuses
Vers mon cœur n'appelle aucune cloche qui sonne
Dans les villes bondées des Rois Terrestres.
Car ici est une aisance du cœur encore, et un
[profond contentement,
Bien que la tristesse hante le Pays des Ormes
[flétris
(Alalminórë dans les Royaumes de Faërie) ;
Et faisant de la musique encore en une
[douce lamentation
Les Elfes ici bénis et immortels demeurent,
Et sur les pierres et sur les arbres un sort
[repose.

Voici enfin le poème final, dans la deuxième de deux versions légèrement différentes ; composé (je le crois) presque un demi-siècle après le premier.

Les Arbres de Kortirion

I

Alalminórë

Ô ville antique sur une colline assiégée !
De vieilles ombres s'attardent en ta porte brisée,
Tes pierres sont grises, tes vieilles salles sont
[maintenant immobiles,
Tes tours silencieuses dans la brume attendent
Leur fin désagrégée, tandis qu'à travers les
[ormes étagés
L'Eau Glissante quitte ces royaumes intérieurs,
Et se glisse entre de longs prés jusqu'à la Mer,
Portant encore par étangs et chutes murmurantes
Une journée et puis une autre jusqu'à la Mer ;
Et lentement là-bas bien des journées sont parties
Depuis que les Edain en premier bâtirent
[Kortirion ici.

Kortirion ! sur ton île-colline
Aux rues tortueuses, et aux allées aux
[murailles ombreuses
Où encore maintenant les paons marchent en
[une parade imposante
Majestueuse, de saphir, et d'émeraude,
Une fois il y a très longtemps dans ce pays
[endormi
De pluie d'argent, où chargés d'années se dressent
Dans de la terre qui n'oublie pas les arbres
[enracinés
Qui jetèrent de longues ombres en le midi
[écoulé,
Et chuchotèrent dans la brise passant rapi-
[dement,
Une fois il y a très longtemps, Reine du Pays des
[Ormes,
Cité Centrale étais-tu des Royaumes Intérieurs.

De tes arbres en été tu te souviens encore :
Le saule à la source, le hêtre sur la colline,

Les peupliers pluvieux, et les ifs aux sourcils
[roncés
Dans tes cours si vieux qui songent
En sombre splendeur toute la journée,
Jusqu'à ce que la première étoile vienne miroi-
[tante,
Et que les souris voletantes passent sur des ailes
[silencieuses ;
Jusqu'à ce que la lune blanche escaladant lente-
[ment voie
En des champs d'ombre les arbres enchantés
[par le sommeil
Enrobés tout en gris argent.
Alalminórë ! Ici fut ta citadelle,
Avant que l'été en bannière de sa forteresse ne
[tombât ;
Autour de toi se dressa ton armée déployée
[d'ormes :
Verte fut leur armure, hauts et verts leurs
[heaumes,
Grands seigneurs et capitaines des arbres.
Mais l'été décline. Voici, Kortirion !
Les ormes maintenant ont massé leurs pleines
[voiles
Apprêtées aux vents, comme des mâts au milieu
[de la vallée
De bateaux puissants qui devront trop tôt, trop
[tôt, naviguer
Vers d'autres jours au-delà de ces mers enso-
[leillées.

II

Narquelion *

Alalminórë ! Cœur verdoyant de cette Île
Où s'attardent encore les Compagnies
[Fidèles !

* Avec le nom *Narquelion* (qui apparaît aussi dans le titre en elfique du poème original, voir p. 46), *cf. Narquelië*, « Soleil déclinant », le nom du dixième mois en quenya (*Le Seigneur des Anneaux*, appendice D).

Encore, sans désespérer, ici ils vont lentement à
[la file
Descendant des chemins solitaires avec des
[harmonies solennelles :
Le Beau-Peuple, les premiers-nés en un jour
[ancien,
Elfes immortels qui, chantant sur leur chemin
De joie ancienne et de chagrin, bien que les
[hommes oublient,
Passent comme un vent parmi les arbres bruis-
[sants,
Une vague d'herbe qui se courbe, et les
[hommes oublient
Leurs voix appelant d'un temps que nous ne
[connaissons,
Leurs cheveux luisant comme la lumière du
[soleil il y a longtemps.

Un vent dans l'herbe ! Le tournant de l'année.
Un frisson dans les roseaux près du ruisseau,
Un murmure dans les arbres — au loin ils
[entendent,
Perçant le cœur du rêve enchevêtré de l'été,
Une froide musique que joue un flûtiste héraut
Prévoyant l'hiver et les jours sans feuilles.
Les fleurs tardives tremblant sur les
[murailles ruinées
Déjà se penchent pour entendre cette flûte elfique,
À travers les allées ensoleillées de la forêt et
[ses salles par des arbres étayées
Serpentant parmi le vert avec une note claire et
[froide
Comme un maigre filament lointain de verre
[d'argent.

La marée haute descend, l'année bientôt sera
[puisée ;
Et tous tes arbres, Kortirion, lamente-les.
Au matin la pierre à aiguiser sonna sur la lame,
Au soir l'herbe et les fleurs dorées furent déposées
Pour se faner, et les champs dénudés.
Et déjà ternie vient l'aube plus tardive,

Plus pâles les doigts de la lumière du soleil ram-
[pent de par le gazon.
Les jours s'en vont. Parties comme des pha-
[lènes, les nuits
Lorsque des ailes blanches voletantes dansèrent
[comme des satellites
Autour de chandelles dans l'air sans vent.
Lammas est passé. La Lune de la Moisson a
[décru.
L'été meurt, qui si brièvement régna.
Maintenant les fiers ormes enfin commencent à
[perdre courage,
Leurs feuilles innombrables tremblent et
[commencent à pâlir,
Voyant au loin les lances glacées
D'hiver marchant à la bataille contre le soleil.
Lorsque la lumineuse Toussaint faiblit, leur jour
[est achevé,
Et portées sur des ailes d'ambre blêmes elles
[volent
Dans des vents qui ne leur prêtent attention
[sous le ciel morne,
Et tombent comme des oiseaux mourants
[sur les étangs.

III

Hrívion *

Hélas ! Kortirion, Reine des Ormes, hélas !
Cette saison convient le mieux à ton antique
[ville
Avec des voix résonnantes tristes qui passent
[lentement,
Serpentant avec une musique décroissante
[doucement descendant
Les chemins de brume enfilés. Ô période décli-
[nante,

* *Cf. hrívë*, « hiver », *Le Seigneur des Anneaux*, appendice D.

Lorsque le matin se lève tard tout duveté de
[givre,
Et que les ombres tôt venues voilent les bois
[lointains !
Inaperçus les Elfes passent silencieusement,
[leurs cheveux luisants,
Ils les revêtent de crépuscule, sous des
[capuches secrètes
De gris, leurs capes bleu nuit ceinturées de
[bandes
De lumière d'étoiles givrée cousue par des
[mains d'argent.

La nuit ils dansent sous le ciel sans plafond,
Lorsque les ormes nus enlacent en une
[dentelle nuageuse
Les Sept Étoiles, et à travers les branches, l'œil
Contemple luisant-froid le visage de la lune
[haute.
Ô Peuple Ancien, doux peuple immortel !
Vous chantez maintenant des chants anciens
[qui s'éveillèrent auparavant
Sous des étoiles primordiales avant l'Aube ;
Vous dansez comme des ombres miroitantes
[dans le vent,
Comme auparavant vous dansâtes sur
[l'herbe brillante
D'Eldamar, avant que nous fussions, avant
Votre traversée de larges mers pour atteindre
[cette côte mortelle.

Maintenant voit-on tes arbres, vieille et grise
[Kortirion,
À travers des brumes blafardes, s'élevant hauts
[et pâles,
Comme des vaisseaux vagues qui lentement
[dérivent au loin
Loin, loin vers des mers vides au-delà de la
[barre
De ports nuageux solitaires :

Ils laissent derrière pour toujours les havres [bruyants
Où leurs équipages un temps tinrent des festins [fiers
En glorieuse aisance, maintenant comme des [spectres venteux
Ils sont soufflés sur des airs froids vers des [côtes sans amis,
Et silencieux sur la marée sont portés.
Dénudé est ton royaume devenu, Kortirion,
Dépouillé de son habit, et sa splendeur partie.
Comme des chandelles allumées dans un [temple assombri
Les bougies funéraires du Chariot d'Argent
Maintenant flamboient par-dessus l'année [tombée.
L'hiver est venu. Sous le ciel désertique
Les Elfes sont silencieux. Mais ils ne meurent [pas !
Ici en attente ils endurent l'hiver mauvais
Et le silence. Ici je demeurerai moi aussi ;
Kortirion, je rencontrerai l'hiver ici.

IV

Mettanyë *

Je ne voudrais trouver les dômes brûlants et les [sables
Où règne le soleil, ni ne m'aventurerais dans [les neiges périlleuses,
Ni ne chercherais dans des montagnes sombres [les terres cachées
D'hommes depuis longtemps perdus vers [lesquelles aucun chemin ne va ;
Je ne prête attention à aucun appel bruyant de [cloche qui sonne

* *Mettanyë* contient *metta*, « fin », comme dans *Ambar-metta*, la fin du monde (*Le retour du Roi*, VI, 5).

De sa langue de fer dans les tours des rois
[terrestres.
Ici sur les pierres et les arbres repose un sort
De perte jamais oubliée, de mémoire plus bénie
Que la richesse mortelle. Ici invaincus
[demeurent
Le Peuple Immortel sous les ormes flétris,
Alalminórë auparavant dans des royaumes
[antiques.

Je conclurai ce commentaire avec une note sur l'usage que faisait mon père du mot « Gnomes » pour les *Noldor*, qui dans les *Contes Perdus* sont nommés les *Noldoli*. Il l'employa encore durant de longues années, et le nom apparaissait toujours dans les premières éditions de *Bilbo Le Hobbit* *.

Dans une ébauche pour le paragraphe final de l'appendice F du *Seigneur des Anneaux*, il écrivit :

> J'ai parfois (non dans ce livre) utilisé « Gnomes » pour *Noldor* et « Gnomique » pour *Noldorin*. Je fis ceci, car quoi que pensât Paracelse (si toutefois il inventa le nom), pour certains « Gnome » suggérera encore le savoir **. Or, le nom en haut-elfique de ce peuple, Noldor, signifie « Ceux qui savent » ; car des trois clans des Eldar, depuis leurs débuts, les Noldor furent toujours distingués et par leur connaissance des choses qui sont et qui furent dans ce monde, et par leur désir de connaître plus. Pourtant ils ne ressem-

* Dans le chapitre III, *Courte Pause*, « épées des Hauts Elfes de l'Ouest » remplaça « épées de ces elfes qui sont maintenant appelés gnomes » ; et dans le chapitre VIII, *Mouches et Araignées*, la phrase « Là, se rendirent et vécurent durant des siècles les Elfes Légers, les Elfes Profonds et les Elfes Marins » remplaça « Là vécurent durant des siècles les Elfes Légers, les Elfes Profonds (ou Gnomes) et les Elfes Marins ».

** Deux mots sont en question : (1) le mot grec *gnōmē*, « pensée, intelligence » (et au pluriel, « maximes, dictons », d'où le mot anglais *gnome*, une maxime ou un aphorisme, et l'adjectif *gnomique*) ; et (2) le mot *gnome* utilisé par l'écrivain du XVIe siècle Paracelse comme synonyme de *pygmaeus*. Paracelse « dit que les êtres ainsi nommés ont la terre comme leur élément (...) à travers laquelle ils se déplacent sans obstruction comme le font les poissons dans l'eau, ou les oiseaux et les créatures terrestres à travers l'air » (*Oxford English Dictionary*, entrée *Gnome* -2). L'*Oxford English Dictionary* ajoute ceci : que Paracelse ait inventé le mot ou non, il devait signifier « un être demeurant dans la terre », et l'ouvrage n'indique pas une connexion possible avec l'autre mot *Gnome*.

blaient en aucune façon aux Gnomes, que ce soit selon la théorie savante ou l'imagination populaire ; et j'ai maintenant abandonné cette interprétation comme étant trompeuse. Car les Noldor appartenaient à une race élevée et belle, les Enfants aînés du monde, qui maintenant sont partis. Ils étaient grands, au teint clair et aux yeux gris, et leurs cheveux étaient bruns, sauf dans la maison d'or de Finrod...

Dans le dernier paragraphe de l'appendice F *tel qu'il fut publié*, la référence aux « Gnomes » fut ôtée, et remplacée par un passage expliquant l'usage du mot *Elfes* pour traduire les mots *Quendi* et *Eldar*, malgré le caractère réducteur du mot anglais. Ce passage, se référant aux Quendi en général, continue cependant avec les mêmes mots que l'ébauche : « Ils étaient une race élevée et belle, et parmi eux les Eldar étaient comme des rois, qui maintenant sont partis : le Peuple du Grand Voyage, le Peuple des Étoiles. Ils étaient grands, au teint clair et aux yeux gris, et leurs cheveux étaient bruns, sauf dans la maison d'or de Finrod... » Ainsi ces mots décrivant des caractéristiques de visage et de cheveux furent en fait écrits à propos des Noldor seulement, et pas de tous les Eldar : en effet, les Vanyar avaient des cheveux d'or, et ce fut par Indis, la mère vanyarin de Finarfin, qu'ils eurent, ainsi que Finrod Felagund et Galadriel ses enfants, leurs cheveux d'or, qui les démarquèrent des autres princes des Noldor. Mais je suis incapable de déterminer la manière dont cette extraordinaire perversion de sens put se produire *.

---

* Le nom *Finrod* dans le passage à la fin de l'appendice F est maintenant erroné : Finarfin fut Finrod, et Finrod fut Inglor, jusqu'à la deuxième édition du *Seigneur des Anneaux*, et à cette occasion la transformation fut oubliée.

II
La Musique des Ainur

[L'on trouve dans un autre carnet identique à celui dans lequel ma mère recopia *La Chaumière du Jeu Perdu* un texte écrit à l'encre de la main de mon père (et tous les autres textes des *Contes Perdus* sont de sa main, mis à part une version propre de *La Chute de Gondolin* *) intitulé : *Lien entre Chaumière du Jeu Perdu et (Conte 2) Musique des Ainur.* Celui-ci fait immédiatement suite aux derniers mots de Vairë à Eriol (p. 32), et ensuite s'imbrique directement dans *La Musique des Ainur* (dans un troisième carnet identique aux deux premiers). La seule indication permettant de dater le *Lien* et la *Musique* (qui furent, je pense, écrits en même temps) est une lettre de mon père datant de juillet 1964, dans laquelle il dit avoir écrit alors qu'il était à Oxford « employé dans le personnel du grand Dictionnaire », alors incomplet, « un mythe cosmogonique "La Musique des Ainur" ». Il fut employé à l'édition de l'*Oxford Dictionary* ** en novembre 1918, et abandonna ce travail au printemps de l'année 1920. Si son souvenir est exact, et il n'y a pas de preuves du contraire, quelque deux ans ou plus s'écoulèrent entre *La Chaumière du Jeu Perdu* et *La Musique des Ainur*.

Le *Lien* entre les deux contes n'existe qu'en une seule version, car le texte à l'encre fut écrit par-dessus un brouillon au crayon qui fut totalement effacé. Dans ce cas précis un bref commentaire suivra le *Lien,* précédant le conte de *La Musique des Ainur*.]

---

* Le titre véritable de ce conte est *Tuor et les Exilés de Gondolin*, mais mon père y faisait référence sous le nom de *La Chute de Gondolin*, et je fais de même.

** *Oxford English Dictionary* : dictionnaire de référence de la langue anglaise. (*N.d.T.*)

« Mais, dit Eriol, encore reste-t-il de nombreuses choses qui me sont obscures. Il est vrai que je désirerais volontiers savoir qui sont ces Valar ; sont-ce les Dieux ? »

« Ils le sont bien, dit Lindo, bien qu'en ce qui les concerne, les Hommes racontent maintes histoires étranges et embrouillées qui sont très loin de la vérité, et ils les appellent par bien des noms étranges que tu n'entendras pas ici » ; mais Vairë dit : « Non, Lindo, ne te laisse pas tenter par d'autres contes ce soir, car l'heure du repos est proche, et malgré tout son enthousiasme notre hôte est fatigué par le chemin parcouru. Envoie donc mander les chandelles du sommeil, et le voyageur aura encore des contes à s'en remplir la tête et à s'en satisfaire le cœur ce lendemain. » Mais elle dit à Eriol : « Ne crois pas que tu doives de toute nécessité quitter notre maison demain ; car ce n'est le cas pour personne — non, tous peuvent demeurer tant qu'il restera un conte à narrer qu'ils désirent entendre. »

Alors Eriol dit que tout désir de voyager au loin avait abandonné son cœur et que d'être durant un temps invité en cet endroit lui semblait être la plus douce des choses. Sur cela entrèrent ceux qui portaient les chandelles du sommeil. Et chacun parmi cette compagnie en prit une, et deux des gens de la maison prièrent Eriol de les suivre. L'un de ceux-ci était le gardien de la porte qui ouvrit lorsqu'il frappa auparavant. Il paraissait vieux et ses cheveux étaient gris, et rares parmi ce peuple étaient ainsi ; mais l'autre avait un visage buriné par les intempéries et des yeux bleus d'une grande gaieté, et il était très mince et petit, et l'on n'aurait su dire s'il avait cinquante ou dix mille ans. Or il s'agissait là d'Ilverin ou Petitcœur. Les deux gens de la maison guidèrent Eriol le long du couloir aux contes brodés vers un grand escalier de chêne, et vers le sommet de celui-ci il les suivit. Les marches tournèrent et montèrent puis les menèrent jusque dans un passage éclairé de petites lampes suspendues de verre coloré, leurs balancements projetant un éclaboussement de teintes vives sur les sols et les tapisseries.

Dans ce passage les guides tournèrent un coin abrupt, puis descendant quelques marches peu éclairées ouvrirent en grand une porte devant lui. Alors, se courbant, ils lui souhaitèrent un sommeil agréable et, dit Petitcœur : « rêves de bons vents et de bons voyages de par les grandes mers », puis ils le laissèrent ; et il se retrouva debout dans une chambre petite, et avec un lit au linge le plus pur et aux profonds oreillers placé près de la fenêtre — et ici la nuit semblait chaude et parfumée, bien qu'il vînt à l'instant de se réjouir devant la flambée des bûches du Feu aux contes. Ici, tout le mobilier était de bois sombre, et comme sa grande chandelle vacilla, ses doux rayons créèrent un enchantement dans la pièce, jusqu'à ce qu'il lui semblât que le sommeil était le meilleur de tous les délices, mais que cette chambre était la meilleure de toutes pour le sommeil. Avant de s'allonger cependant, Eriol ouvrit la fenêtre et un parfum de fleurs entra en une bouffée par celle-ci, et il entrevit un jardin empli d'ombres qui était plein d'arbres, mais ses espaces étaient barrés de lumières argentées et d'ombres noires qui étaient dues à la lune ; pourtant sa chambre semblait surplomber de très haut ces pelouses en contrebas, et un rossignol chanta soudain dans un arbre à proximité.

Puis Eriol dormit, et par ses rêves vint une musique plus fluette et plus pure qu'aucune autre qu'il eût jamais entendue, et pleine de nostalgie était-elle. En vérité elle était telle des tuyaux d'argent ou des flûtes aux formes les plus fines-délicates proférant des notes de cristal et des harmonies filiformes au clair de lune sur les pelouses ; et Eriol se languit dans son sommeil pour il ne savait quoi.

Lorsqu'il s'éveilla le soleil se levait et il n'y avait aucune musique, sauf celle d'une myriade d'oiseaux autour de sa fenêtre. La lumière frappa par les carreaux et trembla en de joyeux reflets, et cette chambre avec son parfum et ses plaisantes draperies semblait encore plus douce qu'auparavant ; mais Eriol se leva, et s'habillant de beaux vêtements qui lui avaient été préparés il put ôter son habit taché par le voyage, il s'en fut et erra parmi les passages de la maison, jusqu'à ce qu'il vienne par hasard à un petit escalier, et descendant celui-ci il vint à un porche et à une cour ensoleillée. En ce lieu, se trouvait un portail treillissé qui s'ouvrit à son toucher et mena dans ce jardin dont les pelouses s'étendaient sous la fenêtre de sa chambre. Là, il vagabonda respirant les airs et regardant le soleil se lever au-dessus des toitures étranges de cette ville, lorsque parut le vieux gardien de la porte qui se trouvait en face de lui, venant le long d'un chemin de coudriers. Il ne vit point Eriol, car il tenait sa tête comme toujours penchée vers le sol, et marmonnait rapidement tout seul ; mais Eriol parla, lui souhaitant un bon jour, et il sursauta à cela.

Alors il dit : « Votre pardon, monsieur ! Je ne vous avais point remarqué, car j'écoutais les oiseaux. En vérité, monsieur, vous me trouvez d'humeur aigre ; car voici ! j'ai là un gredin aux ailes noires gras d'impudence qui chante des chansons qui me sont jusqu'ici inconnues, et dans une langue qui est étrange ! Cela m'irrite, monsieur, cela m'irrite, car il me semblait que je connaissais au moins les langues simples de tous les oiseaux. J'ai envie de l'envoyer à Mandos pour son impertinence ! » Eriol rit franchement à ceci, mais le gardien dit : « Non, monsieur, que Tevildo Prince des Chats le harcèle pour oser se percher dans un jardin sous la garde de Rúmil. Sachez que les Noldoli vieillissent incroyablement lentement, et pourtant ai-je les cheveux gris à étudier toutes les langues des Valar et des Eldar. Longtemps avant la chute de Gondolin, mon bon monsieur, j'ai allégé mon esclavage sous Melko en apprenant les langages de tous les monstres et gobelins — n'ai-je pas connu même les langages des bêtes, ne méprisant pas les voix fluettes des campagnols et des souris ? — n'ai-je pas appris un air stupide ou deux à fredonner aux bêtes rampantes sans paroles ? Non, je me suis parfois même penché sur les langues des Hommes, mais que Melko les prenne ! ils mutent et changent, changent et mutent, et quand on les tient ne sont plus qu'une substance dure avec laquelle travailler chansons et contes. Ainsi est-il que ce matin je me sentais tel Ómar le Vala qui connaît toutes les langues, prêtant oreille au mélange des voix des oiseaux, les comprenant toutes, reconnaissant chaque air bien-aimé, quand *tirípti lirilla* voici venir un oiseau, un diablotin de Melko — mais je vous fatigue, monsieur, à bavarder de chansons et de mots. »

« Non, ne croyez pas cela, fit Eriol, mais je vous prie de ne pas être découragé par un seul gros diablotin de merle. Si mes yeux ne me trompent point, cela fait une bonne durée d'années que vous avez pris soin de ce jardin. Vous devez donc connaître quantité de chansons et de langues suffisante pour réconforter le cœur du plus grand des sages, s'il est vrai que celle-ci est la première voix que vous y avez entendue dedans et pour laquelle il vous ait manqué l'interprétation. N'est-il pas dit que les oiseaux de chaque région, voire presque de chaque nid, parlent de manière dissemblable ? »

« On le dit, et on dit vrai, fit Rúmil, et toutes les chansons de Tol Eressëa peuvent s'entendre à l'occasion en ce jardin. »

« Mon cœur est plus que satisfait, dit Eriol, d'avoir appris cette seule belle langue que parlent les Eldar en cette île de Tol Eressëa — mais je m'étonnai à vous entendre parler comme s'il y avait de nombreuses langues parmi les Eldar : en est-il ainsi ? »

« Oui, dit Rúmil, car il y a cette langue à laquelle les Noldoli s'agrippent encore — et auparavant les Teleri, les Solosimpi, et les Inwir avaient tous leurs différences. Mais celles-ci étaient moindres et se sont maintenant mêlées dans cette langue des Elfes de l'Île que vous avez apprise. Encore y a-t-il les groupes perdus, qui restent à errer tristement dans les Grandes Terres, et peut-être parlent-ils très étrangement maintenant, car cela fait des âges depuis que cette marche se fit de Kôr, et comme je le maintiens ce ne fut que la longue errance des Noldoli de par la Terre, et les âges noirs de leur esclavage tandis que leurs frères demeuraient encore en Valinor, qui causa la profonde séparation de leur langage. Apparentés néanmoins le sont assurément le langage gnomique et l'elfique des Eldar, comme me l'apprend ma science — mais voici que je vous fatigue encore. Jamais encore n'ai-je trouvé une autre oreille dans le monde qui ne se fatiguait avant longtemps de ce genre de discours. "Langues et langages, diront-ils, une me suffit." — Et ainsi parla un jour Petitcœur, le gardien du Gong : "le langage gnomique, dit-il, me suffit — n'est-il pas vrai qu'un dénommé Eärendel et Tuor et Bronweg mon père (qu'en minaudant vous appelez à tort Voronwë) le parlaient et aucun autre ?" Pourtant il dut apprendre l'elfique en fin de compte, ou être condamné à rester silencieux ou à quitter Mar Vanwa Tyaliéva — et son cœur ne pouvait souffrir aucun de ces destins. Voici maintenant qu'il pépie l'eldar comme une dame des Inwir, même Meril-i-Turinqi notre reine en personne — que Manwë en prenne garde. Mais même ces langues ne sont pas tout — il y a de surcroît la langue secrète que les Eldar utilisèrent pour écrire nombreux livres de science et poésie et histoires des choses premières et anciennes, et que pourtant ils ne parlent pas. Cette langue n'est utilisée que par les Valar durant leurs hauts conseils, et rares sont ceux parmi les Eldar de ces jours-ci qui peuvent la lire ou déchiffrer ses caractères. J'en ai appris une grande partie à Kôr, il y a une vie, par la bonté d'Aulë, et par elle je connais beaucoup de choses : vraiment beaucoup de choses. »

« Alors, fit Eriol, peut-être pouvez-vous me parler de choses que je désire grandement savoir depuis les mots échangés à côté du Feu aux contes hier soir. Qui sont donc les Valar — Manwë, Aulë, et ceux que vous nommez — et pour quelle raison êtes-vous, Eldar, venus depuis cette demeure du bonheur en Valinor ? »

Maintenant vinrent ces deux-là à une verte charmille et le soleil était levé et chaleureux, et les oiseaux chantaient avec grande puissance mais les pelouses étaient recouvertes d'or. Puis Rúmil s'assit sur un siège qui se trouvait là, de pierre taillée et couverte de mousse, et il dit : « Très grandes sont les choses que vous demandez, et leur véritable réponse creuse au-delà des confins extrêmes des déserts du temps, là où même la vue de Rúmil, l'ancien parmi les Noldoli, ne peut voir ; et tous les contes des Valar et des Elfes sont ainsi tissés ensemble que l'on ne peut guère en exposer un sans avoir à exposer l'intégralité de leur vaste Histoire. »

« Pourtant, dit Eriol, racontez-moi, Rúmil, je vous prie, un peu de ce que vous savez même de ces tout premiers commencements, que je puisse commencer à comprendre ces choses que l'on me raconte sur cette île. »

Mais Rúmil dit : « Ilúvatar était le premier commencement, et au-delà de cela aucun savoir des Valar ou des Eldar ou des Hommes ne peut aller. »

« Qui fut Ilúvatar ? dit Eriol. Était-il des Dieux ? »

« Non, dit Rúmil, cela, il ne l'était pas, car ce fut lui qui les fit. Ilúvatar est le Seigneur pour Toujours qui demeure au-delà du monde ; qui le fit et n'en est pas, ni n'est en dedans, mais qui l'aime. »

« Ceci, je ne l'ai jamais entendu ailleurs », dit Eriol.

« Cela se peut, dit Rúmil, car ce sont encore les premiers jours dans le monde des Hommes, et on ne parle encore beaucoup de la Musique des Ainur. »

« Dites-moi, fit Eriol, car je me languis de l'apprendre, que fut la Musique des Ainur ? »

Commentaire sur le Lien entre Chaumière du Jeu Perdu et Musique des Ainur

Ce fut ainsi que l'*Ainulindalë* allait pour la première fois être entendue par des oreilles mortelles, par Eriol, assis dans un jardin ensoleillé de Tol Eressëa. Même après qu'Eriol (ou Ælfwine) se fut évaporé, Rúmil fut maintenu, le grand sage Noldorin de Tirion qui en premier « trouva les signes propres à conserver la parole et le chant » (*Le Silmarillion*, p. 58), et *La Musique des Ainur* continua à lui être attribuée, bien que, investi de la gravité d'un temps lointain, il s'éloignât du philologue bavard et farfelu de Kortirion. Il doit être noté que dans ce récit Rúmil avait été un esclave de Melko.

L'Exil des Noldor apparaît ici, car c'est à ceci que font sans aucun doute référence les mots de Rúmil sur la marche de Kôr, plutôt qu'à la « marche sur le monde » d'Inwë (pp. 26 et 38) ; et quelque chose aussi est dit sur les langues, et sur ceux qui les parlaient.

Dans ce passage-lien, Rúmil affirme :

(1) que les Teleri, Solosimpi et Inwir avaient des différences linguistiques dans le passé ;

(2) mais que ces dialectes s'étaient maintenant fondus ensemble dans la « langue des Elfes de l'Île » ;

(3) que la langue des Noldoli (Gnomes) avait subi une rupture profonde de par leur départ vers les Grandes Terres et leur captivité sous Melko ;

(4) que ces Noldoli qui maintenant demeurent sur Tol Eressëa ont appris la langue des Elfes insulaires ; mais que d'autres habitent encore les Grandes Terres. (Quand Rúmil parle des « groupes perdus, qui restent à errer tristement dans les Grandes Terres » et qui « peut-être parlent très étrangement maintenant », il semble faire référence au restant des exilés Noldorin de Kôr qui n'étaient pas venus à Tol Eressëa [comme lui-même le fit], plutôt qu'aux Elfes qui n'étaient jamais allés en Valinor *.)

* Par contre, il est possible que par les « groupes perdus » il entendît en fait les Elfes qui s'égarèrent durant le voyage depuis les Eaux de

Dans les *Contes Perdus*, le nom donné aux Elfes Marins plus tard nommés les *Teleri* — la troisième des trois tribus — est *Solosimpi* (« Flûtistes des Côtes »). Il faut maintenant expliquer que, de manière assez déroutante, la première des trois tribus à être menée par le roi Inwë se nommait les *Teleri* (les *Vanyar* du *Silmarillion*). Qui donc étaient les *Inwir ?* Meril-i-Turinqi raconte plus tard (p. 158) à Eriol que les Teleri étaient ceux qui avaient suivi Inwë, mais que « sa famille et sa descendance sont ce peuple royal, les Inwir, du sang desquels je fais partie ». Les Inwir étaient donc un clan « royal » *inclus parmi les Teleri ;* et la relation entre la vieille conception et celle du *Silmarillion* peut être montrée ainsi :

	Les Contes Perdus	*Le Silmarillion*
I	Teleri (incluant Inwir)	Vanyar
II	Noldoli (Gnomes)	Noldor
III	Solosimpi	Teleri

Dans ce passage-lien, Rúmil semble dire que les Eldar sont distincts des Gnomes — « apparentés néanmoins le sont assurément le langage gnomique et l'elfique des Eldar » ; et « Eldar » et « Noldoli » sont mis en opposition dans le préambule en prose à *Kortirion parmi les Arbres* (p. 37). Ailleurs « elfique » en tant que langue est distingué du « gnomique », et « Eldar » est employé comme un mot dont la forme est différenciée de « gnomique ». Il est en fait rendu tout à fait explicite dans les *Contes Perdus* que les Gnomes étaient eux-mêmes Eldar — par exemple, « les Noldoli, qui étaient les sages parmi les Eldar » (p. 84) ; mais, par contre, nous lisons que, après la Fuite des Noldoli de Valinor, bien qu'Aulë « donnât toujours son amour aux quelques Gnomes fidèles qui demeuraient encore dans son logis, il les nomma pourtant dorénavant "Eldar" » (p. 238). Ceci n'est pas aussi totalement contradictoire qu'il y paraît à première vue. Il semblerait que (d'une part) l'opposition entre « eldar », ou « elfique », et « gnomique » prît forme parce que le gnomique était devenu une langue à part ; et tandis que les Gnomes étaient eux-mêmes certainement Eldar, leur langage ne l'était pas. Mais (d'autre part) les Gnomes avaient depuis longtemps quitté Kôr, et n'étaient donc plus perçus comme étant des « Koreldar », ni dès lors comme « Eldar ». Le mot *Eldar* avait donc pris un sens plus étroit, mais qui pouvait être à tout moment élargi dans le sens plus ancien où les Noldoli étaient « Eldar ».

---

l'Éveil (voir p. 163) ; ainsi l'implication serait : « si la rupture entre la langue des Noldoli et celle des Eldar qui restèrent en Valinor est très profonde, combien plus doit l'être celle avec ceux qui ne traversèrent jamais la mer ».

S'il en est ainsi, le sens étroit de *Eldar* reflète la situation durant les jours tardifs en Tol Eressëa ; d'ailleurs, dans les contes qui vont suivre, quand le récit concerne la période avant la rébellion des Noldoli et leur départ de Valinor, ils sont très fermement « Eldar ». *Après* la rébellion, dans le passage cité ci-dessus, Aulë refusa d'appeler les Noldoli restés en Valinor par ce nom — et par implication, il n'appela plus ceux qui étaient partis « Eldar ».

La même ambiguïté est présente entre les mots *Elfes* et *elfique*. Rúmil nomme ici « elfique » la langue des Eldar distincte du « gnomique » ; le conteur du *Conte de Tinúviel* dit : « Ceci est mon conte et c'est un conte des Gnomes, ainsi je te supplie de ne pas emplir l'oreille d'Eriol de tes noms elfiques », et dans le même passage « Elfes » est utilisé spécifiquement en opposition avec « Gnomes ». Mais, encore une fois, dans les contes qui suivent dans ce livre, *Elfes* et *Eldar* et *Eldalië* sont utilisés de manière interchangeable pour les Trois Clans (voir par exemple le récit du débat des Valar concernant l'appel aux Elfes à venir en Valinor, pp. 160-161). Et finalement, une variation apparemment similaire peut être constatée dans l'usage du mot *fée ;* ainsi Tol Eressëa est le nom en « langage des fées », tandis que les Gnomes nomment l'île Dor Faidwen (p. 21), par contre Gilfanon, un Gnome, est appelé « l'un des plus anciens parmi les fées » (p. 236).

L'on verra avec les remarques de Rúmil que la raison historique donnée à la « profonde rupture » en deux branches du langage des Elfes était à cette époque totalement différente de celle qui allait plus tard causer la division. Ici Rúmil l'impute à « la longue errance des Noldoli de par la Terre, et aux âges noirs de leur esclavage tandis que leurs frères demeuraient encore en Valinor » — en termes ultérieurs, « l'Exil des Noldor ». Dans *Le Silmarillion*, les Noldor apportèrent la langue valinoréenne dans les Terres du Milieu mais l'abandonnèrent (sauf entre eux) et adoptèrent à la place la langue de Beleriand, le *sindarin* des Elfes gris, qui n'avaient jamais été en Valinor : le quenya et le sindarin avaient une origine commune, mais leur « profonde rupture » avait eu lieu suite à leurs longues ères de séparation. Dans les *Contes Perdus*, par contre, les Noldor apportèrent effectivement le langage de Valinor aux Grandes Terres, mais là ils le conservèrent, et ce fut celui-ci qui changea, devenant une langue entièrement différente. En d'autres termes, dans la conception originale la « deuxième langue » ne se sépara de la langue mère qu'avec le départ des Gnomes de Valinor vers les Grandes Terres ; tandis que par la suite la « deuxième langue » allait se séparer de la « première langue » près du commencement même de l'existence des Elfes dans le monde. Néanmoins, le gnomique *est* le sindarin, dans le sens où le gnomique est *le* langage qui allait finalement, comme toute la conception évoluait, devenir la langue des Elfes gris de Beleriand.

Au sujet des remarques de Rúmil sur la langue qu'utilisent les Valar et que les Eldar avaient auparavant utilisée pour écrire poésie et livres de science, mais que peu d'entre eux maintenant connaissent, voir la note suivante trouvée dans le petit carnet des *Contes Perdus* auquel il est fait référence p. 35 :

Les Dieux comprenaient la langue des Elfes mais ne l'employaient pas entre eux. Les plus sages parmi les Elfes apprirent une grande partie du langage des Dieux et gardèrent longtemps et précieusement ce savoir, que ce soit parmi les Teleri ou parmi les Noldoli, mais au temps de la venue en Tol Eressëa plus personne ne le connaissait sauf les Inwir, et maintenant ce savoir est mort, hormis dans la maison de Meril.

Quelques nouveaux personnages apparaissent dans ce passage. Ómar le Vala « qui connaît toutes les langues » ne survécut pas aux *Contes Perdus ;* on en entend un peu plus parler ultérieurement, mais il s'agit d'une divinité sans grande substance. Tuor et Bronweg proviennent du récit de *La Chute de Gondolin*, qui était déjà écrit ; *Bronweg* est la forme gnomique de *Voronwë*, ce même Voronwë qui accompagna Tuor de Vinyamar à Gondolin dans la légende ultérieure. Tevildo, Prince des Chats, était un serviteur démoniaque de Melko et le lointain précurseur de Sauron ; il est un acteur principal dans l'histoire originale de Beren et Tinúviel, qui, elle aussi, était déjà écrite (le *Conte de Tinúviel*).

Petitcœur, le gardien du Gong, fils de Bronweg, reçoit maintenant un nom elfique, *Ilverin* (une correction de *Elwenildo*).

La Musique des Ainur

[L'ébauche originale, rapidement rédigée au crayon et abondamment rectifiée, du texte de *La Musique des Ainur* subsiste sur des feuilles volantes placées à l'intérieur de la couverture du carnet, qui contient un texte plus complet et bien plus achevé écrit à l'encre. Cette seconde version est cependant basée étroitement sur la première, et la transforme principalement par des rajouts. Le texte donné ici est le second, mais certains passages où les deux textes diffèrent de façon notable sont annotés (il y a peu de différences entre les deux textes qui soient, à mon opinion, de grande importance). L'on remarquera dans certains passages de la première ébauche présentés dans les notes que le pluriel était originellement *Ainu*, et non *Ainur*, et que *Ilúvatar* se nommait *Ilu* (mais l'on rencontre aussi *Ilúvatar* dans la première version).]

Alors Rúmil dit :

« Entendez maintenant des choses qui n'ont été entendues parmi les Hommes, et les Elfes en parlent rarement ; pourtant Manwë Súlimo, Seigneur des Elfes et des Hommes, les murmura aux oreilles des pères de mon père dans les profondeurs du temps[1]. Voici ! Ilúvatar demeurait seul. Avant toutes choses il chanta en premier les Ainur en existence, et plus grand est leur pouvoir que celui de toutes ses créatures dans le monde et en dehors. Par la suite il leur façonna des demeures dans le vide, et demeura parmi eux, leur enseignant toutes sortes de choses, et la plus grande de celles-ci fut la musique.

Maintenant il parlait, leur proposant thèmes de chanson et d'hymne joyeux, révélant maintes des grandes et merveilleuses choses qu'il concevait toujours en son esprit et en son cœur, et maintenant ils faisaient de la musique pour lui, et les voix de leurs instruments s'élèvent en splendeur autour de son trône.

Il vint un temps où Ilúvatar exposa aux Ainur un vaste projet conçu en son cœur, déroulant une Histoire dont l'immensité et la majesté n'avaient jamais été égalées par quoi que ce fût qu'il eût auparavant relaté, et la gloire de son commencement et la splendeur de son achèvement ébahirent les Ainur, et ils se courbèrent devant Ilúvatar et restèrent sans paroles.

Alors Ilúvatar dit : "L'histoire que j'ai étendue devant vous, et la vaste région de beauté que je vous ai décrite comme étant le lieu où toute cette histoire pourrait se dérouler et se jouer, n'a été racontée que telle une esquisse. Je n'ai pas empli tous les espaces vides, et je ne vous ai pas non plus raconté tous les ornements et choses ravissantes et délicates dont mon esprit est empli. Il est maintenant de mon désir que vous fassiez une grande et glorieuse musique et un chant de ce thème ; et (puisque je vous ai beaucoup enseigné et ai placé en vous les flammes vives du Feu Secret [2]) que vous exerciez vos esprits et vos pouvoirs à orner le thème selon vos propres pensées et vos propres inventions. Mais je siégerai et prêterai oreille et serai heureux que par vous j'aie fait venir quantité de beautés en Chanson."

Alors les joueurs de harpe et les joueurs de luth, les flûtistes et les joueurs de chalumeau, les orgues et les chœurs innombrables des Ainur commencèrent à façonner en une grande musique le thème d'Ilúvatar ; et un son s'éleva de puissantes mélodies qui changeaient et s'échangeaient, qui se mêlaient et se dissolvaient au milieu du tonnerre des harmonies plus puissant encore que le rugissement des immenses mers, jusqu'à ce que les lieux de demeure d'Ilúvatar et les régions des Ainur se fussent emplis à en déborder de musique, et de l'écho de la musique, et de l'écho des échos de la musique qui s'écoulaient même dans les espaces vides et sombres au loin. Jamais n'y eut-il auparavant, ni ne fut depuis, une telle musique à la splendeur d'une immensité si incommensurable ; bien qu'il soit dit qu'une bien plus puissante encore sera tissée devant le siège d'Ilúvatar par les chœurs à la fois des Ainur et des fils des Hommes après la Grande Fin. Alors seront joués correctement les thèmes les plus puissants d'Ilúvatar ; car il adviendra alors que les Ainur et les Hommes connaîtront son esprit et son cœur autant qu'il se peut, et toute son intention.

Mais maintenant Ilúvatar s'assit et prêta oreille, et pendant longtemps cela lui parut très bon, car les imperfections de cette musique étaient rares, et il lui sembla que les Ainur avaient beaucoup appris, et bien. Mais, comme le vaste thème progressa, il vint au cœur de Melko d'y tisser des sujets provenant de ses propres et vaines imaginations qui n'étaient pas appropriées au grand thème d'Ilúvatar. Maintenant Melko avait parmi les Ainur reçu d'Ilúvatar certains des plus grands dons de pouvoir et de sagesse et de connaissance ; et il allait souvent seul dans les espaces sombres et vides à la recherche du Feu Secret qui donne Vie et Réalité (car il avait un désir très brûlant de faire exister des choses de lui-même) ; pourtant il ne le trouva point, car il demeure avec Ilúvatar, et cela il ne le sut que plus tard [3].

Là était-il cependant tombé à penser des pensées profondes et rusées qui lui étaient propres, et qu'il ne montra pas toutes, même à Ilúvatar. Certaines de ses conceptions et imaginations tissa-t-il alors en sa musique, et aussitôt rudesse et discordance s'élevèrent autour de lui, et nombreux parmi ceux qui jouaient près de lui devinrent abattus et leur musique devint faible, et leurs pensées inachevées et troubles, tandis que de nombreux autres se mirent à accorder leur musique à la sienne plutôt qu'au grand thème avec lequel ils commencèrent.

De cette manière la malice de Melko s'étendit, assombrissant la musique, car ces pensées qu'il avait provenaient de la noirceur extérieure vers où Ilúvatar n'avait encore tourné la lumière de son visage ; et parce que ses pensées secrètes n'avaient aucune parenté avec la beauté de la conception d'Ilúvatar, ses harmonies furent rompues et détruites. Pourtant Ilúvatar demeura assis et prêta oreille jusqu'à ce que la musique eût atteint une profondeur de ténèbres et de laideur inimaginable ; alors il sourit tristement et il éleva sa main gauche, et immédiatement, bien que personne ne sût clairement comment, un nouveau thème commença au milieu de la clameur, semblable et pourtant dissemblable au premier, et il gagna en pouvoir et en douceur. Mais la discorde et le bruit qu'avait éveillés Melko entrèrent en un tumulte à son encontre, et il y eut une guerre de sons, et un fracas métallique s'éleva dans lequel on ne put que peu distinguer.

Alors Ilúvatar éleva sa main droite, et il ne souriait plus, mais pleurait ; et voici qu'un troisième thème, et il ne ressemblait en rien aux autres, grandit au centre du trouble, jusqu'à ce qu'enfin il semblât qu'il y eût deux musiques qui progressaient en un même temps aux pieds d'Ilúvatar, et celles-ci étaient complètement en désaccord. L'une était très grande et profonde et belle, mais elle était entrelacée d'une tristesse insatiable, tandis que l'autre avait maintenant grandi vers une unité et un système propres, mais était bruyante et vaine et arrogante, bramant triomphalement à l'encontre de l'autre alors qu'elle croyait la noyer, mais toujours se trouvant, alors qu'elle tentait de faire le fracas le plus féroce, d'une quelconque manière à compléter ou à s'harmoniser avec sa rivale.

Au plus fort de cette lutte résonnante, alors que les palais d'Ilúvatar tremblaient et qu'un frisson parcourait les lieux sombres, Ilúvatar éleva ses deux mains, et en un accord insondé, plus profond que le firmament, plus glorieux que le soleil et perçant comme la lumière du regard d'Ilúvatar, cette musique percuta et cessa.

Puis Ilúvatar dit : "Puissants sont les Ainur, et glorieux, et parmi eux Melko est le plus puissant en savoir ; mais qu'il sache, ainsi que tous les Ainur, que je suis Ilúvatar ; ces choses que vous avez chantées et jouées, voici ! j'ai fait en sorte qu'elles fussent — non dans les musiques que vous faites dans les régions célestes, comme une joie pour moi et un jeu pour vous, seulement, mais plutôt à même de prendre forme et réalité tout comme vous-mêmes Ainur, que j'ai faits pour partager la réalité d'Ilúvatar, moi-même. Peut-être aimerai-je ces choses qui proviennent de ma chanson tout comme j'aime les Ainur qui sont de ma pensée [4], et peut-être plus encore. Toi, Melko, tu verras qu'aucun thème ne peut être joué sans qu'il provienne finalement de l'être d'Ilúvatar, et que personne ne peut non plus transformer la musique malgré Ilúvatar. Celui qui tente ceci ne se trouve finalement qu'à m'aider à concevoir une chose d'une grandeur plus vaste encore et à la merveille encore plus complexe : — car voici ! par Melko sont venus dans le dessein que je vous ai exposé de la terreur comme le feu, et du chagrin comme des eaux sombres, du courroux comme le tonnerre, et de la malice aussi éloignée de ma lumière que les profondeurs des plus lointains parmi les lieux sombres. Par lui ont été faits de la douleur et du malheur dans le fracas de musiques submergeantes ; et par la confusion de son naquirent la cruauté, et la rapacité, et l'obscurité, la fange révoltante et toute putrescence de pensée ou de chose, des brumes malsaines et la flamme violente, le froid sans merci, et la mort sans espoir. Pourtant ceci est à travers lui, et non de lui ; et il verra, et vous tous de même, et même ces êtres, qui devront maintenant demeurer parmi sa Malice et endurer par Melko la douleur et le chagrin, la terreur et le mal, déclareront à la fin que cela ne fait que contribuer à ma grande gloire, et que le thème n'en vaut que plus la peine d'être écouté, la Vie davantage la peine d'être vécue, et que le Monde n'en est que d'autant plus magnifique et merveilleux ; de sorte que de tous les gestes d'Ilúvatar, l'on dira de celui-ci qu'il fut le plus puissant et le plus beau."

Alors les Ainur craignirent et ne comprirent pas tout ce qui fut dit, et Melko fut empli de honte et de la colère de la honte ; mais Ilúvatar, voyant leur stupéfaction, s'éleva glorieusement et sortit de ses demeures, passant devant ces douces régions qu'il façonna pour les Ainur, et s'éloigna dans les lieux sombres ; et il commanda aux Ainur de le suivre.

Maintenant lorsqu'ils atteignirent le plein centre du vide ils contemplèrent un spectacle d'une beauté et d'une merveille incomparables là où auparavant était le néant ; mais Ilúvatar dit : "Contemplez vos chœurs et votre musique ! Comme vous jouiez, ainsi par ma volonté votre musique prit forme, et voici ! En ce moment même le monde se déroule et son histoire commence comme l'a fait mon thème entre vos mains. Chacun ici trouvera en cette conception qui est mienne les ornements et embellissements que lui-même conçut ; non, même Melko découvrira là ces choses qu'il pensa fabriquer à partir de son propre cœur, sans harmonie avec mon esprit, et il les trouvera simplement comme une partie du tout et tributaires de sa gloire. Une chose seulement ai-je rajoutée, le feu qui donne Vie et Réalité" — et voici ! le Feu Secret brûlait au cœur du monde.

Alors les Ainur s'émerveillèrent de voir comme le monde était englobé au milieu du vide et pourtant en était distinct ; et ils se réjouirent en voyant de la lumière, et trouvèrent qu'elle était à la fois blanche et dorée, et ils rirent pour le plaisir des couleurs, et ils se languirent pour le grand rugissement de l'océan. Leurs cœurs furent heureux à cause de l'air et des vents, et des matières dont la Terre était faite — du fer et de la pierre et de l'argent et de l'or et maintes substances : mais parmi toutes celles-ci ce fut l'eau qui fut jugée la meilleure et la plus belle et qui reçut le plus grand nombre d'éloges. En effet il vit encore dans l'eau un écho plus profond de la Musique des Ainur que dans toute autre substance qui est dans le monde, et en ce jour bien tardif nombreux sont les Fils des Hommes qui prêteront insatiablement l'oreille à la voix de la Mer et se languiront pour ils ne savent quoi.

Sachez donc que l'eau était pour la plupart le rêve et l'invention d'Ulmo, un Ainu qu'Ilúvatar avait instruit plus profondément que tout autre dans les profondeurs de la musique ; tandis que l'air et les vents et les éthers du firmament furent conçus par Manwë Súlimo, le plus grand et le plus noble des Ainur. La terre et la plupart de ses gracieuses substances furent l'invention d'Aulë, à qui Ilúvatar avait beaucoup enseigné en sagesse, guère moins qu'à Melko, pourtant il y avait beaucoup en cela qui n'était point de lui [5].

Maintenant Ilúvatar parla à Ulmo et dit : "Ne vois-tu pas comment Melko pensa à des froids mordants sans modération, pourtant il n'a pas détruit la beauté de tes eaux cristallines ni de tous tes étangs limpides. Même là où il s'imaginait triompher absolument, vois comme la neige fut fabriquée, et le givre œuvra ses travaux exquis ; la glace dressa ses châteaux majestueux."

Encore parla Ilúvatar : "Melko conçut des chaleurs excessives, et pourtant n'a pas asséché ton désir ni entièrement étouffé la musique de tes mers. Contemple plutôt maintenant la hauteur et la gloire des nuages et la magie qui loge dans la brume et dans les vapeurs ; écoute le murmure des pluies sur la terre."

Alors Ulmo dit : "Oui, en vérité, l'eau est plus belle maintenant que ne le fut ma meilleure conception auparavant. La neige est d'une beauté au-delà de mes pensées les plus secrètes, et s'il n'y a que peu de musique en elle, pourtant la pluie est belle en effet et possède une musique qui emplit mon cœur, si joyeux suis-je que mes oreilles l'aient trouvée, bien que sa tristesse soit parmi les choses les plus tristes qui soient. Voici ! j'irai rechercher Súlimo de l'air et des vents, que lui et moi jouions des mélodies pour toujours et toujours à ta gloire et ta réjouissance."

Maintenant Ulmo et Manwë ont été proches amis et alliés en presque toutes choses depuis ce temps [6].

Maintenant, alors même qu'Ilúvatar parlait à Ulmo, les Ainur contemplèrent la manière dont le monde se déroulait, et dont cette histoire que leur avait exposée Ilúvatar comme une grande musique s'exécutait déjà. C'est par leurs souvenirs rassemblés de la parole d'Ilúvatar et par la connaissance — incomplète, elle peut l'être — qu'a chacun de sa musique, que les Ainur connaissent tant de l'avenir qu'il n'y a que peu de choses qu'ils n'aient prévues — pourtant y a-t-il des choses qui sont cachées même à ceux-là [7]. Et les Ainur regardèrent ; jusqu'à ce que longtemps avant la venue des Hommes — non, qui peut ignorer qu'il y eût des âges innombrables avant même que les Eldar ne se levassent et chantassent leur première chanson et fabriquassent la toute première de toutes les gemmes, et fussent reconnus par Ilúvatar et les Ainur comme étant d'une beauté extrême — il grandît une tension parmi eux, si amoureux devinrent-ils de la gloire du monde sous leurs yeux, et si fascinés par l'histoire qui s'y jouait, dont la beauté du monde n'était que le fond et la scène.

Maintenant il arriva enfin ceci, que certains demeurèrent encore avec Ilúvatar au-delà du monde — et il s'agissait là surtout de ceux qui avaient été absorbés dans leur jeu avec des pensées de la conception et du plan d'Ilúvatar, et ils ne cherchèrent qu'à l'exposer sans l'orner de quoi que ce soit de leur propre conception ; mais certains autres, et parmi eux nombre des plus beaux et des plus sages des Ainur, implorèrent d'Ilúvatar l'autorisation de demeurer dans le monde. Car, dirent-ils : "Nous voudrions détenir la garde de ces belles choses de nos rêves, qui par ta puissance ont atteint maintenant la réalité et une beauté incomparable ; et nous voudrions instruire et les Eldar et les Hommes dans leur merveille et leurs usages lorsque les temps viendront où ils apparaîtront sur la Terre par ta volonté, en premier les Eldar et finalement les pères des pères des Hommes." Et Melko feignit de désirer contrôler la violence des chaleurs et des troubles qu'il avait placés dans la Terre, mais il avait en vérité l'intention au plus profond de son cœur d'usurper le pouvoir des autres Ainur et de faire la guerre avec les Eldar et les Hommes, car il était furieux de ces grands dons dont Ilúvatar se proposait de doter ces races [8].

Maintenant les Eldar et les Hommes étaient de la conception d'Ilúvatar uniquement, et, parce qu'ils ne comprenaient pas pleinement lorsque Ilúvatar exposa pour la première fois leur existence, aucun des Ainur n'avait osé en sa musique rajouter quoi que ce soit à leur façonnement ; et ces races sont pour cette raison avec justice appelées les Enfants d'Ilúvatar. Ceci est peut-être la cause pour laquelle bien d'autres parmi les Ainur, mis à part Melko, ont toujours été à s'immiscer et chez les Elfes et chez les Hommes, que ce soit dans un but bon ou mauvais ; pourtant, constatant qu'Ilúvatar fit les Eldar plus ressemblants en nature sinon en pouvoir et en stature aux Ainur, tandis qu'aux Hommes il donna d'étranges dons, leurs opérations ont surtout été avec les Elfes [9].

Connaissant leurs cœurs à tous, néanmoins Ilúvatar exauça-t-il le désir des Ainur, et il n'est pas non plus dit que cela le peina. Ainsi entrèrent ces grands êtres dans le monde, et ce sont eux que nous appelons maintenant les Valar (ou les Vali, cela n'a pas d'importance [10]). Ils s'installèrent en Valinor, ou au firmament ; et certains sur la Terre ou dans les profondeurs de la Mer. Là, Melko régna à la fois sur les feux et sur les glaces les plus cruelles, à la fois sur les froids ultimes et sur les fournaises les plus profondément enfouies sous les collines de flamme ; et tout ce qui est violent ou excessif, subit ou cruel, dans le monde est mis à sa charge, et le plus souvent avec justice. Mais Ulmo demeure dans l'océan extérieur et contrôle l'écoulement de toutes les eaux et les cours des rivières, le réapprovisionnement des sources et la distillation des pluies et des rosées de par le monde. Au fond de la mer il pense à des musiques profondes et étranges mais toujours pleines de tristesse ; et en cela il reçoit de l'aide de Manwë Súlimo.

Les Solosimpi, en ce temps où les Elfes vinrent et habitèrent à Kôr, apprirent beaucoup de lui, d'où proviennent le charme mélancolique de leurs pipeaux et leur amour de demeurer toujours près des côtes. Salmar était avec lui, et Ossë et Ónen à qui il donna le contrôle des vagues et des petites mers, et bien d'autres encore.

Mais Aulë habitait en Valinor et façonna maintes choses ; il conçut des outils et des instruments et était autant affairé à fabriquer des étoffes qu'à battre des métaux ; le labour aussi et l'agriculture faisaient son délice, autant que les langues et les alphabets, ou bien la broderie et la peinture. Par lui, les Noldoli, qui étaient les sages parmi les Eldar et toujours étaient assoiffés de nouvelle science et de savoir récent, apprirent richesse incalculable de techniques, et des magies et des sciences insondables. De son enseignement, auquel les Eldar apportèrent toujours leur propre grande beauté d'esprit et de cœur et d'imagination, arrivèrent-ils à l'invention et à la fabrication de gemmes ; et celles-ci n'étaient pas dans le monde avant les Eldar, et les plus admirables de toutes les gemmes furent les Silmarilli, et elles sont perdues.

Pourtant le plus puissant et principal de ces quatre puissants était Manwë Súlimo ; et il demeurait en Valinor et siégeait en un logis glorieux sur un trône de merveille, sur la plus haute cime de Taniquetil qui se dresse et domine sur le bord du monde. Des faucons volaient toujours ici et là autour de cette demeure, et leurs yeux voyaient au plus profond des mers et pénétraient les cavernes les mieux cachées et l'obscurité la plus profonde du monde. Ceux-ci lui apportaient des nouvelles de partout et sur tout, et peu de choses lui échappaient — pourtant certains sujets restaient cachés même au Seigneur des Dieux. Avec lui était Varda la Belle, et elle devint son épouse et est Reine des Étoiles, et leurs enfants furent Fionwë-Úrion et Erinti la très ravissante. Autour d'eux demeure une vaste foule de beaux esprits, et leur bonheur est grand ; et les Hommes aiment Manwë encore plus que le puissant Ulmo, car jamais ne leur a-t-il intentionnellement fait du mal et il n'est pas non plus aussi désireux d'honneur et aussi jaloux de son pouvoir que cet ancien de Vai. Les Teleri, dont Inwë fut le souverain, lui étaient particulièrement bien-aimés, et reçurent de lui poésie et chanson ; car si Ulmo détient un pouvoir de musiques et des voix d'instruments, Manwë possède une splendeur de poésie et de chanson au-delà de toute comparaison.

Ainsi, Manwë Súlimo vêtu de saphirs, souverain des airs et du vent, est tenu pour le seigneur des Dieux et des Elfes et des Hommes, et le plus grand rempart contre la Malice de Melko[11]. »

Puis dit encore Rúmil :

« Voici ! Après le départ de ces Ainur et de leur vasselage, tout fut calme durant un grand âge tandis qu'Ilúvatar regarda. Puis, tout à coup il dit : "Voici, j'aime le monde, et c'est une halle de jeu pour les Eldar et les Hommes qui sont mes bien-aimés. Mais quand les Eldar viendront, ils seront de loin les plus beaux et les plus ravissants parmi toutes choses ; et plus profonds dans la connaissance de la beauté, et plus heureux que les Hommes. Mais aux Hommes je donnerai un nouveau don, et qui sera bien plus grand." Ainsi il conçut que les Hommes eussent une vertu libre par laquelle, dans la limite des pouvoirs et des substances et des hasards du monde, ils pussent façonner et concevoir leur vie au-delà même de la musique originelle des Ainur qui est telle la destinée pour toutes autres choses. Ainsi fit-il que de leurs opérations tout serait en forme et en acte complété, et le monde accompli jusqu'à la dernière chose et la plus petite [12]. Voici ! Même nous autres Eldar avons découvert à notre chagrin que les Hommes ont un pouvoir étrange pour le bien ou le mal et pour tourner les choses malgré les Dieux et les Fées à leur humeur dans le monde ; de sorte que nous disons : "Le Destin ne peut conquérir les Enfants des Hommes, mais pourtant sont-ils étrangement aveugles, alors que leur joie devrait être grande."

Maintenant Ilúvatar savait que les Hommes placés au centre des troubles des Ainur n'auraient jamais l'esprit à utiliser ce don en harmonie avec son intention, mais sur ce point il dit : "Ceux-là aussi en leur temps découvriront que tout ce qu'ils auront commis, même les actes les plus laids ou les œuvres les plus laides, à la fin ne fait que contribuer à ma gloire, et est tributaire de la beauté de mon monde." Pourtant les Ainur disent que la pensée des Hommes est parfois un chagrin même pour Ilúvatar ; ainsi, si l'offrande de ce don de liberté les a rendus envieux et stupéfaits, la patience d'Ilúvatar devant son mauvais usage est un sujet du plus grand émerveillement et pour les Dieux et pour les Fées. Il va cependant de pair avec ce don de pouvoir, que les Enfants des Hommes ne demeurent en vie que peu de temps dans le monde, mais pourtant ne périssent pas entièrement et pour toujours, alors que les Eldar demeureront jusqu'à la Grande Fin [13] à moins qu'ils ne soient tués ou ne dépérissent de chagrin (car à ces deux trépas sont-ils sujets), et l'âge ne sape point non plus leurs forces, sauf peut-être en dix mille siècles ; et en mourant ils renaissent en leurs enfants, de sorte que leur nombre ne diminue point, ni ne grandit. Pourtant, alors qu'il est certain que les Fils des Hommes se joindront à la Seconde Musique des Ainur après le passage des choses, ce qu'Ilúvatar a conçu pour les Eldar au-delà de la fin du monde, il ne l'a pas même révélé aux Valar, et Melko ne l'a point découvert. »

NOTES

1. Cette phrase d'ouverture est absente dans la première version.

2. La référence à la mise du Feu Secret dans les Ainur manque dans la première version.

3. Ce passage, à partir de « Maintenant Melko avait... », est développé à partir d'un passage beaucoup plus bref dans la version I : « Melko, parmi les Ainu, était celui qui le plus souvent alla seul dans les lieux sombres et vides (*rajouté ensuite* : à la recherche des feux secrets). »

4. Les mots « ma chanson » et « ma pensée » étaient inversés dans le texte, et furent ensuite rectifiés au crayon pour en arriver à la lecture donnée. Au début du texte se présente la phrase : « Avant toutes choses il chanta en existence les Ainur. » *Cf.* l'ouverture de l'*Ainulindalë* dans *Le Silmarillion* : « Les Ainur (...) qu'il engendra de sa pensée. »

5. Il n'y a pas ici de référence à Manwë ou à Aulë dans la version I.

6. Cette phrase concernant l'alliance de Manwë et d'Ulmo est absente dans la première version.

7. Ce passage était assez différent dans la première ébauche :

« Et alors qu'Ilu parlait à Ulmo, les Ainu virent la manière dont s'exécutait la vaste histoire que leur avait exposée Ilu à leur stupéfaction et pour laquelle toute sa gloire n'était que la salle de sa représentation — la manière dont elle se déroulait en myriades de complexités pareilles à la musique qu'ils jouèrent aux pieds d'Ilu, la manière dont la beauté était submergée en fracas et tumultes et une nouvelle beauté s'en élevait, la manière dont la terre se transforma et des étoiles s'éteignirent et des étoiles furent attisées, et l'air balaya de par le firmament, et le soleil et la lune furent lancés sur leurs chemins et prirent vie. »

8. Cette phrase concernant Melko manque dans l'ébauche.

9. Dans l'ébauche, ce paragraphe donne :

« Maintenant les Eldar et les Hommes étaient de la conception d'Ilu seulement, et aucun des Ainu ni même Melko n'eurent à faire en leur façonnement, même si en vérité sa musique d'il y a si longtemps et ses actes dans le monde allaient fortement affecter leur histoire par la suite. Pour cette raison peut-être, Melko et bien d'autres parmi les Ainu ont, pour le bien ou pour le mal, toujours été à s'immiscer, mais voyant qu'Ilu avait fait les Eldar trop ressemblants en nature sinon en stature aux Ainu leurs opérations ont surtout été avec les Hommes. »

La conclusion de ce passage semble être le seul endroit où le deuxième texte est en directe contradiction avec l'ébauche.

10. L'ébauche se lit : « et ce sont eux que vous et nous appelons maintenant les Valur ou Valir ».

11. Tout le passage qui fait suite à la mention des Solosimpi et « leur amour de demeurer toujours près des côtes » est absent de l'ébauche.

12. Pour ce passage l'ébauche donne :

« ... "mais aux Hommes je désignerai un travail et donnerai un grand don." Et il conçut qu'ils possédassent la libre volonté et le pouvoir de façonner et de concevoir au-delà de la musique des Ainu, que de leurs opérations tout sera en forme et en acte accompli, et que le monde qui provient de la musique des Ainu sera complété jusqu'à la dernière chose et la plus petite. »

13. « Tandis que les Eldar demeurent pour toujours » — texte d'ébauche.

Changements opérés dans les noms de *La Musique des Ainur*

Ainur Toujours *Ainu* dans l'ébauche.

Ilúvatar En général *Ilu* dans l'ébauche, mais aussi *Ilúvatar*.

Ulmo Ulmo est ainsi nommé dans l'ébauche, mais aussi *Linquil* (corrigé en *Ulmo*).

Solosimpi < *Solosimpë*.

Valar ou *Vali* Ébauche : *Valur* et *Valir* (il semblerait qu'il s'agisse de formes masculines et féminines).

Onen < *Ówen*.

Vai < *Ulmonan*.

Commentaire sur *La Musique des Ainur*

Un passage-lien fait suite au texte de *La Musique des Ainur* et amène à l'histoire de *La Construction de Valinor* sans rupture dans la narration ; mais j'ai remis ce lien au prochain chapitre. De même, le texte écrit est continu entre les deux contes, et il n'y a aucune indication ou suggestion que la composition de *La Construction de Valinor* ne se fît pas à la suite de celle de *La Musique des Ainur*. Dans les années à venir, le mythe de la Création allait être révisé et remanié maintes fois ; mais il est remarquable que dans ce cas précis uniquement, et en contraste avec le développement du reste de la mythologie, il y ait une tradition directe, de manuscrit en manuscrit, de la première ébauche à la version finale : chaque texte est directement basé sur la précédente esquisse *.

---

* Pour comparer avec le texte publié du *Silmarillion*, il faut noter qu'une partie du sujet de la première version n'apparaît pas dans l'*Ainulindalë* elle-même, mais à la fin du chapitre premier, *Au Commencement des Jours* (pp. 31-35).

De plus, et plus remarquablement encore, la première version, écrite alors que mon père avait vingt-sept ou vingt-huit ans et encore imbriquée dans le contexte de *La Chaumière du Jeu Perdu*, était si évoluée dans sa conception qu'elle ne reçut que peu de transformations significatives. Il y eut, il est vrai, beaucoup de changements, qui peuvent être retracés d'étape en étape à travers les textes successifs, et beaucoup de matière nouvelle fit son entrée ; mais la cadence des phrases originales peut être continuellement reconnue encore dans la dernière version de l'*Ainulindalë*, écrite plus de trente ans plus tard, et même de nombreuses phrases survécurent inchangées.

L'on verra que le grand thème qu'Ilúvatar exposa aux Ainur avait originalement été rendu un peu plus explicite (« L'histoire que j'ai étendue devant vous », p. 77), et que les mots d'Ilúvatar aux Ainur à la fin de la Musique contenaient une longue déclaration de ce que Melko avait provoqué, de ce qu'il avait introduit dans l'histoire du monde (p. 80). Mais la différence de loin la plus importante est que dans la première forme, lorsque les Ainur virent le Monde pour la première fois, il était réel (« en ce moment même le monde se déroule et son histoire commence », p. 81), et non une vision qui leur fut enlevée et qui n'avait d'existence que dans les mots d'Ilúvatar : « *Eä !* Que ces choses Soient ! » (*Le Silmarillion*, p. 13).

Pourtant, une fois toutes ces différences observées, elles sont nettement moins remarquables que la solidité et l'état d'achèvement dans lequel le mythe de la Création apparut dès sa première conception.

Dans ce « Conte », plusieurs traits spécifiques de moindre importance font aussi leur apparition, nombre d'entre eux devant perdurer. Manwë, appelé « seigneur des Dieux et des Elfes et des Hommes », est nommé Súlimo, « souverain des airs et du vent » ; il est vêtu de saphirs, et des faucons à la vue pénétrante volent de sa demeure sur Taniquetil (*Le Silmarillion*, p. 32) ; il aime tout particulièrement les Teleri (les Vanyar à venir), et ils reçurent de lui leurs dons de poésie et de chanson ; son épouse est Varda, reine des Étoiles.

Manwë, Melko, Ulmo et Aulë sont démarqués comme les quatre êtres puissants ; pour finir les grands Valar, les Aratar, allaient être neuf, mais il y eut beaucoup de changements dans la hiérarchie avant que ce chiffre ne fût atteint. Les occupations propres à Aulë, et son association particulière avec les Noldoli, émergent ici telles qu'elles allaient le rester, même s'il lui est attribué un plaisir dans les « langues et les alphabets », qui, bien que ceci ne soit pas nié dans *Le Silmarillion* (p. 32), semble alors être plutôt l'apanage singulier des Elfes Noldorin : il est dit plus loin dans les *Contes Perdus* (p. 193) qu'Aulë lui-même « aidé par les Gnomes conçut des alphabets et écritures ». Ulmo, spécialement associé aux Solosimpi (plus tard les Teleri) est ici représenté comme étant plus « désireux d'honneur » et « jaloux de son pouvoir » que Manwë ; il demeure en Vai. Vai est une rectification d'Ulmonan mais ceci n'est pas simplement le remplacement d'un nom par un autre : Ulmonan était le nom du palais d'Ulmo, qui était en Vai, l'Océan Extérieur. L'importance de Vai, un élément important dans la première cosmologie, paraîtra dans le chapitre suivant.

D'autres êtres divins font maintenant leur apparition. Manwë et

Varda ont une progéniture, Fionwë-Úrion et Erinti. Erinti devint plus tard Ilmarë, « servante de Varda » (*Le Silmarillion*, p. 21), mais rien n'en a jamais été dit (voir p. 272). Fionwë, son nom longtemps après transformé en Eonwë, lutta pour devenir le héraut de Manwë, une fois que l'idée des « Enfants des Valar » fut abandonnée. Des êtres subordonnés à Ulmo, Salmar, Ossë et Ónen (plus tard Uinen), apparaissent ; bien que tous ceux-ci survécussent dans le panthéon, la conception des Maiar n'allait pas émerger avant de longues années, et Ossë fit longtemps partie des Valar. L'on se réfère ici aux Valar en tant que « Dieux » (en effet, lorsque Eriol demanda « Sont-ce les Dieux ? », Lindo répondit qu'ils l'étaient), et cet usage survécut très tard dans le développement de la mythologie.

L'idée de la renaissance des Elfes en leurs enfants est ici formellement affirmée, ainsi que les destins différents des Elfes et des Hommes. En connexion avec ceci, le curieux sujet suivant peut être mentionné. Vers le début du texte précédent (p. 78), apparaît la phrase : « il est dit qu'une [musique] bien plus puissante encore sera tissée devant le siège d'Ilúvatar par les chœurs et des Ainur *et des fils des Hommes* après la Grande Fin » ; et dans la phrase concluant le texte : « Pourtant, tandis qu'en toute certitude les *fils des Hommes* se joindront à la Seconde Musique des Ainur après le passage des choses, ce qu'Ilúvatar a conçu pour les Eldar au-delà de la fin du monde, il ne l'a pas même révélé aux Valar, et Melko ne l'a point découvert. » Or, dans la première révision de l'*Ainulindalë* (qui date des années trente), la première de ces phrases fut transformée pour donner : « ... par les chœurs des Ainur et des Enfants d'Ilúvatar après la fin des jours » ; tandis que la deuxième restait, essentiellement, inchangée. Ceci fut le cas jusqu'à la version finale. Il est possible que la transformation dans le premier passage n'ait pas été intentionnelle, simplement la substitution d'une autre expression courante, qui n'a plus ensuite été remarquée. Cependant dans l'œuvre publiée (pp. 9 et 34), j'ai laissé les deux passages comme ils furent écrits.

III

La Venue des Valar et la Construction de Valinor

[Comme je l'ai déjà fait remarquer, le conte suivant est lié à *La Musique des Ainur* sans rupture narrative et sans titre dans le texte. Il est contenu dans trois carnets séparés (les *Contes Perdus* furent écrits de la manière la plus déroutante, avec des sections de contes différents mélangés et entrelacés) et l'on trouve écrit sur la couverture du carnet contenant la section qui ouvre le conte et qui fait suite à *La Musique des Ainur* : « contient aussi la Venue des Valar et commence la Construction de Valinor ». Le texte est à l'encre, écrit par-dessus un manuscrit au crayon gris gommé.]

Puis lorsque Rúmil eut achevé et se fit silencieux, Eriol dit après une pause : « Grandes sont ces nouvelles et neuves et étranges à mes oreilles, pourtant il semble que la plupart de ce que vous avez conté s'est déroulé en dehors de ce monde, alors que si je sais maintenant d'où proviennent sa vie et son mouvement et la conception suprême de son histoire, je connaîtrais volontiers encore maintes choses des premiers exploits à l'intérieur de ses frontières ; je voudrais connaître les labeurs des Valar, et des êtres puissants des jours les plus anciens. D'où proviennent, dites-moi, le Soleil ou la Lune ou les Étoiles, et comment furent établis leurs cours et leurs stations ? Non, plus encore — d'où viennent les continents de la terre, les Terres Extérieures, les Grandes Mers, et les Îles Magiques ? Des Eldar aussi, de leur éveil et de la venue des Hommes, j'écouterais volontiers vos contes de merveilles et de sagesse. »

Alors Rúmil répondit : « Non, mais vos questions sont presque aussi longues et verbeuses que mes contes — et la soif de votre curiosité assécherait un puits plus profond même que mon savoir, si je vous laissais boire et revenir encore à votre gré. En vérité, vous ne savez ce que vous demandez, ni la longueur ni la complexité des histoires que vous voudriez entendre. Voyez, le soleil est déjà bien au-dessus des toits et ce n'est pas là une heure pour dire des contes. Plutôt est-il déjà temps, et même plus que temps, de rompre le jeûne. » Avec ces mots, Rúmil descendit le long de cette rangée de coudriers, et passant un espace ensoleillé entra dans la maison à grande vitesse, bien qu'il regardât toujours ses pieds en marchant.

Mais Eriol demeura assis à songer sous cette charmille, réfléchissant à tout ce qu'il avait entendu, et maintes questions lui vinrent à l'esprit qu'il désirait poser, jusqu'à en oublier qu'il jeûnait encore. Mais maintenant arrivent Petitcœur et un autre portant couvertures et un doux linge, et ils lui disent : « Ce sont les dires de Rúmil le Sage que vous vous évanouissez de faim et d'épuisement de sa langue trop bien pendue sous la Tonnelle des Grives — et pensant que cela était tout à fait possible, nous voici pour vous venir en aide. »

Alors Eriol les remercia, et déjeunant, il passa le restant de cette douce journée perdu dans ses pensées et caché dans les allées tranquilles de ce jardin ; il ne manqua pas non plus de plaisance, car bien qu'il semblât clos par des grandes murailles de pierre couvertes d'arbres fruitiers ou de plantes grimpantes dont les fleurs or et rouges brillaient sous le soleil, pourtant les coins et recoins du jardin, ses taillis et pelouses, ses allées ombragées et champs fleuris étaient sans fin, et les explorations d'Eriol découvraient toujours quelque chose de nouveau. Toujours est-il que plus grande encore fut sa joie lorsque cette nuit-là on leva à nouveau les verres en l'honneur de la « Renaissance du Soleil Magique » et que l'on tint haut les chandelles et que la foule se dirigea vers la salle où brûlait le Feu aux contes.

Là, Lindo parla : « Seront-ce ce soir encore des contes, comme à l'accoutumée, ou y aura-t-il musiques et chansons ? » Et la plupart dirent chansons et musique, et sur ce d'aucuns qui y étaient versés se levèrent et chantèrent de vieilles mélodies ou peut-être ramenèrent à la vie l'art décédé des ménestrels de Valinor dans la pièce à la lumière dansante du feu. D'autres aussi dirent des poésies concernant Kôr, et Eldamar, des brefs fragments de la richesse d'autrefois ; mais bientôt la chanson et la musique s'éteignirent et il y eut un silence, tandis que ceux qui étaient présents pensaient à la beauté disparue et se languirent impatiemment de la Renaissance du Soleil Magique.

Maintenant, après un temps, Eriol parla à Lindo, disant : « L'un, Rúmil, le gardien de la porte et, me sembla-t-il, un grand sage, m'a ce matin narré le commencement du monde et la venue des Valar. Maintenant volontiers voudrais-je entendre conter de Valinor ! »

Alors Rúmil dit, car il était assis sur un tabouret dans un recoin aux ombres profondes : « Alors, avec la permission de Lindo et de Vairë, je commencerai le conte, sinon vous continuerez à demander éternellement ; et que la compagnie m'excuse s'ils entendent de vieux contes une fois encore. » Mais Vairë dit que ces mots concernant les choses les plus anciennes étaient loin d'être rances aux oreilles des Eldar.

Alors Rúmil dit :

« Voici ! Manwë Súlimo et Varda la Belle se levèrent. Ce fut Varda qui, pendant que la Musique se jouait, avait beaucoup pensé à la lumière qui était blanche et argentée, et aux étoiles. L'un et l'autre rassemblèrent maintenant pour eux des ailes de pouvoir et voyagèrent rapidement à travers les trois airs. C'est Vaitya qui sombre et stagnant entoure le monde et l'extérieur, mais Ilwë est bleu et clair et coule parmi les étoiles, et en dernier ils vinrent à Vilna qui est gris et dans lequel les oiseaux peuvent voler en sécurité.

Avec eux vinrent nombreux de ces moindres Vali qui les aimaient et avaient joué près d'eux et accordé leur musique avec la leur, et ceux-ci sont les Mánir et les Súruli, les sylphes des airs et des vents.

Maintenant, aussi rapidement qu'ils pussent voyager, Melko fut là avant eux, s'étant précipité en avant à travers les airs enflammé par l'impétuosité de sa vitesse, et là où il plongea il y eut un tumulte dans la mer, et les montagnes au-dessus de lui crachèrent des flammes et la terre s'ouvrit et roula ; mais Manwë voyant ceci fut pris de colère.

Après vinrent Ulmo et Aulë, et avec Ulmo il n'y avait personne, sauf Salmar qui ensuite fut connu comme Noldorin, car bien qu'il eût le cœur bon, cet être puissant était toujours à méditer des pensées profondes en solitaire, et était silencieux et distant et hautain même avec les Ainur ; mais avec Aulë vint cette grande dame, Palúrien, pour qui les délices étaient les richesses et fruits de la terre ; et pour cette raison a-t-elle depuis longtemps été nommée Yavanna parmi les Eldar. Tout autour d'eux alla une grande armée qui est les esprits des arbres et des bois, des vallons et des forêts et des pentes de montagne, ou bien ceux qui chantent dans l'herbe au matin et chantent parmi les blés qui se dressent au soir. Ceux-ci sont les Nermir et les Tavari, les Nandini et les Orossi, les lutins, les farfadets, les fées, les pixies, les leprechauns, et par d'autres noms les appelle-t-on encore, car leur nombre est très grand : pourtant on ne doit pas les confondre avec les Eldar, car ils naquirent avant le monde et sont plus anciens que ses plus anciens, et n'en proviennent pas, mais en rient beaucoup, car n'ont-ils pas eu un quelconque rôle en son façonnement, et c'est donc en grande partie un jeu pour eux ; mais les Eldar sont du monde, et l'aiment d'un amour puissant et brûlant, et restent mélancoliques parmi toute leur joie pour cette raison.

Maintenant derrière ces grands chefs vinrent Falman-Ossë des vagues de la mer et Ónen, son épouse, et avec eux les troupes des Oarni et des Falmarini et les Wingildi aux longues tresses, et ceux-ci sont les esprits de l'écume et des embruns de l'océan. Maintenant Ossë était vassal et subordonné à Ulmo, et l'était par peur et par respect et non par amour. Derrière lui vinrent Tulkas Poldórëa se réjouissant dans sa force, et ces frères les Fánturi, Fantur des Rêves qui est Lórien Olofántur, et Fantur de la Mort qui est Vefántur Mandos, et ces deux aussi qui sont nommées Tári car ce sont des dames de grande vénération, des reines parmi les Valar. L'une était l'épouse de Mandos, et elle est connue de tous sous le nom de Fui Nienna à cause de ses humeurs mélancoliques, et elle goûte fort le deuil et les larmes. Bien d'autres noms a-t-elle qui sont rarement prononcés, et tous sont cruels, car elle est Núri qui soupire et Heskil qui engendre l'hiver, et tous doivent se courber devant elle en tant que Qalmë-Tári la maîtresse de la mort. Mais voici, l'autre était l'épouse d'Oromë le chasseur qui est nommé Aldaron roi des forêts, qui hurle de joie sur les cimes des montagnes et est presque aussi vigoureux que cet éternel jeune homme, Tulkas. Oromë est le fils d'Aulë et de Palúrien, et cette Tári qui est sa femme est connue par tous comme Vána la douce et aime les rires et la jeunesse et la beauté, et c'est le plus joyeux de tous les êtres, car elle est Tuilérë ou, comme le dirent les Valar, Vána Tuivána qui apporte le printemps, et tous chantent ses louanges en tant que Tári-Laisi maîtresse de la vie.

Pourtant, même lorsque tous ceux-ci eurent traversé les confins du monde et que Vilna fut en tumulte de par leur passage, vinrent encore, retardataires et se hâtant, Makar et sa féroce sœur Meássë ; et il eût été mieux qu'ils ne trouvassent point le monde mais restassent pour toujours avec les Ainur au-delà de Vaitya et des étoiles, car tous deux étaient des esprits d'humeur querelleuse, et, avec d'autres personnages moindres qui venaient maintenant avec eux, avaient été les premiers et les principaux à se joindre aux discordes de Melko et à aider à la progression de sa musique.

Tout en dernier vint Ómar que l'on nomme Amillo, le plus jeune des puissants Valar, et il chanta des chansons en venant.

Puis, lorsque tous ces puissants esprits se furent rassemblés à l'intérieur des confins du monde, Manwë leur parla, disant : "Maintenant, voici ! comment se peut-il que les Valar demeurent en ce doux endroit, ou soient heureux et se réjouissent en son bonheur, s'il est souffert que Melko le détruise, et fasse du feu et un tumulte, de sorte que nous n'avons où nous asseoir en paix, et que la terre ne peut fleurir et que les desseins d'Ilúvatar ne peuvent venir à être ?"

Alors furent tous les Valar courroucés par Melko, et Makar seul parla contre Manwë ; mais le reste en choisit certains parmi leur nombre pour rechercher le malfaiteur, et ceux choisis furent Mandos et Tulkas ; Mandos, car de son aspect redoutable Melko était plus terrifié que de toute autre chose, hormis la force du bras de Tulkas, et Tulkas était l'autre.

Maintenant ces deux-là le cherchèrent et le forcèrent à venir devant Manwë, et Tulkas à qui déplaisait en son cœur la fourberie tortueuse de Melko lui donna un coup de son poing, et il le supporta alors mais n'oublia point. Pourtant parla-t-il doucement aux Dieux, et décrivit la manière dont il n'avait fait que peu de mal, ne faisant que se réjouir un moment de la nouveauté du monde ; ni, dit-il, ne chercherait-il jamais à faire quoi que ce soit contre la souveraineté de Manwë ou la dignité de ces chefs Aulë et Ulmo, ni d'ailleurs pour blesser qui que ce soit d'autre. Plutôt était-ce son conseil que chacun des Valar partît maintenant et demeurât parmi ces choses qu'il aimait sur Terre, et que personne ne devrait chercher à étendre son influence au-delà de ses justes frontières. En ceci il y avait quelque réflexion cachée sur Manwë et Ulmo, mais parmi les Dieux certains prirent ses mots en bonne foi et eussent voulu suivre son conseil, pourtant d'autres s'en défiaient ; et au milieu de leur débat Ulmo se leva et alla aux Mers Extérieures qui étaient placées plus loin que les Terres Extérieures. Il n'aimait ni les grands débats ni l'affluence de gens, et il avait l'intention de vivre dans ces eaux profondes, immobiles et vides, laissant le gouvernement des Grandes et des Petites Mers à Ossë et Ónen, ses vassaux. Pourtant toujours de par sa magie, au plus profond de ses plus lointains palais-de-mer d'Ulmonan, contrôlait-il les faibles remous des Mers Ombreuses, et il régna sur les lacs et les sources et les rivières du monde.

Maintenant ainsi était la manière de la Terre en ces jours, et elle n'a changé depuis, sauf par les labeurs des Valar autrefois. Les plus vastes régions sont les Grandes Terres où maintenant demeurent et errent les Hommes, et les Elfes Perdus chantent et dansent sur les collines ; mais au-delà de leurs limites du plus lointain ouest s'étendent les Grandes Mers, et dans cette vaste eau de l'ouest se trouvent de nombreuses terres plus petites et des îles, avant de trouver les mers solitaires dont les vagues murmurent autour des Îles Magiques. Plus loin que celles-ci, et rares sont les bateaux des hommes mortels qui se sont aventurés aussi loin, sont posées les Mers Ombreuses sur lesquelles flottent les Îles Crépusculaires, et la Tour de Perle s'élève pâle sur leur dernier cap à l'ouest ; mais pour l'instant elle n'était encore bâtie, et les Mers Ombreuses s'étendaient sombres au loin jusqu'à leur ultime côte d'Eruman.

Maintenant les Îles Crépusculaires sont-elles considérées comme étant les premières Terres Extérieures, qui sont formées de celles-ci, d'Eruman, et de Valinor. Eruman ou Arvalin se trouve vers le sud, mais les Mers Ombreuses continuent même jusqu'aux bords d'Eldamar au nord ; pourtant les navires doivent naviguer plus loin encore pour atteindre ces grèves d'argent, car au-delà d'Eruman se dressent les Montagnes de Valinor en un grand anneau s'infléchissant vers l'ouest, et les Mers Ombreuses au nord d'Eruman se courbent en une vaste baie vers l'intérieur, de sorte que les vagues battent sur les pieds mêmes des immenses falaises et que les Montagnes se dressent à côté de la mer. Là est le Mont Taniquetil, glorieux à contempler, la plus haute de toutes les montagnes, vêtu de la neige la plus pure, et de la tête de la baie il regarde par Eruman vers le sud et par la Baie de Faërie vers le nord ; en vérité toutes les Mers Ombreuses, même les voiles des navires sur les eaux ensoleillées du grand océan et les foules autour des havres de l'ouest dans les terres des Hommes, purent se voir de là par la suite, bien que cette distance se compte en lieues inimaginables. Mais pour l'instant le Soleil ne s'était encore levé et les Montagnes de Valinor n'avaient encore été élevées, et la vallée de Valinor s'étendait large et froide. Au-delà de Valinor, je n'ai jamais vu ni ouï dire, sauf qu'assurément s'y trouvent les eaux sombres des Mers Extérieures, qui n'ont pas de marées, et elles sont très fraîches et peu denses, de sorte qu'aucun bateau ne peut voguer en leur sein, ni aucun poisson nager en leurs profondeurs, sauf les poissons enchantés d'Ulmo et sa voiture magique.

Là-bas est-il maintenant parti, mais les Dieux tiennent conseil concernant les mots de Melko. Ce fut le conseil d'Aulë et de son épouse Palúrien, car ils étaient les plus affligés par la malice des troubles de Melko et ils n'avaient en ses conseils aucune confiance, que les Dieux ne se séparassent point comme il le leur conseillait, de crainte que d'aventure il ne le prenne en son cœur de les attaquer séparément ou d'endommager leurs possessions. "N'est-il pas, dirent-ils, plus puissant que n'importe lequel d'entre nous à la seule exception de Manwë ? Construisons plutôt une demeure où nous pourrons vivre joyeusement ensemble, voyageant seulement au besoin pour prendre soin et surveiller nos biens et nos fiefs. Là même ceux qui jugeraient différemment pourront demeurer de temps en temps, et trouver le repos et le plaisir après leurs labeurs dans le monde." Maintenant l'esprit et les doigts d'Aulë lui démangeaient déjà d'être à fabriquer des choses, et il pressa d'autant plus le sujet : et cela sembla être de bon conseil à la plupart des Dieux, et ils allèrent de par le monde à la recherche d'un lieu où demeurer. Ceux-là étaient les jours du Crépuscule (Lomendánar), car de la lumière y avait-il, argent et or, mais elle n'était pas rassemblée et coulait et frémissait en des ruisseaux inégaux de par les airs, ou de temps en temps chutait doucement vers le sol en pluie scintillante et coulait comme de l'eau sur le sol ; et en ce temps Varda en son jeu n'avait placé que quelques étoiles dans le ciel.

Dans cette obscurité les Dieux traquèrent au nord et au sud et ne purent voir que peu ; en vérité au plus profond de ces régions ils trouvèrent grand froid et solitude et le règne de Melko déjà fortifié dans sa puissance ; mais Melko et ses serviteurs creusaient dans le nord, façonnant les sinistres palais d'Utumna, car il ne pensait pas à demeurer parmi les autres, pour autant qu'il pouvait feindre la paix et l'amitié pour le moment.

Maintenant à cause de l'obscurité Aulë persuada Melko de construire deux tours au nord et au sud, car il se proposait de poser sur chacune d'elles une lampe puissante. Celles-ci furent façonnées d'or et d'argent par Aulë lui-même, et Melko éleva les piliers, qui se dressaient très haut et brillaient comme du cristal bleu pâle et quand Aulë les frappa de sa main ils résonnèrent comme du métal. Ils s'élançaient à travers l'air inférieur même jusqu'à Ilwë et les étoiles, et Melko dit qu'ils étaient d'une substance impérissable d'une grande résistance qu'il avait conçue ; et il mentit, car il savait qu'ils étaient de glace. Celui du nord il nomma Ringil, et celui du sud, Helkar, et les lampes furent apprêtées et déposées dessus, étant remplies de lumière rassemblée, argent au nord et or au sud. Cette lumière avait été recueillie en profusion de par le ciel par Manwë et Varda, que les Dieux pussent mieux explorer les régions du monde, et choisir la plus belle pour leur demeure.

Maintenant dans cette lumière ardente ils allèrent à l'est et à l'ouest, et à l'est était un désert de terres accidentées et à l'ouest de vastes mers de noirceur, car ils étaient en vérité rassemblés maintenant sur ces Îles Crépusculaires et se tenaient là à regarder vers l'ouest, lorsque, voici ! les lampes au nord et au sud vacillèrent et tombèrent, et en tombant les eaux montèrent autour des îles. Maintenant ils ne comprirent alors ces choses, mais il arriva que le flamboiement de ces lumières fit fondre la glace perfide des piliers de Melko, Ringil et Helkar, et de vastes déluges d'eau s'en déversèrent dans les Mers Ombreuses. Si grand fut leur dégel que, alors que ces mers n'étaient point au début de grande taille mais claires et chaudes, elles devinrent maintenant noires et larges et des vapeurs s'étendaient dessus et des ombres profondes, par les grandes et froides rivières qui s'y déversèrent dedans. Ainsi furent détrônées de leurs hauteurs les lampes puissantes et le fracas métallique de leur chute secoua les étoiles, et un peu de leur lumière fut déversée à nouveau dans l'air, mais une grande partie coula sur la terre et fit des incendies et des déserts par son immense volume avant de se rassembler en lacs et en étangs.

Alors fut le temps de la première nuit et elle fut très longue ; mais les Valar furent douloureusement courroucés par la traîtrise de Melko et il sembla qu'ils dussent être submergés par les Mers Ombreuses qui montaient maintenant et lapaient à leurs pieds, couvrant un grand nombre d'îles de leurs vagues.

Alors Ossë, car Ulmo n'était point là, rassembla à lui les Oarni, et mettant en avant leur puissance, ils traînèrent vers l'ouest cette île sur laquelle se tenaient debout les Valar et ils s'éloignèrent des eaux jusqu'à ce qu'ils fussent arrivés en Eruman, dont les hautes rives retinrent la crue furieuse — et cela fut la première marée.

Alors Manwë dit : "Maintenant bâtirons-nous rapidement une demeure, et un rempart contre le Mal." Ainsi ils allèrent par Arvalin et au-delà ils virent un large espace qui ouvrait sur des lieues inconnues, même jusqu'aux Mers Extérieures. Là, dit Aulë, serait un lieu approprié à une massive construction et à la fabrication de royaumes de délices ; pour ce faire les Valar et tous leurs gens rassemblèrent d'abord les roches et les pierres les plus massives d'Arvalin et élevèrent avec celles-ci de vastes montagnes entre cette région et la plaine qu'ils nomment maintenant Valinor, ou la terre des Dieux. Ce fut Aulë lui-même qui sur l'ordre de Manwë œuvra durant sept âges à l'empilement de Taniquetil, et le monde gronda dans la pénombre et Melko entendit les bruits de leur labeur. En raison de leur massive maçonnerie, Erumáni est maintenant très large et dénudée et merveilleusement nivelée, car ils enlevèrent toute la pierre et tous les rochers qui s'y trouvaient ; mais les Montagnes de Valinor sont rudes et d'une hauteur imprenable. Voyant enfin que celles-ci se dressaient telles de puissantes tours entre Valinor et le monde, les Dieux reprirent leur souffle ; mais Aulë et Tulkas allèrent de tous côtés avec nombre de leurs gens et ramenèrent tout ce qu'ils purent de marbres et de bonnes pierres, de fer et d'or et d'argent et de bronze et de toutes sortes de substances. Ils empilèrent ceux-ci au milieu de la plaine, et Aulë entama sur-le-champ de vastes ouvrages.

Enfin dit-il : "Il n'est pas bon de travailler en cette pénombre, et ce fut un acte mauvais que celui de Melko qui mena à la ruine ces belles lampes." Mais Varda répondit, et dit : "Encore y a-t-il quantité de lumière qui reste et dans les airs et coulant déversée sur le sol", et elle souhaitait en recueillir une nouvelle réserve et placer un phare sur Taniquetil. Mais Manwë ne souffrit pas que l'on glane du rayonnement encore de par le ciel, l'obscurité étant déjà celle de la nuit, et à sa demande Ulmo monta de ses profondeurs et alla aux lacs flamboyants et aux étangs éclatants. De là retira-t-il des rivières de lumière en de vastes vaisseaux, y versant des eaux à leur place, et avec ceux-ci s'en retourna en Valinor. Là, toute la lumière fut déversée en deux immenses chaudrons qu'Aulë façonna dans la pénombre dans l'attente de son retour, et ceux-là sont nommés Kulullin et Silindrin.

Maintenant ils creusèrent dans la vallée centrale deux vastes fosses, et celles-ci sont séparées par des lieues et pourtant toutes proches dans l'immensité de cette plaine. Ulmo mit dans l'une sept rochers d'or amenés depuis les plus silencieuses profondeurs de la mer, et à la suite y fut lancé un fragment de la lampe qui brûla un temps sur Helkar dans le sud. Alors la fosse fut couverte de riches terres conçues par Palúrien, et Vána vint qui aime la vie et la lumière du soleil et à la chanson de qui les fleurs s'ouvrent et se lèvent, et le murmure de ses demoiselles l'entourant fut pareil au bruit joyeux de gens qui s'aventurent dehors pour la première fois lors d'un matin lumineux. Là sur le tertre chanta-t-elle la chanson du printemps, et dansa dessus, et l'arrosa de larges ruisseaux de cette lumière dorée qu'Ulmo avait amenée des lacs répandus — et pourtant Kulullin débordait presque à la fin.

Mais dans l'autre fosse ils jetèrent trois immenses perles qu'Ossë trouva dans la Grande Mer, et Varda leur jeta à la suite une petite étoile, et ils couvrirent la fosse d'écumes et de brumes blanches et ensuite éparpillèrent légèrement de la terre dessus, mais Lórien qui aime les crépuscules et les ombres qui volettent, et les doux parfums portés par les vents du soir, qui est le seigneur des rêves et des fantaisies, s'assit à côté et chuchota des mots rapides et silencieux, tandis que ses esprits jouaient des airs à demi entendus à ses côtés comme d'une musique qui, provenant de demeures lointaines, pénètre furtivement dans l'obscurité ; et les Dieux versèrent sur cet endroit des rivières du rayonnement blanc et de la lumière d'argent que Silindrin retint jusqu'à ses bords mêmes — et après qu'ils eurent versé Silindrin fut encore très proche d'être pleine.

Alors vint Palúrien, Kémi elle-même, la Dame de la Terre, épouse d'Aulë, mère du seigneur des forêts, et elle tissa des sorts autour de ces deux endroits, de profonds enchantements de vie et de croissance et de production de feuilles, de bourgeonnement et de production de fruits — mais elle ne mêla aucun mot qui flétrit à sa chanson. Là ayant chanté elle médita durant un long moment, et les Valar s'assirent en cercle autour, et la plaine de Valinor était noire. Puis, après un temps, il vint enfin une vive lueur d'or au milieu de la pénombre, et les Valar élevèrent un cri de joie et de louange, ainsi que toutes leurs compagnies. Voici, de cet endroit qui fut arrosé par Kulullin s'élevait une mince pousse, et de son écorce se déversait une effulgence d'or pâle ; pourtant cette plante poussa en cadence de sorte qu'en sept heures il y eut un arbre d'une puissante stature, et tous les Valar et leurs gens pouvaient s'asseoir sous ses branches. De forme très belle et de bonne croissance était ce tronc, et il n'y avait rien qui brisât sa peau sans aspérités, luisant doucement d'une lumière jaune, jusqu'en une vaste hauteur au-dessus de la terre. Alors de belles branches s'élancèrent en toutes directions dans le ciel, et des bourgeons dorés enflèrent sur toutes les brindilles et petites branches, et de ceux-ci jaillirent des feuilles d'un riche vert et aux bordures qui brillaient. Déjà la lumière que produisait cet arbre était large et belle, mais tandis que les Valar regardaient il fleurit à vaste profusion, de sorte que toutes ses branches furent cachées par de longues grappes oscillantes de fleurs comme une myriade de lampes de flammes suspendues, et de la lumière tombait des pointes de celles-ci et éclaboussait le sol avec un doux bruit.

Alors les Dieux firent-ils la louange de Vána et Palúrien et se réjouirent dans la lumière, leur disant : "Voici en vérité un très bel arbre, et il doit posséder un nom qui lui soit propre" et Kémi dit : "Qu'il soit nommé Laurelin, pour l'éclat de sa floraison et la musique de sa rosée", mais Vána l'aurait nommé Lindeloksë, et les deux noms demeurent.

Maintenant cela faisait douze heures depuis que Lindeloksë avait germé, et en cette heure un trait d'argent perça l'éclat de jaune, et voici, les Valar virent une pousse s'élever en cet endroit où furent déversés les flots de Silindrin. Son écorce était d'un blanc tendre qui brillait comme des perles et elle poussait aussi vite même que l'avait fait Laurelin, et à mesure qu'elle grandit la splendeur de Laurelin décrût et sa floraison brilla moins, jusqu'à ce que cet arbre-là ne rayonnât que doucement, comme dans le sommeil ; mais voici, l'autre crût maintenant jusqu'à atteindre une stature aussi élevée même que celle de Laurelin, et son tronc était mieux formé encore et plus élancé, et sa peau comme de la soie, mais ses branchages au-dessus étaient plus épais et plus enchevêtrés et ses tiges plus denses, et ils produisirent une masse de feuilles bleu-vert comme des pointes de lances.

Alors les Valar écarquillèrent les yeux, stupéfaits, mais Palúrien dit : "cet arbre n'a encore cessé de pousser", et voici qu'au moment où elle dit ces mots l'arbre fleurit, et ses fleurs ne pendaient pas en grappes mais étaient comme des fleurs séparées qui poussaient sur des fines tiges qui se balançaient l'une vers l'autre, et qui étaient pareilles à de l'argent et des perles et des étoiles étincelantes et brûlaient d'une lumière blanche ; et il semblait que le cœur de l'arbre battait, et son rayonnement vacillait en cadence, croissant et décroissant. De la lumière comme de l'argent liquide se distillait de son tronc et gouttait sur le sol, et elle répandit une très large illumination de par la plaine, mais qui n'était pourtant pas aussi large que celle de l'arbre d'or, et à cause aussi de ses vastes feuilles et du battement de sa vie intérieure il projetait un continuel flottement d'ombres parmi les mares de son éclat, très nettes et noires ; à ce moment Lórien ne put contenir sa joie, et même Mandos sourit. Mais Lórien dit : "Voici ! Je vais donner un nom à cet arbre et le nommer Silpion", et cela a toujours été son nom depuis. Alors Palúrien se leva et dit aux Dieux : "Recueillez maintenant toute la lumière qui goutte en forme liquide de ce bel arbre et entreposez-la dans Silindrin, et ne lui permettez de la quitter qu'avec frugalité. Voici, cet arbre, lorsque les douze heures de sa pleine lumière sont passées, décroîtra à nouveau, et à ce moment la lumière de Laurelin éclatera à nouveau ; mais pour qu'il ne puisse s'épuiser, arrosez-le encore et toujours à partir du chaudron de Kulullin à l'heure où Silpion s'affaiblit, mais à Silpion vous ferez de même, versant à nouveau la lumière recueillie de la profonde Silindrin à chaque décroissance de l'arbre d'or. La lumière est la sève de ces arbres et leur sève est lumière !"

Et avec ces mots elle signifiait que bien que ces arbres dussent être arrosés de lumière pour avoir de la sève et vivre, pourtant de par leur croissance et leur être ils fabriquaient sans cesse de la lumière en grande abondance encore par-dessus et au-delà de ce que leurs racines aspiraient ; mais les Dieux ouïrent sa commande, et Vána fit que l'une de ses demoiselles, Urwen elle-même, s'occupât de cette tâche d'arroser Laurelin, tandis que Lórien ordonna à Silmo, un jeune homme qu'il aimait, d'être toujours attentif au rafraîchissement de Silpion. C'est pourquoi il est dit qu'à chaque arrosage des arbres il y eut un merveilleux crépuscule d'or et d'argent et de grande beauté de lumières mêlées avant que l'un des arbres ne pâlît tout à fait ou que l'autre n'arrivât à sa pleine gloire.

Maintenant grâce aux arbres éclatants Aulë avait de la lumière en abondance pour ses travaux, et il s'attela à maintes tâches, et Tulkas l'aida grandement, et Palúrien mère de la magie fut à ses côtés. En premier fut dressée sur Taniquetil une vaste demeure pour Manwë et une tour de guet installée. De là dépêchait-il ses faucons telles des flèches et les reçut à leur retour, et là alla souvent en des jours plus tardifs Sorontur Roi des Aigles à qui Manwë accorda puissance et sagesse en grande quantité.

Cette maison était bâtie de marbres bleus et blancs et se dressait parmi les champs de neige, et ses toitures étaient faites d'un filet de cet air bleu nommé *ilwë* qui domine le blanc et le gris. Cette toile fut conçue par Aulë et son épouse, Varda la pailleta d'étoiles, et Manwë y demeura dessous ; mais dans la plaine sous la vive lumière des arbres se dressait un groupement de demeures bâties en une ville belle et souriante, et cette ville était nommée Valmar. Aucun métal et aucune roche, aucun bois d'arbre puissant ne furent épargnés dans leur construction. Leurs toitures étaient d'or et leurs planchers d'argent et leurs portes de bronze poli ; elles furent érigées avec des sortilèges et leurs pierres étaient liées par de la magie. Séparée de celles-ci et bordant la vallée ouverte était une vaste cour, et celle-ci était la maison d'Aulë, et elle était emplie de filets magiques tissés de la lumière de Laurelin et du lustre de Silpion et de la lueur des étoiles ; mais d'autres s'y trouvaient, qui étaient faits de fils d'or et d'argent et de fer et de bronze battus jusqu'à en être de la finesse d'un filament d'araignée, et tous étaient tissés avec beauté d'histoires des musiques des Ainur, représentant ces choses qui furent et qui seront, ou bien celles qui n'ont été que dans la gloire de l'esprit d'Ilúvatar.

Dans cette cour se trouvaient quelques-uns de tous les arbres qui plus tard poussèrent de par la terre, et un étang d'eau bleue s'étendait parmi eux. Là des fruits tombaient à longueur de journée, chutant à terre d'un bruit mat et riche sur l'herbe de sa bordure, et étaient recueillis par les demoiselles de Palúrien pour ses festins et ceux de son seigneur.

Ossë, aussi, possédait une vaste maison, et demeurait dedans lorsque se tenait un conclave des Valar ou lorsqu'il se lassait du bruit des vagues sur ses mers. Ónen et les Oarni menèrent des milliers de perles pour sa construction, et ses planchers étaient d'eau de mer, et ses tapisseries comme la lueur des peaux argentées des poissons, et le toit était fait d'écume. Ulmo ne demeura point à Valmar et retourna après sa construction dans les Mers Extérieures, et si jamais il lui était nécessaire de séjourner en Valinor il allait en invité dans les palais de Manwë — mais ceci ne se produisait pas souvent. Lórien aussi demeurait loin, et son palais était vaste et peu éclairé et possédait de larges jardins. Il nomma le lieu de sa demeure Murmuran, qu'Aulë fit de brumes recueillies au-delà d'Arvalin sur les Mers Ombreuses. Elle était placée dans le Sud au pied des Montagnes de Valinor aux confins du royaume, mais ses jardins vagabondaient merveilleusement, serpentant jusqu'à proximité de Silpion dont la lumière les éclairait étrangement. Ils étaient emplis de labyrinthes et de dédales, car Palúrien avait donné à Lórien une grande richesse d'ifs et de cèdres, et de pins qui exsudaient des odeurs assoupissantes à la tombée de la nuit ; et ceux-ci dominaient des mares profondes. Des vers luisants rampaient autour de leurs bordures et Varda avait placé des étoiles en leurs profondeurs pour le plaisir de Lórien, mais ses esprits chantaient merveilleusement dans ces jardins et le parfum des fleurs nocturnes et les chansons des rossignols somnolents les emplissaient d'une grande beauté. Là poussèrent aussi les coquelicots qui rougeoyaient dans le crépuscule, et ceux-là les Dieux les nommaient *fumellar*, les fleurs du sommeil — et Lórien en usa grandement pour ses sortilèges. Au centre de ces plaisances fut placée dans un anneau de cyprès ombreux hauts comme des tours la profonde cuve Silindrin. Là reposa-t-elle sur un lit de perles, et sa surface sans une ride était traversée d'étincellements d'argent, et les ombres des arbres s'y étendaient, et les Montagnes de Valinor purent y voir leurs visages s'y refléter. Lórien, parcourant des yeux sa surface, y vit maintes visions de mystère traverser son visage, et jamais ne souffrait-il qu'elle fût troublée dans son sommeil sauf lorsque Silmo venait sans bruit muni d'une urne d'argent pour tirer une goulée de ses fraîcheurs miroitantes, et de là s'en allait doucement pour arroser les racines de Silpion avant que l'arbre d'or ne s'échauffât.

Autre était l'esprit de Tulkas, et il demeurait en plein centre de Valmar. Très jeune est-il et puissant de corps et vigoureux, et pour cela est-il nommé Poldórëa qui aime les jeux et le son des arcs qui se détendent et la boxe, la lutte, la course et le saut, et les chansons qui accompagnent le lever et le jeter d'un gobelet bien rempli. Néanmoins, il n'est pas un querelleur ou un donneur de coups qui n'ont été provoqués comme l'est Makar, bien qu'il n'y en ait aucun parmi Valar ou Úvanimor (qui sont des monstres, des géants, et des ogres) qui ne craigne les muscles de son bras et le soufflet de son poing vêtu de fer, lorsqu'il a une cause de courroux. La sienne était une maison de rires et de fête ; et elle s'élançait haut dans le ciel avec de nombreux étages, et une tour de bronze et des piliers de cuivre dans une large arcade. Des hommes jouaient et rivalisaient ensemble en des gestes vaillants dans sa cour, et là parfois cette douce demoiselle Nessa épouse de Tulkas portait des gobelets du meilleur vin et des boissons rafraîchissantes parmi les joueurs. Mais par-dessus tout elle aimait à se retirer en un lieu de douces pelouses dont son frère Oromë avait sélectionné la terre dans les plus riches des clairières de ses forêts, et Palúrien l'avait semé de sortilèges de sorte qu'il fût toujours vert et lisse. Là dansa-t-elle parmi ses demoiselles aussi longtemps que Laurelin fleurit, car n'est-elle pas plus grande dans la danse que Vána elle-même ?

À Valmar demeurait aussi Noldorin, connu il y a bien longtemps sous le nom de Salmar, maintenant jouant de ses harpes et de ses lyres, maintenant assis sous Laurelin et élevant une douce musique avec un instrument à archet. Là chantait joyeusement Amillo, accompagnant son jeu ; Amillo qui est nommé Ómar, dont la voix est la meilleure de toutes voix, qui connaît toutes chansons en toutes langues ; mais lorsqu'il ne chantait pas accompagnant la harpe de son frère, alors le trouvait-on à faire des trilles dans les jardins d'Oromë lorsque, après un temps, Nielíqui, petite demoiselle, dansa dans ses bois.

Maintenant Oromë possédait un vaste domaine et il l'aimait profondément, et ne l'aimait pas moins Palúrien sa mère. Voici, les bosquets d'arbres qu'ils plantèrent sur la plaine de Valinor et même sur les contreforts des montagnes n'ont de comparaison sur la Terre. Les bêtes se délectaient là, des cerfs parmi les arbres, et des troupeaux de bovins parmi ses espaces et ses larges prairies ; il y avait des bisons, et des chevaux qui vagabondaient dessellés, mais ceux-ci ne s'égaraient jamais dans les jardins des Dieux, et pourtant étaient-ils en paix et n'avaient aucune crainte, car les bêtes de proie ne demeuraient point parmi eux et Oromë ne chassait point en Valinor. En effet, pour autant qu'il aime ces royaumes, il est pourtant très souvent dans le monde au-dehors ; plus souvent même qu'Ossë et aussi souvent que Palúrien, et alors il devient le plus grand de tous les chasseurs. Mais à Valmar ses palais sont larges et leurs plafonds sont bas, et des peaux et des fourrures très riches et de grand prix sont jetées là sans fin sur le plancher ou bien suspendues aux plafonds, et des lances et des arcs et des couteaux aussi. Au centre de chaque pièce et de chaque salle un arbre vivant pousse et soutient la toiture, et son tronc est couvert de trophées et de merrains suspendus.

Ici demeure tout le peuple d'Oromë vêtu de vert et de brun et il y règne un bruit de rires tapageurs et le Seigneur des forêts y tient de vigoureuses festivités ; mais Vána son épouse s'en échappe furtivement aussi souvent qu'elle le peut. Loin des cours résonnantes de cette maison s'étendent ses jardins, robustement clôturés d'aubépine de grande taille qui fleurit comme une neige éternelle. Sa solitude la plus centrale est murée de roses, et cet endroit est le lieu bien-aimé de cette douce dame du Printemps. Tout à fait au milieu de cet endroit à l'air parfumé Aulë plaça naguère ce chaudron, Kulullin d'or, toujours empli de la splendeur de Laurelin comme une eau miroitante, et il conçut de celui-ci une fontaine de sorte que le jardin entier fût empli de la santé et de la joie de sa pure lumière. Des oiseaux chantèrent là à longueur d'année avec la pleine gorge du printemps, et les fleurs y poussèrent en une débauche de floraisons et de vie glorieuse. Pourtant aucune goutte de cette splendeur n'en était jamais déversée, hormis lorsque les demoiselles de Vána quittaient ce jardin à la suite d'Urwen lors de la pleine croissance de Silpion pour arroser les racines de l'arbre de flamme ; mais autour de la fontaine, l'endroit était toujours éclairé de la lumière ambre du jour, et les abeilles s'affairaient autour des roses, et Vána y foula le sol avec grâce tandis que les alouettes chantaient au-dessus de sa tête dorée.

Si belles étaient ces demeures et si grand était l'éclat des arbres de Valinor que Vefántur et Fui son épouse de larmes ne purent endurer d'y rester longtemps, mais s'en allèrent loin au nord de ces régions, où sous les racines de la plus froide et de la plus nordique des Montagnes de Valinor, qui s'élèvent à cet endroit à pratiquement la même hauteur qu'auprès d'Arvalin, ils supplièrent Aulë de leur creuser un palais. Et pour cette raison, que tous les Dieux pussent être logés à leur convenance, il le fit, et eux-mêmes et tout leur peuple ombreux lui vinrent en aide. Très vastes furent ces cavernes qu'ils façonnèrent, s'étirant et descendant même en dessous des Mers Ombreuses, et elles sont pleines d'une triste obscurité et remplies d'échos, et toute cette profonde demeure est connue par les Dieux et les Elfes sous le nom de Mandos. Là, en une salle sable siégea Vefántur, et il appela cette salle par son propre nom, Vê. Elle n'était illuminée qu'avec un seul et unique vaisseau placé au centre de la pièce, dans lequel reposaient quelques gouttes luisantes de la pâle rosée de Silpion : elle était drapée de sombres vapeurs et ses planchers et piliers étaient de jais. Là, en jours tardifs allèrent les Elfes de tous clans qui furent par malheur tués par des armes ou qui moururent de chagrin pour ceux qui avaient été tués — et ainsi seulement pouvaient mourir les Eldar, et alors ce n'était que pour un temps. Là, Mandos disait leur destin, et là ils attendaient dans l'obscurité, rêvant de leurs faits et gestes passés, jusqu'en un temps qu'il désignait où ils pourraient renaître en leurs enfants, et sortir et rire et chanter à nouveau. Fui venait peu dans Vê, car elle œuvrait plutôt à la distillation d'humeurs salées dont proviennent les larmes, et elle tissait des nuages noirs et les laissait s'élever en flottant pour être pris dans les vents et aller de par le monde, et leurs toiles sans lumière se posèrent encore et toujours sur ceux qui y demeuraient. Maintenant ces tissus étaient désespérances et deuils sans espoir, tristesses et chagrin aveugle. La salle qu'elle aimait le mieux en était une plus large encore et plus sombre que Vê, et elle la nomma aussi de son propre nom, l'appelant Fui. Là, devant son siège noir brûlait un brasero contenant un seul charbon clignotant, et le plafond était fait d'ailes de chauves-souris, et les piliers qui le soutenaient et les murs autour étaient de basalte. Là venaient les fils des Hommes entendre leur destin, et là sont-ils emmenés par toute la multitude de maux que la maléfique musique de Melko mit dans le monde. Tueries et incendies, famines et malheurs, maladies et coups donnés dans le noir, la cruauté et le froid glacial et l'angoisse et leur propre folie les mènent ici ; et Fui lit leurs cœurs. Certains garde-t-elle alors dans Mandos sous les montagnes et elle en chasse certains au-delà des collines, et Melko s'en empare et les porte en Angamandi, ou les Enfers de Fer, où ils connaissent des jours mauvais. Elle en envoie certains aussi, et ceux-ci sont le plus en nombre, à bord du bateau noir Mornië qui repose toujours dans un sombre port du Nord et qui attend ces moments lorsque la triste parade serpente vers la plage, descendant les lents chemins rugueux qui viennent de Mandos.

Alors, lorsqu'il est en pleine charge, de son propre accord il étend ses voiles sable et porté par un lent vent il prend voile le long de ces côtes. Et, descendant vers le sud, tous ceux à bord lancent des regards de désir et de regret absolu depuis le navire vers cet endroit parmi les collines où elles s'abaissent et où l'on peut juste entr'apercevoir Valinor sur la plaine lointaine ; et cette brèche se trouve proche de Taniquetil où est le rivage d'Eldamar. Ils ne voient rien de plus de cet endroit lumineux, mais emportés demeurent ensuite sur les larges plaines d'Arvalin. Là, ils errent dans la pénombre, campant comme ils le peuvent, pourtant ils ne sont pas entièrement sans chanson, et ils peuvent voir les étoiles, et ils attendent avec patience que vienne la Grande Fin.

Rares sont-ils, et heureux en vérité, ceux pour qui de saison Nornorë le héraut des Dieux va cherchant. Alors ils chevauchent avec lui en des chariots ou sur de bons chevaux et descendent dans la vallée de Valinor et festoient dans les palais de Valmar, demeurant dans les maisons des Dieux jusqu'à ce que vienne la Grande Fin. Loin sont-ils des montagnes noires du Nord et des plaines brumeuses d'Arvalin, et ils possèdent musique et douce lumière, et joie.

Et voici ! maintenant ai-je raconté et décrit les demeures de tous les grands Dieux qu'Aulë de son travail et son métier éleva en Valinor, mais Makar et sa féroce sœur Meássë se construisirent une demeure d'eux-mêmes, aidés seulement par leur propre peuple, et ce fut un sinistre palais.

Il se dressait sur les confins des Terres Extérieures, et il n'était pas non plus très éloigné de Mandos. De fer fut-il bâti, et sans aucun ornement. Là combattaient les vassaux de Makar vêtus d'armure, et un heurt de métal y avait-il, et cris et bramements de trompettes, mais Meássë allait parmi les guerriers et les poussait à plus de coups, ou bien ravivait ceux qui s'évanouissaient avec du vin fort, qu'ils pussent combattre encore ; et ses bras étaient rougis jusqu'au coude à barboter dans ce bourbier. Nul parmi les Dieux ne s'y aventurait jamais, sauf Tulkas, et s'ils cherchaient à visiter Mandos ils y allaient par des chemins détournés pour éviter de passer près de ce château vociférant ; mais Tulkas allait parfois y lutter avec Makar ou donner des coups de masse parmi les combattants, et ceci faisait-il pour ne pas se ramollir avec la belle vie qu'il menait, car il n'aimait pas cette compagnie et, en vérité, eux non plus ne l'aimaient, ni sa grande force sans colère. Maintenant la bataille des cours de Makar se déroulait sans cesse sauf lorsque les hommes se rassemblaient dans les salles pour festoyer, ou à ces époques lorsque Makar et Meássë étaient loin à chasser ensemble les loups et les ours dans les montagnes noires. Mais cette maison était emplie d'armes de combat en grand étalage, et des boucliers de grande taille et polis à en briller pendaient aux murs. Elle était éclairée par des torches, et des féroces chansons de victoire, de pillage et de dévastation étaient là chantées, et la lumière rouge des torches se reflétait dans les lames d'épées dégainées. Là souvent siègent Makar et sa sœur, écoutant les chants, et Makar a une hache démesurée sur les genoux et Meássë tient une lance. Mais en ces jours-là, avant la fermeture de Valinor, ces deux étaient le plus souvent de par la Terre et étaient fréquemment loin du pays, car ils aimaient les troubles que Melko avait éveillés de par le monde.

Ainsi, Valinor est maintenant bâti, et il y règne une grande paix, et les Dieux sont dans la joie, car ces esprits querelleurs demeurent peu parmi eux, et Melko ne s'approche point. »

Alors dit une enfant qui se trouvait parmi la compagnie, une grande buveuse et de contes et de poésies : « Et j'aurais voulu qu'il ne s'en fût jamais approché depuis, et j'aurais voulu voir ce pays encore briller de neuf comme Aulë le laissa. » Maintenant elle avait déjà entendu Rúmil raconter son histoire auparavant et y pensait énormément, mais le conte était nouveau pour la majeure partie de la compagnie, comme il l'était pour Eriol, et ils demeurèrent stupéfaits. Alors Eriol dit : « Très puissants et glorieux sont les Valar, et j'entendrais volontiers plus encore au sujet des jours les plus anciens, n'eussé-je vu la lointaine lueur des Chandelles du Sommeil qui s'approchent maintenant » ; mais un autre enfant parla depuis un coussin auprès du siège de Lindo, et dit : « Non, c'est dans le palais de Makar que je voudrais me trouver, et peut-être recevoir une épée ou un couteau à porter ; mais à Valmar, me semble-t-il, il serait bon d'être un hôte d'Oromë », et Lindo dit en riant : « Cela serait bon en effet », et à cela il se leva, et les contes furent achevés pour cette nuit-là.

Changements opérés dans les noms de *La Venue des Valar et la Construction de Valinor*

Ónen > *Ówen* (uniquement à la première apparition ; *Onen* est par la suite le nom employé dès la première rédaction).

Eruman et *Arvalin* Les noms de cette région furent originellement *Habbanan* et *Harmalin*, mais furent corrigés partout dans le conte (sauf en deux endroits où *Habbanan* a été oublié) en *Eruman* et *Arvalin*. (Aux trois ultimes apparitions, *Habbanan>Arvalin*, tandis que dans les premiers cas *Habbanan>Eruman* ; mais la différence est vraisemblablement sans signification, puisque les noms *Habbanan* / *Harmalin* et plus tard *Eruman* / *Arvalin* étaient interchangeables.) Dans *La Chaumière du Jeu Perdu*, les transformations furent *Harwalin>Harmalin>Arvalin* (p. 34).

Lomendánar < *Lome Danar*.

Silindrin < *Telimpë* (*Silindrin*) — uniquement à la première apparition ; *Silindrin* est par la suite le nom employé dès la première rédaction.

Lindeloksë < *Lindelótë* (*cf.* p. 33).

Commentaire sur *La Venue des Valar et la Construction de Valinor*

L'instruction abondante fournie par Rúmil à cette occasion est mieux analysable par sections, et je commencerai par :

(I) La Venue des Valar et leur rencontre avec Melko (pp. 93-96)

La description de l'entrée dans le monde des Valar ne fut pas retenue, bien que le compte rendu dont ils bénéficient dans ce passage soit à la première origine de celui du *Valaquenta* (*Le Silmarillion*) : mais non, cependant, par le biais d'une progression continue de manuscrit en manuscrit. Le passage présente beaucoup d'intérêt, car de nombreux personnages de la mythologie qui allaient demeurer apparaissent ici en même temps, à côté d'autres qui ne furent pas retenus. Il est à remarquer combien de noms des Valar dans les premiers écrits ne furent ensuite plus déplacés ou remodelés : *Yavanna, Tulkas, Lórien, Nienna, Oromë, Aldaron, Vána, Nessa*, qui apparaissent pour la première fois dans ce conte, et *Manwë, Súlimo, Varda, Ulmo, Aulë, Ossë, Mandos, Salmar,* qui ont apparu précédemment. Certains furent retenus dans une forme modifiée : *Melkor* pour *Melko*, *Uinen* (cette forme apparaît déjà plus loin dans le récit des *Contes Perdus*) pour *Ónen*, *Fëanturi* pour *Fánturi ;* tandis que d'autres encore, tels Yavanna *Palúrien* et Tulkas *Poldórëa*, survécurent encore longtemps dans la tradition du « Silmarillion » avant d'être déplacés par *Kementári* (mais *cf. Kémi* « Dame de la Terre », dans ce conte) et *Astaldo*. Néanmoins certains parmi ces premiers Valar disparurent dès la première étape ou phase succédant aux *Contes Perdus :* Ómar-Amillo, et les Dieux de la Guerre barbares Makar et Meássë.

Certaines relations apparaissent aussi ici qui ont survécu dans la forme ultime. Ainsi Lórien et Mandos étaient dès le départ « frères », chacun avec son association particulière, de « rêves » et de « mort » ; et Nienna était dès le départ en proche rapport avec eux, ici en tant que « épouse de Mandos », et plus tard comme sœur des Fëanturi. Il est vrai que la conception originale de Nienna était plus sombre et plus effrayante, une déesse de la Mort étroitement associée à Mandos, qu'elle ne le devint par la suite. L'on voit que les rapports incertains d'Ossë avec Ulmo remontent aux débuts ; mais la morgue et la réserve d'Ulmo n'allaient pas perdurer, tout au moins en tant que traits de son « caractère » divin qui sont explicitement décrits. Vána était déjà l'épouse d'Oromë, mais Oromë était le fils d'Aulë et de (Yavanna) Palúrien ; lors de l'évolution ultérieure des mythes, Vána baissa dans la hiérarchie par rapport à Nienna, tandis qu'Oromë s'élevait, devenant finalement l'un des grands parmi les Valar, les *Aratar*.

Particulièrement intéressant est le passage concernant la horde de moindres esprits qui accompagnèrent Aulë et Palúrien, à partir duquel l'on peut voir à quel moment remonte la conception des Eldar comme étant essentiellement différents des « lutins », « farfadets », « fées », « pixies », et autre « leprechauns », puisque les Eldar sont « du monde » et y sont liés, alors que ces esprits sont des êtres qui datent d'avant la création du monde. Dans l'œuvre ultérieure il n'y a aucune trace d'explication de l'élément « farfadet » dans la population du monde : il n'y a que rarement des références aux Maiar, et il n'est certainement pas dit qu'ils incluent ces êtres qui « chantent dans l'herbe au matin et chantent parmi les blés qui se dressent au soir * ».

---

* *Cf. Le Silmarillion*, p. 21 : « Avec les Valar vinrent d'autres esprits dont l'existence remontait aussi avant la création du Monde, comme les Valar mais à un moindre degré. Ce sont les Maiar, les sujets des Valar, leurs aides et leurs serviteurs. Les Elfes n'en connaissaient pas le nombre, et peu possèdent un nom dans aucun des langages des Enfants d'Ilúvatar. » Une version précédente de ce passage donne : « De nombreux esprits moindres menèrent-ils [les Valar] dans leur

Salmar, compagnon d'Ulmo, qui était déjà apparu dans *La Musique des Ainur* (p. 84), est maintenant identifié avec Noldorin, qui fut mentionné par Vairë dans *La Chaumière du Jeu Perdu* (p. 26) ; ce qui peut être discerné de son histoire apparaîtra plus tard. Les écrits ultérieurs n'en disent rien sauf qu'il vint avec Ulmo et fabriqua ses cornes (*Le Silmarillion*, p. 32).

Dans le développement ultérieur du récit on ne trouve de mention de Tulkas (ou de Mandos !) partant pour ramener Melkor que tout au début de l'Histoire des Valar en Arda. Dans *Le Silmarillion*, l'on nous apprend plutôt la grande guerre entre les Valar et Melkor « avant qu'Arda ne fût pleinement formée », et la manière dont la venue de Tulkas « depuis le ciel lointain » le mit en déroute, de sorte qu'il prit la fuite d'Arda et « rumina dans l'obscurité extérieure ».

(II) La première conception des Terres Occidentales, et des Océans (p. 96-97)

Dans *La Chaumière du Jeu Perdu* l'expression « Terres Extérieures » fut utilisée pour les terres à l'est de la Grande Mer, plus tard la Terre du Milieu ; celles-ci devinrent ensuite les « Grandes Terres » (p. 30). Les Terres Extérieures sont maintenant définies comme comprenant les Îles Crépusculaires, Eruman (ou Arvalin) et Valinor (p. 97). Un usage curieux, qui apparaît souvent dans les *Contes Perdus*, est l'assimilation du « monde » avec les Grandes Terres, ou avec la totalité de la surface de la terre à l'est des Terres Extérieures ; ainsi les montagnes « se dressaient telles de puissantes tours entre Valinor et le monde » (p. 100), et le Roi Inwë entendit « la lamentation du monde » (p. 26).

Il est pratique de reproduire ici une carte qui apparaît en fait au cours du texte d'un conte plus avant dans *Les Contes Perdus* (*Le Vol de Melko et l'Assombrissement de Valinor*). Cette carte, dessinée sur une page du manuscrit avec le texte écrit tout autour, n'est rien de plus qu'une très rapide esquisse au crayon gris, maintenant frottée et effacée par le temps et en bien des points difficile ou impossible à interpréter. J'ai redessiné la carte aussi fidèlement que possible, les seules caractéristiques perdues étant quelques lettres indéchiffrables (commençant par M) précédant le mot *Ice* [Glace]. Pour rendre la discussion plus aisée j'ai rajouté les lettres *a, b, c,* etc.

Utumna (plus tard Utumno) est placé à l'extrême nord, au nord du pilier-lanterne Ringil ; d'après la carte, la position du pilier du sud semble avoir été encore indéterminée. Le carré *a* est évidemment Valmar, et je suppose que les deux points *b* seraient les deux Arbres, au sujet desquels il est dit plus tard qu'ils se trouvaient au nord de la ville des Dieux. Il est relativement clair que le point *c* est le domaine de Mandos (*cf.* p. 108, où il est dit que Vefántur Mandos et Fui Nienna

---

suite, grands et petits, et les Hommes ont confondu certains de ceux-ci avec les Eldar ou Elfes ; mais à tort car ils sont d'avant le monde, mais les Elfes et les Hommes s'éveillèrent pour la première fois dans le monde après la venue des Valar. »

supplièrent Aulë de leur creuser un palais « sous les racines de la plus froide et de la plus nordique des Montagnes de Valinor * ») ; le point au sud de celui-ci pourrait difficilement représenter le palais de Makar et Meássë puisqu'il est dit (p. 110) que bien que non loin de Mandos, il se dressait « aux confins des Terres Extérieures ».

La zone *h* est *Eruman/Arvalin* (qui allait finalement être nommée *Avathar*), précédemment *Habbanan/Harmalin* (*Harwalin*), qui sont de simples alternatives (voir p. 112).

Plus tard, dans une carte du monde datant des années trente, la rive occidentale de la Grande Mer suit une courbe douce et régulière vers l'ouest et du nord au sud, tandis que les Montagnes de Valinor suivent une courbe pratiquement inverse vers l'est, ainsi :)(; l'endroit où les deux courbes se rencontrent à leurs points centraux est Túna, et Taniquetil. Deux zones de terres qui prennent la forme de V allongés s'étendent ainsi vers le nord et vers le sud à partir du point central, entre les Montagnes et la Mer, et s'écartent régulièrement l'une de l'autre ; celles-ci sont nommés Eruman (vers le nord) et Arvalin (vers le sud).

Dans la petite carte primitive, la ligne des montagnes est déjà représentée ainsi, et elle est décrite dans le texte comme un « grand anneau se courbant vers l'ouest » (la courbe tend vers l'ouest si l'on considère les extrémités plutôt que la portion centrale). Mais la courbe de la côte est différente. Malheureusement la petite carte est très obscure en ce point, car il y a plusieurs lignes (marquées *j*) qui s'étendent vers le nord de Kôr (marqué *d*), et il est impossible de certifier si des marques par-dessus sont des ratures pour indiquer leur effacement ou bien représentent des chaînes de montagnes parallèles. Mais je pense que ces lignes ne représentent en fait que des idées divergentes pour la courbe décrite par les Montagnes de Valinor au nord et il me semble très probable qu'à cette époque mon père n'avait aucune conception d'une région de « désert » au nord de Kôr et à l'est des montagnes. Cette interprétation de la carte s'accorde bien avec ce qui est dit dans le conte (p. 97) : « les Mers Ombreuses au nord d'Eruman se courbent

---

* Dans *Le Silmarillion* (p. 19), le palais de Mandos était situé « à l'ouest de Valinor ». Dans le texte final du *Valaquenta* est en fait écrit « vers le nord » que j'ai changé au profit de « vers l'ouest » dans l'œuvre publiée (et de même, « nord » au profit de « ouest » à la p. 46), me basant sur la déclaration dans le même passage que le palais de Nienna se trouve « à l'ouest de l'Ouest, sur les frontières du monde », mais est proche du palais de Mandos. Dans d'autres passages il est clair que le palais de Mandos a été conçu comme se situant sur les rives de la Mer Extérieure ; *cf. Le Silmarillion*, p. 188 : « À la demande de Lúthien l'esprit de Beren attendit dans les cavernes de Mandos, refusant de quitter le monde tant que Lúthien ne serait pas venue lui dire son dernier adieu sur les rives obscures de la Mer Extérieure, d'où partent les mortels humains pour un voyage sans retour. » Les conceptions « vers le nord de Valinor » et « sur les rives de la Mer Extérieure » ne sont cependant pas contradictoires et je regrette ce geste éditorial intempestif.

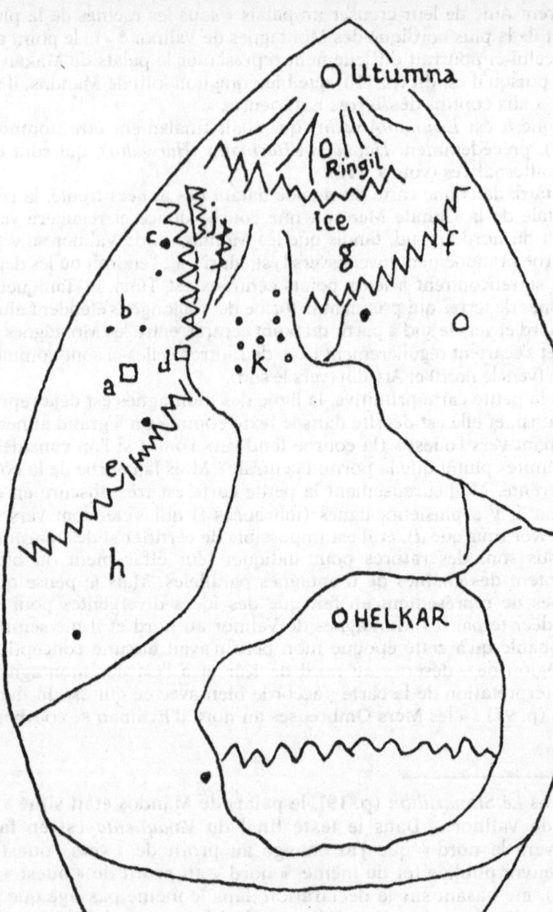
Utumna
Ringil
Ice
f
g
i
j
c
b
a
d
k
e
h
HELKAR
HELKAR?

en une vaste baie vers l'intérieur, de sorte que les vagues battent sur les pieds mêmes des immenses falaises et que les Montagnes se dressent à côté de la mer », et Taniquetil qui « regarde par Eruman vers le sud et par la Baie de Faërie vers le nord ». De ce point de vue, le nom *Eruman* (ultérieurement *Araman*), en premier lieu une alternative pour *Arvalin*, fut ensuite réemployé pour désigner l'étendue désertique septentrionale, lorsque le plan des régions côtières devint plus symétrique.

Dans le conte (pp. 96-97), il est dit que « dans cette vaste eau de l'ouest sont de nombreuses terres plus petites et îles, avant de trouver les mers solitaires dont les vagues murmurent autour des Îles Magiques ». Les petits cercles sur la carte (marqués *k*) sont évidemment une représentation schématique de ces archipels (nous en saurons plus ultérieurement sur le sujet des Îles Magiques). Les Mers Ombreuses, et ceci émergera plus loin dans les *Contes Perdus*, formaient une région de la Grande Mer à l'ouest de Tol Eressëa. Les autres lettres sur la carte font référence à des traits qui ne sont pas encore entrés dans le récit.

Nous rencontrons dans ce conte l'idée cosmologique importante des Trois Airs, Vaitya, Ilwë et Vilna, et de l'Océan Extérieur, sans marées, froid, et « peu dense ». Il a été dit dans *La Musique des Ainur* qu'Ulmo demeure dans l'Océan Extérieur, et qu'il donna le « contrôle des vagues et des petites mers » à Ossë et à Ónen ; il est alors nommé « l'être ancien de Vai » (une transformation d'Ulmonan). L'on voit maintenant qu'*Ulmonan* est le nom de ses palais dans l'Océan Extérieur, et aussi que les « petites mers » contrôlées par Ossë et Ónen incluent la Grande Mer (p. 96).

Il existe un dessin très remarquable qui date d'un tout premier stade dans lequel on voit le monde en coupe, il est représenté comme un vaste « Drakkar », dont le mât s'élève depuis le plus haut point des Grandes Terres, son unique voile porte le Soleil et la Lune, les cordages étant liés à Taniquetil et à une imposante montagne loin dans l'est, et sa proue est incurvée (les traces noires sur la voile sont le fait d'une tache d'encre). Ce dessin fut effectué assez rapidement au crayon gras sur une petite feuille ; et il est associé de près à la cosmologie des *Contes Perdus*.

Je donne ici une liste des noms et des mots écrits sur le dessin avec, dans la mesure du possible, leurs sens (mais sans aucun détail étymologique : pour cela se référer à l'appendice sur les noms, où les noms et les mots apparaissant uniquement sur ce dessin ont droit à des entrées séparées).

I Vene Kemen Il est clair qu'il s'agit du titre du dessin ; la signification pourrait être « La Forme de la Terre », ou bien « Le Vaisseau de la Terre » (voir l'appendice sur les noms, entrée *Glorvent*).

Núme « Ouest ».

Valinor ; Taniquetil L'immense hauteur de Taniquetil, même une fois prise en compte la formalisation du dessin, mérite d'être notée : le mont est décrit dans le conte comme étant si élevé que « les foules autour des havres de l'ouest dans les terres des Hommes purent se voir de là par la suite » (p. 97). Sa fantastique altitude est communiquée dans le tableau de mon père, datant de 1927-1928 (*Peintures et Aquarelles de J.R.R. Tolkien*, n° 31).

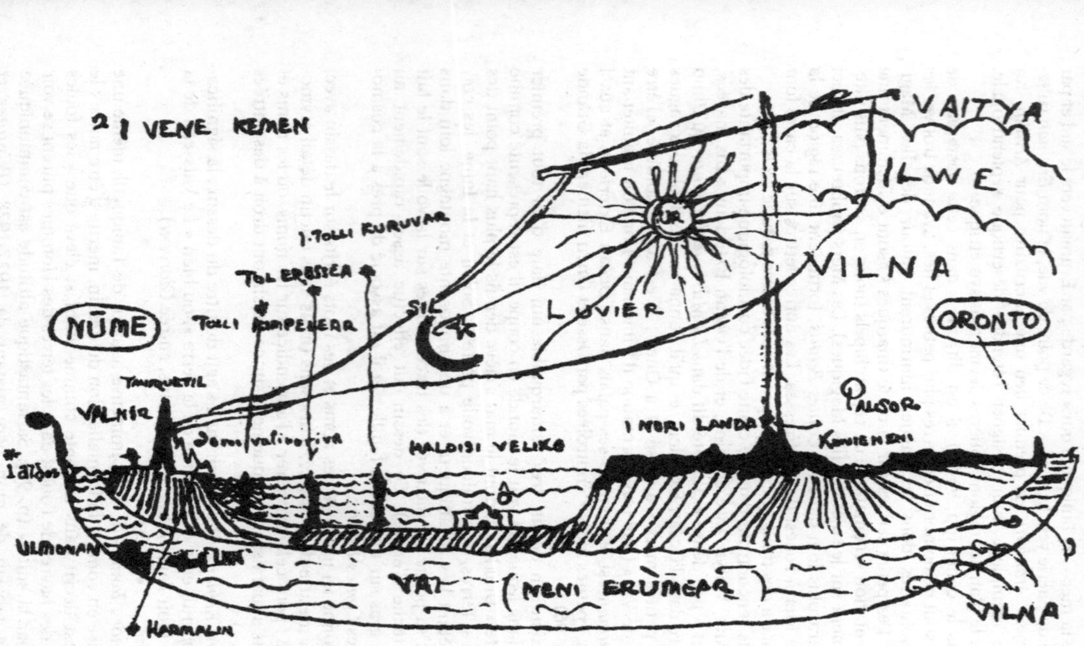

2 I VENE KEMEN
VAITYA
ILWE
VILNA
UR
LUVIER
SIL
NŪME
ORONTO
I. TOLLI KURUVAR
TOL ERESSEA
TAURQUETIL
VALNIR
PALISOR
I NORI LANDA
HALDISI VELIKO
ULMONAN
HARMALIN
VAI
NENI ERÙMEAR
VILNA

Harmalin Nom antérieur pour *Arvalin* (voir p. 112).
i aldas « Les Arbres » (qui se dressent à l'ouest de Taniquetil).
Toros Valinoriva Le sens de *Toros* est obscur, mais dans tous les cas la première lettre du premier mot, s'il s'agit bien d'un T, est très peu caractéristique. La référence semble désigner les Montagnes de Valinor.
Tolli Kimpelear Il doit s'agir là des Îles Crépusculaires, mais je n'ai trouvé aucune autre apparition du terme *Kimpelear*, ou d'un mot similaire.
Tol Eressëa « L'Île Solitaire ».
I Tolli Kuruvar « Les Îles Magiques ».
Haloisi Velike « La Grande Mer ».
Ô « La Mer ». (Quelle est la structure au fond de la mer représentée sous le nom *Ô* ? Il doit sûrement s'agir de la demeure d'Ossë sous la Grande Mer à laquelle il est fait référence dans le conte suivant.)
I Nori Landar Signifie probablement « Les Grandes Terres ».
Koivienéni Le précurseur de *Cuiviénen*, les Eaux de l'Éveil.
Palisor Le pays où les Elfes s'éveillèrent.
Sil « Lune ».
Ûr « Soleil ».
Luvier « Nuages ».
Oronto « Est ».
Vaitya, *Ilwë*, et *Vilna* apparaissent sous la forme des trois couches décrites dans le conte (p. 93), et *Vilna* réapparaît dans le coin inférieur droit du dessin. Rien n'est dit dans les *Contes Perdus* qui pourrait expliquer cette dernière caractéristique, et ce qui pourrait être représenté par les lignes bouclées au même endroit n'est pas non plus du tout évident.
Ulmonan Le palais d'Ulmo.
Uin La Grande Baleine, qui apparaît plus tard dans les *Contes*.
Vai L'Océan Extérieur.
Neni Erùmear Les « Eaux à l'Extrême Extérieur » = *Vai*.

L'on voit dans le dessin que le monde flotte dans et sur Vai. Il est en effet ainsi qu'Ulmo le décrit aux Valar dans un conte ultérieur (p. 289) :

> Voici, il n'y a qu'un seul Océan, et celui-là est Vai, car ceux qu'Ossë estime être des océans ne sont que des mers, des eaux qui reposent dans les creux du rocher (...) En cette immense eau flotte la vaste Terre, soutenue par la parole d'Ilúvatar...

Dans le même passage, Ulmo parle des îles dans les mers, et dit que (« sauf quelques-unes qui surnagent encore sans chaînes ») elles « se dressent maintenant tels des pinacles depuis leurs profondeurs algueuses », comme on le voit aussi très bien dans le dessin.

Il pourrait sembler plausible qu'il y ait quelque connexion (physique autant qu'étymologique) entre *Vai* et *Vaitya*, le plus à l'extérieur des trois Airs qui, « sombre et stagnant entoure le monde et l'extérieur » (plus tard dans les *Contes*, p. 246, l'on trouve une référence au « royaume sombre et ténu de Vaitya qui est à l'extérieur de tout »).

Dans la « phase » suivante de la cosmologie mythique (datant des années trente, et très clairement et pleinement documentée et illustrée dans une œuvre appelée *Ambarkanta*, La Forme du Monde) le monde entier est contenu dans *Vaiya*, un mot signifiant « pli, enveloppe » ; Vaiya « ressemble plus à une mer en dessous de la Terre et plus à de l'air au-dessus de la Terre » (ce qui s'accorde avec la description des eaux de Vai [p. 97] comme étant « peu denses », aucun bateau ne pouvant y naviguer, ni aucun poisson y nager, sauf les poissons enchantés d'Ulmo et son chariot) ; et c'est en Vaiya sous la Terre que demeure Ulmo. Ainsi Vaiya est développé en partie de Vaitya, et en partie de Vai.

Or, puisque dans la première liste de mots existante de la langue quenya (voir l'appendice sur les noms), *Vaitya* (« l'air le plus extérieur au-delà du monde ») et *Vai* (« l'océan extérieur ») sont dérivés de la racine *vaya-* « envelopper », et puisque le conte qui nous concerne dit que Vaitya « entoure le monde et l'extérieur », l'on pourrait penser que Vaitya-Vai était déjà dans la première cosmologie une substance enveloppante continue, et que la cosmologie ultérieure, sur ce point, ne fait que rendre explicite ce qui était présent mais non exprimé dans les *Contes Perdus*. Mais il n'y a certainement aucune suggestion concrète de cette idée dans l'un des premiers écrits ; et en regardant à nouveau le dessin cette théorie semble intenable. En effet, Vai n'est évidemment *pas* continu avec Vaitya ; et si l'apparition de Vilna en bas du dessin est censée signifier que la Terre, *et* l'océan Vai dans et sur lequel elle flotte, étaient contenus à l'intérieur des Trois Airs, parmi lesquels nous constatons l'apparition du premier et du plus intérieur des trois (Vilna) sous la terre et sous Vai, alors la suggestion que Vaitya-Vai seraient continus est encore plus catégoriquement niée.

Il reste la question déconcertante de la représentation du monde comme un navire. Il n'y a qu'un seul endroit où il y ait une suggestion que mon père conçût le monde d'une telle façon : le passage que j'ai cité plus haut, dans lequel Ulmo s'adresse aux Valar sur le sujet de Vai, se conclut :

> Ô Valar, vous ne connaissez point toutes merveilles, et maintes choses secrètes y a-t-il *sous la sombre quille de la Terre*, là même où je possède mon massif palais d'Ulmonan, auxquelles vous n'avez jamais rêvé.

Mais dans le dessin Ulmonan ne se trouve pas sous la quille du navire, mais à l'intérieur de sa coque ; et je tends à penser que les paroles d'Ulmo « sous la sombre quille de la Terre » font référence à la forme même de la Terre, qui ressemble certainement à celle d'un navire. De surcroît, un examen détaillé du dessin original me suggère fortement que le mât et la proue, et encore plus clairement la proue recourbée, *furent rajoutés après*. Se peut-il que la forme de la Terre et de Vai, de la manière dont il les dessina — rappelant celle de la coque d'un bateau —, ait incité mon père à rajouter mât, proue, et voile comme un jeu d'esprit, sans aucune signification plus profonde ? Cela semble peu vraisemblable de sa part et peu probable, mais je n'ai pas d'autre explication à proposer *.

(III) Les Lampes (pp. 98-99)

Dans cette partie du récit le conte diffère remarquablement des versions ultérieures. L'idée des Valar demeurant sur l'Île d'Almaren après la fabrication des Lampes n'est pas suggérée ici (*Le Silmarillion*, p. 28), ni bien sûr le retour de Melko de « l'extérieur » — étant donné que dans ce conte, non seulement Melko ne quitta pas le monde après y être entré, mais il fabriqua lui-même les piliers des Lampes. Dans cette histoire, bien que Melko ne reçût pas la confiance de tous, sa coopération (allant même jusqu'à fournir des noms pour les piliers) pleine de fourberie fut acceptée, tandis que dans l'histoire ultérieure son hostilité et sa malice étaient connues et évidentes pour les Valar, bien qu'ils n'eussent connaissance de son retour en Arda et de la construction d'Utumno avant qu'il ne fût trop tard. Dans le conte présent le comportement de Melko fait preuve d'une fourberie, d'une basse escroquerie qui ne pouvaient survivre (et pourtant l'histoire de sa construction trompeuse des piliers en glace survécut jusque dans les versions des années trente).

Plus tard, ce furent les Lampes elles-mêmes qui furent nommées (devenant finalement, après que des formes intermédiaires eurent été conçues puis écartées, *Illuin*, la Lampe du nord, et *Ormal*, celle du sud). Dans *Le Silmarillion*, Ringil (contenant la racine *ring*, « froid ») ne survécut que dans le nom de l'épée de Fingolfin, mais Helcar devint cette partie de la Mer Intérieure « où s'enracinaient jadis les montagnes d'Illuin » (p. 43). Dans le conte présent Helkar était le nom du pilier du sud, et non de celui du nord. Or, Helkar signifiait « froid absolu » (voir l'appendice sur les noms), ce qui montre que Helkar se trouvait à l'origine à l'extrême sud (comme on le trouve à l'un des deux emplacements qui lui sont donnés dans la petite carte, p. 116), tout comme Ringil était positionné à l'extrême nord. Il n'y a aucune référence dans le conte à la formation de Mers Intérieures lors de la chute des Lampes ; cette idée apparut plus tard, mais il semble pratiquement certain qu'elle provient de l'histoire des piliers de glace qui fondirent.

Il n'y a aucune référence ultérieure à la construction des Montagnes de Valinor à partir d'énormes rochers rassemblés en Eruman / Arvalin, de sorte que la région fut ensuite plate et dénuée de pierres.

(IV) Les Deux Arbres (pp. 101-104)

Ce tout premier récit de la poussée des Deux Arbres éclaire certains éléments de versions ultérieures dont l'expression est plus concentrée. L'on voit que le trait durable de la terre sous Silpion (Telperion)

* S'il en est ainsi, et si *I Vene Kemen* signifie « Le Bateau-Terre », ce titre a dû être rajouté au dessin en même temps que le mât, la proue, et la voile. — Dans le petit carnet auquel j'ai fait référence à la p. 35, l'on trouve une note isolée : « Carte du Bateau du Monde. »

« tachetée par les ombres de ses feuilles agitées » (*Le Silmarillion*, p. 30) trouve son origine dans « la palpitation du cœur de l'arbre ». Bien qu'elle ne fût pas perdue dans l'œuvre publiée (pp. 30-31), la conception de la lumière comme d'une substance liquide qui « éclaboussait sur le sol », qui coulait en rivières et était versée dans des chaudrons est exprimée ici avec plus de force et de manière plus physique. Certains traits ne furent jamais changés, telles les fleurs en grappes de Laurelin et les bordures brillantes de ses feuilles.

D'autre part, il existe des différences remarquables entre ce récit et ceux à venir : par-dessus tout peut-être, le fait que Laurelin fut l'Arbre Aîné. Les Deux Arbres ont ici des périodes de douze heures, et non de sept, comme ce fut le cas ultérieurement * ; et les préparatifs des Valar en vue de la naissance des Arbres, avec tout leur détail de « magie » concrète, furent ensuite abandonnés. Les deux immenses « chaudrons » Kulullin et Silindrin survécurent dans les « réservoirs grands comme des lacs » dans lesquels Varda préserva « la rosée de Telperion comme la pluie de Laurelin » (*ibid.*, p. 31), bien que les noms disparussent, tout comme la nécessité qu'il y avait d'arroser les Arbres avec la lumière recueillie dans les cuves ou chaudrons — ou, dans tous les cas, il n'y est pas fait référence ultérieurement. Urwen (« Demoiselle du Soleil ») est l'ancêtre d'Arien, Maia du Soleil ; et Tilion, le timonier de la Lune dans *Le Silmarillion* qui « s'allongea en rêves près des étangs d'Estë [Épouse de Lórien], sous les rayons étincelants de Telperion », doit peut-être quelque chose au personnage de Silmo, qu'aimait Lórien.

Comme je l'ai noté plus tôt, « lors de l'évolution ultérieure des mythes Vána baissa dans la hiérarchie par rapport à Nienna », et ce sont ici Vána et (Yavanna) Palúrien qui sont les sages-femmes de la naissance des Arbres et non, comme ce fut le cas ensuite, Yavanna et Nienna.

En ce qui concerne le nom des Arbres, *Silpion* fut le nom de l'Arbre Blanc pendant longtemps ; *Telperion* n'apparut que bien plus tard, et *Silpion* fut retenu même alors, et est mentionné dans *Le Silmarillion* (p. 30) comme l'un de ses noms. *Laurelin* remonte au début et ne fut jamais changé, mais son autre nom dans les *Contes Perdus*, *Lindeloksë* et d'autres formes apparentées, ne fut pas retenu.

(V) Les Demeures des Valar (pp. 104-108)

Cette description des palais des Valar fut en grande partie perdue dans les versions suivantes. Rien ne fut précisé dans l'œuvre publiée

---

* Les paroles de Palúrien (p. 103), « cet arbre, *lorsque les douze heures de sa pleine lumière sont passées*, décroîtra à nouveau », semblent signifier que la période complète serait d'une durée supérieure à douze heures ; mais il est probable que le temps de décroissance ne fut pas pris en compte. Dans une liste de noms annotée accompagnant le conte de *La Chute de Gondolin* l'on peut lire que Silpion éclairait tout Valinor d'une lumière argentée « durant la moitié des vingt-quatre heures ».

au sujet de la demeure de Manwë, mis à part le simple fait que son palais se situait au-dessus des neiges éternelles, « au-dessus de Oiolossë, le dernier pic de Taniquetil » (p. 17). Ici, apparaît maintenant Sorontur Roi des Aigles, un visiteur de la demeure de Manwë (*cf. Le Silmarillion*, p. 107 : « car Manwë à qui tous les oiseaux sont chers, eux qui lui portent sur Taniquetil les nouvelles des Terres du Milieu, avait envoyé la race des Aigles ») ; en fait, il avait déjà fait son entrée lors du conte de *La Chute de Gondolin*, en tant que « Thorndor [le nom gnomique] Roi des Aigles que les Eldar nomment Ramandur », Ramandur ayant ensuite été corrigé en faveur de Sorontur.

Presque rien ne survécut au sujet de Valmar et des demeures des Valar dans la cité lors des écrits à venir ensuite ; il ne subsiste que quelques phrases ici et là (les « rues dorées » et les « dômes d'argent » de Valmar, « Valmar aux maintes cloches ») qui suggèrent la solidité de la description originale, où la demeure aux nombreux étages de Tulkas possédait une tour de bronze et où les salles du palais d'Oromë étaient soutenues par des arbres vivants, des trophées et des bois suspendus à leurs troncs. Ceci ne veut pas dire que de telles visions furent définitivement abandonnées : comme je l'ai dit dans l'avant-propos, les *Contes Perdus* furent suivis par une version suffisamment compressée pour ne plus être qu'un résumé (dont c'était le rôle), et le développement ultérieur de la mythologie se poursuivit à partir de cette étape — un processus de réexpansion. De nombreuses choses auxquelles il n'est plus jamais fait référence après les *Contes Perdus* ont pu continuer à exister, l'on pourrait dire, en un état de mise en suspens. Valmar demeura certainement une ville, avec des portes, des rues, des habitations. Mais dans le contexte du travail à venir l'on n'aurait guère pu concevoir l'orageux Ossë possédant une demeure à Valmar, même avec un plancher d'eau de mer et un plafond d'écume ; et bien sûr le château de Makar et Meássë (dont la vie qui y est décrite doit quelque chose aux mythes de la Bataille Sans Fin de l'antique Scandinavie) disparut avec l'extinction de ces divinités — une « faction pro-Melko » à l'intérieur de Valinor qui allait forcément se montrer gênante.

Plusieurs traits de la description originale subsistèrent : la rareté des visites d'Ulmo à Valmar (*cf. Le Silmarillion*, p. 32), la fréquence avec laquelle Palúrien et Oromë visitent « le monde au-dehors » (*ibid.*, pp. 20, 33, 41), l'association des jardins de Lórien avec Silpion et des jardins de Vána avec Laurelin (*ibid.*, p. 96) ; et l'on peut constater qu'une grande partie de ce qui est dit ici au sujet des « personnages » divins ne disparut pas, même si cela fut ensuite différemment exprimé. Nessa apparaît aussi ici, déjà épouse de Tulkas et sœur d'Oromë, « grande » de la danse ; et Ómar-Amillo est maintenant désigné comme le frère de Noldorin-Salmar. L'on découvre par ailleurs que Nielíqui est la fille d'Oromë et de Vána.

(VI) Les Dieux de la Mort et les Destinées des Elfes et des Hommes (pp. 109-110)

Cette partie du conte contient ses éléments les plus surprenants et les plus difficiles. Mandos et son épouse Nienna sont apparus lors du récit de la venue des Valar dans le monde au début du conte (p. 94), ils sont alors nommés « Fantur de la Mort, Vefántur Mandos » et « Fui Nienna », « maîtresse de la mort ». Le passage qui nous concerne dit que Vefántur nomma sa demeure Vê à partir de son propre nom, alors qu'ensuite (*Le Silmarillion*, p. 19) ce fut son nom qui provint du nom de sa demeure ; mais dans les premiers écrits il y a une distinction entre la région (Mandos) et les palais (Vê et Fui) à l'intérieur de la région. Il n'y a ici aucune trace de Mandos le « Prédicateur des Valar », qui « ne prononce ses châtiments et ses jugements qu'aux ordres de Manwë », l'un des aspects les plus remarquables de la conception à venir de ce Vala ; et, puisque Nienna est l'épouse de Mandos, Vairë la Tisserande n'a pas non plus effectué son entrée, avec ses tapisseries qui représentent « toutes choses qui ont jamais été dans le Temps » et qui habillent les salles du palais de Mandos « qui toujours s'élargissent à mesure que les âges s'écoulent » — dans les *Contes Perdus*, le nom Vairë est donné à une Elfe de Tol Eressëa. Des tapisseries représentant « ces choses qui furent et qui seront » sont ici retrouvées dans le palais d'Aulë (p. 105).

La partie la plus importante de ce passage concernant Mandos est la déclaration très claire au sujet du destin des Elfes qui viennent à trépasser : qu'ils attendront dans les salles du palais de Mandos jusqu'à ce que Vefántur décrète leur libération, pour renaître en leurs propres enfants. Cette dernière idée est déjà apparue dans *La Musique des Ainur* (p. 86) et elle demeura inchangée dans la conception de mon père de « l'immortalité » elfique, et ce durant de nombreuses années ; de fait, l'idée que les Elfes ne peuvent mourir qu'à la suite de blessures infligées par des armes ou bien de chagrin ne fut jamais transformée — elle aussi est apparue dans *La Musique des Ainur* (p. 86) : « les Eldar demeurent jusqu'à la Grande Fin à moins qu'ils ne soient tués ou bien ne dépérissent de chagrin », un passage qui survécut avec peu de transformations jusque dans *Le Silmarillion* (p. 34).

Cependant, avec la description de Fui Nienna, nous arrivons à des idées en profonde contradiction avec la théorie centrale de la mythologie qui allait se développer (et dans ce passage, on trouve aussi un accent d'un autre type de conception mythique, dans les concetti de la distillation d'humeurs salées en larmes, et des nuages noirs tissés par Nienna qui se déposent sur le monde en tant que « désespérances et deuils sans espoir, tristesses et chagrin aveugle »). Nous apprenons ici que Nienna est juge des Hommes dans son palais qu'elle nomma Fui, à partir de son propre nom ; et qu'elle en retient certains dans la région de Mandos (où se trouve son palais), tandis que le plus grand nombre embarquent sur le bateau noir Mornië — qui ne fait rien de plus que les descendre le long de la côte d'Arvalin, où ils erreront dans la pénombre jusqu'à la fin du monde. Mais d'autres encore sont repoussés pour être saisis par Melko et pris et emmenés pour endurer des « jours mauvais » en Angamandi (dans quel sens sont-ils morts, ou mortels ?) ; et (c'est là le plus extraordinaire) il y en a un très petit nombre qui partent demeurer parmi les Dieux en Valinor. Nous sommes ici très éloignés du Don d'Ilúvatar, par lequel les Hommes ne sont pas liés au monde, mais le quittent, et nul ne connaît leur destination * ; ceci étant la vraie signification de la Mort (car la mort des Elfes est un « semblant de mort », *Le Silmarillion*, p. 34 **) : la sortie finale et inéluctable.

Mais l'on pourra quelque peu éclairer, bien que de façon très brumeuse, cette conception des Hommes qui, après la mort, errent dans la pénombre d'Arvalin, où ils « campent comme ils le peuvent » et « attendent patiemment la Grande Fin ». Je dois me référer ici aux détails des changements dans les noms de cette région, qui ont été présentés à la p. 112. Il est clair à partir de la lecture des premières listes de mots ou des premiers dictionnaires des deux langues (pour lesquels voir l'appendice sur les noms) que la signification de *Harwalin* et d'*Arvalin* (et probablement aussi de *Habbanan*) était « près de Valinor », ou « près des Valar ». Du dictionnaire gnomique il émerge que le sens d'*Eruman* était « au-delà de la demeure des Mánir » (c'est-à-dire au sud de Taniquetil, où demeuraient les esprits de l'air de Manwë), et il est aussi très clair dans ce dictionnaire que le mot *Mánir* était apparenté au mot gnomique *manos*, défini comme « un esprit qui est parti chez les Valar ou en Erumáni », et à *mani* « bon, sacré ». La signification de ces connexions étymologiques n'est pas du tout claire.

Mais il existe aussi un vieux poème au sujet de cette région. Celuici, selon les notes de mon père, fut écrit à la caserne de Brocton, dans le comté anglais du Staffordshire, en décembre 1915, ou bien à Étaples en juin 1916 : il est intitulé *Habbanan sous les Étoiles*. L'un des trois textes (qui ne présentent pas de variations) possède aussi un titre en vieil anglais : *tha gebletsode* [« béni »] *felda under tham steorrum*, et dans deux de ces textes *Habbanan* fut corrigé en faveur d'*Eruman* ; dans le troisième *Eruman* fut écrit dès le début. Le poème est précédé d'un bref préambule en prose.

Habbanan sous les Étoiles

Maintenant Habbanan est cette région où l'on s'approche des lieux qui ne sont point lieux des Hommes.

---

* *Cf. Le Silmarillion*, p. 102 : « Certains disaient qu'ils se rendaient aussi dans les Cavernes de Mandos, mais qu'ils n'y attendaient pas au même endroit que les Elfes, et sous l'œil d'Ilúvatar Mandos seul après Manwë sait où ils vont après s'être rassemblés en silence dans les grandes cavernes près de la Mer Extérieure. » Aussi, *ibid.*, p. 188 : « À la demande de Lúthien l'esprit de Beren attendit dans les cavernes de Mandos, refusant de quitter le monde tant que Lúthien ne serait pas venue lui dire son dernier adieu sur les rives obscures de la Mer Extérieure, d'où partent les mortels humains pour un voyage sans retour. »

** Dans ce cas, ainsi qu'à certains autres endroits, j'ai dû remplacer la traduction publiée du *Silmarillion* par ma propre version, le sens littéral primant dans le contexte sur l'élégance du rendu. (*N.d.T.*)

Là, l'air est très doux et le ciel très vaste en raison de l'étendue de la Terre.

En Habbanan sous les cieux
Où toutes routes s'achèvent aussi longues qu'elles soient
Il y a un son de faibles guitares
Et les échos distants d'une chanson,
Car là des hommes se rassemblent en cercles
Autour de leurs rouges feux tandis qu'une voix chante —
Et tout autour est la nuit.

Non pas une nuit comme la nôtre, gens malheureux,
Où proche de la Terre en barres nébuleuses
Une brume, autour du jaillissement des étoiles,
Traîne une fumée errante et fluette
Obscurcissant de son voile à demi visible
Le grand et abyssal, calme Serein.

Un globe de verre sombre aux facettes de lumière
Dans lequel les vents splendides ont un vol pénombral ;
Les espaces vierges d'une plaine odorante
Qui guette la lune qui depuis longtemps est allongée
Et attrape la pluie de feu des météores —
Ainsi est-elle, là-bas, la nuit.

Là tout soudain mon cœur perçut-il
Que ceux qui chantaient du Soir,
Qui répondaient aux étoiles à la claire lumière
Avec la musique reluisante de leurs étranges guitares,
Ceux-ci étaient Ses fils heureux errants
Campés sur ces prés aérés
Où court le vêtement sans tache de Dieu
Glorieusement le long de Ses genoux puissants.

Un dernier témoignage provient de la vieille liste de mots quenya. La strate originale d'entrées dans cette liste date (comme je le crois ; voir l'appendice sur les noms) de 1915, et parmi ces entrées originelles, sous la racine *mana* (d'où est dérivé le nom *Manwë*), l'on trouve un mot, *manimo*, qui signifie une âme qui est en *manimuine*, « Purgatoire ».

Ce poème, et cette entrée dans la liste de mots, offrent un aperçu rare et très suggestif de la conception mythique en sa toute première phase, car ici des idées tirées de la théologie chrétienne sont explicitement présentes. Il est déconcertant de s'apercevoir qu'elles sont encore présentes dans ce conte puisqu'on y lit une description des destinées des Hommes trépassés à la suite de leur jugement dans le sombre palais de Fui Nienna. Certains (« et ceux-ci sont le plus en nombre ») sont transportés sur le bateau-de-mort en (Habannan) Eruman, où ils errent dans le crépuscule et attendent patiemment jusqu'à la Grande Fin ; certains sont saisis par Melko et tourmentés en Angamandi, « les Enfers de Fer » ; enfin, certains, très rares, vont demeurer parmi les Dieux en Valinor. Si l'on étudie ceci en même temps que le poème et les témoignages fournis par les premiers « dictionnaires », peut-il s'agir d'autre chose que d'un reflet du Purgatoire, de l'Enfer, et du Paradis ?

Ceci devient d'autant plus extraordinaire si nous nous référons au passage concluant le conte de *La Musique des Ainur* (p. 86), lorsque Ilúvatar dit : « Aux Hommes je donnerai un nouveau don, et qui sera bien plus grand », le don « qu'ils pussent façonner et concevoir leur vie au-delà même de la musique originelle des Ainur qui est telle la destinée pour toutes autres choses », et où il est dit : « Il va cependant de pair avec ce don de pouvoir que les Enfants des Hommes ne demeurent en vie que peu de temps dans le monde, mais pourtant ne périssent pas entièrement et pour toujours (...) ». Dans la forme finale telle qu'on la trouve dans *Le Silmarillion*, pp. 34-35, ce passage ne fut pas grandement transformé. La première version ne contient pas, il est vrai, les phrases :

> Alors qu'en vérité les fils des Hommes meurent et s'en vont de ce monde, et c'est pourquoi on les appelle les Hôtes, ou les Étrangers. La mort est leur destin, ce don d'Ilúvatar, que même les Puissants leur envieront à mesure que le Temps s'approche de sa fin.

Tout de même, il semble clair que cette idée centrale, le Don de la Mort, était déjà présente.

Je dois abandonner ce sujet, comme une énigme que je ne peux résoudre. L'explication la plus évidente du conflit d'idées dans ces contes serait de supposer que *La Musique des Ainur* ait été écrite après *La Venue des Valar et la Construction de Valinor ;* mais comme je l'ai dit (p. 88), toutes les apparences tendent vers le contraire.

Enfin, l'on peut remarquer l'ironie linguistique caractéristique par laquelle *Eruman* devint finalement *Araman*. Car *Arvalin* signifiait simplement « près de Valinor », et c'était l'autre nom *Eruman* qui avait des associations avec les esprits des morts ; mais *Araman* signifie presque certainement « à côté d'Aman ». Et pourtant le même élément *man-*, « bon », perdure, car *Aman* en était dérivé (« l'État Intact »).

Deux sujets mineurs dans la conclusion du conte sont à relever. Ici, Nornorë est le Héraut des Dieux ; ce rôle revint ensuite à Fionwë (plus tard Eonwë), voir p. 89. Et avec la référence à « cet endroit parmi les collines où elles s'abaissent et où l'on peut juste entr'apercevoir Valinor », près de Taniquetil, nous trouvons la première mention de ce trou dans les Montagnes de Valinor où se situa la colline de la cité des Elfes.

Sur des pages blanches, vers la fin du texte de ce conte, mon père nota une liste de noms secondaires des Valar (tels Manwë *Súlimo*, etc.). Certains de ces noms apparaissent dans le texte des *Contes ;* ceux dont ce n'est pas le cas sont donnés dans l'appendice sur les noms sous les noms primaires. Il apparaît sur cette liste qu'Ómar-Amillo était le jumeau de Salmar-Noldorin (on les décrit comme étant frères dans le conte, p. 107) ; que Nielíqui (p. 107) était la fille d'Oromë et Vána ; et que Melko eut un fils (« par Ulbandi ») nommé Kosomot : celui-ci, nous l'apprendrons plus tard, fut Gothmog Seigneur des Balrogs, qu'Ecthelion tua à Gondolin.

IV

L'Enchaînement de Melko

[La fin du conte de Rúmil de *La Venue des Valar et la Construction de Valinor* est suivie par un long interlude précédant le conte suivant, bien que le manuscrit se poursuive sans même un changement de paragraphe. Mais *L'Enchaînement de Melko* est donné en titre séparé sur la couverture du carnet et j'ai choisi de l'adopter. Le texte se poursuit à l'encre par-dessus un manuscrit au crayon à papier gommé.]

Cette même nuit Eriol entendit à nouveau dans son sommeil la musique qui l'avait tant ému le premier soir ; le matin suivant il alla une fois de plus de bonne heure dans les jardins. Là, il rencontra Vairë, et elle l'appela Eriol : « Ce fut la première fois que l'on fit et que l'on prononça ce nom. » Eriol parla à Vairë des « musiques de rêve » qu'il avait entendues, et elle lui dit que ce n'était point là une musique de rêve, mais plutôt la flûte de Timpinen « que ces Gnomes Rúmil et Petitcœur et d'autres de ma maisonnée nomment Tinfang ». Elle lui dit que les enfants le nommaient Tinfang Warble *, et qu'il jouait et dansait lors des crépuscules d'été pour la joie des premières étoiles : « à chaque note, une étoile nouvelle apparaît, étincelante et miroitante. Les Noldoli disent qu'elles sortent trop tôt si Tinfang Warble joue, et

* *Warble* : gazouillis, roucoulement ; l'oiseau nommé *warbler* est une fauvette. (*N.d.T.*)

ils l'aiment, et les enfants souvent regardent des fenêtres si d'aventure il ne foule invisible les pelouses ombreuses ». Elle dit encore à Eriol qu'il était « plus timide qu'un faon — aussi prompt à se cacher et à s'enfuir que n'importe quel campagnol : un bruit de pas sur une brindille et il est parti, et son jeu de flûte s'en vient, moqueur et lointain ».

« Et une merveille de sorcellerie vit dans ce jeu de flûte, dit Eriol, s'il s'agit en vérité de cela que j'entends depuis maintenant deux nuits ici. »

« Il ne s'en trouve aucun, dit Vairë, pas même parmi les Solosimpi, pour rivaliser avec lui en cela, bien que ces mêmes flûtistes le revendiquent comme l'un des leurs ; pourtant il est partout dit que cet esprit bizarre n'est ni entièrement des Valar ni des Eldar, mais est moitié une fée des bois et des vallons, venue de ces grandes compagnies des enfants de Pálurien, et moitié un Gnome ou un Flûtiste des Côtes [1]. Quelle qu'en soit la vérité, il est une créature étonnante de sagesse et très étrange, et il vint ici avec les Eldar il y a longtemps de cela, ni marchant ni ne se reposant parmi eux, mais toujours à aller de l'avant jouant étrangement de sa flûte, ou bien parfois assis à l'écart. Maintenant il joue de par les jardins du pays ; mais c'est Alalminórë qu'il aime le plus, et ce jardin parmi tous. Encore et toujours nous n'entendrons plus sa flûte durant des mois, et nous dirons : “Tinfang Warble est parti briser les cœurs dans les Grandes Terres, et ils seront nombreux en ces lointaines régions à entendre sa flûte dehors dans la pénombre cette nuit.” Mais tout à coup nous entendons à nouveau sa flûte en une heure où le crépuscule vient en douceur, ou bien il joue sous une lune de bon aloi, et les étoiles se font brillantes et bleues. »

« Oui, dit Eriol, et les cœurs qui l'entendent battent d'une nostalgie aiguillonnée. Il me sembla que ce fut mon désir d'ouvrir la fenêtre et de sauter à bas, si doux était l'air qui me vint du dehors, et je ne pus en boire assez profondément, mais alors que j'écoutais, je souhaitai suivre je ne sus qui, je ne sus où, sortir dans la magie du monde sous les étoiles. »

« Alors il est certain que c'était Timpinen qui jouait

pour toi, dit Vairë, et tu es honoré, car ce jardin a été vide de sa mélodie depuis bien des nuits. Maintenant cependant, car ainsi est l'aspect inquiétant de cet esprit, tu aimeras toujours les soirs d'été et les nuits étoilées, et leur magie causera à ton cœur une douleur insatiable. »

« Mais ne l'avez-vous pas entendu maintes fois et souvent, vous qui demeurez ici, dit Eriol, mais ne me semblez pas pareils à ceux qui vivent avec une nostalgie à moitié saisie et qui ne peut être satisfaite ? »

« Et cela n'est en effet pas le cas, car nous avons le *limpë*, dit-elle, le *limpë* qui seul peut guérir, et dont une gorgée accorde un cœur à pénétrer toute musique et toute chanson. »

« Alors, dit Eriol, volontiers ce serait que je viderais un gobelet de cette bonne boisson » ; mais Vairë lui dit que cela ne pourrait se faire que s'il allait trouver Meril la reine.

De cette conversation entre Vairë et Eriol sur la pelouse en cette douce journée il advint qu'Eriol se mit en route peu de jours plus tard — et Tinfang Warble avait joué pour lui maintes fois dans le crépuscule, sous la lueur des étoiles et par lueur de lune, jusqu'à ce que son cœur fût empli. Pour cela, Petitcœur fut son guide, et il alla à la recherche de la demeure de Meril-i-Turinqi dans son *korin* d'ormes.

Maintenant la maison de cette gente dame se trouvait en cette même cité, car au pied de la grande tour bâtie par Ingil était un large bosquet des plus anciens et des plus beaux ormes que possédait tout ce Pays des Ormes. Ils se dressaient jusqu'au ciel, en trois étages décroissants de feuillage brillant, et la lumière du soleil qui filtrait au travers était très fraîche — un vert doré. Au milieu de ces arbres était une grande pelouse verte, lisse comme une toile de tissu, et autour de celle-ci les arbres se dressaient en un cercle, de sorte que les ombres étaient lourdes sur ses bords mais que le regard du soleil tombait toute la journée en son milieu. Là se dressait une maison superbe, et elle était toute bâtie de blanc et d'une blancheur qui brillait, mais sa toiture était tant recouverte de mousses et de joubarbes et de maintes plantes grimpantes curieuses que ce dont elle fut jadis façonnée ne pouvait se distinguer sous le labyrinthe glorieux de couleurs, d'or et de rouge-brun, d'écarlate et de vert.

D'innombrables oiseaux jasaient sous les avancées de son toit, et d'aucuns chantaient sur les toitures tandis que pigeons et colombes cerclaient en vol les bordures du *korin* ou bien plongeaient pour se poser et prendre le soleil sur la pelouse. Maintenant toute cette demeure avait les pieds en fleurs. Des grappes fleurissantes l'entouraient, des nœuds et des cordes, des piques et des pompons tout fleuris, des fleurs en panicules et en ombelles, ou bien aux visages grands et larges qui fixaient le soleil. Là elles lâchaient sur les airs à peine agités leurs multiples senteurs qui se mêlaient en un grand parfum d'un enchantement excessivement merveilleux, mais leurs teintes et couleurs s'éparpillaient et se rassemblaient, semblait-il, comme le hasard et le bonheur de leur croissance les dirigeaient. Toute la journée, allait un bourdonnement d'abeilles parmi ces fleurs : des abeilles volaient autour du toit et de tous les parterres et chemins parfumés ; même autour des frais porches de la maison. Maintenant Eriol et Petitcœur grimpèrent jusqu'au haut de la colline et c'était tard dans l'après-midi, et le soleil brillait de cuivre sur le versant ouest de la tour d'Ingil. Bientôt ils vinrent à un mur massif de blocs de pierre taillée, et celui-ci se penchait vers l'extérieur, mais des herbes poussaient dessus, et des campanules et de jaunes pâquerettes.

Ils trouvèrent un portail dans le mur, et au-delà se trouvait une clairière sous les ormes, et là courait un chemin bordé d'un côté par des buissons tandis que de l'autre coulait une petite eau courante murmurant sur un lit brun d'humus et de feuilles. Celui-ci menait jusqu'au bord même de la pelouse, et arrivant là Petitcœur dit, montrant du doigt cette maison blanche : « Voyez la demeure de Meril-i-Turinqi, et puisque je n'ai aucune mission à présenter à une si grande dame je vais m'en retourner. » Puis Eriol s'avança seul sur la pelouse ensoleillée jusqu'à ce que les hautes fleurs qui poussaient devant les porches surplombant l'entrée se dressassent au niveau de ses épaules ; à mesure qu'il s'approchait un bruit de musique lui parvint, et une belle dame entourée de nombreuses demoiselles s'avança comme pour venir à sa rencontre. Puis elle dit en souriant : « Bienvenue, ô marin de tant de mers — pour quelle raison recherches-tu le plaisir de mes calmes jardins et leur doux bruit, quand les brises salées de la mer et le souffle des vents et un bateau qui tangue plutôt devraient faire ta joie ? »

Durant un temps Eriol ne trouva rien à répondre à cela, tant fut-il rendu muet par la beauté de cette dame et le ravissement de ce lieu de fleurs ; enfin, pourtant, il marmonna qu'il avait connu la mer assez, mais que de ce gracieux pays il ne serait jamais assouvi. « Non, dit-elle, un jour d'automne viendront les vents et une mouette poussée, peut-être, poussera une plainte dans le ciel, et voici ! tu seras empli de désir, te rappelant les noires côtes de ta demeure [2]. » « Non point, madame, dit Eriol, et il parla maintenant d'une voix passionnée, non, il n'en est point ainsi, car l'esprit qui joue de la flûte sur les pelouses du crépuscule a empli mon cœur de musique, et je suis assoiffé pour une gorgée de *limpë* ! »

Le visage souriant de Meril sitôt devint grave, et ordonnant à ses demoiselles de s'éloigner elle pria Eriol de la suivre vers un espace proche de la maison, et celui-ci était d'herbe fraîche, mais non très courte. Des arbres fruitiers y poussaient, et autour des racines de l'un, un pommier de large taille et de grand âge, le sol était tassé de sorte à ce qu'il y eût maintenant un large siège entourant son tronc, doux et recouvert d'herbe. Là s'assit Meril, puis elle scruta Eriol et dit : « Sais-tu donc ce dont il s'agit que tu demandes ? » et il dit : « Je ne sais rien sauf que je désire connaître l'âme de chaque chanson et de toute musique et demeurer toujours en amitié et en parenté avec ce peuple merveilleux des Eldar de l'Île, et être libéré de cette sensation de me languir que je ne puis satisfaire, et ce même jusqu'à la Grande Fin ! »

Mais Meril dit : « L'amitié est possible, peut-être, mais point la parenté, car Homme est Homme et Elda est Elda, et ce qu'Ilúvatar a fait dissemblable ne peut devenir semblable tant que le monde demeure. Même demeurerais-tu ici jusqu'à la Grande Fin et par la santé du *limpë* ne trouverais point la mort, pourtant alors devrais-tu mourir et nous quitter, car l'Homme doit mourir une fois. Et écoute, ô Eriol, ne pense pas échapper à une nostalgie que tu ne peux satisfaire avec une gorgée de *limpë* — car alors tu ne ferais que troquer de désirs, remplaçant les anciens avec de nouveaux, plus profonds et plus vifs. Le désir inassouvi demeure dans les cœurs de ces deux races que l'on nomme les Enfants d'Ilúvatar, mais plus encore chez les Eldar, car leurs cœurs sont emplis d'une vision de la beauté grande et glorieuse. » « Pourtant, ô Reine, dit Eriol à cela, permettez-moi de simplement goûter à cette boisson et devenir un ami à travers les âges de votre peuple : ô reine des Eldalië, que je puisse être tels les enfants heureux de Mar Vanwa Tyaliéva. » « Non, je ne puis encore faire cela, dit Meril, car c'est une affaire bien plus grave de donner de cette boisson à quelqu'un qui a connu la vie et les jours déjà dans les pays des Hommes que de laisser un enfant en boire qui connaît peu par ailleurs ; pourtant même ceux-là, nous les avons gardés longtemps avant de leur donner le vin de la chanson, leur enseignant d'abord bien des usages et testant leurs cœurs et leurs âmes. C'est pourquoi je t'ordonne maintenant d'attendre plus longtemps encore et d'apprendre tout ce que tu peux sur cette île nôtre. Voici, que sais-tu du monde, ou des jours de jadis des Hommes, ou des racines que ces choses qui sont maintenant possèdent loin dans le temps passé, et que sais-tu des Eldalië et de leur sagesse, que tu revendiques notre coupe de jeunesse et de poésie ? »

« La langue de Tol Eressëa connais-je, et des Valar ai-je entendu conter, et du début du vaste monde, et de la construction de Valinor ; à des musiques ai-je tendu l'oreille, et à la poésie et aux rires des Elfes, et tout cela j'ai trouvé vrai et bon, et mon cœur sait et il me dit qu'à partir de maintenant ces choses vais-je aimer pour toujours, et ces choses seules » — ainsi répondit Eriol, et son cœur fut blessé du refus de la Reine.

« Pourtant tu ne connais rien de la venue des Elfes, des destinées dans lesquelles ils se déplacent, ni de leur nature et de la place que leur a donnée Ilúvatar. Tu ne te troubles guère de la splendeur de leur demeure en Eldamar sur la colline de Kôr, ni de la détresse de notre séparation. Que sais-tu de notre peine à descendre tous les sombres chemins du monde, et du supplice que nous avons connu à cause de Melko ; des chagrins que nous avons endurés et endurons encore, à cause des Hommes, de toutes les craintes qui assombrissent nos espoirs à cause des Hommes ? Connais-tu les déserts de larmes qui s'étendent entre notre vie en Tol Eressëa et ces jours de rires que nous connûmes en Valinor ? Ô enfant des Hommes qui voudrais partager les destinées des Eldalië, et nos hauts désirs et toutes ces choses que toujours nous cherchons à être — car voici ! si tu bois cette boisson, toutes ces choses devras-tu connaître et aimer, partageant avec nous un même cœur — non, même lors de l'Allée de l'Avant, les Eldar et les Hommes viendraient-ils à se combattre à la fin, encore devrais-tu te dresser à nos côtés, contre les enfants de ton peuple et de ta famille, mais d'ici là, jamais tu ne pourras repartir dans ton pays, des nostalgies te rongeraient-elles — et les désirs qui parfois brûlent un homme adulte qui boit du *limpë* font des feux d'une torture inimaginable — connaissais-tu ces choses, ô Eriol, lorsque tu t'en vins ici avec ta requête ? »

« Non, je ne les connaissais point, dit Eriol tristement, bien que souvent j'aie questionné les gens là-dessus. »

« Alors voici ! dit Meril, je vais maintenant entamer un conte et t'en narrer une partie avant que le long après-midi ne ternisse — mais ensuite devras-tu repartir d'ici en patience » ; et Eriol courba la tête.

« Alors, dit Meril, maintenant je vais te parler d'un temps de paix que le monde connut jadis, et on le connaît sous le nom des "Chaînes de Melko [3]". De la Terre te parlerai-je, et de la manière dont les Elfes la découvrirent et de la façon dont ils s'y éveillèrent.

Voici, Valinor est maintenant bâti, et les Dieux demeurent en paix, car Melko se trouve au loin dans le monde à creuser dans les profondeurs et à se fortifier dans le fer et le froid, mais Makar et Meássë chevauchent les orages et se réjouissent de tremblements de terre et des furies indomptables des antiques mers. Lumineux et beau est Valinor, mais un sombre crépuscule recouvre le monde, car les Dieux ont recueilli une telle quantité de cette lumière qui coulait auparavant à travers les airs. Rares maintenant sont les chutes chatoyantes de pluie telles celles de jadis, et il règne une pénombre illuminée de pâles rais ou bien dardée de rouge aux endroits où Melko vomit dans les cieux depuis une colline déchirée par le feu.

Alors Palúrien Yavanna quitta ses jardins porteurs de fruits pour arpenter le large territoire de son domaine, et elle vagabonda de par les continents sombres à semer des graines et à songer sur les collines et dans les vallons. Seule dans ce crépuscule des âges, elle chanta des chansons d'un enchantement sans bornes, et elles furent d'une magie si profonde qu'elles flottèrent sur les endroits rocheux et leurs échos s'attardèrent durant des années de temps à travers la colline et la plaine vide, et toutes les bonnes magies de tous temps ultérieurs sont les chuchotements des souvenirs de sa chanson résonnante.

Alors des choses se mirent à pousser en ces lieux, des champignons et des poussées étranges se soulevèrent en des endroits humides et des lichens et des mousses rampèrent furtivement sur les rochers et mangèrent leurs visages, et ils s'effritèrent et firent de la poussière, et les plantes rampantes moururent dans la poussière, et il y eut de la moisissure, et des fougères et des plantes à verrues y poussèrent en silence, et des créatures étranges poussèrent leurs têtes hors des recoins et rampèrent sur les pierres. Mais Yavanna pleura, car ici n'était pas la belle vigueur à laquelle elle avait songé — et sur cela Oromë vint à elle bondissant dans la pénombre, mais Tuivána ne voulut quitter l'éclat de Kulullin, ni Nessa les vertes pelouses de sa danse.

Alors Oromë et Palúrien amenèrent toute leur puissance réunie, et Oromë souffla violemment dans son cor comme pour éveiller les rochers à la vie et à la vigueur. Voici, à ces rugissements, l'immense forêt se cambra et gémit sur les collines, et tous les arbres aux feuilles sombres vinrent à être, et le monde fut hirsute sous une poussée de pins et fut parfumé par les arbres à résine, les sapins et les cèdres suspendirent leurs draperies olive et bleues sur les pentes, et les ifs entamèrent leurs siècles de croissance. Maintenant Oromë fut d'humeur moins maussade et Palúrien fut réconfortée de voir la beauté des premières étoiles de Varda briller dans les pâles cieux et à travers les ombres des branchages des premiers arbres, et d'entendre le murmure des forêts nocturnes et le crissement des branches lorsque Manwë agita les airs.

En ce temps un grand nombre d'esprits étranges s'aventura dans le monde, car il y eut des endroits plaisants, sombres et silencieux, où ils purent établir leurs demeures. Certains vinrent de Mandos, des esprits d'un grand âge qui voyagèrent depuis Ilúvatar avec lui, qui sont plus vieux que le monde et très maussades et secrets, et certains depuis les forteresses du Nord où Melko demeurait alors dans les profonds donjons d'Utumna. Pleins de malice et malsains étaient-ils ; avec eux menèrent-ils pièges et agitation et horreur, rendant l'obscurité chose mauvaise et effrayante, ce qu'elle n'était pas avant. Mais quelques rares esprits s'y aventurèrent dansant sur leurs pieds lestes et émanant des parfums du soir, et ceux-ci venaient des jardins de Lórien.

Le monde toujours en est empli en ces jours de lumière, s'attardant solitaires dans les cœurs ombreux des forêts vierges, appelant des choses secrètes à travers un désert étoilé, hantant des cavernes que peu de gens ont découvertes : — mais les forêts de pins sont encore trop emplies de ces vieux esprits qui ne sont ni des Elfes ni des Hommes pour la quiétude de ceux-ci.

Lorsque ce grand geste fut accompli, alors Palúrien se fût volontiers reposée de ses longs labeurs et eût voulu retourner goûter aux doux fruits de Valinor, et Oromë était partant pour les forêts d'ormes sur les plaines des grands Dieux ; mais Melko, qui depuis longtemps creusait dans la crainte de la colère des Valar due à son action perfide autour de leurs lampes, maintenant éclata en une grande violence, car il avait cru le monde abandonné par les Dieux à lui et aux siens. Sous les planchers mêmes d'Ossë il fit trembler et se fissurer la Terre et ses feux des profondeurs se mêlèrent à la mer. Des orages de vapeur et un grand rugissement de mouvements marins incontrôlés éclatèrent sur le monde, et les forêts gémirent et craquèrent. La mer bondit sur la terre et la déchira, et de vastes régions sombrèrent sous sa rage ou furent taillées en des îlots éparpillés, et la côte se creusa de cavernes. Les montagnes furent ébranlées et tanguèrent et leurs cœurs fondirent et la pierre se déversa comme un feu liquide le long de leurs pentes et coula même jusqu'à la mer, le bruit des grandes batailles sur les plages enflammées franchit en rugissant même les Montagnes de Valinor et noya le chant des Dieux. Alors se levèrent Kémi Palúrien, Yavanna même qui donne le fruit, et Aulë qui aime toutes ses œuvres et les substances de la terre, et ils grimpèrent jusqu'au palais de Manwë et lui parlèrent, disant que toutes choses bonnes allaient vers la destruction par le mal ardent du cœur intempéré de Melko, et Yavanna plaida que son labeur des âges dans le crépuscule ne fût noyé ni enseveli. Là, comme ils parlaient, vint Ossë, rageant comme une marée parmi les falaises, car il était furieux du soulèvement de son royaume et craignait le courroux d'Ulmo son seigneur. Alors se leva Manwë Súlimo, Seigneur des Dieux et des Elfes, et Varda Tinwetári se tint à ses côtés, et il parla d'une voix de tonnerre depuis Taniquetil, et les Dieux à Valmar l'entendirent, et Vefántur connut la voix en Mandos, et Lórien s'éveilla en Murmuran.

Alors se tint un grand conseil entre les Deux Arbres lors du mélange des lumières, et Ulmo vint là depuis les profondeurs extérieures ; et des opinions qui y furent offertes les Dieux ourdirent un dessein d'une grande sagesse, et la pensée d'Ulmo y était présente, et quantité de l'astuce d'Aulë et du large savoir de Manwë.

Voici, Aulë rassembla maintenant six métaux, cuivre, argent, étain, plomb, fer et or, et, prenant une portion de chacun, en fit de sa magie un septième qu'il nomma pour cela *tilkal* *, et celui-ci posséda toutes les propriétés des six et de nombreuses autres qui lui étaient propres. Sa couleur était vert vif ou bien rouge en des éclats variables et il ne pouvait être brisé, et Aulë seul put le forger. Après cela il forgea une puissante chaîne,

---

* « *T(ambë) I(lsa) L(atûken) K(anu) A(nga) L(aurë). Ilsa* et *laurë* sont les noms " magiques " du *telpë* et du *kulu* ordinaires. » (Note de bas de page dans le manuscrit.)

la façonnant de tous les sept métaux soudés avec des sorts en une substance d'une dureté extrême, brillante et lisse, mais de *tilkal* il n'eut suffisamment pour en ajouter plus qu'une petite quantité à chaque maillon. Néanmoins, il façonna deux menottes de *tilkal* uniquement, et quatre fers de même. Maintenant la chaîne fut nommée *Angaino*, l'oppresseur, et les menottes *Vorotemnar* qui lient pour toujours, mais les fers furent nommés *Ilterendi* car ils ne pouvaient être limés ou fendus.

Mais le désir des Dieux était de partir à la recherche de Melko accompagnés d'une grande puissance — et de l'implorer, s'il se pouvait, de se tourner vers des actes meilleurs ; pourtant ils avaient l'intention, dussent-ils y venir, de triompher de lui par la force ou par la ruse, et de le fixer en des liens dont il n'y avait aucune échappatoire.

Maintenant, tandis qu'Aulë forgeait les Dieux se revêtirent de leurs armures, qu'ils eurent de Makar, et il fut fort heureux de les voir porter des armes et partant comme en guerre, même si leur courroux fut dirigé contre Melko. Mais lorsque les grands Dieux et tout leur peuple se furent armés, alors Manwë monta dans son chariot bleu dont les chevaux étaient les plus blancs de tous ceux qui parcouraient le domaine d'Oromë, et sa main tenait un grand arc blanc qui pouvait lancer une flèche comme une bouffée de vent par-delà les plus larges mers. Fionwë son fils se tint derrière lui, et Nornorë qui était le héraut courut avant ; mais Oromë chevaucha seul sur un cheval alezan et il portait une lance, et Tulkas marcha à pas puissants vers son étrier, vêtu d'une tunique de cuir et d'une ceinture de cuivre, et il était sans armes hormis un gant sur sa main droite, ceint de fer. Telimektar son fils, à peine d'une taille à aller en guerre, marcha à son épaule avec une longue épée ceignant sa taille d'une ceinture d'argent. Là chevauchèrent les Fánturi en un chariot tout de noir, et il y avait un cheval noir du côté de Mandos et un gris pommelé du côté de Lórien, et Salmar et Ómar vinrent à l'arrière en un rapide pas de course, mais Aulë qui s'attarda trop longtemps auprès de sa forge vint en dernier, et il n'était pas armé mais attrapa au vol son marteau à long manche en quittant le lieu et alla précipitamment jusqu'aux frontières de la Mer Ombreuse, et les brasses de sa chaîne furent portées à l'arrière par quatre parmi ses gens de forge.

Sur ces rives Falman-Ossë vint à leur rencontre et les fit traverser sur un massif radeau sur lequel il prit lui-même place en une cotte de mailles étincelante ; mais Ulmo Vailimo était loin en avant rugissant dans sa voiture de mer-profonde et donnant furieusement de son cor de conques. Ainsi fut-il que les Dieux se transportèrent par-delà la mer et franchirent les îles, et ils mirent pied sur les larges terres et marchèrent en vaste pouvoir et en colère toujours croissante vers le nord. Ainsi, ils franchirent les Montagnes de Fer et la terne région d'Hisilómë qui s'étend au-delà et vinrent aux rivières et aux collines de glace. Là Melko secoua la terre sous leurs pas, et il fit vomir de la flamme aux cimes coiffées de neige, pourtant par la puissance de leur déploiement, ses vassaux qui infestaient chaque voie qu'ils empruntèrent ne purent rien pour entraver leur chemin. Là, au plus extrême nord, au-delà même du pilier fracassé Ringil, ils vinrent devant les portes immenses du profond Utumna et, à leur approche, Melko ferma celles-ci en un grand fracas métallique.

Alors Tulkas, courroucé, les cogna comme le tonnerre de son poing massif et elles résonnèrent et ne bougèrent pas, mais Oromë mettant pied à terre empoigna son cor et souffla un tel coup dessus que les portes instantanément s'ouvrirent en fuite, et Manwë haussa sa voix incommensurable et somma Melko de se montrer.

Mais bien qu'au plus profond de ses cavernes Melko entendît et doutât, il ne voulut venir, mais envoya Langon son serviteur et fit dire par lui que "Voici, il était réjoui et émerveillé de voir les Dieux devant ses portes. Maintenant avec joie leur souhaiterait-il la bienvenue, n'eût été que par la pauvreté de son logis il ne pût en accueillir convenablement plus que deux d'entre eux ; et il suppliait que ni Manwë ni Tulkas ne fussent des deux, car l'un méritait et l'autre exigeait une hospitalité de grand coût et richesse. Ceci ne convînt-il pas à leur idée, alors volontiers prêterait-il oreille au héraut de Manwë et apprendrait ce que les Dieux désiraient tant qu'ils dussent quitter leurs couches moelleuses et l'indolence de Valinor, pour les endroits désolés où Melko peine avec humilité et tâche d'accomplir son ouvrage ardu."

Alors Manwë et Ulmo et tous les Dieux furent grandement courroucés devant la subtilité et l'insolence mielleuse de ses paroles, et Tulkas se serait immédiatement lancé furieusement sur les étroites marches qui descendaient hors de vue au-delà des portes, mais les autres le retinrent, et Aulë donna conseil qu'il était clair à partir des paroles de Melko qu'il était éveillé et se méfiait en cette matière, et que l'on pouvait voir très clairement lesquels parmi les Dieux il craignait le plus et qu'il désirait le moins voir debout à l'intérieur de ses chambres — "ainsi, dit-il, combinons maintenant la manière dont l'un et l'autre pourront lui survenir dessus sans qu'il s'en doute et comment la crainte peut-être l'amènera à améliorer ses actes". À ceci Manwë donna son assentiment, disant que toute leur puissance aurait peine à extraire Melko de sa place forte, tandis que cette tromperie devait être très astucieusement tissée qui piégerait le maître de la ruse. "Par son orgueil seul, Melko pourra-t-il être assailli, fit Manwë, ou bien par une lutte telle que la terre en serait déchirée et que le malheur s'abattrait sur nous tous", et Manwë cherchait à éviter tout combat entre Ainur et Ainur. Lorsque les Dieux eurent donc combiné un plan pour piéger Melko dans son orgueil outrecuidant, ils tissèrent des paroles pleines de ruse qui se prétendaient venues de la bouche même de Manwë, et ils placèrent celles-ci dans la bouche de Nornorë, qui descendit et les prononça face au siège de Melko. "Voici, dit-il, les Dieux sont venus pour demander le pardon de Melko, car, voyant sa grande colère et la déchirure du monde par sa rage l'un a dit à l'autre : 'Voyez ! Pourquoi donc Melko est-il mécontent ?' Et l'un à l'autre a répondu, contemplant les tumultes de son pouvoir : 'N'est-il donc pas le plus grand parmi nous — pourquoi est-ce que le plus puissant des Valar ne demeure point en Valinor ? Il est certain qu'il a cause de s'indigner. Déplaçons-nous à Utumna et supplions-le de venir demeurer en Valinor, que son absence ne se fasse plus sentir en Valmar.' À ce

projet, dit-il, Tulkas seul ne voulut consentir, mais Manwë s'inclina devant la voix du plus grand nombre (les Dieux dirent ceci, connaissant la rancœur que Melko maintenait envers Poldórëa), et ils sont maintenant venus, contraignant Tulkas par la force pour vous supplier de les pardonner tout un chacun et de retourner avec eux parachever leur gloire, et demeurer, si tel est votre désir, dans le palais de Makar jusqu'en un tel moment où Aulë aura pu vous construire une grande demeure ; et ses tours surplomberont Taniquetil." Melko répondit avec enthousiasme à ces paroles, car déjà jaillissait son orgueil démesuré qui noyait sa ruse.
"Enfin, les Dieux prononcent-ils des mots doux et justes, mais avant que je ne leur accorde leur requête, mon cœur doit être apaisé pour de vieux affronts. Ainsi, devront-ils venir, ayant mis leurs armes de côté avant de franchir le portail, et ils devront me rendre hommage ici, dans mes profondes cavernes d'Utumna : — mais voici ! Tulkas, je ne veux voir, et si je viens en Valinor je le jetterai dehors." Nornorë rapporta ces choses, et Tulkas cogna dans ses mains de rage, mais Manwë renvoya une réponse disant que les Dieux agiraient selon le désir du cœur de Melko, mais que Tulkas viendrait, et cela enchaîné, et serait offert au plaisir et pouvoir de Melko ; et Melko accorda ceci avec plaisir pour l'humiliation des Valar, et l'enchaînement de Tulkas lui occasionna grand plaisir.

Alors les Valar mirent leurs armes de côté avant de franchir le portail, disposant cependant des gens pour les garder, et ils placèrent la chaîne Angaino autour du cou et des bras de Tulkas, et lui-même put à peine soutenir seul son immense poids ; et maintenant suivent-ils Manwë et son héraut à l'intérieur des cavernes du Nord. Là siégeait Melko, et cette chambre était illuminée par des braseros flamboyants et emplis de mauvaise magie, et des formes étranges entraient et sortaient en des mouvements fiévreux, mais des serpents de vaste taille s'enroulaient et se déroulaient autour des piliers qui soutenaient ce plafond élevé. Alors Manwë dit : "Vois, nous sommes venus et te saluons ici dans ta propre demeure ; viens maintenant demeurer en Valinor."

Mais Melko ne pouvait si facilement renoncer à son

divertissement. "Non, tout d'abord, dit-il, Manwë, tu viendras et t'agenouilleras devant moi, et tous les Valar à ta suite ; mais en dernier viendra Tulkas et il baisera mon pied, car j'ai en mémoire quelque chose pour lequel je ne dois à Poldórëa que peu d'amour." Maintenant il se proposait de frapper Tulkas sur la bouche en paiement de ce coup qu'il reçut longtemps auparavant, mais les Valar avaient prévu quelque chose de tel et ils ne faisaient que jouer la comédie de cette humiliation, pour que Melko fût ainsi attiré hors de sa place forte d'Utumna. En vérité Manwë espérait qu'il y eût paix et amitié, et cela même jusqu'à la fin et, puisqu'il le voulait ainsi, les Dieux eussent en effet reçu Melko en Valinor dans une trêve et avec des gages d'amitié, l'orgueil de Melko n'eût-il été insatiable et son opiniâtreté pour le mal invincible. Maintenant cependant peu de merci demeura encore en leurs cœurs pour lui, voyant qu'il s'obstinait dans son exigence que Manwë lui rendît hommage et que Tulkas s'inclinât à ses pieds impitoyables ; néanmoins le Seigneur des Dieux et des Elfes s'approche maintenant du siège de Melko et fait comme pour s'agenouiller, car tel était leur plan pour prendre au piège cet être maléfique ; mais voici qu'à la vue de cette chose la rage enflamma si férocement les cœurs de Tulkas et d'Aulë que Tulkas se jeta d'un bond à travers la salle malgré Angaino, Aulë derrière lui et Oromë suivant son père, et la salle fut pleine de tumulte. Melko fut alors sur ses pieds en un instant et il appela d'une voix forte et ses gens vinrent à son aide de tous ces tristes passages. Il attaqua alors Manwë avec le fouet de fer qu'il portait, mais Manwë souffla doucement dessus et ses glands de fer furent rejetés en arrière et là-dessus Tulkas frappa Melko en pleines dents de son gant de fer, puis avec Aulë ils le combattirent et il fut immédiatement enveloppé trente fois dans les brasses d'Angaino.

Alors Oromë dit : "Il serait bon qu'il pût être tué" — et c'eût été bon en effet, mais les grands Dieux ne peuvent encore être tués [4]. Maintenant Melko est tenu en sévère captivité et à force de coups tombe à genoux puis on le contraint d'ordonner à son vasselage de ne point molester les Valar — et, de fait, la plupart parmi ceux-ci, effrayés par l'emprisonnement de leur seigneur, s'enfuirent vers les lieux les plus sombres.

Tulkas en vérité traîna Melko hors de sa place forte, et devant les portes Aulë plaça l'un des Vorotemnar sur chaque poignet, et sur chaque cheville deux des Ilterendi, et le *tilkal* rougit au contact de Melko, et ces menottes n'ont jamais été relâchées de ses mains et de ses pieds depuis. La chaîne est alors scellée à chacune de celles-ci et Melko, impuissant, est ainsi emporté tandis que Tulkas et Ulmo brisent les portes d'Utumna et empilent des collines de rochers par-dessus. Et les creux et les endroits caverneux de la terre sont encore emplis des noirs esprits qui furent emprisonnés en ce jour lorsque Melko fut pris, et pourtant nombreuses sont les voies par où ils trouvent de temps en temps issue dans le monde extérieur — par des fissures où ils hurlent avec les voix de la marée sur des côtes rocheuses, le long de sombres cours d'eau qui serpentent invisibles sur maintes lieues, ou bien en franchissant les arches bleutées où les glaciers de Melko trouvent leur fin.

Après ces faits, les Dieux s'en retournèrent à Valmar par des routes longues et obscures, surveillant Melko à chaque instant, et lui rongeant la rage qui le consumait. Sa lèvre fut fendue et son visage entretient un rictus très étrange depuis ce coup que lui porta Tulkas, qui même par politique ne put endurer de voir la majesté de Manwë s'incliner devant l'être maudit.

Maintenant une cour de justice est installée sur les pentes de Taniquetil et Melko est assigné devant tous les Vali [5] grands et petits, lié et étendu devant le siège d'argent de Manwë. Pour l'accuser parlent Ossë, et Oromë et Ulmo avec profond ressentiment, et Vána avec dégoût, proclamant ses méfaits de cruauté et de violence ; pourtant Makar parla encore en sa faveur, bien que sans chaleur, car, dit-il : "Ce serait une chose mauvaise qu'il y ait la paix toujours : déjà n'y a-t-il jamais un coup qui résonne dans l'éternelle quiétude de Valinor, si de surcroît l'on ne voyait ni fait d'armes ni joie violente même dans le monde extérieur ce serait désagréable en vérité, et en ce qui me concerne en tout cas, je ne me languis pas pour une telle époque !" Sur cela Palúrien se leva en chagrin et en larmes, et elle parla de la triste situation de la Terre et de la grande beauté de ses desseins et de ces choses que de tout son cœur elle désirait produire, de toute la richesse de fleurs et de verdure, d'arbres et de fruits et de grain que le monde pourrait porter si seulement il pouvait connaître la paix. "Prenez garde, ô Valar, que les Elfes et les Hommes ne puissent trouver de récon-fort lorsque viendra leur temps pour découvrir la Terre" ; mais Melko se tortilla de rage à entendre le nom des Eldar et celui des Hommes, et devant sa propre impuissance.

Maintenant Aulë appuya fortement Pálurien en ceci et bien d'autres des Dieux après lui, pourtant Mandos et Lórien se turent, et ils ne parlent jamais beaucoup durant les conseils des Valar ni d'ailleurs en d'autres moments, mais Tulkas se leva furieusement du centre de l'assemblée et les quitta, car il ne put endurer un conciliabule alors qu'il pensait que la culpabilité était claire. Il eût grandement préféré désenchaîner Melko et le combattre sur-le-champ, seul à seul sur la plaine de Valinor, lui infligeant bien des coups mauvais en retour de ses méfaits, plutôt que d'en faire haut débat. Toujours fut-il que Manwë siégea et écouta et fut ému par le discours de Palúrien, pourtant ce fut sa pensée que Melko était un Ainu et puissant au-delà de toute mesure pour le sort bon ou mauvais du monde à venir ; c'est pourquoi il mit de côté la rigueur et sa sentence fut celle-ci. Durant le déplaisir des Dieux, Melko serait enchaîné dans une crypte de Mandos avec cette chaîne Angaino pendant trois âges, et après cela il pourrait aller sous la lumière des Deux Arbres, mais seulement de sorte que durant quatre âges encore il demeurât comme serviteur dans la maison de Tulkas, et lui obéît en retour de son ancienne malveillance. "Ainsi, dit Manwë, mais alors avec difficulté, pourras-tu regagner faveur suffisante pour que les Dieux souffrent que tu résides alors dans une demeure qui t'appartienne et que tu aies quelque état parmi eux comme il se doit pour un Vala et un seigneur des Ainur."

Tel fut le jugement de Manwë, et même à Makar et à Meássë il sembla bon, même si Tulkas et Palúrien le jugèrent d'une miséricorde confinant au danger.

Maintenant Valinor entre en sa plus grande période de paix, et la Terre entière de même, tandis que Melko attend dans les plus profondes cryptes de Mandos et que son cœur se noircit en lui.

Maintenant les tumultes de la mer se calment lentement, et les feux sous les montagnes agonisent ; la Terre ne tremble plus et la férocité du froid et la ténacité des collines et des rivières de glace fondent à l'extrême nord et dans les profondeurs du sud, même jusque dans les régions qui entourent Ringil et Helkar. Alors Palúrien sort de nouveau sur la Terre, et les forêts se multiplient et s'étendent, et le cor d'Oromë se fait souvent entendre derrière elle dans la pénombre : maintenant douces-amères et couleuvrées commencent à ramper autour des broussailles, et le houx et l'yeuse apparaissent sur la terre. Même les versants des falaises se recouvrent de lierres et de plantes tombantes pour l'accalmie des vents et la quiétude de la mer, et toutes les cavernes et les rivages s'enguirlandent d'algues et d'herbes, et des vastes plantes sous-marines viennent à la vie, tremblotant doucement lorsque Ossë déplace les eaux.

Maintenant vint ce Vala, et il s'assit sur un promontoire des Grandes Terres, ayant loisir dans la tranquillité de son royaume, et il vit la manière dont Palúrien emplissait le calme crépuscule de la Terre avec des formes voletantes. Des chauves-souris et des hiboux que Vefántur libéra de Mandos plongeaient dans le ciel, et des rossignols envoyés par Lórien de Valinor trillaient à côté des eaux, au loin un engoulevent croassa, et dans les endroits sombres des serpents qui se glissèrent d'Utumna lorsque Melko fut lié se déplaçaient sans bruit ; une grenouille coassa sur la berge d'une mare déserte.

Alors il envoya un message à Ulmo lui décrivant ces choses nouvelles qui étaient faites, et Ulmo ne désira point que les eaux des mers intérieures fussent plus longtemps dépeuplées, mais vint à la recherche de Palúrien, et elle lui donna des sortilèges, et les mers se mirent à luire de poissons, ou bien d'étranges créatures rampèrent au fond ; mais personne parmi les Valar ou les Elfes ne sait d'où proviennent les crustacés et les huîtres, car déjà ils bâillaient dans les eaux silencieuses longtemps avant que Melko y plonge depuis les hauteurs, et il y eut des perles bien avant que les Elfes n'eussent conçu ou rêvé d'une quelconque gemme.

Trois immenses poissons, lumineux dans l'obscurité de ces jours d'avant le soleil, accompagnèrent toujours Ulmo, et la toiture de la demeure d'Ossë sous la Grande Mer brillait d'écailles phosphorescentes. Voici, ce fut un temps de grande paix et de tranquillité, et la vie tailla de profondes racines dans les sols nouveau-faits de la Terre, et des graines furent semées qui n'attendirent plus que la venue de la lumière, et on le connaît et on l'encense comme l'âge des "Chaînes de Melko". »

NOTES

1. Le passage suivant fut rajouté ici, apparemment très peu de temps après l'écriture du texte, mais il fut ensuite très fermement barré :

> La vérité étant qu'il est le fils de Linwë Tinto, Roi des Flûtistes, qui fut perdu il y a longtemps durant la grande marche depuis Palisor, et qui errant en Hisilómë découvrit l'esprit solitaire crépusculaire (Tindriel) Wendelin, dansant dans une clairière de hêtres. Amoureux d'elle, il fut satisfait d'abandonner son peuple et de danser pour toujours parmi les ombres, mais ses enfants Timpinen et Tinúviel rejoignirent les Eldar longtemps après, et il y a des contes les concernant tous deux, bien qu'ils soient rarement racontés.

Le nom *Tindriel* était seul lorsque le texte fut écrit, mais il fut ensuite mis entre parenthèses et *Wendelin* fut rajouté dans la marge. Il s'agit là des premières références, dans le récit structuré, à Thingol (Linwë Tinto), Hithlum (Hisilómë), Melian (Tindriel, Wendelin), et Lúthien Tinúviel ; mais je remettrai à plus tard une discussion de ces allusions.

2. *Cf.* l'explication des noms *Eriol* et *Angol* comme « falaises de fer » à laquelle il est fait référence dans l'appendice sur les noms (entrée *Eriol*).

3. Il existe deux « esquisses » ou résumés exposant l'organisation de l'ouvrage relatives à l'histoire du séjour d'Eriol (Ælfwine) en Tol Eressëa et aux « Contes Perdus » qu'il entendit en cet endroit. L'une de celles-ci est, sur sa majeure partie, un précis des *Contes* tels qu'ils furent écrits ; l'autre, certainement la dernière des deux, diverge. Dans cette deuxième esquisse le voyageur se nomme Ælfwine et, bien que le contenu narratif reste le même (La Venue des Dieux ; la Fabrication du

Monde et la Construction de Valinor ; les Deux Arbres sont Plantés), le conte de la deuxième veillée auprès du Feu aux contes est narré par « Evromord, le Gardien de la porte ». À la suite de ceci est écrit (un rajout ultérieur) : « Ælfwine va quémander du *limpë* auprès de Meril ; elle le renvoie. » La troisième veillée auprès du Feu aux contes est décrite ainsi :

> Le Gardien de la porte poursuit sur le sujet du Crépuscule Primordial. Les Furies de Melko. Les Chaînes de Melko et l'éveil des Elfes. (La manière dont Fankil et maintes formes sombres s'échappèrent et entrèrent dans le monde.) [Donné à Meril mais doit être placé comme ici et beaucoup abrégé.]

Il semble certain qu'il ne s'agit que d'une révision en intention qui ne fut jamais accomplie. Il est remarquable que dans le texte même, comme aussi dans la première de ces deux « esquisses », la fonction de Rúmil dans la maison est celle de portier — et Rúmil, et non pas Evromord, est le nom qui fut préservé longtemps après pour le conteur de *La Musique des Ainur*.

4. Le texte avant correction donnait « mais les grands Dieux ne peuvent être tués, bien que leurs enfants puissent l'être, et tous ces moindres peuples des Vali, mais cela uniquement aux mains d'un des Valar ».

5. *Vali* est une correction de *Valar*. *Cf.* les paroles de Rúmil (p. 84) : « eux que nous appelons maintenant les Valar (ou Vali, cela n'a pas d'importance) ».

Commentaire sur *L'Enchaînement de Melko*

Dans l'interlude entre ce conte et celui qui le précède, nous rencontrons le personnage de Timpinen ou Tinfang. Cet être existait dans l'imagination de mon père depuis déjà plusieurs années et il existe deux poèmes à son sujet. Le premier s'intitule *Tinfang Warble* ; il est très bref, mais existe en trois versions. Selon une note de mon père, l'original fut écrit à Oxford en 1914, puis révisé et réécrit à Leeds en « 1920-1923 ». Il fut finalement publié en 1927 sous une forme encore remaniée qui est celle présentée ici *.

Tinfang Warble

Oh l'ululement ! Oh l'ululement !
Comme il trille sur sa flûte !
Oh l'ululement de Tinfang Warble !

---

* La publication se fit dans un périodique ; la coupure contenant le poème qui en fut préservé y fait référence avec l'acronyme « I. U. M[agazine] ».

Dansant tout seul,
Sautillant sur une pierre,
Voltigeant comme un faon,
Dans le crépuscule sur le gazon,
Et son nom est Tinfang Warble !

La première étoile s'est montrée
Et sa lampe a bourgeonné
En une flamme de bleu tremblotant.
Il ne joue pas pour moi,
Il ne joue pas pour toi,
Il ne siffle pour aucun d'entre vous.
Sa musique est sienne,
Les mélodies de Tinfang Warble !

Dans la première version, Tinfang est appelé un « leprechaun », et dans le premier glossaire du langage gnomique il est une « fée ».

Le second poème s'intitule *Par-Dessus de Vieilles Collines et Au Loin*. Celui-ci existe dans cinq textes, dont le premier porte aussi un titre en vieil anglais (dont le sens est le même) : *Ȝeond fyrne beorgas ⁊ heonan feor*. Des notes de mon père spécifient que le poème fut écrit au camp de Brocton dans le Staffordshire entre décembre 1915 et février 1916, et réécrit à Oxford en 1927. La version finale qui est présentée ici diffère en de nombreux détails par le choix des mots et dans certains cas par des vers entiers par rapport aux versions antérieures ; j'ai noté à la fin du poème quelques variations intéressantes parmi celles-ci.

Par-Dessus de Vieilles Collines et Au Loin

Il était tôt et calme dans la nuit de juin,
Et rares étaient les étoiles, et loin était la lune,
Les arbres ensommeillés s'affaissaient, et ram-
[pant silencieusement
Des ombres s'éveillèrent sous eux tandis qu'ils
[dormaient.

Je me glissai à la fenêtre le pas furtif
Quittant mon lit blanc qui n'avait connu de pres-
[sion ;
Et quelque chose d'attirant, hautain et étrange,
Comme le parfum des fleurs sur les rives de la mer

Qui s'étend en Eldamar, et dans les pluies illumi-
[nées d'étoiles
Fait des étincellements et des éclairs, s'éleva
[jusqu'aux vitres
De ma haute fenêtre treillissée. Ou bien fut-ce
[un son ?
J'écoutai et fus émerveillé, les yeux tournés vers
[le sol.
Car venait du lointain une note filtrée
D'une douceur enchanteresse, maintenant claire,
[maintenant lointaine,
Aussi claire qu'une étoile dans une mare près
[des roseaux,
Aussi faible que la rosée qui luit sur les mau-
[vaises herbes.

Alors je quittai la fenêtre et suivis l'appel,
Descendant les escaliers craquants et à travers le
[couloir
Sortant par une porte qui se balançait haute et
[grise,
Et à travers la pelouse, et au loin, au loin !

C'était Tinfang Warble qui dansait là,
Jouant de la flûte et secouant ses vieux cheveux
[blancs,
Jusqu'à ce qu'ils scintillent comme du givre sous
[une lune d'hiver ;
Et les étoiles l'entouraient, et clignaient en sui-
[vant son air,
Bleues, miroitantes comme des étincelles dans
[une brume,
Comme toujours elles miroitent lorsqu'il joue.

Mes pieds ne produisirent là que l'ombre d'un son
Sur les cailloux blancs brillants qui autour de lui
[décrivaient un anneau,
Là où ses petits pieds étincelaient sur un cercle
[de sable,
Et les doigts étaient blancs sur sa main dan-
[sante.
En un clin d'étoile il avait bondi en l'air

Avec son bonnet voltigeur et ses cheveux luisants ;
Et avait lancé sa longue flûte par-dessus son dos,
Où elle pendait sur un ruban d'argent et de noir.

Son petit corps mince devint fin comme une
[ombre,
Et il se glissa parmi les roseaux comme une
[brume dans une clairière ;
Et il rit comme de l'argent maigre, et joua une
[note ténue,
Comme il battit dans l'ombre de sa veste
[ombreuse.
Oh ! les pointes de ses chaussons étaient tordues
[et courbées,
Mais il dansa comme un vent et sortit dans le
[monde.

Il est parti, et la vallée est vide et déserte
Où seul je me tiens et seul je regarde.
Puis soudain là-bas, dans les prés au-delà,
Puis en arrière, dans les roseaux près de l'étang
[miroitant,
Puis au loin, d'un bosquet où les mousses pous-
[sent dru
Quelques petites notes vinrent en trillant rapide-
[ment.

Je bondis au travers du ruisseau et je filai de la
[clairière,
Car Tinfang Warble c'était qui jouait ;
Je dois suivre l'ululement de sa flûte crépusculaire
Par-dessus le roseau, par-dessus le jonc, en des-
[sous de la branche, au-dessus de la racine,
Et au travers de sombres champs, et à travers les
[herbes bruissantes
Qui murmurent et se penchent au passage du
[vieil elfe,
Par-dessus de vieilles collines et au loin
Où les harpes du peuple des Elfes jouent douce-
[ment.

Versions antérieures :

1-2 C'était un soir très calme d'un mois de juin —
Et je crus que les étoiles brillaient trop tôt —

Cf. le texte en prose p. 129 : « Les Noldoli disent que [les étoiles] sortent trop tôt si Tinfang Warble joue. »

8 sur les rives de la mer : près de la mer des fées

9 Eldamar : correction dans le texte de la dernière version, remplaçant « Royaume des Fées ».

24 Jusqu'à ce que sortent les étoiles, semblait-il, trop tôt.

Cf. la note accompagnant le vers 2.

25-26 Ils sortent toujours lorsqu'il gazouille et joue,
Et brillent bleu vif aussi longtemps qu'il demeure.

Cf. le texte en prose p. 130 : « ou bien il joue sous une lune de bon aloi, et les étoiles se font brillantes et bleues ».

54 Peuple des Elfes : correction dans le texte de la dernière version, remplaçant « fées ».

La première partie de l'histoire de *L'Enchaînement de Melko* présenta finalement une forme très différente lors des versions ultérieures dans lesquelles (*Le Silmarillion*, pp. 27-28) ce fut durant le séjour des Valar sur l'Île d'Almaren, sous la lumière des Deux Lampes, que « les graines semées par Yavanna germèrent et bourgeonnèrent en hâte, une multitude de choses grandes et petites se dressa sur la terre, herbes et mousses et hautes fougères, et des arbres couronnés de nuages comme des montagnes vivantes » ; et que : « Des bêtes apparurent et s'établirent dans les prairies, dans les fleuves et les lacs, et parcoururent l'ombre des forêts. » Ceci fut le printemps d'Arda ; mais après la venue de Melkor et l'excavation d'Utumno : « Les plantes, malades, pourrissaient, les rivières se remplissaient d'algues et de vase, des fougères malodorantes et venimeuses apparurent où grouillaient les insectes, les forêts devinrent obscures et dangereuses, hantées par la peur, les bêtes se changèrent en monstres aux cornes d'ivoire qui ensanglantaient la terre. » Alors advint la chute des Lampes, et « ainsi prit fin le Printemps d'Arda » (*ibid.*, p. 29). Après la construction de Valinor et la poussée des Deux Arbres, la Terre du Milieu « restait sous un éternel crépuscule » (*ibid.*, p. 31), et Yavanna et Oromë furent les seuls parmi les Eldar à y retourner occasionnellement : « Yavanna se promenait dans l'ombre et se lamentait sur les plantes, sur les promesses interrompues du Printemps d'Arda. Et elle plongea dans le sommeil bien des êtres qui étaient nés à ce Printemps afin qu'ils ne vieillissent pas et puissent attendre la renaissance à venir » (*ibid.*, p. 41). « Les plus anciens êtres vivants réapparaissaient : les algues tapissaient les mers, l'ombre des grands arbres couvrait la terre et de sombres créatures, aussi fortes que jadis, hantaient les collines et les vallées envahies par la nuit. »

Dans le premier récit, par contre, il n'est pas fait mention d'un quelconque début à cette croissance durant la période où les lampes brillèrent (voir p. 98), et les premiers arbres ne firent leur apparition qu'avec les sorts de Yavanna dans le crépuscule qui suivit leur destruction. De surcroît, dans la dernière phrase de ce conte, des « graines furent semées » durant cette période de « calme crépuscule » tandis que Melko fut enchaîné, graines « qui n'attendirent plus que la venue de la lumière ». Ainsi, dans la première histoire, Yavanna sème dans l'obscurité avec l'idée (semble-t-il) d'une poussée et d'une floraison lors d'un temps ensoleillé à venir, tandis que dans toutes les versions qui devaient suivre, la Déesse ne sème plus durant la période d'obscurité, mais au contraire fait dormir de nombreuses choses qui avaient germé sous la lumière des Lampes durant le Printemps d'Arda. Mais, et dans le premier conte et dans *Le Silmarillion*, l'on trouve une suggestion que Yavanna aurait prévu que la lumière vînt enfin aux Grandes Terres, à la Terre du Milieu.

La conception d'une lumière qui coule, liquide, dans les airs de la Terre est une fois de plus très marquée, et il semble que dans l'idée originale les âges de crépuscule du monde à l'est de la mer furent toutefois illuminés par les traces de cette lumière (« Rares maintenant sont les chutes chatoyantes de pluie telles celles de jadis, et il règne une pénombre illuminée de pâles rais », p. 136) en sus des étoiles de Varda, bien que les Dieux eussent « recueilli une telle quantité de cette lumière qui auparavant coula dans les airs » (*ibid.*).

Il est concevable que la violence cosmique renouvelée fût le précurseur de la grande Bataille des Pouvoirs dans la mythologie ultérieure (*Le Silmarillion*, pp. 45-46) ; mais dans ce premier conte, les bouleversements de Melko furent la cause de la visitation des Valar, alors que la Bataille des Pouvoirs, durant laquelle la forme de la Terre du Milieu fut transformée, en résulta. Dans *Le Silmarillion*, ce fut la découverte par Oromë des Elfes nouvellement éveillés qui poussa les Valar à donner l'assaut sur Utumno.

Dans son riche détail narratif, tout comme dans son atmosphère « primitive », le conte raconté par Meril-i-Turinqi de la capture de Melko a peu de rapport avec le récit ultérieur ; le ton employé pour décrire la rencontre à Utumna et les changements perfides des Valar pour le piéger sont, de même, étrangers à l'histoire à venir. Mais certains éléments survécurent : la chaîne Angainor forgée par Aulë (sinon le fantastique métal, le *tilkal*, au nom à l'étymologie si peu caractéristique), la lutte entre Melko et Tulkas, son emprisonnement dans Mandos pour « trois âges » et l'idée que sa forteresse ne fut pas rasée jusqu'aux fondations. Il émerge aussi que le caractère clément et confiant de Manwë fut défini très tôt ; tandis que la référence au caractère taciturne de Mandos pourrait être une prémonition de ses jugements prononcés uniquement aux ordres de Manwë (voir p. 124). L'origine des rossignols dans le domaine de Lórien en Valinor est déjà présente.

Enfin, il pourrait sembler à partir du récit du voyage des Valar de ce conte que Hisilómë (qui survécut sans changement supplémentaire comme le nom en quenya de Hithlum) fut ici une région tout à fait distincte de celle de Hithlum à venir, puisque elle est placée *au-delà* des Montagnes de Fer : dans *Le Silmarillion*, les Montagnes de Fer furent érigées par Melkor « comme une enceinte pour sa citadelle d'Utumno » : « Elles s'élevaient en lisière des terres éternellement glacées et faisaient une grande courbe d'est en ouest » (p. 115). Mais en fait les « Montagnes de Fer » correspondent ici aux « Montagnes de l'Ombre » (*Ered Wethrin*) futures. Dans une liste de noms annotée qui accompagne le conte de *La Chute de Gondolin*, le nom Dor Lómin est défini ainsi :

> Dor Lómin ou le « Pays de l'Ombre » fut cette région nommée par les Eldar Hisilómë (et ceci signifie « Crépuscules Ombreux ») (...) et elle est nommée ainsi à cause du rare soleil qui se montre peu par- dessus les Montagnes de Fer à l'est et au sud de cette région.

Sur la petite carte présentée p. 116, la ligne de pics que j'ai marquée d'un *f* représente presque certainement ces montagnes, et la région au nord de celles-ci, marquée d'un *g*, serait alors Hisilómë.

Le manuscrit se poursuit sans aucune rupture à partir du point où j'ai choisi d'interrompre le texte de ce chapitre, mais cet endroit marque la fin d'une section dans le récit mythologique (avec une brève interruption d'Eriol) et le restant du conte de Meril-i-Turinqi sera réservé au chapitre suivant. J'ai ainsi fabriqué deux contes à partir d'un seul.

V

La Venue des Elfes et la Construction de Kôr

[J'ai pris ce titre sur la couverture du cahier (où est aussi écrit « De la manière dont les Elfes façonnèrent des Gemmes »), en effet, comme je l'ai déjà noté, le récit se poursuit sans nouvel intitulé.]

Alors Eriol dit : « Triste fut le désenchaînement de Melko, me semble-t-il, même s'il put sembler miséricordieux et juste — mais comment vinrent les Dieux à faire cette chose ? »

Alors Meril [1], poursuivant, dit :

« Il vint un temps par la suite où la troisième ère de l'emprisonnement de Melko sous les cavernes de Mandos en était presque arrivée à son terme. Manwë s'assit en haut de la montagne et il scruta de ses yeux perçants jusque dans les ombres au-delà de Valinor, et des faucons volaient à lui et repartaient portant maintes grandes nouvelles, mais Varda chantait une chanson et portait son regard sur la plaine de Valinor. Silpion luisait à cette heure-là et en contrebas les toitures de Valmar étaient noires et argentées sous ses rayons ; et Varda était joyeuse, mais subitement Manwë parla, disant : "Voici, il y a une lueur d'or sous les pins, et le plus profond crépuscule du monde est empli d'un bruit de pas. Les Eldar sont venus, ô Taniquetil !" Alors Varda se leva rapidement et étendit ses bras vers le nord et vers le sud, et défit les tresses de ses longs cheveux, et éleva la Chanson des Valar, et Ilwë fut empli de la beauté de sa voix.

Alors descendit-elle à Valmar et à la demeure d'Aulë ; et il fabriquait des vaisseaux d'argent pour Lórien. Un bassin rempli de la splendeur de Telimpë [2] était à ses côtés, et il utilisait celui-ci avec habileté dans son travail, mais maintenant Varda se tint devant lui et dit : "Les Eldar sont venus !" et Aulë jeta à terre son marteau disant : "Alors Ilúvatar enfin les a envoyés", et le marteau, frappant quelques lingots d'argent sur le sol de sa magie, fit vivre des étincelles d'argent, qui jaillirent en lumière par ses fenêtres et dans les cieux. Voyant ceci, Varda prit de cette lumière dans le bassin et la mêla à de l'argent liquide pour la rendre plus stable, et alla de ses ailes de vitesse, et plaça des étoiles de par le firmament en très grande abondance, de sorte que les cieux devinrent merveilleusement beaux et leur gloire fut doublée ; et ces étoiles qu'elle façonna alors ont un pouvoir de sommeil, car l'argent de leurs corps provint du trésor de Lórien et leur lumière reposa longtemps dans Telimpë en son jardin. Certains ont dit que les Sept Étoiles furent posées à ce moment par Varda pour commémorer la venue des Eldar, et qu'elle lâcha Morwinyon qui flamboie par-dessus le bord du monde dans l'ouest alors qu'elle s'en retournait à grande vitesse en Valinor. Maintenant il s'agit là effectivement du vrai commencement de Morwinyon et de sa beauté, pourtant Varda ne disposa pas les Sept Étoiles, celles-ci étant en vérité les étincelles de la forge d'Aulë dont la splendeur dans les cieux antiques poussa Varda à fabriquer leurs rivales ; pourtant elle n'y parvint jamais.

Mais maintenant, alors même que Varda est occupée à cette grande œuvre, voici, Oromë éperonne à travers la plaine, et tirant sur ses rênes il crie à haute voix de sorte que toutes les oreilles de Valmar l'entendent : "*Tulielto ! Tulielto !* Ils sont venus — ils sont venus !" Puis il se dresse à mi-chemin entre les Deux Arbres et fait sonner son cor, et les portes de Valmar sont ouvertes, et les Vali sortent en masse sur la plaine, car ils devinent que des nouvelles stupéfiantes sont venues dans le monde. Alors Oromë parla : "Voyez, les forêts des Grandes Terres, en Palisor même qui est la région centrale où les forêts de pins murmurent sans cesse, sont emplies d'un bruit étrange. Là, vagabondais-je, et voici ! ce fut comme si des gens se levaient en hâte sous les plus récentes étoiles. Il y eut une agitation parmi les arbres lointains et des mots furent soudain prononcés, et des pieds allèrent çà et là. Alors, me dis-je, quelle est cette chose qu'a œuvrée en secret Palúrien ma mère, et j'allai à sa recherche et la questionnai, et elle répondit : Ceci n'est pas de mon œuvre, mais la main d'un être qui est bien plus grand fit ceci. Ilúvatar a éveillé ses enfants enfin — chevauche jusqu'à Valinor et dis aux Dieux que les Eldar sont venus en vérité !"

Alors tout le peuple de Valinor s'écria : "*I·Eldar tulier* — les Eldar sont venus" — et ce ne fut qu'en cette heure que les Dieux surent que leur joie avait contenu une faille, ou qu'ils avaient attendu affamés qu'elle fût complétée, mais maintenant ils surent que la terre avait été un endroit vide accablé de solitude, n'ayant aucun enfant à elle.

Maintenant une fois de plus le conseil est installé et Manwë s'assied devant les Dieux, là, à mi-chemin entre les Deux Arbres — et ceux-ci engendraient la lumière depuis maintenant quatre âges. Chacun des Vali s'en vient ici, même Ulmo Vailimo en grande hâte depuis les Mers Extérieures, et son visage est plein d'allégresse et de joie.

Ce jour-là Manwë libéra Melko d'Angaino avant la pleine échéance de son châtiment, mais les menottes et les chaînes de *tilkal* ne furent pas desserrées et il les portait encore sur poignet et cheville. Une grande joie aveugle même la prescience des Dieux. En tout dernier vint Palúrien Yavanna, se hâtant depuis Palisor, et les Valar débattirent au sujet des Eldar ; mais Melko s'assit aux pieds de Tulkas et feignit une humeur joyeuse et humble. Après un long temps ce fut la parole des Dieux que certains des Eldar nouveaux venus fussent mandés en Valinor, et là pour parler à Manwë et à son peuple, pour raconter leur venue dans le monde et les désirs qu'il éveillait en eux.

Alors Nornorë, dont les pieds vont comme un éclair, invisibles dans l'incommensurabilité de leur vitesse, jaillit de Valinor portant l'ambassade de Manwë, et il va sans jamais s'arrêter par terre et par mer jusqu'en Palisor. Là, il trouve un endroit au plus profond d'une vallée aux pentes revêtues de pins ; son plancher est un étang de large eau et son toit le crépuscule serti des étoiles de Varda. Là, Oromë avait-il entendu l'éveil des Eldar, et toutes les chansons nomment cet endroit Koiviё-néni, ou les Eaux de l'Éveil.

Maintenant toutes les pentes de cette vallée et la rive nue du lac, même les franges accidentées des collines au-delà, sont emplies d'une foule de gens qui lancent des regards émerveillés vers les étoiles, et certains chantent déjà avec des voix qui sont très belles. Mais Nornorë se tint sur une colline et fut stupéfait par la beauté de ce peuple, et parce qu'il était un Vala ils lui semblèrent merveilleusement petits et délicats et leurs visages mélancoliques et tendres. Alors parla-t-il de la grande voix des Valar, et tous ces visages brillants se tournèrent vers sa voix.

"Voici, ô Eldaliё, désirés étiez-vous, durant toute l'ère du crépuscule, et recherchés durant toutes les ères de paix, et je viens de la part de Manwë Súlimo, Seigneur des Dieux lui-même, qui demeure sur Taniquetil en paix et en sagesse vers vous qui êtes les Enfants d'Ilúvatar, et ces mots sont les paroles qu'il mit en ma bouche que je prononce : Que certains d'entre vous s'en retournent maintenant avec moi — car ne suis-je pas Nornorë héraut des Valar — et vous entrerez en Valinor et parlerez avec lui, qu'il soit informé de votre venue et de tous vos désirs."

Grandes furent maintenant l'agitation et la stupéfaction autour des eaux de Koiviё, et leur conclusion fut que trois des Eldar s'avancèrent qui osèrent partir avec Nornorë, et il porta maintenant ceux-ci sur le chemin du retour vers Valinor, et leurs noms comme les ont transmis les Elfes de Kôr furent Isil Inwë, et Finwë Nólemë qui fut le père de Turondo, et Tinwë Lintö père de Tinúviel — mais les Noldoli les nomment Inwithiel, Golfinweg, et Tinwelint. Ils devinrent ensuite très grands parmi les Eldar, et les Teleri furent ceux qui suivirent Isil, mais sa famille et ses descendants sont ce peuple royal, les Inwir, du sang desquels je suis. Nólemë fut le seigneur des Noldoli, et l'on raconte de grandes histoires sur son fils Turondo (ou Turgon comme ils le nommèrent), mais Tinwë [3] ne vécut pas longtemps avec son peuple, et pourtant est-il dit qu'il vit encore, seigneur des Elfes éparpillés de Hisilómë, dansant dans les espaces de crépuscule de cette région aux côtés de Wendelin son épouse, un esprit qui s'en vint il y a très, très longtemps des calmes jardins de Lórien ; mais Isil Inwë devint le plus grand de tous les Elfes, et les gens vénèrent son nom puissant jusqu'en ce jour.

Voici maintenant : portés par Nornorë, les trois Elfes se tinrent devant les Dieux, et ce fut à cette heure le changement des lumières, et Silpion décroissait mais Laurelin s'éveillait à sa plus grande gloire, alors même que Silmo vidait l'urne d'argent sur les racines de l'autre Arbre. Alors ces Elfes furent totalement ébahis et stupéfaits par la splendeur de la lumière, dont les yeux ne connaissaient que le crépuscule et n'avaient encore vu de choses plus vives que les étoiles de Varda, mais la beauté et la force majestueuse des Dieux réunis les emplirent de crainte et de respect, les toitures de Valmar flamboyant au loin sur la plaine les firent trembler et ils se courbèrent en une profonde révérence — mais Manwë leur dit : "Levez-vous, ô Enfants d'Ilúvatar, car très heureux sont les Dieux de votre venue ! Racontez-nous comment vous êtes venus ; comment vous avez découvert le monde ; comment il vous semble, à vous qui êtes sa première progéniture, ou de quels désirs il vous remplit."

Mais Nólemë dit en réponse : "Voici ! Ô plus puissant, d'où venons-nous en vérité ? car, me semble-t-il, je m'éveille à peine maintenant d'un sommeil éternellement profond, dont les vastes rêves sont déjà oubliés." Et Tinwë ajouta à cela que son cœur lui disait qu'il était nouveau venu de régions sans limites, pourtant il ne pouvait se rappeler par quels sombres et étranges chemins il fut mené ; et en dernier parla Inwë, qui regardait Laurelin tandis que les autres parlaient, et il dit : "Ne sachant ni d'où je viens ni par quels chemins ni non plus où je vais, le monde dans lequel nous nous trouvons n'est qu'un vaste émerveillement pour moi, et me semble-t-il que je l'aime entièrement, pourtant il m'emplit tout à fait d'un désir de lumière."

Alors Manwë vit qu'Ilúvatar avait effacé des esprits des Eldar toute connaissance de la manière de leur venue et que les Dieux ne pourraient la découvrir ; et il fut empli d'un profond étonnement ; mais Yavanna qui écoutait aussi reprit son souffle à la percée qu'elle ressentit lors des paroles d'Inwë, disant qu'il avait un désir de lumière. Elle porta alors le regard sur Laurelin et son cœur songea aux vergers emplis de fruits de Valmar, et elle murmura dans l'oreille de Tuivána, assise à côté d'elle et contemplant la tendre grâce de ces Eldar ; puis l'une et l'autre dirent à Manwë : "Voici ! la Terre et ses ombres ne sont pas un lieu pour des créatures si belles, que le cœur et l'esprit seuls d'Ilúvatar ont conçues. Belles sont les pinèdes et les broussailles, mais elles sont emplies d'esprits différents des Elfes et les enfants de Mandos marchent sur les terres et les vassaux de Melko se tapissent en d'étranges endroits — et nous-mêmes ne voudrions être privés de la vue de ce doux peuple. Leurs rires lointains ont filtré jusqu'à nos oreilles depuis Palisor, et nous voudrions qu'ils résonnent toujours autour de nous en nos palais et plaisances de Valmar. Que les Eldar demeurent parmi nous, et que le puits de notre joie s'emplisse à partir de nouvelles sources qui ne se tariront point."

Alors s'éleva une clameur parmi les Dieux et la plupart parlèrent en faveur de Palúrien et de Vána, alors que Makar dit que Valinor fut bâti pour les Valar — "et déjà est-il un rosier de gentes dames plutôt que la demeure d'hommes. Pourquoi désirez-vous le remplir des enfants du monde ?" En ceci Meássë le soutint, et Mandos et Fui demeurèrent froids envers les Eldar comme envers toute autre chose ; pourtant Varda fut véhémente en son soutien de Yavanna et de Tuivána, et en vérité son amour des Eldar a toujours été le plus grand de tout le peuple de Valinor ; et Aulë et Lórien, Oromë et Nessa et Ulmo proclamèrent avec grande force leur désir que l'on mandât les Eldar à venir vivre parmi les Dieux. C'est pourquoi, bien qu'Ossë prît avec circonspection la parole contre cette idée — probablement de par cette jalousie et rébellion toujours embrasée qu'il ressentait à l'encontre d'Ulmo — ce fut la voix du conseil que l'on appelât les Eldar, et les Dieux n'attendirent plus que le jugement de Manwë. Voici, même Melko voyant où se trouvait la majorité insinua sa voix rusée dans les plaidoiries, et il a néanmoins depuis ces jours calomnié les Valar, disant qu'ils ne firent que convoquer les Eldar comme vers une prison par convoitise et par jalousie de leur beauté. Ainsi mentit-il souvent aux Noldoli plus tard, lorsqu'il désirait aviver leur agitation, rajoutant hors de toute vérité que lui seul avait résisté à l'avis général et parlé en faveur de la liberté des Elfes.

Peut-être en effet, les Dieux eussent-ils décidé autrement, le monde eût maintenant été un endroit plus beau et les Eldar un peuple plus heureux, mais jamais n'auraient-ils atteint autant de gloire, de science, et de beauté qu'ils ne le firent en ces jours anciens, et les conseils de Melko auraient encore moins été à leur bénéfice.

Maintenant ayant prêté oreille à tout ce qui se disait Manwë donna son jugement et fut heureux, car en vérité de lui-même, son cœur penchait en faveur de mener les Eldar depuis le monde de pénombre vers la lumière de Valinor. Se tournant vers les trois Eldar il dit : "Retournez-vous-en maintenant auprès de vos peuples et Nornorë vous y emmènera rapidement, même jusqu'à Koivië-néni en Palisor. Voici, telle est la parole de Manwë Súlimo, et la voix du désir des Valar, que le peuple des Eldalië, les Enfants d'Ilúvatar, voyagent jusqu'en Valinor, et là demeurent dans la splendeur de Laurelin et la lumière de Silpion et connaissent le bonheur des Dieux. Ils posséderont une demeure dont la beauté sera incomparable, et les Dieux les aideront dans sa construction."

À cela Inwë répondit : "Heureux sommes-nous en vérité de votre ordre, et quel sera celui parmi les Eldalië qui s'étant déjà langui après la beauté des étoiles ne souhaitera s'arrêter ou se reposer jusqu'à ce que ses yeux aient festoyé de la lumière bénie de Valinor !" Après cela Nornorë guida ces Elfes jusqu'aux marges nues de Koivië-néni, et se dressant sur un rocher, Inwë prononça l'ambassade devant toutes les armées des Eldalië qu'Ilúvatar éveilla en premier sur la Terre, et tous ceux qui entendirent ses mots furent emplis du désir de voir les visages des Dieux.

Lorsque Nornorë s'en retournant dit aux Valar que les Elfes venaient en effet et qu'Ilúvatar déjà avait placé une grande multitude sur Terre, les Dieux firent grande préparation. Voici, Aulë rassemble ses outils et matériaux et Yavanna et Tuivána vagabondent de par la plaine même jusqu'aux contreforts des montagnes et jusqu'aux rives dénudées des Mers Ombreuses, leur cherchant un foyer et un lieu de demeure ; mais Oromë prend immédiatement son départ de Valinor et se dirige vers les forêts dont il connaissait chaque sombre clairière et avait traversé chaque vague chemin, car il avait l'intention de guider vers l'ouest les troupes des Eldar depuis Palisor et par-dessus toutes les larges terres, jusqu'à ce qu'elles vinssent aux confins de la Grande Mer.

Vers ces sombres rivages alla Ulmo, et étrange fut le rugissement de la mer sans lumière en ces jours si anciens, sur cette côte rocheuse qui portait encore les cicatrices de la fureur tumultueuse de Melko. Falman-Ossë fut peu satisfait de voir Ulmo dans les Grandes Mers, car Ulmo s'était emparé de cette île sur laquelle Ossë lui-même avait traîné les Dieux en Arvalin, les sauvant des eaux montantes lorsque Ringil et Helkar dégelèrent sous leurs lampes flamboyantes. Cela se déroula bien des âges auparavant, durant les jours où les Dieux étaient encore des étrangers nouveaux venus dans le monde, et durant tout ce temps l'île flotta sombre dans les Mers Ombreuses, désolée sauf lorsque Ossë grimpait sur ses plages lors de ses voyages dans les profondeurs ; mais maintenant Ulmo avait découvert son île secrète et y avait harnaché une armée des plus grands poissons, et au milieu de ceux-ci se trouvait Uin, le plus puissant et le plus ancien parmi les baleines ; et il leur ordonna de déployer leur force et ils tirèrent l'île avec puissance jusqu'aux rives mêmes des Grandes Terres, jusqu'à la côte même de Hisilómë au nord des Montagnes de Fer où se retirèrent toutes les plus profondes ombres lorsque pour la première fois le Soleil se leva.

Maintenant Ulmo se dresse en ce lieu et il vient une lueur dans les bois qui descendaient jusqu'à l'écume même de la mer en ces jours tranquilles, et voici ! Il entend les bruits de pas des Teleri crépiter dans la forêt, et Inwë est à leur tête à côté de l'étrier d'Oromë. Cruelle fut leur marche, et sombre et difficile le chemin à travers Hisilómë le pays de l'ombre, malgré l'adresse et le pouvoir d'Oromë. En vérité longtemps après que la joie de Valinor eut lavé son souvenir et l'eut affaibli, les Elfes le chantèrent encore tristement, et racontèrent des histoires de ceux, nombreux parmi leur peuple, dont ils dirent et disent qu'ils furent perdus en ces antiques forêts et toujours y errèrent dans le chagrin. Encore y étaient-ils longtemps après, lorsque les Hommes furent enfermés en Hisilómë par Melko, et y dansent-ils encore alors que les Hommes se sont aventurés bien plus loin dans les lieux mieux éclairés de la Terre. Hisilómë fut nommé par les Hommes Aryador, et ils nommèrent les Elfes Perdus le Peuple de l'Ombre, et ils les craignirent.

Néanmoins la plupart des grandes compagnies des Teleri vinrent maintenant jusqu'aux plages et de là grimpèrent sur l'île qu'Ulmo avait emmenée. Ulmo leur conseilla de ne pas attendre les autres clans, et bien que tout d'abord ils ne cèdent point, pleurant à l'idée, finalement sont-ils persuadés, et tout de suite sont tirés à immense vitesse au-delà des Mers Ombreuses et de la large baie d'Arvalin jusqu'aux rives de Valinor. Là, la lointaine beauté des Arbres dont la lumière descend depuis l'ouverture dans les collines enchante-t-elle leurs cœurs, et pourtant demeurent-ils à regarder en arrière par-dessus les eaux qu'ils viennent de traverser, car ils ne savent où peuvent être ces autres clans de leur peuple et ils ne désirent pas même la beauté de Valinor sans leur compagnie.

Puis, les laissant silencieux et songeurs sur la berge, Ulmo retire cette vaste île-voiture jusqu'aux rochers de Hisilómë, et voici, réchauffée par la lointaine lueur de Laurelin qui éclaira son côté ouest alors qu'elle reposait dans la Baie de Faërie, de nouveaux arbres et des plus tendres commencent à pousser dessus, et le vert de l'herbage s'aperçoit sur ses pentes.

Maintenant Ossë, furieux, lève la tête au-dessus des vagues, se jugeant insulté en ce que son aide ne fût pas recherchée pour le transport des Elfes, mais que sa propre île fût prise sans qu'on lui demandât. À toute vitesse suit-il dans le sillage d'Ulmo, et pourtant il est laissé loin derrière, car Ulmo mit la puissance des Valar en Uin et les baleines. Sur les falaises se tiennent déjà les Noldoli angoissés, se croyant désertés dans la pénombre, et Nólemë Finwë qui les y mena en serrant de près l'arrière-train des Teleri allait parmi eux et les encourageait. Empli de malheur fut leur voyage aussi, car le monde est large et ils en avaient traversé presque la moitié depuis la si lointaine Palisor, et en ces jours ni soleil ne brillait ni lune ne luisait, et des chemins n'y en avait-il aucun, fussent-ils d'Elfes ou d'Hommes. Oromë aussi était loin à l'avant chevauchant devant les Teleri durant la marche, et maintenant était reparti à l'intérieur des terres. Là, les Solosimpi étaient égarés dans les forêts qui s'étalaient profondément derrière, et son cor résonnait faiblement aux oreilles de ceux sur la berge, depuis l'endroit où ce Vala les recherchait en long et en travers de par les sombres vallons de Hisilómë.

C'est pourquoi venant maintenant Ulmo pense rapidement tirer les Noldoli jusqu'à la rive de Valinor, revenant une fois de plus pour les autres lorsque Oromë les aura menés à la côte. Ceci fait-il, et Falman contemple de loin cette seconde traversée et écume de rage, mais grande est la joie des Teleri et Noldoli sur cette côte où la lumière est celle des fins d'après-midi d'été par la lueur lointaine de Lindeloksë. Là vais-je les laisser un moment, et raconter les étranges choses que connurent les Solosimpi en raison de la fureur d'Ossë, ainsi que la première habitation de Tol Eressëa.

La peur leur fond dessus dans ces anciennes ténèbres, et séduit par la douce musique de l'étrange fée Wendelin, comme d'autres contes le décrivent plus complètement par ailleurs, leur chef Tinwë Linto fut perdu, et ils le cherchèrent longtemps, mais ce fut en vain, et il ne vint plus jamais parmi eux [4]. C'est pourquoi leur joie fut grande lorsqu'ils entendirent résonner le cor d'Oromë dans la forêt et ils se rassemblèrent autour du son de celui-ci et furent bientôt menés aux falaises où ils entendent les murmures de la mer sans soleil. Longtemps attendirent-ils là, car Ossë lança des orages et des ombres autour du retour d'Ulmo, de sorte qu'il alla par des voies détournées, et ses grands poissons hésitèrent dans leur cheminement ; pourtant enfin, ils grimpent eux aussi sur cette île et sont tirés vers Valinor ; et ils choisirent l'un d'eux, Ellu, pour remplacer Tinwë, et il a toujours depuis été appelé le Seigneur des Solosimpi [5].

Voici, ils ont maintenant traversé moins de la moitié de la distance, et les Îles Crépusculaires flottent encore loin devant, lorsque Ossë et Ónen les attaquent dans les eaux ouestantes de la Grande Mer avant même que les brumes des Mers Ombreuses ne soient atteintes. Là, Ossë se saisit de l'île dans son immense main, et toute la force massive d'Uin peut à peine la tirer de l'avant, car en ce qui concerne la nage et les actes de force physique dans l'eau aucun parmi les Valar, et pas même Ulmo, ne peut égaler Ossë, et de fait Ulmo ne se trouvait point à proximité, car il était loin devant à piloter le vaste vaisseau dans les ténèbres qu'avait rassemblées Ossë, le menant en avant avec la musique de ses conques. Maintenant, avant qu'il ne puisse se retourner, Ossë aidé par Ónen avait immobilisé l'île, et l'ancrait sur le fond de mer avec ces algues de cuir et polypes qui durant ces jours sombres, en de lents siècles, avaient poussé déjà à des tailles inimaginables autour des piliers de sa maison en eaux profondes. Ensuite, alors qu'Ulmo pousse les baleines à mettre en avant toute leur force et aide lui-même de toute sa puissance de Dieu, Ossë entasse pierres et rochers de masse énorme que l'antique fureur de Melko éparpilla sur le fond de la mer, et bâtit ceux-ci comme une colonne sous l'île.

Vainement Ulmo sonne de sa trompette, et Uin fouette les mers à les enrager avec les pattes de sa queue démesurée, car Ossë mène maintenant ici chaque sorte de créature d'eau profonde qui se construit une demeure de coquille de pierre ; celles-ci planta-t-il autour de la base de l'île : des coraux de toutes sortes y avait-il, et des bernaches, et des éponges telles de la pierre. Néanmoins, cette lutte persista durant un très long temps, jusqu'à ce qu'enfin Ulmo retournât à Valmar en colère et en détresse. Là, il avertit les autres Valar que les Solosimpi ne pourraient encore y être emmenés, la raison étant que l'île est scellée dans les eaux les plus solitaires du monde.

Là se dresse cette île encore — en vérité la connais-tu, car on la nomme "l'Île Solitaire" — et aucune terre n'apparaît à de nombreuses lieues de voile depuis ses falaises, car les Îles Crépusculaires sur le sein des Mers Ombreuses sont loin dans les pénombres de l'ouest, et les Îles Magiques s'étendent en arrière à l'est.

Maintenant donc les Dieux somment les Elfes de se bâtir une demeure, et Aulë les aide en cela, mais Ulmo s'en retourne à l'Île Solitaire, et voici ! elle se dresse maintenant sur un pilier de rocher sur le fond de la mer, et Ossë tourne autour en une écume affairée à ancrer solidement au fond de l'océan toutes les îles éparpillées de son domaine. De cela advint la première demeure des Solosimpi sur l'Île Solitaire, et la plus profonde rupture entre ce peuple et les autres en langage et en usages ; car sachez que tous ces grands faits du passé ne furent pas accomplis à la légère et en un instant de temps, mais que plutôt des hommes en grand nombre eussent vieilli et trépassé entre le temps où les îles furent liées et celui de la construction des Navires.

Deux fois maintenant, cette île de leur demeure s'était illuminée de la lueur des Arbres glorieux de Valinor, et ainsi était-elle déjà plus belle et plus fertile et plus emplie de plantes douces et d'herbes que les autres endroits du monde autour qui n'avaient vu la grande lumière ; les Solosimpi disent en vérité que des bouleaux déjà poussaient là, et maints roseaux, et qu'il y avait de la bonne terre sur les pentes de l'ouest. Là aussi étaient de nombreuses cavernes, et il y avait une terre côtière de sable blanc qui s'étendait aux pieds des falaises noires et pourpres, et ici fut la demeure même des Solosimpi en ces jours si profonds.

Là Ulmo s'assit sur un promontoire et leur dit des paroles de réconfort et de la plus grande sagesse ; et toute la science de la mer leur raconta-t-il, et ils écoutèrent ; il leur enseigna la musique, et ils fabriquèrent de minces flûtes de coquillage. En raison de ce labeur d'Ossë il ne se trouve aucune autre côte qui soit tant semée de coquillages merveilleux que le furent les blanches plages et les anses protégées de Tol Eressëa, et les Solosimpi demeurèrent souvent dans les grottes, et les ornèrent de ces trésors de mer, et le son de leurs flûtes languissantes s'entendit durant de longues journées, qui descendait faiblement le long des vents.

Alors le cœur de Falman-Ossë fondit envers eux et il les aurait libérés, n'eût été pour la joie nouvelle et la fierté qu'il connaissait à ce que leur beauté demeurât ainsi au milieu de son royaume, donnant de leurs flûtes un plaisir perpétuel à son oreille, et Uinen [6] et les Oarni et tous les esprits des vagues en étaient amoureux.

Ainsi dansèrent les Solosimpi aux bords des vagues, et l'amour de la mer et des côtes rocheuses entra en leurs cœurs, même s'ils portaient un regard languissant vers les rives heureuses où longtemps auparavant furent emportés les Teleri et les Noldoli.

Maintenant ceux-ci après une saison prirent espoir et leur tristesse se fit moins amère, ayant appris la manière dont leurs frères demeuraient en une terre qui n'était pas inhospitalière, et dont Ulmo les tenait sous sa protection et sa tutelle. Ils prêtèrent donc attention maintenant au désir des Dieux et se tournèrent vers la construction de leur demeure ; et Aulë leur enseigna maintes sciences et techniques, et Manwë de même. Maintenant Manwë aimait davantage les Teleri, et de lui et d'Ómar ils apprirent plus en profondeur la science de la chanson et de la poésie que tous les autres Elfes ; mais les Noldoli furent les bien-aimés d'Aulë, et ils apprirent quantité de sa science, jusqu'à ce que leurs cœurs fussent agités par la soif de plus de connaissance, mais ils atteignirent à une grande sagesse et à une grande subtilité de métier.

Voici, il se trouve un endroit plus bas, dans cet anneau de montagnes qui protège Valinor, par où la lumière des arbres se glisse depuis la plaine au-delà et vient dorer les sombres eaux de la baie d'Arvalin [7], mais une grande plage du sable le plus fin, dorée dans le flamboiement de Laurelin, blanche à la lumière de Silpion, court ici vers l'intérieur des terres, là où dans le trouble des anciennes mers un bras d'eau ombreux tâtonna en direction de Valinor, mais maintenant il ne s'agit plus que d'une mince eau bordée de blanc. À la tête de cette longue crique se dresse une colline solitaire qui regarde vers les montagnes surplombantes. Maintenant tous les murs de cette anse des mers sont luxuriants d'une merveilleuse vigueur de beaux arbres, mais la colline n'est recouverte que par une terre fertile et profonde et des campanules y poussent sur le sommet, résonnant doucement dans le calme souffle de Súlimo.

Ici fut le lieu où ces beaux Elfes songèrent à habiter, et les Dieux nommèrent cette colline Kôr en raison de sa rondeur et de son aspect lisse. Là, Aulë emmena toute la poussière des métaux magiques que ses grands travaux avaient faits et rassemblés, et il l'entassa autour du pied de cette colline, et la plupart de cette poussière était de l'or, et un sable d'or s'étendait depuis les pieds de Kôr vers le lointain où fleurissaient les Deux Arbres. Sur le sommet de la colline, les Elfes construisirent des belles demeures de blanc brillant — avec des marbres et des pierres extraits des Montagnes de Valinor qui étincelaient merveilleusement [8], d'argent et d'or et d'une substance d'une grande dureté et à la lumière blanche qu'ils façonnèrent à partir de coquillages fondus dans la rosée de Silpion, et des rues blanches y eut-il, bordées d'arbres sombres, qui serpentaient en virages gracieux ou bien grimpaient en escaliers et montaient depuis la plaine de Valinor jusqu'au point le plus élevé de Kôr ; et chacune de ces maisons brillantes s'élevait d'une épaule plus haute que la précédente jusqu'à ce que l'on atteigne la demeure d'Inwë, qui surplombait toutes les autres et possédait une mince tour d'argent qui pointait vers le ciel comme une aiguille, et une lumière blanche au rayon perçant y fut placée en dedans qui brillait sur les ombres de la baie, mais chaque fenêtre de la cité sur la colline de Kôr regardait vers la mer.

Il y eut des fontaines d'une grande beauté et fragilité et des toitures et des pinacles de verre vif et d'ambre que façonnèrent Palúrien et Ulmo, et des arbres se dressèrent épais sur les murs blancs et les terrasses dont les fruits d'or brillèrent luxueusement.

Maintenant occupés à la construction de Kôr, les Dieux donnèrent à Inwë et à Nólemë une pousse de chacun de ces arbres glorieux, et elles crûrent en des arbres elfiques de petite et de fine taille, mais fleurirent toutes deux éternellement sans jamais faiblir, et les arbres des cours d'Inwë furent les plus beaux, et autour d'eux les Teleri chantèrent des chants de bonheur, mais d'autres qui chantaient aussi montèrent et descendirent les marches de marbre, et les voix languissantes des Noldoli se firent entendre de par les cours et les chambres ; mais toujours les Solosimpi demeuraient loin sur la mer et faisaient de la musique venteuse sur leurs flûtes de coquillages.

Maintenant Ossë est ravi par ces Solosimpi, les flûtistes des côtes, et si Ulmo ne se trouve pas auprès il s'assied sur un récif en mer et nombreux parmi les Oarni se trouvent avec lui, et il prête l'oreille à leur voix et contemple leurs danses voletantes sur le rivage, mais il n'ose plus aller à Valmar à cause du pouvoir d'Ulmo dans les conseils des Valar et .... la fureur de cet être puissant lors de l'amarrage des îles.

En vérité, la guerre ne fut évitée que de justesse par les Dieux qui désiraient la paix et ne souffrirent pas qu'Ulmo rassemblât les gens des Valar pour assaillir Ossë et arracher les îles de leurs nouvelles racines. C'est pourquoi Ossë chevauche quelques fois les écumes jusque dans la baie d'Arvalin [9] et porte son regard vers la splendeur sur les collines, et il se languit pour la lumière et le bonheur sur la plaine, mais par-dessus tout pour le chant des oiseaux et le mouvement rapide de leurs ailes dans l'air léger, s'étant fatigué de ses poissons argent et sombres, silencieux et étranges parmi les eaux profondes.

Mais il y eut un jour où des oiseaux vinrent volant haut depuis les jardins de Yavanna, et certains étaient blancs et certains noirs et certains blanc et noir, qui s'étaient égarés parmi les ombres et ne surent où se poser ; Ossë les enjôla et ils se posèrent tout autour de ses épaules puissantes, et il leur apprit comment nager et leur donna grande force d'ailes, car il était davantage doté de force d'épaules que tout [autre ?] être et était le plus grand des nageurs ; et il versa des huiles poissonneuses sur leurs plumes afin qu'ils pussent supporter les eaux, et il les nourrit de petits poissons.

Alors il se retourna vers ses propres mers, et ils nagèrent autour de lui ou allèrent au-dessus de lui, leurs ailes les portant bas, criant, et sifflant ; il leur montra des demeures sur les Îles Crépusculaires et même autour des falaises de Tol Eressëa, et la manière de plonger et d'éperonner des poissons apprirent-ils là, et leurs voix se firent rêches dans les lieux accidentés de leur vie éloignée des régions alanguies de Valinor, ou plaintives avec la musique des Solosimpi et les soupirs de la mer. Et maintenant tout ce peuple de mouettes et de goélands et de pétrels a hérité de son royaume ; et l'on y trouve des macareux, et des eiders, des cormorans et des fous et des pigeons de roche, et les falaises sont emplies d'un bavardage et d'une odeur de poisson, et de grands conclaves se tiennent sur leurs escarpements, ou bien parmi crachins et récifs dans les eaux. Mais les plus fiers de tous ces oiseaux furent les cygnes, et à ceux-là Ossë accorda de demeurer sur Tol Eressëa, [volant ?] le long de ses côtes ou remontant à l'intérieur des terres sur ses ruisseaux ; et il les y plaça comme un don et une joie pour les Solosimpi. Mais lorsque Ulmo entendit parler de ces actes, il fut mécontent à cause des ravages provoqués parmi les poissons dont il avait empli les eaux avec l'aide de Palúrien.

Maintenant les Solosimpi trouvent un grand bonheur en [leurs ?] oiseaux, de nouvelles créatures pour eux, et avec les cygnes, et voici, sur les lacs de Tol Eressëa ils vont déjà sur des radeaux de bois mort, et d'aucuns y attellent des cygnes et filent sur les eaux ; mais les plus courageux s'aventurent sur la mer et les mouettes les traînent, et quand Ulmo vit cela il fut très heureux. Car voici ! les Teleri et Noldoli se plaignent souvent à Manwë de la séparation des Solosimpi, et les Dieux ont le désir que l'on les mène en Valinor ; mais Ulmo ne peut encore trouver un moyen sans l'aide d'Ossë et des Oarni, et il ne veut être abaissé à ceci. Mais maintenant s'en retourne-t-il en hâte auprès d'Aulë, et tous deux se transportèrent rapidement à Tol Eressëa, et Oromë les accompagna, et là pour la première fois des arbres sont taillés en dehors de Valinor. Maintenant à partir du bois scié de pin et de chêne, Aulë fabrique de vastes vaisseaux à l'image des corps des cygnes, et il couvre ceux-ci de l'écorce de bouleaux argentés, ou bien .... avec les plumes recueillies du plumage huileux des oiseaux d'Ossë, et ils sont cloués et [solidement ?] rivetés et liés avec de l'argent, et il leur sculpte des proues comme les cous bien maintenus des cygnes, mais ils sont creux et n'ont pas de pattes ; et avec des cordes de grandes force et finesse des mouettes et pétrels y sont harnachés, car ils se sont apprivoisés aux mains des Solosimpi, parce que leurs cœurs furent ainsi tournés par Ossë.

Maintenant les plages sur les rives de l'ouest de Tol Eressëa, même à Falassë Númëa (Ressac de l'Ouest), grouillent de ce peuple des Elfes, et sur le sable est avancée une vaste armée de ces navires-cygnes, et le cri des mouettes au-dessus de leurs têtes est incessant. Mais les Solosimpi se lèvent en grand nombre et grimpent dans les coques creuses de ces choses nouvelles dues au talent d'Aulë, et des gens de leur peuple viennent encore et toujours aux rives, marchant au son de flûtes et de pipeaux innombrables.

Maintenant tous ont embarqué et les mouettes vont puissamment dans le ciel crépusculaire, mais Aulë et Oromë sont dans la première galère et la plus grande ; sept cents mouettes y sont harnachées et elle a des reflets d'argent et de plumes blanches, et possède un bec d'argent et des yeux de jais et d'ambre. Mais Ulmo voyage à l'arrière dans sa voiture poissonneuse et trompette bruyamment pour la déconfiture d'Ossë et le sauvetage des Flûtistes des Côtes.

Mais Ossë, voyant comment ces oiseaux furent la cause de sa perte, est très abattu, pourtant de par la présence de ces trois Dieux et en vérité de par son amour pour les Solosimpi qui était maintenant devenu très grand, il ne molesta point cette blanche flotte, et ils vinrent ainsi franchissant les grises lieues de l'océan, à travers les ternes détroits et les brumes des Mers Ombreuses, même jusqu'aux premières eaux sombres de la baie d'Arvalin.

Sache donc que l'Île Solitaire se trouve sur les confins de la Grande Mer. Maintenant cette Grande Mer ou Eau de l'Ouest s'étend au-delà des limites les plus loin à l'ouest des Grandes Terres ; l'on y trouve de nombreuses terres et îles avant d'atteindre les Îles Magiques au-delà de leurs points d'ancrage et au-delà de celles-ci s'étend encore Tol Eressëa. Mais au-delà de Tol Eressëa se trouvent le mur brumeux et ces vastes pénombres de mer sous lesquelles s'étendent les Mers Ombreuses, et sur celles-ci flottent les Îles Crépusculaires où aux heures les plus claires perçait seul l'étincellement le plus faible de la lointaine lueur de Silpion. Mais sur la plus à l'ouest de celles-ci se dressait la Tour de Perle qui fut bâtie durant les jours tardifs et qui fut beaucoup chantée en chanson ; mais les Îles Crépusculaires sont tenues comme étant les toutes premières des Terres Extérieures, qui sont ces îles et d'Arvalin et de Valinor, et Tol Eressëa est tenu comme n'étant ni des Terres Extérieures ni des Grandes Terres où les Hommes errèrent plus tard. Mais le dernier rivage de ces Mers Ombreuses est Arvalin ou Erumáni à l'extrême sud, mais plus au nord elles clapotent sur les côtes mêmes d'Eldamar, et là elles sont plus larges pour quelqu'un qui voyage vers l'ouest. Au-delà de Valinor dominent ces énormes Montagnes de Valinor qui forment un vaste anneau se courbant lentement vers l'ouest, mais les Mers Ombreuses font une vaste baie au nord d'Arvalin qui s'étend jusqu'aux noirs contreforts des montagnes, de sorte qu'elles ont ici leur bordure sur les eaux et non point sur les terres, et là, tout à fait à l'intérieur de la baie se dresse le Mont Taniquetil, glorieux à contempler, la plus haute de toutes les montagnes, vêtu de la neige la plus pure, regardant par-dessus Arvalin moitié vers le sud et moitié vers le nord par-dessus cette vaste Baie de Faërie, et ainsi au-delà des Mers Ombreuses elles-mêmes, de sorte que toutes les voiles des navires sur les eaux ensoleillées de la Grande Mer en des jours plus tardifs (lorsque les Dieux eurent façonné cette lampe) et toutes les foules autour des havres de l'ouest des Pays des Hommes purent se voir de son sommet ; et pourtant cette distance se compte-t-elle en lieues inimaginables.

Mais cette étrange flotte approche maintenant de ces régions et des yeux ardents y portent le regard. Là se dresse Taniquetil et il est pourpre et sombre d'un côté de par la pénombre d'Arvalin et des Mers Ombreuses, et illuminé glorieusement de l'autre en raison de la lumière des Arbres de Valinor. Maintenant à l'endroit où les mers clapotaient sur ces rives anciennes, bien avant de se briser leurs vagues étaient soudainement éclairées par Laurelin si c'était le jour ou par Silpion si c'était la nuit, et les ombres du monde cessaient presque abruptement et les vagues riaient. Mais une ouverture dans les montagnes sur ces rives laissait poindre un aperçu de Valinor, et là se dressait la colline de Kôr, et le sable blanc remonte la crique à sa rencontre, mais ses pieds trempent dans de l'eau verte, et derrière elle le sable d'or s'éloigne plus loin que l'œil ne peut deviner ; et en effet au-delà de Valinor, qui a entendu ou vu quoi que ce soit sauf Ulmo, pourtant il est certain que s'étendent là les Mers Extérieures : sans marées sont-elles et très fraîches, et si peu denses que nul bateau ne peut flotter en leur sein, et rares sont les poissons qui peuvent nager sous leurs profondeurs.

Mais maintenant sur la colline de Kôr se produisent une course et un joyeux rassemblement, et tout le peuple des Teleri et des Noldoli sort par les portes et attend pour souhaiter la bienvenue à la flotte sur la rive. Et maintenant ces navires quittent les ombres et maintenant sont pris dans la vive lumière de la baie intérieure, et maintenant ils sont remontés sur la plage et les Solosimpi dansent et jouent de leurs flûtes et se mêlent au chant des Teleri et à la lointaine musique des Noldoli.

Loin en arrière s'étendait en silence Tol Eressëa, et ses bois et ses forêts étaient calmes, car presque toute cette armée d'oiseaux de mer s'était envolée à la suite des Eldar et se lamentait maintenant autour des rivages d'Eldamar : mais Ossë demeura dans l'accablement, et ses palais d'argent de Valmar restèrent longtemps vides, car durant un long temps il ne s'en approcha pas plus près que la bordure de l'ombre, où parvenaient les lointaines lamentations de ses oiseaux de mer.

Maintenant, les Solosimpi ne vécurent pas beaucoup à Kôr mais avaient d'étranges demeures parmi les rochers de la côte, et Ulmo vint et s'assit parmi eux comme auparavant, sur Tol Eressëa, et ce fut sa plus grande période de gaieté et de douceur et il leur déversa toute sa science et son amour de la musique qu'ils burent avec enthousiasme. Ils firent des musiques, et les tissèrent en attrapant des filaments de son murmurés par les eaux dans les cavernes ou bien par les crêtes de vagues frôlées par des vents tendres ; et ils tressèrent ceux-ci avec les plaintes des mouettes et les échos de leurs propres voix douces dans les lieux de leur demeure. Mais les Teleri et les Inwir recueillirent une [moisson ?] de poésie et de chanson, et ils étaient les plus fréquemment parmi les Dieux, dansant dans les palais célestes de Manwë pour le bonheur de Varda des Étoiles ou bien emplissant les cours et les rues de Valmar de l'étrange beauté de leurs parades et de leurs festivités ; pour Oromë et pour Nessa, ils dansèrent sur de vertes pelouses, et les clairières de Valinor les connurent comme ils voletèrent parmi les arbres illuminés d'or, et Palúrien fut très joyeuse de les voir. Souvent, les Noldoli furent parmi eux et ils firent quantité de musique car la multitude de leurs harpes et de leurs violes était très douce, et Salmar les aima ; mais leur plus grand délice fut dans les cours d'Aulë, ou dans leurs chers foyers à Kôr, façonnant maintes belles choses et tissant de nombreuses histoires. Avec des tableaux et des tapisseries brodées et des sculptures d'une grande délicatesse ils emplirent leur cité, et même Valmar devint plus belle sous leurs mains habiles.

Maintenant faut-il raconter la manière dont les Solosimpi allèrent souvent de par les mers voisines dans leurs navires-cygnes, ou bien tirés par les mouettes ou bien pagayant eux-mêmes avec de grandes rames qu'ils avaient façonnées à l'image des palmes de cygne ou de canard ; ils draguèrent les fonds et gagnèrent une richesse des minces coquillages de ces eaux magiques et un trésor innombrable de perles d'un lustre étoilé et très pur, et celles-ci firent à la fois leur gloire et le délice et l'envie des autres Eldar qui se languirent qu'elles brillassent parmi l'ornement de la cité de Kôr.

Mais ceux parmi les Noldoli à qui Aulë avait enseigné le plus profondément œuvraient sans cesse en secret, et ils reçurent d'Aulë une richesse de métaux et de pierres et de marbres, et avec la permission des Valar on leur accorda un grand trésor aussi de la splendeur de Kulullin et de Telimpë conservée dans des bols cachés.

Ils eurent de la lumière des étoiles de Varda et Manwë leur donna des filaments de l'*ilwë* le plus bleuté ; de l'eau des étangs les plus limpides de cette crique de Kôr, et des gouttes de cristal de toutes les fontaines étincelantes dans les cours de Valmar. Ils recueillirent de la rosée dans les forêts d'Oromë, et des pétales de fleurs de toutes les couleurs et de tous les miels dans les jardins de Yavanna, et ils pourchassèrent les rais de Laurelin et de Silpion parmi les feuilles. Mais lorsque tout ce trésor de choses belles et radieuses fut rassemblé, ils eurent des Solosimpi de nombreux coquillages, blancs et roses, et de l'écume la plus pure, et enfin quelques perles. Ces perles furent leur modèle, et la science d'Aulë et la magie des Valar furent leurs outils, et toutes les choses les plus ravissantes de la substance de la Terre furent les matériaux de leur œuvre — et de cela, avec grand labeur, les Noldoli inventèrent et façonnèrent les premières gemmes. Ils firent des cristaux, avec les eaux des sources striées par les lumières de Silpion ; de l'ambre et des chrysoprases et des topazes brillèrent sous leurs mains, et des grenats et des rubis façonnèrent-ils, fabriquant leur substance tel du verre comme le leur avait enseigné Aulë, mais les teignant avec les jus de roses et de fleurs rouges, et à chacun ils donnèrent un cœur de feu. Certains firent des émeraudes à partir de l'eau de la crique de Kôr et des lueurs parmi les clairières herbeuses de Valinor, et ils façonnèrent des saphirs en grande profusion, les [teintant ?] des airs de Manwë ; des améthystes y eut-il et des pierres de lune, des béryls et de l'onyx, des agates de marbres mêlés et maintes pierres moindres, leurs cœurs furent très heureux et ils ne se contentèrent pas non plus d'une petite quantité, mais se fabriquèrent des joyaux en nombre incommensurable jusqu'à ce que toutes les belles substances fussent pratiquement épuisées et que les immenses piles de gemmes ne pussent être dissimulées mais vinssent à flamboyer dans la lumière comme des bancs de fleurs resplendissantes. Alors prirent-ils ces perles qu'ils possédaient et quelques-uns parmi pratiquement tous leurs joyaux et ils firent une nouvelle gemme d'une pâleur laiteuse illuminée de lueurs comme des échos de toutes les autres pierres, et ils trouvèrent celle-ci très belle, et ce furent des opales ; mais d'autres travaillèrent toujours, et de la lumière des étoiles et des gouttes de l'eau la plus pure, de la rosée de Silpion et de l'air le plus ténu, ils firent des diamants, et défièrent qui que ce fût d'en faire des plus beaux.

Alors se leva Fëanor des Noldoli et il alla chez les Solosimpi et supplia qu'on lui donnât une immense perle, et il reçut de plus une urne remplie de la lumière du phosphore le plus lumineux recueilli dans l'écume des lieux obscurs, et avec ceux-ci il s'en retourna, et il prit toutes les autres gemmes et il recueillit leur lueur à la lumière de lampes blanches et de bougies d'argent, et il prit le lustre des perles et les pâles demi-couleurs des opales et les [baigna ?] dans de la phosphorescence et dans la rosée lumineuse de Silpion, et il n'y laissa tomber qu'une minuscule goutte de la lumière de Laurelin, et donnant à toutes ces lumières magiques un corps où demeurer d'un verre si parfait comme lui seul pouvait en façonner et que pas même Aulë ne fut en mesure d'égaler, si grande était la fine dextérité des doigts de Fëanor, il fit un joyau — et il brilla de sa propre luminosité ....[10] dans le noir le plus absolu ; et il l'y plaça dedans et demeura un très long temps assis à contempler sa beauté. Puis il en fit deux de plus, et ne posséda plus de matières : et il rassembla les autres Elfes pour qu'ils admirent le travail de ses mains, et ils furent absolument stupéfaits, et il nomma ces joyaux les Silmarilli, ou comme nous le disons aujourd'hui dans le langage des Noldoli, Silubrilthin[11]. C'est pourquoi, bien que les Solosimpi maintinssent toujours que nulle parmi les gemmes des Noldoli, pas même ce reflet majestueux des diamants, ne surpassât leurs tendres perles, pourtant ont maintenu tous ceux qui les virent jamais que les Silmarils de Fëanor furent les plus beaux joyaux qui jamais brillèrent ou [luisirent ?].

Maintenant Kôr est illuminée de cette richesse de gemmes et étincelle très merveilleusement, et tout le peuple des Eldalië devient riche en beauté par la générosité des Noldoli, et le désir qu'ont les Dieux de leur beauté est satisfait pleinement. Des saphirs en grande [merveille ?] furent offerts à Manwë et son habit en fut recouvert, et Oromë avait une ceinture d'émeraudes, mais Yavanna aimait toutes les gemmes, et le délice d'Aulë se trouvait dans les diamants et les améthystes. Melko, seul, n'en reçut aucun, car il n'avait encore expié tous ses crimes, et il les convoita à l'excès, pourtant il ne dit rien, feignant de les tenir en moindre valeur que les métaux.

Mais maintenant tout le peuple des Eldalië avait trouvé sa plus grande félicité, et la majesté et la gloire des Dieux et de leur demeure s'étaient accrues en la plus grande gloire que le monde ait vue, et les Arbres brillèrent sur Valinor, et Valinor rendit leur lumière en un millier de scintillations de couleurs éclatées ; mais les Grandes Terres étaient immobiles et obscures et très esseulées, et Ossë demeurait assis hors des enceintes et il vit le reflet de lune de Silpion étinceler sur les cailloux de diamants et de cristaux que les Gnomes semèrent en prodigalité de par les bords des mers, et les fragments vitreux éclatés dans leurs travaux brillaient autour de ce versant de Kôr qui était tourné vers la mer ; mais les mares parmi les sombres rochers furent emplies de joyaux et les Solosimpi dont les robes étaient cousues de perles y dansaient autour, et ce fut la plus belle de toutes les rives, et la musique des eaux autour de ces berges d'argent était enchanteresse au-delà de tout autre son.

Ceux-ci furent les rochers d'Eldamar, et je les vis il y a très longtemps, car Inwë fut le père de mon grand-père [12], et [lui-même ?] fut l'aîné des Elfes et vivrait encore majestueusement, n'eût-il péri durant cette marche qui entra dans le monde, mais Ingil son fils s'en retourna il y a longtemps en Valinor et est avec Manwë. Et je suis aussi de la famille des danseurs des côtes, et ces choses que je te raconte, je sais qu'elles sont vraies ; et la magie et la merveille de la Baie de Faërie est telle qu'aucune personne qui la contemplât telle qu'elle fut alors ne peut en parler sans reprendre son souffle et baisser sa voix. »

Alors Meril la Reine interrompit sa longue histoire, mais Eriol ne dit rien, contemplant la longue lumière du soleil qui se dirigeait vers l'ouest et luisait à travers les pommiers, et rêvant de Faërie. Après un temps,

Meril dit : « Rentre maintenant, car l'après-midi a décru, et le récit de ce conte a mis un poids de désir en mon cœur et dans le tien. Mais sois patient et attends encore avant de rechercher la fraternité avec ce triste peuple des Elfes de l'Île. »

Mais Eriol dit : « Même maintenant je ne sais point et cela surpasse mon cœur de deviner comment toute cette beauté vint à faiblir, ou comment l'on put décider les Elfes à partir d'Eldamar. »

Mais Meril dit : « Non, j'ai trop allongé le conte par amour de ces jours, et maintes grandes choses s'étendent entre la fabrication des gemmes et le retour en Tol Eressëa : mais nombreux sont-ils qui connaissent ces choses aussi bien que moi, et Lindo ou Rúmil de Mar Vanwa Tyaliéva les raconteraient plus habilement que moi. » Et elle et Eriol s'en retournèrent à la maison de fleurs, et Eriol prit son congé avant que la face ouest de la tour d'Ingil ne s'effaçât dans le crépuscule.

NOTES

1. Dans le manuscrit est écrit *Vairë*, mais il ne peut s'agir que d'une étourderie.

2. L'apparition du nom *Telimpë* en cet endroit, ainsi que plus loin dans le conte et dans celui du *Soleil et de la Lune*, est étonnante ; en effet, dans le conte de *La Venue des Valar et la Construction de Valinor*, le nom fut changé dès sa première apparition de *Telimpë* (*Silindrin*) en *Silindrin*, et *Silindrin* fut écrit en premier à chaque fois que le nom survint de nouveau (p. 112).

3. Le manuscrit ici a *Linwë*, et encore une fois plus bas ; voir sous *Tinwë Linto* dans les « Changements opérés dans les noms », à la fin de ces notes.

4. Cette phrase, à partir de « et séduit par... », fut rajoutée dans un second temps, bien qu'en toute apparence pas longtemps après, l'écriture du texte.

5. Cette phrase, depuis « et ils choisirent l'un... », fut rajoutée en même temps que la précédente (note 4).

6. Première apparition de la forme *Uinen*, et écrit ainsi au moment de la composition (c'est-à-dire non pas une correction d'*Ónen*).

7. *Arvalin* : écrit ainsi au moment de la composition, et non pas une correction de *Habbanan* ou *Harmalin* comme ce fut le cas précédemment.

8. Lorsque mon père rédigea ces textes, il écrivait d'abord au

crayon gris, puis plus tard par-dessus à l'encre, effaçant à mesure le texte au crayon — dont on peut lire des parties par endroits, et à partir desquelles l'on peut voir qu'il transforma quelque peu l'original au crayon au fur et mesure de la réécriture. Arrivé aux mots « étincelaient merveilleusement », cependant, il abandonna l'écriture du nouveau texte à l'encre, et à partir de là nous ne possédons plus que le manuscrit original au crayon presque effacé, qui est parfois excessivement difficile à lire, étant plus hâtif, et de surcroît taché et sali par le temps. En déchiffrant ce texte, j'ai été par endroits vaincu, et j'emploie des crochets et des points d'interrogation pour indiquer ces lectures incertaines, et des suites de points pour montrer la longueur approximative des mots illisibles.

Il faut donc accentuer le fait qu'à partir d'ici il ne s'agit plus que d'un *premier jet*, et que celui-ci fut écrit très rapidement, jeté sur la page.

9. *Arvalin* : ici et ultérieurement une correction de *Habbanan ;* voir note 7. L'explication est clairement que le nom *Arvalin* fit son apparition avant ou au moment de la réécriture du texte à l'encre par-dessus le texte au crayon à papier ; bien que plus avancés dans le récit, nous sommes ici à une étape antérieure de la composition.

10. L'on pourrait lire « de sorcellerie ».

11. D'autres formes (commençant avec *Sigm-*) précédèrent *Silubrilthin*, qui ne peuvent être lues avec certitude. Meril parle comme si le nom gnomique était la forme utilisée sur Tol Eressëa, mais la raison n'en est pas claire.

12. « Le père de mon grand-père » remplaça « mon grand-père ».

Changements opérés dans les noms de
La Venue des Elfes et la Construction de Kôr

Tinwë Linto < *Linwë Tinto* (ce dernier est la forme du nom dans un passage inséré dans le conte précédent, voir p. 147, note 1). Par deux fois, lorsque *Linwë* fut employé (voir note 3, p. 178), le nom ne fut pas changé, clairement par oubli ; dans les deux passages rajoutés où le nom apparaît (voir notes 4 et 5, p. 178), la forme est *Tinwë (Linto).*

Inwithiel <*Gim-githil* (même changement dans *La Chaumière du Jeu Perdu* (voir p. 33).

Tinwelint <*Tintoglin.*

Wendelin < *Tindriel* (*cf.* le passage inséré dans le conte précédent, p. 147, note 1).

Arvalin < *Habbanan* à travers tout le conte sauf à un endroit, où le nom fut *Arvalin* dès la première écriture ; voir notes 7 et 9, p. 178 et ci-dessus.

Lindeloksë < *Lindelótë* (même changement dans *La Venue des Valar et la Construction de Valinor*, voir p. 112).

Erumáni < *Harwalin.*

Commentaire sur
La Venue des Elfes et la Construction de Kôr

J'ai déjà (pp. 152-154) touché à la question de la grande différence dans la structure du récit au début de ce conte, nommément qu'ici les Elfes s'éveillèrent *durant* la captivité de Melko en Valinor, tandis que dans l'histoire ultérieure ce fut le fait même de l'Éveil qui amena les Valar à faire la guerre contre Melkor, ce qui mena à son emprisonnement dans Mandos. Ainsi le fait qui allait finalement devenir très important de la capture des Elfes autour de Cuiviénen par Melkor (*Le Silmarillion*, p. 44) est nécessairement entièrement absent. La libération de Melko de Mandos se déroule ici beaucoup plus tôt, avant la venue des « ambassadeurs » des Elfes en Valinor, et Melko joue un rôle dans le débat concernant leur convocation.

L'on voit que l'histoire d'Oromë découvrant les Elfes nouvellement éveillés remonte tout au début (bien qu'ici Yavanna Palúrien fût présente elle aussi), mais sa beauté singulière et sa force sont amoindries par la connaissance indépendante qu'en a Manwë, de sorte que le grand Valar n'a pas besoin qu'Oromë le lui dise. Le nom *Eldar* existait déjà en Valinor avant l'Éveil, et l'histoire dans laquelle Oromë le donne (« le Peuple des Étoiles ») n'a pas encore fait son apparition — comme on le verra dans l'appendice sur les noms, *Eldar* avait une étymologie tout à fait différente à l'époque. La distinction ultérieure entre les *Eldar* qui suivirent Oromë dans le voyage vers l'ouest et l'océan et les *Avari*, les Réfractaires, qui ne voulurent pas écouter l'appel des Valar, n'est pas présente, et d'ailleurs dans ce conte il n'y a aucune suggestion qu'il y eût des Elfes qui entendirent l'appel et le refusèrent ; il y eut cependant, selon un autre conte (ultérieur), des Elfes qui ne quittèrent jamais Palisor (pp. 309-310 et 313).

Ici, il s'agit de Nornorë, Héraut des Dieux, et non d'Oromë, qui mena les trois Elfes en Valinor et qui ensuite les ramena aux Eaux de l'Éveil (et il est remarquable que même dans cette toute première version, plus encline que les suivantes aux « explications », il n'y ait aucune allusion à la manière dont ils passèrent de ces régions lointaines de la Terre jusqu'en Valinor, alors que plus tard, la Grande Marche ne fut accomplie qu'avec tant de difficultés). L'histoire du questionnement des trois Elfes par Manwë, concernant la manière dont ils vinrent au monde et leur perte de tout souvenir de ce qui précéda leur éveil, ne survécut pas aux *Contes Perdus*. Un dernier déplacement important dans la structure se constate avec le soutien enthousiaste d'Ulmo aux partisans de la venue des Elfes en Valinor ; dans *Le Silmarillion* (p. 46), Ulmo fut le principal parmi ceux qui « tenaient qu'il fallait laisser les Quendi libres de leurs mouvements dans les Terres du Milieu ».

J'exposerai maintenant la première histoire des noms des principaux Eldar.

Elu Thingol (en quenya, *Elwë Singollo*) apparut sous le nom *Linwë Tinto* (ou simplement *Linwë*) ; ceci fut transformé en *Tinwë Linto* (*Tinwë*). Son nom gnomique fut d'abord *Tintoglin*, puis *Tinwelint*. Il fut le commandant des Solosimpi (plus tard les Teleri) durant le Grand

Voyage, mais il fut séduit dans Hisilómë par « l'esprit » (*Tindriel* >) *Wendelin* (plus tard *Melian*), qui venait des jardins de Lórien en Valinor ; il devint seigneur des Elfes de Hisilómë, et leur fille fut *Tinúviel*. Le commandant des Solosimpi à sa place fut, de manière déroutante, *Ellu* (plus tard *Olwë*, frère d'Elwë).

Le seigneur des Noldoli fut *Finwë Nólemë* (aussi *Nólemë Finwë*, et le plus souvent simplement *Nólemë*) ; le nom *Finwë* perdura à travers toute l'histoire. Dans le langage gnomique, il se nommait *Golfinweg*. Son fils fut *Turondo*, en gnomique, *Turgon* (plus tard Turgon devint le petit-fils de Finwë, étant le fils du fils de Finwë, *Fingolfin*).

Le seigneur des Teleri (plus tard les Vanyar) fut (*Ing* >) *Inwë*, ici nommé *Isil Inwë*, appelé en gnomique (*Gim-githil* >) *Inwithiel*. Son fils, qui construisit la grande tour de Kortirion, fut (*Ingilmo* >) *Ingil*. Le « clan royal » des Teleri était composé des Inwir. Ainsi :

Contes Perdus (formes tardives des noms)	*Le Silmarillion*
Isil Inwë (en gnomique, Inwithiel), seigneur des Teleri	Ingwë, seigneur des Vanyar
(son fils Ingil)	
Finwë Nólemë (en gnomique, Golfinweg), seigneur des Noldoli	Finwë, seigneur des Noldor
(son fils Turondo, en gnomique, Turgon)	(son petit-fils Turgon)
Tinwë Linto (en gnomique, Tinwelint), seigneur des Solosimpi, plus tard seigneur des Elfes de Hisilómë	Elwë Singollo (en sindarin, Elu Thingol), seigneur des Teleri, plus tard seigneur des Elfes gris de Beleriand
Wendelin	Melian
(leur fille Tinúviel)	(leur fille Lúthien Tinúviel)
Ellu, seigneur des Solosimpi après la perte de Tinwë Linto	Olwë, seigneur des Teleri après la perte de son frère Elwë Singollo

Le Silmarillion (p. 42) décrit la seconde fabrication d'étoiles de Varda , avant et en préparation de la Venue des Elfes :

> Alors Varda s'écarta du conseil et contempla depuis les hauteurs du Taniquetil les Terres du Milieu plongées dans les ténèbres sous les étoiles innombrables, si lointaines et si pâles. Et elle entreprit une œuvre immense, la plus grande entreprise des Valar depuis qu'ils étaient descendus sur Arda. Elle récolta la rosée d'argent dans

les réservoirs de Telperion et elle en fit de nouvelles étoiles, plus brillantes, pour la venue des Premiers-Nés...

Dans la version la plus ancienne, nous voyons la conception déjà présente des étoiles créées en deux actions séparées — Varda célébra la venue des Elfes d'une nouvelle fabrication d'étoiles, bien qu'ici les Elfes fussent déjà éveillés ; et les nouvelles étoiles furent façonnées à partir de la lumière liquide tombée de l'Arbre-lune, Silpion. Le passage cité du *Silmarillion* se poursuit en racontant que ce fut au moment de la deuxième fabrication d'étoiles que Varda plaça loin au nord en défi à Melkor « une ronde de sept étoiles majeures, Valacirca, la Faucille des Valar, comme l'annonce de sa ruine » ; mais ceci est nié ici, et une origine particulière est affirmée pour la Grande Ourse, dont les étoiles ne furent pas du fait de Varda mais étaient des étincelles qui s'échappèrent de la forge d'Aulë. Une forme différente de ce mythe apparaît dans le petit carnet rempli de notes disjointes et de projets écrits à la hâte et mentionné à la page 35 :

> La Faucille d'Argent
> Les sept papillons
> Aulë fabriquait une faucille d'argent. Melko interrompit son travail en lui racontant un mensonge concernant la dame Palúrien. Aulë si courroucé qu'il rompit la faucille en un coup. Sept étincelles jaillirent et prirent les ailes vers les cieux. Varda les attrapa et leur donna un emplacement dans les cieux comme un signe de l'honneur de Palúrien. Ils volent maintenant toujours dans la forme d'une faucille et tournent autour du pôle.

Il ne peut y avoir aucun doute, je pense, que cette note est antérieure au texte présent.

L'étoile Morwinyon, « qui flamboie par-dessus le bord du monde dans l'ouest », est Arcturus ; voir l'appendice sur les noms. Il n'est expliqué nulle part pourquoi Morwinyon-Arcturus est conçu mythiquement comme se situant toujours à l'ouest.

Nous tournant maintenant vers la Grande Marche et la traversée de l'océan : l'origine de Tol Eressëa dans l'île sur laquelle Ossë traîna les Dieux jusqu'aux terres de l'ouest au moment de la chute des Lampes (voir p. 99) fut nécessairement perdue par la suite avec la perte de cette histoire, et Ossë cessa d'avoir quelque droit de propriété sur celle-ci. L'idée que les Eldar vinrent aux rivages des Grandes Terres en trois compagnies vastes et séparées (dans l'ordre, Teleri — Noldoli — Solosimpi, comme plus tard, Vanyar — Noldor — Teleri) remonte aux débuts ; mais ici le premier et le second peuple traversèrent tous deux l'océan seuls, tandis qu'ensuite, ils le traversèrent ensemble.

Dans *Le Silmarillion* (p. 53), « maintes années » s'écoulèrent avant qu'Ulmo ne revienne pour le dernier des trois peuples, les Teleri, un temps si long qu'ils en vinrent à aimer les côtes de la Terre du Milieu, et qu'Ossë put en persuader certains de rester (Círdan le Constructeur de navires, et les Elfes du Falas avec leurs havres à Brithombar et à

Eglarest). Il n'y a pas trace de ceci dans le récit antérieur, bien que l'idée en germe de la longue attente, chez les derniers venus, du retour d'Ulmo soit présente. Dans la version publiée, la cause de la fureur d'Ossë face à la transportation des Eldar sur l'île flottante a disparu, et sa motivation pour ancrer l'île dans l'océan est entièrement différente : en fait, il le fit sous les ordres d'Ulmo (*id.*, p. 54) qui était opposé de toute façon à l'idée de faire venir les Elfes en Valinor. Mais l'ancrage de Tol Eressëa en tant qu'acte rebelle d'Ossë demeura longtemps un élément de l'histoire. Il n'est pas clairement dit quelles autres « îles éparpillées de son domaine » (p. 166) Ossë ancra sur le fond de la mer, mais puisque, dans le dessin du Navire-Monde, l'Île Solitaire, les Îles Magiques et les Îles Crépusculaires sont toutes représentées de la même manière, « se dressant comme des pinacles depuis les profondeurs algueuses (p. 119), il s'agit probablement de celles qu'Ossë établit alors (même si Rúmil et Meril parlent encore des Îles Crépusculaires comme « flottant » sur les Mers Ombreuses, pp. 97 et 172). L'ancienne histoire montre très clairement que Tol Eressëa fut scellée loin au milieu de l'océan et que l'on ne voyait aucune terre depuis ses falaises. Cela fut en effet la raison pour laquelle on l'appela ainsi, qui fut amoindrie lorsque l'Île Solitaire vint à être placée dans la Baie d'Eldamar. Mais les mots employés au sujet de Tol Eressëa, « l'Île Solitaire, qui regarde à la fois vers l'ouest et vers l'est », dans le dernier chapitre du *Silmarillion* (relativement peu retravaillé et révisé), proviennent sans aucun doute de l'ancienne histoire ; l'on trouve dans le conte *Ælfwine d'Angleterre* l'origine de la phrase : « l'Île Solitaire qui regarde à la fois vers l'est et l'Archipel Magique et les pays des Hommes au-delà et vers l'ouest où au-delà des Ombres dans le lointain s'entr'aperçoit la Terre Extérieure, le royaume des Dieux. » La profonde rupture de la langue des Solosimpi et de celle des autres peuples, à laquelle il est fait référence dans ce conte (p. 166), est préservée dans *Le Silmarillion*, mais l'idée prit forme à l'époque où Tol Eressëa était plus éloignée de Valinor.

Comme on peut très souvent l'observer dans l'évolution de ces mythes, une idée précoce survécut dans un contexte entièrement transformé : ici, la fertilité d'arbres et de plantes sur les pentes occidentales de l'île flottante prit forme lorsqu'elle reposa par deux fois dans la Baie de Faërie et fut illuminée par les Arbres, lorsque les Teleri et les Noldoli débarquèrent, et sa plus grande beauté et fertilité demeura à la suite de ces jours, lorsqu'elle fut ancrée loin de Valinor au milieu de l'océan ; plus tard, cette idée survécut dans le contexte de la lumière des Arbres franchissant le Calacirya et tombant sur Tol Eressëa à proximité dans la Baie d'Eldamar. De même, il semble que l'enseignement d'Ulmo aux Solosimpi en musique et en science de la mer, assis « sur un promontoire » de Tol Eressëa après que l'île fut scellée sur le fond de la mer, fut déplacé vers l'enseignement d'Ossë « en tous genres de sciences de la mer et de musiques de la mer » aux Teleri assis sur un rocher au large des côtes de la Terre du Milieu (*Le Silmarillion*, p. 53).

Le récit proposé ici du col qui franchit les Montagnes de Valinor est très digne d'être remarqué. Dans *Le Silmarillion*, les Valar déblayèrent ce passage, le Calacirya ou Col de Lumière, seulement après la venue des Eldar en Aman, car « même parmi les fleurs radieuses des jardins illuminés par les Arbres de Valinor, ils [les Vanyar et les Noldor] se languirent encore parfois du spectacle des étoiles » (p. 54) ; tandis que dans ce conte, il s'agit d'un trait « naturel », associé à un longue crique qui quitte la mer et rentre dans les terres.

L'on voit dans le récit de la venue des Elfes aux rives des Grandes Terres (chap. V) que Hisilómë était une région bordant la Grande Mer, ce qui concorde avec son identification avec la région marquée *g* sur la plus ancienne carte, voir pp. 116 et 154 ; très remarquablement, nous rencontrons aussi ici l'idée que Melko enferma des Hommes en Hisilómë, une idée qui survécut à travers toute l'évolution jusqu'à la forme finale lorsque Morgoth récompensa les Hommes de l'Est * après la Nirnaeth Arnoediad pour leur service perfide en les enfermant en Hithlum (*Le Silmarillion*, p. 197).

Certains traits apparaissent dans la description de la colline et de la ville de Kôr qui ne furent jamais perdus dans les descriptions ultérieures de Tirion sur Túna. *Cf. Le Silmarillion*, p. 54 :

> Les Elfes édifièrent leur cité au sommet de Túna, Tirion aux murailles d'albâtre, et la plus haute tour fut celle d'Ingwë, Mindon Eldaliéva, dont le phare d'argent éclairait jusqu'aux brumes marines.

La poussière d'or et de « métaux magiques » qu'Aulë empila autour des pieds de Kôr saupoudra les vêtements et les chaussures d'Eärendil lorsqu'il escalada les « longues marches blanches » de Tirion (*ibid.*, pp. 249-250).

Il n'est pas ici explicité si les pousses de Laurelin et de Silpion que les Dieux offrirent à Inwë et à Nólemë et qui « fleurirent toutes deux éternellement sans faiblir » donnèrent aussi de la lumière, mais plus loin dans les *Contes Perdus* (p. 288), après la Fuite des Noldoli, il y a à nouveau une référence aux Arbres de Kôr ; et là, les arbres donnés à Inwë « brillaient encore », tandis que les arbres donnés à Nólemë avaient été déracinés et « étaient partis nul ne savait où ». Il est dit dans *Le Silmarillion* que Yavanna fit pour les Vanyar et les Noldor « un arbre comme une image réduite de Telperion, sauf en ce qu'il ne donna de lui-même aucune lumière » ; il fut « planté dans les cours sous le Mindon, et là il fructifia, et ses pousses furent nombreuses en Eldamar ». De celles-ci provint l'Arbre de Tol Eressëa.

Je donne ici en connexion avec cette description de la cité des Elfes en Valinor un poème intitulé *Kôr*. Il fut écrit le 30 avril 1915 (deux jours après *Pieds de Gobelin* et *Toi et Moi*, voir pp. 40 et 45) et il en existe deux textes distincts : le premier de ceux-ci, manuscrit, possède le sous-titre « Dans une Cité Perdue et Morte ». Le deuxième, tapé à la machine, fut apparemment tout d'abord intitulé *Kôr*, puis changé en *La Cité des Dieux*, et le sous-titre fut effacé ; le poème fut publié sous

* « Orientaux » dans la traduction du *Silmarillion*. (*N.d.T.*)

ce titre à Leeds en 1923 *. Il n'y eut aucun changement effectué dans le texte hormis que dans le pénultième vers, « aucun oiseau ne chante » avait déjà été corrigé dans le manuscrit pour donner « aucune voix ne s'agite ». Il semble possible, surtout à la lumière du sous-titre original, que le poème décrivît Kôr après son abandon par les Elfes.

Kôr

Dans une Cité Perdue et Morte

Une colline sable, gigantesque, de remparts couronnée
Se dresse à contempler de par une mer azur
Sous un ciel azur, dont sur le sol foncé
Emperlés comme sur un sol de porphyre
Luisent des temples de marbre blanc, et des palais [éblouissants ;
Et des ombres fauves aux doigts longs sont faites
En barres treillissées sur leurs murs d'ivoire
Par des arbres massés dans le rocher, enracinés dans [l'ombre
Comme des piliers de pierre taillée de la voûte
Aux colonnes et aux chapiteaux de basalte noir.
Là de lents jours oubliés toujours récoltent
Les ombres silencieuses décomptant de riches heures ;
Et aucune voix ne s'agite ; et toutes les tours de marbre
Blanches, chaudes et sans un son, brûlent toujours et [dorment.

L'histoire de l'évolution des oiseaux de mer opérée par Ossë, et de la manière dont les Solosimpi allèrent enfin en Valinor dans des navires en forme de cygne tirés par des mouettes, pour le chagrin d'Ossë, varie grandement par rapport au récit dans *Le Silmarillion* (p. 56) :

Longtemps ils vécurent à Tol Eressëa, et lentement leurs cœurs changeaient et la lumière qui traversait la mer pour venir caresser l'Île Solitaire les attirait vers elle. Ils étaient pris entre leur amour pour la musique des vagues sur le rivage et le désir de revoir enfin leurs frères et de contempler la splendeur de Valinor, et finalement leur soif de lumière fut la plus

* La publication se fit dans un magazine nommé *The Microcosm*, édité par Dorothy Ratcliffe, volume VIII, n° 1, printemps 1923.

forte. Alors Ulmo, s'inclinant devant la volonté des Valar, leur envoya [Ossë] leur ami, qui leur apprit à contrecœur l'art de construire des navires. Quand ils furent prêts il leur apporta en guise de cadeau d'adieu une armée de cygnes aux ailes robustes, et les cygnes entraînèrent les blanches nefs des Teleri sur la mer délaissée par le vent. Enfin les derniers des Elfes prirent pied sur le pays d'Aman aux rives d'Eldamar.

Mais les cygnes demeurèrent comme un don d'Ossë aux Elfes de Tol Eressëa, et les navires des Teleri retinrent la forme des navires bâtis par Aulë pour les Solosimpi : ils « furent façonnés à l'image des cygnes, avec des becs dorés et des yeux d'or et de jais » (*ibid.*).

Le passage de description géographique qui fait suite (pp. 171-172) est curieux ; car il est extrêmement similaire (et dans le cas de certaines phrases, identique) à la description dans le conte de *La Venue des Valar et la Construction de Valinor*, pp. 96-97. Une explication à cette répétition est suggérée plus bas. Cette deuxième version donne en fait peu de renseignements nouveaux, sa différence principale de substance étant la référence à Tol Eressëa. Il est maintenant montré clairement que les Mers Ombreuses formaient une région de la Grande Mer à l'ouest de Tol Eressëa. Dans *Le Silmarillion* (p. 98) *, la conception avait changé à la suite du changement du site d'ancrage de Tol Eressëa : à l'époque de la Dissimulation de Valinor,

> les Îles Enchantées furent placées et les mers autour d'elles furent emplies d'ombres et de confusion. Ces îles furent lancées comme un filet sur les Mers Ombreuses, du nord au sud, avant d'atteindre Tol Eressëa, l'Île Solitaire, en se dirigeant vers l'ouest.

Un élément supplémentaire de répétition existe dans la description du passage dans les Montagnes de Valinor et du passage de la colline de Kôr à la pointe de la crique (p. 173), qui ont déjà été décrits plus tôt dans ce conte (p. 167). L'explication de cette répétition doit presque certainement se trouver dans les deux niveaux de composition de ce conte (voir note 8, plus haut) ; car le premier de ces passages fait partie de la portion qui fut révisée et le deuxième se trouve dans le texte original, écrit au crayon à papier. Mon père a simplement dû, selon

---

* Ce renvoi se réfère à la traduction française du *Silmarillion* (Christian Bourgois Éditeur) de M. Pierre Alien, mais pour les besoins du commentaire j'ai dû — c'est aussi le cas pour certaines autres citations du *Silmarillion* — proposer ma propre traduction. Le numéro de page servira donc plutôt à placer l'extrait dans son contexte qu'à retrouver une citation précise. (*N.d.T.*)

moi, inclure plus tôt le passage concernant le voyage à travers les Montagnes, la colline et la crique, et s'il avait poursuivi la révision du conte jusqu'à sa conclusion, le second passage eût été coupé. Cette explication est aussi suggérée par la répétition du passage concernant les îles dans la Grande Mer et la côte de Valinor par rapport au conte de *La Venue des Valar et la Construction de Valinor ;* mais dans ce cas cela sous-entendrait que la révision à l'encre par-dessus le manuscrit original au crayon fut effectuée alors que ce dernier était déjà très avancé dans le récit.

Dans *Le Silmarillion*, le récit entier de la fabrication des gemmes par les Noldoli a été comprimé en ces quelques lignes (p. 55) * :

> Et il arriva que les maçons de la maison de Finwë, qui creusaient des carrières de pierre dans les collines (ils prenaient grand plaisir à construire de hautes tours en pierre), découvrirent les premières gemmes et en rapportèrent des quantités innombrables. Ils inventèrent ensuite des outils pour les tailler et leur donner des formes variées. Ils ne les gardaient pas pour eux mais les distribuaient avec largesse et leur travail enrichit Valinor tout entier.

Ainsi, le récit rhapsodique qui conclut ce conte et décrit la fabrication de gemmes à partir de matériaux « magiques » — lumière d'étoiles, *ilwë*, rosée et pétales, substances vitrifiées teintées avec des jus de fleurs — fut abandonné, et les Noldoli devinrent des mineurs, de grande qualité il est vrai, mais creusant simplement pour ce qu'ils pouvaient trouver dans les roches de Valinor. Par ailleurs, dans un passage plus près du début du *Silmarillion* (p. 32), l'ancienne idée fut retenue : « Ce sont aussi les Noldor qui ont les premiers réussi à créer des pierres précieuses. » Il n'est pas besoin de dire que tout fut bénéfique dans la discrétion des écrits ultérieurs ; dans ce premier récit les Silmarils ne sont pas fortement détachés de la merveille accumulée de toutes les autres gemmes provenant de l'art des Noldoli.

Des caractéristiques qui perdurèrent furent la générosité des Noldor dans l'offrande de leurs gemmes et leur éparpillement le long des rivages (*cf. Le Silmarillion*, p. 56 : « Les Noldor leur [les Teleri] apportaient des joyaux sans nombre, des opales, des diamants et de frêles cristaux qu'ils répandaient sur les rivages et dans les fontaines ») ; les perles que les Teleri prirent dans la mer (*ibid.*) ; les saphirs que les Noldor donnèrent à Manwë (« son sceptre est de saphir, que les Noldor ont ouvragé », *ibid.*, p. 32) ; et, bien sûr, Fëanor en tant que créateur des Silmarils — bien que, comme on le verra dans le conte suivant, Fëanor ne fût pas encore le fils de Finwë (Nólemë).

Je conclurai ce commentaire avec un autre vieux poème qui porte sur le sujet de ce conte. Il est dit dans le conte (p. 163) que les hommes

---

* Le lecteur curieux constatera avec plaisir qu'ici, par contre, exactement le même texte apparaît à la page indiquée du *Silmarillion* ! (*N.d.T.*)

de Hisilómë craignaient les Elfes Perdus, les nommant le Peuple de l'Ombre, et qu'ils nommèrent la région *Aryador*. La signification de ce nom est donnée dans la vieille liste de mots gnomiques comme étant un « pays ou lieu d'ombre » (*cf.* les significations de *Hisilómë* et de *Dor Lómin*, p. 154).

Le poème se nomme *Une Chanson d'Aryador*, et existe en deux exemplaires ; selon des notes se rapportant à celles-ci, il fut écrit dans une caserne de l'armée près du village de Lichfield le 12 septembre 1915. À ma connaissance, il ne fut jamais publié. La première version, manuscrite, porte aussi le titre en vieil anglais : *Án léoth Éargedores* ; la deuxième, tapée à la machine, ne présente pratiquement aucune différence dans le texte, mais l'on peut noter que le premier mot de la troisième strophe, « Elle », est une correction de « Il » dans les deux exemplaires *.

Une Chanson d'Aryador

Dans les vallons d'Aryador
Auprès de la côte boisée intérieure
Verts les champs et les prés auprès du lac
Descendant en pente à des roseaux murmurants
Qui chuchotent dans le crépuscule sur Aryador :

« Entends-tu la multitude de cloches
Des chèvres sur les landes
Là où la vallée chute depuis les pins ?
Entends-tu les bois bleus gémir
Lorsque la Soleil est partie seule
Pour chasser les ombres de montagne parmi les pins ?

Elle est perdue dans les collines
Et les hautes terres lentement s'emplissent
Du peuple des ombres qui murmurent dans le fourré ;
Et toujours y a-t-il des cloches
Et des voix sur les landes
Tandis qu'à l'est quelques étoiles commencent à brûler.

Des hommes attisent de minuscules lueurs
Loin vers le bas près de ruisseaux de montagnes

---

* L'on peut aussi noter que cette personnalisation féminine du Soleil explique l'incohérence grammaticale de la traduction française de ces vers. (*N.d.T.*)

Là où ils demeurent parmi les bois de hêtre près de la [rive,
Mais les grandes forêts sur les hauteurs
Regardent la lumière décroissante de l'ouest
Et chuchotent au vent des choses d'antan,

Lorsque la vallée fut inconnue,
Et les eaux rugirent seules,
Et le peuple de l'ombre dansa en descendant toute la [nuit,
Lorsque la Soleil s'en fut ailleurs
À travers de vastes forêts inexplorées
Et que les bois furent pleins de rayons errants de [lumière.

Alors y eut-il des voix sur les landes
Et un son de cloches spectrales
Et une marche de gens de l'ombre par-dessus les hauteurs.
Dans les montagnes près de la rive
Dans l'oublié Aryador
Il y eut des danses et il y eut des tintements ;
Il y eut des gens de l'ombre qui chantaient
Des chansons antiques de Dieux anciens en Aryador. »

VI

Le Vol de Melko et l'Assombrissement de Valinor

[Le titre a une fois de plus été pris sur la couverture du carnet contenant le texte ; le récit, toujours écrit rapidement au crayon gris (voir la note 8 du dernier chapitre) et contenant quelques corrections datant de la même époque ou bien ultérieures, se poursuit sans rupture.]

Maintenant s'en retourna Eriol à la Chaumière du Jeu Perdu, et son amour de toutes les choses qu'il vit autour de lui et son désir de les comprendre toutes se firent plus profonds. Il fut continuellement assoiffé de connaître plus encore de l'histoire des Eldar ; et il ne manqua non plus jamais de se trouver parmi ceux qui entraient chaque soir dans la Pièce du Feu aux contes ; ainsi en un temps, lorsqu'il séjournait déjà depuis un moment comme hôte de Vairë et Lindo, il advint que Lindo à sa supplication parlât ainsi des profondeurs de son siège :

« Écoute donc, ô Eriol, si tu désires [savoir] la manière dont il advint que la beauté de Valinor fût diminuée, ou comment l'on put contraindre les Elfes à quitter les rives d'Eldamar. Il se peut bien que tu saches déjà que Melko demeurait à Valmar en tant que serviteur dans la maison de Tulkas en ces jours du bonheur des Eldalië ; là, il nourrit sa haine des Dieux, et sa jalousie dévorante des Eldar, mais ce fut sa convoitise pour la beauté des gemmes, quelle que fût son indifférence feinte, qui enfin domina sa patience et fut la cause de ses plans profonds et mauvais.

Maintenant les Noldoli seuls en ces temps avaient l'art de façonner ces choses magnifiques, et malgré leurs riches présents à tous ceux qu'ils aimaient, le trésor qu'ils possédaient, eux, était sans compter le plus grand ; c'est pourquoi Melko, dès qu'il le peut, les fréquente, prononçant des paroles pleines de fourberie. De cette manière, durant longtemps il chercha à mendier des présents pour lui-même, et peut-être aussi à prendre au piège les étourdis pour apprendre quelque chose de leur art caché, mais lorsque aucun de ces pièges ne fonctionna il chercha à semer des désirs mauvais et des discordes parmi les Gnomes, leur contant ce mensonge concernant le Conseil lorsque les Elfes furent mandés pour la première fois en Valinor [1]. "Des esclaves êtes-vous, disait-il, ou bien des enfants, comme vous le voulez, sommés de jouer avec des jouets et de ne point chercher à errer ou à en savoir trop. Il se peut que les Valar vous donnent de beaux jours, comme vous le dites ; cherchez simplement à traverser leurs murs et vous connaîtrez la dureté de leurs cœurs. Voici, ils usent de votre adresse, et à votre beauté sont-ils attachés comme un ornement à leurs royaumes. Ceci n'est pas de l'amour, mais un désir égoïste — cherchez à le tester. Demandez votre héritage, qu'Ilúvatar conçut pour vous — le monde entier à parcourir, avec tous ses mystères à explorer, et toutes ses substances à être matériau pour de telles puissantes entreprises qui jamais ne pourront être réalisées en ces étroits jardins enfermés par les montagnes, cernés par la mer infranchissable."

Entendant ces choses, malgré la connaissance véridique que possédait Nólemë et qu'il faisait circuler, il y en eut de nombreux pour prêter oreille à Melko de la moitié de leurs cœurs, et l'agitation grandit parmi eux, et Melko versa de l'huile sur les désirs qui couvaient en eux. De lui, ils apprirent maintes choses qu'il n'est bon de connaître pour personne sauf les grands Valar, car étant à demi comprises, de telles choses profondes et cachées tuent le bonheur ; de surcroît, nombreux parmi les dires de Melko furent des mensonges rusés ou bien vrais en partie seulement, et les Noldoli cessèrent de chanter, et leurs violes se firent silencieuses sur la colline de Kôr, car leurs cœurs devinrent quelque peu plus vieux à mesure que leur science devint plus profonde et leurs désirs plus enflés, et les livres de leur sagesse se multiplièrent comme les feuilles dans la forêt. Car il faut savoir qu'en ces jours Aulë, aidé en cela par les Gnomes, conçut des alphabets et des écritures, et maints contes obscurs aux symboles imagés furent écrits sur les murs de Kôr, et des runes de grande beauté y furent dessinées aussi ou bien gravées sur des pierres ; là, Eärendel lut grand nombre de contes stupéfiants il y a de cela bien longtemps, et peut-être y en a-t-il bien d'autres encore à lire, s'ils n'ont été corrompus en poussière. Les autres Eldar ne prêtèrent point excessivement attention à ces choses, et furent parfois attristés et effrayés par la joie amoindrie de leurs frères. Melko connut un grand amusement à ceci et œuvra patiemment attendant son heure, pourtant il n'approcha plus de son but car, malgré tous ses labeurs, la gloire des Arbres et la beauté des gemmes et le souvenir des sombres chemins depuis Palisor retinrent les Noldoli — et toujours Nólemë parla en défaveur de Melko, calmant leur agitation et leurs mécontentements.

Enfin, si grand devint son souci qu'il s'enquit auprès de Fëanor, et même d'Inwë et d'Ellu Melemno (qui menait alors les Solosimpi), et suivit leur conseil que Manwë lui-même devait être informé des sombres voies de Melko.

Et Melko, sachant ceci, fut pris d'une grande colère envers les Gnomes, et se présentant le premier devant Manwë se courba très bas, et dit comment les Noldoli osaient murmurer en ses oreilles contre la seigneurie de Manwë, affirmant qu'en adresse et en beauté, eux (à qui Ilúvatar destina la possession de la Terre) surpassaient de loin les Valar pour qui ils devaient travailler sans récompense. Lourd fut le cœur de Manwë, lorsqu'il entendit ces mots, car il avait craint depuis longtemps que cette grande amitié entre les Valar et les Eldar fût d'aventure brisée, sachant que les Eldar étaient des enfants du monde et devraient un jour retourner en son sein. Non, qui pourra assurer que tous ces gestes, même la malice semblerait-il inutile de Melko, ne furent point qu'une portion de la destinée ancienne ? Pourtant le Seigneur des Dieux se montra froid vis-à-vis de l'informateur, et voici ! alors même qu'il le questionnait plus avant les ambassadeurs de Nólemë vinrent là, et recevant la permission dirent la vérité devant lui. En raison de la présence de Melko, peut-être parlèrent-ils moins habilement en faveur de leur propre cause qu'ils ne l'eussent pu, et peut-être le cœur même de Manwë Súlimo fut-il corrompu du poison des paroles de Melko, car ce venin de la malice de Melko est très puissant et subtil à l'excès.

Quoi qu'il en fût, et Melko et les Noldoli furent réprimandés et renvoyés. Melko en vérité reçut l'ordre de s'en retourner à Mandos et de demeurer là un moment en pénitence, et de ne pas oser marcher dans Valmar durant bien des lunes, jusqu'à ce que le grand festival qui approchait maintenant fût venu et reparti ; mais Manwë, de crainte que l'infection de leur colère ne s'étendît parmi les autres clans, commanda à Aulë de trouver d'autres lieux et d'y mener les Noldoli et de leur construire une nouvelle ville où ils pussent demeurer.

Grand fut le chagrin sur la colline de Kôr lorsque ces nouvelles y furent amenées, et bien que tous fussent furieux de la traîtrise de Melko, pourtant y eut-il maintenant une amertume envers les Dieux, et les murmures se firent plus forts qu'auparavant.

Un petit ruisseau, et son nom était *Híri*, descendait des collines, au nord de l'ouverture vers la côte où Kôr était bâtie, et il vagabondait depuis cet endroit à travers la plaine vers une destination que nul ne connaissait. Peut-être trouvait-il les Mers Extérieures, car au nord des racines de Silpion, il plongeait dans la terre et il y avait là un endroit accidenté et un vallon cerclé de rochers ; et ce fut ici que les Noldoli eurent l'intention d'habiter, ou plutôt d'attendre que le courroux quittât le cœur de Manwë, car en aucune manière à présent ne voulaient-ils accepter l'idée d'abandonner Kôr pour toujours.

Ils firent des grottes dans les murailles de ce vallon, et là portèrent-ils leur trésor de gemmes, d'or et d'argent et de belles choses ; mais leurs anciens foyers de Kôr furent vidés de leurs voix, emplis seulement par leurs tableaux et leurs livres de science, et les rues de Kôr et toutes les voies de Valmar brillèrent encore de [gemmes ?] et de marbres sculptés contant les jours du bonheur des Gnomes qui arrivent maintenant à leur déclin.

Maintenant Melko s'en va à Mandos, et loin de Valinor il projette rébellion et vengeance à la fois contre les Dieux et les Gnomes. En vérité, demeurant durant presque trois âges dans les voûtes de Mandos, Melko s'était fait des amis de certains esprits de l'ombre qui y demeuraient et les pervertit vers le mal, leur promettant de grandes terres et régions sur la Terre pour leur [possession ?] s'ils l'aidaient lorsqu'il les appellerait au besoin ; et maintenant il les rassemble à lui dans les sombres ravins des montagnes qui entourent Mandos. De là envoie-t-il des espions, invisibles comme ombres fuyantes lorsque fleurit Silpion, et connaît ainsi ces agissements des Noldoli et tout ce qui se produit sur la plaine.

Maintenant, il advint en effet peu de temps plus tard que les Valar et les Eldar firent un grand festin, celui-là même dont Manwë avait parlé, ordonnant à Melko de débarrasser Valmar de sa présence à ce moment ; car il faut savoir qu'ils faisaient un festin durant une journée de chaque septième année pour célébrer la venue des Eldar en Valinor, et chaque troisième année un moindre festival pour commémorer la venue de la blanche flotte des Solosimpi aux rives d'Eldamar ; mais chaque vingt et unième année, lorsque ces deux festivals tombaient ensemble, ils en tenaient un de la plus grande magnificence, et celui-ci durait sept jours, et pour cette raison de telles années étaient nommées "Années de Double Joie *" ; et ces festins toujours sont célébrés par les Koreldar où qu'ils puissent se trouver maintenant de par le vaste monde. Maintenant ce festival qui approche en est un de Double Joie, et toutes les foules de Dieux et d'Elfes se préparèrent pour le célébrer dans la plus

---

* Rajouté dans la marge ici : *Samírien.*

grande splendeur. Des parades y eut-il et de longues processions d'Elfes, dansant et chantant, qui serpentèrent depuis Kôr jusqu'aux portes de Valmar. Une route avait été posée en prévision de ce festival depuis la porte ouestante de Kôr jusqu'aux tourelles mêmes de l'arche massive qui s'ouvrait dans les murs de Valmar en direction du nord et des Arbres. Elle était faite de marbre blanc et nombre de doux ruisseaux coulant depuis les lointaines montagnes traversaient son chemin. En ces endroits, elle bondissait en de minces ponts merveilleusement clôturés par des balustrades délicates qui brillaient comme des perles ; celles-ci évitaient à peine l'eau, de sorte que des lys de grande beauté qui poussaient au sein des rus qui allaient toujours doucement de par la plaine poussaient leurs larges floraisons autour de leurs bords, et des iris marchaient le long de leurs flancs ; car par des excavations habiles l'on avait fait couler de ruisseau en ruisseau des rigoles de l'eau la plus pure bordant toute cette voie avec le bruit frais de l'eau ondoyante. Par endroits des arbres massifs poussaient de part et d'autre, ou bien la route s'ouvrait sur une clairière et des fontaines jaillissaient haut dans les airs comme par magie pour le rafraîchissement de tous ceux qui filaient en cette direction.

Maintenant vinrent les Teleri menés par le peuple vêtu de blanc des Inwir, et les flonflons de leurs harpes réunies battaient l'air très doucement ; et après eux allaient les Noldoli se mêlant à nouveau avec leur cher peuple par la clémence de Manwë, souhaitant que son festival fût tenu comme il se devait, mais la musique qu'éveillaient leurs violes et instruments était maintenant plus doucement triste que jamais elle ne le fut auparavant. Enfin vint le peuple des côtes, et ses flûtes mélangées aux voix amenèrent une sensation de marées et de vagues murmurantes et le cri plaintif des oiseaux qui aiment la mer ainsi à l'intérieur des terres loin sur la plaine.

Alors, toute cette armée fut rassemblée devant la porte de Valmar, et au mot et au geste d'Inwë comme d'une seule voix ils se lancèrent à l'unisson dans le Chant de la Lumière. Celui-ci fut écrit et leur fut enseigné par Lirillo [2], et il narrait l'envie de lumière des

Elfes, leur terrible voyage à travers le monde obscur menés en avant par le désir des Deux Arbres, et chantait leur joie intense à la vue des visages des Dieux et leur désir renouvelé d'entrer en Valmar et de fouler les cours bénies des Valar. Alors s'ouvrirent les portes de Valmar et Nornorë les somma d'entrer, et toute cette lumineuse compagnie pénétra à l'intérieur. Là, Varda les rencontra, debout parmi les compagnies des Mánir et des Súruli, et tous les Dieux leur souhaitèrent la bienvenue, et il y eut des festins dans tous les grands palais après cela.

Maintenant leur coutume était le troisième jour de se vêtir tout de blanc et de bleu et monter jusque sur les hauteurs de Taniquetil, et là Manwë leur parlait-il comme il le trouvait séant de la Musique des Ainur et de la gloire d'Ilúvatar, et de choses qui allaient être et qui furent. Et en ce jour Kôr et Valmar étaient silencieux et calmes, mais le toit du monde et les pentes de Taniquetil brillaient des habits luisants des Dieux et des Elfes, et toutes les montagnes faisaient écho à leurs paroles — mais après, durant le dernier jour des festivités, les Dieux venaient à Kôr et s'asseyaient sur les pentes de sa colline radieuse, contemplant avec amour cette ville délicate, et par la suite, la bénissant au nom d'Ilúvatar prenaient leur départ avant que Silpion n'eût fleuri ; et ainsi s'achevaient les jours de Double Joie.

Mais en cette année funeste, Melko osa de son cœur blasphématoire choisir ce même jour du discours de Manwë sur Taniquetil pour mener à bien ses plans ; car Kôr et Valmar et le vallon cerclé de pierre de Sirnúmen seraient alors sans protection : car de qui en effet devait se défier Elfe ou Vala en ces jours ?

Descendant donc en secret accompagné de ses sombres gens lors du troisième jour de Samírien, comme ce festival était nommé, il passa les sombres palais de la demeure de Makar (car même ce Vala indomptable était allé à Valmar pour honorer le jour, et d'ailleurs tous les Dieux y allaient, excepté Fui et Vefántur seuls, et même Ossë était présent, dissimulant durant ces sept journées sa querelle et sa jalousie avec Ulmo). Ici, une pensée entre dans le cœur de Melko, et il prend furtivement des armes pour lui et sa bande, ils s'arment d'épées très effilées et cruelles, et cela fut bon pour eux : car ils se glissent maintenant dans le vallon de Sirnúmen où les Noldoli demeuraient présentement, et voici, les Gnomes, par l'effet des œuvres en leurs cœurs de l'enseignement de Melko lui-même, étaient devenus prudents et méfiants au-delà des habitudes des Eldar en ces jours. Des gardes d'une force certaine furent placés sur les trésors, qui n'allèrent pas au festival, bien que ceci fût contraire aux us et aux ordonnances des Dieux. Maintenant est soudainement éveillée une guerre cruelle au cœur de Valinor et ces gardes sont tués, alors même que la paix et la joie sur Taniquetil au loin sont très grandes — en vérité pour cette raison personne n'entendit leurs cris. Maintenant Melko sut qu'il s'agissait en vérité de la guerre éternelle entre lui et les autres peuples de Valinor, car il avait tué les Noldoli — hôtes des Valar — devant les portes de leurs propres foyers. De sa propre main, en vérité, il tua Bruithwir père de Fëanor[3], et faisant irruption dans cette maison rocheuse qu'il défendait il s'empara de ces gemmes les plus glorieuses, des Silmarils eux-mêmes, enfermées dans un coffret d'ivoire. Maintenant, il pilla toute cette vaste trésorerie de gemmes, et se chargeant ainsi que tous ses compagnons autant que faire se peut, il cherche comment il pourra s'échapper.

Sachez donc qu'Oromë possédait de vastes écuries et une terre d'élevage de bons chevaux à peu de distance de cet endroit, où avait poussé une région de forêts sauvages. Là, Melko se faufile, et il capture un troupeau de chevaux sauvages, les intimidant avec la terreur qu'il pouvait manier. Chevauchant ceux-ci, toute sa compagnie de voleurs part au loin, après avoir détruit ces choses de moindre valeur qu'ils jugeaient impossibles à emporter. Effectuant un large détour et allant à une vitesse de tornades telle que seuls peuvent l'atteindre les chevaux divins d'Oromë chevauchés par les enfants des Dieux, ils passent loin à l'ouest de Valmar dans les régions sans chemins où la lumière des Arbres se faisait ténue. Longtemps avant que les gens redescendissent de Taniquetil et longtemps avant la fin du festin, lorsque les Noldoli revinrent pour trouver leurs demeures pillées, Melko et ses [voleurs ?] avaient chevauché jusque dans le sud profond, et trouvant là un endroit plus bas parmi les collines ils franchirent celles-ci et passèrent dans la plaine d'Eruman. Aulë et Tulkas purent bien gémir de leur manque de prudence en laissant ce passage si longtemps auparavant, lorsqu'ils élevèrent ces collines pour barrer tout mal de la plaine — car ce fut là l'endroit où ils eurent l'habitude d'entrer en Valinor après leurs excavations dans les champs d'Arvalin [4]. Il est dit en vérité que ce chemin en demi-cercle, pour laborieux et périlleux qu'il fût, ne fit tout d'abord aucunement partie du plan de Melko, car il avait plutôt l'intention de filer au nord par les cols auprès de Mandos ; mais on le prévint que ceci ne pouvait se faire, car Mandos et Fui ne quittaient jamais ces régions, et tous les ravins et abîmes des montagnes du nord étaient infestés de leurs gens, et malgré toute sa morgue, Mandos n'était non plus en aucune manière un rebelle contre Manwë ou un complice d'actes mauvais.

Loin au nord, si l'on peut endurer les froids comme le pouvait Melko il est dit par un savoir ancien que les Grandes Mers se réduisent en une petite chose, et sans l'aide de navires Melko et sa compagnie eussent ainsi pu entrer dans le monde en sécurité ; mais ceci ne se fit point, et le triste récit prit son chemin désigné, ou alors les Deux Arbres eussent peut-être encore fleuri et les Elfes toujours chanté en Valinor.

Après longtemps la journée du festival s'est terminée et les Dieux s'en sont allés vers le chemin du retour à Valmar, foulant la blanche route de Kôr. Les lumières étincellent dans la cité des Elfes et la paix l'habite, mais les Noldoli voyagent à travers la plaine vers Sirnúmen avec tristesse. Silpion luit à cette heure, et avant qu'elle ne décroisse la première lamentation pour les morts qui jamais fut entendue en Valinor s'élève de ce vallon rocheux, car Fëanor lamente la mort de Bruithwir ; et nombreux parmi les Gnomes à ses côtés découvrent que les esprits de leurs morts sont partis à tire-d'aile vers Vê. Alors des messagers chevauchent en hâte à Valmar apportant la nouvelle de ces faits, et là trouvent-ils Manwë, car il n'a pas encore quitté cette ville en faveur de sa demeure sur Taniquetil.

"Hélas, ô Manwë Súlimo, crient-ils, le mal a percé les Montagnes de Valinor et est tombé sur Sirnúmen de la Plaine. Là-bas gît Bruithwir père de Fëanor [5] et nombreux parmi les Noldoli à ses côtés, et tout notre trésor de gemmes et de belles choses et le labeur plein d'amour de nos mains et de nos cœurs a été volé et emporté. Où donc, ô Manwë dont les yeux voient toutes choses ? Qui a fait ce mal, car les Noldoli crient vengeance, ô être le plus [juste ?] ?"

Alors, Manwë leur dit : "Voyez, ô Enfants des Noldoli, mon cœur est triste envers vous, car le poison de Melko vous a déjà transformés, et la convoitise a pénétré vos cœurs. Voici ! n'eussiez-vous point pensé vos gemmes et vos étoffes [6] de plus grande valeur que le festival du peuple ou les ordonnances de Manwë votre seigneur, ceci ne se serait produit, et Bruithwir go-Maidros et ces autres infortunés vivraient toujours, et vos joyaux n'auraient été en plus grand péril. Non, ma sagesse m'enseigne que par la mort de Bruithwir et de ses camarades les plus grands maux surviendront aux Dieux et aux Elfes, et aux Hommes à venir. Sans les Dieux qui vous apportèrent la lumière et vous donnèrent tous les matériaux de votre ouvrage, enseignant à votre première ignorance, nulle parmi ces belles choses que vous aimez tant maintenant n'eussent jamais été ; ce qui fut fait peut être à nouveau refait, car le pouvoir des Valar ne change point ; mais de plus de valeur que toute la gloire de Valinor et que toute la grâce et la beauté de Kôr sont la paix et le bonheur et la sagesse, et une fois perdues celles-ci sont plus difficiles à capturer à nouveau. Cessez, donc, de murmurer et de parler à l'encontre des Valar, ou de vous placer en vos cœurs en tant qu'égaux de leur majesté ; plutôt, prenez maintenant votre départ en pénitence sachant pleinement que Melko a œuvré ce mal contre vous, et que vos trafics secrets avec lui vous ont apporté toute cette perte et ce chagrin. Ne lui faites donc plus confiance, ni à aucun autre qui murmure des paroles secrètes de mécontentement parmi vous, car son fruit est l'humiliation et la détresse."

Et les envoyés furent confus et effrayés et retournèrent à Sirnúmen entièrement abattus ; pourtant le cœur de Manwë fut plus lourd que le leur, car les choses avaient mal tourné en vérité, et pourtant il prévoyait que pire encore devait se produire ; et ainsi se déroulèrent les destinées des Dieux, car voici ! aux Noldoli, les paroles de Manwë semblèrent froides et sans cœur, et ils ne connurent point son chagrin et sa tendresse ; et Manwë les pensa étrangement transformés et tournés vers la convoitise, eux qui ne désiraient que du réconfort, étant comme des enfants très remplis de la perte de leurs belles choses.

Maintenant Melko se retrouve dans les terres désertiques d'Arvalin et ne sait comment il peut s'échapper, car la pénombre y est très profonde, et il ne connaît pas ces régions qui s'étendent là jusque dans l'extrême sud. C'est pourquoi il envoya un messager réclamant le droit inviolable du héraut (bien que ce fût un serviteur renégat de Mandos que Melko avait perverti) par-dessus le col qui menait en Valinor, et là, se tenant devant les portes de Valmar [7] il réclama une audience des Dieux ; et on lui demanda d'où il venait, et il dit d'Ainu Melko, et Tulkas lui aurait jeté des pierres depuis les murs et l'aurait tué mais les autres ne souffrirent encore qu'il fût maltraité, mais malgré leur colère et leur répulsion ils l'admirent dans la vaste place d'or qui se trouvait devant les cours d'Aulë. Et à la même heure des cavaliers furent envoyés à Kôr et à Sirnúmen pour mander les Elfes, car on devina que ce sujet les touchait de près. Lorsque tous les préparatifs furent effectués, le messager prit position debout à côté de l'aiguille en or massif sur laquelle Aulë avait écrit l'histoire de l'illumination de l'Arbre d'or (dans les cours de Lórien s'en dressait une en argent avec un autre conte), et soudain Manwë dit : “Parle !” et sa voix fut un coup de tonnerre furieux, et les cours résonnèrent, mais l'envoyé nullement décontenancé prononça son message, disant :

“Le Seigneur Melko, souverain du monde depuis l'est le plus obscur jusqu'aux pentes extérieures des Montagnes de Valinor envers ses frères les Ainur. Voici, en compensation pour divers graves affronts et pour de longues époques d'emprisonnement injuste malgré son statut et son sang noble qu'il a soufferts sous vos mains, maintenant a-t-il pris, comme il lui est dû, certains petits trésors des Noldoli, vos esclaves. Il est d'un grand chagrin pour lui qu'il en ait tué quelques-uns, en ce qu'ils lui eussent causé du mal dans la malice de leurs cœurs ; pourtant leur intention blasphématoire éliminera-t-il maintenant de sa mémoire, et tous les maux passés que vous les Dieux lui avez infligés ira-t-il jusqu'à oublier à tel point de montrer à nouveau sa présence en ce lieu qui se nomme Valmar, si vous écoutez ces conditions et les remplissez. Car sachez que les Noldoli seront ses serviteurs et lui orneront un logis ; en outre de droit réclame-t-il..." mais sur cela, au moment même où le héraut éleva la voix encore plus fort s'enflant de ses paroles d'insolence, si grande se fit la fureur des Valar que Tulkas et d'aucuns de sa maison bondirent à bas des murs et l'empoignant, arrêtèrent sa bouche, et le lieu de conseil fut en tumulte. En vérité Melko n'avait pensé gagner autre chose que du temps et le trouble des Valar avec cette ambassade d'insolence.

Puis Manwë les somma de lâcher le héraut, mais les Dieux se levèrent s'écriant d'une seule voix : "Ceci n'est pas un héraut, mais un rebelle, un voleur, et un assassin." "Il a profané la sanctitude de Valinor, cria Tulkas, et nous a lancé son insolence en pleines dents." Maintenant l'avis de tous les Elfes était unanime sur ce sujet. Nul espoir avaient-ils de récupérer les joyaux sauf par la capture de Melko, qui était maintenant une idée au-delà de tout espoir, mais ils n'accepteraient de parlementer avec Melko, de quelque manière que ce fût, et le traiteraient en tant que hors-la-loi, ainsi que tout son peuple. (Et c'était là le sens des mots de Manwë, lorsqu'il dit que l'assassinat de Bruithwir serait à la racine du plus grand mal, car ce fut cette tuerie qui enflamma le plus et les Dieux et les Elfes [8].)

À cette fin ils parlèrent aux oreilles de Varda et d'Aulë, et Varda épousa leur cause devant Manwë, et Aulë encore plus fortement, car son cœur aussi était meurtri du vol de tant de choses d'une habileté et d'un ouvrage si exquis ; mais Tulkas Poldórëa n'avait nul besoin d'un plaidoyer, car il brûlait de colère. Maintenant ces grands avocats émurent le conseil avec leurs paroles, de sorte qu'enfin ce fut le jugement de Manwë que l'on renvoyât un message à Melko le rejetant, lui et ses paroles, et l'exilant avec tous ses partisans à tout jamais de Valinor. Ces mots voulut-il maintenant dire à l'envoyé, lui ordonnant de s'en retourner auprès de son maître avec eux, mais le peuple des Vali et des Elfes ne voulut point en entendre parler, et menés par Tulkas ils emmenèrent ce renégat sur la plus haute cime de Taniquetil, et là, déclarant qu'il n'était nullement un héraut et prenant les étoiles et la montagne comme témoins de cette même chose, ils le lancèrent sur les rochers d'Arvalin pour le tuer, et Mandos le reçut en ses cavernes les plus profondes.

Alors Manwë, voyant en cette rébellion et en leur geste de violence la graine de l'amertume, jeta à terre son sceptre et pleura ; mais les autres parlèrent à Sorontur Roi des Aigles sur Taniquetil et par lui furent envoyées à Melko les paroles de Manwë : "Va-t'en pour toujours, ô maudit, et n'ose jamais plus parlementer avec Dieux ou Elfes. Ni ton pied ni celui de quiconque à ton service ne foulera jamais plus le sol de Valinor tant que le monde survit." Et Sorontur rechercha Melko et lui dit ce qu'on lui avait commandé, et la mort de son envoyé raconta-t-il [aussi ?]. Alors Melko voulut tuer Sorontur, étant fou de colère de la mort de son messager, et en vérité cet acte ne fut pas en accord avec la stricte justice des Dieux, pourtant la colère du peuple à Valmar fut grandement tentée ; mais Melko s'est toujours prononcé sur ce sujet très amèrement à l'encontre des Dieux, le déformant en une noire histoire d'injustice ; et entre cet être maléfique et Sorontur y a-t-il toujours eu depuis haine et guerre, et celle-ci fut la plus amère lorsque Sorontur et son peuple allèrent aux Montagnes de Fer et y habitèrent, guettant tout ce que fit Melko.

Maintenant Aulë va à Manwë et lui dit des mots qui donnent de la force au cœur, racontant comment Valmar est encore debout et les Montagnes sont hautes et un rempart certain contre le Mal. "Voici ! si Melko met encore des troubles dans le monde, eh bien ! ne fut-il pas lié par des chaînes auparavant, et il peut ainsi l'être encore : mais voici, dans peu de temps Tulkas et moi remplirons ce col qui mène à Erumáni et aux mers, que Melko ne prenne jamais plus ce chemin pour pénétrer ici."

Mais Manwë et Aulë élaborent de placer des gardes tout autour de ces montagnes jusqu'en un temps où les actes de Melko et ses lieux de demeure seront connus.

Alors Aulë se met à discourir avec Manwë au sujet des Noldoli, et il plaide grandement en leur faveur, disant que Manwë, travaillé par l'angoisse, a agi durement envers eux, car de Melko seul est en vérité le mal venu, tandis que les Eldar ne sont ni esclaves ni domestiques mais des êtres à la beauté et à la douceur merveilleuses — ils sont les hôtes éternels des Dieux. C'est pourquoi Manwë les somme maintenant, s'ils le veulent, de s'en retourner à Kôr, et, pour peu qu'ils le désirent, de s'affairer à façonner à nouveau des gemmes et des étoffes, et toutes choses de beauté et de coût dont ils pourraient avoir le besoin en leur labeur leur seront données encore plus généreusement qu'auparavant.

Mais quand Fëanor entendit cet édit, il dit : "Oui, mais qui nous rendra le cœur joyeux sans lequel les œuvres de beauté et magie ne peuvent être ? — et Bruithwir est mort, et mon cœur aussi." Ils furent nombreux cependant à retourner alors à Kôr, et quelque apparence de l'ancienne joie est alors restaurée, bien que par le bonheur amoindri de leurs cœurs leurs labeurs ne produisent pas de gemmes au lustre ancien ni qui égalent leur ancienne gloire. Mais Fëanor habita dans le chagrin avec quelques gens à Sirnúmen, et bien qu'il cherchât nuit et jour à le faire il ne put en aucune manière fabriquer d'autres joyaux à la ressemblance des Silmarils anciens, dont Melko s'empara ; ni d'ailleurs y est parvenu un autre ouvrier. Enfin, il abandonne la tentative, demeurant plutôt assis à côté de la tombe de Bruithwir, qui est nommée le Tertre du Premier Chagrin *, et est bien nommée de par toute la détresse qui advint de la mort de celui qui y fut étendu. Là, Fëanor songea et ressassa d'amères pensées, jusqu'à ce que son cerveau fût abasourdi par les noires vapeurs

---

* Des noms gnomiques sont écrits dans la marge : « *Cûm a Gumlaith* ou *Cûm a Thegranaithos*. »

de son cœur, et il se leva et alla à Kôr. Là, il parla aux Gnomes, s'attardant sur leurs injustices et leurs chagrins et leur richesse et leur gloire amoindries — les sommant de quitter cette prison et de s'en aller et d'entrer dans le monde. "Comme des lâches, les Valar sont-ils devenus ; mais les cœurs des Eldar ne sont pas faibles, et nous verrons ce qui nous appartient, et si nous ne pouvons le prendre par la ruse nous le ferons par la violence. Il y aura la guerre entre les Enfants d'Ilúvatar et Ainu Melko. Et si nous périssons durant notre quête ? Les sombres palais de Vê seront à peine pires que cette prison lumineuse ....[9]" Et il en persuada ainsi certains d'aller devant Manwë lui-même et de réclamer que l'on souffrît des Noldoli qu'ils quittent Valinor en paix et qu'ils fussent déposés en sécurité sur ces rives du monde desquelles ils furent convoyés longtemps auparavant.

Et Manwë fut chagriné de leur requête et interdit aux Gnomes de prononcer de telles paroles à Kôr s'ils désiraient encore y demeurer parmi les autres Elfes ; mais se transformant alors et perdant sa rudesse il leur dit de nombreuses choses concernant le monde et son façonnement et les dangers qui s'y trouvaient déjà, et le pire qui pouvait bientôt arriver de par le retour de Melko. "Mon cœur ressent, et ma sagesse me dit, dit-il, qu'il ne se déroulera pas un grand âge de temps avant que ces autres Enfants d'Ilúvatar, les pères des pères des Hommes, ne viennent dans le monde — et voici, il est de la Musique immuable des Ainur que le monde viendra enfin durant un long temps sous l'influence des Hommes ; pourtant si cela sera pour le bonheur ou pour le chagrin, Ilúvatar ne l'a point révélé, et je ne voudrais pas que la discorde ou la crainte ou la colère viennent jamais entre les différents Enfants d'Ilúvatar, et je laisserais volontiers durant bien des âges encore le monde déserté d'êtres qui pourraient lutter contre les Hommes nouveaux venus et leur faire du mal avant que leurs clans n'aient grandi et ne soient devenus forts, tandis que les nations et peuples de la Terre ne sont encore que des enfants en bas âge." À cela, il rajouta de nombreuses paroles concernant les Hommes et leur nature et les choses qui leur adviendraient, et les

Noldoli furent stupéfaits, car ils n'avaient pas entendu les Valar parler des Hommes, sauf très rarement ; et n'avaient pas alors prêté grande attention, jugeant ces créatures faibles et aveugles et maladroites et assaillies par la mort, et ne risquant en aucune manière d'égaler la gloire des Eldalië. C'est pourquoi maintenant, bien que Manwë eût déchargé son cœur de cette manière dans l'espoir que les Noldoli, voyant qu'il n'œuvrait point sans but ou raison, se feraient plus calmes et plus confiants en son amour, plutôt furent-ils abasourdis de découvrir que les Ainur faisaient un si grand sujet de l'idée des Hommes, et les paroles de Manwë accomplirent le contraire de son souhait ; car Fëanor en sa détresse les déforma en une apparence maléfique, lorsque se dressant à nouveau devant la foule de Kôr il prononça ces mots :

"Voici, maintenant nous connaissons la raison de notre transport ici comme si ce furent des cargaisons de beaux esclaves ! Maintenant, enfin, nous dit-on à quelle fin l'on nous garde ici, dépouillés de notre héritage dans le monde, ne régnant point sur ces larges terres, de peur que d'aventure nous ne les cédions à un peuple qui n'est encore né. À ceux-ci en vérité — un triste peuple, assailli par une rapide mortalité, une race qui creuse dans le noir, maladroits de leurs mains, sans accord pour chants ou danses, qui laboureront sans éclat le sol avec leurs outils rudimentaires, à ceux-ci dont il dit encore qu'ils sont d'Ilúvatar, Manwë Súlimo petit seigneur des Ainur veut-il donner le monde et toutes les merveilles de sa terre, toutes ses substances cachées — le donner à ceux-ci, ce qui est notre héritage. Et quelles sont ces paroles sur les dangers du monde ? Une ruse pour nous duper ; un masque de mots ! Ô, vous tous enfants des Noldoli, tous ceux qui ne seront plus des domestiques des Dieux aussi légère que soit la mainmise, levez-vous, je vous l'ordonne, et partez de Valinor, car maintenant l'heure est venue et le monde attend."

En vérité, il est un sujet de grand étonnement, la ruse subtile de Melko — car en ces mots sauvages qui dira qu'il n'y eût une pointe de la plus infime vérité, et ne s'émerveillera point à voir les mots exacts de Melko se déverser de Fëanor son ennemi, qui ne savait ni ne se remémorait d'où provenait la fontaine de ces pensées ; pourtant l'origine [ultime ?] de ces tristes choses se trouve peut-être avant Melko lui-même, et de telles choses doivent être — et le mystère de la jalousie des Elfes et des Hommes est une énigme qui n'a été résolue, l'un des chagrins aux lointaines racines du monde.

De quelque manière que pussent être ces choses profondes, les paroles furieuses de Fëanor lui valurent immédiatement un grand nombre de partisans, car il semblait y avoir un voile sur les cœurs des Gnomes — et il se peut que même ceci ne fût pas sans la connaissance d'Ilúvatar. Pourtant comme Melko se serait réjoui de le savoir, de voir sa malice porter fruit au-delà de ses espoirs ! Maintenant, cependant, cet être maléfique erre sur les vastes plaines d'Eruman, et plus loin au sud que quiconque eût encore pénétré il découvrit une région à la plus profonde pénombre, et qui lui sembla être un endroit de bon aloi où cacher son trésor dérobé pour un temps.

Il cherche donc, jusqu'à ce qu'il découvre une caverne sombre sous les collines, et des toiles d'obscurité y sont éparpillées de sorte que l'on pouvait sentir l'air noir, lourd et étouffant sur les mains et le visage. Très profonds et sinueux étaient ces chemins ayant une sortie souterraine sur la mer comme le disent les livres anciens, et ici en un temps furent emprisonnés plus tard le Soleil et la Lune [10] ; car ici demeurait l'esprit primordial Móru dont même les Valar ne savent d'où elle vint ni quand, et le peuple de la Terre lui a donné de nombreux noms. Il se peut qu'elle fût engendrée des brumes et de l'obscurité aux confins des Mers Ombreuses, en cette noirceur totale qui vint entre la chute des Lampes et l'illumination des Arbres, mais il est plus probable qu'elle ait toujours été ; et c'est elle qui aime encore à demeurer en ce noir endroit, prenant la forme d'une araignée sans beauté, tissant une toile collante de pénombre qui prend en son filet étoiles et lunes et toutes choses lumineuses qui voguent dans les airs. En effet, ce fut de par ses labeurs que si peu de cette lumière débordante des Deux Arbres se déversa jamais dans le monde, car elle aspirait la lumière avec gourmandise, et la lumière la nourrissait, mais elle n'engendrait que cette obscurité qui est une négation de toute lumière. Ungwë Lianti, la grande araignée qui enlace, est-elle nommée par les Eldar, l'appelant aussi Wirilómë ou Tisseuse de Pénombre, ainsi les Noldoli en parlent encore comme Ungoliont l'araignée ou bien Gwerlum la Noire.

Maintenant entre Ungwë Lianti et Melko y eut-il une amitié dès le premier temps, lorsqu'elle le trouva avec ses camarades errant en ses grottes, mais Tisseuse de Pénombre fut affamée par la lumière de ce trésor de joyaux sitôt qu'elle les vit.

Maintenant Melko, ayant spolié les Noldoli et apporté le chagrin et la confusion dans le royaume de Valinor, pensait moins à ce trésor qu'auparavant, ayant maintenant conçu un plan d'agrandissement plus sombre et plus profond encore ; c'est pourquoi, voyant la luxure dans les yeux d'Ungwë, il lui offre tout ce trésor, ne retenant que les trois Silmarils, si elle veut l'aider en son nouveau plan. Ceci accorde-t-elle sans difficultés, et ainsi se fit-il que tout ce trésor de gemmes ravissantes, plus belles que toutes autres que le monde ait vues, vint en la garde répugnante de Wirilómë, et fut enlacé dans des toiles de ténèbres et caché au plus profond des cavernes des pentes de l'est des grandes collines qui forment la frontière sud d'Eruman.

Jugeant que c'était maintenant l'heure pour frapper alors que Valinor était encore en tumulte et sans attendre qu'Aulë et Tulkas eussent bouché le passage dans les collines, Melko et Wirilómë entrèrent furtivement en Valinor et restèrent cachés dans une vallée des contreforts jusqu'à ce que Silpion eût fleuri ; mais durant tout ce temps, Tisseuse de Pénombre tissait ses toiles les plus dénuées de lumière et ses ombres aux enchantements maléfiques. Ceux-ci laisse-t-elle flotter vers la plaine de sorte qu'au lieu de la douce lumière de Silpion tout autour de la plaine de l'ouest de Valinor, il rampe maintenant une obscurité terne et incertaine et de faibles lumières y vacillent. Alors lance-t-elle un noir manteau d'invisibilité sur elle et sur Melko et ils se glissent sur la plaine, et les Dieux sont étonnés et les Elfes à Kôr sont effrayés ; néanmoins, ils ne soupçonnent encore la main de Melko en cela, pensant plutôt qu'il s'agit d'une œuvre d'Ossë, qui parfois avec ses orages travaillait à ce que de vastes brumes et de l'obscurité flottassent depuis les Mers Ombreuses, mordant même sur les airs lumineux de Valinor ; bien qu'en ceci il rencontrât la colère à la fois d'Ulmo et de Manwë. Alors Manwë envoya un doux souffle venant de l'ouest avec lequel il était accoutumé à repousser toutes les humeurs de la mer vers l'est et les eaux, mais une telle douce respiration ne fit rien contre la nuit tissée lourde et collante que Wirilómë avait étalée au loin. Ainsi fut-il que Melko et l'Araignée de la Nuit atteignirent sans être vus les racines de Laurelin, et Melko, appelant toute sa puissance divine, planta une épée dans son tronc merveilleux, et la splendeur flamboyante qui en jaillit l'eût assurément consumé si Tisseuse de Pénombre ne se fût jetée à terre et ne l'eût lapé avidement, collant ses lèvres à même à la blessure dans l'écorce de l'arbre et aspirant sa vie et sa force.

Par fortune maudite cet acte ne fut tout de suite remarqué, car c'était l'heure où le repos de Laurelin était d'accoutumée le plus profond ; et maintenant voici, jamais plus ne s'éveillerait-il à la gloire, éparpillant beauté et joie sur les visages des Dieux. À cause de cette vaste gorgée de lumière une vague de fierté jaillit subitement dans le cœur de Gwerlum, et elle ne prêta attention aux avertissements de Melko, mais s'assit maintenant auprès des racines de Silpion et cracha des fumées maléfiques de nuit qui coulèrent comme des rivières de ténèbres même jusqu'aux portes de Valmar. Maintenant Melko prend l'arme qui lui reste, un poignard, et veut blesser le tronc de Silpion autant que le temps lui permet ; mais un Gnome nommé Daurin (Tórin) qui vagabonde depuis Sirnúmen avec un vaste pressentiment de malheur le voit et vient vers lui, criant à haute voix. Si grande fut la ruée de ce Gnome impétueux qu'avant que Melko n'en soit conscient, il a entaillé Wirilómë là où sous la forme d'une araignée elle rampe sur le sol. Maintenant la fine lame que maniait Daurin provenait de la forge d'Aulë et était trempée de *miruvor*, ou jamais n'eût-il pu blesser cet être [secret ?], mais maintenant il tranche l'une de ses pattes, et sa lame est entachée de son sang épais et noir, un poison pour toutes [choses ?] dont la vie est la lumière. Puis Wirilómë se tordant l'entoure d'un filament et il ne peut se libérer, et Melko le poignarde sans pitié. Et arrachant cette fine lame lumineuse de sa poigne agonisante, il la plante au plus profond du tronc de Silpion, et le poison de Gwerlum qui s'étalait noir dessus assécha la sève et l'essence même de l'arbre, et sa lumière mourut abruptement en une morne lueur perdue dans la pénombre impénétrable.

Alors Melko et Wirilómë se tournèrent pour fuir, et ce ne fut pas non plus trop tôt, car certains qui se trouvèrent derrière Daurin et virent sa fin, terrorisés, prirent la fuite vers Kôr et vers Valmar, trébuchant follement dans l'obscurité, mais de fait les Valar chevauchent déjà sur la plaine, filant aussi rapidement qu'il se peut, et pourtant trop tard pour défendre les Arbres qu'ils savent maintenant être en danger.

Maintenant ces Noldoli confirment leurs craintes, racontant comment Melko est en vérité l'auteur du mal, et ils n'ont qu'un seul désir et celui-là est de s'emparer de lui et de ses complices avant qu'ils ne puissent s'échapper au-delà des montagnes.

Tulkas est dans l'avant-garde de cette grande chasse, bondissant agilement dans la pénombre, et Oromë ne peut le suivre, car même sa monture divine ne peut filer tête en avant dans la nuit montante comme le fait Poldórëa dans le feu de son courroux. Ulmo entend les cris depuis sa maison en Vai, et Ossë [pousse ?] sa tête hors des Mers Ombreuses et ne voyant plus la lumière descendre la vallée de Kôr, il bondit sur la plage d'Eldamar et court en hâte se joindre aux Ainur dans leur chasse. Maintenant, le seul endroit lumineux qui demeure en Valinor est ce jardin où la fontaine dorée jaillissait de Kulullin, et là se trouvaient Vána et Nessa et Urwen et de nombreuses dames et demoiselles des Valar en larmes, mais Palúrien vêt son seigneur qui se dresse, impatient, et Varda a chevauché depuis Taniquetil aux côtés de son seigneur, maintenant une étoile flamboyante devant lui comme une torche.

Telimektar fils de Tulkas accompagne ces êtres nobles, et son visage et ses armes luisent comme de l'argent dans l'obscurité, mais maintenant tous les Dieux et leurs gens chevauchent dans un sens et dans l'autre, et certains ont des torches [hâtives ?] en main, de sorte que la plaine est emplie de lumières pâles et errantes et du son des voix hélant dans la pénombre.

Au moment même où Melko s'enfuit en hâte, une avant-garde de la poursuite passe auprès des Arbres, et les Vali presque s'évanouissent de douleur à la ruine qu'ils contemplent en cet endroit ; mais maintenant Melko et certains de ses camarades, auparavant enfants de Mandos, sont séparés d'Ungwë, qui, enveloppée dans la nuit, s'en va vers le sud et par-dessus les montagnes à sa demeure, et la poursuite ne s'en approcha jamais ; mais les autres fuient vers le nord à grande vitesse, car les camarades de Melko ont connaissance des montagnes en cette direction, et espèrent [le ?] faire traverser. Il vint enfin un endroit où les voiles d'ombre étaient ténues et un groupe éparpillé des Vali les aperçut, et Tulkas se trouvait parmi eux ; qui maintenant avec un immense rugissement bondit sur eux. De fait cela eût pu en arriver à une bataille sur la plaine entre Tulkas et Melko, la distance n'eût-elle été trop grande, de sorte qu'au moment où Tulkas arriva à portée de lance de Melko une ceinture de brume reprit les fugitifs et le rire moqueur de Melko semble provenir d'abord d'un côté puis de l'autre, maintenant presque à son coude, maintenant loin devant, et Tulkas se tourne sauvagement dans tous les sens et Melko s'échappe furtivement.

Alors Makar et Meássë chevauchèrent en toute hâte vers le nord avec tous leurs gens, éveillant Mandos et ordonnant de monter la garde sur les sentiers du nord, mais ou bien Makar arriva trop tard, ou bien la ruse de Melko le vainquit — et l'esprit de Makar n'était point trop subtil, car ils n'eurent nul aperçu de cet Ainu, bien qu'assurément il s'échappât par ce chemin, et œuvra grand Mal dans le monde après, mais jamais n'ai-je entendu quiconque raconter la manière de sa fuite périlleuse pour rentrer dans les royaumes de glace du Nord. »

NOTES

1. Voir pp. 160-161.

2. *Lirillo* est classé comme un nom pour Salmar-Noldorin dans la liste de noms secondaires des Valar à laquelle il est fait référence à la page 128.

3. « Père de Fëanor » fut le choix final après une hésitation prolongée entre « fils de Fëanor » et « frère de Fëanor ».

4. Pour l'histoire du rassemblement des roches et des pierres d'Arvalin (Eruman) pour l'érection des Montagnes de Valinor, voir p. 99.

5. « Père de Fëanor » est une correction de « fils de Fëanor » ; voir note 3.

6. Après le mot « étoffes », l'on trouvait la phrase suivante, qui fut ensuite barrée : « que les Dieux purent, l'eussent-ils désiré, créer en une heure » — une phrase remarquable par elle-même et aussi par sa suppression.

7. La page manuscrite commençant par les mots « devant les portes de Valmar », et se terminant par « nullement décontenancé prononça son message, disant » fut écrite autour de la petite carte du monde reproduite et décrite pp. 116 et *sq*.

8. Dans cette partie du conte, le manuscrit consiste en des passages détachés, avec des directives pour se diriger entre elles ; l'emplacement de cette phrase n'est pas tout à fait clair, mais il semble le plus probable qu'elle est ici à sa place.

9. Les points de suspension proviennent du texte original.

10. « Plus tard » est une correction d'« auparavant ». Un point d'interrogation fut dessiné dans la marge à côté de cette phrase.

Changements opérés dans les noms de
Le Vol de Melko et l'Assombrissement de Valinor

Ellu Melemno < *Melemno* (dans le chapitre V, p. 165, dans une phrase rajoutée, le commandant des Solosimpi se nomme *Ellu*).

Sirnúmen < *Numessir* (aux deux premières apparitions ; par la suite *Sirnúmen* fut employé dès la première rédaction).

Eruman < *Harmalin* < *Habbanan* .

Arvalin < *Harvalien* < *Habbanan* < *Harvalien* < *Harmalin* ; *Arvalien*, écrit ainsi la première fois.

Bruithwir remplace un nom antérieur, probablement *Maron*.

Bruithwir go-Maidros <*Bruithwir go-Fëanor* ; *go-* est un patronymique, « fils de ». Voir notes 3 et 5, plus haut.

Móru Ce nom pourrait aussi bien être lu *Morn*, ici tout comme lors de ses apparitions occasionnelles par ailleurs (voir l'Appendice sur les Noms). Il remplace ici un autre nom, probablement *Mordi*.

Ungoliont < *Gungliont*.

Daurin (*Tórin*) À sa première apparition, le nom original était *Fëanor*, changé en (?)*Daurlas......... de la famille de Fëanor*, et ensuite en *un Gnome nommé Daurin (Tórin)*. Les apparitions du nom *Daurin* par la suite sont à chaque fois des corrections qui remplacent *Fëanor*.

Commentaire sur
Le Vol de Melko et l'Assombrissement de Valinor

L'histoire de la corruption des Noldoli par Melko fut finalement racontée tout à fait différemment, car le sujet de la lutte entre les fils de Finwë Fëanor et Fingolfin entra en jeu (*Le Silmarillion*, p. 64) ; il n'y a pas trace de ceci dans le conte, où de toute manière Fëanor n'est pas le fils de Finwë Nólemë mais d'un dénommé Bruithwir. La motivation première, dans l'histoire ultérieure, de la convoitise de Melkor pour les Silmarils (*ibid.*, p. 63) est représentée ici uniquement par un désir généralisé des gemmes des Noldoli. Il s'agit en effet d'une caractéristique remarquable de la mythologie originale que, tout en étant présents, les Silmarils furent d'une importance relativement faible. Il y a une concordance essentielle avec l'histoire ultérieure en ce que Melko vise les Noldoli lors de son attaque, et de même une similitude assez proche, même si elle est limitée, dans les arguments qu'il utilise : l'emprisonnement des Elfes en Valinor par les Valar, et les vastes royaumes de l'Est qui leur appartiennent de droit — mais remarquablement absente des paroles de Melko est toute référence à la venue des Hommes : cet élément est introduit dans le conte plus tard et de manière tout à fait différente par Manwë lui-même (p. 205). De surcroît, l'association particulière des Noldoli avec le mauvais Vala prend sa source dans sa convoitise de leurs gemmes : dans *Le Silmarillion* (p. 61), les Noldor se tournèrent vers lui pour l'instruction qu'il pouvait fournir, tandis que les autres clans se tinrent à distance.

À partir de ce moment les récits divergent totalement ; en effet, la malice cachée de Melko fut dévoilée dans *Le Silmarillion* en résultat de l'enquête menée sur la querelle des princes Noldorin, tandis qu'ici sa révélation se fit plus simplement par l'angoisse de Finwë Nólemë au sujet de l'agitation de son peuple. L'histoire ultérieure est évidemment bien supérieure, en ce que Melkor fut recherché par les Valar comme un ennemi reconnu dès que ses machinations furent découvertes (bien qu'il s'échappât), tandis que dans le conte, malgré la présence alors de toutes sortes de preuves qu'il ne se fût en aucune manière réformé, on lui dit simplement de partir réfléchir un peu à Mandos. Le germe de l'histoire, dans *Le Silmarillion*, de l'exil de Fëanor à Formenos, où Finwë l'accompagna, est présent, bien qu'ici ce soit le peuple entier des Noldoli qui reçoive l'ordre de quitter Kôr et de gagner le vallon accidenté au nord où le ruisseau Híri plonge sous terre, et l'ordre de faire cela semble avoir été moins une punition qui leur fut infligée par Manwë qu'une précaution et une sauvegarde.

En connexion avec le lieu d'exil des Noldoli, ici nommé Sirnúmen (« Ruisseau de l'Ouest »), l'on peut mentionner qu'on trouve dans une note isolée découverte dans le petit carnet auquel il est fait référence à la page 35 : « La rivière de la seconde demeure rocheuse des Gnomes en Valinor était *kelusindi* et sa source, *kapalinda*. »

Très remarquable est le passage (pp. 193-194) où il est dit que Manwë savait que « les Elfes étaient des enfants du monde et devraient un jour retourner en son sein ». Comme je l'ai remarqué plus tôt (p. 114), « le monde » est souvent assimilé aux Grandes Terres, et cet usage est utilisé à maintes reprises dans ce conte, mais je ne suis pas certain que ce sens soit voulu ici. J'ai tendance à penser que la signification de la phrase serait que, lors de « la Grande Fin », les Eldar, étant liés à la Terre, ne pourront retourner avec les Valar et les esprits qui furent « avant le monde » (p. 94) dans leurs régions d'origine (*cf.* la conclusion de *La Musique des Ainur* originelle, pp. 86-87).

Quand on en vient au récit du vol des joyaux, la structure du récit est une fois de plus radicalement différente de l'histoire ultérieure, en ce que dans celui-là l'attaque de Melkor sur les Noldor de Formenos, le vol des Silmarils et l'assassinat de Finwë furent accomplis *après* sa rencontre avec Ungoliant dans le Sud et la destruction des Deux Arbres ; Ungoliant était avec lui à Formenos. Il n'y a pas non plus dans la première version de mention de la visite précédente de Melkor à Formenos (*Le Silmarillion*, pp. 66-67), après laquelle il traversa le Calacirya et alla vers le nord en longeant la côte, revenant en Avathar (Arvalin, Eruman) plus tard et en secret à la recherche d'Ungoliant.

Par ailleurs, le grand festival fournit déjà l'occasion pour le vol des Silmarils de la demeure des Noldoli par Melko, bien que la nature du festival fût entièrement différente, n'ayant qu'un but purement commémoratif (voir *Le Silmarillion*, pp. 69-70), et, à cette fin, un élément nécessaire fut la présence des Solosimpi (dans *Le Silmarillion*, « Seuls, au-delà des montagnes, les Teleri continuaient de chanter sur les plages, sans penser aux saisons ni aux fêtes... »).

Des sombres complices de Melko sortis de Mandos (certains, selon le texte, « auparavant enfants de Mandos », p. 211), il n'y a trace plus tard, ni de son vol des chevaux d'Oromë ; et tandis qu'ici il est dit que Melko souhaitait quitter Valinor par des cols dans les montagnes septentrionales, mais revint sur son idée (menant à une réflexion sur ce qu'eût pu être le destin de Valinor s'il ne l'eût fait), dans l'histoire ultérieure son mouvement vers le nord fut une feinte. Mais il est intéressant d'observer le germe de l'un dans l'autre, l'idée sous-jacente qui ne fut jamais perdue d'un mouvement vers le nord puis vers le sud, bien qu'il se déroule à un moment différent du récit et ait une motivation différente.

Intéressante aussi est l'apparition de l'idée qu'un membre de la famille proche de Fëanor — l'auteur se fixant sur le père après une longue hésitation entre frère et fils — fût tué par Melko dans la demeure des Noldoli, Sirnúmen, précurseur de Formenos ; mais le père n'était pas encore identifié avec le seigneur des Noldoli.

L'on trouve dans ce passage quelques légères indications géographiques de plus. Les Deux Arbres se dressaient au nord de la cité de Valmar (p. 196), comme la carte l'indique (voir p. 116) ; et, toujours en concordance avec la carte, les Grandes Terres et les Terres Extérieures devenaient très proches dans l'extrême Nord. Plus remarquablement, le passage dans les Montagnes de Valinor montré sur la carte et que j'ai marqué de la lettre *e* est maintenant expliqué : ce passage dans les collines que franchirent Melko et sa compagnie pour passer hors de Valinor et entrer en Arvalin-Eruman était une faille laissée par Tulkas et Aulë pour faciliter leur propre entrée en Valinor à l'époque de l'érection des montagnes (p. 199).

Pratiquement rien ne survécut de la partie suivante de ce conte (pp. 199-203). La réprimande que Manwë infligea aux Noldoli disparut (mais une partie de son contenu est rapidement exprimée dans une autre partie du récit du *Silmarillion*, p. 64 : « Les Noldor commencèrent à murmurer contre [les Valar] et beaucoup se gonflèrent d'orgueil en oubliant combien de ce qu'ils possédaient et de ce qu'ils savaient leur venait des Valar »). Il mérite d'être noté que Manwë nomme le père de Fëanor Bruithwir avec le patronymique *go-Maidros* : bien que le nom *Maidros* dût par la suite devenir celui du fils aîné de Fëanor, et non de son grand-père, il fut ainsi dès le départ associé aux « Fëanoriens ». L'on ne trouve de trace ultérieure de l'étrange histoire du serviteur renégat de Mandos qui mena le message outrageant de Melko aux Valar et qui fut mortellement lancé de Taniquetil par l'indomptable Tulkas, en désobéissance directe de Manwë ; ni de l'envoi de Sorontur à Melko comme messager des Dieux (il n'est pas expliqué comment Sorontur sut où le trouver). Il est dit ici ensuite que « Sorontur et son peuple allèrent dans les Montagnes de Fer et y habitèrent, guettant tout ce que fit Melko ». J'ai noté dans le commentaire (p. 148) sur *L'Enchaînement de Melko* que les Montagnes de Fer, décrites comme se situant au sud de Hisilómë (p. 154), correspondent aux Montagnes de l'Ombre (Ered Wethrin) à venir. Par ailleurs, dans *Le Conte du Soleil et de la Lune* (p. 238), après sa fuite de Valinor, Melko se construit de « nouvelles demeures dans cette région du Nord où se dressent les Montagnes de Fer très élevées et terribles à contempler » ; et dans *Le Conte de Turambar* * original il est dit qu'Angband s'étendait au-dessous des racines des places fortes à l'extrême nord des Montagnes de Fer, et que ces montagnes furent ainsi nommées à cause des « Enfers de Fer » qu'elles recouvraient. L'affirmation dans le conte présent selon laquelle Sorontur « observa tout ce que fit Melko » depuis sa demeure dans les Montagnes de Fer implique évidemment de même qu'Angband était au-dessous d'elles ; et l'histoire selon laquelle Sorontur (Thorondor) possédait ses aires sur Thangorodrim avant de les déménager à Gondolin survécut longtemps dans la tradition du « Silmarillion » (voir *Contes et Légendes Inachevés*, p. 55, et note 25, p. 67). Il existe ainsi, apparemment, un usage contradictoire du terme « Montagnes de Fer » à l'intérieur des *Contes Perdus ;* à moins que l'on ne puisse supposer que ces montagnes furent conçues comme une chaîne continue, l'extension du sud (plus tard les Montagnes de l'Ombre) formant la clôture sud de Hisilómë, tandis que les cimes du nord, se dressant au-dessus d'Angband, donnèrent à la

* Le titre véritable de ce conte est *Le Conte de Turambar et du Foalókë*, le *Foalókë* étant le Dragon.

chaîne son nom. Des preuves certifiant que tel fut bien le cas apparaîtront plus tard.

Dans l'histoire originale, les Noldoli de Sirnúmen reçurent la permission (par l'intercession d'Aulë) de retourner à Kôr, mais Fëanor demeura à Sirnúmen par amertume avec quelques autres ; ainsi la situation du récit ultérieur — les Noldor à Tirion, mais Fëanor à Formenos — est atteinte, avec l'élément absent de l'exil de Fëanor et de son retour illicite et rebelle dans la cité des Elfes. Une différence sous-jacente à noter est que dans *Le Silmarillion* (p. 57), les Vanyar avaient depuis longtemps quitté Tirion et étaient partis demeurer sur Taniquetil ou en Valinor : il n'y a aucune suggestion de ceci dans le conte antérieur ; enfin, il existe bien entendu cette différence centrale de structure entre les premiers récits et ceux à venir — lorsque Fëanor lève son étendard de rébellion les Arbres brillent encore en Valinor.

Dans le conte, un certain temps semble s'écouler après la perte des trésors des Noldoli, durant lequel ils se remirent à l'œuvre avec une joie amoindrie et Fëanor chercha en vain à refaire les Silmarils : cet élément devra bien sûr disparaître dans la structure ultérieure, beaucoup plus serrée, où Fëanor (refusant de donner les Silmarils aux Valar pour la guérison des Arbres et ne sachant pas encore que Melko les a pris) sait sans le tenter qu'il ne pourra pas plus les recréer que Yavanna ne pourra recréer les Arbres.

L'ambassade de Fëanor et des autres Noldoli auprès de Manwë, demandant à ce que les Dieux les transportent à nouveau dans les Grandes Terres, fut supprimée, et avec celle-ci la remarquable instruction que leur donna Manwë concernant la venue des Hommes — et sa répugnance exprimée de voir les Eldar retourner dans « le monde » tant que les Hommes seraient encore dans leur enfance. Dans *Le Silmarillion*, Manwë n'est absolument pas représenté comme ayant une telle idée en tête (et il n'est pas non plus suggéré que le savoir de Manwë fût si grand). D'ailleurs, dans l'ancienne histoire c'est cette même description que fait Manwë des Hommes ainsi que son compte-rendu de sa politique en ce qui les concerne qui inspire la rhétorique de Fëanor à leur encontre, et qui donne de la couleur à son affirmation du véritable motif des Valar à faire venir les Eldar en Valinor ; dans *Le Silmarillion* (p. 63), ces idées font partie des mensonges de Melkor (j'ai noté plus haut qu'il n'y a aucune référence à la venue des Hommes parmi les persuasions de Melko auprès des Noldoli dans ce conte).

Un élément ailleurs inconnu de la Musique des Ainur est révélé dans les paroles de Manwë : que le monde viendra à la fin et durant longtemps sous l'influence des Hommes. Dans la version originale il y a plusieurs suggestions dans des apartés réfléchis que tout fut destin : ainsi ici « la jalousie entre Elfes et Hommes » est vue comme étant peut-être une partie nécessaire du déroulement de l'Histoire du monde, et plus tôt dans le conte (p. 194), la question est posée : « Qui pourra assurer que tous ces gestes, même la malice semblerait-il inutile de Melko, ne furent point qu'une portion de la destinée ancienne ? »

Mais malgré tous les changements radicaux dans le récit, la note caractéristique de la rhétorique de Fëanor demeura ; son discours aux

Noldoli de Kôr suit les mêmes rythmes que son discours à la lueur des torches aux Noldor de Tirion (*Le Silmarillion*, pp. 77-78).

L'on voit dans l'histoire de Melko et d'Ungoliont que les éléments essentiels furent présents *ab initio* : le doute quant à son origine, sa résidence dans les régions désolées dans le sud des Terres Extérieures, le fait qu'elle aspire la lumière pour produire ses toiles d'obscurité ; son alliance avec Melko, lui la récompensant avec les gemmes volées aux Noldoli (bien que ceci fût traité différemment plus tard), Melko poignardant les Arbres, et Ungoliont aspirant la lumière ; la grande chasse engagée par les Valar, qui échoua à cause de l'obscurité et la brume, permettant à Melko de s'échapper de Valinor par les chemins septentrionaux.

À l'intérieur de cette structure, comme c'est presque toujours le cas, un grand nombre de points de différenciation existent entre la première histoire et les versions ultérieures. Dans *Le Silmarillion* (pp. 68-69), Melkor alla en Avathar car il savait que Ungoliant y demeurait, tandis que dans le conte, elle le trouva errant là à la recherche d'un moyen pour s'échapper. Dans le conte son origine est inconnue, et bien que l'on puisse dire que cet élément demeure dans *Le Silmarillion* (« Les Eldar ne savaient d'où elle venait », *ibid.*), par l'astuce de « mais certains disaient... », une explication claire est en fait proposée : elle était un être « d'avant le monde », pervertie par Melkor, qui fut son seigneur, bien qu'elle le reniât. L'idée originale de « l'esprit primordial Móru » (p. 207) est rendue explicite dans une entrée dans l'ancienne liste de mots de la langue gnomique, où le nom *Muru* est défini comme « un nom de la Nuit Primordiale personnifiée en Gwerlum ou Gungliont * ».

Dans la première histoire, la qualité de la description dans *Le Silmarillion* manque de façon marquée lorsque Melkor et Ungoliant descendent du Mont Hyarmentir dans la plaine de Valinor ; là, le grand festival des Valar et des Eldar était en cours au même moment : ici, il est depuis longtemps achevé. Dans *Le Silmarillion*, l'assaut sur les Arbres vint à l'heure du mélange des lumières (p. 71), tandis qu'ici Silpion était en pleine floraison ; le détail du récit de la destruction des Arbres est remarquablement transformé par la présence du Gnome Daurin, ensuite abandonné sans laisser de traces. Ainsi dans la première histoire il n'est pas dit explicitement qu'Ungoliont but la lumière de Silpion, mais seulement que l'Arbre mourut à cause de son poison sur la lame de Daurin, que Melko employa pour poignarder son tronc ; dans *Le Silmarillion*, Ungoliant alla aux « Puits de Varda » et but jusqu'à les assécher eux aussi. Il est intrigant que le Gnome fût tout d'abord nommé Fëanor, puisqu'il fut tué par Melko. Il semblerait que mon père ait au moins momentanément joué avec l'idée que Fëanor n'aurait aucun rôle dans l'histoire des Noldoli sur les Grandes Terres ; mais dans des esquisses pour un conte à venir (pp. 319-321), il mourut en Mithrim. Le *miruvor* apparaît pour la première fois dans ce pas-

---

* Dans le conte (voir p. 212), le nom *Gungliont* fut le premier écrit, ensuite corrigé et remplacé par *Ungoliont*.

sage, défini dans la première liste de mots quenya comme un « nectar, boisson des Valar » ; avec ceci cf. *The Road Goes Ever On* * , p. 61, où mon père affirme qu'il s'agissait du nom donné par les Valar à la boisson versée lors de leurs festivals, et le compara au nectar des Dieux de l'Olympe (dans la traduction de *Namárië* il rendit *miruvórë* par « nectar », *ibid*., p. 58).

La plus importante parmi les différences constatées entre ce conte et *Le Silmarillion* est le retour immédiat d'Ungoliont à son repaire dans le Sud, de sorte que toute l'histoire dans *Le Silmarillion* (pp. 75-76) de la « Querelle des Voleurs », de la délivrance de Melko par les Balrogs, et de la venue d'Ungoliant en Nan Dungortheb, est absente du récit des *Contes Perdus ;* la remise des gemmes des Noldoli à Ungoliont se déroule dans la première version lors de sa première rencontre avec Melko — dans *Le Silmarillion*, il ne les possédait pas alors, car l'attaque sur Formenos n'avait pas encore eu lieu.

---

* *The Road Goes Ever On*, textes de J.R.R. Tolkien et musique de Donald Swann, éd. George Allen & Unwin, 1968. Il s'agit d'un « Cycle de Chansons » composées par Donald Swann sur les poèmes de l'auteur. (*N.d.T.*)

VII
La Fuite des Noldoli

[Il n'y a aucune rupture dans le récit de Lindo, qui se poursuit sous la même forme, écrit hâtivement au crayon à papier (et aux alentours de cette étape dans le récit il passe dans un carnet similaire, clairement sans rupture dans la composition), mais j'ai pensé qu'il serait commode d'introduire ici un nouveau chapitre, ou un nouveau « Conte », en prenant une fois de plus le titre sur la couverture du carnet.]

« Néanmoins les Dieux n'abandonnèrent pas espoir, mais bien des fois se rencontrèrent sous l'arbre ruiné de Laurelin et de là s'éparpillaient et fouillaient sans se lasser le pays de Valinor une fois de plus, désirant ardemment venger les blessures infligées à leur doux royaume ; et maintenant les Eldar à leur appel aidèrent à la poursuite dont le labeur se fait non seulement sur la plaine mais monte et descend laborieusement les pentes des montagnes, car l'on ne peut s'échapper de Valinor par l'ouest, où s'étendent les froides eaux des Mers Extérieures.

Mais Fëanor, dressé sur la place qui entoure la demeure d'Inwë au plus haut de Kôr, ne se laisse réduire au silence, et s'écrie que tous les Noldoli doivent se rassembler autour de lui et prêter oreille, et des milliers parmi eux viennent entendre ses paroles portant de fines torches, de sorte que l'endroit est empli d'une lumière sanglante comme jamais auparavant n'avait brillé sur ces murs blancs. Maintenant, lorsqu'ils sont rassemblés là et que Fëanor voit que de loin la plupart de la compagnie est du clan des Noldor [1], il les exhorte à s'emparer maintenant de cette obscurité et de cette confusion et de l'épuisement des Dieux pour rejeter la bride — car ainsi en démence il nomma les jours de bonheur en Valinor — et de s'en aller de là, emportant avec eux ce qu'ils pouvaient ou désiraient. "Si tous vos cœurs sont trop faibles pour suivre, voyez, moi, Fëanor, partirai maintenant seul dans le monde vaste et magique à la recherche des gemmes qui m'appartiennent, et peut-être que de nombreuses aventures m'adviendront là qui seront plus méritantes d'un enfant d'Ilúvatar que d'un serviteur des Dieux [2]."

Il se produit alors une grande ruée de ceux qui veulent le suivre immédiatement, et bien que le sage Nólemë parle à l'encontre de cette impétuosité ils ne veulent l'écouter, et le tumulte se fait encore et toujours plus sauvage. Encore une fois, Nólemë plaide que l'on adresse au moins un envoyé à Manwë pour saluer le départ comme il se doit, et peut-être recevoir sa bienveillance et des conseils pour leur voyage, mais Fëanor les persuade d'abandonner même cette sagesse modérée, disant que de le faire ne serait qu'aller au-devant du refus, et que Manwë le leur interdirait et les en empêcherait : "Qu'est Valinor pour nous, disent-ils, maintenant que sa lumière est réduite à si peu — autant et plus voudrions — nous posséder le monde sans entraves." Maintenant donc, ils s'arment autant qu'ils le peuvent — car ni Elfes ni Dieux en ces jours ne s'occupaient d'armes à l'excès — et une réserve de joyaux prirent-ils et des matériaux de vêtement ; mais tous leurs livres de sagesse ils laissèrent derrière eux, et de fait il ne s'y trouvait grand-chose dedans que les sages parmi eux n'eussent pu égaler de mémoire. Mais Nólemë voyant que son conseil ne prévalait point, ne voulut être séparé de son peuple, et alla avec eux et les aida en leurs préparatifs. Alors descendirent-ils la colline de Kôr éclairés par les flammes de torches, et ainsi voyageant en hâte le long de la crique et des berges de ce bras de la Mer Ombreuse qui empiétait ici sur les collines, ils trouvèrent les demeures sur la mer des Solosimpi.

[La courte section du texte qui suit fut barrée par la suite, les mots « Insérer la Bataille de Kópas Alqalunten » écrits par-dessus, et remplacée par une annexe. La section rejetée donne ceci :]

La plupart dans ce peuple étaient partis en chasse avec les Dieux, mais ils persuadèrent certains parmi ceux qui demeuraient de joindre leurs chances aux leurs, comme l'avaient déjà fait certains parmi les Teleri, mais parmi les Inwir, nul ne voulut écouter leurs paroles. Maintenant ayant pratiquement autant de filles et de femmes que d'hommes et de garçons (bien que nombreux, particulièrement parmi les plus jeunes enfants, fussent laissés à Kôr et à Sirnúmen) ils se trouvèrent démunis, et en cette extrémité, étant affolés par les chagrins et égarés dans leurs esprits, les Noldoli commirent ces actes qu'ensuite ils regrettèrent le plus amèrement — car de par eux le déplaisir reposa lourdement sur leur peuple et même les cœurs de leurs frères furent tournés contre eux durant un temps.

Venant abruptement sur Cópas, où se trouvait un havre de grand calme bien-aimé des Solosimpi, ils s'emparèrent de tous les navires de ce peuple et y embarquèrent dessus leurs femmes et enfants et quelques [autres ?] parmi lesquels se trouvaient ces Solosimpi qui les avaient rejoints, car ceux-ci possédaient un talent de navigation. De cette manière, marchant sans cesse le long de la plage qui devenait toujours plus sauvage et plus maléfique à parcourir comme elle tendait vers le Nord, et la flotte voguant à leurs côtés à peu de distance en mer, l'on m'a dit que les Noldoli s'en allèrent de Valinor ; cependant je ne connais pas le sujet en profondeur, et peut-être y a-t-il des contes que nul ne connaît sauf ceux du peuple des Gnomes qui narrent plus clairement les tristes événements de cette époque. De plus, ai-je entendu dire

[L'annexe qui vint remplacer ce passage fut écrite avec soin et très lisiblement à l'encre sur plusieurs feuilles séparées, à quel intervalle de temps, je ne saurais dire.]

Le Massacre des Frères
(Bataille de Kópas Alqalunten)

La plupart dans ce peuple étaient partis en chasse avec les Dieux, mais il y en avait de nombreux rassemblés sur les plages autour de leurs demeures et le désarroi s'était immiscé parmi eux, pourtant un nombre conséquent était affairé autour des lieux de leurs navires, et le principal de ceux-ci était celui-là qu'ils nommaient Kópas, ou de façon plus complète Kópas Alqaluntë, le Havre des Navires-cygnes *. Maintenant Havre-aux-cygnes était comme un bassin d'eaux dormantes, sauf que vers l'est et les mers, l'anneau de rochers qui l'enfermait s'affaissait quelque peu, et la mer pénétrait à cet endroit de sorte qu'il s'y formait une arche massive de pierre vive. Si vaste était celle-ci que sauf lorsqu'il s'agissait des navires les plus énormes deux pouvaient la franchir, l'un sortant peut-être et un autre cherchant vers l'intérieur les eaux bleues et calmes du havre, et les cimes des mâts étaient loin d'égratigner la roche. Rare était la lumière des Arbres à s'en approcher en raison de la muraille, c'est pourquoi il était toujours éclairé d'un anneau de lampes d'or, et des lanternes se trouvaient là, aussi, d'une multitude de couleurs marquant les quais et les jetées des différentes maisons ; mais à travers l'arche l'on pouvait percevoir au loin les pâles eaux des Mers Ombreuses, faiblement éclairées par la splendeur des Arbres. Très beau était ce port à contempler, à ce moment où les flottes blanches rentraient en ondoyant et les eaux troublées brisaient en lumières ondulantes la lumière reflétée des lampes, tissant d'étranges motifs d'une multitude de lignes étincelantes. Mais maintenant tous ces vaisseaux reposaient immobiles, et une profonde pénombre s'était installée sur l'endroit à la flétrissure des Arbres.

---

* Dans la marge est écrit *Ielfethýþ*. Il s'agit de mots en vieil anglais, représentant l'interprétation du nom elfique effectuée par Eriol dans sa propre langue : le premier élément signifie « cygne » (*ielfetu*), le deuxième (qui devint plus tard le mot anglais de même signification, « hithe ») signifiant « havre, port ».

Chez les Solosimpi, nul ne voulut prêter attention aux paroles sauvages des Noldoli, sauf un petit nombre qui aurait pu se compter sur les doigts de deux mains ; et ainsi ce peuple erra tristement vers le nord le long des rives d'Eldamar, même jusqu'à ce qu'ils arrivassent aux crêtes des falaises qui dominaient Havre-aux-cygnes, et à cet endroit les Solosimpi avaient longtemps auparavant creusé des escaliers sinueux dans la roche qui menaient jusqu'au bord du port, tout en bas. Maintenant, en partant de là vers le nord, le chemin était très accidenté et maléfique, et les Noldoli avaient avec eux pratiquement autant de demoiselles et de femmes que d'hommes et de garçons (bien que beaucoup, particulièrement parmi les plus jeunes enfants, fussent laissés à Kôr et à Sirnúmen et maintes larmes furent versées à cela) ; c'est pourquoi ils se trouvèrent maintenant démunis, et en cette extrémité, affolés par les chagrins et égarés dans leurs esprits, ils commirent ici ces actes dont ils se repentirent le plus amèrement — car de par eux durant un temps le déplaisir des Dieux reposa lourdement sur tout leur peuple et même les cœurs des Eldalië furent tournés contre eux.

Voici, le conseil de Fëanor est que cette armée ne peut espérer par aucun moyen gagner rapidement le long de la côte hormis avec l'aide de navires ; « et ceux-ci, dit-il, si les Elfes côtiers ne veulent les donner, nous devrons prendre ». C'est pourquoi, descendant dans le port ils tentèrent de monter sur les bateaux qui reposaient là, mais les Solosimpi leur dirent non, pourtant en raison de la grande armée du peuple des Gnomes ils ne résistèrent encore alors ; mais une nouvelle fureur s'éveilla là entre Eldar et Eldar. Ainsi les Noldoli firent embarquer toutes leurs femmes et enfants et une grande foule en outre sur ces navires, et larguant leurs amarres, ils les menèrent avec une grande multitude de rames vers les mers. Alors une grande colère enflamma les cœurs des Flûtistes des Côtes, contemplant le vol de ces navires que leur habileté et leurs longs labeurs avaient façonnés, et il y en eut là que les Dieux fabriquèrent longtemps auparavant sur Tol Eressëa comme il fut raconté, des bateaux merveilleux et magiques, les premiers qu'il y eût jamais. Et une voix jaillit soudain parmi eux : « Jamais ces voleurs ne quitteront le Havre dans nos navires », et tous ceux parmi les Solosimpi qui se trouvaient là coururent rapidement le long de la muraille de falaises jusqu'à l'endroit où se trouvait l'arche par-delà laquelle cette flotte devrait passer, et se tenant là ils crièrent aux Gnomes de revenir ; mais ceux-ci ne les écoutèrent point et maintinrent toujours leur route, et les Solosimpi les menacèrent de pierres et tendirent leurs arcs elfiques.

Voyant ceci et croyant la guerre déjà attisée, vinrent maintenant ceux des Gnomes qui ne purent partir à bord des navires mais dont c'était le rôle de marcher le long des rives, et ils se hâtèrent derrière des Solosimpi, jusqu'au moment où, leur venant subitement dessus auprès de la porte du Havre, ils les tuèrent amèrement ou les lancèrent à la mer ; et ainsi périrent pour la première fois les Eldar sous les armes de leurs frères, et ce fut là un acte d'horreur. Maintenant le nombre des Solosimpi qui tombèrent fut très élevé, et les Gnomes ne furent pas rares, car ils durent combattre durement pour regagner leur chemin depuis ces étroits sentiers qui allaient le long des crêtes, et un grande part du peuple côtier entendant la lutte était rassemblée sur leurs arrières.

Enfin, cependant, cela est accompli, et tous ces navires sont sortis et sont passés dans les larges mers, et les Noldoli sont partis au loin, mais les petites lampes sont brisées et le Havre est sombre et très calme, hormis le faible son des larmes. De même espèce furent toutes les œuvres de Melko en ce monde.

Maintenant, le conte narre que comme les Solosimpi pleuraient et que les Dieux parcouraient toute la plaine de Valinor ou bien étaient assis abattus sous les Arbres ruinés, un grand âge s'écoula et cela en fut un de pénombre, et durant ce temps le peuple des Gnomes souffrit les plus grands maux et toute la cruauté du monde l'assaillit. Car certains marchèrent sans cesse le long de cette côte jusqu'à ce que Eldamar fût vague et oubliée loin derrière, et les chemins se firent plus sauvages et plus infranchissables comme elle tendit vers le Nord, mais la flotte vogua à leurs côtés à peu de distance en mer et les marcheurs de la côte purent souvent les entrevoir à travers la pénombre, car ils allaient lentement parmi ces vagues stagnantes.

Pourtant de tous les chagrins qui cheminèrent en ces voies, je ne connais le conte entier, et nul ne l'a raconté, et bien que les Gnomes narrent maintes choses concernant ces jours plus clairement que je ne saurais le faire, pourtant n'aiment-ils en aucune manière s'étendre sur les tristes événements de cette époque et n'acceptent-ils pas souvent d'éveiller sa mémoire. Néanmoins, l'ai-je entendu dire

[L'annexe insérée s'arrête ici et nous revenons au texte original écrit à la hâte au crayon gris :]

que jamais ils n'auraient franchi le terrible passage du Qerkaringa [3], eussent-ils d'ores et déjà été sujets à l'épuisement, à la maladie, et aux nombreuses faiblesses qui devinrent ensuite leur sort à demeurer loin de Valinor. Toujours était riche en leurs veines la nourriture bénie des Dieux et leur boisson, et ils étaient à demi divins — mais ils n'avaient encore de *limpë* à emporter, car cela ne fut donné aux fées que longtemps plus tard, lorsque la Marche de la Libération fut entreprise, et les maux du monde qu'empoisonnait Melko de sa présence les accablèrent rapidement. »

« Non, si vous me pardonnez d'interrompre ainsi votre conte, fit Eriol, que signifient vos dires "le terrible passage du Qerkaringa" ? »

« Sache donc, dit Lindo, que les côtes d'Eldamar ainsi que ces côtes qui poursuivent ce rivage vers le nord au-delà du large havre de Kópas tendent continuellement vers l'est, de sorte qu'au bout de lieues innombrables, plus au nord même que les Montagnes de Fer et sur les confins des Royaumes de Glace, les Grandes Mers, aidées en cela par une courbe vers l'ouest des Grandes Terres, se rétrécissent en un mince détroit. Maintenant, le passage de cette eau est d'un péril infranchissable, car elle est pleine de courants maléfiques et de remous d'une force désespérante, et des îles de glace flottante y nagent, grinçant et se heurtant avec un bruit terrible et détruisant grands poissons et vaisseaux, pour peu qu'il y en ait qui osent s'y aventurer. En ces jours cependant, un isthme étroit, que les Dieux détruisirent par la suite, courait depuis la terre de l'Ouest presque jusqu'aux rives de l'Est, mais il était de glace et de neige [formant des colonnes ?] et déchiré en trous et en falaises et pratiquement infranchissable, et c'était là le Helkaraksë ou Croc-de-glace [4], et il s'agissait d'un vestige des glaces anciennes et terribles qui se glissèrent tout autour de ses régions avant que Melko ne fût enchaîné et que le Nord devînt clément durant quelque temps, et il se maintenait en cet endroit en raison de l'étroitesse des mers et du [bouchonnement ?] des îles de glace qui descendaient en flottant depuis le Nord le plus profond où s'était retiré l'hiver. Maintenant cette bande d'eau qui coulait encore entre la pointe du Croc-de-glace et les Grandes Terres se nommait Qerkaringa ou Gouffre Froid [5].

Melko eût-il connu la tentative désespérée des Gnomes de le traverser, il eût en vérité pu les submerger tous en cet endroit de mauvais aloi ou faire ce qu'il désirait, mais de nombreux mois s'étaient écoulés depuis qu'il avait lui-même fui peut-être par ce même chemin, et il était maintenant loin de là. Ne le dis-je pas bien, Rúmil, eu égard à ces choses ? »

« Vous avez raconté la véritable histoire, dit Rúmil, pourtant n'avez-vous pas dit la manière dont avant qu'ils ne vinssent à Helkaraksë, l'armée passa par cet endroit où Morniё est habituellement amarré à terre, car en cet endroit, un sentier escarpé et sinueux descend depuis Mandos au plus profond des montagnes que doivent fouler les âmes envoyées par Fui en Arvalin [6]. Là, un serviteur de Vefántur les aperçut et, demandant ce que pouvait signifier ce cheminement, plaida avec eux qu'ils revinssent, mais ils lui répondirent avec mépris, de sorte que se tenant sur un rocher élevé il leur parla d'une voix forte, et sa voix porta même jusqu'à la flotte sur les vagues ; et il leur prédit un grand nombre des mauvaises aventures qui leur advinrent ensuite, les avertissant à l'encontre de Melko, et enfin il dit : "Grande est la chute de Gondolin", et personne qui se trouvait présent ne comprit le sens de ces paroles, car Turondo fils de Nólemë [7] n'était encore sur la Terre. Mais les sages conservèrent ses dits, car Mandos et tout son peuple ont un pouvoir de prophétie, et ces mots furent longtemps préservés parmi eux comme les Prophéties d'Amnos, car ainsi était nommé à l'époque l'endroit où elles furent prononcées, qui est maintenant Hanstovánen [8] ou le lieu de repos de Mornië.

Après cela, les Noldoli voyagèrent lentement, et lorsque l'isthme affreux de Helkaraksë se trouva devant eux il y en eut qui furent d'avis de transporter toute l'armée, une partie à chaque fois, à travers la mer, s'aventurant sur les eaux périlleuses plutôt que de chercher à trouver un passage par-dessus les gouffres et crevasses perfides de l'isthme de glace. Ils tentèrent ceci, et un grand navire fut perdu avec tous ceux qui se trouvaient à bord en raison d'un certain remous terrifiant qui se trouvait en la baie auprès de l'endroit où Helkaraksë faisait saillie du continent ouest ; et ce remous tourbillonne parfois comme une vaste toupie et hurle avec un bruit fort terrible à entendre, et toute chose qui s'en approche est aspirée au fond de ses profondeurs monstrueuses et là est broyée par des éclats de glace et de roche ; et le nom de ce remous est Wiruin. Les Noldoli se retrouvent donc en grande angoisse et perplexité, car pussent-ils même trouver un chemin à travers les terreurs du Helkaraksë, voici, ils ne pourront même ainsi atteindre le monde intérieur, car il s'étend toujours, ce gouffre, à l'autre extrémité, et bien qu'il soit étroit, le hurlement de l'eau qui le traverse si violemment peut être entendu d'aussi loin que l'endroit où ils se trouvent, et le fracas de la glace qui s'arrachait du cap leur parvint, ainsi que les clameurs et les coups des blocs de glace flottante qui, repoussés, descendaient du nord à travers ce détroit terrifiant.

Maintenant la présence de ces îles de glace flottante était sans doute due à la présence de Melko à nouveau loin dans le Nord, car l'hiver avait battu en retraite jusqu'à l'extrême Nord et l'extrême Sud, de sorte qu'il n'avait pratiquement plus prise dans le monde qui demeura durant ces jours de paix que l'on nomme les Chaînes de Melko ; mais ce fut néanmoins cette même activité de Melko qui finalement s'avéra être le salut des Noldoli, car voici, ils sont maintenant contraints de mener hors des vaisseaux toutes leurs femmes et les mariniers de leur armée et ils mènent les navires sur la plage et étendent un triste campement sur ces rives désolées.

Des chants nomment cette demeure [9] les Tentes des Murmures, car il s'éleva en cet endroit une grande lamentation et un grand regret, et ils furent nombreux qui blâmèrent amèrement Fëanor, comme il était juste en vérité, pourtant ils furent rares à déserter l'armée car ils soupçonnaient qu'il n'y aurait jamais plus de bienvenue pour eux en Valinor — et les rares Elfes qui tentèrent de retourner découvrirent cela en effet, bien que cela n'entre point en ce conte.

Alors que leurs malheurs sont maintenant les plus noirs et qu'il ne s'en trouve pratiquement aucun pour espérer le retour de quelque joie, voici, l'hiver déploie ses bannières à nouveau et marche lentement vers le sud, vêtu de glace et portant des lances de givre et des fouets de grêle. Pourtant si grand est le froid que la glace flottante remplit et bouchonne et s'entasse comme des collines entre l'extrémité de Helkaraksë [10] et la terre de l'Est, et enfin devient-elle si résistante que le courant ne peut plus la déplacer. Alors abandonnant leurs navires volés, ils quittent leur campement de malheur et s'efforcent de franchir les terreurs du Qerkaringa. Qui racontera leur douleur durant cette marche ou parlera de ces nombres qui furent perdus, chutant dans de vastes fosses de glace où loin en contrebas bouillonnait une eau cachée, ou bien se perdant jusqu'à ce que le froid eût raison d'eux — car aussi mauvaise que pût être cette traversée, tant de choses désespérées leur advinrent ensuite dans les Grandes Terres qu'elle fut amoindrie en leurs esprits à en devenir une chose de moindre mérite, et en vérité des contes qui racontaient le départ de Valinor ne furent jamais doux aux oreilles des Noldoli par la suite, fussent-ils esclaves ou citoyens de Gondolin. Mais tout de même, de telles choses ne peuvent tuer le peuple des Gnomes, et parmi ceux qui furent perdus il est dit qu'il y en a qui errent encore tristement là-bas parmi les collines de glace, ignorant tout de ce qui advint parmi leur peuple, et certains tentèrent de rentrer en Valinor, et Mandos les possède, et certains qui suivaient derrière retrouvèrent longtemps après leur peuple malheureux. Quoi qu'il en soit, une compagnie amaigrie et amoindrie atteignit finalement le sol rocheux des terres de l'Est, et se tint là, regardant en arrière par-dessus la glace de Helkaraksë et de Qerkaringa vers les éperons des collines par-delà la mer, car loin dans les brumes qui se rassemblaient au sud s'élevaient ces hauteurs si glorieuses de Valinor, les séparant à jamais de leurs frères et de leurs foyers.

Ainsi, vinrent les Noldoli dans le monde. »

Et par ces paroles de Rúmil l'histoire de l'assombrissement de Valinor s'acheva.

« Grand fut le pouvoir de Melko pour le mal, dit Eriol, s'il put véritablement détruire par sa ruse le bonheur et la gloire des Dieux et des Elfes, n'assombrissant pas moins la lumière de leurs cœurs que celle de leur demeure et menant tout leur amour à rien ! Il doit sûrement s'agir là du pire acte qu'il commît jamais. »

« Il est vrai que jamais depuis un mal pareil n'a été commis en Valinor, dit Lindo, mais la main de Melko a œuvré à des choses plus mauvaises encore à travers le monde, et les graines de sa Malice ont crû depuis ces jours en une grande et terrible poussée. »

« Non, dit Eriol, pourtant mon cœur ne peut penser à d'autres malheurs, par chagrin à songer à la destruction de ces Arbres si beaux et à l'obscurité du monde. »

NOTES

1. Le manuscrit semble avec certitude présenter ici la forme *Noldor*. — Il faut se souvenir que dans la première histoire les Teleri (c'est-à-dire ultérieurement les Vanyar) n'avaient pas quitté Kôr ; voir p. 216.

2. En haut de la page manuscrite, se référant assez clairement aux paroles de Fëanor, mon père écrivit : « Accroître l'élément de désir des Silmarils ». Une autre note se réfère à l'extrait du récit qui commence ici et dit qu'il « nécessite beaucoup de révision : la [soif ? convoitise ?] de joyaux —particulièrement pour les Silmarils sacrés — a besoin d'être accentuée. Et la tout importante bataille de Cópas Alqaluntë où les Gnomes tuèrent les Solosimpi doit être insérée ». Cette note fut ensuite barrée et marquée « fait », mais seule la dernière directive fut

effectively suivie : il s'agit de l'annexe sur le Massacre des Frères présentée pp. 222-225.

3. Face à ceci, mon père écrivit dans la marge : « *Helkaraksë* Croc-de-Glace *Qerkaringa* l'eau » ; voir note 5.

4. *Helkaraksë ou Croc-de-Glace :* version précédente *Qerkaringa ;* voir note 5.

5. Ce passage, à partir de « "Sache donc", dit Lindo... », remplace une version antérieure que je ne présenterai pas, car elle ne contient pratiquement rien qui ne se trouve dans la version de remplacement ; la dernière phrase de la version de remplacement est un rajout encore ultérieur. Il faut noter cependant que dans la première version le bras de terre est nommé *Qerkaringa* (comme au début du passage de remplacement, voir note 4), avec la remarque que « le nom a aussi été donné au détroit au-delà ». Celle-ci fut donc l'idée première : *Qerkaringa* fut principalement le nom du bras de terre, mais fut aussi étendu au détroit (vraisemblablement, lors de cette étape, *querka* ne signifiait pas encore « gouffre »). Mon père décida alors que *Qerkaringa* était le nom du détroit et introduisit le nom *Helkaraksë* pour le bras de terre, d'où l'annotation dans la marge donnée dans la note 3, ci-dessus. Au même moment, il rajouta la dernière phrase du passage de remplacement, « Maintenant cette bande d'eau qui coulait encore entre la pointe du Croc-de-glace et les Grandes Terres se nommait Qerkaringa ou Gouffre Froid » ; il transforma *Qerkaringa* dans le corps du texte (note 4) en *Helkaraksë ou Croc-de-Glace*, et reporta ce changement dans tout le reste du conte (à la p. 229 : *de Qerkaringa > de Helkaraksë et de Qerkaringa*).

6. Pour le chemin qui descend de Mandos, le navire noir Morniё, et son voyage le long des côtes jusqu'en Arvalin, voir pp. 109 et 124.

7. Turondo ou Turgon, fils de Nólemë, a été nommé précédemment, p. 160.

8. L'emploi de *Hanstovánen* est légèrement incertain, et un autre nom « ou .... *Mornien* » fait suite. Voir « Changements opérés dans les noms », ci-dessous.

9. Un blanc fut laissé après le mot « demeure » pour l'insertion d'un nom elfique.

10. Le manuscrit a *Qerkaringa* sans correction, mais il est clair qu'il se réfère au promontoire occidental (le Croc-de-Glace), et j'ai donc mis *Helkaraksë* dans le texte (voir note 5).

Changements opérés dans les noms de *La Fuite des Noldoli*

Helkaraksë < *Qerkaringa* (pour les détails et l'explication de ce changement, voir note 5, ci-dessus).

Arvalin < *Habbanan.*

Amnos < *Emnon* < *Morniento.*

Hanstovánen < Le nom du lieu d'amarrage de Morniё fut tout d'abord écrit *Mornielta* (derniers caractères incertains), puis *Vane* (ou *Vone) Hansto ;* ce dernier ne fut pas barré, mais la forme dans le texte (que l'on peut aussi lire comme *Hanstavánen*) semble être définitive. Après *Hanstovánen*, l'on trouve à la suite « ou...............*Mornien* ».

Commentaire sur
La Fuite des Noldoli

[L'on trouve dans ce « conte » (en réalité la conclusion du long conte du « Vol de Melko et de l'Assombrissement de Valinor » raconté par Lindo et terminé par Rúmil) le plus vieux récit du départ des Gnomes hors de Valinor. Ici, les Dieux continuent la vaine poursuite et cherchent longtemps après que Melko s'est échappé, et de plus reçoivent l'aide des Eldar (y compris les Solosimpi — et il aurait été surprenant des Teleri représentés dans *Le Silmarillion* qu'ils quittent leurs côtes et leurs navires). L'on voit que le retour de Fëanor à Kôr et sa harangue des Noldoli (et, dans ce récit, d'autres Elfes) à la lumière de leurs torches est une caractéristique du récit original ; mais ses fils n'ont pas encore fait leur apparition, ni d'ailleurs aucun des princes Noldorin descendants de Finwë hormis Turondo (Turgon), au sujet de qui il est spécifiquement déclaré qu'il n'était « pas encore sur la Terre ». Il n'y a aucun Serment de Fëanor, et l'histoire ultérieure des conseils divisés des Noldor apparaît seulement dans la tentative de Nólemë (Finwë) pour calmer le peuple — Nólemë jouant ainsi le rôle ultérieur de Finarfin (*Le Silmarillion*, p. 79). Dans *Le Silmarillion*, après le Massacre des Frères à Alqualondë et la Prophétie du Nord, Finarfin et une grande partie de son peuple retournèrent en Valinor et reçurent le pardon des Valar ; mais ici ces rares Elfes qui prirent le chemin du retour n'y trouvèrent aucune bienvenue, ou bien « Mandos les possède » (p. 223).

Dans la section rejetée donnée à la p. 222 et remplacée par le récit de la bataille de Kópas Alqalunten, la référence à « ces actes qu'ensuite ils [les Noldoli] regrettèrent le plus amèrement » doit évoquer simplement le vol des navires des Solosimpi, puisqu'il n'y a aucune suggestion d'actions plus terribles (presque les mêmes mots sont utilisés dans le passage de remplacement au sujet du Massacre des Frères). La véritable naissance de l'idée que les Noldoli se soient rendus coupables de quelque chose de pire qu'un vol à Kópas se trouve dans une note du petit carnet (voir p. 35) que mon père utilisa pour griffonner idées et suggestions — nombre de celles-ci n'étant rien de plus que des phrases éparses, ou de simples noms isolés, servant de rappels du travail à faire, des histoires à raconter, ou des changements à effectuer. Cette note dit :

> La colère des Dieux et des Elfes très grande — quelques Noldoli, même, tuent quelques Solosimpi à Kópas — et Ulmo plaide pour eux (si Ulmo si attaché aux Solosimpi ?).

Cela fut barré avec l'annotation « fait », et la recommandation présente qu'Ulmo devrait plaider en faveur des Noldoli se trouve dans le conte de *La Dissimulation de Valinor* (p. 281).

Dans la description de Kópas, la « massive arche de pierre vive » survécut comme « l'arche de roche vive sculptée par la mer » dans la description beaucoup plus brève d'Alqualondë dans *Le Silmarillion* (p. 56) ; et nous voyons ici la raison pour laquelle le Havre fut « éclairé par d'innombrables lampes » (*ibid.*) — parce que peu de lumière des Deux Arbres y parvenait en raison de la muraille de roche qui l'entourait (bien que l'obscurité d'Alqualondë soit sous-entendue dans *Le Silmarillion,* où le Havre se situait « au nord du Calacirya près des confins d'Eldamar, là où les étoiles étaient claires et brillantes »).

Les événements au Havre furent conçus différemment dans le détail par rapport à l'histoire ultérieure, mais toujours avec une grande concordance générale, et bien que l'orage soulevé par Uinen (*ibid.* pp. 82-83) n'apparaisse pas dans la version originale, l'image des Noldoli voyageant vers le nord, certains sur la rive et d'autres dans les vaisseaux, demeura.

L'on trouve des indications intéressantes quant à la géographie des régions du Nord. Il n'y a aucune suggestion d'une vaste région désolée (plus tard Araman) séparant les Montagnes au nord de Valinor et la mer, une conclusion à laquelle nous sommes arrivés plus tôt (p. 115), et soutenue par ailleurs par les descriptions du chemin escarpé de Mandos franchissant les montagnes et descendant jusqu'au lieu d'amarrage du navire noir Mornië (pp. 109 et 226). Le nom *Helkarakse̋*, « Croc-de-Glace » qui apparaît pour la première fois lors de corrections sur le texte donné au bras ou promontoire qui sort de la terre occidentale, fut ensuite réappliqué à ce qui est ici nommé *Qerkaringa*, le détroit rempli de glaces flottantes qui se broient et s'écrasent ; mais cela fut lorsque le *Helcaraxë*, « la Glace Broyante », en était venu à posséder une signification géographique tout à fait différente dans l'image du monde beaucoup plus sophistiquée que mon père développa durant la « phase » suivante de la mythologie.

Il y a dans *Le Silmarillion* (p. 83) une suggestion que ce fut Mandos lui-même qui prononça la Prophétie du Nord « et non un moindre héraut de Manwë », et sa gravité, d'ailleurs sa position centrale dans la mythologie, en est grandement accrue ; il n'y a ici aucune suggestion d'un « destin » ou d'une « malédiction », mais seulement une prédiction. Cette prédiction inclut les sombres paroles « Grande est la chute de Gondolin ». Dans le conte de *La Chute de Gondolin* (mais dans une phrase intercalée dont il est tout à fait possible qu'elle fût intercalée ultérieurement au conte présent), Turgon, debout sur les marches de son palais au milieu de la destruction de la cité, prononça ces mêmes mots, « et des gens frissonnèrent, car tels furent les mots du prophète Amnon longtemps auparavant ». Ici, *Amnon* (plutôt qu'*Amnos* comme dans le texte présent, lui-même une correction d'*Emnon*) n'est pas un lieu mais une personne (le serviteur de Vefántur qui prononça la prophétie ?). Dans le petit carnet auquel je fais référence plus haut on lit la note rapide suivante :

> Prophétie d'Amnon. Grande est la chute de Gondolin. Voici, Turgon ne s'évanouira jusqu'à ce que s'évanouisse le lys de la vallée.

Dans d'autres notes pour les *Contes Perdus* ceci prend la forme :

Prophétie d'Amnon. « Grande est la chute de Gondolin » et « Lorsque se flétrit le lys de la vallée alors Turgon s'effacera ».

Dans ces notes *Amnon* pourrait être aussi bien être un lieu qu'une personne. Le « lys de la vallée » est la cité de Gondolin elle-même, dont l'un des sept noms fut *Losengriol*, plus tard *Lothengriol*, qui se traduit par « fleur du val ou lys de la vallée ».

L'on trouve une affirmation intéressante dans l'ancienne histoire selon laquelle les Noldoli n'auraient jamais franchi la glace s'ils avaient déjà été « sujets à l'épuisement, à la maladie, et aux nombreuses faiblesses qui devinrent ensuite leur sort à demeurer loin de Valinor », mais « toujours étaient riches en leurs veines la nourriture bénie des Dieux et leur boisson, et ils étaient à demi divins ». Cela trouve un écho dans les mots du *Silmarillion* (p. 85) selon lesquels les Noldor « quittaient à peine le Royaume Bienheureux et n'étaient pas encore accablés par la fatigue du monde ». Par ailleurs il est expressément dit dans la Prophétie du Nord (*ibid.*, p. 83) que « si Eru ne vous a pas destinés à mourir de maladie en ce monde, vous pouvez être tués et la mort s'abattra sur vous... ».

De la traîtrise des Fëanoriens, partant à bord des navires et laissant l'armée de Fingolfin sur les côtes d'Araman, il n'y a bien sûr pas trace dans la première histoire ; mais les reproches envers Fëanor étaient déjà présents (« les Tentes des Murmures »). Il s'agit d'un aspect remarquable de la première version de la mythologie : tandis qu'une si grande partie de la structure narrative était déjà ferme et devait demeurer, la structure « généalogique » ultérieure en était à peine à ses premiers balbutiements. Turgon existait et était le fils de (Finwë) Nólemë, mais il n'y a aucune suggestion que Fëanor fût de la famille proche du seigneur des Noldoli, et les autres princes, Fingolfin, Finarfin, Fingon, Felagund, n'apparaissent pas du tout, sous quelque forme ou quelque nom que ce soit.]

VIII
Le Conte du Soleil et de la Lune

[*Le Conte du Soleil et de la Lune* est introduit par un « Interlude » (comme il est nommé dans le manuscrit) dans lequel apparaît un nouvel hôte à Mar Vanwa Tyaliéva, un Gilfanon de Tavrobel. Cet interlude existe aussi dans une version antérieure rejetée.

Le conte lui-même consiste pour la plupart de sa longueur en un manuscrit à l'encre écrit par-dessus un original au crayon gris gommé par la suite, mais vers sa conclusion (voir note 18) il se transforme en un manuscrit à l'encre dont l'ébauche au crayon existe dans un autre carnet.

Le Conte du Soleil et de la Lune est très long, et je l'ai abrégé par endroits en brèves paraphrases, sans omettre de détails qui pourraient présenter de l'intérêt. Une note de mon père fait référence à ce conte comme « ayant grand besoin de révision, réduction, et (remise en forme ?)».]

Gilfanon a.Davrobel

Maintenant il ne faut pas croire, tandis qu'Eriol écoutait tant de contes qui racontaient la multitude de chagrins des Elfes, que la soif de *limpë* se fît moindre en lui, car cela ne fut pas ainsi, et toujours, lorsque la foule s'asseyait autour du Feu aux contes, il était un interrogateur ardent, cherchant à apprendre toute l'histoire du peuple même jusqu'en ces jours qui furent alors, lorsque le peuple elfique demeura à nouveau réuni sur l'île.

Sachant donc maintenant quelque chose de la conception glorieuse de leur foyer antique et de la splendeur des Dieux, il songea souvent à la venue de la lumière du Soleil et de la lueur de la Lune, et des gestes des Elfes dans le monde en dehors, et des aventures qu'ils y trouvèrent avec les Hommes, avant que Melko par ses machinations les désunît ; c'est pourquoi il dit un soir, assis auprès du Feu aux contes : « D'où proviennent le Soleil et la Lune, ô Lindo ? Car jusqu'à présent je n'ai entendu narrer que des Deux Arbres, et de leur triste évanouissement, mais de la venue des Hommes, ou des gestes des Elfes au-delà de Valinor, personne ne m'a parlé. »

Maintenant il se trouvait là ce soir un hôte et au repas et aux contes, et son nom était Gilfanon, et tous le nommaient Gilfanon a.Davrobel [1], car il venait de cette région de l'île où se dresse la Tour de Tavrobel à côté des rivières [2], et autour de celui-là demeurait le peuple des Gnomes encore comme un clan réuni, nommant les lieux dans sa propre langue. Gilfanon nommait à l'accoutumée cette région la plus belle de l'île, et le peuple des Gnomes, son plus beau peuple, bien qu'avant la venue de ce peuple il demeurât longtemps loin des Noldoli, voyageant avec les Ilkorins en Hisilómë et en Artanor [3], et là était-il devenu comme peu d'Elfes le furent un grand ami et compagnon des Enfants des Hommes de ces jours. À leurs légendes et souvenirs rajouta-t-il ses propres connaissances, car il avait été profondément versé en de nombreuses sciences et langues auparavant lors de l'époque lointaine de Kôr, et l'expérience avait-il en outre de maints gestes des jours anciens, étant en vérité l'un des plus anciens parmi les fées [4] et le plus âgé de ceux qui demeuraient maintenant sur l'île, bien que Meril tînt le titre de Dame de l'Île en raison de son sang.

C'est pourquoi Lindo dit maintenant, répondant à Eriol : « Voici, Gilfanon, ici, peut te raconter beaucoup sur ces sujets, et cela serait bien si tu t'en allais d'ici avec lui pour séjourner quelque temps à Tavrobel. — Non, ne prends pas cet air, rit-il, voyant le visage d'Eriol, car nous ne te bannissons encore d'ici — mais en vérité, celui qui désirerait boire du *limpë* serait sage de chercher l'hospitalité de Gilfanon, car dans son antique maison — la Maison des Cent Cheminées, qui se dresse près du pont de Tavrobel[5] — peut-on entendre de nombreuses choses et du passé et qui sont encore à venir. »

« Me semble-t-il, dit Gilfanon à Eriol, que Lindo cherche à se débarrasser de deux hôtes en même temps : cependant il ne pourra encore le faire, car j'ai l'intention de demeurer à Kortirion une septaine encore, et en outre de festoyer à sa bonne table durant ce temps, et de m'étendre auprès du Feu aux contes aussi — peut-être qu'après cela nous partirons et tu contempleras la pleine beauté de l'île des fées — mais que Lindo élève maintenant sa voix et nous narre encore la splendeur des Dieux et de leurs œuvres, un thème qui ne l'épuise jamais ! »

Lindo fut très heureux de ces paroles, car en vérité il aimait raconter de tels contes et recherchait souvent l'opportunité de se les remémorer, et il dit : « Alors raconterai-je le conte du Soleil et de la Lune et des Étoiles, qu'Eriol puisse écouter à la satisfaction de son cœur », et Eriol fut ravi, mais Gilfanon dit : « Parle donc, mon Lindo — mais ne rallonge pas éternellement le conte. »

Alors, Lindo éleva sa voix[6], et il s'agissait du plus plaisant à écouter de tous les conteurs, et il dit : *

« Un conte vais-je raconter de ce temps de la première fuite des Gnomes, et voici, ils n'ont fui que récemment. Maintenant vinrent ces nouvelles affreuses aux oreilles des Dieux et des autres Elfes, et en premier lieu personne ne voulut le croire. Néanmoins, les nouvelles leur vinrent encore, et par le biais de messagers nombreux et différents. D'aucuns étaient des Teleri, qui entendirent le discours de Fëanor sur la place de Kôr et virent les Noldoli en partir avec tous ces biens qu'ils purent emporter ; d'autres étaient des Solosimpi, et ceux-ci amenèrent les nouvelles désespérantes du viol des navires-cygnes et du terrible massacre des frères du Havre, et du sang qui s'étendait sur les blanches rives d'Alqaluntë.

En dernier il en vint en hâte de Mandos qui avaient contemplé cette triste assemblée près des rives

* Écrit dans la marge : « Commencement du Soleil et de la Lune. »

d'Amnor, et les Dieux surent que les Gnomes étaient très loin, et Varda et tous les Elfes pleurèrent, car maintenant il sembla que l'obscurité fut noire en vérité et que bien plus que la lumière extérieure des doux Arbres avait été tué.

Il est étrange de dire que bien qu'Aulë aimât les Noldoli par-dessus tous les Elfes et leur avait enseigné tout ce qu'il savait, et leur avait donné de grands trésors de richesse, maintenant ce fut son cœur qui se tourna le plus contre eux, car il les jugea ingrats en ce qu'ils ne lui avaient point fait leurs adieux, et pour leurs actes mauvais parmi les Solosimpi, il fut blessé jusqu'au cœur. "Ne prononcez plus jamais, dit-il, le nom des Noldoli à mes oreilles", et bien qu'il donnât toujours son amour aux quelques Gnomes fidèles qui demeuraient encore dans son logis, il les nomma pourtant dorénavant "Eldar".

Mais les Teleri et les Solosimpi ayant pleuré tout d'abord, lorsque l'assaut du Havre fut connu par tous, séchèrent leurs larmes et l'horreur et l'angoisse tint leurs cœurs, et eux aussi parlèrent rarement des Noldoli, sauf tristement ou en murmures derrière des portes fermées ; et ces rares Noldoli qui restèrent en arrière furent nommés les Aulenossë ou famille d'Aulë, ou bien furent pris chez les autres clans, et le peuple des Gnomes n'a plus nom ni endroit qui perdure de tout Valinor.

Maintenant faut-il raconter qu'après un long moment il parut à Manwë que la chasse des Dieux n'amenait à rien, et qu'assurément Melko s'était déjà enfui de Valinor ; c'est pourquoi il envoya Sorontur dans le monde, et Sorontur ne revint pas avant longtemps, et toujours Tulkas et maints autres parcouraient le pays, mais Manwë se tint auprès des Arbres assombris et son cœur fut très lourd tandis qu'il médita à des pensées profondes et chagrinées, mais en ce temps il put voir peu de lumière d'espoir. Soudain un bruit d'aile se fait entendre autour du lieu, car Sorontur Roi des Aigles est revenu sur ses ailes puissantes à travers la pénombre et voici, atterrissant sur les branchages de Silpion désormais assombri, il raconte que Melko a maintenant forcé son chemin dans le monde et que maints mauvais esprits se sont rassemblés auprès de lui : "Mais, fit-il, me semble-t-il que jamais plus Utumna ne s'ouvrira à lui et déjà est-il affairé à se bâtir une nouvelle demeure dans la région du Nord où se dressent, hautes et terribles à contempler, les Montagnes de Fer. Pourtant, ô Manwë Seigneur de l'Air, d'autres nouvelles ai-je aussi pour tes oreilles, car voici ! Comme je m'en revenais à tire-d'aile par dessus les noires mers et les terres inhospitalières je vis un spectacle très surprenant et stupéfiant : une flotte de navires blancs qui allaient à la dérive parmi les tempêtes, et certains brûlaient à flammes vives, et comme je m'étonnai, voici, je vis une vaste réunion de gens sur les rives des Grandes Terres, et ils regardaient tous vers l'ouest, mais d'aucuns erraient encore sur la glace — car sache que cela se déroulait en ce lieu où se trouvent les rochers escarpés de Helkaraksë et où les eaux meurtrières de Qerkaringa coulaient auparavant, qui sont maintenant bloquées par la glace. Plongeant, il me sembla entendre le bruit de lamentations et de tristes paroles prononcées dans la langue des Eldar ; et ce conte t'apporté-je en sorte que tu le démêles."

Mais Manwë sut par cela que les Noldoli étaient partis pour toujours et leurs navires brûlés ou abandonnés, et que Melko aussi était dans le monde, et la poursuite sans résultat ; et probablement est-ce en souvenir de ces actes qu'il y a depuis toujours eu dans la bouche des Elfes et des Hommes un dicton selon lequel ceux-là brûlent leurs bateaux qui éloignent d'eux tout espoir d'un changement d'avis ou de conseil. Aussi Manwë éleva alors sa voix incommensurable, hélant les Dieux, et tous ceux qui se trouvaient alors éparpillés sur les larges terres de Valinor entendirent et revinrent.

Tulkas vint en premier, épuisé et couvert de poussière, car personne ne bondit de par la plaine comme lui. Sept fois avait-il parcouru toute sa largeur et trois fois avait-il escaladé la muraille des montagnes, et toutes ces pentes et tous ces pâturages, ces prés et ces forêts, il les avait parcourus, brûlé par le désir de châtier celui qui dépouilla Valinor. Lórien vint, et s'appuya sur le tronc flétri de Silpion, et pleura la destruction de ses calmes jardins par la chasse piétinante ; là aussi était Méassë, et Makar avec elle, et sa main était rouge car il était tombé sur deux des camarades de Melko alors qu'ils s'enfuyaient, et il les tua dans leur course, et lui seul eut un peu de joie en ces jours. Ossë était là et sa barbe verte était déchirée et ses yeux étaient ternes, et il pantelait s'appuyant sur un bâton et était grandement assoiffé, car aussi puissant qu'il fût de par les mers et infatigable, un travail si désespéré au sein de la Terre épuisait entièrement sa vigueur.

Salmar et Ómar se tenaient près et leurs instruments de musique ne produisaient aucun son et leurs cœurs étaient lourds, mais pourtant non aussi amèrement que l'était Aulë, qui aimait la terre et toutes choses qui en étaient faites ou gagnées par un bon labeur, car de tous les Dieux ce fut lui qui aima Valmar le plus intègrement et Kôr et tous leurs trésors, et le sourire des douces plaines au-dehors, et sa ruine lui tranchait le cœur. Avec lui était Yavanna, Reine de la Terre, et elle avait chassé avec les Dieux et était épuisée ; mais Vána et Nessa pleuraient comme des demoiselles toujours à côté des fontaines de Kulullin d'or.

Ulmo seul ne vint pas aux Arbres, mais descendit sur la plage d'Eldamar, et il se tint là debout à regarder vers la pénombre loin en mer, et il appela souvent de sa voix si puissante comme s'il voulait tirer en arrière ces vagabonds sortis du droit chemin au sein des Dieux, et parfois il jouait une musique profonde et languissante sur ses conques magiques, et pour lui seul, à moins que ce ne fût pour Varda dame des étoiles, fut le départ des Gnomes un plus grand chagrin même que la ruine des Arbres. Auparavant, Ulmo aimait profondément les Solosimpi, mais quand il eut ouï de leur massacre aux mains des Gnomes, il fut endeuillé en vérité mais la colère n'endurcit point son cœur, car Ulmo était clairvoyant au-delà de tous les autres Dieux, même le grand Manwë, et peut-être vit-il nombre des choses qui jailliraient de cette fuite et des terribles douleurs des malheureux Noldoli dans le monde, et l'angoisse avec laquelle ils expieraient le sang de Kópas, et il eût voulu que cela ne fût pas.

Maintenant, lorsque tous furent ainsi rassemblés, Manwë leur parla alors, et il leur raconta les nouvelles qu'apporta Sorontur, et la manière dont la chasse avait échoué, mais en ce temps les Dieux furent abasourdis en la pénombre et n'eurent que peu de conseil, et chacun chercha sa demeure et ses lieux de délice ancien maintenant trépassé, et là s'assirent en silence et en sombre méditation. Pourtant d'aucuns allèrent encore et toujours de par la plaine et contemplèrent avec nostalgie les Arbres dësséchés comme si ces branches flétries devaient un jour bourgeonner d'une lumière neuve : mais ceci n'advint point, et Valinor fut pleine d'ombres et de pénombre, et les Elfes pleurèrent et ne purent être réconfortés, et les Noldoli connurent des malheurs amers dans les terres du Nord.

Après cela et longtemps plus tard, il transperça de chagrin et d'épuisement les Dieux en ceci que la lumière s'en était allée pour toujours de Valinor et que jamais plus ces Arbres ne fleuriraient à leurs heures désignées. Seule la lumière des étoiles demeurait, excepté en cet endroit où une lueur s'étend autour de la fontaine de Kulullin qui jouait encore, ou bien là où une pâle lumière s'attardait auprès du profond bassin de Telimpë [7], cuve des rêves. Pourtant même celles-ci étaient ternies et amoindries, car les Arbres ne portaient plus de rosée pour leur réapprovisionnement.

C'est pourquoi Vána se lève alors et part à la recherche de Lórien, et avec eux vont Urwendi et Silmo [8], et nombreux parmi les Vali et les Elfes ; et ils recueillent une grande quantité de lumière d'argent et d'or en de vastes vaisseaux et vont tristement jusqu'aux Arbres ruinés. Là Lórien chante de très nostalgiques chants de magie et d'enchantement autour du tronc de Silpion, et il ordonna que l'on arrose ses racines de la splendeur de Telimpë ; et ceci fut fait avec prodigalité, quoiqu'il n'en restât alors qu'une petite réserve dans les demeures des Dieux. Vána fait de même façon, et elle chante de vieilles chansons dorées des jours plus heureux, et ordonne à ses demoiselles de danser leurs danses lumineuses tout comme celles qu'elles dansèrent auparavant sur la pelouse des rosiers auprès de Kulullin, et tandis qu'elles dansaient, elle inonda les racines de Laurelin avec des ruisseaux provenant de ses jarres dorées.

Pourtant tous leurs chants et leurs enchantements n'ont de valeur, et, bien que les racines des Arbres semblent boire autant qu'ils peuvent verser, pourtant ils ne voient ni le moindre remuement de vie ni la plus faible étincelle de lumière ; ni sève ne luit en une feuille flétrie ni bourgeon ne relève sa tige courbée. En vérité, dans la frénésie de leur chagrin eussent-ils déversé les dernières réserves de luminosité que les Dieux retenaient, si n'étaient par chance survenus Manwë et Aulë en cette heure, attirés là par leurs chants dans la pénombre, qui les retinrent, disant : "Voici, ô, Vána, et toi, ô, Lórien, quelle est cette folie ? Et pourquoi n'avez-vous pas d'abord pris conseil de vos frères ? Car ne savez-vous pas que cela que vous versez sans réfléchir sur le sol est devenu plus précieux que toutes choses que le monde contient ; et lorsque il sera parti, peut-être toute la sagesse des Dieux ne pourra nous en fournir à nouveau."

Alors Vána dit : "Je te demande pardon, ô Manwë Súlimo, et que mon chagrin et mes larmes soient mon excuse ; mais auparavant ce liquide ne manqua jamais de rafraîchir le cœur de Laurelin, et elle porta toujours en retour un fruit de lumière en plus grande abondance que ce que nous donnions ; et il me sembla que les Dieux demeuraient assis sombres à l'intérieur de leurs palais et que de par le poids de leur chagrin, ils ne tentaient aucun remède contre leurs maux. Mais voici maintenant, Lórien et moi avons mis en avant nos sorts et ils ne peuvent rien accomplir", et Vána pleura.

Maintenant ce fut la pensée de nombre d'entre eux que l'un et l'autre, Lórien et Vána, ne pouvaient réussir à guérir les blessures de Laurelin et de Silpion, en ce qu'aucune parole de la Dame de la Terre, mère de magies, n'était mêlée à leurs sortilèges. Aussi, beaucoup dirent : "Partons à la recherche de Palúrien, car par sa magie peut-être ces Arbres connaîtront à nouveau quelque portion de leur ancienne gloire — et là, si la lumière est renouvelée, Aulë et ses ouvriers pourront réparer les blessures infligées à notre doux royaume, et le bonheur sera à nouveau entre Erumáni et la Mer [9]" — mais de l'obscurité et des jours mauvais qui perduraient depuis longtemps hors des collines, ils furent rares à se troubler ou à y penser.

Maintenant, donc, ils appelèrent Yavanna, et elle vint et leur demanda ce qu'ils désiraient, et en l'entendant elle pleura et parla devant eux, disant : "Sachez, ô Valar, et vous fils et filles des Eldar, Enfants d'Ilúvatar, premiers-nés des forêts de la Terre, que jamais plus ne fleuriront ces Deux Arbres, et d'autres comme eux ne pourront être menés à la vie en de nombreux âges du monde. Maintes choses se feront et adviendront, et les Dieux vieilliront, et les Elfes seront près de s'évanouir, avant l'heure où vous verrez ces Arbres ou le Soleil magique renaître", et les Dieux ne surent point ce qu'elle signifiait, à parler du Soleil Magique, et ils ne le surent que longtemps plus tard. Mais Tulkas, entendant cela, dit : "Pourquoi prononces-tu ces paroles, ô Kémi Palúrien, car la clairvoyance n'est pas ton habitude, et moins que tout celle du mal ?" Et il y en eut d'autres qui dirent : "Oui, et jamais auparavant n'a Kémi la Dame de la Terre été d'un conseil dur ou manqué d'un sort de la plus profonde vertu", et ils la supplièrent de mettre en avant sa puissance. Mais Yavanna dit : "C'est là le destin et la Musique des Ainur. De telles merveilles que ces Arbres d'or et d'argent, même les Dieux ne peuvent-ils en façonner qu'une seule et unique fois, et cela durant la jeunesse du monde ; et tous mes sorts seront inutiles pour accomplir ce que vous demandez maintenant."

Alors Vána dit : "Comment alors parles-tu, Aulë, grand concepteur, que l'on appelle *i.Talka Marda* — forgeron du Monde — pour la puissance de tes œuvres, comment allons-nous obtenir la lumière qui est nécessaire à notre joie ? Car qu'est-ce que Valinor sans lumière, ou bien qu'es-tu si tu perds ton adresse, comme, me semble-t-il, il est advenu en cette heure à ton épouse ?"

"Non, dit Aulë, la lumière ne peut être façonnée par la forge, ô Vána-Laisi, et aucun parmi les Dieux ne peut la façonner, si la sève des Arbres de merveille est désséchée pour toujours." Mais Palúrien en réponse dit aussi : "Voici, ô Tuivána, et vous tous à ses côtés des Vali et des Elfes, ne pensez-vous toujours qu'à Valinor, oublieux du monde en dehors ? — car mon cœur me dit que déjà serait-il temps pour les Dieux de reprendre le combat pour le monde et d'en renvoyer les pouvoirs de Melko avant qu'ils ne croissent en une force irrésistible."

Mais Vána ne comprit point ce qui était dans l'esprit de Palúrien, pensant seulement à son Arbre d'or, et elle demeura insatisfaite ; mais Manwë et Varda, et avec eux Aulë et Yavanna, partirent de là, et en secret conclave prirent conseil profond et poussé les uns des autres, et pour finir ils se trouvèrent un conseil d'espoir. Alors Manwë appela une fois de plus tout le peuple de Valinor ; et cette vaste foule se rassembla dans le boudoir ombragé de Vána, au milieu de ses roses, où se trouvaient les fontaines de Kulullin, car la plaine autour s'étendait maintenant tout entière froide et sombre. Là vinrent même les seigneurs des Elfes, et ils s'assirent aux pieds des Dieux, et cela ne s'était jamais fait auparavant ; mais quand tous furent rassemblés, Aulë se leva et dit : "Écoutez, vous tous, Manwë Súlimo Valatúru * a un plan à annoncer, et l'avis de la Dame de la Terre et de la Reine des Étoiles s'y trouve, et mon conseil n'en est pas non plus absent."

Alors un grand silence se fit, en sorte que Manwë pût parler, et il dit : "Voici, ô mon peuple, un temps d'obscurité a fondu sur nous, et pourtant j'ai en mon esprit que cela n'est pas sans le désir d'Ilúvatar. Car les Dieux étaient près d'oublier le monde qui s'étend en dehors, à attendre impatiemment des jours meilleurs, et les Hommes, les fils benjamins d'Ilúvatar qui bientôt doivent venir. Maintenant donc, les Arbres sont flétris qui emplissaient tant notre pays de beauté et nos cœurs de joie que des désirs élargis n'y entraient point, et ainsi, voyez, nous devons maintenant tourner nos pensées vers de nouvelles conceptions par lesquelles la lumière pourra être déversée à la fois sur le monde en dehors et sur Valinor dedans."

Puis il leur parla au sujet de ces réserves de luminosité qu'ils possédaient encore ; car de lumière argentée ils n'avaient grande réserve sauf seulement ce qui reposait encore en Telimpë, et, en moindre mesure, ce

* Dans la marge : « aussi *Valahiru* ».

qu'Aulë tenait en des bassins dans sa forge. Quelque peu fut sauvé avec amour par les Eldar en de minuscules vaisseaux comme elle s'écoulait et se perdait dans les sols autour du tronc frappé à mort, mais il s'agissait là de bien peu en vérité.

Maintenant la petite quantité de leur réserve de lumière blanche tenait à de nombreuses causes, en ce que Varda en usa grandement lorsqu'elle attisa les vastes étoiles de par les cieux, lors de la venue des Elfes et en d'autres occasions. En outre, cet Arbre Silpion portait une rosée de lumière en moindre richesse, et de loin, que n'en avait coutume Laurelin ; néanmoins, car elle était moins brûlante et subtile dans sa flamme, les Dieux et les Elfes en avaient un constant besoin pour leur ouvrage magique, et l'avaient mêlée à toutes sortes d'autres choses de leur conception, et en ceci les Noldoli furent les principaux.

Maintenant même les Dieux ne purent à leurs fins bien apprivoiser la lumière d'or et ils avaient souffert qu'elle fût rassemblée dans la grande cuve Kulullin à en grandement accroître les fontaines, ou bien dans d'autres brillants bassins et larges mares de par leurs cours, car la santé et la gloire de sa splendeur étaient très grandes. Il est dit en vérité que ces premiers façonneurs de joyaux, parmi lesquels Fëanor possède la plus grande renommée, seuls, avaient connaissance du secret qui permet de subtilement dompter la lumière dorée à leurs besoins, et ils n'osèrent utiliser leur savoir que très frugalement, et maintenant celui-ci a-t-il péri avec eux et quitté la Terre. Mais même de cette lumière dorée il n'existait une source qui ne tarirait, maintenant que Laurelin ne gouttait plus de sa douce rosée. De cette nécessité, Manwë forma-t-il son plan, et il fut pris de ce même semis d'étoiles que Varda effectua longtemps auparavant ; car à chacune des étoiles donna-t-elle un cœur de flamme d'argent placé en des vaisseaux de cristaux et de verre pâle et de substances inimaginées aux couleurs les plus évanescentes : et de ces vaisseaux, d'aucuns furent façonnés tels des bateaux, et surnageant grâce à leurs cœurs de lumière, ils allèrent toujours de par Ilwë, pourtant ne pouvaient-ils grimper jusqu'au royaume sombre et ténu de Vaitya qui est en dehors de tout. Maintenant des esprits ailés de la dernière pureté et beauté — les plus éthérés mêmes parmi ces chœurs brillants des Mánir et des Súruli qui vont de par les palais de Manwë sur Taniquetil ou traversent tous les airs qui se meuvent sur le monde — prirent place en ces bateaux étoilés et les guidèrent sur des cours labyrinthiques loin au-dessus de la Terre, et Varda leur donna des noms, mais rares parmi ceux-ci sont connus.

Il y en eut d'autres dont les vaisseaux étaient comme des lampes translucides placées tremblotant au-dessus du monde, dans Ilwë ou bien aux confins mêmes de Vilna et des airs que nous respirons, et elles vacillaient et décroissaient avec les remuements des vents des hauteurs et pourtant demeuraient où elles furent suspendues et ne bougèrent point ; et parmi celles-ci certaines étaient très grandes et très belles à voir et les Dieux et les Elfes parmi toutes leurs richesses les aimaient ; de là, en effet, les faiseurs de joyaux prirent leur inspiration. Non la moins aimée fut Morwinyon de l'Ouest, dont le nom signifie la lueur du crépuscule, et l'on a beaucoup raconté sur sa situation dans les cieux ; et sur Nielluin aussi, qui est l'Abeille de l'Azur, Nielluin, que tous les hommes peuvent encore voir en automne ou en hiver brûler près du pied de Telimektar fils de Tulkas dont le conte est encore à narrer.

Mais voici ! (dit Lindo) la beauté des étoiles m'a attiré loin du sujet, et pourtant je ne doute point que lors de ce grand discours, le plus vaste que Manwë prononçât jamais devant les Dieux, il en parla avec encore plus d'amour que je ne le fis. Car, voici, il désirait de cette façon mener les cœurs des Dieux à considérer son dessein, et après avoir parlé des étoiles, il forma ainsi ses paroles finales : "Voici, dit Manwë, il s'agit maintenant de la troisième tentative des Dieux pour apporter de la lumière aux endroits obscurs, et Melko a mené à la ruine et les Lampes du Nord et du Sud, et les Arbres de la Plaine. Maintenant dans l'air uniquement Melko n'a-t-il aucun pouvoir à faire le mal, c'est pourquoi c'est mon conseil que nous construisions un vaste vaisseau empli jusqu'à ses bords de la lumière d'or et des rosées préservées de Laurelin, et placions celui-ci à flotter tel un puissant navire loin au-dessus des royaumes obscurs de la Terre. Là enfilera-t-il des cours lointains à travers les airs et il déversera sa lumière sur le monde entier entre Valinórë et les rives de l'Est."

Maintenant Manwë désigna le cours du navire de lumière entre l'Est et l'Ouest, car Melko tenait le Nord et Ungweliant le Sud, tandis qu'à l'Ouest étaient Valinor et les royaumes bénis, et à l'Est de vastes régions de terres obscures assoiffées de lumière.

Maintenant il est dit (fit Lindo) que, alors que certains parmi les Dieux de par leur être divin pouvaient, s'ils le désiraient, aller avec une vitesse très abrupte à travers Vilna et les airs inférieurs, pourtant aucun parmi les Valar, pas même Melko lui-même, ni aucun autre sauf Manwë et Varda et leurs gens seuls n'avait le pouvoir de passer au-delà : car ce fut la parole d'Ilúvatar lorsqu'il les hâta dans le monde selon leur désir qu'ils demeurassent pour toujours dans le monde une fois qu'ils y fussent entrés, et n'en partiraient jusqu'à ce que vienne sa Grande Fin, y étant tissés dans les fils de sa destinée et en devenant une partie. Pourtant de plus, à Manwë seul, connaissant la pureté et la gloire de son cœur, Ilúvatar accorda-t-il le pouvoir de visiter les ultimes hauteurs et de respirer le grand et clair Serein qui s'étend si loin au-dessus du monde que ni la plus fine poussière de celui-ci ni l'odeur la plus ténue de ses vies ni le plus faible écho de son chant ou de son chagrin n'y parviennent ; mais loin au-dessous, il brille pâlement sous les étoiles et les ombres du Soleil et de la Lune qui font des aller-retour depuis Valinor volettent sur son visage. Là, souvent marche Manwë Súlimo loin au-delà des étoiles et il le regarde avec amour, et il est très proche du cœur d'Ilúvatar.

Mais cela a toujours été et est encore de la plus grande amertume pour Melko, car d'aucune manière ne pouvait-il maintenant de lui-même abandonner le sein de la Terre, et sans doute vous entendrez encore comment son envie fut massivement accrue lorsque les vaisseaux de splendeur mirent les voiles ; mais maintenant faut-il raconter que si émouvantes furent ses paroles et si grande fut leur sagesse que[10] la plupart des Dieux trouvèrent bon son dessein, et ils dirent : "qu'Aulë s'affaire donc avec tous ses gens à façonner ce navire de lumière" ; ils furent rares à parler différemment, bien qu'il fût dit que Lórien fut peu satisfait, craignant que l'ombre et le calme et les lieux secrets ne cessent d'être, et il est sûr que Vána ne put penser à grand-chose d'autre que la grandeur de son vain désir de voir les Arbres attisés à nouveau.

Alors Aulë dit : "La tâche que vous m'imposez est de la dernière difficulté, pourtant ferai-je tout ce que je puis en cela", et il quémanda l'aide de Varda qui fit les étoiles, et ces deux-là prirent leur départ et furent perdus durant un grand temps dans la pénombre. »

[Le conte se poursuit avec un récit de l'échec d'Aulë et Varda à concevoir une substance qui n'était pas « trop grossière pour surnager dans les airs ou trop fragile pour contenir la splendeur de Kulullin ». Lorsque ceci fut rendu public, Vána et Lórien demandèrent, puisque le dessein de Manwë avait échoué, qu'il ordonne à Yavanna de tenter de guérir les Arbres.]

« Enfin donc, Manwë somma Yavanna de mettre en avant son pouvoir, et cela lui répugna, mais la clameur du peuple la contraignit, et elle quémanda un peu de la splendeur blanche et dorée ; mais de celle-ci Manwë et Aulë ne voulurent abandonner que deux petites fioles seulement, disant que si le liquide ancien avait le pouvoir de guérir les Arbres, déjà fleuriraient-ils, car Vána et Lórien l'avaient déversé sans réserve sur leurs racines. Alors, tristement, Yavanna se tint sur la plaine et sa silhouette tremblait et son visage était très pâle de par la puissance de l'effort que son être mettait en avant, luttant contre le destin. Elle tint la fiole d'or dans sa main droite et celle d'argent dans sa main gauche, et se dressant entre les Arbres elle les éleva, et des flammes de rouge et de blanc s'élevèrent de chacune comme des fleurs, et le sol trembla, et la terre s'ouvrit, et une poussée de fleurs et de plantes en jaillit autour de ses pieds, blanches et bleues à sa gauche et rouges et or à sa droite, et les Dieux se tinrent assis en silence et stupéfaits. Alors allant, elle lança chaque fiole sur son Arbre respectif et chanta les chants de la poussée impérissable et un chant de résurrection après la mort et la flétrissure ; et soudain elle ne chanta plus. À mi-chemin se dressait-elle, entre les Arbres et un silence complet s'abattit, puis un grand bruit se fit entendre et nul ne sut ce qui était advenu, mais Palúrien était étendue évanouie sur la Terre ; mais ils furent nombreux à bondir à ses côtés et à la soulever du sol, et elle trembla et était effrayée.

"Vaine, ô enfants des Dieux, cria-t-elle, est toute ma force. Voici, à votre demande ai-je déversé mon pouvoir comme de l'eau sur la Terre, et comme de l'eau, la Terre me l'a aspiré — il est parti et je ne puis faire plus." Et les Arbres se dressaient toujours dénudés et décharnés, et toutes les compagnies pleurèrent à la contempler, mais Manwë dit : "Ne pleurez point, ô enfants des Dieux, le mal irréparable, car de nombreux beaux gestes restent encore peut-être à accomplir, et la beauté n'a pas péri et abandonné la Terre et tous les conseils des Dieux n'ont été pas réduits à rien" ; mais les gens quittèrent néanmoins cet endroit avec chagrin, sauf Vána seulement, et elle s'agrippa au tronc de Laurelin et pleura.

Maintenant fut le temps du plus faible espoir et de l'obscurité la plus profonde que Valinor eût encore connus ; et pourtant Vána pleura toujours, et elle entortilla ses cheveux d'or autour du tronc de Laurelin et ses larmes tombèrent doucement à ses racines ; et, alors même que la rosée de son tendre amour touchait cet arbre, voici, une soudaine lueur pâle naquit en ces lieux sombres. Vána regarda avec émerveillement, et là même où tombèrent ses premières larmes il jaillit une pousse de Laurelin, et elle bourgeonna, et les bourgeons étaient entièrement d'or, et il en provint une lumière comme d'un rayon de soleil par-dessous un nuage.

Alors Vána se hâta à une petite distance sur la plaine et de tout son pouvoir éleva sa douce voix qui vint tremblant doucement jusqu'aux portes de Valmar, et tous les Valar entendirent. Ómar dit alors : "C'est la voix de la lamentation de Vána", mais Salmar dit : "Non, écoute encore, car il y a plutôt de la joie dans ce son", et tous ceux qui se tenaient autour tendirent l'oreille, et les paroles qu'ils entendirent furent *I.kal' antúlien*, la Lumière est revenue.

Bruyant alors fut le murmure de par les rues de

Valmar, et les gens filèrent en foule par-dessus la plaine, et lorsqu'ils contemplèrent Vána sous l'Arbre et la pousse d'or nouvelle alors soudain un chant de très grande louange et joie jaillit sur toutes les langues ; et Tulkas dit : "Voyez, plus puissants se prouvèrent les sorts de Yavanna qu'elle ne le prédit !" Mais Yavanna, contemplant le visage de Vána, dit : "Hélas, ce n'est pas ainsi, car en ceci mes sorts n'ont joué qu'un moindre rôle, et plus puissant a été le tendre amour de Vána, et ses larmes tombantes une rosée plus guérissante et plus tendre que toute l'ancienne lumière : pourtant, en ce qui concerne ma prédiction, bientôt verras-tu, ô Tulkas, si tu désires bien regarder."

Alors le peuple entier contempla Laurelin, et voici, ces bourgeons ouvrirent et produisirent des feuilles, et celles-ci furent de l'or le plus fin et d'un autre type que les anciennes et, tandis qu'ils regardaient la branche porta une floraison dorée, et elle était bondée de fleurs. Maintenant, ses floraisons s'ouvrirent rapidement jusqu'à leur plus grande taille et il sembla qu'une bouffée de vent vint subitement et les secoua de leurs tiges fines, les soufflant autour des têtes de ceux qui regardaient comme des jets de feu, et les gens pensèrent qu'il se trouvait du mal en cela ; mais maints Eldar pourchassèrent au loin ces pétales brillants et les rassemblèrent en des paniers, mais hormis ceux qui étaient de fils d'or ou d'autres métaux, ceux-ci ne purent contenir ces floraisons ardentes et furent tous consumés et brûlés, de sorte que les pétales furent perdus à nouveau.

Il y eut cependant une fleur plus grande que les autres, plus brillante, et plus richement dorée, et elle se balança dans les vents mais ne tomba point ; et elle poussa, et comme elle poussait elle fructifia de sa propre chaleur radieuse. Et, tandis que ses pétales tombèrent et furent préservés, il y eut un fruit d'une grande beauté qui pendit de cette branche de Laurelin, mais les feuilles de la branche se désséchèrent et elles flétrirent et ne brillèrent plus. En même temps qu'elles tombaient au sol le fruit s'accrût merveilleusement, car toute la sève et la splendeur de l'Arbre agonisant coulaient dedans, et les jus de ce fruit semblaient des flammes vacillantes d'ambre et de rouge et ses pépins de l'or resplendissant, mais sa peau était d'une luminosité parfaite, aussi lisse que du verre dont la nature est transfusée d'or, et à travers celle-ci le déplacement de ses jus transparaissait comme les feux de fournaises battantes. Si vaste devint la lumière et la richesse de cette poussée et le poids de sa fertilité que la branche en fut pliée, et le fruit pendit tel un globe de feu devant leurs yeux.

Alors Yavanna dit à Aulë : "Soutiens cette branche, mon seigneur, de crainte qu'elle ne se rompe et que le fruit de merveille ne chute brutalement sur le sol ; et du plus grand chagrin cela serait, car sachez tous qu'il s'agit de la dernière flamme de vie que montrera Laurelin." Mais Aulë s'était tenu près comme quelqu'un perdu en une soudaine pensée depuis que ce fruit vint à mûrir, et il répondit maintenant, disant : "Durant très longtemps en vérité, Varda et moi avons-nous cheminé à travers les demeures et les jardins désolés à la recherche des matériaux de notre ouvrage. Maintenant je sais qu'Ilúvatar a amené mon désir en ma main." Alors appelant Tulkas à son aide, il trancha la tige de ce fruit, et ceux-là qui contemplaient eurent le souffle coupé et furent stupéfaits devant son geste impitoyable.

Ils murmurèrent fortement, et d'aucuns s'écrièrent : "Malheur à celui qui viole à nouveau notre Arbre", et Vána fut grandement courroucée. Pourtant il n'y en eut aucun parmi ceux-là qui osa s'approcher, car Aulë et Tulkas, l'un et l'autre, pouvaient à peine soulever même sur leurs épaules divines ce vaste globe de flamme et chancelaient sous son poids. En entendant leur colère Aulë demeura, disant : "Cessez donc, gens de peu de sagesse, et ayez patience", mais sur ces mêmes mots son pied se déroba et il trébucha, et même Tulkas ne put porter ce fruit tout seul, de sorte qu'il tomba et, heurtant un sol rocheux le fruit se brisa en deux. Aussitôt une telle splendeur aveuglante en jaillit que même la pleine floraison de Laurelin n'avait égalée auparavant, et les yeux assombris des Vali furent éblouis de sorte qu'ils se reculèrent abasourdis ; mais un pilier de lumière s'éleva de cet endroit, frappant le ciel à en faire pâlir les étoiles, et le visage de Taniquetil rougeoya au loin, et Aulë seul parmi tous ceux qui se trouvaient là ne fut troublé par le chagrin. Alors Aulë dit : "De ceci puis-je fabriquer un navire de lumière — surpassant même le désir de Manwë", et maintenant Varda et maints autres, même Vána, comprirent son intention et furent heureux. Mais ils firent une corbeille massive d'or entortillé, et la parsemant de pétales ardents de sa propre floraison, ils y déposèrent dedans les moitiés du fruit du midi et le soulevant de maintes mains, l'emportèrent avec grand espoir et maintes chansons. Puis, venant aux cours d'Aulë, ils le déposèrent, et alors débuta la grande forgeronnerie du Soleil ; et celle-ci fut la plus astucieuse et merveilleuse de toutes les œuvres d'Aulë Talkamarda, dont les œuvres sont légion. Il fit un vaisseau de cette peau parfaite, diaphane et resplendissante, pourtant d'une force trempée, car avec des sorts qu'il possédait il surmonta sa friabilité, et en aucune manière ne fut sa subtile délicatesse réduite par cela.

Maintenant le rayonnement le plus ardent qui y fut déversé n'en déborda ni ne se ternit, et ce vaisseau n'en reçut non plus de blessure, pourtant surnageait-il dans les airs plus légèrement qu'un oiseau ; et Aulë fut submergé de joie, et il façonna ce vaisseau comme un vaste navire à larges barrots, posant une moitié de la peau dans l'autre de sorte que sa force ne fût brisée. »

[Il suit un récit de la manière dont Vána, se repentant de ses murmures passés, coupa court ses cheveux d'or et les donna aux Dieux, et avec ses cheveux ils tissèrent des voiles et des cordages « plus solides qu'aucun marinier ait vus, pourtant de la finesse de la gaze ». Les mâts et espars du navire étaient entièrement d'or.]

« Lorsque ce Navire des Cieux fut apprêté au dernier point, les pétales impérissables de la fleur la plus tardive de Laurelin furent rassemblés en une étoile à sa proue, et des pommeaux et des banderoles de lumière reflétante furent suspendus à ses bastingages, et un éclair de foudre fut pris dans son mât pour faire une bannière ; mais tout ce vaisseau fut empli à ras bord de la splendeur flamboyante de Kulullin d'or et y furent mêlées des gouttes des jus du fruit du midi, et celles-ci étaient très chaudes, et après cela le sein de la Terre put à peine retenir cette barque, et elle bondissait dans ses cordes comme un oiseau captif qui languit après les airs.

Alors les Dieux nommèrent cette barque, et ils l'appelèrent Sári qui est le Soleil, mais les Elfes la nommèrent Ûr qui est le feu[11] ; mais elle porte bien d'autres noms dans les légendes et dans la poésie. La Lampe de Vána est-elle nommée parmi les Dieux en souvenir des larmes de Vána et des douces tresses qu'elle donna ; et les Gnomes la nomment Galmir qui luit d'or[12] et Glorvent le navire d'or, et Bráglorin le vaisseau flamboyant, et de bien d'autres noms encore ; et ses noms parmi les Hommes, personne ne les a comptés.

Voici, maintenant faut-il raconter la manière dont tandis que le galion fut en construction, d'autres près de l'endroit où poussèrent jadis les Deux Arbres façonnèrent un grand bassin et des gens y œuvrèrent valeureusement. Son plancher ils firent d'or, et ses murs de bronze poli, et une arcade de piliers dorés surmontés de feux le ceinturait, excepté à l'est ; mais Yavanna l'entoura d'un sort immense et sans nom, de sorte qu'il y fut versé la plupart des eaux du fruit du midi et le bassin devint un bain de feu. En vérité, n'est-il pas nommé Tanyasalpë, le bol de feu, ni même Faskala-númen, le Bain du Soleil Couchant ; car ici, lorsque plus tard Urwendi s'en revint de l'est et que le premier soleil couchant vint sur Valinor, le navire fut abaissé et son rayonnement rafraîchi à nouveau en prévision de nouvelles errances sur le lendemain tandis que la Lune tint les Hauts Cieux.

Maintenant la construction de cet endroit de feu fut plus étonnante qu'elle ne parut, car si subtiles furent ces lumières radieuses que posées dans l'air elles ne se déversaient point ni ne sombraient, non, elles s'élevaient plutôt et flottaient loin au-dessus de Vilna, étant de la dernière poussée et légèreté. Mais maintenant plus rien ne s'échappait de Faskalan qui brûlait au centre de la plaine et il en parvenait de la lumière en Valinor ; pourtant, en raison de la profondeur du bassin elle ne se répandait pas à une grande distance et l'anneau d'ombres se dressait tout autour.

Alors Manwë dit, contemplant la gloire de ce navire qui tendait pour s'échapper : “Qui nous dirigera ce bateau et le guidera sur son cours au-dessus des royaumes de la Terre, car même les corps sacrés des Valar, me semble-t-il, ne pourront longtemps endurer d'être baignés dans cette puissante lumière ?"

Mais une grande pensée vint au cœur d'Urwendi et elle dit qu'elle n'était pas effrayée, et supplia qu'on lui donne l'autorisation de devenir la maîtresse du Soleil et de se préparer pour cette charge comme Ilúvatar plaça en son cœur de le faire. Alors ordonna-t-elle à maintes de ses demoiselles de la suivre, parmi celles-là mêmes qui auparavant arrosèrent les racines de Laurelin avec la lumière, et jetant de côté leurs vêtements elles descendirent en cet étang Faskalan comme des baigneuses dans la mer, et ses écumes d'or montèrent sur leurs corps, et les Dieux ne les virent point et furent effrayés. Mais après un temps elles vinrent à nouveau aux rives de cuivre et ne furent pas comme auparavant, car leurs corps étaient devenus lumineux et brillaient d'une ardeur intérieure, et la lumière lança des éclairs de leurs membres lorsqu'elles se déplaçaient, et aucun habit ne put jamais plus endurer de recouvrir leurs corps glorieux. Comme de l'air étaient-elles, et elles marchaient aussi légèrement que le fait la lumière du Soleil sur la Terre, et sans prononcer un mot elles grimpèrent à bord du navire, et ce vaisseau tira sur ses cordages et tout le peuple de Valinor suffit à peine pour le retenir.

Maintenant enfin, à la sommation de Manwë ils grimpent les longues pentes de Taniquetil et tirent *i.Kalaventë* le Navire de Lumière avec eux, et ceci n'est pas non plus une lourde tâche ; et maintenant ils se tiennent sur le large espace devant les portes du grand Manwë, et le navire est sur la pente ouest de la montagne tremblant et tirant sur ses liens, et déjà si grande est sa gloire devenue que des rayons de soleil se déversent par-dessus les épaules de Taniquetil et une nouvelle lumière est dans le ciel, et les eaux des Mers Ombreuses au-delà sont touchées par un feu tel qu'elles n'en ont encore jamais vu. En cette heure il est dit que toutes les créatures qui erraient dans le monde s'immobilisèrent et s'émerveillèrent, alors même que Manwë s'approche et dit à Urwendi : "Va maintenant, demoiselle merveilleuse lavée de feu, et dirige le navire de lumière divine de par le monde, que la joie fouille ses plus étroites crevasses et que toutes choses qui dorment en son sein s'éveillent[13]" ; mais Urwendi ne répondit point, tout occupée à regarder ardemment vers l'est, et Manwë ordonna que l'on ôtât les liens qui la retenaient, et aussitôt la Barque du Matin s'éleva au-dessus de Taniquetil et le sein de l'air la reçut.

Elle brûla encore et toujours plus vive et plus pure à mesure qu'elle s'élevait, jusqu'à ce que Valinor tout entière fût emplie de sa splendeur et que les vallées d'Erúmáni et les Mers Ombreuses fussent baignées de lumière, et le reflet du soleil se déversa sur la sombre plaine d'Arvalin, sauf là seul où les toiles collantes et les fumées les plus obscures d'Ungweliant s'étendaient encore trop épaisses pour que quelque rayonnement filtre au travers.

Alors tous, levant les yeux, virent que les cieux étaient bleus, et très lumineux et beaux, mais les étoiles s'enfuirent comme cette immense aube vint sur le monde ; puis un doux vent souffla depuis les terres froides pour rencontrer la barque et emplit ses voiles luisantes, et des vapeurs blanches montèrent depuis les mers brumeuses qu'elle surplombait, et sa proue sembla trancher une écume blanche et légère. Pourtant n'hésita-t-elle point, car les Mánir qui voyageaient à ses côtés la tiraient avec des cordes dorées, et plus haut et plus haut encore s'éleva le galion du Soleil, jusqu'à ce qu'il ne fût plus même aux yeux de Manwë qu'un disque de feu orné de voiles de splendeur qui lentement et majestueusement prenait son départ de l'ouest.

Maintenant à mesure qu'il s'éloigna sur son chemin, la lumière en Valinor se fit plus tamisée, et les ombres des maisons des Dieux devinrent longues et penchantes, s'éloignant vers les eaux des Mers Extérieures, mais Taniquetil jeta vers l'ouest une vaste ombre qui s'accrut toujours plus longue et plus profonde, et ce fut l'après-midi en Valinor. »

Alors Gilfanon dit en riant : « Non, mais mon bon ami, tu rallonges le conte grandement, car il me semble que tu aimes à t'attarder sur les œuvres et les gestes des grands Dieux, mais si tu ne mets pas de mesure à tes paroles notre étranger ici ne vivra point pour entendre raconter ces choses qui se déroulèrent dans le monde lorsque les Dieux lui donnèrent enfin la lumière qu'ils avaient si longtemps retenue — et de tels contes, il me semble, sont d'une variété plaisante à entendre. »

Mais Eriol écoutait en vérité la douce voix de Lindo avec une grande ardeur, et il dit : « Il ne s'est déroulé que peu de temps, un jour seulement peut-être l'estimeraient les Eldar, depuis que je suis arrivé ici, pourtant je n'aime plus le nom d'étranger, et Lindo ne rallongera non plus jamais son conte au-delà de mon désir, quoi qu'il vienne à raconter, mais voici, cette Histoire est toute à mon cœur. »

Mais Lindo dit : « Non, non, j'ai en effet encore des choses à raconter ; pourtant, ô Eriol, les choses que Gilfanon tient sur ses lèvres méritent bien qu'on l'écoute — en vérité, ni moi, ni tous ceux ici présents, n'avons encore entendu un récit complet de ces sujets. Aussitôt donc que possible, vais-je conclure mon conte et en finir, mais qu'il se fasse qu'à trois nuits d'ici nous ayons d'autres contes le récit, et il s'agira d'un moment de plus grande cérémonie, et il y aura des musiques, et tous les enfants de la Chaumière du Jeu Perdu seront ici rassemblés à ses pieds pour entendre Gilfanon narrer la peine des Noldoli et la venue de l'Humanité. »

Maintenant ces mots ravirent grandement Gilfanon et Eriol, et maints autres de surcroît furent heureux, mais maintenant Lindo poursuit :

« Sachez donc que le Navire-Soleil grimpa à de telles hauteurs, et en grimpant flamboya toujours plus brûlant et plus vif, qu'avant longtemps sa gloire fut plus large que jamais les Dieux n'eussent conçu lorsque le vaisseau était encore amarré parmi eux. De partout perça sa vaste lumière, et toutes les forêts obscurcies et les vallées, les pentes dénudées et les rivières rocheuses en furent éblouies, et les Dieux furent stupéfaits. Grandes furent la magie et la merveille du Soleil en ces jours de la brillante Urwendi, mais non si tendres et si délicatement belles que ne le fut en un temps le doux Arbre Laurelin ; et ainsi un murmure d'un nouveau mécontentement s'éveilla en Valinor, et des mots coururent parmi les enfants des Dieux, car Mandos et Fui furent courroucés, disant qu'Aulë et Varda seraient toujours à s'immiscer dans le bon ordre du monde, en faisant un lieu où aucune tranquillité ou ombre paisible ne pût demeurer ; mais Lórien s'assit et pleura dans un bosquet d'arbres sous l'ombre de Taniquetil et contempla ses jardins qui s'étendaient plus bas, encore en désordre de la grande chasse des Dieux car il n'avait le cœur à les réparer. Là, les rossignols étaient silencieux car la chaleur dansait au-dessus des arbres, et ses pavots étaient flétris, et ses fleurs du soir tombaient et n'exhalaient aucun parfum ; et Silmo se tint debout tristement auprès de Telimpë qui luisait faible et blême, comme des eaux dormantes plutôt que la rosée brillante de Silpion, tant surpuissante se montrait la lumière du jour. Alors Lórien se leva et dit à Manwë : "Rappelle ton bateau étincelant, ô Seigneur des Cieux, car nos yeux sont endoloris de sa flamboyance, et beauté et doux sommeil sont repoussés au loin. Plutôt l'obscurité et nos souvenirs que ceci, car ce n'est pas là l'ancienne beauté de Laurelin, et Silpion n'est plus." Et aucun parmi les Dieux ne fut non plus entièrement satisfait, car ils surent dans leurs cœurs qu'ils avaient fait une plus grande chose qu'ils ne l'avaient cru au premier abord, et que jamais plus Valinor ne verrait d'âges comme ceux qui étaient passés ; et Vána dit que la fontaine de Kulullin s'était ternie et que son jardin s'était flétri sous la chaleur, et que ses roses perdaient leurs teintes et leur parfum, car le Soleil voguait alors plus près de la Terre que ce n'est le cas maintenant.

Alors Manwë les réprimanda pour leur manque de constance et leur mécontentement, mais ils ne furent point apaisés ; puis soudain Ulmo parla, venant depuis les confins de Vai : "Seigneur Manwë, ni leurs conseils ni les tiens ne sont à mépriser. N'avez-vous donc compris, ô Valar, en quelle chose reposait grande partie de la beauté des Arbres anciens ? — Dans le changement, et dans la lente altération des belles choses, le passage se mélangeant doucement avec ce qui était à venir."

Mais Lórien dit abruptement : "Ô Valatúru, le Seigneur de Vai dit des mots plus sages que jamais auparavant, et ils m'emplissent d'un grand désir", et il les laissa à cela et sortit sur la plaine, et ce faisait alors trois journées, ce qui est la durée de trois floraisons de Laurelin auparavant, depuis que la Barque du Matin fut lâchée. Alors durant quatre journées encore Lórien demeura assis à côté du tronc de Silpion et les ombres se rassemblèrent timidement à ses côtés, car le Soleil était loin à l'est, battant de par les cieux suivant son désir, puisque Manwë n'avait encore réglé son cours et que Urwendi reçut l'ordre d'aller comme bon lui semblait. Pourtant Lórien n'est néanmoins point apaisé, bien que l'obscurité des montagnes rampât sur la plaine, qu'une brume soufflât depuis la mer et qu'un crépuscule vague et voletant se rassemblât une fois de plus en Valinor, mais durant longtemps il demeure assis à songer à la raison pour laquelle les sorts de Yavanna n'œuvrèrent que sur Laurelin. »

[Alors Lórien chanta pour Silpion, disant que les Valar étaient perdus « dans un désert d'or et de chaleur, ou bien dans des ombres pleines de mort et de pénombres méchantes », et il toucha la blessure dans le tronc de l'Arbre.]

« Voici, au moment où il toucha cette cruelle blessure une lumière luisit faiblement à cet endroit comme d'une sève radieuse s'y agitant encore, mais une branche basse au-dessus de la tête de Lórien bourgeonna soudain, et des feuilles d'un vert très foncé, longues et ovales, bourgeonnèrent et se déplièrent sur elle et pourtant tout l'Arbre autour resta dénudé et mort et a toujours été ainsi depuis. Maintenant cela faisait en ce temps sept fois sept jours depuis que le fruit du midi naquit sur Laurelin, et nombreux parmi les Eldar et les esprits et les Dieux furent attirés et s'approchèrent, écoutant le chant de Lórien ; mais il ne leur prêta point attention, contemplant l'Arbre.

Voici, ses nouvelles feuilles étaient couvertes d'une croûte d'une humidité d'argent, et leurs faces inférieures étaient blanches et serties de pâles filaments luisants. Des bourgeons de fleurs y avait-il aussi sur la branche, et ils s'ouvrirent, mais une sombre brume de la mer se rassembla autour de l'arbre, et l'air se fit douloureusement froid comme jamais auparavant il ne le fut en Valinor, et ces bourgeons se fanèrent et tombèrent et personne ne leur prêta attention. Il y en eut un seul qui en s'ouvrant brilla de sa propre lumière et ni brume ni froid ne l'endommagea, mais en vérité, s'accroissant il sembla aspirer les vapeurs mêmes et les transformer subtilement en la substance d'argent de son corps ; et il grandit à en devenir une fleur miroitante très pâle et merveilleuse, et même la neige la plus pure sur Taniquetil luisant dans la lumière de Silpion ne l'égala, et son cœur était de flamme blanche et il palpitait, croissant et décroissant avec grande beauté. Alors Lórien dit par la joie de son cœur : "Voyez la Rose de Silpion", et cette rose grandit jusqu'à ce que le fruit de Laurelin fût à peine plus grand, et il y avait dix mille pétales de cristal dans cette fleur, et elle était inondée d'une rosée parfumée comme du miel et cette rosée était de la lumière. Maintenant Lórien ne souffrit que personne s'en approchât, et ceci regrettera-t-il toujours : car la branche sur laquelle pendait la Rose fournit toute sa sève et se flétrit, et même alors il ne permit que l'on cueille doucement la floraison, étant pris d'amour pour sa beauté et désirant puissamment qu'elle devienne plus forte que le fruit du midi, plus glorieuse que le Soleil.

Alors la branche flétrie se rompit et la Rose de Silpion chuta, et une quantité de sa lumière de rosée en fut rudement secouée, et ici et là un pétale fut écrasé et terni, et Lórien cria à haute voix et chercha à la soulever tendrement, mais elle était trop grande. Alors les Dieux envoyèrent mander aux palais d'Aulë, car là se trouvait un immense plateau d'argent, semblable à une table de géants, et ils déposèrent dessus la dernière floraison de Silpion et malgré ses blessures sa gloire et son parfum et sa pâle magie furent en vérité très grands.

Maintenant, lorsque Lórien eut maîtrisé son chagrin et ses remords, il dit le conseil que les paroles d'Ulmo avaient mis en son cœur : que les Dieux construisissent un autre vaisseau pour égaler le galion du Soleil, "et il sera fait à partir de la rose de Silpion, dit-il, et en souvenir de la croissance et de la décroissance de ces Arbres, durant douze heures le Navire du Soleil voguera dans les cieux et quittera Valinor, et durant douze autres la pâle barque de Silpion montera dans le ciel, et il y aura du repos pour les yeux fatigués et les cœurs épuisés".

Ainsi fut la manière de la fabrication de la Lune, car Aulë ne voulut démembrer la beauté de la Rose d'Argent, et il appela plutôt à lui de ces Eldar de sa maisonnée qui furent auparavant des Noldoli [14] et qui fréquentèrent les façonneurs de joyaux. Maintenant ceux-ci lui révélèrent une grande réserve de cristaux et de verres délicats que Fëanor et ses fils [15] avaient placés en réserve en des lieux secrets de Sirnúmen, et avec l'aide de ces Elfes et de Varda des étoiles, qui offrit même de la lumière de ses barques fragiles pour donner une limpide clarté à leur construction, il fit pour la première fois une substance fine comme le pétale d'une rose, aussi claire que le verre elfique le plus transparent qui fût, et très lisse, pourtant Aulë put de son adresse la tordre et la façonner, et la nommant il l'appela *vírin*. De *vírin* maintenant il construisit un vaisseau merveilleux, et les hommes l'ont souvent nommé le Navire de la Lune, pourtant ressemble-t-il peu à quelque barque qui jamais voguât sur mer ou sur air. Plutôt était-il comme une île de verre sans faille, bien qu'il ne fût très large, et il possédait des lacs minuscules, bordés de fleurs neigeuses qui brillaient, car l'eau de ces étangs qui leur donnait de la sève était formée de la luminosité de Telimpë. Tout à fait au centre de cette île miroitante fut œuvré un gobelet de cette chose cristalline qu'Aulë façonna et en dedans l'on plaça la Rose magique, et le corps de verre lança des reflets merveilleux lorsqu'elle étincela à l'intérieur. Il y avait des perches, et peut-être étaient-elles de glace, et elles s'élevaient par-dessus comme des mâts évanescents, et des voiles leur furent accrochées avec de minces fils, et Uinen les tissa de brumes blanches et d'écume, et d'aucunes furent éparpillées d'écailles luisantes de poissons argentés, d'aucunes serties des plus minuscules étoiles comme des points de lumière — des étincelles prises dans la neige lorsque Nielluin brillait.

Ainsi fut le Navire de la Lune, l'île de cristal de la Rose, et les Dieux la nommèrent Rána, la Lune, mais les fées l'appelèrent Sil, la Rose [16], et de bien d'autres doux noms encore. Ilsaluntë ou la chaloupe d'argent a-t-elle été nommée, et de surcroît les Gnomes l'ont nommée Minethlos ou l'île d'argent et Crithosceleg, le disque d'argent.

Maintenant Silmo supplia qu'on lui permette de voguer dedans sur les océans du firmament, mais il ne le put, car il n'était pas des enfants de l'air et ne put trouver un moyen de rincer son être de cet aspect qui l'attirait vers la Terre comme le fit Urwendi [17], et il lui eût été peu utile d'entrer en Faskalan, eût-il osé le tenter, car Rána se serait alors flétrie devant lui. Manwë ordonna donc à Ilinsor, un esprit des Súruli qui aimait les neiges et la lumière des étoiles et qui aida Varda dans quantité de ses œuvres, de piloter ce bateau aux étranges lueurs, et avec lui allèrent bien d'autres esprits de l'air vêtus de robes d'argent et de blanc, ou bien de l'or le plus pâle ; mais un vieil Elfe aux cheveux blancs mit pied sur la Lune sans qu'on l'aperçût et se cacha dans la Rose, et là demeure-t-il depuis et il soigne cette fleur, et il s'est construit une petite tourelle blanche sur la Lune où il grimpe souvent, et regarde les cieux, ou la Terre au-dessous, et il s'agit là d'Uolë Kúvion qui ne dort jamais. D'aucuns en vérité l'ont nommé l'Homme dans la Lune, mais plutôt est-ce Ilinsor qui pourchasse les étoiles.

Maintenant faut-il raconter la manière dont le plan que conçut Lórien fut changé, car la lumière blanche de Silpion n'est en aucune façon aussi flottante et éthérée que l'est la flamme de Laurelin, et le *vírin* n'est pas non plus aussi léger que la peau du lumineux fruit du midi ; et lorsque les Dieux eurent chargé de lumière le navire blanc et l'eurent lancé dans les cieux, voici, il ne voulut s'élever plus haut que leurs têtes. De surcroît, voici, cette Rose vivante continuait à produire un miel comme de lumière qui se distille sur l'île de verre, et une rosée de rayons de lune y luit, mais ceci pèse sur le vaisseau plutôt que d'accroître sa flottabilité comme le firent les flammes du Navire-Soleil. Ainsi est-il qu'Ilinsor doit s'en retourner parfois, et ce débordement de la splendeur de la Rose est préservé en Valinor contre des jours sombres — et il faut raconter que de tels jours viennent encore et toujours, car alors la fleur blanche de l'île décroît et ne brille qu'à peine, et à ce moment doit-elle être rafraîchie et arrosée de sa rosée d'argent, assez proche en cela de la manière dont Silpion en eut l'habitude auparavant.

Aussi, un bassin fut construit tout à fait contre le sombre mur du sud de Valmar, et d'argent et de marbres blancs furent ses murs, mais des ifs sombres l'enfermaient, plantés comme ils l'étaient en un labyrinthe des plus complexes autour de celui-ci. Là, Lórien préserva le trésor de pâle lumière de rosée de cette douce Rose, et il nomma l'endroit le Lac Irtinsa.

Ainsi se fait-il que durant quatorze nuits les hommes peuvent voir la barque de Rána flotter sur les airs, et durant les quatorze autres les cieux ne la connaissent point ; et même en ces doux soirs où Rána sort en voyage, elle ne montre pas toujours le même aspect comme le fait Sári le glorieux, car tandis que ce galion lumineux voyage au-dessus d'Ilwë même et au-delà des étoiles et se tranche une voie éblouissante qui aveugle les cieux, la plus haute de toutes choses, s'occupant peu de vents ou de mouvements des airs, pourtant la barque d'Ilinsor est plus lourde et moins emplie de magie et de pouvoir, et ne s'aventure jamais au-delà des cieux mais vogue parmi les plis inférieurs d'Ilwë, se faufilant en un blanc andain entre les étoiles. Pour cette raison les vents des hauteurs la troublent parfois, tirant sur ses voiles brumeuses ; et celles-ci sont souvent déchirées et éparpillées, et les Dieux les renouvellent. Parfois aussi, les pétales de la Rose sont froissés, et ses flammes blanches soufflées ici et là comme une bougie d'argent vacillant dans le vent. Alors Rána se soulève et se balance dans les airs, comme vous pouvez le voir souvent, et remarquer la fine courbe de sa quille brillante, maintenant sa proue qui tangue, maintenant sa poupe ; et parfois encore, elle vogue sereinement vers l'ouest, et à travers la pure et lumineuse transparence de sa charpente l'on voit la large Rose de Silpion, et d'aucuns disent aussi la vieille forme d'Uolë Kúvion à côté.

Alors le Navire de la Lune en vérité est très beau à contempler, et la Terre s'emplit de fines lumières et d'ombres profondes aux mouvements rapides et des rêves radieux vont sur des ailes fraîches de par le monde, mais Lórien connaît le regret au milieu de son bonheur, car sa fleur porte encore, et portera pour toujours, les légères traces de ses ecchymoses et de sa chute ; et tout un chacun peut le voir clairement.

Mais [18] voici, dit Lindo, je cours en avant, car je n'ai encore fait que raconter que le navire d'argent est récemment construit, et Ilinsor n'a encore mis qu'un pied à bord — et maintenant les Dieux tirent ce vaisseau une fois de plus le long des pentes escarpées du vieux Taniquetil, chantant sur leur chemin des chants du peuple de Lórien qui étaient depuis longtemps muets en Valinor. Plus lent fut ce voyage que la levée de la Barque du Matin, et le peuple entier tire hardiment sur les cordes, jusqu'à ce que vienne Oromë qui y attelle un troupeau de chevaux blancs sauvages, et ainsi vient le vaisseau jusqu'à l'endroit le plus élevé.

Alors voici, l'on voit de loin le galion du Soleil qui s'en vient doré de l'est, et les Valar s'émerveillent de distinguer les pics dorés de nombreuses montagnes au loin, et des îles luisant de vert dans des mers auparavant noires. Alors Ossë s'écria : "Regarde, ô Manwë, mais la mer est bleue, aussi bleue pratiquement qu'Ilwë que tu aimes !" et "Non, dit Manwë, nous n'envierons point Ilwë, car la mer n'est pas seulement bleue, mais gris et vert et pourpre, et fleurie avec grande beauté de blanc écumant. Ni jade ni améthyste ni porphyre serti de diamants et de perles ne pourront concurrencer les eaux de la Grande et des petites mers lorsque la lumière du Soleil les inonde".

Ce disant, Manwë envoya Fionwë son fils, le plus rapide de tous lorsqu'il s'agit de se déplacer dans les airs, et lui ordonna de dire à Urwendi que la barque du Soleil devait revenir un temps en Valinor, car les Dieux avaient des conseils pour son oreille ; et Fionwë fila avec le plus grand plaisir, car il avait conçu un grand amour pour cette demoiselle lumineuse longtemps auparavant, et sa beauté maintenant, lorsque baignée de feu elle siégeait comme la maîtresse radieuse du Soleil, l'enflamma avec l'ardeur des Dieux. Ainsi se fit-il qu'Urwendi ramena son navire peu disposé à cela pardessus Valinor, et Oromë lança un nœud coulant d'or autour du bateau, et il fut lentement tiré vers le sol, et voici, les forêts sur Taniquetil reluisirent une fois de plus dans la lumière mêlée d'argent et d'or, et tous se remémorèrent le mélange des Arbres de jadis ; mais Ilsaluntë pâlit face au galion du Soleil jusqu'à en sembler pratiquement éteint. Ainsi se termina la première journée sur le monde, et elle fut très longue et pleine de gestes merveilleux que racontera peut-être Gilfanon ; mais maintenant les Dieux contemplent le soir qui s'approfondit de par le monde à mesure que l'on tire le Navire-Soleil vers le sol, que la lueur sur les montagnes s'évanouit et que l'étincellement des mers s'éteint. Alors l'obscurité primordiale sortit à nouveau et rampa hors de nombreux repaires furtifs, mais Varda fut heureuse de voir la lumière régulière des étoiles. Sári fut tirée sur la plaine, et lorsqu'elle fut loin l'on traîna Ilsaluntë sur la cime la plus haute et sa lumière blanche tomba sur le large monde et la première nuit vint ainsi. En vérité, en ces jours, l'obscurité n'est plus entre les frontières du monde, mais seulement la nuit, et la nuit est une chose autre et différente, en raison de la Rose de Silpion.

Maintenant cependant, Aulë remplit le vaisseau débordant de cette fleur avec la spendeur blanche, et nombreux parmi les Súruli aux ailes blanches planent par-dessous et l'élèvent lentement et le placent parmi la compagnie des étoiles. Là surnage-t-il lentement, une chose pâle et glorieuse, et Ilinsor et ses camarades prennent place sur son bord et à l'aide de rames miroitantes le poussent bravement à travers le ciel ; puis Manwë souffla et gonfla ses voiles et le poussa au loin, jusqu'à ce que le battement des rames invisibles contre les vents de la nuit s'affaiblît et s'évanouît.

Ainsi fut le premier lever de la Lune au-dessus de Taniquetil, et Lórien se réjouit, mais Ilinsor était jaloux de la suprématie du Soleil, et il ordonna aux mariniers étoilés de s'enfuir à son approche, et aux lampes constellées de s'éteindre, mais ils furent nombreux à refuser, et souvent il prit les voiles à leur poursuite, et les petits navires de Varda prirent la fuite devant le chasseur du firmament, et ne furent pas attrapés : — et cela, dit Lindo, est, il me semble, tout ce que je connais à raconter de la construction de ces navires merveilleux et de leur lâcher dans l'air [19]. »

« Mais, dit Eriol, non, sûrement ce n'est point le cas,

car au début du conte il me sembla que vous nous promîtes des paroles concernant les cours actuels du Soleil et de la Lune et leur lever à l'est, et pour moi, en tout cas, avec la permission des autres ici présents, je ne suis pas d'avis de vous libérer de votre parole. »

Alors Lindo fit en riant, « Non, je ne me souviens pas de la promesse, et l'ai-je faite, alors elle fut irréfléchie en vérité, car les choses que tu demandes ne sont en aucune manière aisées à raconter, et de nombreux sujets concernant les gestes de ces jours en Valinor sont cachés à tous hormis les Valar uniquement. Maintenant cependant, ce serait volontiers que j'écouterais plutôt, et toi, Vairë, peut-être reprendras-tu le fardeau du conte. »

À cela tous se réjouirent, et les enfants battirent des mains, car ils aimaient avec tendresse ces temps où Vairë se faisait la narratrice du conte ; mais Vairë dit :

« Voici, des contes je conterai des jours profonds, et le premier se nomme *La Dissimulation de Valinor*. »

NOTES

1. Le manuscrit a ici *Gilfan a.Davrobel*, mais dans la version antérieure rejetée, le nom est orthographié Gilfanon a.Davrobel, suggérant que *Gilfan* n'était pas intentionnel.

2. Voir p. 37 au sujet de la relation entre Tavrobel et le village du Staffordshire de Great Haywood. La rivière Sow rejoint la rivière Trent à cet endroit.

3. Dans la version rejetée de cet « interlude », l'histoire de Gilfanon est racontée différemment : « il fut longtemps auparavant un Ilkorin et avait demeuré des âges en arrière en Hisilómë » ; « il vient à Tol Eressëa » après la grande marche (c'est-à-dire la « marche dans le monde » d'Inwë, la grande expédition qui partit de Kôr, voir p. 39), car il avait adopté une parenté de sang avec les Noldoli. » — Il s'agit ici de la première apparition du terme Ilkorin, qui fait référence aux Elfes qui n'étaient « pas de Kôr » (*cf.* le terme ultérieur *Úmanyar*, les Elfes qui n'étaient « pas d'Aman »). *Artanor* est le précurseur de Doriath.

4. Gilfanon, un Gnome, est ici appelé l'un des plus anciens parmi les fées ; voir p. 75.

5. Je ne connais aucune explication pour « la Maison des Cent Cheminées », près du pont de Tavrobel, mais je n'ai jamais visité Great

Haywood, et il se peut qu'il y eût (ou ait) là une maison qui fut à l'origine de celle-ci.

6. La forme rejetée de « l'interlude » diffère largement dans sa dernière section :

> C'est pourquoi Lindo dit maintenant, répondant à Eriol : « Voici, Gilfanon, ici, peut te raconter beaucoup sur ces sujets, mais tout d'abord devra-t-on te raconter ce qui se déroula en Valinor lorsque Melko tua les Arbres et que les Gnomes partirent sur leur marche dans les ténèbres. C'est une longue histoire mais qui mérite bien qu'on lui prête oreille. » Car Lindo aimait à raconter de tels contes et recherchait souvent l'opportunité de se les remémorer ; mais Gilfanon dit : « Parle donc, mon Lindo, mais je pense que le conte ne sera raconté cette nuit, ni en bien des nuits à venir, et je m'en serai retourné depuis longtemps à Tavrobel ». « Non, dit Lindo, je ne rallongerai pas le conte de trop, et demain sera tout à toi. » Et ce disant Gilfanon soupira, mais Lindo éleva la voix...

7. Pour *Telimpë* comme nom du « Chaudron de la Lune » plutôt que *Silindrin*, voir pp. 112 et 178, note 2.

8. Voir pp. 104 et 122. Aux apparitions précédentes, le nom est *Urwen*, et non *Urwendi*.

9. « Entre Erumáni et la Mer » : c'est-à-dire la Mer Extérieure, Vai, la frontière occidentale de Valinor.

10. Le passage commençant par « Car, voici, il désirait de cette façon... » à la p. 246 et continuant jusqu'ici fut rajouté sur une feuille séparée et remplaça un passage beaucoup plus court dans lequel Manwë déclara brièvement son plan, et qui ne disait rien au sujet des pouvoirs des Valar. Mais je ne pense pas que le passage de remplacement fut composé bien après le corps du texte.

11. Cette phrase fut d'abord écrite : « Alors les Dieux nommèrent cette barque, et ils l'appelèrent Ûr qui est le Soleil », etc.

12. Cette phrase fut d'abord écrite : « et les Gnomes la nomment Aur le Soleil, et Galmir qui luit d'or », etc.

13. Une note isolée fait référence à la venue et la sortie de créatures plus saines lorsque le Soleil se leva (c'est-à-dire sur les Grandes Terres), et dit que « tous les oiseaux chantèrent lors de la première aube ».

14. Les Aulenossë : voir p. 238.

15. Il s'agit ici de la première apparition des Fils de Fëanor.

16. Première version : « la rose d'argent ».

17. *Urwendi* : manuscrit *Urwandi*, mais je pense pas que ce fût intentionnel.

18. À partir de ce point le manuscrit du *Conte du Soleil et de la Lune* cesse d'être écrit par-dessus le texte original au crayon à papier effacé qui, à partir de ce même point, existe dans un autre cahier. En fait, jusqu'à la fin du *Conte du Soleil et de la Lune*, les différences sont faibles, rien de plus que des tournures de phrase légèrement différentes ; mais le texte original explique par contre le fait qu'à la première utilisation du nom *Gilfanon* (p. 256), le nom originalement écrit fut *Ailios*. L'on devinerait dans tous les cas qu'il ne s'agit que d'une

étourderie, un retour à un nom antérieur ; la première version montre que ceci fut bien le cas avec, pour « pleine de gestes merveilleux que racontera peut-être Gilfanon » (p. 264), la variante, « pleine de gestes merveilleux que racontera Ailios ».

19. À partir de ce point la seconde version diverge abruptement de la première. La première version se poursuit ainsi :

> et cela est tout, me semble-t-il, dit Lindo, tout ce que je connais à raconter de ces œuvres qui furent les plus belles parmi celles des Dieux » ; mais Ailios dit : « Cela te coûte peu de nous tisser un conte, s'il s'agit de Valinor ; cela fait un temps depuis que tu ne nous as offert un .... conte concernant le lever du Soleil et de la Lune à l'est, et un flot de paroles s'est déversé de toi depuis, mais maintenant as-tu l'esprit à [asticoter ?], et pas un mot de cette promesse. » En vérité, sous sa rudesse, Ailios aimait autant qu'un autre les paroles de Lindo, et il avait grande envie d'entendre parler du sujet.
>
> « Cela est aisément raconté, » dit Lindo...

[Ce qui fait suite dans la version originale a rapport avec le sujet du chapitre suivant (voir p. 297, note 2).

Ailios affirme ici qu'une promesse faite par Lindo n'a pas été remplie, comme le fait Eriol, plus poliment, dans la seconde version. Le début du conte dans sa première version n'existe plus, et peut-être que Lindo fit effectivement cette promesse dans le texte original ; mais dans la deuxième version il ne dit rien de la sorte (d'ailleurs la question d'Eriol était « D'où viennent le Soleil et la Lune ? »), et à la fin du conte il nie avoir fait une telle promesse, lorsque Eriol l'affirme.]

Changements opérés dans les noms du *Conte du Soleil et de la Lune*

Amnor < *Amnos* (*Amnos* est la forme utilisée dans *La Fuite des Noldoli*, < *Emnon* ; la forme *Amnon* apparaît aussi, voir p. 232).

Pour les changements dans le passage sur les noms du Soleil, voir notes 11 et 12.

Gilfanon < *Ailios* (p. 254, première apparition seulement, voir note 18).

Minethlos < *Mainlos*.

Uolë Kúvion < *Uolë Mikúmi*, seulement lors de la deuxième apparition du nom ; à sa première apparition, *Uolë Mikúmi* fut laissé sans changement, mais j'ai choisi de mettre *Uolë Kúvion* dans le texte.

Barque du Matin < *Kalaventë* (p. 255 ; *i.Kalaventë*, « le Navire de Lumière » ne fut pas changé dans le texte, p. 254).

Les flammes du Navire-Soleil < *les flammes de Kalaventë* (p. 254).

Sári < *Kalavénë* (pp. 255 et 256. *Kalavénë* est la forme employée dans la première version, voir note 19).

Commentaire sur
Le Conte du Soleil et de la Lune

L'effet de l'ouverture de ce conte est sans aucun doute d'accentuer avec plus de force que dans les récits ultérieurs l'horreur suscitée par les actes des Noldoli (remarquable est l'amertume d'Aulë à leur encontre, dont il n'est rien dit ultérieurement), et aussi le caractère irrévocable et absolu de leur exclusion de Valinor. Mais l'idée que certains Gnomes restèrent en Valinor (les Aulenossë, p. 238) survécut ; cf. *Le Silmarillion*, p. 80 :

> De tous les Noldor de Valinor, qui étaient à ce jour devenus un grand peuple, un dixième seulement refusa de prendre la route. Certains pour l'amour qu'ils portaient aux Valar (à Aulë non des moindres), d'autres parce qu'ils aimaient trop Tirion et tout ce qu'ils y avaient construit. Aucun par peur du danger.

La mission de Sorontur et les nouvelles qu'il en ramena allaient être abandonnées. Très frappant est son récit des navires vides allant à la dérive, certains brûlant à feu vif : origine du geste de Fëanor brûlant les bateaux des Teleri à Losgar dans *Le Silmarillion* (p. 85), où l'on trouve cependant une raison plus évidente pour ce faire. Que le deuxième lieu de demeure de Melko dans les Grandes Terres fût distinct d'Utumna est ici dit explicitement, tout comme le fait que ce lieu se situait dans les Montagnes de Fer (*cf.* pp. 203, 215) ; le nom *Angamandi*, « Enfers de Fer », est déjà apparu une fois dans les *Contes Perdus*, dans le compte rendu très étrange de la destinée des Hommes après la mort (p. 109). Dans des comptes rendus ultérieurs, Angband fut construit sur le site d'Utumno, mais ils furent finalement séparés à nouveau, et dans *Le Silmarillion*, Angband existait depuis les temps anciens qui précédèrent la captivité de Melkor. Il n'est pas expliqué dans le conte présent pourquoi « jamais plus Utumna ne s'ouvrira à lui » (p. 239), mais ce fut sans doute parce que Tulkas et Ulmo brisèrent ses portes et entassèrent des collines de pierre sur celles-ci (p. 144).

Dans la partie suivante du conte (pp. 239 et *sq.*), une grande lumière vient éclairer la première conception qu'eut mon père des pouvoirs et des limitations des grands Valar. Ainsi Yavanna et Manwë (amenés à cette prise de conscience par Yavanna ?) sont montrés comme estimant que les Valar ont mal agi, ou ont tout au moins échoué dans l'accomplissement des desseins plus larges d'Ilúvatar (« J'ai dans l'esprit que ceci [cette période d'obscurité] n'est pas sans le désir d'Ilúvatar ») : l'idée de Dieux « égoïstes », « nombrilistes », est exprimée clairement, des Dieux satisfaits de s'occuper de leurs jardins et de forger leurs conceptions derrière leurs montagnes, laissant « le monde » prendre forme comme il le peut. Cette prise de conscience est un élément essentiel de leur idée de la conception du Soleil et de la Lune, qui doivent être des corps propres à éclairer non seulement « les royaumes bénis » (une expression qui apparaît ici pour la première fois, p. 247) mais aussi tout le reste de la Terre obscurcie. Il ne subsiste qu'un soupçon de tout ceci dans *Le Silmarillion* (p. 95) :

> Les Valar firent ces choses parce que le crépuscule où ils étaient les faisait se souvenir de la nuit qui noyait Arda. Ils décidèrent donc d'illuminer les Terres du Milieu et ainsi de contrarier les entreprises de Melkor.

D'un grand intérêt, aussi, est la déclaration « théologique » dans l'ancien récit concernant le fait que les Valar furent liés au Monde comme condition de leur entrée dans celui-ci (p. 247) ; cf. *Le Silmarillion*, p. 13 :

> Mais à une condition — venue d'Ilúvatar ou peut-être seulement de leur amour : désormais leurs pouvoirs seraient limités au Monde et contenus par lui, et ils y resteraient éternellement, jusqu'à sa fin, de sorte qu'ils en seraient la vie et qu'il serait leur vie même.

Dans ce conte, la condition est une limitation physique explicite ; aucun des Valar, hormis Manwë et Varda et les esprits de leur suite, ne pouvait passer dans les airs supérieurs au-dessus de Vilna, bien qu'ils pussent se déplacer à grande vitesse dans l'air inférieur.

À partir du passage p. 240, où il est dit qu'Ulmo, malgré son amour pour les Solosimpi et son chagrin dû au Massacre des Frères, n'est tout de même pas rempli de colère à l'encontre des Noldoli, car il était « clairvoyant au-delà de tous les autres Dieux, même le grand Manwë », nous voyons que la sollicitude particulière de ce Dieu envers les Eldar exilés — qui joue un rôle si important bien que mystérieux dans le développement de l'histoire — était présent depuis le début ; comme le fut aussi la pensée de Yavanna, exprimée dans *Le Silmarillion*, p. 73 :

> Car même les plus puissantes des créatures d'Ilúvatar ne peuvent accomplir certains exploits qu'une fois, et une fois seulement. J'ai donné au monde la Lumière des Arbres, et jamais plus je ne pourrai le faire en ce monde.

La référence de Yavanna au Soleil Magique et à son rallumage (qui est déjà apparu dans le toast bu durant la soirée dans *La Chaumière du Jeu Perdu*, p. 27) est évidemment censée être obscure à cette étape du récit.

Il n'existe aucune référence ultérieure à l'histoire du gaspillage de lumière dont furent responsables Lórien et Vána, la déversant sur les racines des Arbres sans résultat.

Nous tournant vers le récit de Lindo au sujet des étoiles (p. 246) ; l'étoile Morwinyon est déjà apparue dans un conte précédent (p. 156), accompagnée de l'histoire de Varda qui la laissa tomber alors qu'elle « rentrait en hâte en Valinor », elle « flamboie par-dessus le bord du monde dans l'ouest » ; dans le conte présent, Morwinyon (qui selon les listes de mots gnomique et quenya serait Arcturus) est encore une fois étrangement représentée comme un luminaire permanent dans le ciel occidental. Il est dit qu'alors que certaines des étoiles étaient guidées par les Mánir et les Súruli « sur des cours labyrinthiques », d'autres, y compris Morwinyon et Nielluin, « demeuraient où elles furent suspendues et ne bougèrent point ». L'explication de ce fait pourrait-elle être que dans les anciens mythes des Elfes il y eut un temps où le mouvement régulier apparent de tous les corps célestes d'est en ouest n'avait encore commencé ? Ce mouvement n'est expliqué mythiquement nulle part dans la cosmologie de mon père.

Nielluin (« Abeille Bleue ») est Sirius (nommé *Helluin* dans *Le Silmarillion*), et cette étoile a une place dans la légende de Telimektar fils de Tulkas, bien que l'histoire de sa métamorphose en la constellation d'Orion ne fût jamais racontée clairement (cf. *Telumehtar*, « Orion », dans *Le Seigneur des Anneaux*, appendice E, I). Nielluin fut le fils d'Inwë, Ingil, qui suivit Telimektar « sous la guise d'une grande abeille portant un miel de flamme » (voir l'Appendice sur les Noms sous *Ingil* et *Telimektar*).

Les cours du Soleil et de la Lune d'est en ouest (plutôt que dans une quelconque autre direction) reçoivent ici une rationalisation, la raison pour éviter le sud étant la présence d'Ungweliant dans les régions australes. Ceci semble donner à Ungweliant une grande importance ainsi qu'une vaste région sujette à son pouvoir d'absorption de la lumière. Il n'apparaît pas clairement d'après le conte de *L'Assombrissement de Valinor* où se situait exactement son lieu de demeure. Il est dit (p. 207) que Melko errait sur « les vastes plaines d'Eruman, et plus au sud que quiconque eût encore pénétré, il trouva une région de la plus grande pénombre » — la région où il trouva la caverne d'Ungweliant, qui possédait « une issue souterraine sur la mer » ; et après la destruction des Arbres, Ungweliant « s'en alla vers le sud et par-dessus les montagnes à sa demeure » (p. 204). Il est impossible de discerner à partir des vagues contours de la petite carte (p. 116) ce qu'était alors la configuration des terres et des mers australes.

En comparaison avec la dernière partie du conte, quant au dernier fruit de Laurelin et à la dernière fleur de Silpion, à la fabrication à partir de ceux-ci du Soleil et de la Lune, et au lancement de leurs vaisseaux (pp. 252-261), le chapitre XI du *Silmarillion* (formé à partir de deux versions ultérieures assez peu dissemblables l'une de l'autre) est extrêmement bref. Malgré de nombreuses différences, les versions ultérieures se lisent par endroits presque comme des résumés de l'histoire antérieure, mais il est souvent difficile de dire si la réduction dépend plutôt du sentiment de mon père (certainement présent, voir p. 235) que la description était trop longue, prenait une trop grande place dans la structure générale, ou bien d'un rejet véritable de certaines des idées qu'elle contenait, et d'un désir de diminuer le caractère extrêmement concret des images employées. Il y a certainement ici une délectation dans ces matériaux aux propriétés « magiques », or, argent, cristal, verre, et par-dessus tout la lumière conçue comme un élément liquide, semblable à de la rosée, ou du miel, cette « splendeur » dans laquelle on peut se baigner et qui peut être recueillie dans des vaisseaux, qui a en très grande partie disparu du *Silmarillion* (quoique, bien sûr, l'idée de la lumière comme un liquide, tombant goutte après goutte, versé et préservé, aspiré par Ungoliant, demeurât essentielle à la conception des Arbres ; cette idée devint par la suite moins palpable et les opérations divines bénéficièrent de moins en moins d'explications et de justifications « physiques »).

Le caractère complet et l'intensité de cette description résultent en ceci que le Soleil et la Lune qui trouvent leur origine dans le dernier fruit et la dernière fleur des Arbres présentent moins de mystère que dans le langage succinct et très beau du *Silmarillion*. Mais aussi, beaucoup de choses sont dites ici qui accentuent la grande taille du « Fruit de Midi » et l'accroissement de la chaleur et de la luminosité du Navire-Soleil après son lancement ; ainsi la réflexion vient moins aisément à l'esprit que, si le Soleil qui illumina si brillamment la Terre entière ne fut qu'un fruit de Laurelin, alors Valinor dut être douloureusement brillant et brûlant durant les jours des Arbres. Lors de la première histoire, les derniers épanchements de vie des Arbres agonisants sont totalement étranges et « énormes », ceux de Laurelin sont prodigieux, voire même de mauvais augure ; le Soleil est incroyablement brillant et chaud, même pour les Valar, qui sont stupéfaits et troublés par ce qui a été fait (les Dieux se rendent compte « qu'ils avaient fait une plus grande chose qu'ils ne le surent au premier abord », p. 257) ; enfin la colère et la détresse de certains parmi les Valar devant la lumière brûlante du Soleil vient renforcer l'impression qu'avec le dernier fruit de Laurelin un pouvoir terrible et imprévu a été libéré. Cette détresse survit, il est vrai, dans *Le Silmarillion* (p. 97), dans la référence aux « prières de Lórien et d'Estë, qui disaient que le sommeil et le repos avaient été bannis de la Terre et que les étoiles étaient invisibles » ; mais dans le conte, le pouvoir violent du nouveau Soleil est communiqué avec intensité dans les images de la chaleur qui danse au-dessus des arbres dans les jardins de Lórien, des rossignols silencieux, des pavots flétris et des fleurs du soir affaissées.

Dans la première histoire, on trouve une explication mythique des phases de la Lune (mais non des éclipses), ainsi que des marquages sur sa face dans l'histoire de la rupture de la branche fanée de Silpion et de la chute de la Fleur de Lune — une histoire tout à fait divergente de l'explication donnée dans *Le Silmarillion (ibid.)*. Dans le conte, le fruit de Laurelin tomba aussi à terre, lorsque Aulë trébucha et que son poids fut trop grand pour Tulkas seul : la signification de cet événement n'est pas parfaitement expliquée, mais il semble que, le Fruit du Midi ne se fût-il rompu en deux, Aulë n'aurait pu comprendre sa structure et concevoir celle du Navire-Soleil.

Quelle que soit l'importance de la réduction du texte pour expliquer les grandes différences entre les versions de cette portion de la Mythologie, il reste néanmoins une bonne quantité de réelles contradictions. Je ne noterai ici que les plus importantes parmi celles-ci, en addition à celle concernant les marquages de la Lune, déjà mentionnée. Ainsi dans *Le Silmarillion*, la Lune se leva la première « et fut l'aînée des deux lumières, comme le fut Telperion des Arbres » *(ibid.)* ; dans l'ancienne histoire, le contraire est vrai en ce qui concerne à la fois les Arbres et les nouveaux luminaires. Dans *Le Silmarillion*, il s'agit de Varda qui décide de leurs mouvements, et elle change ceux-ci à la prière de Lórien et d'Estë, tandis qu'ici c'est la détresse même de

Lórien devant la venue de la lumière du Soleil qui est à la source de la dernière floraison de Silpion et la fabrication de la Lune. Les Valar jouent d'ailleurs des rôles différents à travers toute l'histoire ; une bien plus grande importance est attachée ici aux actions de Vána et de Lórien, dont les rapports avec le Soleil et la Lune sont à la fois plus profonds et plus explicites qu'ils le devinrent par la suite, tout comme ils le furent avec les Arbres (voir p. 101) ; dans *Le Silmarillion* ce fut Nienna qui arrosa les Arbres de ses larmes (p. 95). Aussi, le Soleil et la Lune se déplacent plus près d'Arda que « les anciennes étoiles » (p. 95), mais ici leurs cours se situent à des niveaux tout à fait différents du firmament.

Mais un aspect du conte dans lequel on peut certainement discerner une compression ultérieure est la description élaborée de la Lune comme « une île du verre le plus pur », « une île miroitante », avec des petits lacs de la lumière de Telimpë bordés de fleurs lumineuses et un vaisseau cristallin en plein centre dans lequel la Fleur de Lune fut placée ; seulement par cela peut-on expliquer la référence dans *Le Silmarillion* à Tilion dirigeant « l'île de la Lune ». L'Elfe vieillard Uolë Kúvion (que « certains ont en effet nommé l'Homme dans la Lune ») semble presque être rentré par hasard depuis une autre conception ; sa présence offre des difficultés dans tous les cas, puisque l'on vient de nous dire (p. 248) que Silmo ne pouvait voguer dans le Navire de la Lune car il n'était pas des enfants de l'air et il ne put « rincer son être de cet aspect qui l'attirait toujours vers la Terre ». — Un en-tête isolé « Uolë et Erinti » dans le petit carnet utilisé entre autres pour noter des suggestions d'histoires à raconter (voir p. 231) implique sans doute qu'un conte était en préparation sur le sujet d'Uolë ; *cf.* le Conte de Qorinómi concernant Urwendi et le frère d'Erinti, Fionwë (p. 291). Je n'ai pu trouver aucune trace de ces contes et l'on peut présumer qu'ils ne furent jamais écrits. Une autre note dans le carnet nomme Uolë Mikúmi (le nom antérieur d'Uolë Kúvion, voir p. 268) le « Roi de la Lune » ; et une troisième fait référence à un poème « L'Homme dans la Lune » qui devait être chanté par Eriol, « qui dit qu'il va leur chanter une chanson d'une légende touchant à Uolë Mikúmi comme le connaissent les Hommes ». Mon père écrivit un poème au sujet de l'Homme dans la Lune en mars 1915, mais si c'était celui-ci qu'il pensait inclure, les convives de Mar Vanwa Tyaliéva auraient été pour le moins surpris — et il aurait été obligé de changer les références à des lieux en Angleterre qui n'existaient pas encore. Bien qu'il soit très probable qu'il eût quelque chose de tout à fait différent en tête, j'ai pensé qu'il pourrait être intéressant de présenter ce poème dans une de ses premières formes (voir p. 275).

Comme la mythologie évoluait et se transformait, la fabrication du Soleil et de la Lune devint l'élément qui présenta la plus grande difficulté ; dans *Le Silmarillion* tel qu'il fut publié, ce chapitre ne semble pas être d'une pièce avec une grande partie du reste de l'œuvre et ne put être rendu comme tel. Mon père était en effet prêt vers la fin de sa vie à défaire beaucoup de ce qu'il avait construit, dans une tentative de résoudre ce qu'il ressentait sans aucun doute comme étant un problème fondamental.

Le développement des *Contes Perdus* est ici en fait extrêmement complexe. Après les mots conclusifs de *La Fuite des Noldoli*, « l'histoire de l'assombrissement de Valinor s'acheva » (p. 229), mon père écrivit : « Voir plus loin dans d'autres cahiers », mais en fait il rajouta par la suite le bref dialogue entre Lindo et Eriol (« Grand fut le pouvoir de Melko pour le mal... »), présenté à la fin de *La Fuite des Noldoli*.

La numérotation des pages des carnets montre que le conte suivant allait être le *Conte de Tinúviel*, qui fut écrit dans un autre cahier. Cette longue histoire (qui doit paraître dans la Deuxième Partie du *Livre des Contes Perdus*), la plus vieille version existante de « Beren et Lúthien », commence avec un long passage *Lien* ; ce qui est curieux est que ce Lien commence avec ce même dialogue entre Lindo et Eriol auquel je viens de me référer, avec un choix des mots pratiquement identique ; l'on peut voir que celle-ci fut sa place originale mais que le dialogue fut barré.

J'ai déjà mentionné (p. 67) que dans une lettre écrite par mon père en 1964 il dit avoir écrit *La Musique des Ainur* lorsqu'il travaillait à Oxford parmi le personnel de l'*Oxford English Dictionary*, un poste qu'il prit en novembre 1918 et dont il démissionna au printemps de 1920. Dans la même lettre il dit avoir écrit « La Chute de Gondolin » durant une permission de l'armée pour cause de maladie en 1917, et « la version originale du "Conte de Lúthien Tinúviel et de Beren" plus tard durant la même année ». Il n'y a rien dans les manuscrits pour suggérer que les contes qui font suite à *La Musique des Ainur* jusqu'au point que nous avons maintenant atteint ne furent pas écrits consécutivement et à la suite de *La Musique*, alors que mon père se trouvait encore à Oxford.

À première vue, donc, il existe une contradiction désespérée dans les preuves matérielles : car le *Lien* en question se refère explicitement à *L'Assombrissement de Valinor*, un conte écrit après sa désignation à Oxford à la fin de l'année 1918, mais est un lien avec le *Conte de Tinúviel*, qu'il dit avoir écrit en 1917. Mais le *Conte de Tinúviel* (et le *Lien* qui le précède) est en fait un texte à l'encre écrit par-dessus un original écrit au crayon et effacé. Il est, je pense, certain que cette réécriture de Tinúviel eut lieu considérablement plus tard. Le conte fut lié à *La Fuite des Noldoli* par les discours de Lindo et d'Eriol (le passage-lien fait partie intégrante et est continu avec le *Conte de Tinúviel* qui le suit, et ne fut pas rajouté plus tard). À ce stade, mon père sentait probablement que les *Contes* ne devaient pas nécessairement être racontés en suivant la séquence réelle du récit (car *Tinúviel* appartient bien sûr à une période postérieure à la fabrication du *Soleil et de la Lune*).

Le *Conte de Tinúviel* réécrit était suivi sans rupture par une première forme de « l'interlude » qui présente Gilfanon de Tavrobel comme un hôte de la maison, et ceci menait au *Conte du Soleil et de la Lune*. Mais par la suite, mon père changea d'avis ; il barra donc le dialogue entre Lindo et Eriol au début du *Lien* à *Tinúviel*, qui ne devait alors plus faire suite à *La Fuite des Noldoli*, et le recopia dans l'autre cahier à la fin de ce conte-là. Il réécrivit en même temps « l'interlude » de Gilfanon sous une forme plus étendue, et le plaça à la fin de *La Fuite des Noldoli*. Ainsi :

Fuite des Noldoli	Fuite des Noldoli
Dialogue entre Lindo et Eriol	Dialogue entre Lindo et Eriol
Conte de Tinúviel	« Interlude » de Gilfanon (réécrit)
« Interlude » de Gilfanon	Conte du Soleil et de la Lune et de la Dissimulation de Valinor
Conte du Soleil et de la Lune et de la Dissimulation de Valinor	

Que la réécriture de *Tinúviel* fût l'un des éléments les plus tardifs dans la composition des *Contes Perdus* semble clair du fait que le conte est suivi par la première forme de « l'interlude » de Gilfanon écrit au même moment : car Gilfanon remplaça Ailios, et Ailios, et non pas Gilfanon, est l'hôte de la maison dans les premières versions du *Conte du Soleil et de la Lune* et de *La Dissimulation de Valinor*, et il est le conteur du *Conte du Nauglafring*.

Le poème traitant de l'Homme dans la Lune existe en de nombreux textes, et fut publié à Leeds en 1923 * ; longtemps après et au bout de multiples remaniements, le poème fut inclus dans *Les Aventures de Tom Bombadil* (1962 **). Je le donne ici dans une forme proche de la première version publiée, mais qui contient quelques changements (pour la plupart très mineurs) effectués par la suite. La version de 1923 fut peu retouchée par rapport aux tout premiers travaux sur le texte — quand le poème s'intitulait « Pourquoi l'Homme dans la Lune descendit trop tôt : une fantaisie d'East Anglia *** » ; dans le premier texte achevé le titre est « Une Faërie : pourquoi l'Homme dans la Lune descendit trop tôt », accompagné d'un autre en vieil anglais : *Se Móncyning.*

Pourquoi l'Homme dans la Lune descendit trop tôt ****

Tout pailleté d'argent était l'Homme dans la Lune
Et de fils d'argent était sa barbe ;

---

* « *A Northern Venture :* verse by members of the Leeds University English School Association » (Leeds, Swam Press, 1923). Je n'ai pas vu cette publication, et ai pris ces détails de la *Biographie,* Humphrey Carpenter.

** Pour l'édition anglaise (*N.d.T.*).

*** *East Anglia :* région rurale à l'est de Birmingham et au nord de Londres, regroupant les comtés de Norfolk et du Suffolk.

**** Pour la traduction de ce poème, je me suis largement inspiré de la traduction de Dashiell Hedayat dans *Les Aventures de Tom Bombadil* (Christian Bourgois Éditeur) ; toutefois, il a choisi, pour sa

Il était ceinturé d'or pâle et auréolé
Avec de l'or autour de sa tête.
Vêtu de robe de soie dans son grand globe blanc
Il ouvrit une porte d'ivoire
Avec une clé de cristal, et en secret
Il se glissa sur un sol ombreux.

Descendant un escalier de filigrane de cheveux
[arachnoïdes
Il se glissa en une hâte luisante,
Et riant de joie d'être heureux et libre
Rapidement il courut vers la terre.
Il était las de ses perles et de ses serpentins de
[diamant ;
De son minaret blafard
Vertigineux et blanc à son altitude lunaire
Dans un monde d'argent serti ;

Et s'aventurait en ce péril pour le rubis et le béryl
Et l'émeraude et le saphir.
Et toutes les gemmes éclatantes pour de nouveaux
[diadèmes,
Ou pour emblasonner son pâle costume.
Il était seul aussi avec rien d'autre à faire
Que de contempler le monde d'or,
Et de tendre l'oreille pour le bourdonnement qui
[de loin en loin se faisait entendre
Comme il tournoyait gaiement et lui
[passait devant ;

Et à la pleine lune dans sa lune d'argent
Il se languit avec lassitude pour du Feu —
Non pas les limpides lumières des blêmes sélé-
[nites,
Mais un bûcher rouge et terrestre

---

traduction, de privilégier l'aspect poétique au détriment de l'exactitude des mots précis. Ma traduction est donc un rendu du poème plus ancien, dont l'original présente lui-même de nombreuses différences avec la version publiée, et ma traduction exige de surcroît des différences supplémentaires par rapport à la traduction de M. Hedayat, dues à nos priorités différentes.

Avec des rais empourprés de carmin et de rose
Et une langue orange jaillissante ;
Pour de vastes mers de bleus et de teintes passion-
[nées
Lorsque une aube dansante est jeune ;

Pour les voies champêtres comme du chrysoprase
Auprès du Yare et du Nen serpentants
Il languissait après la joie de la Terre populeuse
Et le sang si rouge des hommes ;
Et rêvait de chanson et de rires longs
Et de viandes brûlantes et de vin,
Alors qu'il mangeait des gâteaux de perles
Et qu'il buvait clairet son éclat de lune.

Il scintilla des pieds rien qu'à l'idée de la viande,
Au punch et à la boisson poivrée,
Jusqu'à ce qu'il trébuchât insouciant sur son esca-
[lier en pente,
Et tombât comme le font les météores ;
Comme les étincelles filantes et étincelantes en des arcs
[éclaboussants
D'étoiles soufflées vers le sol comme de la
[pluie
De son chemin telle une échelle il prit un bain
[d'écume
Dans l'Océan d'Almain ;

Et commença à penser, de peur de fondre et de puer,
Comment Lune il pourrait faire,
Lorsqu'un bateau de Yarmouth le découvrit qui au
[loin flottait,
Les hommes d'équipage, très étonnés,
Le prirent à leur filet tout luisant et détrempé,
Dans un chatoiement phosphorescent
De blancs bleuâtres et d'opalescences
Et de délicats verdâtres liquéfiés.

Avec le poisson d'aube — c'était là son vœu royal —
Ils l'empaquetèrent vers la ville de Norwich,
Pour se réchauffer au gin dans une auberge du
[Norfolk,

Et sécher sa chemise détrempée.
Bien que le glas de Saint-Pierre éveillât plus d'une [cloche
Dans les tours résonnantes de la ville
Pour crier la nouvelle de sa croisière lunatique
Dans les premières heures du matin,

Pas un feu ne fut allumé, pas un petit déjeuner [préparé,
Et personne ne voulut lui vendre une gemme ;
Il trouva des cendres en guise de feu, et son gai désir
Pour des chœurs et de fiers motets
Rencontra au contraire des ronflements avec tout [Norfolk encore au lit,
Et son cœur rond presque se brisa
Plus vide et froid qu'en haut auparavant,
Jusqu'à ce qu'il troquât son manteau [féerique

Avec un cuisinier mi-éveillé pour un coin de cuisine,
Et sa ceinture d'or pour un sourire,
Et un joyau sans prix pour un bol de gruau,
Un échantillon froid et vil
Du fier porridge aux prunes de Norwich en Anglia —
Il arriva bien trop tôt
Pour des invités inhabituels sur des quêtes aventu- [reuses
Tombés des Montagnes de la Lune.

Il semble bien possible que le « minaret blafard » réapparaisse sous la forme de la « petite tourelle blanche » qu'Uolë Kúvion construisit sur la Lune, « où souvent il grimpe et regarde les cieux, ou le monde au-dessous ». Le minaret de l'Homme dans la Lune survit dans la version finale.

L'Océan d'Almain est la Mer du Nord (*Almain* ou *Almany* était un des noms de l'Allemagne en vieil anglais) ; le Yare est une rivière du Norfolk qui coule dans la mer au port de Yarmouth, et le Nene coule dans le Wash.

IX

La Dissimulation de Valinor

[Le lien qui relie ce conte, raconté par Vairë, au précédent a été présenté à la fin du *Conte du Soleil et de la Lune* (p. 257). Le manuscrit se poursuit de la même manière que la dernière partie de ce conte (voir p. 259, note 18) avec une version antérieure encore existante, à laquelle je fais référence dans les notes.]

« Voici, des contes je conterai des jours profonds, et le premier se nomme *La Dissimulation de Valinor*.

Déjà avez-vous entendu, dit-elle, raconter l'envoi du Soleil et de la Lune vers leurs voyages capricieux, et il y a maintes choses à raconter concernant l'éveil de la Terre sous leur lumière ; mais entendez maintenant les pensées et les gestes des habitants de Valinor en ces jours héroïques.

Maintenant faut-il dire que les errances de ces barques de lumière furent si larges que les Dieux ne trouvèrent point une chose facile de gouverner leurs allées et venues comme ils en avaient eu l'intention en premier lieu, et il répugnait à Ilinsor de céder les cieux à Urwendi, et Urwendi mettait souvent les voiles avant le retour prévu d'Ilinsor, celle-ci étant ardente et d'humeur brûlante. C'est pourquoi les deux vaisseaux se trouvèrent souvent à flotter au loin à un même moment, et la gloire que l'on contempla à les voir voguer si près du sein même de la Terre, comme ils le faisaient souvent au même moment, fut très grande et vraiment terrible.

Un vague malaise commença alors à s'agiter de nouveau en Valinor, et les cœurs des Dieux furent troublés, et les Eldar se parlèrent entre eux, et telle fut leur pensée.

"Voici, le monde entier est devenu aussi clair que les cours des Dieux, aussi direct à fouler que les avenues de Vansamírin ou les terrasses de Kôr ; et Valinor n'est plus en sécurité, car Melko nous hait sans cesser, et il tient le monde au-dehors et nombreux et sauvages sont ses alliés là-bas" — et en ceci, dans leurs cœurs, ils' comptèrent même les Noldoli, et sans le savoir leur firent du tort en pensée, et ils n'oublièrent pas non plus les Hommes, à l'encontre de qui Melko avait menti longtemps auparavant. En vérité, dans la joie du dernier bourgeonnement des Arbres et du vaste et joyeux ouvrage de la construction des navires, la crainte de Melko avait été mise de côté et l'amertume de ces derniers temps mauvais et de la fuite du peuple des Gnomes était ensommeillée — mais maintenant, lorsque Valinor connut à nouveau la paix et que les blessures de ses terres et jardins furent réparées, le souvenir éveilla leur colère et leur chagrin de nouveau.

En vérité, si les Dieux n'oublièrent point la folie des Noldoli et durcirent leurs cœurs, pourtant les Elfes furent plus furieux, et les Solosimpi emplis d'amertume envers leurs frères, désirant ne plus jamais voir leurs visages dans les chemins de leurs foyers. Parmi ceux-ci les principaux furent ceux dont les membres de leurs familles avaient péri au Havre des Cygnes, et celui qui les mena fut un dénommé Ainairos qui s'était échappé du combat, y abandonnant son frère mort ; et il chercha sans cesse avec ses mots à persuader les Elfes à une amertume accrue de cœur.

Maintenant il s'agissait là d'un grand chagrin pour Manwë, voyant à cela que son dessein n'était alors encore complété, et que la sagesse des Valar devrait encore se pencher sur un gouvernement plus parfait du Soleil et de la Lune. Pour cela, il convoqua les Dieux et les Elfes en conclave, afin que leur conseil pût améliorer son dessein, et il espérait de surcroît adoucir leur colère et leur malaise avec des mots doux avant qu'il n'en vienne du mal. Car il voyait clairement dedans le poison des mensonges de Melko qui vivent et se multiplient là où il peut les lancer et portent bien plus de fruit que n'importe quelle graine que l'on sème sur la Terre ; et déjà on lui avait rapporté que les anciens murmures des Elfes concernant leur liberté avaient commencé une fois de plus, et que l'orgueil en emplissait certains de folie, de sorte qu'ils ne pouvaient endurer la pensée de la venue des Hommes.

Maintenant Manwë siégea donc en pesante humeur devant Kulullin et contempla d'un œil pénétrant les Valar rassemblés ainsi que les Eldar qui entouraient ses genoux, mais ne leur ouvrit pas sa pensée entière, leur disant simplement qu'il les avait appelés en conseil une fois de plus pour déterminer les cours du Soleil et de la Lune et pour concevoir un ordre et une sagesse qui guideraient leurs chemins. Alors immédiatement Ainairos parla en sa présence, disant que d'autres matières étaient plus ancrées en leurs cœurs que celle-ci, et il exposa devant les Dieux la pensée des Elfes concernant les Noldoli et la nudité du pays de Valinor face au monde en dehors. À cela il s'éleva un grand tumulte et nombreux parmi les Valar et leur peuple le soutinrent bruyamment, et certains autres parmi les Eldar s'écrièrent que Manwë et Varda avaient poussé leur peuple à demeurer en Valinor, en leur y promettant une joie sans cesse renouvelée — que maintenant les Dieux fassent en sorte que leur bonheur ne soit réduit en une petite chose, étant donné que Melko tenait le monde et qu'ils n'osaient partir pour les lieux de leur éveil, l'eussent-ils même désiré. De surcroît, la plupart des Valar étaient satisfaits de leur aise ancienne et ne désiraient que la paix, souhaitant que ni rumeur de Melko et de sa violence, ni murmure des Gnomes agités ne vinssent jamais plus parmi eux pour troubler leur bonheur ; et pour de telles raisons ils lancèrent force vociférations en faveur de la dissimulation de leur pays. Non des moindres parmi ceux-ci furent Vána et Nessa, bien que la plupart même des grands Dieux fussent d'un semblable avis. Ce fut en vain qu'Ulmo en raison de sa divination plaida devant eux pour la pitié et le pardon des Noldoli, ou bien pour que Manwë dévoilât les secrets de la Musique des Ainur et l'objet du monde ; et long et très bruyant fut ce conseil, et plus empli d'amertume et de mots brûlants qu'aucun autre qui le précédât ; et ainsi Manwë Súlimo partit enfin de leur milieu, disant qu'aucune muraille ni aucun rempart ne pourrait maintenant les défendre de la Malice de Melko qui vivait déjà parmi eux et embrumait tous leurs esprits.

Ainsi se fit-il que les ennemis des Gnomes emportèrent le conseil des Dieux et que le sang de Kópas entama déjà son œuvre funeste ; car maintenant commença ce que l'on nomme la Dissimulation de Valinor, et Manwë et Varda et Ulmo des Mers n'y jouèrent aucun rôle, mais aucun autre des Valar ou des Elfes ne s'en tint à distance, bien que Yavanna et Oromë son fils fussent troublés en leurs cœurs.

Maintenant Lórien et Vána menèrent les Dieux et Aulë prêta son adresse et Tulkas sa force, et les Valar n'allèrent pas en ce temps pour vaincre Melko, et cela leur fut ensuite du plus grand regret, et l'est toujours ; car la grande gloire des Valar en raison de cette erreur ne vint à sa plénitude durant de longues ères de la Terre, et le monde l'attend toujours [2].

En ces jours cependant ils ne savaient pas ces choses, et ils se lancèrent dans des labeurs nouveaux et massifs, telles qu'on n'en avait vu parmi eux depuis les premiers jours de la construction de Valinor. Ils rendirent les montagnes encerclantes encore plus totalement infranchissables par leur versant est qu'elles ne le furent jamais auparavant, et Kémi tissa des magies de la terre de par leurs précipices et cimes inaccessibles telles que de tous les lieux terribles et effrayants sur toute la vaste Terre, ce rempart des Dieux qui surplomba Eruman fut considéré le plus mortel et le plus périlleux, et ni Utumna, ni les endroits de Melko dans les Collines de Fer ne furent si emplis de peur insurmontable. De surcroît, même sur les plaines sur leur ......[3] à l'est, furent entassées ces toiles impénétrables d'obscurité gluante qu'Ungweliantë traîna en Valinor lors de la destruction des Arbres. Maintenant les Dieux les rejetèrent de leur pays lumineux, afin qu'elles empêtrassent totalement les pas de tous ceux qui pourraient venir de ce côté, et elles coulèrent et s'étendirent en toutes directions, reposant même sur le sein des Mers Ombreuses de sorte que la Baie de Faërie se fît terne et qu'aucune partie de la luminosité de Valinor n'y filtrât, et que l'étincellement des lampes de Kôr mourût avant de jamais franchir ses rivages de joyaux. Depuis le Nord jusqu'au Sud s'avancèrent les enchantements et la magie inaccessible des Dieux et pourtant ils ne furent pas satisfaits et ils dirent : Voici, nous ferons en sorte que tous chemins qui viennent en Valinor, qu'ils fussent connus ou secrets, s'évanouissent entièrement du monde, ou bien errent avec traîtrise en une confusion aveugle.

Et ils firent ceci, et ils ne laissèrent pas un chenal dans les mers qui ne fût assiégé de tourbillons périlleux ou de courants puissants pour la confusion de tous navires ; des esprits d'orages soudains et de vents imprévus se tapirent là par la volonté d'Ossë, et d'autres de brume inextricable. Ils n'oublièrent pas non plus les longs chemins tortueux qu'avaient connus et empruntés les messagers des Dieux à travers les sombres déserts du Nord et de l'extrême Sud ; et lorsque tout fut achevé à leur dessein, Lórien dit : "Maintenant Valinor se dresse-t-elle seule, et nous avons la paix", et Vána chanta en son jardin une fois de plus dans la légèreté de son cœur.

Seuls parmi tous, les cœurs des Solosimpi connurent l'inquiétude, et se tenant sur les côtes auprès de leurs anciennes demeures le rire ne leur vint pas aisément ; ils contemplèrent la Mer dont ils craignirent que malgré tout son péril et sa pénombre elle menât encore le mal à cette terre. Alors certains d'entre eux allèrent et parlèrent à Aulë et Tulkas qui se tenaient tout près, et dirent : "Ô grands parmi les Valar, les Dieux ont bien et merveilleusement œuvré, mais nous pensons en nos cœurs que quelque chose manque encore ; car nous n'avons pas entendu que cette échappatoire pour les Noldoli, ce terrible passage des falaises de Helkaraksë, fût détruite. Pourtant, par là où sont allés les enfants des Eldar, peuvent revenir les fils de Melko, malgré tous vos enchantements et tromperies ; et nos cœurs ne sont pas non plus apaisés en raison de la mer sans défense."

À cela Tulkas rit, disant que rien ne pouvait maintenant venir en Valinor sauf seulement par les airs supérieurs, "et Melko n'a là aucun pouvoir ; et vous non plus, ô petits êtres de la Terre". Néanmoins, aux ordres d'Aulë, il alla avec ce Vala jusqu'aux lieux amers de la détresse des Gnomes, et Aulë frappa cette muraille de glace ébréchée du puissant marteau de sa forge, puis, lorsqu'elle fut fendue jusqu'aux froides eaux, Tulkas la brisa en deux de ses grandes mains et les mers s'y engouffrèrent en rugissant et le pays des Dieux fut entièrement scindé des royaumes de la Terre [4].

Cela firent-ils sur l'ordre des Elfes des Côtes, pourtant les Dieux ne souffrirent en aucune manière que le passage parmi les collines sous Taniquetil qui donne sur la Baie de Faërie fût empilé de rochers comme le désiraient les Solosimpi, car Oromë possédait là quantité de bois plaisants et de lieux de délices, et les Teleri [5] n'endurèrent pas que Kôr fût détruit ou pressé de trop près par les murailles lugubres des montagnes.

Alors les Solosimpi parlèrent à Ulmo, et il ne voulut les écouter, disant qu'ils n'avaient jamais appris une telle amertume de cœur de sa musique, et plutôt avaient-ils écouté des murmures de Melko le maudit. Et en quittant Ulmo certains furent honteux, mais d'autres allèrent à la recherche d'Ossë, et il les aida en dépit d'Ulmo ; et des travaux d'Ossë en ces temps proviennent les Îles Magiques ; car Ossë les plaça en un vaste anneau autour des limites à l'ouest de la puissante mer, de façon à garder la Baie de Faërie, et bien qu'en ces temps les massives pénombres de cette eau lointaine recouvrissent toutes les Mers Ombreuses et étendissent des langues d'obscurité en leur direction, pourtant elles furent très belles à contempler. Et ces navires qui prennent ce chemin doivent les apercevoir avant de jamais atteindre les dernières eaux qui lavent les rives elfiques, et si attirantes furent-elles qu'ils furent rares à pouvoir les dépasser, et y en eût-il pour le tenter, alors des orages subits les repoussaient de force contre ces plages dont les galets brillaient comme de l'argent et comme de l'or. Mais tous ceux qui mirent pied dessus n'en vinrent plus jamais, mais, tissés dans les filets des cheveux d'Oinen [6] la Dame de la Mer, et submergés par un sommeil aussi long que les âges que Lórien plaça là, ils restèrent étendus sur le bord des vagues, comme le font ceux qui, noyés, sont rejetés à nouveau par les mouvements de la mer ; pourtant ces êtres infortunés dormaient plutôt et les eaux sombres rincèrent leurs membres, mais leurs vaisseaux pourrirent, enveloppés dans les algues sur ces sables enchantés, et jamais plus ne prirent les voiles devant les vents de l'Ouest lointain[7].

Maintenant lorsque Manwë contemplant avec chagrin depuis les hauteurs de Taniquetil vit toutes ces choses accomplies, il envoya mander Lórien et Oromë, les pensant avoir des cœurs moins têtus que les autres, et lorsqu'ils furent venus il leur parla avec sérieux ; pourtant il ne désirait que tout l'ouvrage des Dieux fût défait, car il ne le trouvait pas entièrement mauvais, mais prévalut chez l'un et l'autre le souci de suivre ses ordres. Et ils le firent de cette manière ; Lórien tissa une voie de magie délicate, et elle alla par des chemins tortueux très secrets depuis les régions de l'Est et toutes les vastes et sauvages contrées du monde même jusqu'aux murs de Kôr, et elle passa par la Chaumière des Enfants de la Terre[8] et de là descendit le "sentier des ormes murmurants" jusqu'à ce qu'elle eût atteint la mer.

Mais elle jeta des ponts par-dessus les mers sombres et tous les détroits, avec de fines passerelles qui reposèrent sur l'air et luisant de gris comme si elles étaient des brumes soyeuses éclairées par une lune maigre, ou des vapeurs de perle ; pourtant, mis à part les Valar et les Elfes, aucun Homme n'a de ses yeux contemplé cette voie sauf lors des doux sommeils dans la jeunesse de son cœur. La plus longue de toutes les voies est-elle, et ils sont rares à jamais atteindre sa fin, tant de pays et d'endroits merveilleux de séduction et de ravissement traverse-t-elle avant de jamais atteindre Elfinesse, pourtant est-elle lisse sous les pieds, et ne se fatigue jamais celui qui emprunte ce chemin.

Ainsi, dit alors Vairë, fut et est encore la façon d'Olórë Mallë, le Chemin des Rêves ; mais d'un tout autre genre fut l'ouvrage d'Oromë, qui, entendant les paroles de Manwë, alla rapidement trouver Vána son épouse, et supplia qu'elle lui donnât une tresse de ses cheveux dorés. Maintenant les cheveux de Vána la douce étaient devenus plus longs et plus radieux encore qu'ils ne le furent lors de son offrande à Aulë, et elle donna à Oromë de ses fils d'or. Alors il trempa ceux-ci dans la splendeur de Kulullin, mais Vána les tissa avec adresse en une laisse incommensurable, et armé de celle-ci, Oromë marcha rapidement vers les rassemblements de Manwë sur la montagne.

Appelant alors à haute voix pour que vinssent Manwë et Varda et tout leur peuple, il tint devant leurs yeux sa corde d'or, et ils ne connurent son intention ; mais Oromë leur enjoignit de poser leur regard sur cette Colline que l'on nomme Kalormë, qui se dresse énorme dans les terres les plus distantes de Valinor et que l'on tient comme étant la plus élevée des montagnes hormis Taniquetil, mais qui semble pourtant depuis celui-ci être une chose vague qui s'évanouit dans le lointain. Ils regardèrent et Oromë fit un pas en arrière puis, y mettant toute son adresse et sa force, il fit une puissante lancée et cette corde dorée fila en une courbe à travers le ciel jusqu'à ce que son nœud coulant attrapât l'ultime cime de Kalormë. Alors par la magie de sa fabrication et l'adresse de la main d'Oromë elle demeura en une courbe lumineuse et dorée et ne tomba ni ne s'affaissa ; mais Oromë l'attacha par sa plus proche extrémité à un pilier des cours de Manwë, et se tournant vers ceux qui le regardaient, dit : “Qui donc a le désir de vagabonder dans les Grandes Terres, que celui-là me suive”, et à ces mots il mit pied sur le câble et alla comme le vent pardessus le gouffre jusqu'à Kalormë même, tandis que tous ceux qui se trouvèrent sur Taniquetil restèrent silencieux de stupéfaction. Maintenant Oromë relâcha-t-il le câble autour de la cime de Kalormë et s'en retourna en courant tout aussi rapidement, l'enroulant en venant, jusqu'à ce qu'une fois de plus il se tînt devant Manwë. Alors dit-il : “Voici, ô Súlimo Seigneur des Airs, un chemin ai-je conçu par lequel tout Valar au cœur sûr pourra aller là où il le désire parmi les Grandes Terres ; car là où ils le souhaitent, lancerai-je mon pont délicat, et son extrémité de ce côté garderas-tu en sécurité.”

Et de cette œuvre d'Oromë vint cette merveille des cieux que tous les Hommes contemplent et par laquelle ils sont stupéfiés, et que d'aucuns craignent beaucoup, songeant à ce qu'elle peut annoncer. Pourtant ce pont est revêtu d'un aspect différent selon les heures et les régions de la Terre, et il est rarement visible aux yeux des Elfes et des Hommes. Maintenant, parce qu'il luit de façon très merveilleuse dans les rais penchés du Soleil, et lorsque les pluies des cieux le mouillent il brille de manière magique dedans et la lumière d'or se brise sur ses cordages dégoulinants en maintes teintes de pourpre, de vert et de rouge, ainsi les Hommes le nomment-ils souvent Arc-en-Ciel *, mais ils ont façonné bien d'autres noms aussi, et les fées le nomment Ilweran, le Pont du Ciel.

Maintenant les Hommes vivants ne peuvent fouler les fils qui tanguent d'Ilweran, et rares sont les Eldar qui ont le cœur à le faire, mais il n'y a d'autre chemin qui permet aux Elfes ou aux Hommes d'aller en Valinor depuis ces temps sauf un seul, et il est très sombre ; pourtant est-il très court, la plus courte et la plus rapide de toutes les routes, et très accidentée, car Mandos la fit et Fui la mit en place. Elle est nommée Qalvanda, la Route de la Mort, et elle ne mène qu'aux palais de Mandos et de Fui. Elle est double, et les Elfes vont par une voie, et les âmes des Hommes empruntent l'autre, et ils ne se mêlent jamais [9].

Ainsi, dit Vairë, fut accomplie la Dissimulation de Valinor, et les Valar laissèrent s'échapper la possibilité d'une gloire plus splendide et plus endurante encore que cette grande gloire qui fut la leur et l'est toujours. Néanmoins, il y a encore à raconter de très grands faits de ces temps, desquels peut-être puis-je vous en narrer quelques-uns ; et j'en nommerai un *Le Havre du Soleil*.

Voici maintenant, les cœurs de tous sont apaisés par la trêve[10] de Manwë et des Valar, et tandis que les Dieux festoient à Valmar et que le ciel est empli de la gloire sans gouvernement des Navires de Lumière, les Elfes s'en retournent enfin pour reconstruire le bonheur de Kôr ; et là, ils cherchent à oublier tous les chagrins et

---

* *Rainbow* : Arc-de-Pluie, en anglais (*N.d.T.*).

tous les labeurs qui sont entrés parmi eux depuis la Libération de Melko. Maintenant Kôr devient le plus doux et plus délicat et ravissant de tous les royaumes de Valinor ; car dans la cour d'Inwë ces deux arbres elfiques brillaient encore tendrement et ils étaient des pousses des Arbres glorieux maintenant trépassés qui furent offerts à Inwë par les Dieux durant les premiers jours de la construction de la cité. D'autres aussi furent donnés à Nólemë, mais ceux-ci avaient été déracinés pour partir nul ne savait où, et il n'y en eut jamais davantage [11].

Pourtant, bien que les Elfes fissent confiance aux Valar pour dresser un rempart devant la région et tisser une protection autour, et bien que les jours de chagrin s'éloignant dans le passé se fissent vagues, pourtant ne purent-ils encore entièrement secouer le souvenir de leur malheur ; en vérité ils ne le firent jamais jusqu'en des jours qui vinrent après l'achèvement de la voie magique de Lórien lorsque l'on souffrit en premier que les enfants des pères des pères des Hommes vinssent là durant leur doux sommeil ; alors une joie nouvelle brûla-t-elle très vive en leurs cœurs, mais ces choses ne s'étaient encore déroulées et les Hommes n'étaient que nouvellement éveillés sur la Terre.

Mais Manwë et Ulmo sachant que leur heure était venue tinrent de hauts conseils pour leur protection. Ils y conçurent maints desseins, et ils étaient empesés par la pensée de Melko et de l'errance des Gnomes ; pourtant les autres gens de Valinor se troublèrent encore peu sur de tels sujets. Néanmoins, Manwë s'aventura à parler une fois de plus aux Valar, bien qu'il ne prononçât mot sur les Hommes, et il leur rappela qu'avec leurs labeurs pour la dissimulation de leur pays ils avaient laissé s'échapper de leur pensée les caprices du Soleil et de la Lune. Maintenant ce fut la crainte de Manwë que la Terre ne devînt insoutenable en raison de la grande lumière et la chaleur de ces choses lumineuses, et le cœur de Yavanna fut en accord avec lui sur cela, mais la plupart des Valar et des Elfes virent une bonne chose en son dessein car en élevant les cours du Soleil et de la Lune ils pensèrent ainsi mettre un point final à leurs labeurs, plaçant ces rais perçants à plus grand éloignement, en sorte que toutes ces collines et régions de leur demeure ne fussent trop vivement éclairées, et qu'aucun être ne les perçût de loin.

C'est pourquoi certains dirent alors : "Envoyons maintenant des messagers pour découvrir la façon du monde dans l'Est ultime au-delà même de la vue de Manwë depuis la Montagne du monde." Alors Oromë se leva : "Cela, puis-je vous dire, car je l'ai vu. Dans l'Est au-delà des terres accidentées l'on trouve une plage silencieuse et une mer sombre et vide." Et les Dieux s'étonnèrent à ces nouvelles, pourtant jamais auparavant n'y en eut-il un seul hormis Oromë pour désirer voir ou entendre de telles choses, pas même Yavanna la Dame de la Terre. Je ne dis rien d'Ulmo Vailimo, Seigneur de Vai, car en vérité il connaissait toutes ces matières depuis les débuts mêmes de la Terre. C'est pourquoi cet être ancien prit maintenant la suite d'Oromë, exposant aux Valar ce qu'était la nature secrète de la Terre, et il dit :

"Voici, il n'y a qu'un seul Océan, et celui-là est Vai, car ceux-là qu'Ossë estime être des océans ne sont que des mers, des eaux qui reposent dans les creux des rochers ; mais Vai coule depuis la Muraille de Toutes Choses jusqu'à la Muraille de Toutes Choses par où que vous vous dirigiez. Maintenant au Nord, il fait si froid que même ces pâles eaux sont gelées jusqu'en une profondeur au-delà de toute pensée ou de toute sonde, et au Sud il s'étend telle absolue obscurité et telle tromperie par raison d'Ungoliont [12] que nul autre sauf moi n'y peut trouver un chemin. La Terre flotte dans cette vaste eau, maintenue par la parole d'Ilúvatar, car rien d'autre ni poisson ni vaisseau ne peut nager dedans à qui je n'aie dit cette immense parole qu'Ilúvatar me dit auparavant, et qui n'aient été liés par le sort, mais de la vaste Terre, même Valinor fait-elle partie, et la substance de la terre est la pierre et le métal, et les mers sont des mares en ses creux, et les îles hormis quelques-unes qui surnagent encore sans chaînes se dressent maintenant tels des pinacles depuis leurs profondeurs algueuses. Sachez donc que Valinor se dresse un peu plus près de la grande Muraille de Toutes Choses dans laquelle Ilúvatar nous a enfermés que ce n'est le cas du rivage de l'extrême Est : et cela je le sais, car plongeant sous le monde ai-je souvent visité ces plages sans havres ; car voici, ô Valar, vous ne connaissez point toutes merveilles, et maintes choses secrètes se trouvent là sous la sombre quille de la Terre, là même où je tiens mes vastes palais d'Ulmonan, dont vous n'avez jamais rêvé."

Mais Manwë dit : "Cela est vrai, ô Ulmo Vailimo ; mais qu'en est-il pour notre intention présente ?" Et Ulmo répondit : "Voici, j'emmènerai Aulë le Forgeron avec moi et l'escorterai en sécurité et rapidement sous les eaux de Vai dans ma voiture du fond de mer, même jusqu'aux rivages de l'Est, et là-bas, lui et moi, nous construirons des havres pour les Navires, ils se lèveront à partir de maintenant dans l'Est et donneront leur pleine lumière et gloire aux Hommes qui en ont nécessité, ainsi qu'aux Noldoli malheureux, allant l'un à la suite de l'autre de par le ciel, puis revenant en leur foyer de Valinor. Ici, lorsque leurs cœurs se font faibles en raison de leurs voyages, se reposeront-ils un temps à même les Mers Extérieures et Urwendi se baignera dans Faskalan et Ilinsor boira des eaux tranquilles du Lac Irtinsa, avant de repartir à nouveau."

Maintenant Manwë et Ulmo avaient conçu ce discours en collusion, et les Valar et les Eldar prêtèrent oreille pour diverses raisons comme auparavant ; c'est pourquoi Aulë se hâta maintenant avec Ulmo, et ils construisirent de vastes havres dans l'Est auprès de la mer silencieuse. Le havre du Soleil fut grand et doré ; mais le havre de la Lune, placé dans le même abri, fut blanc, possédant des portails d'argent et de perle qui brillaient doucement dès que le Soleil s'enfonçait dans les cieux et rentrait en Valinor ; à cette heure, les portes s'ouvrent d'elles-mêmes devant la Lune sortante, mais nul parmi les Eldar n'a vu ces choses, sauf Uolë Kúvion, et il n'a jamais rien raconté.

Maintenant en premier lieu les Valar se proposaient de tirer le Soleil et la Lune par-dessous la Terre, les sanctifiant du sort d'Ulmo pour que Vai ne leur porte atteinte, chacun à son heure désignée ; pourtant enfin ils découvrirent que Sári [13] ne pouvait, même ainsi, venir en sécurité sous le monde, car il était trop fragile et souple ; et une grande quantité de précieuse luminosité fut déversée durant leurs tentatives dans les eaux les plus profondes, et s'échappa pour perdurer en des étincelles secrètes en maintes cavernes inconnues de l'océan. Celles-ci furent durant longtemps recherchées par maints plongeurs elfiques et plongeurs parmi les fées au-delà de l'extrême Est, ainsi qu'il est chanté dans le chant du Dormeur de la Tour de Perle [14].

En vérité, durant un temps, même la brillante Urwendi connut une mésaventure, et elle erra parmi les grottes sombres et les passages sans fin du royaume d'Ulmo jusqu'à ce que Fionwë la retrouvât et la ramenât en Valinor — mais le conte complet se nomme le Conte de Qorinómi et ne peut être raconté ici [15].

Ainsi se fit-il que les Dieux osèrent un très grand geste, la plus puissante de toutes leurs œuvres ; car façonnant avec l'aide d'Ulmo une flotte de radeaux et de navires magiques — et sinon aucun de ceux-ci n'eût pu endurer de voguer sur les eaux de Vai — ils la tirèrent près de la Muraille de Toutes Choses, et là ils firent la Porte de la Nuit (Moritarnon ou Tarn Fui comme la nomment les Eldar dans leur langue). Là se dresse-t-elle encore, absolument noire et vaste contre les murs bleu profond. Ses piliers sont du basalte le plus massif et son linteau de même, mais de grands dragons de pierre noire y sont gravés, et une fumée brumeuse se déverse lentement de leurs mâchoires. Des portes possède-t-elle, inviolables, et personne ne sait où elles furent fabriquées ou posées, car l'on ne souffrit pas que les Eldar fussent présents en cette funeste construction, et il s'agit là du dernier secret des Dieux ; et pas même l'assaut du monde ne forcera cette porte, qui ne s'ouvre qu'à un seul mot mystique. Ce mot est connu d'Urwendi seule, et de Manwë qui lui dit ; car au-delà de la Porte de la Nuit se trouve l'obscurité extérieure, et celui qui la franchit peut s'échapper du monde et de la mort et entendre des choses qui ne sont encore pour les oreilles des habitants de la Terre, et ceci ne peut être.

À l'Est cependant, le travail des Dieux fut d'une autre sorte, car là fabriqua-t-on une grande arche, et il est dit qu'elle est toute d'or brillant et barrée par des portails d'argent, pourtant rares sont ceux qui l'ont contemplée même parmi les Dieux, à cause de la richesse de vapeurs luisantes qui l'enveloppent souvent.

Maintenant les Portails du Matin s'ouvrent aussi pour Urwendi seulement, et le mot qu'elle dit est le même que celui qu'elle prononce à la Porte de la Nuit, mais il est renversé.

Ainsi se fait-il qu'encore maintenant, comme le Navire de la Lune quitte son havre à l'Est et ses portes de perle, Ulmo tire le galion du Soleil devant la Porte de la Nuit. Alors Urwendi prononce le mot mystique, et on ouvre devant elle vers l'extérieur, et une bouffée d'obscurité entre d'un coup mais périt devant sa lumière flamboyante ; puis le galion du Soleil sort dans les ténèbres sans limites, et revenant derrière le monde trouve l'Est à nouveau. Là, Sári, empli de la légèreté et de la luminosité du matin, passe à travers les portails et Urwendi et ses demoiselles font un son de cors dorés, et l'aube est déversée sur les yeux des Hommes [16].

Pourtant maintes et maintes fois l'un des minuscules navires-étoiles de Varda qui trempait dans les eaux des Mers Extérieures, comme c'est leur habitude, est aspiré à travers cette Porte de la Nuit derrière le Soleil ; et certains suivent la piste de son galion à travers l'immensité sans étoiles et reviennent à la Muraille de l'Est, et certains sont perdus pour toujours, et certains étincellent faiblement au- delà de la Porte jusqu'à ce que le Navire-Soleil sorte de nouveau [17]. Alors bondissent-ils pour rentrer et ils se hâtent de remonter dans les cieux ou bien prennent la fuite à travers ses espaces ; et il s'agit là d'une chose très belle à voir — les fontaines des Étoiles.

Voici, la Lune n'ose pas s'aventurer dans la solitude absolue de l'obscurité extérieure en raison de sa moindre lumière et sa moindre majesté, et Ilinsor voyage toujours par-dessous le monde et nombreux sont les hasards de ce chemin ; c'est pourquoi il est souvent moins respectueux des heures que ne l'est le Soleil et est plus volage. Parfois il ne suivra Sári du tout, et d'autres fois il est en retard et ne fait qu'un petit voyage ou ose même entrer dans les cieux lorsque Urwendi s'y trouve encore. Alors les Dieux sourient avec nostalgie et disent : “C'est à nouveau le mélange des lumières [18].”

Durant longtemps cela fut la manière de la direction des navires, et ce fut longtemps après ces temps que les Dieux connurent à nouveau la crainte pour le Soleil et la Lune, et cela à cause de certaines nouvelles datant de ces jours, qui d'aventure seront plus tard racontées ; et à cause de cette crainte une chose nouvelle et étrange vint à se produire. Maintenant je peux raconter la manière de cette aventure avant d'achever ; et elle se nomme *Le Tissage des Jours et des Mois et des Années*.

Car sachez qu'au moment même où les grands Dieux se tinrent en conclave à méditer sur la manière dont ils pouvaient lier les lampes des cieux pour toujours à leurs mains, et guider leurs allers tout comme un conducteur de char guide ses chevaux galopants, voici, trois vieillards se tenaient devant eux et saluèrent Manwë.

Mais Manwë leur demanda qui ils étaient, "car je sais bien, fit-il, que vous n'êtes point du peuple heureux qui demeure à Valmar ou dans les jardins des Dieux", et les Dieux s'étonnèrent de la manière dont ils purent entrer sans aide dans leur pays. Maintenant ces hommes étaient d'un aspect étrange, paraissant âgés au-delà de tout compte bien que d'une force indomptable. Et l'un qui se tenait sur la gauche était excessivement petit et bref, et un autre au milieu était de taille moyenne, et le troisième était long et grand ; et le premier avait les cheveux courts et une petite barbe, et ceux de l'autre n'étaient ni longs ni courts, mais la barbe du troisième balayait le sol devant ses pieds quand il marchait. Maintenant après un moment, celui qui était petit et bref parla en réponse à Manwë, et il dit : "Frères sommes-nous ; et des hommes d'une science excessivement subtile" ; et l'autre répondit : "Voici, nous sommes nommés Danuin, Ranuin, et Fanuin *, et je suis Ranuin, et Danuin a parlé." Alors Fanuin dit : "Et nous t'offrons notre adresse en ta perplexité — pourtant qui sommes-nous et d'où nous venons ou bien vers où nous repartirons, nous vous le dirons uniquement si vous acceptez notre dessein et une fois que nous aurons œuvré selon notre désir."

Alors certains parmi les Dieux leur dirent non, craignant une supercherie (peut-être même provenant de

* Écrit dans la marge, on trouve écrit *Dōgor Mōnaþ 7 Missére*, des mots en vieil anglais qui signifient « Jour Mois et Année ».

Melko), et d'autres leur eussent accordé leur demande, et cela fut le conseil qui prévalut enfin du fait de la grande perplexité de l'époque. Ces trois, Danuin et Ranuin et Fanuin, demandèrent alors que l'on leur préparât une chambre, et cela fut fait dans la demeure d'Aulë. Là, ils tissèrent et tressèrent en secret, et après un espace de deux fois douze heures Danuin sortit et il parla à Manwë, disant : "Vois mon ouvrage !" ; et personne ne connut son intention, car ses mains étaient vides. Mais lorsque le Navire du Soleil revint, alors Danuin alla à sa poupe, et posant ses mains dessus il dit à Ulmo de tirer le vaisseau, comme c'était son habitude, par-dessus les eaux jusqu'à la Porte de la Nuit ; et lorsque Ulmo se fut éloigné d'une petite distance du dernier rivage de Valinor, Danuin fit un pas en arrière et, voici, Ulmo ne put tirer plus loin le Navire-Soleil, pas même avec toute sa force. Alors Manwë et Ulmo et tous ceux qui contemplaient la scène furent effrayés, mais Danuin relâcha ensuite le Soleil et les quitta, et ils ne purent le trouver ; mais après vingt nuits et huit encore Ranuin sortit, et il dit aussi : "Contemplez mon ouvrage !" et pourtant l'on ne put voir plus entre ses mains déployées qu'auparavant dans celles de Danuin. Maintenant Ranuin attendit jusqu'à ce qu'Ilinsor ramenât la Rose de Silpion en Valinor, puis s'approchant il posa ses mains sur un morceau de verre de cette île, et après cela personne ne put déplacer la barque d'Ilinsor loin de Ranuin contre sa volonté ; mais une fois encore Ranuin ne dit mot et les quitta ; alors Rána fut libérée, mais personne ne put trouver Ranuin.

Maintenant les Dieux songèrent longtemps à ce que cela pouvait laisser présager, mais rien ne se produisit encore jusqu'à ce que Rána eût crû et décru treize fois. Alors sortit Fanuin, et il somma les Dieux de retenir Ilinsor, en sorte qu'à la venue de Sári les deux navires se tinssent en Valinor en même temps. Mais lorsque cela fut fait il demanda l'aide des Dieux, "car, dit-il, j'ai façonné une chose d'un grand poids que je désirerais vous montrer, mais je ne peux de ma propre force le porter dehors". Et sept parmi les plus forts des palais de Tulkas vinrent au lieu des labeurs de Fanuin et ne purent rien voir dedans ; mais celui-ci leur ordonna de se baisser, et il leur sembla qu'ils posaient les mains sur un câble massif, et ils chancelèrent sous son poids lorsqu'ils le mirent sur leurs épaules, et pourtant ils ne pouvaient le voir.

Allant alors à tour de rôle à Sári puis à Rána, Fanuin bougea ses mains comme s'il attachait une grande corde à chacun de ces vaisseaux ; mais lorsque tout fut achevé il dit à Manwë : "Voici, ô Súlimo Seigneur des Dieux, l'œuvre est accomplie et les navires de lumière sont pris dans les chaînes incassables du temps, que ni vous, ni eux ne pourrez jamais briser, et ils ne pourront non plus s'en défaire, bien que ces liens soient invisibles à tout être qu'a fait Ilúvatar ; car néanmoins sont-ils les plus fortes de toutes choses."

Alors soudain, voici, Danuin et Ranuin se tenaient à ses côtés ; et Danuin, allant à Manwë, plaça en ses mains une mince corde, mais Manwë ne le vit point. "Avec ceci, dit Danuin, ô Manwë Súlimo, peux-tu gouverner les allées et les venues du Soleil, et jamais ne pourra-t-il être mené hors de la direction de ta main, et telle est la vertu de cette corde que les départs et les retours du Soleil seront comptés comme étant les plus exacts et les plus inévitables de toutes choses sur Terre." Ranuin, ensuite, fit de même et, voici, Manwë sentit une corde de bonne taille en sa paume, invisible. "Avec ceci, dit Ranuin, pourras-tu maintenir et diriger la Lune capricieuse, aussi bien qu'il se peut, et si grande est la vertu de la 'lanière de Ranuin' que même la Lune volage et inexacte sera une mesure du temps pour les Elfes et les hommes." Enfin, Fanuin porta l'extrémité de son câble massif à Manwë, et Manwë le toucha, et il fut scellé à un grand rocher sur Taniquetil (qui est nommé à cause de cela Gonlath), et Fanuin dit : « maintenant ce plus puissant des câbles tient liés et le Soleil et la Lune et avec celui-ci peux-tu coordonner leurs mouvements et entrelacer leurs destins ; car la corde de Fanuin est la Corde des Années, et Urwendi, sortant par la Porte de la Nuit, l'enroulera tout enchevêtrée avec les fines tresses de la corde du jour tout autour de la Terre jusqu'à ce que vienne la Grande Fin — et ainsi seront le monde entier et tous ceux qui demeurent dedans, et Dieux et Elfes et Hommes, et toutes créatures qui vont et toutes choses qui y ont des racines, liés tout autour dans les liens du Temps."

Alors tous les Dieux furent effrayés, voyant ce qui était à venir, et sachant qu'après cela eux-mêmes seraient en un temps compté sujets au lent vieillissement et leurs jours brillants à la décroissance, jusqu'à ce qu'Ilúvatar à la Grande Fin les rappelle. Mais Fanuin dit : "Non, il ne s'agit là que de la Musique des Ainur : car voici, qui sommes-nous, Danuin, Ranuin, et Fanuin, Jour et Mois et Année, sinon les enfants d'Aluin, du Temps, qui est le plus vieux parmi les Ainur, et il est au-delà, et sujet d'Ilúvatar ; et de là sommes-nous venus, et là nous repartons maintenant." Alors ces trois hommes disparurent de Valinor ; mais ce fut ainsi que se fit l'encadrement des cours invariables du Soleil et de la Lune, et la sujétion de toutes choses à l'intérieur du monde au temps et au changement.

Mais en ce qui concerne les Navires de lumière eux-mêmes, voici ! ô Gilfanon et vous tous qui écoutez, j'achèverai les contes de Lindo et de Vairë sur la construction du Soleil et de la Lune avec ce grand pressentiment qui fut dit parmi les Dieux lorsque la Porte de la Nuit fut pour la première fois ouverte. Car il est dit qu'avant que ne vienne la Grande Fin, Melko concevra d'une manière ou d'une autre une querelle entre Lune et Soleil, et Ilinsor tentera de suivre Urwendi à travers les Portes, et lorsqu'ils seront partis les Portes et de l'Est et de l'Ouest seront détruites, et Urwendi et Ilinsor seront perdus. Ainsi sera-t-il que Fionwë Úrion, fils de Manwë, par amour pour Urwendi sera à la fin le fléau de Melko, et détruira le monde pour détruire son ennemi, et ainsi seront toutes choses enroulées et achevées [19]. »

Et ainsi termina Vairë, et le grand conte se fit silencieux dans la pièce.

NOTES

1. « Ils » : originalement « les Solosimpi ».
2. Le texte de l'ébauche rejetée du conte jusqu'en ce point est

remarquablement bref, et se lit comme suit (à la suite des remarques d'Ailios présentées p. 267, note 19) :

« Cela est aisément raconté, dit Lindo ; car les murmures dont j'ai parlé se firent de plus en plus bruyants, puis en arrivèrent à des paroles lors de ce conseil qui fut maintenant convoqué pour fixer les cours du Soleil et de la Lune ; toutes les anciennes doléances qui s'enflammèrent auparavant à l'instigation de Melko concernant la liberté des Elfes —cette discorde même qui s'acheva dans l'Exil des Noldoli — furent ravivées à nouveau. Pourtant rares maintenant furent ceux qui eurent pitié des Gnomes, et ceux parmi les Eldar que le monde récemment éclairé attirait n'osaient de par le pouvoir de Melko s'arracher de Valinor ; c'est pourquoi, en fin de compte, les ennemis des Gnomes, malgré tout ce qu'Ulmo put dire ou plaider, et malgré la clémence de Manwë, remportèrent les conseils des Dieux — et ainsi vint ce que les histoires nomment la [Fermeture >] Dissimulation de Valinor. Les Dieux n'allèrent pas en ce temps combattre Melko et ainsi ils laissèrent s'échapper leur plus grande opportunité de gloire et d'honneur éternel, [de même que la Musique d'Ilúvatar le laissa présager — et ils le comprirent peu — et qui sait si le salut du monde et la libération des Hommes et des Elfes sera une fois de plus de leur fait ? Il s'en trouve certains pour murmurer que cela n'est pas le cas, et que l'espoir demeure encore seulement dans un lointain pays des Hommes, mais comment cela se peut, je ne sais.]

Le passage de conclusion fut mis entre crochets dans le manuscrit original, avec un point d'interrogation dans la marge.

3. Le mot ressemble à « est ». Les mots « à l'est » furent rajoutés au texte, et il se peut que mon père eût l'intention de changer « est » en faveur de « bordures à l'est », ou de quelque chose s'y rapprochant.

4. Ici le mot « Terre » est clairement utilisé, bien que bizarrement, de la même manière que « le monde », pour indiquer les Grandes Terres comme distinctes des Terres Extérieures de l'Ouest.

5. Les Teleri (c'est-à-dire les Vanyar à venir) n'avaient pas quitté Kôr dans l'ancienne histoire.

6. Originalement *Ówen*, puis *Ónen*, le nom de l'épouse d'Ossë est déjà apparu dans sa forme finale *Uinen* (p. 167) ; mais le nom *Oinen* est ici clairement écrit, et clairement voulu.

7. Dans le texte d'ébauche, le récit de la Dissimulation de Valinor est très bref, et arrive rapidement au Chemin des Rêves. Les toiles d'obscurité étendues sur les pentes orientales des montagnes ne furent pas celles « qu'Ungweliantë traîna en Valinor », mais sont simplement comparées aux « plus gluantes qu'Ungweliantë tissa jamais ». Helkaraksë et les Îles Magiques ne sont mentionnés que dans une directive dans la marge disant qu'ils doivent être inclus.

8. « Terre » est une fois de plus employé dans le sens de « Grandes Terres » (voir note 4). Le premier texte a ici « Enfants du Monde ».

9. Tandis qu'il n'y a pas de différence de grande importance dans la description d'Olórë Mallë dans les deux textes, dans le premier le

Chemin de l'Arc-en-ciel d'Oromë n'est pas mentionné. — Une note isolée, évidemment écrite avant le Conte présent, dit : « Lorsque les Dieux ferment Valinor... Lórien laisse un chemin à travers les montagnes nommé Olórë Mallë, et Manwë conserve l'Arc-en-ciel où il marche pour observer le monde. Il n'est visible qu'après la pluie, car il est alors mouillé. »

10. « Trêve » : premièrement « compromis ». La manière dont Manwë est représenté comme *primus inter pares* plutôt que souverain des autres Valar est remarquable.

11. Au sujet des Arbres de Kôr, voir p. 168.

12. Voir p. 270.

13. *Sári* est ici (et par la suite) le nom écrit en premier lieu, et non une correction de *Kalavénë*, le nom utilisé dans les textes d'ébauche du *Soleil et la Lune* et de *La Dissimulation de Valinor* (voir p. 268). L'ébauche a ici « le Navire-Soleil », lui-même une correction de « les navires », car mon père écrivit tout d'abord qu'aucun des deux navires ne pouvait être tiré par-dessous la Terre en toute sécurité.

14. Le Dormeur dans la Tour de Perle est nommé dans *La Chaumière du Jeu Perdu*, p. 25. La chanson du dormeur est presque certainement le poème *Les Marins Heureux*, écrit en 1915 et publié en 1923 (voir *Biographie*, Humphrey Carpenter, Appendice C) ; celui-ci sera présenté dans deux versions différentes en connexion avec les écrits du *Conte d'Eärendel*, dans la Deuxième Partie des *Contes Perdus*. Le poème contient une référence aux bateaux qui passent devant la Tour de Perle, chargés « d'étincelles préservées précieusement de feu d'orient / que les plongeurs gagnèrent dans les eaux du Soleil inconnu ».

15. Le texte original a ici : « Mais il s'agit là du conte de Qorinómi et je n'ose le raconter ici, car l'ami Ailios me regarde » (voir p. 267, notes 18 et 19).

16. Le texte original avait ici tout d'abord : « et le galion du Soleil sort dans les ténèbres, et revenant derrière le monde trouve l'Est à nouveau, mais là il n'y a pas de porte et la Muraille de Toutes Choses est plus basse ; et emplie de la légèreté et de la luminosité du matin Kalavénë passa par-dessus et l'aube est déversée sur les collines de l'Est et tombe sur les yeux des Hommes. » Une partie de ce passage, à partir de « il n'y a pas de porte » fut mise entre crochets, et la description de la grande arche dans l'Est et des Portails du Matin fut insérée. Dans la phrase suivante, l'original avait « reviennent par-dessus la Muraille de l'Est », qui fut ensuite transformé pour donner la version du second texte, « reviennent à la Muraille de l'Est ». Pour le nom *Kalavénë*, voir p. 268.

17. C'est-à-dire, jusqu'à ce que le Navire-Soleil sorte de nouveau, à travers la Porte de la Nuit, vers l'obscurité extérieure ; comme le Navire-Soleil s'en va, les étoiles filantes passent à nouveau dans le ciel.

18. La deuxième version de cette partie du conte de Vairë, « Le Havre du Soleil », suit le texte original (avec ses corrections) d'assez près, sans présenter de différences de véritable importance ; mais la partie du conte qui fait suite maintenant, « Le Tissage des Jours et des Mois et des Années », est totalement absente du premier texte.

19. Ce passage conclusif diffère en plusieurs points de la version

originale. Ailios apparaît à nouveau, à la place de Gilfanon ; le « grand pressentiment » fut dit parmi les Dieux « lorsqu'ils se proposèrent pour la première fois de construire la Porte de la Nuit » ; et lorsque Ilinsor aura suivi Urwendi à travers les Portes « Melko détruira les Portes et élèvera la Muraille de l'Est au-delà des [cieux ?] et Urwendi et Ilinsor seront perdus ».

Changements opérés dans les noms de *La Dissimulation de Valinor*

Vansamírin < *la route de Samírien* (*Samírien* apparaît comme le nom du Festival de Double Joie, pp. 195-197).

Kôr < *Kortirion*. Ensuite, bien que *Kôr* ne fût pas barré, mon père écrivit par-dessus le nom *Tûn*, accompagné d'un point d'interrogation, et de même lors de l'emploi de *Kôr* à la p. 284. Il s'agit ici de la première apparition dans le texte des *Contes Perdus* de ce nom, qui amena finalement au nom *Túna* (la colline sur laquelle la cité de Tirion fut bâtie).

Ainairos < *Oivárin*.

Moritarnon, Tarn Fui Le texte original du conte a « *Móritar* ou *Tarna Fui* ».

Sári Le texte original a *Kalavénë* (voir p. 268, et note 13, ci-dessus).

À la première apparition des noms des trois Fils du Temps, la séquence des formes se déroula comme suit :

Danuin < *Danos* < une forme illisible *Dan*…

Ranuin < *Ranos* < *Ranoth* < *Rôn*

Fanuin < *Lathos* < *Lathweg*

À travers tout le reste du passage : *Danuin* < *Dana* ; *Ranuin* < *Ranoth* ; *Fanuin* < *Lathweg*.

Aluin < *Lúmin*.

Commentaire sur *La Dissimulation de Valinor*

Le récit du Conseil des Valar et des Eldar à l'ouverture de ce conte (abondamment développé depuis le texte préliminaire donné dans la note 2) est remarquable et important dans l'histoire des idées de mon père concernant les Valar et leurs motivations. Dans *Le Silmarillion* (p. 98), la Dissimulation de Valinor eut pour cause l'assaut de Melkor sur la personne du timonier de la Lune :

> Les Valar furent pris d'un doute pendant l'attaque contre Tilion, craignant ce que pourraient inventer encore la malveillance et la ruse de Morgoth. S'ils ne voulaient pas le combattre sur les Terres du Milieu ils n'avaient pas oublié la chute d'Almaren et décidèrent que Valinor n'aurait pas le même sort.

Un peu plus tôt (p. 95), *Le Silmarillion* présente des motivations qui expliquent la réticence des Valar à faire la guerre :

> Et on dit qu'en vérité, si les Valar avaient fait la guerre à Melkor par amour des Quendi, ils s'en abstinrent alors dans l'intérêt des Hildor, les Seconds, les plus jeunes Enfants d'Ilúvatar. Les Terres du Milieu avaient si cruellement souffert de la bataille d'Utumno que les Valar craignaient qu'il n'arrivât pire encore : les Hildor supporteraient plus mal que les Quendi les terreurs et les fracas de la guerre, d'autant qu'ils étaient mortels. De plus Manwë ne savait prévoir où les Humains allaient apparaître, au nord, au sud ou à l'est. Les Valar firent donc venir la lumière, mais ils fortifièrent aussi leur territoire.

Il ne reste aucun vestige dans *Le Silmarillion* du conseil tumultueux, aucune suggestion d'un désaccord entre les Valar, avec Manwë, Varda, et Ulmo désapprouvant activement l'œuvre engagée et s'en tenant à distance ; aucune mention, non plus, d'une plaidoirie pour de la pitié en faveur des Noldoli par Ulmo, ni du dégoût de Manwë. Dans l'ancienne histoire, ce fut l'hostilité de certains des Eldar envers les Noldoli, menés par un Elfe de Kópas (Alqalondë) qui disparut de même sans laisser de traces : dans le récit ultérieur il n'y a jamais un mot sur les sentiments des Elfes de Valinor envers les Noldor exilés — ce qui fut le point de départ de la Dissimulation de Valinor. Il est très curieux d'observer qu'ici l'action des Valar prit sa source essentiellement d'une indolence mêlée de crainte. La conception ancienne que se fit mon père des Dieux *fainéants* n'apparaît nulle part plus clairement. Il maintint de surcroît, et tout à fait explicitement, que leur refus de mener immédiatement une guerre contre Melko fut une grave erreur, qui les diminua et qui fut (il semblerait) irréparable. Dans ses écrits ultérieurs la Dissimulation de Valinor demeura, il est vrai, mais uniquement comme un fait de l'Antiquité mythologique ; il n'y a pas un murmure quant à sa condamnation.

Le blocage et le total isolement de Valinor par rapport au monde en dehors sont peut-être encore plus fortement accentués dans le premier récit. Les toiles abandonnées d'Ungweliant et l'usage qu'en firent les Valar disparurent de l'histoire ultérieure. Très remarquable est l'explication différente du fait que le trou dans les hauteurs qui ceinturaient Valinor (plus tard nommé la Calacirya) ne fût pas bloqué. Dans *Le Silmarillion* (p. 98), les Valar ne fermèrent pas ce col

> à cause des Eldar qui leur étaient restés fidèles. À Tirion, sous la verte colline, Finarfin gouvernait encore le reste des Noldor au creux des montagnes, et tous les Elfes, même les Vanyar et Ingwë leur seigneur, devaient respirer de temps en temps l'air et le vent qui venaient de leur terre natale par-dessus les mers. Et les Valar ne voulaient pas séparer complètement les Teleri de leurs frères.

La motivation du premier conte, avec les Solosimpi (> Teleri) souhaitant que ceci fût fait (trait suffisamment étrange en lui-même, car est-ce que les Flûtistes des Côtes souhaitaient abandonner les côtes ?) disparut dans la suppression complète de leur amer ressentiment envers les Noldoli, tout comme le refus d'Ulmo de les aider, et la bonne volonté d'Ossë de ce faire en dépit d'Ulmo. Le passage concernant les Îles Magiques, fabriquées par Ossë, est à l'origine de la conclusion du chapitre XI du *Silmarillion* :

> Et à cette époque, que les chants nomment *Nurtalë Valinoreva*, la Dissimulation de Valinor, les Îles Enchantées furent placées et les mers autour d'elles furent emplies d'ombres et de confusion. Ces îles furent lancées comme un filet sur les Mers Ombreuses, du nord au sud, avant d'atteindre Tol Eressëa, l'Île Solitaire, en se dirigeant vers l'ouest. Un quelconque vaisseau aurait eu grand-peine à passer entre elles, car dans les détroits périlleux les vagues gémissaient éternellement sur de sombres rochers enveloppés de brume. Et dans le crépuscule, un immense épuisement fondait sur les marins, et une horreur de la mer ; mais tous ceux qui jamais mirent pied sur les îles furent ainsi piégés, et dormirent jusqu'au Changement du Monde.

Il devient clair avec ce passage du conte que les Îles Magiques furent placées à l'est des Mers Ombreuses, bien que « les massives pénombres (...) étendissent des langues d'obscurité en leur direction » ; tandis que dans un passage précédent (p. 172), il est dit qu'au-delà de Tol Eressëa (qui était elle-même au-delà des Îles Magiques) « se trouvent le mur brumeux et ces vastes pénombres de mer sous lesquelles s'étendent les Mers Ombreuses ». Les « Îles Enchantées » à venir doivent certainement beaucoup en tant que conception aux Îles Magiques, mais dans le passage cité ci-dessus du *Silmarillion*, elles furent placées sur les Mers Ombreuses et dans le crépuscule. Il est donc possible que les Îles Enchantées soient aussi dérivées des Îles Crépusculaires (pp. 97 et 172).

Le récit des œuvres de Tulkas et Aulë dans les régions du nord (p. 284) ne se présente pas aussi parfaitement en accord avec ce qui a été dit ici précédemment, bien qu'une réelle contradiction soit peu probable. Il est dit clairement, pp. 225-226, qu'il existait un bras d'eau (Qerkaringa, le Gouffre Froid) entre la pointe du « Croc de Glace » et les Grandes Terres au temps du passage des Noldoli. Dans ce même passage le Croc de Glace est cité comme étant « un isthme étroit, que les Dieux détruisirent par la suite ». Les Noldoli purent traverser jusqu'aux Grandes Terres malgré le gouffre à son extrémité car dans le grand froid le détroit s'était rempli de glace inamovible. La signification du passage en question pourrait être, cependant, qu'un espace plus large fut créé avec la destruction du Croc de Glace, de sorte qu'il n'y avait ensuite aucune possibilité de traverser par cette route.

Des trois « routes » façonnées par Lórien, Oromë et Mandos il n'y a de vestige dans les écrits ultérieurs de mon père. L'Arc-en-ciel n'est jamais mentionné, et il n'y a pas non plus le moindre soupçon d'explication de la manière dont les Elfes et les Hommes arrivent au palais de Mandos. Mais il est difficile d'interpréter cette conception des « routes » — de savoir à quel point l'idée était dotée d'un contenu purement figuratif.

Pour la route de Lórien, Olórë Mallë le Chemin des Rêves, qui est décrit par Vairë dans *La Chaumière du Jeu Perdu*, voir pp. 34, 45. Vairë raconte à cet endroit qu'Olórë Mallë venait des pays des Hommes, que c'était « un chemin aux hauts coteaux et aux immenses haies surplombantes, au-delà desquelles se dressaient maints grands arbres dans lesquels semblait vivre un murmure perpétuel », et qu'à partir de ce sentier un haut portail menait à la Chaumière des Enfants ou du Jeu du Sommeil. Celle-ci n'était pas éloignée de Kôr, et y vinrent « les enfants de pères des pères des Hommes » ; les Eldar les guidaient vers la Chaumière et son jardin s'ils le pouvaient, « de peur qu'ils n'errent jusqu'à Kôr et ne devinssent enamourés de la gloire de Valinor ». Les récits dans les deux contes semblent généralement être en accord, bien qu'il soit difficile de comprendre les mots dans le passage présent, « et elle passa par la Chaumière des Enfants de la Terre et *de là* descendit le "sentier des ormes murmurants" *jusqu'à ce qu'elle atteignît* la mer ». Il est très remarquable qu'encore à cette étape du développement de la mythologie, alors que tant avait été écrit depuis l'arrivée d'Eriol sur Tol Eressëa, cette conception des enfants des Hommes venant dans leur sommeil par une « route » mystérieuse jusqu'en une chaumière en Valinor n'eût pas du tout été abandonnée.

Dans le récit de la fabrication par Oromë du pont-arc-en-ciel, le nœud coulant qu'il lança se prit sur le sommet de la grande montagne Kalormë (« Colline du Lever de Soleil ») dans l'Est le plus lointain. L'on voit cette montagne sur le dessin du « Bateau-Monde », p. 118.

L'histoire que Vairë nomme « Le Havre du Soleil » (pp. 287 et *sq.*) fournit l'image la plus complète de la structure du monde que l'on puisse trouver dans cette première phase de la mythologie. Les Valar, il est certain, semblent bizarrement ignorants à ce sujet — la nature du monde qui « vint à être » en si grande partie par leurs propres efforts, ayant besoin d'Ulmo pour les familiariser avec des vérités si fondamentales. Une explication possible à cette ignorance peut se trouver dans la différence radicale dans le traitement de la Création du monde entre les formes antérieures et ultérieures de *La Musique des Ainur*. J'ai fait la remarque plus tôt (p. 89) qu'originellement les Ainur virent pour la première fois le monde qui existait concrètement, et Ilúvatar leur dit : « même maintenant le monde se déroule et son Histoire commence » ; tandis que dans la forme développée ils eurent une vision qui leur fut enlevée ensuite, et ce fut le mot d'Ilúvatar : *Eä !* Que ces choses Soient ! qui lui donna existence. Dans *Le Silmarillion* (p. 13),

> Quand les Valar pénètrèrent dans Eä ils furent en même temps surpris et désorientés, car il en était comme si rien encore n'existait de ce qu'ils avaient perçu dans leur vision, comme si tout était sur le point d'advenir sans avoir nulle forme...

et il s'ensuit (p. 15) un récit des vastes labeurs des Valar pour la réelle « construction » du monde :

Ils édifiaient des terres et Melkor les détruisait, ils creusaient des vallées et Melkor les comblait, ils élevaient des montagnes et Melkor les abattait, ils faisaient le lit des océans et Melkor les dispersait…

L'on ne trouve rien de tout ceci dans l'ancienne version, et l'on en arrive à l'impression (bien que rien ne soit explicite) que les Valar arrivèrent dans un monde qui était déjà « fait », et qui leur était inconnu (« les Dieux traquèrent au nord et au sud et ne purent voir que peu ; en vérité au plus profond de ces régions ils trouvèrent grand froid et solitude… », p. 98). Bien que la conception du monde fût réellement dérivée en grande partie de leur propre rôle dans la Musique, sa réalité vint de l'acte créatif d'Ilúvatar (« Nous voudrions détenir la garde de ces belles choses de nos rêves, qui par ta puissance ont atteint maintenant la réalité », p. 83) ; les connaissances qu'eurent les Valar des véritables propriétés et dimensions de leur habitat furent donc comparativement plus réduites (comme nous pouvons peut-être le présumer) que dans la conception ultérieure.

Mais nous nous penchons là sur le sujet avec peut-être trop de poids. Plus probablement, l'ignorance des Valar est à attribuer à leur curieux isolement collectif et à leur indifférence par rapport au monde au-delà de leurs montagnes qui sont tant accentués dans ce conte.

Quoi qu'il en soit, Ulmo informe maintenant les Valar de ce que le monde entier est un Océan, Vai, sur lequel flotte la Terre, « maintenue par la parole d'Ilúvatar », et que toutes les mers de la Terre, même celles qui séparent Valinor et les Grandes Terres, sont de simples cuvettes dans la surface de la Terre et ainsi distinctes de Vai, qui est d'une autre nature. Nous avons déjà vu tout ceci (pp. 115 et *sq.*) ; et quelque chose a été dit dans un conte précédent (p. 97) de la nature des eaux soutenantes :

Au-delà de Valinor, je n'ai jamais vu ou ouï dire, sauf qu'assurément s'y trouvent les eaux sombres des Mers Extérieures, qui n'ont pas de marées, et elles sont très fraîches et peu denses, de sorte qu'aucun bateau ne peut voguer en leur sein, ni aucun poisson nager en leurs profondeurs, sauf les poissons enchantés d'Ulmo et sa voiture magique.

Ainsi, ici, Ulmo dit que ni bateau ni poisson ne nageront en ces eaux « à qui je n'ai dit cette immense parole qu'Ilúvatar me dit auparavant, et qui n'ont été liés par le sort ».

Sur la bordure extérieure de Vai se dresse la Muraille de Toutes Choses, décrite comme étant d'un « bleu profond » (p. 291). Valinor est plus près de la Muraille de Toutes Choses que ne l'est le rivage oriental des Grandes Terres, ce qui doit vouloir dire que Vai est plus étroit à l'Ouest qu'à l'Est. Les Dieux percèrent à cette époque deux entrées dans la Muraille ; à l'Ouest, la Porte de la Nuit et à l'Est, les Portails du Matin ; l'espace qui s'étend au-delà de ces entrées dans la Muraille est nommé « l'immensité sans étoiles » et « l'obscurité extérieure ». Il n'est pas dit clairement comment l'air extérieur (« le royaume sombre et ténu de Vaitya qui est à l'extérieur de tout », p. 246) doit se placer par rapport à la conception de la Muraille des Choses ou de l'Obscurité Extérieure. Dans le texte préliminaire rejeté de ce conte, mon père écrivit tout d'abord (voir note 16, plus haut) qu'à l'Est « La Muraille de Toutes Choses est plus basse », de sorte que lorsque le Soleil revenait de l'Obscurité Extérieure il ne pénétrait pas dans le ciel oriental par une porte mais en passant par-dessus la Muraille. Cela fut ensuite changé, et à la place fut introduite l'idée de la Porte dans la Muraille à l'Est, les Portails du Matin ; mais il semble donc évident que les Murailles furent originellement conçues comme les murs de villes terrestres, ou de jardins — des murs avec une limite, un « haut » : une « clôture encerclante ». Dans l'essai cosmologique des années trente, l'*Ambarkanta*, les Murailles sont tout à fait autres :

> Autour du Monde sont les *Ilurambar*, ou Murailles du monde. Elles sont de glace et de verre et d'acier, étant dures, transparentes et froides au-delà de toute imagination des Enfants du Monde. L'on ne peut les voir et l'on ne peut les franchir, hormis par la Porte de la Nuit.
>
> La Terre est englobée à l'intérieur de ces murailles : au-dessus, en dessous, et de tous côtés s'étend Vaiya, l'Océan Enveloppant ; mais celui-ci est plus proche d'une mer au-dessous de la Terre et plus proche d'un air au-dessus de la Terre.

Pour des détails supplémentaires, voir p. 119.

Le Conte de Qorinómi (p. 291) ne fut en fait jamais raconté — dans la première version du conte présent (voir note 15, plus haut), il semble que Vairë aurait aimé le raconter, mais sentit les yeux en boutons de bottines du personnage vétilleux d'Ailios peser sur elle. Dans la première liste de mots quenya, *Qorinómi* est défini comme « le nom du Soleil », littéralement « Noyé dans la Mer », le nom étant un dérivé d'une racine signifiant « étouffer, suffoquer, se noyer », avec cette explication : « Le Soleil, après avoir pris la fuite devant la Lune, plongea dans la mer et erra dans les cavernes des Oaritsi. » *Oaritsi* n'est pas donné dans la liste de mots, mais *oaris* = « sirène ». Rien n'est dit dans les *Contes Perdus* au sujet de la Lune pourchassant le Soleil ; ce furent les étoiles de Varda qu'Ilinsor, « chasseur du firmament », poursuivit, et il était « jaloux de la suprématie du Soleil » (pp. 264-265).

La conclusion du conte de Vairë, « Le Tissage des Jours, des Mois, et des Années », montre (à ce qu'il me semble) mon père explorant un mode d'imagination mythique qui fut pour lui une voie sans issue. Dans son symbolisme formel et explicite l'histoire se tient tout à fait hors de la direction générale de sa pensée, et il la supprima sans laisser de traces. Elle élève aussi une question étrange. En quel sens envisageable est-ce que les Valar étaient « hors du Temps » avant les tissages de Danuin, Ranuin, et Fanuin ? Dans *La Musique des Ainur* (p. 81), Ilúvatar dit : « en ce moment même le monde se déroule *et son histoire commence* » ; dans la version finale (*Le Silmarillion*, pp. 13-14), il est dit que :

La Grande Musique n'avait été que la naissance et l'épanouissement de l'esprit dans les Espaces Éternels, la Vision elle-même un présage, mais maintenant ils étaient arrivés au commencement du Temps...

(Il est aussi dit dans *Le Silmarillion* [p. 31] que lorsque les Deux Arbres de Valinor commencèrent à briller, commença aussi le Compte du Temps ; cela fait référence à la première mesure du Temps grâce à la croissance et la décroissance des Arbres.)

Dans le conte présent, les travaux de Danuin, Ranuin, et Fanuin sont représentés comme étant la cause de « la sujétion de toutes choses à l'intérieur du monde au temps et au changement ». Mais la notion même d'une Histoire, d'un récit consécutif, implique par son existence un temps et un changement ; comment donc peut-il être dit que Valinor ne devient que maintenant sujet à la nécessité de changement, avec l'organisation des mouvements du Soleil et de la Lune, alors qu'il a été soumis à de vastes changements durant le déroulement de l'histoire des *Contes Perdus* ? De surcroît, les Dieux savent maintenant « qu'*après cela* eux-mêmes seraient en un temps compté sujets au lent vieillissement et leurs jours brillants à la décroissance ». Mais la simple affirmation (par exemple) qu'Ómar-Amillo fut « le plus jeune des puissants Valar » à entrer dans le monde (p. 95) implique que les autres Valar, plus vieux que lui, fussent « sujets au lent vieillissement ». « L'âge » a bien sûr pour des êtres mortels deux aspects, qui se rapprochent constamment : le temps passe, et le corps se dégrade. Mais de l'immortalité « naturelle » des Eldar il est dit (p. 86) : « l'âge ne sape point non plus leurs forces, sauf peut-être en dix mille siècles ». Ainsi, ils « vieillissent » (et Gilfanon est « l'un des plus anciens parmi les fées et le plus âgé parmi ceux qui demeuraient maintenant sur l'île », p. 236), mais ils ne « vieillissent » pas (ne s'affaiblissent pas). Pourquoi, donc, les Dieux savent-ils « qu'après cela » ils seront « sujets au lent vieillissement » — ce qui ne peut que signifier un vieillissement dans le dernier sens ? Il se peut bien qu'il y ait ici une pensée plus profonde que je n'ai pas réussi à sonder ; mais il est certain que je ne peux l'expliquer.

Finalement, à la conclusion de tous ces premiers écrits la concernant, l'on peut remarquer quelle place majeure fut prise par la création du Soleil et de la Lune et le gouvernement de leurs mouvements dans la conception originale de mon père : le mythe astronomique est au cœur de tout le texte. Il fut par la suite régulièrement réduit, jusqu'à ce qu'à la fin, peut-être, le mythe eût disparu entièrement.

X

Le Conte de Gilfanon : la Peine des Noldoli et la Venue des Hommes

[Le texte d'ébauche rejeté de *La Dissimulation de Valinor* se poursuit un peu plus longtemps à la suite du conte de Vairë, ainsi :

> Maintenant, après la narration de ce conte il n'y eut plus de paroles cette nuit-là, mais Lindo supplia Ailios de consentir à un dit de contes de cérémonie pour la nuit suivante, ou bien aussitôt qu'il pourrait se faire ; mais Ailios ne voulut s'y décider, plaidant des affaires pour le règlement desquelles il devait voyager jusqu'en un village lointain. Ainsi se fit-il que le dit de contes fut fixé avant qu'on n'allumât les chandelles du sommeil pour une septaine après ce moment — et cela était le jour de Turuhalmë [1] ou de la Menée des bûches. « Ce sera un jour approprié, dit Lindo, car les sports du matin dans la neige et le rassemblement des bûches dans les bois et les chansons et la boisson de Turuhalmë nous laisseront dans une bonne humeur pour écouter de vieux contes auprès de ce feu. »

Comme je l'ai remarqué plus tôt (p. 273), la forme originale du *Conte du Soleil et de la Lune* et de *La Dissimulation de Valinor* appartenait à la phase qui précéda l'entrée de Gilfanon de Tavrobel, en remplacement d'Ailios.

Immédiatement consécutif à ce texte d'ébauche rejeté, sur la même page manuscrite, le texte du *Conte de Turambar* (Túrin) commence, avec ces mots :

> Dès lors qu'Ailios eut parlé à satiété, l'heure d'allumer les chandelles fut proche, et ainsi s'acheva le premier jour de Turuhalmë ; mais le deuxième soir Ailios n'était pas là, et à la demande de Lindo, un dénommé Eltas commença un conte...

Que devait être le conte d'Ailios (car je pense qu'il est certain qu'il ne fut jamais écrit) ? La réponse à cette question est clarifiée par un texte bref et distinct des autres, très brouillon, qui commence à partir de la discussion à la fin de *La Dissimulation de Valinor*, présentée plus haut. Celui-ci raconte qu'enfin vint le jour de Turuhalmë quand la compagnie de Mar Vanwa Tyaliéva alla dans les bois enneigés pour ramener du bois sur des traîneaux. L'on ne permettait jamais que le Feu aux contes s'éteigne ou meure en une cendre grise, mais à la veille de Turuhalmë il diminuait toujours en un plus petit foyer jusqu'à Turuhalmë lui-même, lorsque d'immenses bûches étaient emmenées dans la Pièce du Feu aux contes et, bénies par Lindo avec une magie ancienne, rugissaient et flamboyaient à nouveau sur le foyer. Vairë bénissait la porte et le linteau de la maison et donnait la clé à Rúmil, qui redevenait ainsi le Gardien de la Porte, et à Petitcœur on donnait le marteau pour son gong. Alors Lindo dit, comme il disait chaque année :

> « Élevez vos voix, ô Flûtistes de la Côte, et vous, Elfes de Kôr, chantez à pleine voix ; et vous tous, Noldoli et fées cachées du monde, dansez et chantez, chantez et dansez, ô petits enfants des Hommes, que la Maison du Souvenir résonne de vos voix... »

Alors, était chanté un chant des jours anciens que les Eldar composèrent lorsqu'ils demeuraient sous l'aile de Manwë et qu'ils chantèrent sur la grande route qui menait de Kôr jusqu'à la cité des Dieux (voir pp. 196-197).

Cela faisait maintenant six mois qu'Eriol avait visité Meril-i-Turinqi pour quémander une gorgée de *limpë* (voir pp. 133-134) et ce désir l'avait quitté un temps ; mais ce soir-là, il dit à Lindo : « Ah, si je pouvais boire avec vous ! » Lindo répondit alors qu'Eriol ne devrait « penser à dépasser les frontières qu'a posées Ilúvatar », mais aussi qu'il devrait considérer que « à cette heure Meril n'a refusé ton désir pour toujours ». Et Eriol fut attristé, car il devina au plus profond de son cœur que « la saveur du *limpë* et la béatitude des Elfes ne pourraient jamais être siennes ».

Le texte s'achève avec Ailios se préparant à raconter un nouveau conte :

« Je ne raconte que comme je le peux ces choses que j'ai vues et connues des jours très anciens à l'intérieur du monde lorsque le Soleil se leva pour la première fois, et il y eut de la peine et grand chagrin, car Melko régna sans entraves et le pouvoir et la force qui sortirent d'Angamandi s'étendirent presque jusqu'aux confins de la vaste Terre. »

Il est clair que rien de plus ne fut écrit. S'il avait été complété, le texte aurait mené à l'ouverture de Turambar citée plus haut (« Dès qu'Ailios eut parlé à satiété... ») ; et il aurait été central à l'histoire des Grandes Terres, racontant la venue des Noldoli de Valinor, l'Éveil des Hommes, et la Bataille des Larmes Innombrables.

Le texte qui vient d'être décrit, qui lie *La Dissimulation de Valinor* au conte non écrit d'Ailios, ne fut pas barré, et mon père écrivit plus tard par-dessus : « À suivre le Conte d'Eärendel, et avant qu'Eriol n'aille à Tavrobel — après Tavrobel il boit du *limpë*. » Cela est troublant, puisqu'il n'a pu avoir l'intention de placer le conte de la Venue des Hommes après celui d'Eärendel ; mais il se peut qu'il pensât utiliser seulement la substance de ce texte court, décrivant les cérémonies de Turuhalmë, sans la conclusion.

Quoi qu'il en soit, il conçut un nouveau cadre pour la narration de ces contes, bien qu'il ne l'achevât pas ; le récit révisé de l'organisation de la narration du conte suivant est apparu dans *Le Conte du Soleil et de la Lune* où, après l'interruption de Gilfanon (p. 256), l'on se mit d'accord que trois soirs après celui où Lindo et Vairë racontèrent *Le Soleil et la Lune* et *La Dissimulation de Valinor*, il se déroulerait une occasion plus cérémonieuse, durant laquelle Gilfanon raconterait « la peine des Noldoli et la venue des Hommes ».

Le Conte de Gilfanon fait suite, les numéros de pages sont consécutifs, à la deuxième version du conte de Vairë de *La Dissimulation de Valinor ;* mais Gilfanon, ici, le raconte lors de la nuit suivante, et non pas trois jours plus tard. Malheureusement, Gilfanon fut à peine mieux servi que le fut Ailios, car si Ailios put à peine commencer, Gilfanon s'arrête brusquement au bout d'un très petit nombre de pages. Ce qui existe de son conte est écrit très hâtivement au crayon gris et il est très clair qu'il se termine où il le fait parce que mon père n'en écrivit pas plus. Ce fut à cet endroit que mon père abandonna les *Contes Perdus* — ou, plus exactement abandonna ceux qui attendaient encore d'être écrits ; les effets de cette interruption ne cessèrent jamais de se faire sentir à travers toute l'histoire du « Silmarillion ». Les histoires majeures qui devaient suivre, celle de Gilfanon, celles de Beren et Tinúviel, de Túrin Turambar, de la Chute de Gondolin, et du Collier des Nains, avaient déjà été écrites et (dans les trois premiers cas) réécrites ; et la dernière de celles-ci devait amener au « grand conte d'Eärendel » mais celui-ci ne fut même pas commencé. Ainsi, il manque aux *Contes Perdus* leur milieu, et leur fin.

Je présente maintenant le texte existant du *Conte de Gilfanon*.]

Maintenant lorsque Vairë acheva, Gilfanon dit : « Ne vous plaignez point si ce lendemain je tisse une longue histoire, car les choses que je raconte couvrent maintes années de temps, et j'ai longtemps attendu pour les raconter », et Lindo rit, disant qu'il pouvait raconter autant que son le cœur le désirait tout ce qu'il savait.

Mais le lendemain Gilfanon s'assit dans le siège, et de cette façon commença :

« Maintenant maintes choses des plus anciennes de la Terre ont été oubliées, car elles furent perdues dans l'obscurité qui fut avant le Soleil, et aucune science ne peut les récupérer ; pourtant il sera peut-être neuf aux oreilles de nombreux parmi vous que lorsque les Teleri, les Noldoli, et les Solosimpi suivirent Oromë et trouvèrent ensuite Valinor, ce ne fut pas là toute la race des Eldalië qui entama cette marche depuis Palisor, et ceux qui restèrent en arrière sont ceux-là qui sont souvent nommés les Qendi, les fées perdues du monde, mais que vous, Elfes de Kôr, nommez Ilkorins, les Elfes qui ne virent jamais la lumière de Kôr. Parmi ceux-ci, il y en eut qui s'arrêtèrent en chemin ou bien furent perdus dans les pénombres sans chemins de ces temps, étant déroutés et seulement nouvellement éveillés sur la Terre, mais la plupart furent ceux qui ne quittèrent jamais Palisor, ou qui restèrent assis en silence à fixer les étoiles reflétées dans les pâles et dormantes Eaux de l'Éveil. Tant de longues ères les submergèrent que la venue de Nornorë parmi eux s'effaça en une légende lointaine, et ils se dirent l'un à l'autre que leurs frères étaient partis vers l'ouest et les Îles Étincelantes. Là, dirent-ils, demeurent les Dieux, et ils les nommèrent le Grand Peuple de l'Ouest, et pensèrent qu'ils demeuraient sur des îles illuminées de feux dans la mer ; mais nombreux étaient ceux qui n'avaient jamais même vu les grandes vagues de cette vaste eau.

Maintenant les Eldar ou Qendi avaient le don de la parole directement d'Ilúvatar, et ce n'est que la séparation de leurs destinées qui les a transformés et les a rendus dissemblables ; pourtant il n'y en a aucune d'aussi peu changée que la Langue des Elfes de la Pénombre de Palisor [2].

Maintenant le conte parle d'un certain esprit et le nomme Tû le magicien, car il fut plus versé dans les magies qu'aucun autre qui vécût depuis au-delà du pays de Valinor ; et errant de par le monde il découvrit les Elfes ...... [3] et il les rassembla à lui et leur enseigna maintes choses profondes, et il devint tel un roi puissant parmi eux, et leurs contes le nomment le Seigneur du Crépuscule et toutes les fées de son royaume les Hisildi ou peuple du crépuscule. Maintenant les lieux autour de Koiviё-néni, les Eaux de l'Éveil, sont accidentés et emplis de rochers massifs, et un ruisseau qui nourrit cette eau y chute le long d'une profonde crevasse .... un fil pâle et mince, mais l'issue du sombre lac se trouvait sous terre entrant en une multitude de cavernes sans fin qui tombaient toujours plus profondément dans le sein même du monde. Là fut la demeure de Tû le magicien, et creux et incommensurables sont ces lieux, mais leurs portes ont depuis longtemps été scellées, et personne n'en connaît maintenant l'entrée.

Il y avait .... une lumière blafarde de bleu et d'argent qui étincelait toujours, et maints esprits étranges entraient et sortaient aux côtés du [grand nombre ?] des Elfes. Maintenant parmi ces Elfes il s'en trouvait un nommé Nuin, et il était très sage et aimait vagabonder au loin, car les yeux des Hisildi étaient devenus excessivement perçants, et ils pouvaient suivre des chemins très vagues en ces jours obscurs. Il arriva en un temps que Nuin errât loin à l'est de Palisor avec peu de ses gens pour l'accompagner, et Tû ne les envoyait jamais dans ces régions pour ses affaires, et l'on racontait des contes étranges à leur sujet ; mais maintenant [4] la curiosité eut raison de Nuin, et voyageant loin il vint à un endroit étrange et merveilleux comme il n'en avait jamais vu auparavant. Une muraille de montagnes s'éleva devant lui, et il chercha longtemps un chemin qui l'escaladât, jusqu'à ce qu'il découvrît un passage, et celui-ci était très long et très étroit, perçant la vaste falaise et serpentant toujours vers le bas. Maintenant avec grand courage il osa suivre ce mince sentier, jusqu'au moment où soudain les murs s'abaissèrent de chaque côté ; et il vit qu'il avait trouvé l'entrée d'un vaste cirque placé en un anneau de collines dont il ne put déterminer la taille dans la pénombre.

Soudainement il coula autour de lui les plus doux parfums de la Terre — et il n'y en eut jamais de plus ravissants dans les airs de Valinor, et il demeura debout à boire les senteurs avec un grand délice, et parmi les parfums de fleurs du [soir ?] vinrent les odeurs profondes que lâchent une multitude de pins dans les airs de minuit.

Soudainement, au loin dans les bois sombres qui s'étendaient dans le fond de la vallée, un rossignol chanta et d'autres répondirent pâles dans le lointain, et Nuin s'évanouit presque à la beauté de cet endroit rêveur, et il sut qu'il s'était introduit en Murmenalda ou la « Vallée du Sommeil », où il est toujours le temps de la première calme obscurité sous de jeunes étoiles, et où le vent ne souffle jamais.

Maintenant Nuin descendit plus en avant vers le fond de la vallée, marchant à pas étouffés en raison d'un émerveillement inconnu qui le possédait et, voici, sous les arbres il vit le crépuscule chaleureux empli de formes endormies, et certaines étaient entrelacées dans les bras d'une autre, et d'autres étaient allongées seules à dormir doucement, et Nuin demeura et s'émerveilla, respirant à peine.

Alors, saisi d'une crainte subite, il se détourna et s'en fut à pas furtifs de cet endroit sanctifié et revenant par le passage à travers la montagne il se hâta pour retourner vers la demeure de Tû ; venant devant ce plus ancien des magiciens il lui dit qu'il était venu récemment depuis les Terres de l'Est. Tû fut peu content de l'entendre et le fut encore moins lorsque Nuin acheva son récit, racontant tout ce qu'il vit là-bas — "et il me sembla, dit-il, que tous ceux qui dormaient là étaient des enfants, et pourtant leur taille était celle des plus grands parmi les Elfes".

Alors Tû fut pris par la crainte de Manwë, non même d'Ilúvatar le Seigneur de Tout, et il dit à Nuin :

[Ici s'interrompt *Le Conte de Gilfanon*. Le magicien Tû et l'Elfe de la Pénombre Nuin disparurent de la mythologie pour ne plus réapparaître, en même temps que l'histoire superbe de Nuin surprenant les formes des Pères des Hommes encore endormies dans la Vallée de Murmenalda. Toutefois, par la nature du travail et les degrés différents d'attention que mon père donna plus tard à ses diverses parties, l'on ne peut toujours distinguer entre des éléments abandonnés définitivement et des éléments maintenus en un « suspens indéfini », et pour aussi malheureux qu'il soit que ce conte fût abandonné, nous ne sommes néanmoins en aucune manière entièrement ignorants quant à la façon dont le récit se serait poursuivi.

J'ai fait référence plus tôt (p. 147, note 3) à l'existence des deux « schémas » ou esquisses posant le plan des *Contes Perdus ;* j'ai dit alors que l'un de ceux-ci est un résumé des *Contes* sous leur forme existante, tandis que l'autre est divergent, un projet pour une révision qui ne fut jamais entreprise. Il n'y a aucun doute que le premier de ceux-ci, que j'appellerai « B » pour les intentions de ce chapitre, fut composé lorsque les *Contes Perdus* eurent atteint leur ultime étape de développement, comme il est représenté par les textes et arrangements les plus récents donnés dans ce livre. Or, lorsque cette esquisse en arrive au sujet du *Conte de Gilfanon* il devient immédiatement nettement plus complet, mais se contracte encore en de brèves références pour les contes de Tinúviel, Túrin, Tuor, et du Collier des Nains, puis, une fois de plus, devient plus complet lors du conte d'Eärendel. Il est donc clair que B était la forme préliminaire, selon la méthode que mon père employa régulièrement à cette époque, du *Conte de Gilfanon* ; la partie du conte qui fut rédigée en un véritable récit suit évidemment l'esquisse d'assez près, tout en la développant considérablement.

Il existe aussi une esquisse rédigée très rapidement, bien que complète, de la substance du *Conte de Gilfanon*, qui, bien qu'étant proche de B, possède des éléments que B n'a pas, et vice versa ; il s'agit là presque certainement du prédécesseur de B, qui dans ce chapitre sera appelé « A ».

La deuxième esquisse à laquelle il est fait référence précédemment, un projet non réalisé pour une révision de l'œuvre entière, introduit des traits dont il n'est pas nécessaire de discuter ici ; il suffira de dire que le marinier devient maintenant Ælfwine, et non Eriol, et que son histoire préalable est changée, mais que le plan général des *Contes* eux-mêmes demeure intact en grande partie (avec plusieurs notes signifiant qu'ils avaient besoin d'être réduits et restructurés). J'appellerai cette esquisse « D ». Le temps qui s'écoula entre B et D ne peut être défini, mais je pense qu'il ne fut pas très long. Il semble possible que ce nouveau schéma fut en rapport avec la subite interruption du *Conte de Gilfanon* ; comme dans B, D se développe immédiatement en un récit beaucoup plus complet lorsqu'il atteint ce point.

Finalement, une esquisse beaucoup plus courte et rapide, qui rajoute cependant un ou deux éléments intéressants, utilise aussi Ælfwine au lieu d'Eriol ; celle-ci suivit B et précéda D, et est appelée ici « C ».

Je ne donnerai pas ces esquisses *in extenso*, cela n'est en effet pas nécessaire au vu de la quantité de chevauchements qu'elles présentent ; il serait par ailleurs à la fois inexact et déroutant de les rassembler toutes en un ensemble. Mais puisque A et B sont très proches, ils se prêtent facilement à un regroupement ; et je ferai suivre ce compte rendu par celui de D, avec celui de C pour autant qu'il rajoute quoi que ce soit de notable. Puisque les esquisses sont clairement divisées en deux parties en ce qui concerne *Le Conte de Gilfanon*, l'Éveil des Hommes, puis l'histoire des Gnomes dans les Grandes Terres, je traiterai le récit séparément dans chaque cas pour ces deux parties.

Il n'est pas nécessaire de présenter la substance des esquisses pour l'ouverture du *Conte de Gilfanon* qui fut écrite, mais il y a quelques points qui diffèrent entre les esquisses et le conte qui sont à noter.

A et B nomment le roi-magicien Túvo, et non pas Tû ; dans C il n'est pas nommé, et en D il est Tû « l'esprit », comme dans le conte. Des associations maléfiques propres à cet être font leur apparition en A : « Melko rencontre Túvo dans les palais de Mandos durant son enchaînement. Il enseigne à Túvo quantité de magie noire. » Ceci fut barré, et rien de plus n'est dit sur le sujet, mais A et B disent que ce fut après l'évasion de Melko et la ruine des Arbres que Túvo entra dans le monde et installa « une souveraineté de magie dans les régions du milieu ».

Dans A uniquement, il est dit des Elfes qui restèrent en arrière à Palisor qu'ils étaient du peuple des Teleri (ultérieurement les Vanyar). Ce passage du *Conte de Gilfanon* est la première indication en notre possession qu'il y eut de tels Elfes (voir p. 180), et je tends à penser que la conception des Elfes de la Pénombre (ultérieurement les Avari) qui n'entreprirent jamais le voyage depuis les Eaux de l'Éveil n'émergea qu'en cours de composition des *Contes Perdus*. Mais le nom *Qendi*, qui apparaît ici pour la première fois dans les premiers récits, est utilisé de manière assez ambiguë. Dans le fragment du conte écrit, les mots « ceux qui restèrent en arrière sont ceux-là qui sont souvent nommés les Qendi, les fées perdues du monde [5], mais que vous, Elfes de Kôr, nommez Ilkorins » semblent être une affirmation tout à fait explicite que les Qendi = Elfes de la Pénombre ; mais un peu plus tard, Gilfanon parle des « Eldar ou Qendi », et il est dit dans l'esquisse B que « beaucoup parmi le peuple originel nommé Qendi (le nom Eldar ayant été donné par les Dieux) demeurèrent en Palisor ». Ces dernières affirmations semblent montrer tout aussi clairement que « Qendi » devait être un terme pour désigner tous les Elfes.

La contradiction n'est cependant qu'apparente. *Qendi* fut effectivement le nom original de tous les Elfes, et *Eldar* le nom donné par les Dieux et adopté par les Elfes de Valinor ; ceux qui restèrent en arrière préservèrent l'ancienne épithète *Qendi*. La première liste de mots de la langue gnomique affirme explicitement que le nom *Elda* fut donné aux « fées » par les Valar et fut « généralement adopté par eux » ; les Ilkorins préservèrent encore le vieux nom de *Qendi*, et ceci fut adopté comme le nom des clans réunis sur Tol Eressëa [6].

À et B rajoutent que « les Dieux ne parlèrent pas entre eux les langues des Eldalië, mais en avaient la capacité, et ils comprenaient toutes langues. Les plus sages parmi les Elfes apprirent le langage secret des Dieux et le préservèrent longtemps comme un trésor, mais après la venue en Tol Eressëa personne ne s'en souvint hormis les Inwir, et maintenant ce savoir est mort hormis dans la maison de Meril ». Comparez avec ceci les remarques de Rúmil à Eriol, p. 72 : « il y a de surcroît la langue secrète que les Eldar utilisèrent pour écrire nombreux livres de science et poésie et histoires des choses premières et anciennes, et que pourtant ils ne parlent pas. Cette langue n'est utilisée que par les Valar durant leurs hauts conseils, et rares sont ceux parmi les Eldar de ces jours-ci qui peuvent la lire ou déchiffrer ses caractères. »

Les paroles de Nuin à Tû sur la taille des dormeurs du Val de Murmenalda sont curieuses. À ajoute que : « les Hommes furent tout d'abord presque de même taille que les Elfes, les fées étant bien plus grandes, et les Hommes plus petits que maintenant. Comme s'est accru le pouvoir des Hommes, les fées se sont réduites et les Hommes agrandis quelque peu. » D'autres affirmations datant de cette première période indiquent que les Hommes et les Elfes étaient originellement d'une taille très similaire, et que la réduction de celle des Elfes fut très intimement liée à la venue, et à la dominance, des Hommes. Les paroles de Nuin sont donc intrigantes, surtout puisque en À elles précèdent immédiatement le commentaire sur la similitude originelle des tailles ; en effet, ce doit sûrement vouloir dire que les dormeurs dans Murmenalda étaient très grands en comparaison avec les Elfes. Que les dormeurs fussent effectivement des enfants, et non seulement comparés d'une certaine manière à des enfants, est confirmé en D : « Nuin trouve le Val Endormi (Murmenalda) où sont étendus des enfants endormis innombrables. »

Nous en arrivons maintenant au point où le récit n'existe plus que sous la forme d'esquisses.]

L'Éveil des Hommes selon les premières esquisses

Le magicien Túvo dit à Nuin que les dormeurs qu'il avait trouvés étaient les nouveaux Enfants d'Ilúvatar et qu'ils attendaient la lumière. Il interdit à quiconque parmi les Elfes de les éveiller ou de visiter ces endroits, craignant le courroux d'Ilúvatar ; mais malgré cela, Nuin y alla souvent et observa, assis sur un rocher. Une fois, il trébucha contre un dormeur, qui remua mais ne s'éveilla pas. Enfin, conquis par la curiosité, il en éveilla deux, nommés Ermon et Elmir ; ils étaient muets et très effrayés, mais il leur enseigna une grande partie de la langue Ilkorin, raison pour laquelle il est nommé Nuin Père de la Parole. Alors vint la Première Aube ; et Ermon et Elmir, seuls parmi tous les Hommes, virent le Soleil à son premier lever dans l'Ouest et passant par-dessus les Grandes Terres en direction du Havre de l'Est. Alors les Hommes vinrent et sortirent de Murmenalda comme « une armée d'enfants encore endormis ».

[Dans le conte de *La Dissimulation de Valinor*, ce fut longtemps après le premier lever du Navire-Soleil de Valinor que son Havre dans l'Est fut construit ; voir pp. 290-291. Il est intéressant que Nuin ait éveillé les premiers Hommes, Ermon et Elmir, avant le premier lever du Soleil, et bien que Túvo sût que les Hommes « attendaient la lumière », aucune connexion n'est faite entre l'acte de Nuin et le lever du Soleil. Mais l'on ne peut bien sûr juger de la teneur intérieure du récit à partir de ces résumés. Il est remarquable aussi qu'alors que la langue des Elfes, à l'origine seule et unique, fut un don direct d'Ilúvatar (p. 305), les Hommes naquirent au monde sans langage et le reçurent de l'instruction de Nuin. Cf. *Le Silmarillion*, p. 141 : « On dit aussi que ces humains [le peuple de Bëor] avaient des rapports depuis longtemps avec les Elfes Noirs à l'est des montagnes et avaient reçu d'eux une bonne part de leur langage, et, comme toutes les langues des Quendi ont la même origine, celle de Bëor et des siens ressemblait par un grand nombre de mots et de tournures à la langue des Elfes ».

À cette étape du récit, apparaissent les agents de Melko, les Úvanimor, qu'il « éleva dans la terre » (les Úvanimor, « qui sont des monstres des géants, et des ogres », ont été mentionnés dans un récit précédent, p. 106) ; et Túvo protégea les Elfes et les Hommes de ceux-ci et d'« esprits maléfiques ». À parle aussi d'Orcs.

Un serviteur de Melko nommé « Fúkil ou Fangli » entra dans le monde et, venant parmi les Hommes, les pervertit et ils tombèrent ensuite traîtreusement sur les Ilkorins. Il s'ensuivit la Bataille de Palisor durant laquelle le peuple d'Ermon combattit aux côtés de Nuin. Selon A, « les fées et ces Hommes qui les aidèrent furent vaincus », mais B l'appelle « une bataille au résultat incertain » ; puis les Hommes corrompus par Fangli s'enfuirent et devinrent « des tribus sauvages et féroces », idolâtrant Fangli et Melko. Après cela, (dans À seulement) « Fangli et ses armées de Nauglath (ou Nains) » s'emparèrent de Palisor. (Les Nains furent toujours dépeints dans les premiers écrits comme étant un peuple maléfique.)

L'on voit dans cette esquisse que la corruption de certains Hommes au début de leurs jours par l'entremise de Melko fut un trait de la toute première phase de la mythologie ; mais toute l'histoire esquissée ici est insinuée ou mentionnée, tout au plus, dans *Le Silmarillion* (pp. 141-142) : « Derrière nous c'est la nuit, dit Bëor. Nous lui avons tourné le dos et ne voulons pas y retourner, même en pensée [7]. »]

L'Éveil des Hommes selon l'esquisse ultérieure

Il est raconté ici au début du récit que les Úvanimor de Melko s'étaient échappés lorsque les Dieux brisèrent la Forteresse du Nord, et erraient dans les forêts ; Fankil serviteur de Melko demeurait en liberté dans le monde. (Fankil = Fangli / Fúkil de À et B. Dans C, il est nommé « enfant de Melko ». Fankil a été mentionné plus tôt dans D, lorsqu'à l'époque de l'Éveil des Elfes, « Fankil et bien d'autres sombres formes s'échappèrent dans le monde » ; voir p. 147, note 3.)

Nuin, « Père de la Parole », qui alla encore et encore à Murmenalda malgré les avertissements de Tû (qui ne sont pas spécifiés ici), éveilla Ermon et Elmir et leur enseigna la parole et bien d'autres choses encore. Ermon et Elmir seuls parmi tous les Hommes virent le Soleil se lever à l'ouest, ainsi que les graines de Palúrien qui s'épanouirent et produisirent bourgeons et feuilles. Les armées des Hommes vinrent comme des enfants encore endormis, élevant une clameur animale devant le Soleil ; ils le suivirent vers l'ouest lorsqu'il revint, et furent terriblement effrayés lors de la première Nuit. Nuin et Ermon et Elmir leur enseignèrent la parole.

Les Hommes acquirent une plus grande taille, et recueillirent des connaissances des Elfes de la Pénombre [8], mais Tû s'étiola devant le Soleil et se cacha dans les cavernes sans fond. Les Hommes demeurèrent au centre du monde et s'étendirent de là en toutes directions ; et un très grand âge s'écoula.

Fankil, accompagné des Nains et des Goblins, alla parmi les Hommes et engendra une séparation entre eux et les Elfes ; de nombreux Hommes vinrent à l'aide des Nains. Le peuple d'Ermon seul se tint auprès des fées lors de la première guerre des Goblins et des Elfes (« Goblins » est ici une correction remplaçant « Nains », qui eux remplacèrent « Hommes ») qui fut nommée la Guerre de Palisor. Nuin mourut aux mains des Goblins par la traîtrise des Hommes. De nombreuses peuplades des Hommes furent repoussées dans les déserts de l'Est et les forêts du Sud, d'où vinrent des peuples sombres et sauvages.

Les armées de Tareg l'Ilkorin marchèrent vers le nord-ouest, ayant entendu une rumeur au sujet des Gnomes ; un grand nombre des tribus perdues s'y joignirent à lui.

L'Histoire des Gnomes Exilés selon les premières esquisses

Les Gnomes, après la traversée de Helkaraksë, se déployèrent en Hisilómë, où ils eurent des « ennuis » avec l'antique Peuple des Ombres de ce pays — dans A, nommé « peuple-fée », dans B nommé « fées *Úvalear* ». (Nous avons rencontré le Peuple des Ombres de Hisilómë auparavant, dans le conte de *La Venue des Elfes*, p. 164, mais il s'agit alors d'un nom que les Hommes, après que Melko les enferma en Hisilómë, donnèrent aux Elfes Perdus qui y demeuraient depuis qu'ils s'étaient égarés durant la marche de Palisor. L'on verra dans les esquisses ultérieures que ce Peuple des Ombres était un peuple inconnu totalement distinct des Elfes et il semblerait alors que le nom fût préservé tout en recevant une interprétation différente.)

Les Gnomes trouvèrent les Eaux d'Asgon * et y firent un campement ; alors se déroulèrent le Compte du Peuple, la naissance de Turgon accompagnée de « prophéties », puis la mort de Fëanor. Les esquisses divergent sur ce dernier point. Dans À c'est Nólemë, appelé aussi Fingolma, qui meurt : « sa barque disparaît dans une voie cachée — l'on dit que ce fut le chemin par lequel Tuor s'échappa par la suite. Il était parti en bateau pour offrir un sacrifice sur le rocher-fait-île dans Asgon ». (À qui offrait-il un sacrifice ?) Dans B, à la première rédaction, il s'agissait de même de « Fingolma (Nólemë) » qui mourut, mais ceci fut corrigé en faveur de Fëanor ; « sa barque disparut dans une voie cachée — l'on dit que ce fut cette ouverture que les Noldoli agrandirent par la suite et façonnèrent en un chemin, de sorte que Tuor s'échappât par ce chemin. Il était parti en bateau vers le rocher-fait-île dans Asgon car il y vit quelque chose étinceler vivement et il cherchait ses joyaux. »

Quittant Asgon, les Gnomes franchirent les Collines Amères et connurent leur première bataille avec les Orcs dans les contreforts des Montagnes de Fer. (Pour les Montagnes de Fer sur la frontière sud de Hisilómë, voir pp. 154, 215) Dans le *Conte de Tinúviel*, Beren vint de Hisilómë, « d'au-delà des Collines Amères » et « à travers les terreurs des Montagnes de Fer » ; il semble donc clair que l'on peut assimiler les Collines Amères et les Montagnes de Fer.

Le campement suivant des Gnomes fut établi « près de Sirion » (qui apparaît ici pour la première fois) ; et ici les Gnomes rencontrèrent pour la première fois les Ilkorins — À rajoute que ces Ilkorins faisaient originellement partie des Noldoli, et avaient été perdus durant la marche depuis Palisor. Les Gnomes apprirent la venue des Hommes et la bataille de Palisor des Ilkorins et ils leur parlèrent de ce qui s'était déroulé en Valinor, ainsi que de leur recherche des joyaux.

---

* Ultérieurement le Lac Mithrim.

Maintenant apparaît pour la première fois Maidros fils de Fëanor (précédemment, dans le conte du *Vol de Melko*, le nom fut donné au grand-père de Fëanor, pp. 200, 215). Maidros, guidé par les Ilkorins, mena une armée dans les collines, ou bien « pour rechercher les joyaux » (A), ou bien « pour fouiller les demeures de Melko » (B —l'on devrait peut-être lire « pour rechercher les demeures de Melko », qui est la version donnée par C *), mais ils furent repoussés avec une tuerie aux portes d'Angamandi ; Maidros lui-même fut pris vivant, torturé — car il ne voulut révéler les arts secrets de la fabrication des joyaux des Noldoli — et renvoyé mutilé auprès des Gnomes. (Dans A, où il s'agit de Nólemë plutôt que de Fëanor qui meurt dans les Eaux d'Asgon, ce fut Fëanor lui-même qui mena l'armée contre Melko, et ce fut Fëanor qui fut capturé, torturé, et mutilé.)

Alors les Sept Fils de Fëanor prêtèrent un serment d'inimitié éternelle contre quiconque détiendrait les Silmarils. (C'est là la première apparition des Sept Fils, et du Serment, bien que le fait que Fëanor eût des fils soit mentionné dans *Le Conte du Soleil et de la Lune*.)

Les armées de Melko s'approchaient maintenant du campement des Gnomes auprès de Sirion et ils s'enfuirent vers le sud, et demeurèrent alors à Gorfalon où ils firent la connaissance des Hommes, bons et mauvais, mais particulièrement de ceux du peuple d'Ermon ; une ambassade fut envoyée à Túvo, à Tinwelint (c'est-à-dire Thingol, voir p. 181), et à Ermon [9]. Une vaste armée de Gnomes, d'Ilkorins et d'Hommes fut déployée que Fingolma (Nólemë) rassembla dans la Vallée des Fontaines, ensuite nommée le Val des Eaux Larmoyantes. Mais Melko lui-même vint parmi les tentes des Hommes et les dupa ; certains parmi eux tombèrent alors traîtreusement sur l'arrière-garde des Gnomes lorsque l'armée de Melko les attaqua ; Melko en persuada d'autres d'abandonner leurs amis et il les mena dans le Pays des Ombres, avec d'autres encore qu'il égara avec des brumes et des sorcelleries. (Avec

* En anglais la confusion se fait entre *search*, « fouiller », et *search for*, « rechercher ». *(N.d.T.)*

ceci, *cf.* la référence dans le conte de *La Venue des Elfes* à l'emprisonnement des Hommes en Hisilómë par Melko, p. 163.)

Alors se déroula « la terrible Bataille des Larmes Innombrables ». Les enfants d'Úrin * (Fils d'Úrin, A), seuls parmi les Hommes, luttèrent jusqu'au dernier et aucun d'entre eux (hormis deux messagers) ne sortit vivant du combat ; Turgon et un grand régiment, voyant que la journée était perdue, firent volte-face et se taillèrent un chemin pour sortir, sauvant ainsi une partie des femmes et des enfants. Turgon fut poursuivi, et il y a une référence au « sacrifice de Mablung l'Ilkorin pour sauver l'armée » ; Maidros et les autres fils de Fëanor se querellèrent avec Turgon — parce qu'ils voulaient la souveraineté, A — et partirent vers le sud. Le restant des survivants et des fugitifs furent cernés, et jurèrent allégeance à Melko ; et il fut furieux, car il ne put découvrir où s'était enfui Turgon.

Après une référence aux « Mines de Melko » et au « Sortilège de Terreur sans-fond » (le sort que jetait Melko à ses esclaves), l'histoire se conclut avec « la Construction de Gondolin » et « la séparation des Elfes et des Hommes en Hisilómë, due à la Bataille des Larmes Innombrables » : Melko entretint la méfiance et les encouragea à s'espionner les uns les autres de sorte qu'ils ne s'unissent contre lui ; il façonna les fausses fées ou Kaukareldar à leur apparence, et celles-ci trompèrent et trahirent les Hommes [10].

Puisque les esquisses reviennent à ce stade à de simples en-têtes pour les contes de Tinúviel, Túrin, etc., il est clair que *Le Conte de Gilfanon* se serait achevé ici.

L'Histoire des Gnomes Exilés selon l'esquisse ultérieure

Les Gnomes séjournèrent dans le Pays des Ombres (c'est-à-dire Hisilómë) et eurent des rapports avec le Peuple des Ombres. Celles-ci étaient des fées (C) dont

---

* Plus tard Húrin.

personne ne connaît l'origine : elles ne sont ni des Valar ni de Melko, mais l'on pense qu'elles vinrent du vide extérieur et du noir primordial lorsque le monde fut façonné. Les Gnomes trouvèrent « les Eaux de Mithrim (Asgon) », et là Fëanor trouva la mort, noyé dans les Eaux de Mithrim. Les Gnomes conçurent pour la première fois des armes, et creusèrent des carrières dans les collines sombres. (Cela est curieux, car il a été dit dans le récit du Massacre des Frères à Alqaluntë qu'ainsi pour la première fois « périrent les Eldar sous les armes de leurs frères », p. 219. La première acquisition d'armes par les Eldar demeura longtemps un point d'incertitude.)

Les Gnomes combattirent les Orcs pour la première fois et capturèrent le col des Collines Amères ; ils s'échappèrent ainsi hors du Pays des Ombres, à la crainte et à la stupéfaction de Melko. Ils entrèrent alors dans la forêt d'Artanor (plus tard Doriath) et la Région des Grandes Plaines (peut-être le précurseur de Talath Dirnen, ultérieurement la plaine gardée de Nargothrond) et là l'armée de Nólemë grandit jusqu'à une taille gigantesque. Ils pratiquèrent maints arts, mais ne voulurent plus demeurer en des habitations fixes. Le campement principal de Nólemë fut aux alentours des eaux de Sirion. Les Gnomes repoussèrent les Orcs jusqu'aux contreforts des Montagnes de Fer et Melko rassembla son pouvoir avec une colère secrète.

Turgon naquit à Nólemë.

Maidros, « fils principal de Fëanor », mena une armée contre Angband, mais son armée fut repoussée avec du feu de ses portes, il fut pris vivant et torturé — selon C et répétant l'histoire de l'esquisse antérieure, parce qu'il ne voulut révéler les arts secrets de la fabrication des joyaux. (Il n'est pas dit ici que Maidros fut libéré et renvoyé, mais cela est implicite dans le Serment des Sept Fils qui suit.)

Les Sept Fils de Fëanor prêtèrent leur terrible serment de haine éternelle contre tous ceux, qu'ils fussent Dieux ou Elfes ou Hommes, qui détiendraient les Silmarils ; puis les enfants de Fëanor quittèrent l'armée de Nólemë et retournèrent à Dor Lómin, où ils devinrent une race puissante et féroce.

Les armées de Tareg l'Ilkorin (voir p. 317) trouvèrent les Gnomes au Festin de la Réunion et les Hommes d'Ermon virent les Gnomes pour la première fois. Alors l'armée de Nólemë, gonflée par celle de Tareg et des fils d'Ermon, se prépara à la bataille ; des messagers furent envoyés au nord, au sud, à l'est et à l'ouest. Tinwelint, seul, refusa l'appel, et il dit : « N'allez pas dans les collines. » Úrin et Egnor * marchèrent accompagnés de bataillons sans nombre.

Melko retira toutes ses forces et Nólemë crut qu'il avait peur. Les armées d'Elfinesse entrèrent dans les Terres Accidentées et campèrent dans la Vallée des Fontaines (Gorfalong), ou comme elle fut ensuite nommée, la Vallée des Eaux Larmoyantes.

(L'esquisse D diffère dans son récit des événements précédant la Bataille des Larmes Innombrables par rapport aux esquisses antérieures, C inclus. Dans la précédente, les Gnomes s'enfuirent du campement auprès de Sirion lorsque les armées de Melko approchèrent et se retirèrent jusqu'à Gorfalon, où se trouvait rassemblée l'immense armée de Gnomes, d'Ilkorins et d'Hommes, puis se déployèrent dans la Vallée des Fontaines. Dans D, il n'est pas fait mention d'une quelconque retraite des armées de Nólemë : il semble plutôt qu'ils avancèrent depuis le campement auprès de Sirion jusque dans la Vallée des Fontaines (Gorfalong). Mais, de par la nature même de ces esquisses, l'on ne peut les suivre de trop près. L'esquisse C, qui se termine ici, dit que lorsque les Gnomes rencontrèrent les Hommes pour la première fois à Gorfalon, ils leur enseignèrent des techniques — il s'agit là, sans doute, de l'un des points de départ des Amis des Elfes de Beleriand.)

Certains Hommes subornés par Melko traversèrent le campement déguisés en troubadours et le trahirent. Melko leur vint dessus à la première aube sous une pluie grise et la terrible Bataille des Larmes Innombrables s'ensuivit, au sujet de laquelle on ne narre aucun conte, car aucun Gnome n'en parlera. (Mon père écrivit ici dans la marge : « Melko lui-même

* Le père de Beren.

était là ? » Dans l'esquisse antérieure, Melko lui-même entrait dans le camp de ses ennemis.)

Durant la bataille, Nólemë fut isolé et tué, et les Orcs l'entaillèrent et lui arrachèrent le cœur ; mais Turgon sauva son cadavre, et son cœur, qui devint son emblème [11]. Presque la moitié de tous les Gnomes et Hommes qui y combattirent furent tués.

Les Hommes prirent la fuite ; seuls les fils d'Úrin restèrent fermes jusqu'à la mort, mais Úrin fut pris. Turgon fut terrible dans sa colère, et lui et son vaste bataillon se tranchèrent un chemin hors du combat par leur bravoure seule.

Melko envoya son armée de Balrogs à leur poursuite, et Mablon l'Ilkorin mourut alors pour les sauver. Turgon s'enfuit vers le sud le long de Sirion, recueillant femmes et enfants dans les campements et, aidé en cela par la magie du cours d'eau, il s'échappa en un lieu secret et fut perdu aux yeux de Melko.

Les Fils de Fëanor arrivèrent trop tard et trouvèrent un champ accablé : ils tuèrent les spoliateurs qui demeuraient encore sur place, puis, enterrant Nólemë, ils construisirent le plus grand tumulus du monde pardessus sa dépouille et celles des [Gnomes ?]. Celui-ci fut nommé la Colline de la Mort.

Il s'ensuivit l'esclavage des Noldoli. Les Gnomes furent emplis d'amertume devant la traîtrise des Hommes et devant l'aisance avec laquelle Melko les dupa. L'esquisse se conclut avec des références aux « Mines de Melko » et au « Sortilège de Terreur sans fond », et avec la précision que tous les Hommes du Nord furent emprisonnés dans Hisilómë.

L'esquisse D se tourne alors vers l'histoire de Beren et Tinúviel, avec une connexion naturelle à partir du conte ainsi esquissé : « Beren fils d'Egnor erra hors de Dor Lómin * et entra en Artanor… » Celui-ci sera le conte suivant raconté auprès du Feu aux contes (comme aussi dans l'esquisse B) ; dans D la matière du *Conte de Gilfanon* doit s'étaler sur quatre veillées.

---

* C'est-à-dire Hisilómë, voir p. 154.

Si l'on sélectionne certains événements de ces esquisses, et qu'on les exprime de manière à éclairer l'accord plutôt que le désaccord, la similitude avec la structure narrative du *Silmarillion* est aisément apparente. Ainsi :

— Les Noldoli franchissent le Helkaraksë et se déploient en Hisilómë, établissant leur campement près d'Asgon (Mithrim) ;
— Ils rencontrent les Elfes Ilkorin (= Úmanyar) ;
— Fëanor meurt ;
— Première bataille avec les Orcs ;
— Une armée de Gnomes va à Angband ;
— Maidros est capturé, torturé, et mutilé ;
— Les Fils de Fëanor quittent l'armée des Elfes (dans D seulement) ;
— Une grande bataille nommée la Bataille des Larmes Innombrables se déroule entre Elfes et Hommes et les armées de Melko ;
— Traîtrise des Hommes, corrompus par Melko, durant cette bataille ;
— Mais le peuple d'Úrin (Húrin) demeure fidèle, et n'y survit pas ;
— Le seigneur des Gnomes est isolé et tué (dans D seulement) ;
— Turgon et son armée se taillent un chemin pour s'échapper, et partent à Gondolin ;
— Melko est furieux car il ne peut découvrir où est parti Turgon ;
— Les Fëanoriens arrivent tard sur le champ de bataille (dans D seulement) ;
— Un énorme tumulus est construit (dans D seulement).

Il s'agit ici des traits principaux de l'histoire à survivre. Mais les dissemblances sont nombreuses et majeures. La plus frappante de toutes se trouve dans l'absence totale de toute l'histoire des longues années du Siège d'Angband, se terminant dans la Bataille des Flammes Soudaines (Dagor Bragollach), du passage des Hommes en Beleriand par-dessus les Montagnes et de leur service auprès des Rois Noldorin. À vrai dire, ces esquisses donnent l'impression d'une brève durée s'écoulant entre la venue des Noldoli de Kôr et leur grande défaite. Cet effet est peut-être en partie dû à la nature compressée de ces esquisses ; par ailleurs, la référence dans D aux Noldoli exerçant de nombreux arts contrebalance quelque peu cette impression — dans tous les cas, Turgon, né lorsque les Gnomes se trouvaient en Hisilómë, ou bien (selon D) lorsqu'ils étaient campés auprès de Sirion, a atteint l'âge adulte lors de la Bataille des Larmes Innombrables [12]. Tout de même, la représentation dans *Le Silmarillion* d'une période de siècles qui s'écoula tandis que Morgoth fut strictement enfermé dans Angband et que « derrière la garde de leurs armées dans le Nord les Noldor construisirent leurs demeures et leurs tours » n'est absolument pas présente. Dans des « phases » ultérieures de l'histoire, mon père rallongea régulièrement la période entre le lever du Soleil et de la Lune et la Bataille des Larmes Innombrables. Il fut de même essentiel à l'ancienne conception que la victoire de Melko fût aussi complète et écrasante : un nombre énorme de Noldoli devinrent ses esclaves, et où qu'ils allassent ils demeurèrent sous l'emprise de son sortilège ; ils demeurèrent libres dans Gondolin seulement — ainsi dans le premier conte de *La Chute de Gondolin*, il est dit que le peuple de Gondolin « fut ces Elfes parmi les Noldoli qui, seuls, échappèrent à l'emprise de Melko, lorsqu'à la Bataille des Larmes Innombrables il tua et prit en esclavage leur peuple et tissa des sorts autour de celui-ci et causa qu'il demeurât dans les Enfers de Fer, allant de là seulement par sa volonté et à ses ordres ». De surcroît, Gondolin ne fut fondée qu'*après* la Bataille des Larmes Innombrables [13].

Nous pouvons discerner peu de choses au sujet de la mort de Fëanor lors de la première conception ; mais tout au moins il est clair qu'elle n'avait aucun rapport avec l'histoire de sa mort dans *Le Silmarillion* (pp. 104-105). Dans ces premières esquisses, les Noldoli, quittant Hisilómë, connaissent leur première échauffourée avec les Orcs dans les contreforts des Montagnes de Fer ou au col des Collines Amères ; ces hauteurs correspondent assez clairement aux Montagnes de l'Ombre ultérieures, Ered Wethrin (voir p. 215) ; mais dans *Le Silmarillion* (p. 103-104), la première rencontre des Noldor avec les Orcs eut lieu en Mithrim.

La rencontre des Gnomes et des Ilkorins survécut dans la rencontre des Noldor nouveaux venus et des Elfes gris de Mithrim (*ibid.* p. 105) ; mais les Noldor eurent plutôt connaissance du pouvoir du Roi Thingol de Doriath que de la Bataille de Palisor.

Alors que dans ces esquisses Maidros fils de Fëanor mena un assaut contre Angband qui fut repoussé avec une tuerie qui se solda en sa propre capture, dans *Le Silmarillion* ce fut Fingolfin qui apparut devant Angband et qui, rencontrant le silence, se retira prudemment en Mithrim (p. 106). Maidros (Maedhros) avait déjà été pris lors d'une rencontre avec une ambassade de Melko qui était censée parlementer, et il entendit le son des trompettes de Fingolfin depuis son lieu de tourmente sur Thangorodrim — là où Morgoth l'avait placé jusqu'au moment où, selon ses dires, les Noldor abandonneraient leur guerre et prendraient leur départ. Des armées divisées des Noldor il n'y a bien sûr aucune trace dans la première histoire ; et le sauvetage de Maedhros par Fingon, qui trancha sa main pour le sauver, n'apparaît sous aucune forme : plutôt est-il libéré par Melko, bien que mutilé, et sans explications. Mais il est très caractéristique que la mutilation de Maidros — un « moment » important dans les légendes — ne fût jamais elle-même perdue, bien que finissant par recevoir un contexte et un intermédiaire complètement différents.

Le Serment des Fils de Fëanor ici est prêté après la venue des Gnomes de Valinor, et après la mort de leur père ; dans l'esquisse ultérieure D, ils quittent alors l'armée de (Finwë) Nólemë, Seigneur des Noldoli, et retournent en Dor Lómin (Hisilómë). Avec des caractéristiques comme celle-ci, et d'autres qui apparaissent seulement dans D, l'histoire approche plus près de sa forme ultérieure. L'on trouve dans le retour à Dor Lómin le germe du départ des Fëanoriens de Mithrim pour les régions orientales de Beleriand (*Le Silmarillion*, pp. 109-110) ; dans le Festin de la Réunion celui de Mereth Aderthad, le Festin des Retrouvailles célébré par Fingolfin pour le retour des Elfes de Beleriand (*ibid.*, p. 110), bien que les participants soient nécessairement très différents ; dans la venue tardive des Fëanoriens sur le champ de bataille accablé des Larmes Innombrables, le germe de l'arrivée retardée de l'armée de Maedhros (*ibid.* pp. 192-194) ; dans la séparation et la mort de Finwë (Nólemë) durant la bataille celui de l'assassinat de Fingon (*ibid.*, p. 196 — lorsque Finwë vint à devenir le père de Fëanor, prenant ainsi la place de Bruithwir tué par Melko en Valinor, sa position de commandant des armées durant la Bataille des Larmes Innombrables fut prise par Fingon) ; et dans le vaste tumulus nommé la Colline de la Mort, élevé par les fils de Fëanor, l'origine de Haudh-en-Ndengin ou Colline des Morts, élevé par les Orcs en Anfauglith (*ibid.*, p. 199). Il n'est pas clairement dit si l'ambassade envoyée à Túvo, Tinwelint, et Ermon (qui devient en D l'envoi de messagers) anticipe de loin l'Union de Maedhros (*ibid.*, pp. 190-191), mais le refus de Tinwelint de joindre ses forces à ceux de Nólemë survécut dans le rejet de Thingol des démarches de Maedhros (*ibid*, p. 191). Je ne peux expliquer avec certitude les paroles de Tinwelint, « N'allez pas dans les collines », mais je soupçonne que « les collines » sont les Montagnes de Fer (nommées « les Collines de Fer » dans *La Dissimulation de Valinor*, p. 282) au-dessus d'Angband, et qu'il lançait un avertissement contre un assaut mené par Melko ; dans le premier *Conte de Turambar*, Tinwelint dit : « Par la sagesse de mon cœur et le destin des Valar je n'allai pas avec mon peuple à la Bataille des Larmes Innombrables. »

D'autres éléments dans le récit de la Bataille qui survécurent — la fidélité du peuple d'Úrin (Húrin), la fuite de Turgon — existaient déjà à cette époque dans un conte déjà écrit (celui de Túrin).

Les indications géographiques sont rares, et il n'y a aucune carte des Grandes Terres qui soit contemporaine de la première « phase » des légendes ; de toute manière, il vaut mieux laisser ces questions pour les contes qui se déroulent dans ces régions. Le Val (ou Vallée) des Fontaines, qui devient ensuite la Vallée (ou Val) des Eaux Larmoyantes, est explicitement assimilé à Gorfalong, qui est donné dans les esquisses antérieures sous le nom de Gorfalon et semble être distinct ; mais dans tous les cas, ni ceux-ci ni les « Terres Accidentées » ne peuvent être mis en relation avec des lieux ou des noms dans la géographie ultérieure — à moins (particulièrement puisqu'il est dit dans D que Turgon prit la fuite vers le sud le long de Sirion) que l'on puisse supposer que quelque chose dans la lignée de la représentation ultérieure du Passage de Sirion existât déjà, et que le Val des Fontaines, ou des Eaux Larmoyantes, fût un nom pour celui-ci.

NOTES

1. Au-dessus de *Turuhalmë* l'on trouve écrits *Duruchalm* (barré) et *Halmad-hurwion*.
2. Ce paragraphe est marqué avec des points d'interrogation.
3. L'on peut aussi bien lire ce mot comme « ternes » ou « bruns * ».
4. La version originale donnait ici : « et peu de ses gens l'accompagnaient, et Tû interdisait ceci à son peuple, craignant le courroux d'Ilúvatar et de Manwë ; pourtant... »
5. Plus tôt dans les *Contes*, « les Elfes Perdus » sont ceux qui furent perdus lors du Grand Voyage et qui errèrent alors dans Hisilómë (voir p. 163).
6. Dans le conte, les « fées » du domaine de Tû (c'est-à-dire les Elfes de la Pénombre) reçurent le nom de *Hisildi*, le peuple du crépuscule ; d'autres noms sont donnés en sus de *Hisildi* dans les esquisses A et B : *Humarni*, *Kaliondi*, *Lómëarni*.
7. *Cf.* aussi les paroles de Sador à Túrin durant son adolescence (*Contes et Légendes Inachevés*, pp. 73-74) : « Derrière nous s'étendent les ténèbres, et de ces ténèbres, peu de récits ont émergé. Les pères de nos pères ont pu avoir des choses à raconter, mais ils n'ont rien dit. Leur nom même est oublié. Les Montagnes se dressent entre nous et la vie dont ils sont issus, fuyant on ne sait quoi. »
8. Cf. *Le Silmarillion*, p. 101 : « On dit qu'avant longtemps ils rencontrèrent des Elfes de la Nuit qui leur offrirent leur amitié, et que les Humains dans leur enfance devinrent les compagnons et les disciples de ce peuple antique, ceux des Elfes qui n'étaient jamais allés à Valinor et ne connaissaient des Valar que le nom et une rumeur lointaine. »

---

* « Terne » : *dim* ; « brun » : *dun*, en anglais. *(N.d.T.)*

9. L'on trouve écrit au-dessus d'*Ermon*, selon toutes apparences, le mot en vieil anglais *Æsc* (« frêne »). Il semble concevable qu'il s'agit d'une anglicisation du vieux scandinave *Askr* (« frêne »), dans la mythologie nordique le nom du premier homme, que, avec la première femme (*Embla*), les Dieux façonnèrent à partir de deux arbres trouvés sur la grève (*Völuspá*, strophe 17 ; *Snorra Edda*, *Gylfaginning*, §8).

10. Le texte a ici un mot entre parenthèses, « (Gongs) ». L'on pourrait penser qu'il s'agit d'un nom pour les *Kaukareldar* ou « fausses fées », mais dans la liste de mots gnomiques, *Gong* est défini comme « un membre d'une tribu des Orcs, un goblin ».

11. Dans une note isolée et ancienne, on trouve une référence au cœur de Nólemë découpé par les Orcs et à sa « reprise » par Turgon son fils. Cette note dit aussi que Turgon l'enchâssa dans de l'or ; l'emblème des gens du Roi à Gondolin, le Cœur Écarlate, est aussi mentionné dans le conte de *La Chute de Gondolin*.

12. *Cf.* p. 222 : « Turondo fils de Nólemë n'était encore sur Terre. » Turgon était le nom gnomique de Turondo (p. 159). Dans l'histoire à venir, Turgon est un seigneur des Noldor et vient de Valinor.

13. Après transformation de l'histoire, lorsque la fondation de Gondolin fut placée bien plus tôt, la partie conclusive du *Simarillion* ne fut jamais harmonisée avec ce déplacement et ceci fut une source de difficulté majeure lors de la préparation de l'œuvre publiée.

Appendice

Les noms dans les *Contes Perdus* — Première partie

Il existe deux petits livres, contemporains des *Contes Perdus*, qui contiennent les premiers « lexiques » des langues elfiques ; et tous deux se révèlent être des documents très difficiles.

L'un concerne la langue appelée, dans le livre, *Quenya*, et je ferai référence à ce livre avec les initiales LQ (Lexique Quenya). Une bonne proportion des entrées de la première moitié de l'alphabet furent effectuées à une même période, lorsque le travail fut entamé ; celles-ci furent très soigneusement écrites, bien que le crayon gris soit maintenant très pâle. Parmi les premières entrées se trouve ce groupe :

Lemin « cinq »
Lempe « dix »
Leminkainen « 23 »

Le choix de « 23 » suggère qu'il s'agissait de l'âge de mon père à l'époque de la mise en œuvre, et que le livre fut donc commencé en 1915. Cette supposition est soutenue par des déclarations incluses dans la première strate d'entrées au sujet de certaines figures de la mythologie, des déclarations qui sont en désaccord avec ce qui a été dit par ailleurs, et qui donnent des aperçus d'un stade encore antérieur aux *Contes Perdus*.

Ce livre continua naturellement à être employé, et de nombreuses entrées (pratiquement toutes celles de la deuxième partie de l'alphabet) sont ultérieures à cette première strate, bien que rien de plus précis ne puisse être dit hormis que toutes ces entrées appartiennent à la période des *Contes Perdus* (ou la précèdent de très peu).

Les mots dans le LQ sont arrangés selon des « racines », et une note au début dit :

> Les racines sont en majuscules, et ne sont absolument pas des mots en usage, mais servent à élucider les mots groupés ensemble et à les connecter entre elles.

Il y a une bonne part d'incertitude, exprimée par des points d'interrogation, dans la formulation des racines, et dans l'attribution des mots à une racine ou à une autre, suivant le chemin que mon père prenait entre des idées étymologiques différentes. Il semble clair dans certains cas que le mot était pour ainsi dire « là », mais que son étymologie devait encore être clairement définie, et non le contraire. Les racines elles-mêmes sont souvent difficiles à représenter, puisque certaines consonnes portent des marques diacritiques qui ne sont pas définies. Les notes sur les noms qui suivent produisent une impression légèrement plus positive que ne le fait le livre lui-même.

L'autre livre est un dictionnaire de la langue gnomique, le *goldogrin*, et je m'y référerai par les initiales LG (Lexique Goldogrin, ou Gnomique). Celui-ci n'est pas arrangé historiquement, par les racines (bien qu'occasionnellement ces racines soient données), mais plutôt, en projet tout au moins, comme un dictionnaire conventionnel, et il contient un nombre remarquable de mots. Les livre est intitulé *i·Lam na·Ngoldathon* (c'est-à-dire « la langue des Gnomes ») : *Goldogrin*, avec une date : 1917. L'on trouve écrit sous le titre : *Eriol Sarothron* (c'est-à-dire « Eriol le Voyageur »), *qui est sinon appelé Angol mais par son propre peuple Ottor Wǽfre* * (voir p. 35).

La grande difficulté dans ce cas réside dans l'usage intensif que mon père fit de ce livre de petite taille, corrigeant, rejetant, rajoutant, strate après strate, de sorte qu'il est devenu par endroits très difficile à interpréter. De surcroît, des changements ultérieurs sur des formes d'une entrée ne furent pas forcément répercutés aux entrées s'y rapportant ; ainsi les stades d'une conception linguistique en expansion rapide sont d'une représentation très déroutante. Ces petits livres étaient des outils de travail, en aucune manière une disposition d'idées achevées (il est en effet très clair que LG en particulier accompagna de près la composition des *Contes*). De plus, les langues changèrent alors même que mon père entrait la première « strate » dans LG ; par exemple, le mot *mô*, « mouton », fut changé ensuite en *moth*, mais plus loin dans le dictionnaire *uimoth*, « mouton des mers » fut la première forme écrite.

Il est immédiatement évident qu'une structure historique déjà extrêmement sophistiquée et phonétiquement compliquée sous-tend les langages à ce stade ; mais il semble (ce qui est malheureux et frustrant) qu'il ne survive réellement que très peu de cette époque dans le sens d'une description grammaticale ou phonétique. Je n'ai rien découvert, par exemple, qui expose même de la manière la plus sommaire les relations phonologiques entre les deux langues. Une description phonologique limitée existe pour le quenya qui date de cette première période, mais celle-ci devint à travers maintes transformations et substitutions ultérieures un fouillis si déconcertant (alors que le

* La note concernant *Angol* et *Eriollo* à laquelle je fais référence à la page 36 fut écrite à l'intérieur de la couverture de LG.

sujet est de toute manière extrêmement complexe) que je n'ai pu en faire usage.

Tenter d'user des matériaux ultérieurs pour élucider les idées linguistiques de la toute première époque ne serait pas pratique dans ce livre. Mais une lecture de ces deux vocabulaires montre de la manière la plus claire à quel point étaient imbriqués les développements de la mythologie et des langues, et il serait sérieusement trompeur de publier les *Contes Perdus* sans tenter de montrer les connexions étymologiques des noms qui y figurent. Je donne donc autant de renseignements, dérivés de ces livres, qu'il se peut, mais sans spéculer au-delà. Il est évident, par exemple, qu'un élément fondamental dans les constructions étymologiques était de légères variations dans les « racines » anciennes (causées tout particulièrement par des différences lors de la formation des consonnes) qui causèrent des situations sémantiques très complexes au cours des âges ; ou encore, qu'un vieil « ablaut » (variation, de longueur ou de qualité, des voyelles en série) fut présent ; mais j'ai jugé préférable de simplement essayer de présenter le contenu des dictionnaires aussi clairement que je le pouvais.

Il mérite d'être remarqué que mon père introduisit ici et là des sortes de « calembours historiques » : ainsi par exemple la racine SAHA « être brûlant » produit (en plus de *saiwa* « chaud » ou *sára* « ardent ») *Sahóra* « le Sud », et de NENE « couler » vient *nen* * « rivière », *nénu* « nénuphar jaune », et *nénuvar* « étang de nénuphars ». L'on trouve aussi plusieurs ressemblances avec le vieil anglais qui ne sont évidemment pas le fruit du hasard, tels *hôr* « vieux », HERE « régner », *rûm* « secret (murmure) ».

L'on verra que nombre des éléments dans les langues à venir, le quenya et le sindarin comme les ouvrages publiés les ont fait connaître, remontent aux débuts ; les langues, comme les légendes, étaient en évolution, expansion et raffinement constants. Mais le statut historique ainsi que les relations des deux langues, telles qu'elles furent conçues à cette époque, furent ensuite radicalement transformés : voir p. 75.

L'organisation des matériaux s'est révélée difficile, d'ailleurs sans une meilleure compréhension des relations et des formulations changeantes elle pouvait difficilement être rendue de manière satisfaisante. Le système que j'ai adopté est de présenter des groupes de mots étymologiquement connectés, en quenya et en gnomique, sous un nom important qui contient l'un de ceux-ci ; à cette entrée sont renvoyées d'autres apparitions d'un mot du groupe * (par exemple : *glor-* dans *Glorvent*, *Bráglorin* est renvoyé à l'entrée *Laurelin*, où sont données les associations étymologiques du quenya *laurë* « or »). Chaque nom des *Contes Perdus* parus dans ce tome est donné — à condition, toutefois, qu'une quelconque information étymologique contemporaine de l'em-

---

* Des formes ultérieures Quenya et Sindarin ne sont mentionnées qu'exceptionnellement. Pour de tels mots, voir les vocabulaires donnés dans *An Introduction to Elvish*, éd. J. Allan, Bran's Head Books, 1978 ; aussi l'Appendice du *Silmarillion*.

ploi du nom ait pu être découverte : tout nom qui ne se trouverait pas dans la liste qui suit m'est complètement opaque ou tout au moins ne peut être identifié avec la moindre certitude. Les noms rejetés sont aussi inclus, selon le même principe, mais sont donnés aux entrées des noms qui vinrent les remplacer (par exemple *Dor Uswen* se trouve sous l'entrée *Dor Faidwen*).

La liste des noms secondaires des Valar qui fut recopiée sur des pages blanches se faisant face dans le conte de *La Venue des Valar* (voir p. 127) est nommée « liste de noms des Valar » pour les besoins de référence. Le signe < est utilisé seulement aux endroits où il est employé dans le dictionnaire gnomique, comme *alfa* < *alchwa*, signifiant que l'un fut historiquement dérivé de l'autre : il n'est pas utilisé dans cet Appendice pour faire référence aux changements effectués par mon père dans les dictionnaires eux-mêmes.

Ainur Parmi les entrées originales dans LQ sont *ainu* « un dieu païen » et *aini* « une déesse païenne », avec *áye* « salut à vous ! » et *Ainatar* « Ilúvatar, Dieu ». (Bien entendu personne *à l'intérieur* du contexte de la mythologie ne peut nommer les Ainur « païens ».) LG a *Ain* : « aussi avec formes distinctes masc. et fém. *Ainos* et *Ainil*, un Dieu, c'est-à-dire un des Grands Valar ».

Alalminórë Voir *Aldaron, Valinor*. Dans LQ, *Alalminórë* est commenté par : « Pays des Ormes, une des provinces d'Inwinórë dans laquelle se situe Kortirion (Warwickshire) » ; c'est-à-dire, *Alalminórë* = Warwickshire (voir p. 37). Les mots gnomiques sont *lalm* ou *larm*, aussi *lalmir*, « orme ».

Aldaron Dans LQ, une racine ALA « étendre » avec les dérivés *alda* « arbre », *aldëa* « ombragé d'arbres », *aldëon* « avenue d'arbres », et *alalmë* « orme » (voir *Alalminórë*). Dans LG ce nom d'Oromë apparaît comme *Aldor* et *Ormaldor* (*Oromë* est *Orma* en gnomique) ; *ald* « bois (matériau) », plus tard changé en *âl*.

Alqaluntë LQ *alqa* « cygne » ; LG *alcwi*, avec le mot correspondant en quenya donné ici comme *alqë*, *alcwi* changé plus tard en *alfa* < *alchwa*.

LQ *luntë* « navire » de la racine LUTU, avec d'autres dérivés *lúto* « crue » et verbe *lutta-*, *lutu-*, « couler, flotter » (cf. *Ilsaluntë*). LG a *lunta* « navire », *lud-* « couler, s'écouler, flotter ».

Aluin Voir *Lúmin*.

Amillo Ce mot apparaît dans LQ, mais sans indication de sens ; *Amillion* est le mois d'Amillo, février (une des entrées les plus « primitives »).

Angaino Groupé avec *angayassë* « tristesse, douleur », *angaitya* « supplice », *Angaino* est donné dans LQ séparément des mots de « fer » (voir *Angamandi*) et fut d'abord défini comme « un géant », corrigé en « la grande chaîne ». Dans LG, Melko a un nom *Angainos* avec une note : « Ne pas confondre le gnomique *Angainos* avec le quenya *Angaino* (gnomique *Gainu*), la grande chaîne de *tilkal*. » Sous *Gainu* il y a une note ultérieure : « connecté populairement avec *ang* "fer", mais en réalité = "bourreau". »

Angamandi LQ a *anga* « fer » (qui est le *a* de *tilkal*, p. 138), *angaina* « de fer », *Angaron(ti)* « Montagnes de Fer » et *Angamandu* ou *Eremandu* « Enfers de Fer » (rajouté plus tard : « ou *Angamandi*, pluriel »). Les formes gnomiques sont *ang* « fer » (comme dans *Angol*, voir sous *Eriol*), *angrin* « de fer », *Angband* — qui, étrangement, est dit dans LG être « la grande forteresse de Melko après la bataille des Lamentations Innombrables jusqu'à la bataille de l'Étang du Crépuscule » (lorsque Tulkas vainquit finalement Melko). Voir *Mandos*.

Angol Voir *Eriol*.

Arvalin Voir *Eruman*.

Aryador Celui-ci est dit (p. 163) être le nom parmi les Hommes de Hisilómë ; mais selon LG, il s'agissait d'un mot d'origine Ilkorin, signifiant « pays ou lieu d'ombre » ; LQ *Arëandor, Arëanor* « nom d'une région montagneuse, la demeure du Peuple de l'Ombre ». Voir *Eruman*.

Asgon LG a *Asgon* « nom d'un lac en Dor Lómin (Hisilómë), Q. *Aksanda* » ; LQ a *aksa* « cascade », dont l'équivalent gnomique est donné comme *acha* avec le même sens. (Aucune lumière ne vient éclairer le nom ultérieur *Mithrim* dans les dictionnaires.)

Aulë Un mot *aulë* « hirsute » est donné dans LQ comme un dérivé de la racine OWO (d'où aussi *oa* « laine », *uë* « toison »), mais sans indication que le mot doit être connecté au nom du Vala. La forme gnomique de son nom est *Óla*, changé en *Óli*, sans information supplémentaire. Dans la liste des noms Valar, Aulë est aussi nommé *Tamar* ou *Tamildo*. Ceux-ci sont donnés dans LQ sans traduction sous la racine TAMA « fondre, forger », avec *tambë* « cuivre » (le *t* de *tilkal*, p. 137), *tambina* « de cuivre », *tambos* « chaudron ». Pour d'autres noms d'Aulë voir *Talka Marda*.

Aulenossë Pour *nossë* « famille, peuple », voir *Valinor*.

Aur Nom gnomique du Soleil ; voir *Ûr*.

Balrog LG définit *Balrog* comme « une sorte de démon du feu ; créatures et serviteurs de Melko ». Avec l'article, la forme est *i'Malrog*, pluriel *i'Malraugin*. Des entrées séparées donnent *bal* « angoisse, supplice » (consonne initiale d'origine *mb-*), *balc* « cruel », et *graug* « démon ». Des formes quenya sont mentionnées : *araukë* et *Malkaraukë*. Dans LQ, *Malkaraukë* et d'autres mots comme *malkanë* « torture » sont donnés sous la racine MALA (MBALA) « (broyer), blesser, endommager », mais la relation entre celle-ci et MALA « écraser, serrer » (voir *Olorë Mallë*) ne fut apparemment pas décidée. Il y a aussi *Valkaraukë* et *valkanë* « torture », mais ici encore la relation demeure obscure.

Bráglorin Défini dans le texte (p. 253) comme « le vaisseau flamboyant », mais traduit dans LG comme « Chariot d'Or, un nom du Soleil » avec une note : « aussi en forme analytique *i·Vreda "Loriol"* ; *brada* "wagon, chariot". Pour *-glorin* voir *Laurelin*.

Bronweg LG a *Bronweg* « (celui qui est constant), nom d'un Gnome réputé », avec les mots apparentés : *brod*, *bronn* « ferme, résolu », *bronweth* « constance ». Dans LQ *Voronwë* (voir p. 71) « le fidèle » est dérivé de la racine VORO, avec *vor, voro* « toujours », *voronda* « fidèle », *vorima* « pour toujours », etc. Cf. *Vorotemnar*.

La terminaison commune *-weg* n'est pas donnée dans LG, mais cf. *gweg* « homme », pluriel *gwaith*.

Cûm a Gumlaith « Le Tertre du Premier Chagrin », la tombe de Bruithwir, p. 204. LG *cûm* « tertre, tumulus (particulièrement) » (aussi *cum-* « coucher », *cumli* « divan ») ; *gumlaith* « épuisement de l'esprit, chagrin » (*blaith* « esprit »).

Cûm a Thegranaithos Voir entrée précédente. LG *thegra* « premier, principal », *thegor* « chef » ; *naitha-* « se lamenter, pleurer, pleurer pour », *naithol* « malheureux, en détresse ».

Danuin LG a *dana* « jour (24 heures) » en référence au quenya *sana* (pas inclus dans LQ) ; *Dana* fut une version antérieure de *Danuin* (p. 299). Le même élément apparaît dans *Lomendánar* « Jours du Crépuscule ».

Dor Faidwen Gnomique *dôr* (< *ndor-*) « région (habitée), pays, peuple de la région » ; voir *Valinor*.

Dor Faidwen est traduit dans le texte « Pays de la Libération (p. 23) ; LG a *faidwen* « liberté » et de nombreux mots apparentés, comme *fair* « libre », *faith* « liberté », etc. Dans LQ, sous la racine FAYA, apparaissent *fairë* « libre », *fairië* « liberté », *fainu-* « libération ».

Dor Faidwen fut le nom gnomique finalement choisi après de nombreux changements (p. 34), mais l'on ne peut guère éclairer les formes antérieures. *Gar* dans *Gar Eglos* est un mot gnomique signifiant « endroit, région ». *Dor Us(g)wen* : LG donne le radical *us-* « quitter, partir » (aussi *uthwen* « sortie, chemin de sortie »), et LQ sous la racine USU « s'échapper » a *uswë* « issue, échappatoire » et *usin* « il s'échappe ».

Dor Lómin Voir *Valinor, Hisilómë*.

Eärendel Dans une liste de noms annotée qui accompagne *La Chute de Gondolin*, il y a une suggestion, attribuée à Petitcœur fils de Voronwë, qu'*Eärendel* « avait un quelconque lien avec les mots elfiques *ea* et *earen*, respectivement "aigle" et "aire" », et dans LQ ces mots (tous deux avec le sens « aigle ») sont placés avec *Eärendel*, bien qu'ils ne soient explicitement connectés. Le conte lui-même dit qu'« il y a maintes interprétations à la fois parmi les Elfes et parmi les Hommes » du nom *Eärendel*, avec une suggestion qu'il s'agissait d'un mot de « quelque langue secrète » parlée par les gens de Gondolin.

LG possède une entrée : *Ioringli*, « véritable forme gnomique du nom d'Eärendel, bien que la forme eldar ait aussi été adoptée et soit souvent rencontrée en une forme transitionnelle, ainsi *Iarendel, Iorendel* » (sur la distinction entre « gnomique » et « eldar » voir p. 74). Les mots gnomiques pour « aigle » sont *ior, ioroth*.

Une entrée dans LQ : *Eärendilyon* « fils d'Eärendel (employé pour tout marin) » ; *cf.* p. 24.

Eldamar Pour le premier élément voir *Eldar*. — Dans LQ les mots suivants sont présentés en un seul groupe : *mar* (*mas-*) « demeure des hommes, la Terre, pays », *mardo* « habitant », *masto* « village », et *-mas* équivalent aux suffixes anglais *-ton*, *-by* dans les noms de lieux * (cf. *Mar Vanwa Tyaliéva ; Koromas ; i·Talka Marda* « Forgeron du Monde », Aulë). On trouve dans LG *bar* « demeure (< *mbar-*), et des dérivés comme *baros* « hameau », aussi *-bar* en suffixe signifiant « habitant » ou « demeure ».

L'équivalent gnomique d'*Eldamar* était *Eglobar* (gnomique *Egla* = quenya *Elda*) : « *Eglobar* "Elfinesse" = Q. *Eldamar*, c'est-à-dire Demeure des Elfes ; la région sur la bordure de Valinor où les fées habitèrent et bâtirent la cité de Côr. Aussi sous les formes *Eglabar, Eglamar, Eglomar.* » Dans LQ *Eldamar*, dans une des toutes premières entrées, est « la plage rocheuse à l'ouest d'Inwinórë (Faërie) » ; « sur cette roche fut bâtie la blanche ville nommée Kôr ».

Eldar Dans LQ, *Elda* est donné séparément, sans connexions étymologiques, et défini comme « une fée-des-plages ou *Solosimpë* (flûtiste côtier) ». Il s'agit là d'un aperçu d'une conception antérieure à celle des *Contes Perdus* : les *Eldar* furent originellement les Elfes marins. LG possède l'entrée *Egla* "un être d'en dehors", nom des fées donné par les Valar et en large partie adopté par ceux-ci = Q. *Elda* » (voir p. 314) ; aussi *eg, êg* « loin, très éloigné ». L'association entre *Eldar* et les étoiles ne remonte donc pas tout au début.

Erinti Elle apparaît dans LQ dans une entrée primitive, isolée (et ensuite barrée). Les *Contes Perdus* ne racontent rien sur Erinti, mais dans cette note elle est appelée la Vala de l'amour, de la musique et de la beauté, aussi nommée *Lotessë* et *Akairis* (« mariée »), sœur de Noldorin et d'Amillo. Seuls trois Valar ont quitté Valinor et demeurent en Inwenórë (Tol Eressëa) ; Erinti demeure en Alalminórë dans un *korin* d'ormes gardé par les fées. La deuxième moitié du mois d'*avestalis* (janvier) est nommée *Erintion*.

On ne trouve trace de ceci par ailleurs ; mais il est clair que lorsque Erinti devint la fille de Manwë et Varda, sa demeure en Alalminórë fut prise par Meril-i-Turinqi, la Dame de Tol Eressëa.

Dans la liste de noms des Valar, Erinti est aussi appelée *Kalainis ;* ce mot apparaît dans LQ signifiant « mai », un des nombreux dérivés de la racine KALA (voir *Galmir*).

Eriol Dans *La Chaumière du Jeu Perdu* (p. 22), *Eriol* est traduit par « Celui qui rêve seul ». Dans LQ, les éléments de cette interprétation sont donnés sous les racines ERE « demeurer seul » (voir *Tol Eressëa*) et LORO « sommeil » (voir *Lórien*). On trouve dans LG la note citée p. 36, qui dit que le gnomique *Angol* et le quenya *Eriollo* étaient les noms de la région « entre les deux mers » d'où venait Eriol (= Angeln dans la péninsule danoise) ; et selon une note isolée existante par ailleurs *Angol* est dérivé d'*ang* « fer » et *ôl* « falaise », tandis qu'Eriol signifie la même chose — « celui-ci étant le nom des fées des

---

* Qui signifient tous deux « lieux habités », ainsi par exemple les villes anglaises *Northampton, Whitby,* voire même *Hobbiton* (traduit par Hobbitville et Hobbitebourg dans *Bilbo le Hobbit* et *Le Seigneur des Anneaux.*) *(N.d.T.)*

parties [*sic*] de sa demeure (falaises de fer) ». Meril fait référence aux « noires côtes de ta demeure » (p. 133). Cette note dit que l'interprétation « Celui qui rêve seul » est un calembour de la part de Lindo.

Pour *ang* « fer », voir Angamandi. LG a *ol*, *óla* « falaise, précipice donnant sur la mer », avec les formes quenya *ollo*, *oldō* ; *ere(n)* « fer ou acier » est donné dans LQ, et cet élément apparaît aussi dans l'autre nom pour *Angamandu*, *Eremandu*, « Enfers de Fer ».

Eruman Les noms de cette région sont aussi compliqués que la conception originale de la région elle-même (voir pp. 125 et *sq.*). La forme *Erumáni* (qui apparaît dans les *Contes* en plus d'*Eruman*) apparaît dans LQ sous ERE « hors, à l'extérieur » (cf. *Neni Erúmear*) sans information supplémentaire. LG a une longue entrée sous *Edhofon*, qui = Q. *Erumáni* : il s'agit d'une « terre obscure à l'extérieur de Valinor et au sud de la Baie de Faërie, qui s'avançait tout contre les bases ouest des Montagnes de Valinor ; son extrémité septentrionale bordait les racines de Taniquetil, d'où *Edhofon* < *Edhusmānī-*, c'est-à-dire au-delà de la demeure des Mánir. D'où aussi le titre *Afalinan* ou *Arvalion*, c-à-d. auprès de Valinor. » L'implication de ceci semble être que Taniquetil fut « la demeure de Mánir », ce qui est compréhensible puisque les Mánir étaient tout particulièrement associés à Manwë (les mots gnomiques *móna*, *móni* sont définis comme étant des « esprits de l'air, enfants de Manwë »), et Eruman était donc au-delà (au sud) de la demeure. Voir *Mánir*.

LG déclare aussi qu'Edhofon était nommé *Garioth ;* et *Garioth* est « la vraie forme gnomique » du nom *Aryador* (un mot d'origine Ilkorin) « pays de l'ombre », bien qu'appliquée à Edhofon / Eruman, et non à Hisilómë.

Selon LQ, *Harwalin* « auprès des Valar » contient *har(e)* « près » ; les entrées dans LG sont trop déroutantes pour être citées, car les formes de *Harwalin* / *Arvalin* furent transformées à maintes reprises. Une entrée tardive dans LG donne un préfixe *ar-* « à côté, aux côtés de ». Pour *Habbanan* voir *Valar*.

Falassë Númëa Traduit dans le texte (p. 171) comme « Ressac de l'Ouest » ; voir *Falman*, *Númë*.

Falman Dans LQ la racine FALA a les dérivés *falma* « écume », *falmar* « vague au moment où elle se brise », *fala(s)* « rivage, plage », *Falman* = Ossë ; cf. *Falassë Númea*, *Falmaríni*. LG a *falm* « brisant, vague », *falos* « rive de la mer, ressac », *Falmon* ou *Falathron* « noms pour Otha [Ossë], = Q. *Falman* et *Falassar* ».

Falmaríni Voir *Falman*.

Fanturi Dans LQ, *fantur*, sans traduction mais se référant à Lórien et à Mandos, est donné sous la racine FANA, avec plusieurs dérivés se référant tous aux visions, aux rêves, au fait de s'endormir. Dans LG (une entrée tardive), la forme est *Fanthor*, pluriel *i·Fanthaurin* « le nom de chacun des deux frères, du sommeil, de la mort ».

Fanuin LG a *fann* « une année ». Pour les noms rejetés *Lathos*, *Lathweg* (p. 299), voir *Gonlath*.

Faskala-númen, Faskalan Traduit dans le texte (p. 253) par

« le Bain du Soleil Couchant ». LG a *fas-* « laver », *fasc* « propre », *fasca-* « éclabousser, asperger », *fôs* « bain ». Pour *-númen* voir *Númë*.

Fëanor Le seul témoignage quant à la signification de ce nom est donné sous *Fionwë-Úrion*.

Fingolma Voir *Nólemë*.

Finwë Ce mot n'apparaît pas dans les dictionnaires en tant que nom propre, mais LG donne un nom commun *finweg* « artisan, homme adroit, qui a du savoir-faire » (avec *fim* « astucieux ; main droite » et d'autres mots apparentés) ; pour *-weg*, voir *Bronweg*. Dans LQ, les dérivés de la racine FINI sont *finwa* « sagace », *finië*, *findë* « rusé ». Voir *Nólemë*.

Fionwë-Úrion *Fion* « fils » est donné séparément dans LQ (rajouté à la hâte et ultérieurement), avec la note « particulièrement Fion(wë) le Vala ». Il est en gnomique « *Auris Fionweg*, ou *Fionaur Fionor* ». Dans une entrée ultérieure de LG, « *Fionaur* (*Fionor*) = Q. *Fëanor* (fabricant de gobelets) », et on trouve parmi les entrée originales *fion* « bol, gobelet ». Il n'y a aucune indication que ceci se refère à Fëanor le Gnome.

Pour le deuxième élément (*Úrion*, *Auros*), voir *Ûr*. Dans la liste de noms des Valar, *Fionwë* se nomme *Kalmo* ; voir *Galmir*.

Fui On trouve dans LQ, *hui* « brouillard, ténèbres, nuit » et *huiva* « ténébreux », et aussi « *Fui* (= *hui*) épouse de Vê ». En gnomique son nom est *Fuil* « Reine de l'Obscurité », et les mots apparentés sont *fui* « nuit », *fuin* « secret, sombre ».

Fumellar Les « Fleurs du sommeil » (pavots) dans les jardins de Lórien (p. 106). LQ, sous la racine FUMU « sommeil », a *fúmë* « sommeil », *fúmella*, *fúmellot* « pavot ».

Galmir Traduit dans le texte (p. 253) par « qui luit d'or » (un nom du Soleil). Il s'agit d'un dérivé du gnomique *gal-* « briller », qui en quenya est KALA « briller d'or », et dont un grand nombre de dérivés sont donnés dans LQ, ainsi *kala-* « briller », *kálë* « matin », *kalma* « lumière du jour », *Kalainis* « Mai » (voir *Erinti*), *kalwa* « beau », etc. Cf. *Kalormë*, *Kalaventë* et *i·kal'antúlien* « La lumière est revenue » (p. 244).

Gar Lossion Traduit dans le texte (p. 25) par « l'endroit des Fleurs » (le nom gnomique d'Alalminórë). Pour *Gar* voir *Dor Faidwen*. LG donne *lost* « floraison » et *lôs* « fleur », mais il est noté qu'ils ne sont probablement pas connectés et qu'il est plus probable que *lôs* soit apparenté à *lass* « feuille », aussi utilisé pour signifier « pétale ». (LQ a *lassë* « feuille », *lasselanta* « Automne ("la chute des feuilles") ».) Voir *Lindelos*.

Glorvent Pour l'élément *Glor-* voir *Laurelin*. — LG avait *Glorben*(*d*) « navire d'or », transformé plus tard en *Glorvent* « barque d'or » ; *benn* « forme, coupe, façon », *benc*, *bent* « petite barque ». LQ a la racine VENE « former, découper, évider », avec les dérivés *venië*, *venwë* « former, couper » et *venë* « petite barque, vaisseau, plat de service ». *Cf.* le titre du dessin du « Bateau-Monde », *I Vene Kemen* (voir p. 117), et le nom du Soleil *i·Kalaventë* (*Kalavénë*).

Golfinweg Voir *Nólemë*, *Finwë*.

Gondolin LQ ne donne pas ce nom, mais *ondo* « pierre » apparaît sous la racine ONO « dur ». Dans LG *Gondolin* est dit être = quenya *Ondolin* (changé en *Ondolinda*) « pierre chantante ». Il y a aussi une entrée *gond* « grande pierre, rocher » ; ceci fut ultérieurement transformé en *gonn*, et une note, groupée avec une entrée *dólin* « chanson », spécifiait que *Gondolin* = *Gonn Dolin*. Voir *Lindelos*.

Gong LG ne donne aucune information au-delà de ce qui est cité p. 323, note 10, mais compare *sithagong* « libellule » [= *dragonfly* (« mouche-dragon ») en anglais, *N.d.T.*] (*sitha* « mouche », *Sithaloth* ou *Sithaloctha* (« grappe de mouches »), « les Pléiades »).

Gonlath Ceci est le nom du grand rocher sur Taniquetil auquel fut attaché le câble de Fanuin ; le deuxième élément doit être le gnomique *lath* « une année », qui apparaît aussi dans les noms rejetés antérieurs à *Fanuin*, *Lathos* et *Lathweg* (p. 299). Pour *Gon-*, voir *Gondolin*.

Gwerlum Ceci est donné dans LG avec la traduction « Tisseuse de Pénombre » ; *gwer-* « entortiller, tourner, plier », mais aussi dans le sens de la racine *gwidh-* « tresser, tisser ». LQ a la racine GWERE « tourbillonner, tournoyer, tordre », mais le nom *Wirilómë* pour la gigantesque araignée est placé sous la racine GWITHI, d'où aussi *windelë* « métier à tisser », *winda*, *wistë* « trame ». Le nom du vaste remous *Wiruin*, absent des dictionnaires, doit appartenir à cette famille. Pour l'élément *-lómë*, *lum*, voir *Hisilómë*.

Haloisi Velikë (Dans le dessin du « Bateau-Monde », p. 118.) Dans LQ *haloisi*, « la mer (tourmentée) », est donné sous la racine HALA, avec les autres dérivés *haloitë* « bondissant », *halta-* « bondir ».

Au quenya *velikë* « grand » correspond le gnomique *beleg* « puissant, grand » (ainsi, Beleg l'Archer dans le conte de Túrin).

Helkar LQ a sous la racine HELE, *helkë* « glace », *helka* « froid comme la glace », *hilkin* « il gèle », *halkin* « gelé ». LG a *helc*, *heleg* « glace », *hel-* « geler », *heloth* « givre », etc., et *helcor* « froid arctique, givre ultime » ; ce dernier fut transformé pour donner *helchor* « froid antarctique, givre ultime du Sud (le pilier de la Lampe du Sud). Q. *Helkar*. »

Helkaraksë Voir *Helkar* ; *Helkaraksë* est absent des deux dictionnaires et le deuxième élément est obscur, à moins qu'il ne soit connecté avec le quenya *aksa* « cascade » (voir *Asgon*).

Heskil La racine HESE dans LQ inclut les dérivés *Heskil* « être de l'hiver », *Hesin* « hiver », *hessa* « mort, flétri », *hesta-* « flétrir ». On trouve dans LG, *Hess* « hiver, particulièrement pour nommer Fuil », et *hesc* « flétri, mort ; froid ». Pour un autre nom de Fui Nienna, voir *Vailimo*.

Hisildi Voir *Hisilómë*.

Hisilómë LQ donne sous la racine HISI, *hisë*, *histë* « crépuscule », *Hisinan* « Pays du Crépuscule ». Pour la traduction de *Hisilómë* « Crépuscules Ombreux », voir p. 154.

La racine LOMO a de nombreux dérivés, ainsi, *lómë* « crépuscule, pénombre, obscurité », *lómëar* « enfant de la pénombre » (cf. *Lómëarni*), *lómin* « ombre, ombrage », *lomir* « je cache », *lomba* « secret ». Cf. *Wirilómë*. Les mots gnomiques sont *lôm* « pénombre,

ombre », *lómin* « ombreux, lugubre » et nom commun, « pénombre » : ainsi *Dor Lómin*. Le même élément apparaît dans *Lomendánar* « les Jours du Crépuscule ».

Ilinsor Une entrée tardive dans LG donne *Glinthos* = Q. *Ilinsor*, Timonier de la Lune. Le premier élément est probablement *glint* « cristal ». *Ilinsor* n'apparaît pas dans LQ.

Ilkorin Un préfixe négatif *il-* est donné dans les deux dictionnaires ; dans LG il est dit que *il-* « marque l'opposé, l'inversion, c'est-à-dire plus que la simple négation ». Voir *Kôr*.

Ilsaluntë (Nom de la Lune.) *Ilsa* est donné dans LQ comme « le nom mystique de l'argent, ainsi que *laurë* pour l'or » ; il s'agit du *i* de *tilkal*, p. 138. Pour *luntë* « navire » voir *Alqaluntë*. Le nom gnomique est *Gilthalont ; giltha* « métal blanc » est dit être correctement la même chose que *celeb* « argent » (Q. *telpë*), mais il inclut maintenant *gais* « acier », *ladog* « étain », etc., s'opposant à *culu* « or » ; *culu* est dit être un mot poétique pour « or », mais « aussi employé mythiquement comme un nom de catégorie pour tous les métaux rouges et jaunes, comme *giltha* pour les blancs et les gris ». Voir *Telimpë*.

Ilterendi Dans le texte les fers sont nommés *Ilterendi* « car ils ne pouvaient être limés ou fendus » (p. 139) ; mais la racine TERE dans LQ a des dérivés avec un sens de forer (*tereva* « perçant », *teret* « vrille »).

Ilúvatar Il ne peut y avoir aucun doute quant au sens original d'Ilúvatar : « Père du Ciel » (dans LQ on trouve *atar* « père ») ; voir *Ilwë*.

Ilverin Nom elfique de Petitcœur fils de Bronweg. Le nom rejeté *Elwenildo* (p. 76) contient le mot *elwen* « cœur » donné dans LQ ; LG donne le mot *ilf* « cœur (particulièrement employé pour les sentiments) », et plusieurs noms (*Ilfin(g)*, *Ilfiniol*, *Ilfrith*) correspondant au quenya *Ilwerin*.

Ilwë Dans LQ le mot *ilu* est défini comme « l'éther, les airs ténus parmi les étoiles », tandis que dans LG le nom gnomique d'Ilúvatar *Ilon* est dit = quenya *Ilu*. Dans LQ, *ilwë* fut d'abord défini par « ciel, cieux », avec un rajout ultérieur « l'air bleu qui entoure les étoiles, les couches centrales » ; à ceci correspond le gnomique *ilwint* — au sujet duquel il est expliqué dans LG que la forme véritable *ilwi* ou *ilwin* fut pervertie pour devenir *ilwint* par une association avec *gwint* « visage », comme si le mot signifiait « visage de Dieu ». D'autres mots gnomiques sont *Ilbar*, *Ilbaroth* « ciel, la dernière région au-delà du monde » ; *Ilador*, *Ilathon* = *Ilúvatar ; ilbrant* « arc-en-ciel » (voir *Ilweran*).

Ilweran LQ donne *Ilweran*, *Ilweranta* « arc-en-ciel » (un autre mot pour l'arc-en-ciel en quenya est Iluqinga, dans lequel *qinga* signifie « arc » ; *qingi-* « pincement de cordes, d'une harpe »). En gnomique les formes correspondantes sont *Ilbrant* ou *Ilvrant* que LG dit être faussement associés à *brant* « arc (pour le tir) » ; le deuxième élément est plutôt apparenté à *rantha* « arche, pont », comme le montre Q. *Ilweran(ta)*.

Ingil Dans LG, les noms gnomiques du fils d'Inwë sont *Gilweth* et *Githilma ; Gil* est l'étoile Sirius, et est dit être le nom de *Gilweth* après qu'il se fut élevé dans les cieux et « sous l'apparence d'une immense abeille portant un miel de flamme suivit Daimord [Telimektar, Orion] » ; voir les entrées *Nielluin*, *Telimektar*. Aucune explication n'est donnée pour ces noms, mais *Gil*(*weth*) est clairement connecté à *gil-* « lueur », *gilm* « clair de lune », *giltha* « métal blanc » (voir *Ilsaluntë*). Pour *Githilma* voir *Isil*.

Inwë Ceci, le nom de « l'antique roi des fées qui les mena dans le monde », est un dérivé de la racine INI « petit », d'où proviennent aussi l'adjectif *inya* et les noms *Inwilis*, *Inwinórë* « Faërie » et « Angleterre » (ce dernier barré). Tol Eressëa est ici dit avoir été nommé *Inwinórë* en l'honneur d'Inwë, mais ceci fut ensuite transformé pour dire que l'île fut nommée *Ingilnórë* en l'honneur de son fils Ingil. Ces entrées sont associées à une conception très ancienne (voir *Alalminórë*, *Eldamar*). Pour d'autres noms d'Inwë, voir *Inwithiel*, *Isil*.

Inwir Voir *Inwë*. Dans LG, le « noble clan des Tilthin » (Teleri) est nommé *Imrim*, singulier *Im* (voir *Inwithiel*).

Inwithiel Dans les textes, *Inwithiel*, nom gnomique du Roi Inwë, est une correction de (*Gim*)*Githil* (pp. 33, 179). Dans LG, ces noms, *Inwithiel*, *Githil*, sont donnés en plus de ses noms propres *Inweg* ou *Im*. Voir *Isil*.

Isil Dans le conte de *La Venue des Elfes* (p. 158), Inwë est nommé *Isil Inwë*, et dans LG la forme gnomique correspondant à *Isil* est *Githil* (au nom de son fils *Githilma* correspond le quenya *Isilmo*). On trouve dans LQ une racine ISI (*iska* « pâle », *is* « neige légère »), dont l'équivalent gnomique est donné comme *ith-* ou *gith-* ; LG possède un mot *ith* « neige fine ».

Kalaventë Voir *Galmir*, *Glorvent*.

Kalormë Ce mot apparaît dans LQ parmi les dérivés de la racine KALA (voir *Galmir*), avec le sens de « crête de colline par-dessus laquelle se lève le Soleil ». *Ormë* = « sommet, crête », d'une racine ORO avec apparemment un sens de base « élever » : *or* « sur », *oro* « colline », *oro-* « s'élever », *orto* « élever (soulever) », *oronta* « es-carpé », *orosta* « ascension », etc. ; gnomique *or* « sur, dessus, par-dessus », *orod*, *ort* « montagne », *orm* « sommet de colline », *oros*, *orost-* « s'élevant ». Cf. *Oromë*, *Orossi*, *Tavrobel*.

Kapalinda (La source de la rivière au lieu d'exil des Noldoli en Valinor, p. 207) LQ a *kapalinda* « source d'eau » parmi les dérivés de la racine KAPA « jaillir, bondir » ; *linda* est obscur.

Kaukareldar On trouve dans LQ sous la racine KAWA « se pencher » les dérivés *kauka* « tordu, penché, bossu », *kauko* « un bossu », *kawin* « je me courbe », *kaurë* « crainte », *kaurëa* « timide, pusillanime ».

Kelusindi (La rivière au lieu d'exil des Noldoli en Valinor, p. 207 ; nommé *Sirnúmen* dans le texte.) On trouve dans LQ sous la racine KELE, KELU « couler, couler goutte à goutte, suinter » de nombreux dérivés y compris *kelusindi* « une rivière », aussi *kelu*, *kelumë* « ruisseau », *kektelë* « fontaine » (aussi dans la forme *ektelë*), etc. Pour *sindi*, voir *Sirion*.

Kémi LQ donne *kemi* « terre, terreau » et *kemen* « terreau », provenant de la racine KEME. Le nom gnomique est *Címir*, qui = Q. *Kémi* « Terre Mère ». Il existe aussi un mot gnomique *grosgen* « terreau » dans lequel *-gen* = quenya *kémi*.

Koivië-néni « Eaux de l'Éveil. » Dans LQ, sous la racine KOYO « prendre vie * », se trouvent les dérivés *koi*, *koirë* « vie », *koitë* « être vivant », *koina*, *koirëa* « vivant », *koiva* « éveillé », *koivië* « éveil ». Dans LG on trouve *cuil* « vie », *cuith* « vie, corps vivant », etc. ; *cwiv-* « être éveillé », *cwivra-* « éveiller », *cuivros* « éveil » : *Nenin a Gwivros* « Eaux de l'Eveil ». Pour *-néni*, *Nenin*, voir *Neni Erúmëar*.

Kópas LQ a *kópa* « havre », le seul mot donné sous la racine KOPO « conserver, veiller sur ». LG a *gobos* « havre », avec une référence au quenya *kópa*, *kópas ;* aussi *gob* « creux de la main », *gobli* « vallon ».

Kôr Dans LQ ce nom est donné sous la racine KORO « vénérer ? », accompagné de la note « l'antique ville bâtie au-dessus des rochers d'Eldamar, d'où les fées entamèrent leur marche sur le monde » ; placés ici aussi sont les mots *korda* « temple », *kordon* « idole ». La forme gnomique donnée ici est *Côr*, mais dans LG, *Côr* (« la colline des fées et la ville bâtie dessus près des rivages de la Baie de Faërie ») fut remplacé par *Gwâr*, *Goros* « = quenya *Kôr* la ville sur la colline circulaire ». Il est clair que cette interprétation du nom *Kôr* remplace celle dans LQ, qui appartient à la première strate d'entrées. Voir plus loin sous *korin*.

korin Voir *Kôr*. Il y a dans LQ une deuxième racine KORO (c'est-à-dire distincte de celle qui produisit *Kôr*) ; celle-ci a le sens de « être rond, rouler », et possède des dérivés tels *korima* « rond », *kornë* « miche (de pain) », aussi *korin* « un espace clôturé, surtout au sommet d'une colline ». En même temps que *Côr* fut remplacé par *Gwâr*, *Goros* dans LG, le mot *gorin* (*gwarin*) « cercle d'arbres = Q. *korin* » fut inséré, et toutes ces formes sont dérivées de la même racine (*gwas-* ou *gor-* < *guor* = Q. *kor-*), qui semblerait signifier « le fait d'être rond » ; ainsi dans le conte de *La Venue des Elfes* « les Dieux nommèrent cette colline Kôr en raison de sa rondeur et son aspect lisse » (p. 168).

Koromas Une entrée séparée et ancienne de LQ définit *Kormas* (la forme dans le texte avant correction en *Koromas*, p. 34) ainsi : « la nouvelle capitale des fées après leur retraite depuis le monde hostile vers Tol Eressëa, maintenant Inwinórë. Elle fut nommée ainsi en souvenir de Kôr et parce que sa grande tour était aussi nommée *Kortirion* ». Pour *-mas*, voir *Eldamar*.

Kortirion Le mot *tirion* « une vaste tour, une ville sur une colline » est donné dans LQ sous la racine TIRI « sortir, dépasser, être visible au-dessus », avec *tinda* « pointe », *tirin* « haute tour », *tirios* « une ville avec des murs et des tours ». Il existe aussi une autre racine TIRI, dont la nature de la consonne médiale diffère, signifiant « sur-

---

* L'expression anglaise « *have life* » donnée en traduction de cette racine quenya donnerait en français « avoir vie, recevoir vie », ayant ainsi une connotation beaucoup plus « passive » que la forme française « prendre vie ». *(N.d.T.)*

veiller, garder, conserver ; regarder, observer », d'où *tiris* « garde, veille, veillée », etc. On trouve dans LG *tir-* « surveiller, prendre garde, attendre », *tirin* (forme poétique *tirion*) « tour de garde, tourelle », *Tirimbrithla* « la Tour de Perle » (voir *Silmarilli*).

Kosomot Fils de Melko (voir p. 128). On trouve ce nom avec un second élément différent, *Kosomoko*, dans LQ sous la racine MOKO « haïr » (*mokir* « je hais »), et la forme correspondante gnomique y est dite être *Gothmog*. Le premier élément provient de la racine KOSO « lutter », en gnomique *goth* « guerre, lutte, combat », avec de nombreux mots dérivés.

Kulullin Ce nom n'apparaît pas parmi les dérivés de KULU « or » dans LQ, et il n'apparaît pas non plus avec les mots gnomiques (pour la plupart des noms du Soleil) qui contiennent *culu* dans LG. Pour la signification de *culu* en gnomique voir *Ilsaluntë*.

Laisi Voir *Tári-Laisi*.

Laurelin LQ a *laurë* « or (du même ordre que *kulu*) », *laurina* « doré ». *Laurë* donne le *l* final de *tilkal* (p. 138, où il est décrit comme le nom « magique » de l'or, ainsi que *ilsa* pour l'argent). Les mots gnomiques sont *glôr* « or », *glôrin*, *glôriol* « doré », mais LG ne donne pas de noms pour l'Arbre d'Or. Cf. *Bráglorin*, *Glorvent*.

limpë *Limpë* « boisson des fées », est donné dans LQ sous la racine LIPI, avec *lipte-* « goutter », *liptë* « une petite goutte », *lipil* « petit verre ». Les formes correspondantes de LG sont *limp* ou *limpelis* « la boisson des fées », *lib-* « goutter », *lib* « une goutte », *libli* « petit verre ».

Lindeloksë Lors d'une apparition dans les textes, le nom est une correction de *Lindeloktë*, et fut lui-même corrigé pour donner *Lindelos* (p. 34) ; à d'autres endroits, il s'agit d'une correction de *Lindelótë* et le mot ne fut pas corrigé par la suite (pp. 112, 179). Voir *Lindelos*.

Lindelos *Linde-* est l'un des nombreux dérivés de la racine LIRI « chanter », ainsi que *lin* « mélodie », *lindelë* « chanson, musique », *lindelëa* « mélodieux », *lirit* « poème », *lirilla* « lai, chant » (*cf.* le *tirípti lirilla* de Rúmil), et le nom du Vala *Lirillo*. LG a *lir-* « chanter » et *glîr* « chanson, poème ». *Lindelos* n'est pas donné dans LQ, qui traduit le nom rejeté dans le texte *Lindeloktë* (p. 33) par « grappe chantante, cytise ».

Loktë « floraison (de fleurs en grappes, en bouquets) », est dérivé d'une racine LOHO, avec *lokta-* « germer, produire des feuilles ou des fleurs ». Il est dit qu'il existe une forme étendue de la racine OLO « extrémité », d'où *olë* « trois », *olma* « neuf », *ólemë* « coude ». Une autre forme étendue de cette racine est LO'O, de laquelle sont dérivés *lótë* « une fleur » (et *-lot* « la forme commune des mots composés ») et de nombreux autres mots ; cf. *Lindelótë*, un autre nom rejeté de l'Arbre d'Or (pp. 112, 179), *Wingilot*. Pour les mots gnomiques voir *Gar Lossion*. LG n'a aucun nom gnomique pour l'Arbre d'Or, mais il s'agit en fait de *Glingol* (qui apparut à l'origine dans le texte, voir p. 33) ; LG a *glin* « son, voix, déclaration » (aussi *lin* « son »), avec une note expliquant que *-glin*, *-grin* est un suffixe dans les noms de langues, ainsi *Goldogrin* « gnomique ».

Lirillo (Un nom pour Salmar-Noldorin, p. 196.) Voir *Lindelos*.

Lómëarni (Un nom des Elfes de la Pénombre, p. 328, note 6.) Voir *Hisilómë*.

Lomendánar « Jours du Crépuscule » (p. 98). Voir *Hisilómë*, *Da-nuin*.

Lórien Un dérivé de la racine LORO « sommeil », avec *lor-* « sommeiller, dormir », *lorda* « ensommeillé, endormi » ; aussi *olor*, *olorë* « rêve », *olórëa* « rêveur ». (Pour des formulations de mots beaucoup plus tardives, à partir de cette racine y compris *Olórin* [(Gandalf)], voir *Contes et Légendes Inachevés* p. 437.) LG donne *lûr* « sommeil », *Lúriel* ensuite transformé pour donner *Lúrin* = quenya *Lórien*, et aussi *olm*, *oloth*, *olor* « rêve, apparition, vision », *oltha* « apparaître sous la forme d'un esprit, d'une apparition ». Cf. *Eriol*, *Olofantur*, *Olórë Mallë*.

Lúmin (Nom rejeté pour Aluin « Le Temps », p. 299.) LG a *lûm* « temps », *luin* « parti, passé », *lu* « occasion, moment, temps », *lûtha* « passage (du temps), se dérouler, se faire ». Il se peut qu'*Aluin* appartienne aussi à ce groupe.

Luvier J'ai traduit ce mot dans le dessin du « Bateau-Monde » par « Nuages » (p. 118) en me basant sur les mots dans LQ dérivés de la racine LUVU : *luvu-* « avoir un air sombre (menaçant), ruminer », *lumbo* « un nuage sombre, menaçant », *lúrë* « temps sombre (maussade) », *lúrëa* « couvert, nuageux ». LG a *lum* « nuage », *lumbri* « temps infect », *lumbrin*, *lumba* « couvert », *lur-* « couvrir, menacer, se dit d'un nuage ».

Makar Donné dans LQ (« Dieu de la bataille ») sous la racine MAKA, avec *mak-* « tuer », *makil* « épée ». Son nom gnomique est *Magron* ou *Magorn*, avec les mots apparentés *mactha-* « tuer », *macha* « tuerie, bataille », *magli* « une grande épée ». Voir *Meássë*.

Dans la liste des noms Valar, Makar est aussi nommé *Ramandor*. Il s'agit du nom premier du Roi des Aigles dans *La Chute de Gondolin*, ensuite remplacé par *Sorontur*. Dans LQ, sous la racine RAMA (*rama-* « hurler », *rambë* « un hurlement », *ran* « bruit »), *Ramandor* est traduit par « le Hurleur = Makar ».

Mandos Ce nom est défini dans LQ par « les palais de Vê et de Fui (enfer) », et une comparaison est effectuée avec *-mandu* dans *Angamandu* « Enfers de Fer ». Dans LG on trouve l'entrée suivante : « *Bandoth* [ultérieurement transformé en *Bannoth*] (cf. *Angband*) = Mandos (1) la région où attendent les âmes des morts (2) le Dieu qui jugeait les Elfes et les Gnomes trépassés (3) employé incorrectement exclusivement pour son palais, correctement appelé *Gwê* [transformé en *Gwî*] ou *Ingwi* ». Pour cette distinction entre la région Mandos, où demeuraient les Dieux de la Mort, et leurs palais *Vê* et *Fui*, voir pp. 123-125.

Mánir Ce mot est absent de LQ ; mais LG a « *móna* ou *móni* : les esprits de l'air, enfants de Manweg ». L'entrée suivante indique des relations supplémentaires : « *manos* (pluriel *manossin*) : un esprit qui est parti chez les Valar ou en Erumáni (Edhofon). Cf. *móna*, Q. *mánë*. » Voir *Eruman* et pp. 125 et *sq*. D'autres mots existent : *mani* « bon (se dit uniquement d'hommes ou d'un caractère), sacré » (LQ *manë* « bon (moral) »), *mandra* « noble », et *Manweg* (quenya *Manwë*).

Manwë Voir *Mánir*. Les noms gnomiques sont *Man* et *Manweg* (pour *-weg*, voir *Bronweg*).

Mar Vanwa Tyaliéva Pour *Mar*, voir *Eldamar ;* pour *Vanwa*, voir *Qalvanda*. *Tyalië* « jeu » forme une entrée isolée dans LQ sous la racine TYALA.

Meássë Une entrée tardive et hâtive dans LQ rajoute *Meássë* « sœur de Makar, Amazone aux bras sanglants » à la racine MEHE « suinter ? », d'où *mear* « sang * ». Dans LG, elle est nommée *Mechos* et *Mechothli* (*mechor* « sang, hémoglobine »), et aussi *Magrintha* « celle aux mains rouges » (*magru* = *macha* « tuerie, bataille », *magrusaig* « assoiffé de sang »). Dans la liste des noms Valar elle est nommée *Rávë* ou *Ravenni ;* dans LQ, la racine RAVA possède de nombreux dérivés, ainsi *rauta-* « chasser », *raust* « le fait de chasser, d'attaquer une proie », *Raustar*, un nom pour Oromë, *rau* (pluriel *rávi*) « lion », *ravennë* « lionne », *Rávi*, un nom pour Meássë. Des formes très proches sont données dans LG : *rau* « lion », *rausta* « chasser », *raust* « chasse ».

Melko Le nom est inclus dans LQ, mais sans affinité étymologique. Dans LG, le nom correspondant est *Belca*, changé en *Belcha*, avec une note référant au quenya *velka* « flamme ». Dans la liste de noms des Valar il est nommé *Yelur* (racine DYELE, d'où le quenya *yelwa* « froid », *Yelin* « hiver ») ; la forme gnomique est *Geluim*, *Gieluim*, « nom de Belcha lorsqu'il exerce sa fonction opposée de froid extrême, Q. *Yeloimu* », cf. *Gilim* « hiver ». Dans la liste de noms des Valar, Melko est aussi nommé *Ulban(d)*, qui se trouve défini dans LQ par « monstre », sous le préfixe négatif UL- ; son fils Kosomot (Gothmog) fut d'« Ulbandi » (p. 128). D'autres noms pour lui en gnomique sont *Uduvrin* (voir *Utumna*) et *Angainos* (voir *Angaino*).

Meril-i-Turinqi *Meril* ne se trouve pas dans LQ, mais *turinqi* « reine » est donné avec un grand nombre d'autres dérivés de la racine TURU « être fort » comprenant *Turambar* (*Turumarto*), et *tur* « roi ». On trouve dans LG, *tur-* « pouvoir, avoir le pouvoir de », *tûr* « roi », *turwin* « reine », *turm* « autorité, règne, force », *turinthi* « princesse, particulièrement le titre de Gwidhil ». Cf. *Sorontur*, *Valatúru*, *Tuor*.

L'on trouve aussi ces rajouts ultérieurs à LG : « *Gwidhil-i-Durinthi* = *Meril-i-Turinqi* Reine des Fleurs » ; *gwethra* « fleurir, bour-geonner » ; et le radical *gwedh-* est comparé ici au quenya *mer-*, qui ne se trouve pas dans LQ.

Minethlos LG *min* « un, seul », *mindon* « tour, correctement une tourelle ou une cime isolée », *mineth* « île », *Minethlos* « Île d'Argent (Lune) » — la même traduction est donnée dans le texte, p. 261. LQ a sous la racine MI, *mir* « un », *minqë* « onze » ; et sous la racine MINI, *mindon* « tourelle ». Le second élément de *Minethlos* doit en fait être *lôs* « fleur » (voir *Gar Lossion*).

Miruvor LQ *miruvórë* « nectar, boisson des Valar » (voir

* Dans son sens le plus épais et « visuel ». *(N.d.T.)*.

pp. 217-218), avec *miru* « vin » ; LG *mirofor* (ou *gurmir*) « boisson des Dieux », *mîr*, *miros* « vin ».

Moritarnon « Porte de la Nuit » (voir *Morniё*). LG donne *tarn* « portail, porte », *tarnon* « portier ». Cf. *Tarn Fui*.

Morniё Ne se trouve pas dans LQ, mais est l'un des nombreux dérivés de la racine MORO, ainsi que *moru-* « cacher », *mori* « nuit », *morna*, *morqa* « noir », *morion* « fils de l'obscurité ». (Un élément curieux est *Morwen* « fille de l'obscurité », Jupiter. Dans le conte de Túrin original, sa mère n'était pas nommée Morwen.) Le nom gnomique du Navire de la Mort est *Mornir*, un rajout ultérieur aux premières entrées *morn* « sombre, noir », *morth* « obscurité, noirceur », *mortha* « terne, vague », avec la note « le navire noir qui fait la navette entre Mandos et Erumáni, quenya *Morniё* (Chagrin Noir) ». Le second élément est donc *nîr* « chagrin » (< *niēr-*), auquel le quenya *nyérë* est censé correspondre. Cf. *Moritarnon*, *Móru*, *Morwinyon*.

Móru Dans un rajout ultérieur LG donne *Muru* « un nom de la Nuit Primordiale personnifiée par Gwerlum ou Gungliont », d'où mon choix dans le texte de *Móru* plutôt que *Morn* (p. 212). Parmi les entrées originales de LG se trouve *múri* « obscurité, nuit ». Voir *Morniё*.

Morwinyon Ce nom de l'étoile Arcturus est traduit dans le texte (p. 246) par « la lueur du crépuscule », et LQ, le donnant sous la racine MORO (voir *Morniё*), le rend par « lueur dans l'obscurité ». LQ inclut une racine GWINI avec le mot dérivé *wintil* « une lueur ».

Le nom gnomique est *Morwinthi* ; l'on peut présumer que les mots *gwim*, *gwinc* « étincelle, éclair », *gwimla* « clignotement, étincellement » y sont apparentés.

Murmenalda Traduit dans le texte par « Vallée du Sommeil », « le Val Endormi » (pp. 311, 315). LQ sous la racine MURU donne *muru-* « sommeiller, dormir », *murmë* « sommeil », *murmëa* « ensommeillé ». Le second élément provient de la racine NḶDḶ, dont les dérivés dans LQ sont *nal(lë)* « vallon, val » et *nalda* « vallée » utilisé comme un adjectif. On trouve en gnomique : *nal* « val, vallon », *nal* « vers le bas, en descendant », *nalos* « le fait de sombrer, le fait de se coucher ; une pente », *Nalosaura* « coucher du soleil », etc. Cf. *Murmuran*.

Murmuran Voir *Murmenalda*. LG donne la forme gnomique correspondant au quenya *Murmuran* comme *Mormaurien* « demeure de Lúriel », mais ce mot semble provenir d'une étymologie différente : cf. *Malmaurien* = *Olórë Mallë*, le Chemin des Rêves, *maur* « rêve, vision ».

Nandini Sur une feuille isolée qui donne une liste des différents clans parmi les « esprits », les *Nandini* sont les « esprits des vallées ». LQ donne une racine NARA avec les dérivés *nan(d)* « région boisée », *nandin* « nymphe des bois » ; LG a *nandir* « esprit de la campagne, quenya *nandin* », groupé avec *nand* « champ, are » (pluriel *nandin* « campagne »), *nandor* « fermier », etc.

Nauglath LG donne les mots suivants : *naug* et *naugli* « nain », *naugla* « des nains », *nauglafel* « d'une nature de nain, c'est-à-dire mesquin, avare » (voir p. 316). LQ n'a rien de correspondant, mais dans LG l'équivalent en quenya de *naug* serait *nauka*.

Neni Erúmëar (Sur le dessin du « Bateau-Monde », où je l'ai traduit par les « Eaux à l'Extrême Extérieur », p. 119.) LQ a, sous la racine NENE « couler », *nen* « rivière, eau » et la même forme apparaît en gnomique. *Erúmëa* « à l'extérieur, à l'extrême extérieur » est donné dans LQ comme un dérivé de ERE « hors », comme dans *Eruman*. Cf. *Koiviё-néni*.

Nermir Dans la liste des fées dont on trouve référence sous *Nandini*, les *Nermir* sont des « fées des prés ». Dans LQ on trouve une entrée isolée, *Nermi* « un esprit des champs », et LG a *Nermil* « une fée qui hante les prés et les berges des rivières ».

Nessa Ce nom n'apparaît dans aucun des dictionnaires. — Dans la liste des noms Valar elle est nommée *Helinyetillë* et *Melesta*. Dans LQ, parmi les toutes premières entrées, *helin* est le nom de la violette ou de la pensée, et *Helinyetillë* est rendu « Yeux de l'Apaisement-du-cœur » (s'agissant d'un nom pour la pensée) ; cf. *yéta* « regarder ». Mais dans LQ il s'agit d'un nom pour Erinti. Il y eut clairement de grands déplacements et transformations parmi les noms des déesses du Printemps et l'attribution des noms et des rôles (voir *Erinti*). *Melesta* provient sans aucun doute de la racine MELE « amour » (*meles*(*së*) « amour », *melwa* « ravissant », etc. ; gnomique, *mel-* « aimer », *meleth* « amour », *melon*, *meltha* « bien-aimé », etc.).

Nielíqui Dans LQ ce nom (*Nieliqi*, aussi *Nielikki*, *Nyelikki*) est dérivé de la racine NYEHE « pleurer, (verser des larmes) » (voir *Nienna*). Là où tombaient ses larmes des perce-neige (*nieninqë*, mot à mot « larme blanche » *) jaillissaient. Voir le poème *Nieninqë* dans *The Monsters and the Critics and Other Essays*, J.R.R. Tolkien, p. 215. Pour *ninqë*, voir *Taniquetil*.

Le deuxième élément de Nielíqui provient probablement de la racine LIQI, d'où *linqë* « eau », *liqin* « mouillé », *liqis* « transparence », etc. (voir *Ulmo*).

Nielluin Ce nom de l'étoile Sirius est traduit dans le texte par « l'Abeille de l'Azur » (voir *Ingil*). Le premier élément provient de la racine NEHE, d'où *nektë* « miel », *nier* (< *neier* < *nexier*) « abeille à miel », *nierwes* « ruche ». Le nom de Sirius est donné dans LQ comme *Niellúnë* ou *Nierninwa ;* et *ninwa* et *lúnë* sont tous deux des mots quenya signifiant « bleu ». En gnomique le nom de l'étoile est *Niothluimi* = Quenya *Nielluin* : *nio*, *nios* « abeille » et de nombreux mots apparentés, *luim* « bleu ».

Nienna Dans LQ *Nyenna* la déesse est donnée sous la racine NYE(NE) « bêler », d'où *nyéni* « chèvre », *nyéna-* « lamenter », etc. ; mais l'on trouve une note supplémentaire « ou tous à la racine NYEHE ». Celle-ci veut dire « pleurer (verser des larmes) » : *nië* « larme » (cf. *Nielíqui*), *nyenyë* « larmoyant ». Dans LG, les formes du nom sont *Nenni*(*r*), *Nenir*, *Ninir*, sans connexions étymologiques supplémentaires, mais cf. *nîn* « larme ».

Noldoli La racine NOL « connaître » a dans LQ les dérivés *Noldo* « Gnome » et *Noldorinwa* adjectif, *Noldomar* « Pays des Gnomes », et

---

* Perce-neige : *snowdrop* (« goutte de neige »). (*N.d.T.*)

Noldorin « qui demeura un temps en Noldomar et ramena les Gnomes en Inwenórë ». Il semble que *Noldomar* veut dire les Grandes Terres. Mais il est très curieux que lors de ces entrées, qui font partie des tout premiers, « Gnome » soit une correction de « Goblin » ; *cf.* le poème *Pieds de Goblin* (1915), et son titre en vieil anglais *Cumath thá Nihtielfas* (p. 48).

En gnomique, « Gnome » se dit *Golda* (« c'est-à-dire Être Sage ») ; *Goldothrim* « le peuple des Gnomes », *Goldogrin,* leur langue, *Goldobar*, *Goldomar* « Pays des Gnomes ». L'équivalent de Noldorin dans LG est *Goldriel*, qui fut la forme qui précéda *Golthadriel* dans le texte avant que tous deux ne fussent barrés (p. 33). Voir *Nólemë*.

Noldorin Voir *Noldoli*.

Nólemë Ce nom est donné dans LQ comme un nom commun signifiant « connaissance profonde, sagesse » (voir *Noldoli*). Le nom gnomique de Finwë Nólemë, *Golfinweg* (p. 156), contient le même élément, comme ce doit aussi être le cas du nom *Fingolma* qui lui est donné dans les esquisses du *Conte de Gilfanon* (pp. 317-324).

I Nori Landar (Sur le dessin du « Bateau-Monde », signifiant probablement « les Grandes Terres », pp. 118-119.) Pour *nori*, voir *Valinor*. Aucune forme approchante de *landar* n'apparaît dans LQ : LG donne le mot *land* (*lann*) « large ».

Nornorë Dans LQ ce nom apparaît sous la forme *Nornoros* « héraut des Dieux », et, avec le verbe *nornoro-* « courir de l'avant, aller sans heurts », il est dérivé de la racine NORO « courir, chevaucher, tournoyer, etc. ». LG contient les mots semblables *nor-* « courir, rouler », *norn* « roue », *nûr* « lisse, roulant sans entraves ». Le nom correspondant au quenya *Nornorë* est ici *Drondor* « messager des Dieux » (*drond* « course, cours, piste » et *drô* « ornière creusée par une roue, sillon ») ; *Drondor* fut plus tard changé en *Dronúrin* (< *Noronōr*) et *drond* en *dronn*.

Númë (Sur le dessin du « Bateau-Monde ».) Dans LQ, *númë* « Ouest » est dérivé de la racine NUHU « se courber, plier, pencher, sombrer » ; d'autres mots dérivés sont *núta-* « se pencher, sombrer », *númeta-*, *numenda-* « se faire bas (du Soleil) », *númëa* « à l'ouest ». Gnomique *num-* « sombrer, descendre », *númin* « à l'ouest », *Auranúmin* « coucher du Soleil », *numbros* « inclination, pente », *nunthi* « vers le bas ». Cf. *Falassë Númëa*, *Faskala-númen*, *Sirnúmen*.

Núri Nom de Fui Nienna : « Núri qui soupire », p. 95. Ce mot est donné sans traduction dans LQ sous la racine NURU, avec *núru-* « rogner (de chiens), grommeler, gronder », *nur* « grognement, plainte ». En gnomique elle est *Nurnil*, avec les mots apparentés *nur-* « grogner, gronder, grommeler », *nurn* « lamentation », *nurna-* « déplorer, (se) lamenter ».

Ô (Sur le dessin du « Bateau-Monde » : « la Mer », pp. 118-119.) Voir *Ónen*.

Oarni Voir *Ónen*.

Olofantur Voir *Lórien*, *Fanturi*.

Olórë Mallë Pour *Olórë*, voir *Lórien*. Le mot *mallë* « rue » apparaît dans LQ sous la racine MALA « écraser » (voir *Balrog*) ; la forme gnomique est *mal* « voie pavée, route », et l'équivalent d'*Olórë Mallë* est *Malmaurien* (voir *Murmuran*).

Ónen La racine 'o'o dans LQ regroupe les dérivés *Ô*, un mot poétique, « la mer », *oar* « enfant de la mer », *oaris* (*-ts*), *oarwen* « sirène », et *Ossë ;* le nom *Ówen* (précédant *Ónen* dans le texte, pp. 88, 112) apparaît aussi, et signifie évidemment la même chose que *oarwen* (pour *-wen*, voir *Urwen*). La forme ultérieure *Uinen* dans les *Contes* est apparemment gnomique ; LG, *Únen* « Dame de la Mer », ultérieurement transformé en *Uinen*. Une forme *Oinen* apparaît également.

Dans la liste des noms des Valar, Ónen se nomme aussi *Solórë* (voir *Solosimpi*) et *Ui Oarista*. Ce dernier apparaît dans LQ, avec la définition « Reine des Sirènes », groupé avec Uin « la baleine primordiale » ; mais la manière dont ce mot est apparenté aux autres noms demeure obscure.

Orc LQ, *ork* (*orq-*) « monstre, démon ». LG, *orc* « gobelin », pluriel *orcin*, *orchoth* (*hoth* « clan, peuple », *hothri* « armée », *hothron* « capitaine »).

Oromë Dans LQ, le nom *Oromë* « fils d'Aulë » est placé sous la racine ORO qui est distincte (apparemment à cause de la nature de la consonne) de ORO (signifiant « escarpé ») donnée sous *Kalormë* ; mais ces racines sont « fréquemment confondues ». De cette deuxième racine proviennent *órë* « l'aube, lever du Soleil, est », *órëa* « de l'aube, de l'est », *orontë*, *oronto* « lever du Soleil », *osto* « les portes du Soleil », et *Ostor* « l'est, le Soleil lorsqu'il sort par ses blanches portes ». Il est noté que le nom *Oromë* devrait peut-être être placé sous l'autre racine, mais il n'y a aucune indication des connexions de ce nom. Dans *La Dissimulation de Valinor* (p. 289), Oromë a une connaissance particulière de l'Est du monde. Son nom en gnomique est *Orma ;* dans la liste de noms des Valar il se nomme aussi *Raustar*, pour lequel voir *Meássë*.

Oronto (Sur le dessin du « Bateau-Monde », « Est ».) Voir *Oromë*.

Orossi Dans la liste des fées (voir *Nandini*), les *Orossi* sont les « fées des montagnes », et ce nom est donc un dérivé de la racine ORO trouvée sous *Kalormë*.

Ossë Voir *Ónen*. Son nom gnomique est *Otha* ou *Oth*.

Palisor Voir *Palúrien*.

Palúrien Une des premières entrées dans LQ donne *Palurin* « le vaste monde » sous une racine PALA dont les dérivés ont en commun le sens général d'un « aspect plat », parmi ceux-ci on trouve *palis* « pelouse, gazon », d'où provient sans doute *Palisor*. Dans LG le nom correspondant est *Belaurin*, *B(a)laurin* ; mais elle est aussi nommée *Bladorwen* « la vaste terre, le monde et ses plantes et ses fruits, la Mère-Terre » (des mots apparentés sont *blant* « plat, ouvert, expansif, candide », *blath* « sol », *bladwen* « une plaine »). Voir *Yavanna*.

Poldórëa Absent de LQ, mais LG donne plusieurs formes correspondantes : *Polodweg* = Tulcus (*polod* « pouvoir, puissance, autorité ») ; *polodrin* « puissant, aussi en forme poétique *Poldurin* ou *Poldorin* qui est tout particulièrement employé comme épithète pour Tulcus ; quenya *Poldórëa* ».

Qalmë-Tári La racine est QALA « mourir », d'où *qalmë* « (la) mort », *qalin* « (un) mort », et d'autres mots dans le même sens. *Tári* provient de TAHA : *tâ* « haut », *tára* « élevé », *tári* « reine », etc. ; gnomique, *dâ* « haut », *dara* « élevé », *daroth* « sommet, pic ». Cf. *Taniquetil*.

Qalvanda « La Route de la Mort » (p. 280). Voir *Qalmë-Tári*. Le deuxième élément provient de la racine VAHA : d'où *vâ*, temps passé du verbe « aller », *vand-* « voie, chemin », *vandl* « canne, bâton », *vanwa* « parti sur la route, passé, achevé, perdu » (comme dans *Mar Vanwa Tyaliéva*). Cf. *Vansamírin*.

Qerkaringa Le premier élément est obscur ; pour *-ringa*, voir *Ringil*.

Qorinómi Voir p. 304. La racine est QORO/QOSO, d'où *qoro-* « étouffer, étrangler », *qorin* « noyé, étranglé », etc.

Rána Ne se trouve pas dans LQ, mais LG a *Rân* « la Lune (Q. *Rána*) » et *ranoth* « mois » (*Ranoth* était un nom rejeté qui précéda *Ranuin*, p. 299). Selon le texte (p. 261), les Dieux nommèrent la Lune *Rána*.

Ranuin Voir *Rána*.

Ringil LQ donne *ringa* « humide, froid », *ringwë* « givre, gel », *rin* « rosée » ; LG a *rî* « fraîcheur », *ring* « frais, froid, une brise soudaine ou un souffle glacé », et (un rajout ultérieur) *Ringli* « les froids arctiques, le pôle Nord (voir le conte de la Venue des Ainur) ». Cf. *Qerkaringa*.

Rúmil Ce nom ne se trouve dans aucun des deux dictionnaires, mais il semble probable qu'il soit connecté à certains mots donnés dans LG : *rû* et *rûm* « secret, mystère », *ruim* « secret, mystérieux », *rui* « chuchotement », *ruitha* « chuchoter ».

Salmar Ce nom doit être apparenté aux dérivés de la racine SALA : *salma* « lyre », *salmë* « jeu de harpe », etc.

Samírien (« Le Festin de Double Joie », p. 195.) Probablement dérivé de la racine MIRI « sourire » ; LQ fait référence à *sa-* comme un « préfixe intensif ». Cf. *Vansamírin*.

Sári Absent des deux dictionnaires, mais dans LQ la racine SAHA/SAHYA donne les dérivés *sâ* « feu », *saiwa* « chaud », *Sahóra* « le Sud » ; LG a *sâ* « feu » (forme poétique *sai*), *sairin* « brûlant, flamboyant », *saiwen* « été », et d'autres mots.

Sil Sous la racine SILI, LQ donne une longue liste de mots commençant par *Sil* « Lune », et tous avec des sens de blancheur ou de lumière blanche, mais ni *Silpion* ni *Silmaril* n'y apparaissent. Dans LG, *Sil* « correctement = "Rose de Silpion", voir Conte de la Fabrication du Soleil et de la Lune, mais souvent employé poétiquement = Lune Pleine ou Rân ». Dans ce conte (p. 261), il est dit que les fées nommèrent la Lune « Sil, la Rose » (première version « la rose d'argent »).

Silindrin Le « Chaudron de la Lune » n'apparaît dans aucun des deux dictionnaires ; la forme la plus proche est *Silindo* dans LQ, qui esr un nom de Jupiter. Voir *Sil*.

Silmarilli Voir *Sil*. Dans LG, l'équivalent du quenya « *Silmaril* » est *silubrill-* (*silum(b)aril-*), pluriel *silubrilthin* (qui apparaît dans le texte, p. 176) ; un rajout ultérieur compare *brithla* « perle », en quenya *marilla* (pas dans LQ). La Tour de Perle fut nommée *Tirimbrithla* en gnomique.

Silmo Voir *Sil*. Dans LQ *Silmo* est traduit par « la Lune », et dans LG, *Silma* est donné comme l'équivalent en gnomique du quenya *Silmo*.

Silpion Voir *Sil*. Les noms gnomiques sont *Silpios* ou *Piosil*, mais aucun sens n'est donné.

Silubrilthin Voir *Silmarilli*.

Sirion Dans LQ, racine SIRI « couler », avec les dérivés *sindi* « rivière » (cf. *Kelusindi*), *sírë* « ruisseau », *sírima* « liquide, coulant ». Dans LG sont donnés *sîr* « rivière », *siriol* « coulant », et *Sirion* (mot poétique) « rivière, précisément le nom de la célèbre rivière magique qui coulait à travers Garlisgion et Nantathrin » (*Garlisgion* « le Lieu de Roseaux » survécut dans *Lisgardh* « le pays des roseaux aux Bouches de Sirion », *Contes et Légendes Inachevés*). Cf. *Sirnúmen*, et le nom qu'il remplaça, *Numessir*.

Sirnúmen Voir *Sirion*, *Númë*.

Solosimpi LQ donne *Solosimpë* « les Flûtistes des Côtes », dont le premier élément provient de la racine SOLO : *solmë* « vague », *solor*, *solossë* « ressac, houle » (cf. *solórë*, un nom d'Ónen), et le second provient de SIPI « siffler, jouer de la flûte » : *simpa*, *simpina* « pipeau, flûte », *simpisë* « jouant de la flûte », *simpetar* « flûtiste ». Dans LG, le nom gnomique des Solosimpi est *Thlossibin* ou *Thlossibrim*, de *thloss* « brisant », avec une variante *Flossibrim*. Le mot *floss* s'est formé à partir de *thloss* sous l'influence de *flass* « marge de la mer, ressac ; margelle, frange ».

Sorontur Dérivé d'une racine SORO « aigle » : *sor*, *sornë* « aigle », *sornion* « aire », *Sorontur* « Roi des Aigles ». Pour *-tur*, voir *Meril-i-Turinqi*. Les formes gnomiques sont *thorn* « aigle », *thrond* « (aire), cime », *Thorndor* et *Throndor* « Roi des Aigles ».

Súlimo Dans LQ, sous les trois formes-racines SUHYU, SUHU, SUFU « air, respirer, expirer, exhaler, souffler », on trouve *sû* « bruit du vent », *súlimë* « vent », et *Súlimi*, *-o* « Vali du Vent = Manwë et Varda ». Ceci veut probablement dire que Manwë était *Súlimo* et Varda *Súlimi*, puisque Varda est appelée *Súlimi* dans la liste des noms des Valar ; mais selon LG Manwë et Varda étaient ensemble nommés *i·Súlimi*. LG a *sû* « bruit du vent », *súltha* « souffler (du vent) », mais le nom-de-vent de Manwë est *Saulmoth* (*saul* « un grand vent »), qui est une forme antérieure de *Solmoth*, qui « = quenya *Súlimo* ».

En gnomique on trouve aussi le nom *Gwanweg* (*gwâ* « vent », *gwam* « bouffée de vent »), souvent combiné avec *Man* (voir *Manwë*) comme dans *Man 'Wanweg* = quenya *Manwë Súlimo*. La racine GWĀ apparaît dans LQ : *wâ* « vent », *wanwa* « immense tempête », *wanwavoitë* « venteux » ; et dans la liste de noms des Valar, Manwë et Varda ensemble sont nommés *Wanwavoisi*.

Súruli Voir *Súlimo*. *Súruli* ne se trouve pas dans LQ, mais LG a

Sulus (pluriels *Sulussin* et *Suluthrim*) « l'un des deux clans des esprits-de-l'air de Manwë, quenya *Súru*, pluriel *Súruli* ».

Talka Marda Ce titre d'Aulë, traduit dans le texte (p. 243) par « Forgeron du Monde », ne se trouve pas dans LQ, mais LG a « *Martaglos*, correctement *Maltagros*, titre d'Óla, Forgeron du Monde » comme équivalent du quenya *Talka Marwa ;* aussi *tagros*, *taglos* « forgeron ». Il est aussi nommé *Óla Mar ;* et dans la liste de noms des Valar, *Aulë Mar*. (Ce titre d'Aulë réapparut longtemps après. Dans une note extrêmement tardive il reçut le nom de *mbartanō* « artificier du monde » > quenya *Martamo*, sindarin *Barthan*.)

Taniquetil Taniquetil apparaît dans LQ sous la racine TAHA (voir *Qalmë-Tári*) avec le sens « pic enneigé élevé ». Le second élément provient de la racine NIQI (*ninqë* « blanc », *niqis* « neige », *niqetil* « pic enneigé » ; cf. *nieninqë* « larme blanche » (perce-neige) sous l'entrée *Níeliqui*).

La forme gnomique est *Danigwethil* (*dâ* « haut ») ; mais le deuxième élément semble avoir une origine différente, puisque LG donne un mot *nigweth* « tempête (de neige, à proprement parler, mais le sens s'est évaporé) ».

Tanyasalpë Traduit dans le texte par « le bol de feu » (p. 253). Le mot *salpa* « bol » est donné dans LQ sous une racine SḶPḶ, avec *sulp-* « lécher », *salpa* « prendre une bouchée de », *sulpa* « soupe ». *Tanya* est absent de LQ ; LG a *tan* « bois à brûler », *tantha-* « attiser », *tang* « flamme, éclair », et *Tanfa* « le plus bas de tous les airs, l'air chaud des endroits profonds ».

Tári-Laisi Pour *Tári* voir *Qalmë-Tári*. Dans LQ, la racine LAYA « être vivant, fleurir » donne les dérivés *lairë* « pré », *laiqa* « vert », *laito* et *laisi* qui signifient tous deux « jeunesse, vigueur, nouvelle vie ». Les mots gnomiques sont *laib* (aussi *glaib*) « vert », *laigos* « couleur verte, verdeur, = quenya *laiqassë* », *lair* (aussi *glair*) « pré ». La note suivante est de grand intérêt : « Note. *Laigolas* = feuille-verte [voir *Gar Lossion*] devenant archaïque à cause de la forme finale qui devint *laib*, produisit *Legolast*, c'est-à-dire vue perçante [*last* « regard, coup d'œil », *leg*, *lêg* « vif, perçant »]. Mais peut-être possédait-il les deux noms, puisque les Gnomes prenaient plaisir à donner deux noms aux consonances similaires mais au sens dissemblable, ainsi *Laigolas Legolast*, *Túrin Turambar*, etc. *Legolas*, la forme usuelle, est une confusion des deux. » (Legolas Feuilleverte apparaît dans le conte de *La Chute de Gondolin ;* il fut un Elfe de Gondolin, et, ayant une vue perçante dans l'obscurité, il fit traverser la plaine aux fugitifs dans la nuit. Une note associée au conte dit qu'« il vit encore sur Tol Eressëa et il y est nommé *Laiqalassë* par les Eldar ».)

Tarn Fui Voir *Moritarnon*, *Fui*.

Tavari Dans la liste des fées dont la première référence se trouve sous l'entrée *Nandini*, les *Tavari* sont des « fées des bois ». Dans LQ, *tavar* (*tavarni*) « esprits des vallons » est dérivé d'une racine TAVA, d'où aussi *tauno* « forêt », *taulë* « grand arbre », *tavas* « région boisée ». LG contient *tavor* « une fée-des-bois », *taur*, *tavros* « forêt » (*Tavros* est aussi un nom propre, « principale fée-des-bois, l'Esprit Bleu des Forêts ». Plus tard, *Tavros* devint un nom d'Oromë, passant par *Tauros* pour en arriver à la forme *Tauron* dans *Le Silmarillion*).

Tavrobel Ce mot est donné dans LG avec la traduction « demeure de forêt » (voir *Tavari*). L'élément *pel* est dit être « usuel seulement dans des noms de lieux tel *Tavrobel* » et signifie « village, hameau ». Par ailleurs, dans une note séparée, un nom gnomique supplémentaire, *Tavrost*, est donné, ainsi que les noms quenya *Tavaros(së)*, *Taurossë*. *Tavrost* contient évidemment *rost* « pente, flanc de colline, montée », avec les mots associés *rosta* « montée » (*Rost'aura* « lever du Soleil »), *ront* « haut, escarpé », attribué au radical *rō-*, *oro-*. Ceux-ci sont des variantes étymologiques de mots donnés sous *Kalormë*.

Telelli Ce terme, qui n'apparaît qu'une seule fois dans les Contes (p. 30), est obscur. LQ, dans des entrées de la première période, donne un complexe de mots qui signifient tous « petit elfe » : inclus parmi ceux-ci on trouve *Teler* et *Telellë*, et les adjectifs *telerëa* et *telella*. Aucune distinction n'est suggérée entre ces mots. Selon une note isolée, les jeunes Elfes de tous les clans qui demeurèrent à Kôr pour perfectionner leurs arts du chant et de la poésie étaient nommés *Telelli* ; mais en un autre endroit, le *Telellin*, un dialecte, semble être employé au lieu de *Telerin*. Voir *Teleri*.

Teleri Voir *Telelli*. Dans LG apparaît *Tilith* « un Elfe, un membre de la première des trois tribus des fées ou Eldar ; pluriel *Tilthin* ». Le sens ultérieur de *Teleri*, lorsqu'il devint le nom de la Troisième Tribu, était déjà potentiellement présent : LQ donne une racine TEL + U avec les dérivés *telu-* « terminer, achever », *telu* (nom), *telwa* « dernier, tard, tardif », avec la suggestion qu'il s'agissait peut-être ici d'une extension de la racine TELE « recouvrir (de) » (voir *Telimektar*). Dans LG, ces sens « recouvrir (de) ; fermer ; finir » sont expressément attachés à la racine TEL- : *telm* « toit, ciel », *teloth* « toiture, baldaquin, abri », *telu-* « fermer, achever, finir », *telu* « fin ».

Telimektar Dans LQ *Telimektar*, *Telimbektar* est défini par « Orion ; mot à mot : Porteur d'épée du Ciel », et est donné sous la racine TELE « recouvrir (de) », groupé avec *tel* « toit », *telda* « ayant un toit », *telimbo* « baldaquin ; ciel », etc. *-mektar* est probablement dérivé de la racine MAKA, voir *Makar*. La forme gnomique est *Telumaithar*.

Dans la liste de noms des Valar il est aussi nommé *Taimondo*. Il existe des notes extensives sur ce nom dans les deux dictionnaires, qui semblent avoir été incluses à la même époque. Dans LQ, *Taimondo* et *Taimordo*, des noms de Telimektar, groupés avec *Taimë*, *Taimië* « le ciel », furent insérés sous la racine TAHA (voir *Qalmë-Tári*). L'équivalent gnomique est *Daimord* (*dai*, *daimoth* « ciel, firmament ») qui apparaît aussi dans l'entrée de LG concernant le fils d'Inwë, Ingil (Gil, Sirius) : il s'éleva dans les cieux sous l'apparence d'une immense abeille et « suivit Daimord » (voir *Ingil*). Mais le mot *mordo* « guerrier, héros » en quenya était en fait un emprunt du gnomique *mord*, et le vrai équivalent quenya de *mord* était *mavar* « berger » — ceci étant aussi le sens original du mot gnomique, qui développa celui de « homme, guerrier » par son usage en poésie après être devenu obsolète en prose et dans le langage parlé. Ainsi *Daimord* signifiait originellement « Berger du Ciel », tout comme le nom quenya original *Taimavar*, altéré sous l'influence du nom gnomique pour devenir *Taimondo*, *Taimordo*.

Telimpë Absent de LQ sous la racine TELPE, qui a cependant *telempë* = *telpë* « argent ». Les mots gnomiques sont *celeb* « argent », *celebrin* « d'argent », *Celebron*, *Celioth*, des noms de la Lune. Voir *Ilsaluntë*.

Tevildo Donné dans LQ sous la racine TEFE (avec les dérivés *teve-* « haïr », *tevin*, *tevië* « haine ») et expliqué comme signifiant le « Prince des Chats » (voir p. 70). La forme gnomique est *Tifil*, « Prince des Chats ».

Tilkal Un nom composé des sons initiaux de six noms de métaux (voir p. 138, et note de bas de page). Pour *tambë* « cuivre », voir Aulë, et pour *ilsa* « argent », voir *Ilsaluntë*. *Latúken* « étain » est donné en une entrée séparée dans LQ, avec *latukenda* « d'étain » ; la forme gnomique est *ladog*. Les mots *kanu* « plomb », *kanuva* « plombé » sont placés sous une racine KANA dans LQ. Pour *anga* « fer », voir *Angamandi*, et pour *laurë* « or », voir *Laurelin*.

Timpinen Le nom se trouve dans LQ comme seul dérivé d'une racine TIFI, mais sous la racine TIPI on trouve *timpë* « fine pluie », *timpinë* « embrun, pluie de gouttelettes », etc. Voir *Tinfang*.

Tinfang L'entrée dans LG est : « *Tinfing* ou *Tinfang* le flûtiste (surnommé *Gwarbilin* ou Gardien-des-Oiseaux), une fée ; *cf.* en quenya *timpinen* "un flûtiste" (*Timpando*, *Varavilindo*) ». D'autres mots gnomiques sont *tif-* « sifflet », *timpa-* « sonner, tinter, carillonner, tintinnabuler », *timpi* « petite cloche », *timp* « hululement, note d'une flûte », *tifin* « petite flûte ». Le premier élément dans *Gwarbilin* se trouve aussi dans *Amon Gwareth* « Colline du Guet », qui apparaît dans le conte de *La Chute de Gondolin* ; le deuxième est *bilin*(*c*) « moineau, petit oiseau ».

Tinwë Linto, Tinwelint LG a « *Tinweg* (aussi *Lintinweg*) et plus habituellement *Tinwelint* = Q. *Tinwë Linto ;* originellement chef des Solosimpi (plus tard menés par Ellu), mais devint Roi des Elfes Perdus d'Artanor ». Le premier élément du nom est dérivé de TIN-, avec des dérivés comme *tim* « étincelle, lueur, (étoile) », *tintiltha-* « étinceler », *tinwithli* « groupement d'étoiles, constellation ». Le second élément pourrait être le gnomique *lint* « rapide, leste, léger » — auquel mon père fit référence dans son essai « Un Vice Secret » (*The Monsters and the Critics and Other Essays*, p. 205) comme étant un mot dont il se souvenait depuis les toutes premières étapes de ses constructions linguistiques. Le nom ne se trouve dans LQ sous aucune forme, ni la première (*Linwë Tinto*, p. 179) ni celle ultérieure ; par contre, sous la racine TINI, on trouve *tinwë* « étoile », *tint* « étincelle (d'argent) », etc., et aussi *lintitinwë* « possédant (ayant) de nombreuses étoiles », le premier élément de ce mot étant un préfixe multiplicatif *li-*, *lin-*. Cf. *Tinwetári*.

Tinwetári « Reine des Étoiles ». Pour les éléments de ce nom, voir *Tinwë Linto*, *Qalmë-Tári*. Le nom gnomique correspondant est *Tinturwin* avec un second élément différent (voir *Meril-i-Turinqi*). Varda est aussi nommée *Timbridhil*, *Timfiril*, avec le même premier élément (*Bridhil* étant le nom gnomique de Varda), et *Gailbridh*(*n*)*ir*, qui contient *gail* « étoile » (correspondant au quenya *ilë* dans *Ílivarda*, absent de LQ).

Tol Eressëa Sous la racine TOLO LQ groupe les dérivés *tol* « île ; toute élévation se dressant isolée dans les eaux, dans une plaine verte, etc. », *tolmen* « ombon (d'un bouclier), colline ronde isolée, etc. », *tolos* « bosse, motte » *tólë* « centre » et d'autres mots. LG donne *tol* « une île aux côtes élevées et escarpées ».

Eressëa est donné dans LQ sous la racine ERE (distincte de celle que l'on discerne dans le mot *Eruman*) « demeurer seul » : *er* « seulement, mais, encore, pourtant », *eressë* « uniquement, seulement, seul », *eressëa* « solitaire », *erda* « esseulé, déserté », *erin* « restes, ruines ». En gnomique, l'Île Solitaire est *Tol Erethrin* (*er* « un », *ereth* « solitude », *erethrin* « solitaire, esseulé », etc.)

Tolli Kuruvar (Sur le dessin du « Bateau-Monde », « les Îles Magiques », pp. 118-119) Pour *Tolli* voir *Tol Eressëa*. LQ a un groupe *kuru* « magie », *kuruvar* « magicien », *kuruni* « magicienne », avec une note : « de la bonne magie ». LG a *curu* « magie », *curug* « magicien », *curus* « magicienne ».

Tombo *Tombo* « gong », dérivé d'une racine TUMU « enfler (avec une idée de creux) », est groupé avec *tumbë* « trompette », *tumbo* « vallon sombre », *tumna* « profond, obscur, sombre ou caché » (voir *Utumna*). Des mots en gnomique sont *tûm* « vallée », *tum* « creux », *tumli* « vallon », *tumbol* « telle une vallée, creux », *tumla-* « creuser, évider ».

Tuilérë Racine dans LQ TUYU : *tuilë* « Printemps, mot à mot un bourgeonnement — aussi collectivement : bourgeons, nouvelles pousses, verdure fraîche », *Tuilérë* « Printemps », et plusieurs autres mots, ainsi *tuilindo* « (chanteur-du-printemps), hirondelle ». Les formes gnomiques sont *tuil*, *tuilir* « Printemps » (avec une note spécifiant que *Tuilir* = Vána) ; mais Vána est aussi nommée *Hairen* « Printemps », vraisemblablement connecté avec *hair* « ponctuel, à l'heure appropriée », *hai* « ponctuellement », *haidri* « avant-midi (matin) ».

Tuivána Voir *Tuilérë*, *Vána*.

tulielto, etc. *Tulielto* est traduit par « ils sont venus » (p. 156), et *I·Eldar tulier* par « les Eldar sont venus » (p. 157) ; *I.kal' antúlien* est traduit par « la Lumière est revenue » (p. 250). Sous la racine TULU « amener, mener, porter ; (se) déplacer, venir », LQ a le verbe *tulu-* signifiant la même chose, aussi *tulwë* « pilier, étendard, poteau », *tulma* « bière (cercueil) ». LG a *tul-* « emmener ; venir », *tultha-* « soulever, porter ».

Tulkas LQ donne le nom sous la racine TULUK, avec *tulunka* « stable, ferme », *tulka-* « fixer, établir, mettre en place ». La forme gnomique est *Tulcus* (*-os*), avec les mots apparentés *tu-lug* « stable, ferme », *tulga-* « affermir, établir, stabiliser, conforter ».

Tulkastor Le nom n'apparaît pas dans les dictionnaires (ni les formes antérieures, *Tulkassë*, *Turenbor*, p. 33) ; voir *Tulkas*, *Meril-i-Turinqi*.

Tuor *Tuor* est absent des dictionnaires, mais il est probablement dérivé (le nom étant aussi écrit *Tûr*) de la racine TURU « être fort » ; voir *Meril-i-Turinqi*.

Turgon Ni *Turondo*, ni le gnomique *Turgon* n'apparaissent dans les dictionnaires, et, au-delà de la probabilité de la dérivation du premier élément depuis la racine TURU (voir *Meril-i-Turinqi*), ces noms ne peuvent être expliqués.

Turuhalmë « La Menée des bûches » (p. 307). Une deuxième racine TURU (TUSO) « attiser » dans LQ (dont la consonne médiane diffère de celle de TURU « être fort ») a de nombreux dérivés : *turu-*, *tunda-* « attiser », *turu* « précisément = bois à brûler, mais employé pour le bois en général », *turúva* « en bois, de bois », *tusturë* « petit bois », etc. On trouve dans LG, *duru* « bois : perche, poutre, ou bûche », *durog* « en bois, de bois ».

Le second élément est en gnomique *halm* « l'action de tirer, de mener ; une quantité tirée (dans un filet, etc.) ». Le nom du festival est *Duruchalmo(s)* = *Halm nadhuruthon* (*Duruchalm* fut écrit dans le texte et barré, p. 328), traduit par « *Yule* » * ; ceci fut ensuite transformé en *Durufui* « (nuit de) *Yule*, c'est-à-dire Nuit des bûches » (voir *Fui*).

Uin Voir Ónen. Dans LG, *uin* est un nom commun, « baleine », nommé pour *Uin* « la grande baleine de Gulma » (*Gulma* = *Ulmo*) ; mais apparemment (bien que cette entrée soit très obscure) le sens original d'*uin*, préservé en poésie, était « (une) vague ». Un autre mot gnomique pour « baleine » est *uimoth* « mouton des vagues » (moth « mouton », aussi « 1000 », probablement à l'origine « troupeau » ; *mothweg* « berger »).

Uinen Voir *Ónen*.

Ulmo *Ulmo* est donné dans LQ sous la racine ULU « verser, couler rapidement », groupé avec *ulu-* et *ulto-* « verser, déverser ». Son nom en gnomique est *Gulma*, avec les verbes correspondants *gul-* et *gulta-*. Dans le premier jet du texte de *La Musique des Ainur* il est aussi nommé *Linqil* : voir *Nielíqui*. Pour d'autres noms voir *Vailimo*.

Ulmonan Voir *Ulmo ;* le second élément de ce nom n'est pas explicité.

Ungoliont Voir *Ungwë Lianti*.

Ungwë Lianti, Ungweliant(ë) Sous une racine accompagnée d'un point d'interrogation GUNGU, LQ donne *ungwë* « araignée, particulièrement *Ungwë* la Tisseuse de Pénombre, usuellement *Ungwelianti* ». Le deuxième élément provient de la racine LI + *ya* « entortiller », avec les dérivés *lia* « ficeler, tresser », *liantë* « vrille », *liantassë* « vigne ». Dans LG le nom fut inséré en premier sous la forme *Gungliont*, tout comme il fut d'abord écrit dans le texte (p. 212) ; plus tard, ceci fut transformé en « *Ungweliont* ou *Ungoliont* ». Le second élément est attribué à la racine *li-* (*lind* « ficelle, tresse »).

Uolë Kúvion *Kúvion* fut un changement qui vint remplacer

* Festin païen, nordique, célébrant la mi-hiver et ensuite remplacé par Noël. Souvent utilisé comme autre mot pour Noël, mais sans les connotations religieuses. *(N.d.T.)*

Mikúmi (p. 268). le nom ne se trouve pas dans LQ sous la racine KUVU « plier, courber », qui a les dérivés *kû* « croissant de Lune », *kúnë* « croissant, arc ». LG donne *cû* « arc, croissant ; la Lune croissante ou décroissante », et aussi « *Cuvonweg* : *Ûl Cuvonweg* (= Q. *Ólë Kúmion*), le Roi de la Lune ». Sous *Ûl*, cependant, l'équivalent quenya est *Uolë*, et il est dit ici que le nom *Ûl* se trouve habituellement dans la phrase *Ûl·a·Rinthilios ; Rinthilios* recevant la définition « la Lune circulaire, nom de l'Elfe de la Lune » (*rinc* « circulaire », nom « disque » ; *rin-* « tourner sur un axe, retourner »).

Ûr La racine URU/USU dans LQ donne les dérivés *uru* « feu », *úrin* « brûlant », *uruvoitë* « flamboyant », *urúva* « comme du feu », *urwa* « enflammé », *Ûr* « le Soleil » (avec d'autres formes, *Úri*, *Úrinki*, *Urwen*), *Úrion* « un nom de Fionwë », *urna* « four », *usta-*, *urya-* « brûler ». La forme gnomique est *Aur* (*aurost* « aube »), et aussi un terme poétique, *Uril*. Voir *Fionwë-Úrion*, *Urwen*.

Urwen, Urwendi Dans les premiers contes de ce livre la forme est *Urwen*, devenant *Urwendi* dans *Le Conte du Soleil et de la Lune*. L'entrée originale dans LG était « *Urwendi* et *Urwin* (Q. *Urwen*) la dame du Navire-Soleil », mais ceci fut ensuite transformé pour donner « *Urwedhin* et *Urwin* (Q. *Urwendi*) ». Dans LQ (voir *Ûr*), *Urwen* apparaît en tant qu'un nom du Soleil. Dans la liste de noms des Valar, la Demoiselle du Soleil est aussi nommée *Úrinki*, et ce nom apparaît dans LQ comme un nom du Soleil.

L'élément *-wen* est donné dans LQ sous la racine GWENE : *wen* et *wendi* « demoiselle, fille », *-wen*, patronymique féminin, comme le masculin *-ion*, *wendelë* « virginité » (voir *Wendelin*). Dans LG les formes furent grandement transformées et embrouillées. Les mots donnés ont des radicaux en *gwin-*, *gwen*, *gweth*, avec les sens de « femme », « fille », etc. ; la racine semble avoir été transformée de *gweni-* en *gwedhe-*, avec une référence aux mots quenya *meril* (voir *Meril-i-Turinqi*) et *wendi*.

Utumna La racine d'*Utumna* (« basses régions de pénombre et de noirceur dans le Nord, la première demeure de Melko ») n'est pas donnée dans LQ, mais *cf.* le mot *tumna* « profond, obscur, sombre ou caché » cité à l'entrée *Tombo*. En gnomique les formes sont *Udun* et *Uduvna ;* Belcha (Melko) se nomme *Uduvrin*.

Úvanimor Voir *Vána*.

Vai La racine VAYA « envelopper » dans LQ donne *Vai* « l'Océan Extérieur », *Vaimo* ou *Vailimo* « Ulmo en tant que Souverain de Vai », *vaima* « robe », *vainë* « fourreau », *vainolë* « carquois », *vaita-* « envelopper, emballer », *Vaitya* « les airs à l'extrême extérieur au-delà du monde », etc. La forme est *Bai* en gnomique, avec les mots apparentés *Baithon* « les airs extérieurs », *baith* « vêtement », *baidha* « vêtir », *bain* « vêtu (quenya *vaina*) ».

Vailimo Voir *Vai*. La forme gnomique est *Belmoth* (< *Bailmoth*) ; il existe aussi un terme poétique *Bairos*. En gnomique, Ulmo se nomme aussi *i Chorweg a·Vai*, c'est-à-dire « le vieillard de Vai » (*hôr* « vieux, ancien (se dit seulement de choses toujours existantes) », *hortha-* « vieillir », *horoth* « vieillesse », *Hôs* « Vieillesse », un nom de Fuil). Pour *-weg*, voir *Bronweg*.

Vaitya Voir *Vai*.

Valahíru (Annotation dans la marge du texte face à *Valatúru*, p. 244.) Absent des dictionnaires, mais devrait probablement être associé avec la racine dans LQ HERE « régner, avoir du pouvoir » : *heru-* « ré-gner », *heru* « seigneur », *heri* « dame », *hérë* « seigneurie ».

Valar Dans LQ « *Valar* ou *Vali* » est dérivé de la racine VALA, avec un masculin singulier *Valon* ou *Valmo* et un féminin singulier *Valis* ou *Valdë ;* d'autres mots sont *valin, valimo* « heureux », *vald-* « félicité, bonheur ».

Les mots gnomiques sont compliqués et curieux. À la première rédaction il y eut *Ban* « un dieu, l'un des grands Valar », pluriel *Banin*, et *"Dor" Vanion = Dor Banion = Gwalien* (ou *Valinor*) ». Tout ceci fut barré. Ailleurs dans LG, on trouve la racine GWAL « fortune, bonheur » : *Gwala* « l'un des dieux, incluant leur peuple divin et leurs enfants, d'où souvent employé pour un être du peuple inférieur, en opposition à *Ban* » ; *Gwalon* et *Gwalthi* correspondant au quenya *Valon, Valsi ; gwalt* « bonne fortune — tout événement ou pensée providentiel : "la fortune des Valar", *i·walt ne Vanion* (Q. *valto*) » ; et d'autres mots abstraits, tel *gwalweth* « chance, bonheur ». Il n'y a pas suggestion de l'interprétation ultérieure de *Valar*. Voir plus loin sous *Vána*.

Valatúru Voir *Valar, Meril-i-Turinqi*.

Valinor Dans LQ deux formes sont données, *Valinor* et *Valinórë* (ce dernier apparaît aussi dans le texte, p. 247), tous deux définis par « Asgard » (c'est-à-dire la Cité des Dieux dans la mythologie scandinave). Pour les noms gnomiques (*Gwalien*, etc.), voir *Valar*.

Le terme *nórë* se trouve dans LQ sous la racine NO « devenir, naître », et est défini comme « terre d'origine, nation, famille, pays », aussi *-nor*, « la forme dans les mots composés ». D'autres mots sont *nosta-* « donner naissance », *nosta* « naissance, anniversaire », *nostalë* « espèce, genre », *nossë* « famille (sens large), peuple » (comme dans *Aulenossë*). La forme gnomique est *dôr* : voir *Dor Faidwen*.

Valmar Voir *Valar, Eldamar*.

Vána Un dérivé de la racine VANA dans LQ, groupé avec *vanë* « beau, doux », *vanessë* « beauté », *vanima* « juste, correct, droit », *úvanimo* « monstre » (*ú-* = « pas »), etc. Sont aussi donnés ici *Vanar* et *Vani* = *Valar, Vali*, avec la note : « *cf.* le gnomique *Ban-* ». Voir *Valar*.

Le nom gnomique de Vána était *Gwân* ou *Gwani* (plus tard transformé en *Gwann* ou *Gwannuin*) ; *gwant, gwandra* « beau, magnifique », *gwanthi* « beauté ».

Vána-Laisi Voir *Vána, Tári-Laisi*.

Vansamírin Ce nom remplaça *la route de Samírien* dans le texte (p. 291). Voir *Qalvanda, Samírien*.

Varda Dans LQ le nom est donné avec *vard-* « régner, gouverner », *vardar* « roi », *varni* « reine ». En gnomique, *Varda* fut nommée *Bridhil* (et *Timbridhil*, voir *Tinwetári*), qui a la même origine que le quenya *vard-*.

Vê LQ donne *Vê* « un nom de Fantur » sous la racine VEHE, mais sans qu'un sens lui soit attribué et sans autres dérivés. La forme dans LG est *Gwê*, changé en *Gwî* : « nom du palais de *Bandoth*, quenya *Vê* ». Voir *Mandos*, *Vefántur*.

Vefántur Dans LG, le Vala lui-même est nommé *Bandoth Gwê* (changé en *Bannoth Gwî*), *Gwefantur* (changé en *Gwifanthor*), et *Gwivannoth*.

Vene Kemen Voir *Glorvent*, *Kémi*.

Vilna Dans LQ la racine VILI (sans sens proposé) donne les dérivés *Vilna* (plus tard changé en *Vilya*) « air (inférieur) », *Vilmar* « demeure de Manwë — les airs supérieurs (mais pas *ilu*) », *vilin* « aéré, éventé », *vilë* « brise calme ». Les mots « mais pas *ilu* » font référence à la définition d'*ilu* dans le sens d'*ilwë*, l'air central autour des étoiles (voir *ilwë*). La demeure de Manwë *Vilmar* n'est pas nommée ailleurs.

Les noms gnomiques pour l'air inférieur étaient *Gwilfa* ou *Fâ* ; ce dernier est dit être d'une étymologie inconnue. Les noms quenya correspondants sont donnés dans LG comme *Fâ* et *Favilna*, et ceux-ci apparaissent dans LQ sous une racine FAGA sans traduction, simplement comme des équivalents de *Vilna*. D'autres mots gnomiques sont *gwil-* « voguer, flotter, voler », *gwilith* « brise », *gwilbrin* « papillon » : ceux-ci correspondent à des mots dans LQ sous une racine GWILI, *wili-* « voguer, flotter, voler », *wilin* « oiseau », *wilwarin* « papillon ». Un autre nom pour Manweg en tant que Seigneur des Vents, *Famfir*, est donné dans LG.

Voronwë Voir *Bronweg*.

Vorotemnar Pour *voro* « toujours », voir *Bronweg*. *Temnar* doit provenir de la racine TEME « attacher », pour lequel LQ n'inclut aucun mot dérivé.

Wendelin Ce mot ne se trouve pas dans LQ, mais LG donne *Gwendeling* (plus tard changé en *Gwedhiling*) comme le nom gnomique correspondant au quenya *Wendelin* ; « reine des Elfes des Bois, mère de Tinúviel » (la seule et unique apparition du nom *Tinúviel* dans les dictionnaires). Ce nom doit être apparenté au quenya *wen* « demoiselle, fille » et aux formes gnomiques données sous *Urwen*.

Wingildi Voir *Wingilot*.

Wingilot Sous la racine GWINGI/GWIGI dans LQ, on trouve *wingë* « écume, embrun », *wingilot* « Fleur-d'écume, le bateau d'Eärendel », et *wingild-* « nymphe » (cf. *Wingildi*). Pour l'élément *-lot*, voir *Lindelos*.

LG a l'entrée : « *Gwingalos* ou *Gwingli* = *Lothwinga* ou Fleur-d'écume, le nom du bateau d'Eärendel (Ioringli) » ; aussi *lothwing* « fleur-d'écume », *gwing* « crête-de-vague, écume », et *gwingil* « demoiselle-de-l'écume (sirène, une demoiselle de compagnie d'Uinen) ».

Wirilómë Voir *Gwerlum*.

Wiruin Voir *Gwerlum*.

Yavanna Dans LQ, ce nom est donné sous la racine YAVA, groupé avec *yavin* « porte des fruits », *yáva* « fruit », *yávan* « récolte, automne ». La forme gnomique est *Ifon*, *Ivon*, « particulièrement lors des combinaisons *Ivon Belaurin*, *Ivon Cimir*, *Ivon i·Vladorwen* » ; voir *Kémi*, *Palúrien*.

TABLE

Note du Traducteur 7
Avant-propos, par Christopher Tolkien 9

I. — La Chaumière du Jeu Perdu 21
Notes 32
II. — La Musique des Ainur 67
Notes 87
III. — La Venue des Valar et la Construction de Valinor 91
Notes 112
IV. — L'Enchaînement de Melko 129
Notes 147
V. — La Venue des Elfes et la Construction de Kôr 155
Notes 178
VI. — Le Vol de Melko et l'Assombrissement de Valinor 191
Notes 212
VII. — La Fuite des Noldoli 219
Notes 229
VIII. — Le Conte du Soleil et de la Lune 235
Notes 265
IX. — La Dissimulation de Valinor 279
Notes 297
X. — Le Conte de Gilfanon : la Peine des Noldoli et la Venue des Hommes 307
Notes 328

Appendice : les noms dans les *Contes Perdus* (1re partie) 331

Imprimé en France par CPI
en février 2020
N° d'impression : 2050026

ISSN : 2497-7284
Dépôt légal : mai 1999
Suite du premier tirage : février 2020
S26435/06

